红楼十五钗

欧丽娟 著

北京大学出版社

前 言

《红楼梦》真是一部伟大的经典,不仅仅有"世事洞明皆学问,人情练达即文章"的智慧,还有历久弥新、令人神往的"雅文化"。所谓雅文化,也即为贵族文化的精华,人们往往误以为贵族就是有权有势,享受很大的财富,过奢靡的生活,但这只是很其次的物质范畴,其实最重要的,更是精神层面的那份涵养和优雅。

正是对这分雅文化的挚爱和推崇,让我研究《红楼梦》已经超过二十年。那真是一条无限开拓的旅程,从1999年发表第一篇红学的论文起,到现在,我一共出版了7本专著、40多篇论文,算下来已经写了300多万字,研究的主题包括:《红楼梦》中的诗学、《红楼梦》对文化传统的继承、《红楼梦》与文学传统的关系,以及《红楼梦》中的人物分析,算是相当全面。

正因为如此,所以我才能够以深广而扎实的底蕴来解读这部作品,诚如小说里最好的一句话,即薛宝钗所言:"于小事上用学问一提,那小事越发作高一层了。不拿学问提着,便都流入市俗去了。"其实,读《红楼梦》也是如此。

很多人以为,《红楼梦》是一部小说,应该很容易读懂,只要设身处地、感同身受就可以理解了。但正因为这样的想法,于是更容易流入市俗,因为大家都忽略了一点:传统社会和现今世界十分不同,古人的思想、感受和所关心的问题和我们截然有别,何况曹雪芹写的是贵族世家的故事,可读者却没有几个是贵族!那就注定带着先天的隔阂。以传统的贵族文化而言,现代即使中文系的博士也等于都是文盲，因为那是一整套极深厚、极不同的意识形态和生活形态，并不是靠一般的读法就能理解，难怪常常读反了。

例如把林姑娘当成寄人篱下的灰姑娘，把王熙凤看成是心肠歹毒的反面人物，把薛家的皇商当作一般商人，把脱轨放任当作追求自由平等，把贵族看成暴发户，还有把曹雪芹想要展示雅文化之美，以及最终却失落了这份价值而感伤哀挽误以为是反封建礼教。几乎所有的人都是从这里开始的，而作为一般最常见的出发点，竟然也往往就是终点，《红楼梦》便如此被套上了重重的误解。

我们所忽略的、看错的，实在太多太多了，多到得要重新彻底重构。虽说"一千个读者就有一千个哈姆雷特"，但并不是每一个哈姆雷特都有价值，更不是凭感觉望文生义，就可以产生一个哈姆雷特。如果没有全面掌握文本的内容，真正理解曹雪芹的意图，那就只能永远在故事的真相之外，更遗憾的是，你会错过靠近真正雅文化的机会。

所以我要重讲《红楼梦》，而且是"用学问一提"，让《红楼梦》的视野"作高一层"，让大家看到原来贵族文化的优雅深厚，那得要通过好几代的涵养逐渐累积而成，并不是用财富权位便能买到的，所以才会那么稀有而珍贵，这也是曹雪芹最自豪的地方。他在失落了以后念念不忘，渴望能够复返乐园，重新再过一次，于是提起笔来一一刻画，就像童话故事里卖火柴的小女孩般，每一笔都擦亮了记忆的光辉，映照曾经体验过的美好。因此，曹雪芹其实是为了展现大雅文明才写这部小说的！

《红楼梦》博大精深，被视为古典文化的百科全书，可讲的主题太多了，以人物来呈现《红楼梦》的大雅文化，堪称为最好的切入点，因为小说本来就是以人物为主所写出来的故事，而人物却必然活在文化环境里，他们是文化环境的具体展现者，从一个人物即可以折射出多层面、多层次的文化内涵，所以最引人入胜。但一如前面所言，《红楼梦》里的人物看似好懂却又往往容易曲解，想要正确而深刻地了解这些人物，必须要有传统文化和古典文学的基础，否则很容易做出错误甚至相反的解释。

也确实，读者的刻板印象往往把《红楼梦》给简单化了，其中的人物被贴上了标签，变成一个个单薄的、苍白的影子，早已不复曹雪芹所给予的立体的、活生生的样貌。我们照自己喜欢的形象任意地把他们剔骨还肉，留下来的是残缺扭曲的模版，但这是不是买椟还珠，会不会入宝山空手而回？

所以，我们要重新理解红楼人物，要看懂"红楼梦中人"为了活得更有价值可以做哪些奋斗，特别是里面的女性角色，如何用更坚忍、更高贵的美好姿态来面对人生。

在这本书中，我会告诉你，究竟什么才是真实的爱？从神瑛绛珠的神话，以及刘姥姥的故事，你会发现，原来慈悲善良是一个人最伟大的品质，也是解救世界最重要的力量！但如果善良被勒索的时候，委屈求全应该有什么底线？对于这个问题的响应方式，探春和迎春这一对堂姊妹就截然不同，两人的命运也完全不一样。还有，当你遇到厄运或不公平的待遇时，应该怎样调整心态？贵族是不怨天尤人、不咆哮谩骂的，除了宝钗的随遇而安、探春的坚忍奋斗之外，湘云也给了一个豁达开朗的典范。

那些金钗们不是明星偶像，不是才子佳人，而是一个个饱满的生命，丰富的小宇宙。当你靠"感觉"读书的时候，我希望借由学问，以理性、客观的态度带你走进大观园，引导大家看得更高，走得更远！

"优雅"才是永不褪色的美丽，而优雅的气质几乎只能来自心灵的美好，贵族文化的价值就是把财富、权位转化为生存样态的优雅教养。所以我们需要真正的学问，以打开视野，使生命更优雅，更美好，更高一层！

目 录

贾宝玉 末代皇帝的前生今世

第1章：为什么是唯一落榜的人 001

第2章：为什么要投胎到富贵场 002

第3章：贾宝玉有哪些分身 011

第4章：什么是金玉良姻 021

第5章：爱情是怎样开始的 032

第6章：一个其实在成长的彼得·潘 044

第7章：最后的一片云彩 053

林黛玉 成长中的文艺少女

第8章：林姑娘不是灰姑娘 064

第9章：林黛玉的重像 075

第10章：林姑娘：哪一种直率 076

王熙凤 刚强坚毅的正义准星

第23章：花落谁家：凤凰远嫁高飞的悲哀 274

第24章：冰山上的指南针 287

第25章：钢铁下的柔情 288

第26章：女强人的殒落 300

李 纨 一座休火山的秘密 314

第27章：稻香村的孕育 335

第28章：红杏花：休火山的爆发 336

妙 玉 心在红尘的槛外人 349

第29章：名流与尼姑的综合体 365

第30章：冰山下的温泉 366

秦可卿 家族遗传的负面版本 381

第31章：兼美的女神 395

第32章：情欲海棠花 396

411

第11章：林黛玉喜欢自己吗 111

第12章：林黛玉长大了 123

薛宝钗　周全大体的君子风范

第13章：什么是皇商 135

第14章：宝钗的巨大分身 136

第15章：嫁祸还是送礼 148

第16章：什么是冷香丸 160

第17章：什么是蘅芜苑 174

187

贾元春　多重楼子花的诞生和殒落

第18章：大观园的创立者 201

第19章：封妃：烟火下的黑暗 202

第20章：大观气象 215

第21章：大雅的分身 227

228

贾探春　泱泱大气的将相雅士

242

第22章：君子的奋斗：变形的母女关系

259

贾惜春　愤世而出世的洁癖

第33章：拒绝开花的幼苗：为什么一心想出家 429 430

贾迎春　默默努力的温柔

第34章：木头上的青苔：为什么不喊痛 449 450

史湘云　没有阴影的心灵

第35章：乌云都镶上了金边 473 474

花袭人　最可靠的大后方

第36章：二玉的解语花 497 498

第37章：爱，始终如一 514

晴　雯　宠妃的养成与毁灭

第38章：野地的荆棘 533 534

第39章：褒姒的投影 552

巧姐与刘姥姥

第40章：天道好还的善善相报 575 576

尾　声 587

贾宝玉

末代皇帝的前生今世

第 1 章：为什么是唯一落榜的人

首先，我们要讲的第一个重要人物，是贾宝玉。

我们都知道，《红楼梦》主要是讲贵族世家的故事，包括贾、史、王、薛四大家族，贾宝玉是其中最重要的主角，整部小说便是以他为中心而展开，因此作者曹雪芹一开始就特别用了女娲补天的神话，来说明他的性格与命运。

女娲补天可是大家耳熟能详的神话，那是一个伟大的女神女娲出面整顿宇宙天地的故事，用这样的神话来替宝玉量身打造，看起来应该是一阕弘伟壮丽的颂歌吧，但那其实是一个不幸落榜的人的故事！这到底是怎么说的呢？首先我们要知道，根据远古时代的传说，原来在很久很久以前，发生了世界末日一般的灾难，天塌了，地也倾斜了，到处洪水泛滥、大火焚烧、野兽横行，真是民不聊生，百姓苦不堪言，于是最伟大的女神女娲便挺身而出，炼石补天，终于拯救了世界，让大地恢复了和平。曹雪芹利用了这个神话做出一些修改，也因为这些修改让整个故事有了不同的意义。

试看书中第一回是这么说的：

原来女娲氏炼石补天之时，于大荒山无稽崖炼成高经十二丈、方经二十四丈顽石三万六千五百零一块。娲皇氏只用了三万六千五百块，只单单剩了一块未用，便弃在此山青埂峰下。谁知此石自经煅炼之后，灵性已通，因见众石俱得补天，独自己无材不堪入选，遂自怨自叹，日夜悲号惭愧。

读过一遍以后，可以注意到几个重点，首先，在原来的神话里并没有提到女娲到底炼造了几块补天石，但曹雪芹却给出了"三万六千五百零一块"这么具体的数字，并且重点是要剩下唯一的一块没用，然后被丢弃在青埂峰下，而这一块唯一剩下来没用的补天石便是后来的贾宝玉。那么，这代表了什么意义？

用今天考试的概念来说，宝玉就等于是唯一落榜的失败者！想想看，女娲亲手培养的资优班，总共有 36501 个同班同学一起去参加甄选，其他的人都顺利过关了，登上了"天榜"，一一得到补天的位置，从此展开了经世济民的大事业，却偏偏只有你一个名落孙山，那心情该是何等地沮丧，何等地痛苦！想想看，名落孙山已经够惨痛了，更何况是只有自己一个人落榜，连一个互相安慰的难兄难弟都没有，那简直是失败到无以复加的程度，堪称是无颜见江东父老啊，难怪会"自怨自叹，日夜悲号惭愧"，他惭愧、怨叹自己的无能，对自己的缺陷悔恨交加，以致日日夜夜不断地悲哀哭泣。所以说，曹雪芹一开始就写了一个不幸落榜的失败者的故事。

而小说在最开始的前两回里，也不断地重复说宝玉是"无材补天"，根据《国语·周语》的解释，"材"这个字意指"用也"，所以"无材"即是无用、没用的意思。而"天"便代表国家、家族，难怪第三回说他是"于国于家无望"！这就是宝玉这个唯一落榜的人心里最大的痛苦。其实，曹雪芹会这样写宝玉，正是因为他自己也怀抱着同样的痛苦，第一回前面有一段作者的自述，其中说：

何我堂堂须眉，诚不若彼裙钗哉？实愧则有馀，悔又无益之大无可如何之日也！当此，则自欲将已往所赖天恩祖德，

> 锦衣纨袴之时，饫甘餍肥之日，背父兄教育之恩，负师友规训之德，以至今日一技无成、半生潦倒之罪，编述一集，以告天下人。

可见曹雪芹是要向祖宗、向天下人告罪的！所谓"愧则有余，悔又无益"，意指那份惭愧多到有剩，后悔又没有用，这不就是那颗补天弃石的"自怨自叹，日夜悲号惭愧"吗？而"一技无成、半生潦倒"不正是"无材补天"的结果？所以我才会说，这本小说其实是一部人子的忏悔录，曹雪芹借用了古老的神话故事作为象征，来说明贾宝玉这个人的特殊性格以及他所发生的悲剧故事。

至于宝玉这个人有怎样的特殊性格呢？现在让我们来想一想：一个被社会抛弃的人，受到这种彻底的否定、致命的打击，整个人生的价值都被全盘摧毁了，那他到底该怎样才能活下去？心理学家早就告诉我们，人一定得要找到可以自我肯定的意义才能活下去，因为人类是一种追求存在意义的动物，一个心灵空虚、没有目标的人是很容易出问题的，例如心理学家弗洛姆（Erich Fromm）在他晚年所写的《人类的破坏性剖析》（The Anatomy of Human Destructiveness）一书中便说道："爱、权力、名誉、复仇等等热情的追求如果失败，许多人会自杀，但由于性欲不满足而自杀，实际上却是没有的。"可见心灵上的价值感比起生理本能的满足实在重要得太多。

而从古人的经验来说，被世界否定以后还要能自我肯定，一般的常态便是回到自己个人身上独善其身，去追求自己的兴趣，着重于对自己最有意义、而自己也最能够把握的地方。例如有的人跑去隐居，做做学问，或写诗作文、喝酒赏花，好比陶渊明、杜甫等等，都是如此。

可是贾宝玉完全不一样，他选择的是"以情为根"，也即追求情的慰藉，曹雪芹把这块没用的石头丢弃在青埂峰下，青埂便是"情根"的谐音，意指以情作为根本。就这一点来说，大家可能很容易会以为宝玉主要是追求爱情而来，因此把《红楼梦》当作一部才子佳人的浪漫爱情小说。但其实并不是这样的，想想看，"情"的范围很广，包括家族中父母子女的亲情、兄弟姊妹的手足之情，家庭以外还有朋友之间的友情，读者用爱情来看《红楼梦》，未免太狭窄，也太粗浅。何况对古人来说，家族的重要性远远超过个人的爱情，这一点我们后面还会再看到，所以说，这个"情根"的情并不只是指男女的爱情。

再进一步来说，家庭又分为很多种，从常识来想便可以明白：诞生在皇室贵族阶层和寻常百姓家，整个人生根本上会是很不一样的。所以请大家仔细注意一下：当曹雪芹让那一块石头打动凡心，想要到人间走一趟时，根本没有提到爱情，而是很明确地指定去富贵之家投胎！第一回说得很清楚：

> 一日，正当嗟悼之际，俄见一僧一道远远而来，生得骨格不凡，丰神迥异，说说笑笑来至峰下，坐于石边高谈快论。先是说些云山雾海神仙玄幻之事，后便说到红尘中荣华富贵。此石听了，不觉打动凡心，也想要到人间去享一享这荣华富贵，但自恨粗蠢，不得已，便口吐人言，向那僧道说道："大师，弟子蠢物，不能见礼了。适闻二位谈那人世间荣耀繁华，心切慕之。……如蒙发一点慈心，携带弟子得入红尘，在那富贵场中、温柔乡里受享几年，自当永佩洪恩，万劫不忘也。"

其中一再提到让石头打动凡心的，都是"红尘中荣华富贵"

或者"人世间荣耀繁华",而那是贵族阶层才能拥有的!并且他是"想要到人间去享一享这荣华富贵",可见去过贵族生活才是石头幻形入世的唯一目的,他根本不想要投胎到一般老百姓的家里,也完全没有要做反封建、反贵族的革命英雄,和大闹天宫的野猴子孙悟空完全不同。果然,后来那僧答应了石头的请求,"携你到那昌明隆盛之邦、诗礼簪缨之族、花柳繁华地、温柔富贵乡去安身乐业",指的便是贾府这个贵族世家。

那么,现在我得提醒大家了,去贵族世家可不是件容易的事,所谓"侯门深似海",哪里是随随便便就可以进去的,何况还要在里面过一辈子?参考第六回刘姥姥一进荣国府时是那般大费周章,经过重重关卡也才只能见到以前认识的管家,可见阶级鸿沟何等巨大。所以,宝玉的前身绝对不是一般到处可见的普通石头,那根本没资格到富贵之家去投胎。

这里我要请大家特别注意:其实,女娲用来补天的石头是炼造过的,它们不仅五彩缤纷,十分美丽,而且已经通灵,所以才能够去补天,也才会因为不能去补天而悲号惭愧。换句话说,那根本就是玉!汉代王充《论衡》早就说过:

> 且夫天者,……女娲以石补之,是体也。如审然,天乃玉石之类也。

可见女娲确实是用玉石补天,而整个天便是以玉石为本体。一般人都以为,宝玉的前身是一块大石头,在投胎时才被变成一小块美玉,但这又是很大的误会,自始至终,那一块剩下来的石头都是玉,只是在投胎到人间时,为了让小婴儿含在嘴里,才被和尚用法术变成小小的一块而已。

并且大家要知道：美丽、坚硬、通灵的玉，自古几千年以来都是贵族甚至皇权的象征，代表了权力和地位，还有道德品性的要求，因此在中华民族的文化传统里，还形成了玉石崇拜的心理，这是世界上其他国家所没有的。所以正确地说，宝玉的前身根本就是一块玉石，具备了极为优越的条件，这样才拥有投胎到贾家的资格。

只可惜，这块玉石在女娲炼造的过程中出了问题，因为它不幸被邪气入侵，干扰了它原本百分之百的正气，以致正气和邪气混杂在一起，这便是第二回所说的"正邪两赋"，也因此让它变成了一个瑕疵品，这就是为什么它无法派上用场，和其他 36500 个同班同学一起去补天的原因。现在我们明白了，那些可以补天的玉都是由百分之百的纯正气所形成，他们也正是所谓的"大仁者"，最大的仁人君子，包括了尧、舜、禹、汤、文、武、周、召、孔、孟、董仲舒、韩愈、周敦颐、二程、张载、朱熹，都是儒家所赞扬的伟大人物，所体现的即是"清明灵秀，天地之正气"，对中华文化厥功至伟，贡献良多。

所以说，所谓的邪气绝对是不好的意思，如果是由百分之百的纯邪气所构成的人物，就会是蚩尤、共工、桀、纣、秦始皇、王莽、曹操、桓温、安禄山、秦桧等，曹雪芹说他们秉赋的是"残忍乖僻，天地之邪气"，所以成了"扰乱天下"的大恶者，和"修治天下"的大仁者是两个极端。而宝玉却是这两种截然对立、矛盾冲突的气所综合产生的，所以他亦正亦邪、不正也不邪，或者说正中有邪、邪中有正，简直无法归类，因此是一种十分独特的类型，我们实在不能用一般人的常态来理解他。

可是，却有很多人抱着现代的价值观，把宝玉的邪气解释为反封建、反礼教，但其实刚好相反，邪气是用来解释为什么宝玉无材补天，因而"于国于家无望"的！难怪很了解《红楼梦》的脂砚斋，他是曹雪芹的亲人，有着一样的出身背景，一样的价值观和文化素养，所写下来的批语十分有参考价值，他便指出宝玉的玉是"玉有病"，也就是生病的玉，并且宝玉的分身神瑛侍者住在赤瑕宫，"瑕"即瑕疵，都是不健全的意思。这些在在都吸收了传统的学问，包括《管子·形势》云：

邪气袭内，正〔玉〕色乃衰。

意谓有了邪气入侵，正气便不纯粹了，玉色就黯淡了，岂不正是"玉有病"吗？更明显的是疾病理论，汉朝刘熙《释名》说道：

疾，病也。疾，疾也。疾病者，客气中人急疾也。病，并也，与正气并在肤体中也。

这段话反映了中医思想，指出疾病是因为"客气"也就是外来的邪气进入人体，和体内原有的正气并存所导致，这简直就是"正邪两赋"的另一种说法，证明了"玉有病"的理论来源。可见曹雪芹的设计是很一贯的，处处都在说明宝玉具有人格瑕疵，并不是一个对家族、对国家有贡献的人，所以才不能去补天，这也是整部小说所要表达的悔恨与悲哀。

幸好宝玉是女娲亲手锻炼出来的，因此，即使他带有邪气而无材补天，但无论如何都还保有着一大半的正气，这就是他会成为可爱的男主角的关键，一旦他把这份正气发挥出来时，最主要的优点便是乐于帮助别人。试看当他还在神话世界的时候，曾经化身为神瑛侍者到处闲逛，经过了灵河边的三生石畔，恰巧看到一棵绛珠草快要枯死了，心里感到很不忍，于是用十分珍贵的甘露水来灌溉她，而救活了仙草，让生命延续。

这是多么慈悲啊，想想看，有谁会注意到路边的小草快要枯死了？而这又是多么大方，因为神瑛侍者用来灌溉的甘露水非常珍贵，足以起死回生。传说中，观音菩萨就是用甘露水才把一棵被孙悟空推倒的人参果树给救活了，那该是何等神奇的宝物，宝玉却这样慷慨地用来拯救奄奄一息的弱者，正显示出他性格中的正气。其实这也不奇怪，再想想看，女娲为什么要补天？正是因为她悲悯乱世里的芸芸众生饱受痛苦，那一份伟大的同情心才促使她去炼石补天。这么说来，从女娲手里诞生的贾宝玉也遗传了同样的慈悲，最明显的即表现为对少女的疼惜。

请看他从小即立志要爱护女生，连给自己取的外号都叫做"绛洞花主"——"绛"是红色，"绛洞"便是红色的洞窟，用来比喻女儿国，那里面百花盛开，等于是众多的少女。所以宝玉说自己是"绛洞花主"，也就是绛洞里面百花的主人，是女儿国的国王。

从这里我们可以感觉到，宝玉很清楚地知道他自己是拥有权力的男人，所以才能够用男性的力量来保护少女，而不是用来欺负女性，这是他和其他男性最不同的地方。并且为了弥补弱势女性所受到的苦难，宝玉不惜低声下气，连对丫鬟们都很体贴，挨骂受气也没关系，简直有一点为男性同胞赎罪的意思。看在一般人的眼里，宝玉这样为女性服务，一点儿威严都没有，还整天只想待在女儿堆里，闻脂粉的香气，甚至吃女孩子嘴上的口红，当然会觉得很奇怪，而认为他很不长进。

再看宝玉出生后满一岁时，依照风俗习惯要举行抓周仪式，用来预测孩子长大以后的志向。没想到在摆了满满无数、各式各样的东西里，小小宝玉却"一概不取，伸手只把些脂粉钗环抓来"，因此他的父亲贾政便大怒了，说他"将来酒色之徒耳"！但之所以发生这个误会，那可怪不了别人，谁能看得出来宝玉的邪气里其实带有正气？邪气让宝玉无材补天，落了个失败者的椎心泣血，只好退而求其次去找别的出路，以情为根，遂尔耽溺于温柔乡里，而那份正气让他对女性是尊敬的、疼惜的、照顾的，不至于沦为玩弄女性的酒色之徒。这种非常特别的使命感就是宝玉一生的意义，也是整部小说所刻画的重心之一。

最后，总结一下这一章所讲到的几个重点：

第一，宝玉的前身原来是要去补天的玉石，浑身都是正气，如同尧、舜、禹、汤、孔、孟、朱子等这些大仁者一样。可惜，这块玉石在女娲锻炼的过程中不小心被邪气入侵了，在"正邪两赋"的情况下导致"玉有病"，成了唯一的瑕疵品，于是无材补天，落得日夜悲号惭愧。

第二，但宝玉毕竟是女娲亲手锻炼的玉石，所以当他退而求其次，想要到人间去投胎时，才有资格要求到富贵场去受享那荣耀繁华，这是他接受封建礼教的证明之一。

第三，这个唯一落榜的人因为邪气而"于国于家无望"，只能退一步以情为根，并且以他的正气来体贴、照顾弱势的女性。这种博爱泛施的精神就是整部小说最感人的地方，而绛珠仙草便是他所照顾的第一个对象。

接下来，我们要继续说明为什么宝玉要指定到富贵场去投胎，原因是什么？答案会和大家所以为的很不一样！

第 2 章：为什么要投胎到富贵场

在前一章里，我们提到宝玉之所以想要入世投胎，是因为被富贵繁华所打动，也因此和尚施展了法力，把他带到贾家去安身。第一回说：那僧把缩小的玉石托于掌上，然后镌上几个字，使人一见便知是个奇物，然后就携带它到那"昌明隆盛之邦，诗礼簪缨之族，花柳繁华地，温柔富贵乡去安身乐业"。

在此，脂砚斋特别告诉我们，这四个地点有分别对应的具体地方，所谓"昌明隆盛之邦"指的是"长安大都"，而长安即代指清朝的京城北京，那是天下最繁荣的都市，例如第三回说林黛玉第一次到北京时，便注意到"自上了轿进入城中，从纱窗向外瞧了一瞧，其街市之繁华，人烟之阜盛，自与别处不同"。那是当然的，这可是天子脚下的全国中心，衣冠荟萃。而"诗礼簪缨之族"指的是"荣国府"，"诗礼"就是赞美贾府世世代代读诗书、守礼法，是十分高雅、文明的家族，绝对不是暴发户。

贵族不是暴发户

很多读者都忽略了，贵族和暴发户根本不一样，造成差别的关键在于文化，曹雪芹和脂砚斋就非常讨厌暴发户，甚至认为把贾家看成暴发户，对他们是一种绝顶的侮辱！

例如第十八回元妃省亲时，曹雪芹便特别跳出来告诉读者，说："暴发新荣之家，滥使银钱，一味抹油涂朱，……则以为大雅可观,岂《石头记》中通部所表之宁、荣贾府所为哉!"从这里可以清楚看到曹雪芹非常在意,唯恐读者发生了误会,因此写故事的过程中还忍不住现身说法,坚持说暴发户和贾府这种贵族十分不同,因为暴发户只会乱花钱,铺张炫耀、金光闪闪,还以为这是大雅可观。其实刚好相反,真正的"大雅可观"是一种精致的文化、高雅的文明,并表现出内在崇高开阔、低调内敛的胸襟气度,所以绝不会作威作福、耀武扬威,这才是贵族最引以为荣的地方。关于这一点,下面还会有所补充。

再看脂砚斋说"花柳繁华地"指的就是"大观园",那是专为元妃回来省亲所盖造的,相当于皇家的行宫,当然是无比繁华气派的园林。至于"温柔富贵乡"则是指"紫芸轩",紫芸轩是宝玉搬进大观园之前所住的地方,用来双关怡红院,第四十一回说,院里"锦笼纱罩,金彩珠光,连地下踩的砖,皆是碧绿凿花",摆放的可是"一副最精致的床帐"呢。

看到这里,很明显的,会让玉石打动凡心的绝对不是一般的红尘人间,而是要文化高度结晶、非常高雅优美的阶层,贾府正是这样的地方,尤其他家后来出了个皇妃,成为皇亲国戚,那真是烈火烹油、锦上添花的盛况。果然,第十八回元妃省亲时,那块投胎到贾家的玉石还特别跳出来庆幸一番,说:"只见园中香烟缭绕,花彩缤纷,处处灯光相映,时时细乐声喧;说不尽这太平气象,富贵风流。——此时自己回想当初在大荒山中、青埂峰下,那等凄凉寂寞;若不亏癞僧、跛道二人携来到此,又安能得见这般世面。"换句话说,这种皇家等级的世面,就是"大雅可观"的体现,也是曹雪芹写《红楼梦》最想要呈现的地方,因此完全不同于其他的小说。

那么我们可以进一步具体来看,到底"大雅可观"包含了哪些价值?

首先，一般人可以想到的一种，是偏向物质层面，包括许多精美的物品。例如王熙凤，她年纪轻轻才二十出头，但已经是见多识广，第四十回刘姥姥逛大观园时有一段提到，凤姐说她自己长这么大了，"纱罗也见过几百样"——想想看，我们连一样也没见过呢。而这样的王熙凤却不认得昨天开库房时，那大板箱里堆放的"软烟罗"，还误以为那是比较普通一点的蝉翼纱（像蝉的翅膀一样半透明的薄纱），结果被贾母嘲笑说："人人都说你没有不经过不见过，连这个纱还不认得呢，明儿还说嘴！"可见贾母的文化水平更高了许多。

再看"软烟罗"这个名字，连不识字的凤姐都觉得很好听，它当然也很精致美丽，身为老贵族的贾母便为大家解释了，说："那个软烟罗只有四样颜色：一样雨过天晴，一样秋香色，一样松绿的，一样就是银红的，若是做了帐子，糊了窗屉，远远的看着，就似烟雾一样，所以叫作'软烟罗'。那银红的又叫作'霞影纱'。如今上用的府纱也没有这样软厚轻密的了。"想想看，这层纱居然美得像天边的彩霞，简直如烟似雾、如梦似幻，难怪刘姥姥要赞叹连连了。

不只如此，《红楼梦》里还提到很多这一类的物品，大家比较熟悉的是茄鲞、荷叶汤。关于茄鲞这道料理的做法，是在第四十一回由凤姐说明的，凤姐笑道："你把才下来的茄子把皮剓了，只要净肉，切成碎丁子，用鸡油炸了，再用鸡脯子肉并香菌、新笋、蘑菇、五香腐干、各色干果子，俱切成钉子，用鸡汤煨干，将香油一收，外加糟油一拌，盛在瓷罐子里封严，要吃时拿出来，用炒的鸡瓜一拌就是。"这么一来，一共要用到十来只鸡来搭配调味，难怪刘姥姥根本吃不出茄子味。

还有第三十五回提到的莲叶羹，也就是荷叶汤，其实更可以用来做最好的示范。当时宝玉挨了打，躺在床上养伤，王夫人非常心疼，问他说："你想什么吃？回来好给你送来的。"宝玉笑道："也倒不想什么吃，倒是那一回做的那小荷叶儿、小莲蓬儿的汤还好些。"凤姐一旁笑道："听听，口味不算高贵，只是太磨牙了。巴巴的想这个吃了。"请注意，什么叫做"口味不算高贵"？意思是食材很普通，并不昂贵，它的价值是来自于"太磨牙了"，也就是太过繁琐费工。试看这碗荷叶汤是怎么做出来的：

> 薛姨妈先接过来瞧时，原来是个小匣子，里面装着四副银模子，都有一尺多长，一寸见方，上面凿着有豆子大小，也有菊花的，也有梅花的，也有莲蓬的，也有菱角的，共有三四十样，打的十分精巧。因笑向贾母、王夫人道："你们府上也都想绝了，吃碗汤还有这些样子。若不说出来，我见这个也不认得这是作什么用的。"凤姐儿也不等人说话，便笑道："姑妈那里晓得，这是旧年备膳，他们想的法儿。不知弄些什么面印出来，借点新荷叶的清香，全仗着好汤，究竟没意思，谁家常吃他。那一回呈样的作了一回，他今日怎么想起来了。"

这道汤竟然连世交的薛姨妈都没见过，可见非同小可，从凤姐的说明可以知道，原来那是元妃省亲时特别做出来供膳的，只做过那么一次，难怪薛姨妈从没见过，那可是最高的皇家等级！当然得要"想绝了"，别人都想不到才行。谁知道宝玉当时喝过一次，居然念念不忘，到现在还记得那一回做出来的滋味，可见宝玉的品味就是这样培养起来的。最值得我们注意的是，如此之繁琐费工，要使用上面打造了三四十样精巧图案的银模子来盛装，主要则是品尝荷叶的清香，可见那真是习惯于大鱼大肉、麻辣烧烤的人所无法领略的,而这才是真正的贵族品味。

看到这里,我要请大家一起比较薛宝钗教导给香菱的一番道理。第八十回香菱说:"不独菱花,就连荷叶莲蓬,都是有一股清香的。但他那原不是花香可比,若静日静夜或清早半夜细领略了去,那一股清香比是花儿都好闻呢。就连菱角、鸡头、苇叶、芦根得了风露,那一股清香,就令人心神爽快的。"这种品味便不是喜欢桂花、栀子花、含笑花之类浓郁花香的人所能欣赏。

所以说,从软烟罗、茄鲞、荷叶汤等等来看,我们就会发现,即使是物质层面的东西,也都不是钱财便可以买到,还得要有高度的知识和体验才能培养出良好的品味,而具备精准的判断力和欣赏力。因此,贵族和暴发户、和一般百姓的品味是很不一样的,他们偏好淡雅的风格,亦即看起来平淡,但其实很深厚、很优雅,因此不喜欢大红大绿、金光闪闪的物品,也不喜欢油腻、重口味的饮食。

现在我要再特别介绍一样大家都没弄清楚的东西,那就是"旧年蠲的雨水",顾名思义,即几年前贮存下来的雨水。第四十一回说贾母带领刘姥姥逛大观园,过程中来到了妙玉的栊翠庵,妙玉对贾母真是十分殷勤,拿出贾母能够接受的茶品"老君眉"来款待,不过贾母接过了茶杯之后,并没有立刻尝一口,而是先问用什么水来冲泡?妙玉回答说是"旧年蠲的雨水",贾母听了,才喝了半杯。可见这"旧年蠲的雨水"是上好的水质,但那究竟是怎样的水?很多人便不明就里了。

有人望文生义,想当然地说,那是把雨水放一段时间,等沉淀了以后就会很纯净,便可以用来泡出美味的茶水。但这实在是错误的说法,其实一般的雨水放一段时间以后都会发臭的,不可能会变纯净,俞平伯《红楼梦辨》甚至说:"至于北京居民亦万无以雨水为饮料之理；因北京屋顶，都是用灰泥砌瓦，且雨水稀少，下雨之时，颜色污浊，决不可饮。"所以说，我们得要靠学问来找出正确的答案。

原来，根据清朝人的记载，这雨水是苏州的特产，而且得要在梅雨季节所下的雨，所以有个名字叫做"梅水"。顾禄《清嘉录》中提道：

> 居人于梅雨时，备缸瓮，收蓄雨水，以供烹茶之需，名曰梅水。

原因在于那段期间雨水丰沛，在频繁的冲刷之下清除了空气中看不见的杂质，才能十分纯净而不会腐坏，放个几年都没有问题。因此当梅雨时节一到，当地的家家户户都拿出大缸大瓮加以收集保存，"梅水"成为天下闻名的珍贵茶水，属于虎跑泉之类的上品呢。现在你知道了吧？"旧年蠲的雨水"就是苏州的"梅水"！

回到小说情节来看，贾母愿意品尝用梅水冲泡出来的老君眉，便显示她的品味很高，普通的水她是不喝的。而妙玉怎么会有梅水？我们可不要忘了，妙玉正是土生土长的苏州人，并且她小时候为了治病而出家时，所住的蟠香寺也是在苏州。当她在庙里修行时，还收集了梅花上的雪，一共只有一小瓮，随身带到了北京的贾府，这就是妙玉招待了贾母以后，又把黛玉、宝钗偷偷叫去耳房里喝体己茶时所用的水。用梅花上的雪来烹茶，想想便十分风雅，简直如诗如画，那茶也一定更耐人寻味了。而既然妙玉会把苏州蟠香寺梅花上的雪一起带上京，那么她同时带着"旧年蠲的雨水"，不也挺合理的吗？

深厚文化的高雅品味

从这里又可以看到,不论是梅花上的雪还是"旧年蠲的雨水",它们的珍贵都不是用钱堆出来的,而是要有很高的审美能力,此即高雅文化。如果没有这种能力,便品尝不出味道,刘姥姥不就嫌太淡了吗?当时,贾母吃了半盏雨水所烹煮的老君眉,然后笑着递与刘姥姥说:"你尝尝这个茶。"刘姥姥接过来一口吃尽,笑道:"好是好,就是淡些,再熬浓些更好了。"贾母众人听了都笑起来。为什么大家会笑?因为刘姥姥实在太没品味了,简直糟蹋了好茶呀。

正因为贵族天天生活在这样的文化环境里,那高雅的品味能力也会表现在日常生活中,好比白玛瑙碗配上鲜荔枝,便是宝玉和他的三妹妹探春都很欣赏的小品画。第三十七回说:宝玉派人送荔枝去给三姑娘探春,特地选用一个缠丝白玛瑙碟子盛上,因为他认为这白色的玛瑙碟子配上鲜红的荔枝才好看,当晴雯送去以后,探春见了也说好看,叫连碟子放着,原来她是要先欣赏一阵子,根本不急着吃美食呢。连吃水果都有这些美感上的讲究,就不会限于口腹之欲,文化当然也大大提高了,可见即使在物质层面上,精神性都还是最重要的。

再看贾家里面,连没受过教育的仆人们都与众不同。例如第三回,当林黛玉一开始看到贾府派来接她的人员,心里便觉得:"近日所见的这几个三等仆妇,吃穿用度,已是不凡了,何况今至其家。"想想看,连三等的仆人都不凡了,其他还用说吗?那些能够贴身侍候主子的丫鬟们简直就是出类拔萃。因此,第三十九回大家一起评头论足,称赞那几个贴身侍候主子的大丫鬟,包括平儿、鸳鸯、彩霞、袭人等,宝钗笑说她们个个"都是百个里头挑不出一个来,妙在各人有各人的好处",李纨便称赞起贾母身边的鸳鸯,接着四姑娘惜春也笑道:"老太太昨儿还说呢,他比我们还强呢。"这可一点儿都没有说错,第五十五回凤姐也感叹道:"我们的丫头,比人家的小姐还强呢。"但这又是为什么?因为她们在这样的环境里耳濡目染,不断学习,久而久之,胸襟、见识就提高了。

从怡红院的一个三等丫头红玉身上,更可以清楚看到这一点。第二十七回说,红玉在一个偶然的情况下受到了凤姐的赏识,凤姐想重用她,便先问红玉本人愿不愿意到她身边做事,红玉立刻说:

> 愿意不愿意,我们也不敢说。只是跟着奶奶,我们也学些眉眼高低、出入上下,大小的事也得见识见识。

可见他们认为最重要的根本不是财富或权势,而是广阔的见识和高雅的文化!

现在,我们要来讲最关键的精神层面了。其实,前面提到物质层面的时候,已经呈现了精神面的重要性,如果没有精神性,一味花大钱追求这些高档昂贵的物质,却不懂得其中的文化价值,那就会变成暴发户了。

所以《红楼梦》里一再强调他们不是暴发户,对他们来说,暴发户只有金钱或权力,而没有文化教养,只能算是有钱有势的粗人。而具备文化教养,便能表现出"大雅可观",曹雪芹甚至还告诉我们,真正的绝世美人是高雅的贵族文化才能培养出来的,其中的代表人物就是薛宝琴。这位最后才出场的金钗,真是把宝钗、黛玉都给压倒地艳冠群芳,她优雅大方、仪态万千,那是连明朝最有名的画家都画不出来的风姿。

第五十回说,贾母从大观园坐轿子要回屋子去,路上是一片粉妆银砌的雪地,忽然远远地看到宝琴披着凫靥裘站在山坡上遥等,身后一个丫鬟抱着一瓶红梅，那景象美得如画一般。贾母喜得忙笑道：

"你们瞧，这山坡上配上他的这个人品，又是这件衣裳，后头又是这梅花，像个什么？"众人都笑道："就像老太太屋里挂的仇十洲画的《艳雪图》。"贾母摇头笑道："那画的那里有这件衣裳？人也不能这样好！"

这仇十洲就是仇英，乃明朝鼎鼎大名的人物画家，但连他都画不出眼前"宝琴立雪"的绝世丰姿，那并不是因为技巧不够，而是欠缺对这种大家闺秀的见识。同样的，宝琴身上所披的那一领凫靥裘，是用野鸭子头上的羽毛精工做成的，连宝钗、宝玉都从来没见过，一般的画家又哪里见到过？又怎么画得出来？

可见富贵的价值，真正的关键是文化，而文化是很昂贵、很花时间才能培养出来的，难怪宝玉的前身要指定富贵场去投胎。同样的，宝玉所向往的温柔乡也是贵族文化的结晶，那些环绕在他身边的少女，都是有文化、有见识的闺秀，不单只是美丽而已，也正是为了把她们给记录下来，所以才会诞生了《红楼梦》这部书。曹雪芹在第一回的前面向天下人告罪时，便说："我之罪固不免，然闺阁中本自历历有人，万不可因我之不肖，自护己短，一并使其泯灭也。"这些闺阁女子的优雅卓越，是富贵场所提供的文化环境才能造就的。

要知道，古代没有工业革命，没有资本主义，资源很欠缺，而读书是很昂贵的投资，所以没几个人可以读书。即使到了光绪三十年，即公元1904年，历经了推广教育的努力，整个中国的识字率也只有1%，其他99%的人都是文盲！而像杜甫、苏东坡、曹雪芹这样拥有丰富的学养、深厚的文化者,那更是少之又少,可以说是凤毛麟角了。

这么说来,能读书真是一件很幸运的事,而所谓的"知书达礼",读书不只是为了有知识,更是为了有文化、有教养,活得更精致优雅,这也是他们叫做"贵族"的原因,"贵"的意义就在这里。难怪曹雪芹要称贾家为读诗书、守礼法的"诗礼簪缨之族",那才是贾宝玉想要去安身乐业的真正关键!

最后,总结一下这一章所讲到的重点。

首先,宝玉的前身为什么要到人间一趟?就是为了去领略富贵所带来的大雅可观的高雅文化,我们举了几个例子说明贵族的高雅品味,包括软烟罗、茄鲞、荷叶汤,还有玛瑙碗配上鲜荔枝,尤其解释了什么是"旧年蠲的雨水",都不是单单有钱即欣赏得了的。

同样的,在人物方面,精神性仍然最为重要,贾家连丫鬟都胜过于一般人家的小姐,何况选美第一名的薛宝琴简直比画还好看,那依靠的不只是容貌,还更是环境所培养的优雅出众的气质。这些都说明了高雅文化、胸襟见识的重要性,也是宝玉指定去富贵场投胎的真正原因。

下一章,要讲宝玉投胎到富贵场以后,他的任务本来是什么?曹雪芹用很特别的方式来加以说明,做了很有趣的重像设计。"重像"是什么?请看后续的解说便可以明白了。

第3章：贾宝玉有哪些分身

前一章提到，宝玉是为了享受富贵、见识高雅文化才渴望到红尘里来，但是，富贵场的维持其实很不容易，当家的家长总是忙得不可开交，因此，不止贾政常常在外面忙着朝廷派下来的公务，甚至连续几年都回不了家，连王夫人也是常常分身乏术。

第六回很早就说："荣府中一宅人合算起来，人口虽不多，从上至下也有三四百丁；虽事不多，一天也有一二十件，竟如乱麻一般。"在第五十五回又提道："连日有王公侯伯世袭官员十几处，皆系荣、宁非亲即友或世交之家，或有升迁，或有黜降，或有婚丧红白等事，王夫人贺吊迎送，应酬不暇。"难怪王夫人需要王熙凤协助理家，否则单单一个人根本应付不来。

随代降等、三代归零的宿命

然而回来看宝玉，他肩负了继承人的责任，却又只想要享受优雅舒适的生活，而不愿意烦恼家务的问题，因此成了个不负责任的不肖子。但他又不是一般常见的纨绔子弟，为了解释宝玉的特异性，曹雪芹特别提出一套正邪两赋的理论，在上文里曾加以说明，即宝玉是个正邪两赋的特异份子，浑身的正气被邪气入侵而沦为一个瑕疵品，导致他"于国于家无望"。

其中所谓的"于国无望"，便是指他不喜欢读书，或者说，他不喜欢读正经书，这么一来就没办法参加科举考试，当然也没有机会为国家服务了。至于"于家无望",指的是他对家族同样没有贡献。很多人都不知道,贾家这种贵族世家是清朝所谓的八旗世爵,即他们并不是皇族,从他们姓的是贾而不是爱新觉罗,便可以知道这一点;但他们的祖宗早在明朝便已经入旗了,虽然是血统上的汉人,却仍然属于所谓的旗人,在文化上、生活上和满人一家,并且祖先在清初入关时战功彪炳,对朝廷贡献很大,因此被封为国公,而"一等公"可是八旗世爵里最高的等级,那兄弟俩一个是哥哥宁国公贾演,一个是弟弟荣国公贾源,这样命名的涵义象征着他们分别创立了宁国府和荣国府,从"源"头"演"化下来,而宝玉就是荣国府这边贾母的爱孙。

只是,天下并没有永恒不变的事物,一个国家的爵位有限,所以不能让贵族们的子子孙孙代代相传,而有了"随代降等承袭"的制度,也就是每世袭一代,爵位即降低一等,几代之后便归零了,这是除少数十二三家"世袭罔替"的皇族之外都注定的命运。至于那些不是皇族的八旗世爵,更注定只能传承三代,到第四代就没有爵位了,这时便得要找另外的出路,好让家族的荣华富贵可以维持下去,那个出路正是科举考试。

而宝玉正是贾家的第四代,面对贾家存亡绝续的关键时刻,他肩负了家族转型的重责大任,如果能够成功中举,贾家的富贵故事就能继续写下去,所以贾政会逼他读书,正是为了这个原因。但我们都知道,贾家最后会"落了片白茫茫大地真干净",小说一开始的神话故事也预告了宝玉的无材补天,可见宝玉确实是一个辜负家族使命的不肖子。

其实,宝玉作为家族继承人的使命,也透过他的重像而表现出来。所谓的"重像"就是指重叠的形象,有一点分身的意味。当曹雪芹在设计小说人物时,精心安排了一种很特殊的技巧,亦即通过其他的角色以类似的特征来加强、突显某个重要人物。这些其他的角色可以是历史上的人物,也可以是小说中的人物,他们的某些特点通往那个特定的重要人物,当读者看到他们的时候就好像也看到了这个人的影子,这便是所谓的重像,也可以用"分身"的概念来理解。

那么,要怎样才能判断两个人物之间是否具有重像关系?学者告诉我们,"长得相像"就是一个重要的线索,毕竟小说是由小说家所创作,他拥有创作的特权,可以在人物的塑造上做很大的发挥,长相便是其中之一。一旦有两个人拥有类似的长相,那就表示他们之间存在着某种特殊的关联。

同途殊归的二人组

现在来看,《红楼梦》中有谁和宝玉长得相像?我们一共可以找到五个,因为篇幅的关系,只讲最重要的三个。

其中,一般读者最容易想到的,就是甄宝玉。这个甄宝玉完全是贾宝玉的翻版,从长相到个性都如出一辙,第二回里贾雨村对好朋友冷子兴提到,去年他在金陵,曾经被推荐到甄府当家庭老师,到了甄家,发现到他家是那等显贵,却是个富而好礼之家,堪称很难得的教学馆。但甄宝玉这一个学生,虽然只是启蒙,竟比一个举业的还劳神,说起来更可笑,他说:"必得两个女儿伴着我读书,我方能认得字,心里也明白;不然我自己心里胡涂。"又常对跟他的小厮们说:"这女儿两个字,极尊贵、极清净的,比那阿弥陀佛、元始天尊的这两个宝号还更尊荣无对的呢!你们这浊口臭舌,万不可唐突了这两个字,要紧!但凡要说时,必须先用清水香茶漱了口才可;设若失错,便要凿牙穿腮等事。"不只如此,"其暴虐浮躁,顽劣憨痴,种种异常。只一放了学,进去见了那些女儿们,其温厚和平,聪敏文雅,竟又变了一个。因此,他令尊也曾下死笞楚过几次，无奈竟不能改。每打的吃疼不过时，他便'姊姊''妹妹'乱叫起来"，原因是："急疼之时，只叫'姊姊''妹妹'字样，……便果觉不疼了。"这岂不正是贾宝玉的情况吗？

又第五十六回提到，甄府的四个女人来到贾家请安，贾母问她们说：

"你这哥儿也跟着你们老太太？"四人回说："也是跟着老太太。"贾母道："几岁了？"又问："上学不曾？"四人笑说："今年十三岁。因长得齐整，老太太很疼。自幼淘气异常，天天逃学，老爷、太太也不便十分管教。"贾母笑道："也不成了我们家的了！你这哥儿叫什么名字？"四人道："因老太太当作宝贝一样，他又生的白，老太太便叫作宝玉。"

居然连名字也一样，贾母的好奇心更被挑起来了，便派人到大观园里把贾宝玉叫来，给这四个管家娘子瞧瞧。没想到这四人一见到宝玉，连忙起身笑道："唬了我们一跳。若是我们不进府来，倘若别处遇见，还只当我们的宝玉后赶着也进了京了呢。"然后她们又总结说道："如今看来，模样是一样。据老太太说，淘气也一样。"可知两个宝玉是重像无疑了。同样的，第二回贾雨村说："因祖母溺爱不明，每因孙辱师责子，因此我就辞了馆出来。"意即甄家的祖母过度溺爱、不明事理，甚至每每因为孙子而辱骂老师、责备儿子，因此贾雨村便辞职不做了。这么一来，两家的祖母也是一样，都把孙子给宠坏啦。

由此可见，两个宝玉从名字、相貌、性格、习气、环境都完全相同，难怪宝玉做了一场梦，去到甄家和甄宝玉见了面，当时的情况简直像照镜子般彼此重叠。请看第五十六回继续说：宝玉在梦中到了一座花园之内,诧异道:"除了我们大观园,更又有这一个园子?"接着又看到一群很像鸳鸯、袭人、平儿的丫鬟,而她们也把宝玉误认为甄家的宝玉。然后宝玉顺步到了一所院内,又诧异道:"除了怡红院,也更还有这么一个院落?"等上了台矶,进入屋子内,只见床榻上有一个少年躺卧着,还叹息了一声,一个丫鬟笑问道:"宝玉,你不睡又叹什么?想必为你妹妹病了,你又胡愁乱恨呢。"贾宝玉听说,心下也便吃惊,因为这不等于是在说他自己吗?没想到那位少年说他也做了一个同样的梦,贾宝玉听说,连忙说道:"我因找宝玉来到这里。原来你就是宝玉!"卧榻上的少年忙下来拉住贾宝玉,也说:"原来你就是宝玉!这可不是梦里了?"贾宝玉道:"这如何是梦?真而又真了。"

请看两个宝玉在梦中相见,彼此完全一模一样,居然真实无比,这当然是有用意的,曹雪芹是要借着甄宝玉来衬托贾宝玉,那不只是为了加强贾宝玉的形象而已,其实还更要进行对比和反讽。原来在遗失的后四十回里,甄宝玉应该是规引入正,回到正途而承担了家族的责任,就这一点来说,现在的高鹗续书算是正确把握到了;可贾宝玉却还是依然故我,最后只能眼睁睁地看着家族败落,那份痛彻心扉简直无法承受,于是以出家了结一切的是非荣辱,留下一个彻底一无所有的悲剧。

这就是两个宝玉分道扬镳,以致同途殊归,而不是殊途同归的对比,因此贾宝玉的悔恨便更加椎心蚀骨了。

荣国公的继承人

同样的,贾宝玉的其他重像也是很严肃的人物,却又被大多数的读者所忽略。我要特别提醒大家,其中之一,就是荣国府的第一代祖先贾源!这是否令人根本想不到?

证据在第二十九回，当时快要到端午节了，元妃命贾家在五月初一到初三打三天的平安醮，唱戏献供。第一天是初一，凤姐怂恿大家都去清虚观打醮，顺道看戏取乐，贾母听了很有兴致，便出面号召大家共襄盛举，于是全家的女眷都出动了，一路上热热闹闹地到了清虚观。不久，当日代替荣国公出家的替身张道士就来向贾母请安了，他特别提到记挂着宝玉，于是贾母便叫人把宝玉带来，张道士一看连忙抱住了问好，还向贾母笑道："哥儿越发发福了。"后来又感叹道：

"我看见哥儿的这个形容身段、言谈举动，怎么就同当日国公爷一个稿子！"说着两眼流下泪来。贾母听说，也由不得满脸泪痕，说道："正是呢，我养这些儿子孙子，也没一个像他爷爷的，就只这玉儿像他爷爷。"

从这一段描写可见，其中所提到的荣国公指的应该是第二代的贾代善，也就是贾母的丈夫，显然他不幸早死了，因此让贾母触动了心肠，以致泪流满面。但张道士却说贾代善是国公爷，而"国公"是第一代的祖先才有的爵位，到了第二代其实已经降等了，所以合理地推测，那应该是一种尊称，因为把死者的身份抬高一级，是当时社会通行、可以接受的做法，并且也很可能是曹雪芹故意含糊的说法，好让贾代善和第一代的贾源统一起来，共同代表了贾家最初、最有权威的祖宗。我甚至还怀疑，或许贾代善长得也像第一代的贾源！无论如何，这里最要特别注意的重点是：贾母有那么多的子孙，却只有宝玉一个长得像爷爷，他的容貌身段、言谈举止都和国公爷是同一个模子复制出来的！

但这祖孙两个彼此相隔了几十年，连面也没见过，曹雪芹为什么要设计这样的重像关系？原来，曹雪芹的目的就是要暗示：宝玉是荣国府的唯一继承人。也因此，第五回写宁、荣二公死后还在为贾家操心，以至于还魂去嘱托太虚幻境的警幻仙姑，希望能把宝玉规引入正，当时他们说："遗之子孙虽多，竟无可以继业。其中惟嫡孙宝玉一人，禀性乖张，生情怪谲，虽聪明灵慧，略可望成。"把这两段话比对一下，岂不是丝丝入扣？子孙里只有宝玉一个人长得像祖先，又只有宝玉一个人有希望可以继承家业，这便清楚证明了宝玉确实被赋予家族发展的使命，承担了贾家的未来，是贾家要重建富贵唯一的寄托。所以即使他只是"略可望成"——略略有希望可以成功，都不能放弃这一线希望。

由此可见，宝玉作为祖宗的继承人，和宁、荣二公一样承担了家族重建的使命，这组重像关系是非常严肃的。

那么，宝玉到底长什么样子？首先必须说，宝玉是一个很漂亮的小男生，小说中常常提到他之所以特别得宠，原因之一就是长得好看。例如第二十五回赵姨娘说："也不是有了宝玉，竟是得了活龙。他还是小孩子家，长的得人意儿，大人偏疼他些。"可见长得讨人喜欢是宝玉很得长辈疼爱的重要原因。还有，第五十六回贾母也说："就是大人溺爱的，是他一则生的得人意，二则见人礼数竟比大人行出来的不错，使人见了可爱可怜，背地里所以才纵他一点子。"可见生得好看果然可以带来不小的特权。

甚至第二十三回还提到，连平常恨铁不成钢，因此不怎么喜欢宝玉的贾政，也都会因为一眼看到"宝玉站在跟前，神彩飘逸，秀色夺人；看看贾环，人物委琐，举止荒疏"，再加上其他的一些理由，因此"把素日嫌恶宝玉之心不觉减了八九"，这时几乎一点也不讨厌宝玉了。由此可见，长相确实有影响，宝玉的漂亮便让他占了不少的便宜，这是无可否认的事实。

小阿哥骑马（清末图片）

宝钗：金玉良姻的体现

现在要进一步来看，宝玉到底具体是长什么样子？谈到这一点，就会涉及宝玉的第三个重像人物了，那个人便是薛宝钗。这是不是又很令人大吃一惊？如果说，重像人物之间存在着很特殊的关联，那么和宝玉相像的金钗，岂非应该是林黛玉吗？他们青梅竹马、志同道合，照理来说，应该是一体的，但怎么会偏偏是看起来格格不入的宝钗才是宝玉的重像？在这里，显然曹雪芹是用心良苦，他要告诉我们深刻复杂的道理。

先来看他们俩的相貌吧。首先，第三回透过黛玉的眼睛，让我们近距离看清楚宝玉的长相，那是：

> 面若中秋之月，色如春晓之花，鬓若刀裁，眉如墨画，面如桃瓣，目若秋波。

意思是说，宝玉的脸形仿佛中秋满月般的洁白圆润，两道眉毛就像墨汁似的漆黑，脸色有如春天的桃花一样嫣红，那一双眼睛好比秋水般地流转波动。这岂不是和宝钗同一个模子吗？第八回宝玉来探望薛姨妈和宝钗时，借由宝玉的眼睛让我们看到宝钗面相的工笔画，那是：

> 唇不点而红，眉不画而翠。脸若银盆，眼如水杏。

其实，同样的一段描写又出现在第二十八回，也同样是从宝玉的眼中再现出来，让我们比对一下：宝钗的"眉不画而翠"意指不用画眉就已经漆黑鲜明，所谓的"翠"是青黑色的意思，古人会用来形容美人的眉毛，而有"翠眉"一词，例如盛唐诗人岑参《使君席夜送严河南赴长水得时字》便说:"娇歌急管杂青丝,银烛金杯映翠眉。"如此一来,"眉不画而翠"岂不正是宝玉的"眉如墨画"吗?

而宝钗的"脸若银盆"是说她的脸形又白又圆,像白银打造的水盆,这不也是宝玉的"面若中秋之月"?再看宝钗的"眼如水杏",那水汪汪的大眼睛又刚好类似于宝玉的"目若秋波"可见两人都是浓眉大眼,衬在圆润白皙的脸上,确实抢眼夺目。至于宝钗的"唇不点而红"则说明她双唇红艳,根本不必点上唇膏,同样相当于宝玉的"色如春晓之花"和"面如桃瓣",都是白里透红的好气色,显示一种富丽堂皇的气象。难怪第五回的女神兼美是"鲜艳妩媚,有似乎宝钗",有如鲜花绽放盛开一般。

这么说来,和宝玉长得一样的宝钗,也是无比美丽的啰?的确是,第二十八回还进一步写宝玉眼看宝钗这样的容貌,认为是"比林黛玉另具一种妩媚风流,不觉就呆了",宝玉居然看到浑然忘我,当场发起呆来,可见那是多么令人沉迷的美貌。果然小说中几番提到宝钗的绝色,例如第五回说:"如今忽然来了一个薛宝钗,年岁虽大不多,然品格端方,容貌丰美,人多谓黛玉所不及。"显示这是大家的公论。还有第四十九回,宝玉向袭人、麝月、晴雯等笑道:"你们成日家只说宝姐姐是绝色的人物。"难怪第六十三回大家掣花签时,宝钗抽到的是花王牡丹花,上面题的就是"艳冠群芳"四个字,下面又注解说:"在席共贺一杯,此为群芳之冠。"而现场的大家都十分赞同。

不只如此,依照清虚观张道士的说法,宝玉的体态是"哥儿越发发福了",可见是有一点丰满,这明显和黛玉的纤细瘦弱完全不同,但和宝钗又是十分相似。第三十回说,五月初三是薛蟠的生日,家里摆酒唱戏,也来邀请贾府诸人去游乐一番,宝玉因为得罪了黛玉，就没有心情去，又问宝钗怎么也不看戏去？宝钗回答说："我怕热，看了两出，热的很。要走，客又不散。我少不得推身上不好，就来了。"宝玉听了便搭讪说道："怪不得他们拿姐姐比杨妃，原也体丰怯热。"从这段对话可以看出，宝钗是属于杨贵妃型的丰满体态，所以比较怕热，不同于黛玉的西施、赵飞燕型，第六十三回宝玉也说"林妹妹怕冷"，可见宝钗确实比较接近宝玉的体态。

再说，宝钗的声音居然也会被误认为是宝玉的呢，第三十回描写宝玉遇到了午后雷阵雨，淋得跟落汤鸡似的，赶紧一口气跑回怡红院，谁知道大门深锁，只好敲门叫人来开。而丫鬟们都在院子里玩水笑闹，过了半天才听见外面有人大声拍门的声音，这时袭人问是谁叫门？宝玉道："是我。"麝月一听就说："是宝姑娘的声音。"由此可见，宝玉的声音和宝钗也是相像的，所以麝月才会认错。这么说来，这二宝之间更是如出一辙了，从容貌、体态、声音都高度重叠，充分显示了两人的重像关系！

那么，曹雪芹为什么要这样设计？其中必有奥妙。简单地说，宝玉和宝钗这两人长得一副夫妻脸，正可以说是"金玉良姻"的另一种呼应。

最后，总结一下这一章所说的重点，即宝玉的重像包括了甄宝玉、荣国公贾源，还有薛宝钗，这三个人都和宝玉的命运有关，那就是家族的发展。其中，甄宝玉这个人是要烘托宝玉无材补天的一面，荣国公贾源则是表达宝玉肩负了继承人的责任，而最特别的是薛宝钗，她和宝玉的夫妻相暗示了两人的金玉良姻，那确实是一种命中注定的关系。下一章要仔细看看金玉良姻的意义是什么，你也会重新有不同的认识。

第4章: 什么是金玉良姻

紧接着上一章提到的薛宝钗，这一章要讲的是：什么是金玉良姻？

我们都知道，宝玉的婚姻与恋爱涉及了两位重要金钗，一个是林黛玉，一个是薛宝钗。对于这三个人的关系，小说家在第五回做了一点预告，当时宝玉神游太虚幻境，听到了《红楼梦组曲》第一首的歌词，其中说："都道是金玉良姻，俺只念木石前盟。"那"金玉良姻"是指宝钗的金项圈或说金锁片，和宝玉的通灵玉构成了良好的姻缘，暗示小说最后的结局是宝玉、宝钗结为夫妻，因此二宝的婚姻关系就被称为"金玉良姻"。而"木石前盟"指的是宝玉和黛玉前一辈子所缔造的缘分，"木"是指绛珠仙草，"石"即是神瑛侍者，即那一块玉石的化身，因为神瑛灌溉绛珠的恩惠，彼此形成了特殊的情缘，"还泪"便是特殊的表现。

由此可见，在宝玉的温柔乡里，宝钗、黛玉是最重要的两个少女，偏偏她们两个人几乎完全不同，一个是以大局为重，而一个是偏重在自我的个人主义。如果一定只能选一个，大家通常都会选黛玉，因为从心理学的角度来说，正如清朝评点家赵之谦（1829—1884）《章安杂说》所指出："人人皆贾宝玉，故人人爱林黛玉。"确实如此，毕竟宝玉是小说的主角，而黛玉和宝玉从小一起长大，也培养出深厚的感情，所以很自然的，大家都会以宝玉为中心去看待林黛玉，因此认为黛玉是宝玉唯一的知己，和宝玉是彼此认定的唯一伴侣。

不过，曹雪芹告诉我们，事情并没有那么简单！

钗黛合一

首先，我要提醒大家，宝玉其实对所有的少女都是喜爱的、欣赏的、怀念的，第五回当他在神游太虚幻境时，一边聆听演奏给他欣赏的《红楼梦曲》，一边看着歌词的原稿，那总论般的《红楼梦引子》便清楚地说：

> 开辟鸿蒙，谁为情种？都只为风月情浓。趁着这奈何天、伤怀日、寂寥时，试遣愚衷。因此上，演出这怀金悼玉的《红楼梦》。

整个组曲所歌咏的，是正册中的十二位金钗，而对这些包括宝钗在内的金钗们，宝玉或者曹雪芹的心态其实是"怀金悼玉"——"怀"是怀念、怀想、缅怀的意思，而"怀金"的"金"应该主要是指宝钗，至于"怀金悼玉"的"悼玉"，则是哀悼黛玉无疑了。但其实扩大来看，所谓的"怀金悼玉"更可以说是怀念、哀悼那些簿册里所有的少女，她们都是所谓"金玉"般的人，当然也包括宝钗在内。

再说，固然以专情的角度而言，宝玉只能选一个来情有独钟，于是林黛玉雀屏中选，但对曹雪芹而言，"钗黛合一"才是他心目中最完美的女性典范，这一点在小说里不断地重复加以提醒。先看第五回，宝玉神游太虚幻境时浏览了少女们的人物判词，其中，金陵十二钗正册纪录了最重要的十二个女子，在编排的形式上基本都是一个人一本册子，唯一例外的是第一本：

> 头一页上便画着两株枯木,木上悬着一围玉带;又有一堆雪,雪下一股金簪。

也有四句言词,道是:

> 可叹停机德,堪怜咏絮才。玉带林中挂,金簪雪里埋。

所谓的"两株枯木,木上悬着一围玉带"就是暗示林黛玉,也即判词中的"玉带林中挂","玉带林"三个字倒过来念,便是谐音林黛玉,而"堪怜咏絮才"乃借由写出"未若柳絮因风起"这句诗的才女谢道韫,来赞美黛玉的诗歌才能。至于"有一堆雪,雪下一股金簪"则是代表薛宝钗,"雪"是谐音薛宝钗的"薛",而"金簪"等于是宝钗的别名,这也呼应了判词中的"金簪雪里埋",再说,宝钗的贤德就好比古代乐羊子的妻子(见《后汉书·列女传》),故称"可叹停机德"。这两个人放在同一本册子上,不正是"钗黛合一"吗?一才、一德,既各有偏重又相辅相成。并且她们俩不只是合一,还不相上下,在册子里有时宝钗领先,有时则是黛玉在前面,根本不分轩轾。

更明显的是太虚幻境里的女神兼美。因为宝玉根本看不懂这些判词中所隐藏的天机,于是警幻仙姑使出了最后的杀手锏,将她的妹妹许配给宝玉,希望他能够因此而觉悟,不要再沉迷于温柔乡之中。而警幻的妹妹乳名叫做兼美,她的相貌是"鲜艳妩媚,有似乎宝钗,风流袅娜,则又如黛玉",两种不同的美丽居然合为一体,这简直是仙境才可能存在的神话!落实到了人间,确实不太可能发生,但曹雪芹还是采用了一种很特别的方式来表达这样的理想,体现于怡红院的庭院设计上。

请看第十七回大观园刚刚落成,大家长贾政领着宝玉一行人入园游览,到处题字,最后走到了怡红院,那是将来宝玉要居住的地方,等于是为他量身打造。其中便描写道:

> 一入门,两边俱是游廊相接。院中点衬几块山石,一边种着数本芭蕉,那一边乃是一颗西府海棠,其势若伞,丝垂翠缕,葩吐丹砂。众人赞道:"好花,好花!从来也见过许多海棠,那里有这样妙的。"

后来,当大家要为这个地方命名时,宝玉建议道:

> "此处蕉棠两植,其意暗蓄'红''绿'二字在内。若只说蕉,则棠无着落;若只说棠,蕉亦无着落。固有蕉无棠不可,有棠无蕉更不可。"贾政道:"依你如何?"宝玉道:"依我,题'红香绿玉'四字,方两全其妙。"

其中,"两全其妙"不就是"兼美"吗?而兼美是兼具了宝钗、黛玉之美,这里两全其妙的"蕉棠两植"也恰恰正是钗黛合一!因为绿色的芭蕉常常被比喻为"绿玉",那就相当于"黛玉"的意思,黛玉的"黛"字本身即是指深绿色、青黑色,古时妇女可以用来画眉,因此第三回宝玉和黛玉首度相见时,即引用《古今人物通考》说:"西方有石名黛,可代画眉之墨。"为黛玉取了"颦颦"的妙字,所以说芭蕉代表了黛玉,展现的也是一种风流袅娜的姿态。而红色的海棠花有着鲜艳妩媚之美,也正对应了宝钗。

由此可见,怡红院里"蕉棠两植"的"两全其妙",就是太虚幻境中"钗黛合一"的"兼美",果然怡红院岂不也等于宝玉的仙境吗？宝玉住在怡红院里，简直成了名符其实的绛洞花主，难怪他会感到心满意足。这么说来，宝玉或者曹雪芹心目中的理想，确实是钗黛合一，她们两人可以分庭抗礼，更应该互补合一，那就会构成最完美的女性典范，包括"兼美""蕉棠两植"还有两人并写的判词等等，都是钗黛合一的证明。

而《红楼梦》的创作宗旨便是要"怀金悼玉"，表达曹雪芹对那些"闺阁中本自历历有人"的女性的敬佩与哀悼，根本不是要发泄对什么社会制度的怨恨。想想看，抱着仇恨心理的作家，既然一味坚持强烈的好恶批判，即已经失去了对宏大而复杂的世界的宽广体认，又哪里能写出深沉丰富的好作品？

金玉良姻：天作之合的神谕

厘清了这一点以后，现在可以进一步来看，到底什么是"金玉良姻"了。一般读者都以为，"金玉良姻"是门当户对的包办婚姻，宝玉是被迫迎娶自己并不爱的薛宝钗，造成了林黛玉含恨而死的悲剧，因此令人厌恶。甚至有很多人采取了阴谋论，揣测王夫人、薛姨妈乃至袭人为了促进这段"金玉良姻"，都暗中陷害林黛玉，于是"金玉良姻"简直成了罪恶的代名词。

不过，这样的想法实在太简单了，而且根本违反了事实。那事实是怎样的呢？讲起来真是说来话长，我先提醒大家注意几个重点。第一，所谓的"金玉良姻"，并不是人为的阴谋，而是由和尚所传达的上天神谕！

试看通灵玉上面所刻的字，和金项圈上的句子是一模一样，而我们都知道，通灵玉的字是宝玉从前世所带来的，想当初，那块玉石要幻形入世的时候，就是和尚给镌刻上去，第一回说道：那僧把缩小的玉石托于掌上，笑道："形体倒也是个宝物了！还只没有实在的好处,须得再镌上数字,使人一见便知是奇物方妙。"这便是通灵宝玉上面的字迹的来历。而宝钗的金锁片,上面錾的字也是和尚所吩咐的,第八回集中说明了这个情况,当时宝玉来探望薛姨妈,又问候起宝钗,原来宝钗又犯了宿疾,于是这几天都没有出门,待在家静养,宝玉便往里间去看视宝钗。也正因为当时现场只有两个人,所以宝钗才提到要仔细赏鉴一下那块通灵玉。

对于这段情节,很多人以为是透露出宝钗渴望金玉良姻的心思,但这恐怕太过捕风捉影,未免穿凿附会了。想想看,黛玉才刚刚来到贾府的第一天,就向袭人问起那块玉,而且她应该第二天便看过了,这其实也不算什么,毕竟人都有好奇心,宝玉那块含在嘴里一起出生的美玉简直就是传奇,所以只要有机会,谁不会想看一下?因此当第十九回宝玉偷偷出门,去袭人家看望她的时候,袭人也小心翼翼地摘下那块玉,给她的家人们见识一下。

由此可见,宝钗来到贾府这么久了,直到现在才顺道看一眼,显然她其实并不在意金玉之说,对那块通灵宝玉也没有很大的兴趣。再看第二十八回更说得很清楚:

> 宝钗因往日母亲对王夫人等曾提过"金锁是个和尚给的,等日后有玉的方可结为婚姻"等语,所以总远着宝玉。昨儿见了元春所赐的东西,独他与宝玉一样,心里越发没意思起来。幸亏宝玉被一个黛玉缠绵住了,心心念念只记挂着黛玉,并不理论这事。

可见情况刚好相反,宝钗居然觉得"金玉良姻"很没意思,甚至一直疏远着宝玉,还庆幸宝玉一心都在黛玉身上。所以说,很多人把宝钗一家人当作阴谋者,那实在是太冤枉好人了,再想想看,以薛家的家势地位，联姻的对象一定都是门当户对的王孙公子，又何必非要贾宝玉不可？就算是对宝玉情有独钟，由家长直接提亲不就好了吗？既然当时名门世家的婚姻必须遵守父母之命、媒妁之言，又何必浪费那些没用的心机或小手段？你是不是以为，薛家的人都又坏又笨，不懂得选最有效的方法？可见一个人有了成见以后，就会处处杯弓蛇影，无论看到什么都会加以怀疑，于是便穿凿附会了。

现在回来看"金玉良姻"是怎么回事。当宝钗把通灵宝玉托于掌上，即看到上面由癞僧所镌的篆文，正面写的是"通灵宝玉"四个字，还有两句话，写道："莫失莫忘　仙寿恒昌。"宝钗念了两遍，没想到她的贴身丫鬟莺儿听到了，因此不去倒茶，也在这里发呆，被宝钗催促了一下，莺儿却笑嘻嘻地说："我听这两句话，倒像和姑娘的项圈上的两句话是一对儿。"其实莺儿并不识字，但却听得懂，所以一听就注意到和宝钗金项圈上面的字是成对的。

宝玉对这一点也感到很惊喜，所以缠着宝钗一定要过目见识一下。本来宝钗并不想谈这件事，这时也只好退让，于是说道：

"也是个人给了两句吉利话儿，所以錾上了，叫天天带着；不然，沉甸甸的有什么趣儿！"一面说，一面解了排扣，从里面大红袄上将那珠宝晶莹、黄金灿烂的璎珞掏将出来。宝玉忙托了锁看时，果然一面有四个篆字，两面八字，共成两句吉谶。亦曾按式画下形相：

不离不弃　芳龄永继

宝玉看了，也念了两遍，又念自己的两遍，因笑问："姊姊这八个字倒真与我的是一对。"莺儿笑道："是个癞头和尚送的，他说必须錾在金器上……"

读过这一段的描写，我们可以发现到，连宝玉都很高兴地说金、玉上面的字确实是一对，可见那真是非常客观的事实。更值得注意的是，一切都是由和尚这位神通者所决定，成对的文字即是和尚给予的，他就像月下老人一样，目的是促成宝钗、宝玉的金玉良姻。尤其金项圈、通灵玉上面的文字居然这么巧合，成双成对，这岂不至是"天作之合"的意思吗？所以说是来自天上的神谕。这当然也是曹雪芹特别安排的，他要让宝玉、宝钗是天生一对。

那么，既然宝钗并不喜欢佩戴这些麻烦的首饰，如第七回薛姨妈所说的："宝丫头古怪着呢，他从来不爱这些花儿粉儿的。"她和薛姨妈又为什么要乖乖听从和尚的嘱咐？关于这个疑问，只要仔细推敲一番便会发现，那其实非常合情合理。想想看，宝钗从小便带有一种与生俱来的宿疾，只要发病就会喘嗽，家里不知花了多少钱、请了多少大夫，却都一直治不好，最后还是这位和尚给了一帖海上方，叫做"冷香丸"，才算克服了这个病症。这么一来，和尚简直像神仙一样了吧？而神仙交代的事情，人们当然会心服口服啊。

更何况，这位神仙和尚交代的事情也是很吉利的，谁不希望长命百岁、人生平安顺利？薛姨妈作为母亲，当然会乐于接受，而平常不喜欢戴首饰的宝钗也只得奉命挂在颈上了。

宝钗：真正的同道

至于大家应该注意的第二重点，便是：其实宝玉对宝钗也很欣赏，或者不如说，其实宝玉对所有的女孩子都十分崇敬，何况是出类拔萃的薛宝钗！果然，宝玉有一次拜托莺儿帮他打络子，一边看着莺儿巧手编织出精美的作品，一边居然羡慕起将来可以拥有宝钗和莺儿这一对主仆的幸运儿，第三十五回说：

> 宝玉笑道："我常常和袭人说，明儿不知那一个有福的消受你们主子奴才两个呢。"莺儿笑道："你还不知道我们姑娘有几样世人都没有的好处呢，模样儿还在次。"宝玉见莺儿娇憨婉转，语笑如痴，早不胜其情了，那更提起宝钗来！便问他道："好处在那里？好姐姐，细细告诉我听。"

由此可见，宝玉根本没有讨厌宝钗，相反地，他觉得能娶到宝钗的人是很有福气的呢。

所以说，在《红楼梦曲》中《终身误》这一首所言："都道是金玉良姻，俺只念木石前盟。"那只是表示宝玉心有所属、情有独钟，却并没有说宝钗不好。请大家仔细推敲这阕曲子完整的歌词，就会发现宝玉根本并没有否定宝钗，甚至应该说他对宝钗是很欣赏的，所谓"叹人间，美中不足今方信"，其中的"美中不足"即证明了这一点。"美中不足"这个成语清楚地表明，金玉良姻是"美"的，它不足的地方在于结婚的对象不是黛玉，所以在主观上感到遗憾，但从客观上来说，宝钗仍然是美好的佳人，甚至更好，所以曲文中又说她是"山中高士晶莹雪"。

只可惜感情本身并不太讲道理，宝玉偏偏爱的就是黛玉，谁叫黛玉是先来的那一个？两人从小一起生活、一起长大，这样的青梅竹马无法取代，根本不是谁好谁坏的问题。清朝评点家二知道人（1762—1835，原名蔡家琬，合肥人）便意识到这一点，其《红楼梦说梦》云：

> 人见宝、黛之情意缠绵，或以黛玉为金钗之冠。不知宝、黛之所以钟情者，无非同眠同食，两小无猜，至于成人，愈加亲密。不然，宝钗亦绝色也，何以不能移其情乎？今而知一往情深者，其所由来者渐矣。若藻鉴金钗，不在乎是。

换句话说，宝玉对黛玉的一往情深是主观的偏好，更是在日常生活中长期累积而成，具有很特殊的个人属性，如果要客观评价金钗，并不能以宝玉的角度做为标准。因此我要特别提醒大家，我们常常犯一种推论上的谬误，容易把喜欢的人等于最好的人，把不喜欢的人当作不好的人，但其实并非如此。很多时候我们之所以会喜欢一个人，只是因为投缘而彼此合得来，或者是出于无法解释的原因，甚至只是因为私心或私情，因利益而结盟，并不代表客观的判断，否则又怎么会有"物以类聚""臭味相投"，甚至"一丘之貉""沆瀣一气"之类的成语呢？

曹雪芹便很清楚这一点，所以他在小说里做了很多的设计，以突显出宝钗和黛玉是平分秋色、各有千秋的好女孩，最有趣的是上文讲过，宝玉和宝钗长得一副夫妻脸，所以两人是明显的重像。但其实不只是外表的雷同，宝玉和宝钗在价值观上也是最一致的。我这么说，一定会让人觉得很奇怪，和宝玉心灵最接近的人，难道不是林黛玉吗？而我并没有讲错，曹雪芹确实是这么写的，他要告诉我们，人世间的道理都不是那么简单，我们必须学习让心胸更开阔，才能更了解世界的奥妙。现在就来看小说里的证据。

想想看，宝玉最叛逆的表现，便是他对读书人和朝廷官员的批评，如第十九回袭人劝解宝玉时说道："凡读书上进的人，你就起个名字叫作'禄蠹'。"所谓"禄蠹"就是指领薪水的蛀虫！亦即第三十六回所谓的"国贼禄鬼"。当时宝玉挨打之后专心休养，生活也更加放纵任性了：

> 或如宝钗辈有时见机导劝，反生起气来，只说"好好的一个清净洁白女儿，也学的钓名沽誉，入了国贼禄鬼之流。"……众人见他如此疯颠，也都不向他说这些正经话了。

独有林黛玉自幼不曾劝他去立身扬名等语，所以深敬黛玉。

整段话乍看起来，是要对比出宝玉和宝钗的价值观冲突，表现了宝玉对宝钗的否定，同时也是宝玉对黛玉的肯定，这属于大家都很容易以为的"二玉"志同道合的知己关系。然而，只要再仔细读过整部小说以后，那便会发现，黛玉只是"不曾劝他去立身扬名"，但却并没有跟着他一起否定读书上进的人，这两个层次根本不同：一种是消极地不加以附和，一种却是积极地给予肯定与支持，二者不能混为一谈。事实上，宝玉最惊世骇俗的"禄蠹"和"国贼禄鬼"之说，黛玉根本从来都没有附和过、赞同过，而真正表示出同样立场的人，其实是薛宝钗！

那么证据在哪里呢？就在第四十二回。当时宝钗私底下对黛玉晓以大义，款款告诫她说，女孩子不应该去看《西厢记》一类的杂书，而是要以针黹纺织作为本分。这对于现代人来说，当然是太传统、太保守，简直扼杀了女性的才能，不过我们必须要宽容和体谅每个人都有自身的时空背景，在当时的社会环境下，那其实是再正确不过的金玉良言，而宝钗那一份无私的开导也被曹雪芹称赞是"兰言"，即像兰花般的美好言论，所以这一回的回目定为"蘅芜君兰言解疑癖"，证明那完全不是所谓的收买人心。然后，宝钗接着说：

男人们读书不明理，尚且不如不读书的好，何况你我。就连作诗写字等事，这不是你我分内之事，究竟也不是男人分内之事。男人们读书明理，辅国治民，这便好了。只是如今并不听见有这样的人，读了书倒更坏了。这是书误了他，可惜他也把书遭踏了。

请特别注意，宝钗居然说"男人们读书明理，辅国治民，这便好了。只是如今并不听见有这样的人"，意思是：如今没有一个男人是读书明理、辅国治民的，这岂不等于否定所有的读书人、所有的朝廷官员吗？和宝玉所批评的"禄蠹"和"国贼禄鬼"岂不是一模一样？都透露出骨子里极端的叛逆呀。从这一点来看，宝钗才是宝玉真正的同盟，他们是站在同一阵线的盟友！

我知道，这些客观的证据实在带来很大的挑战，彻底颠覆了一般的常识，难怪很多人根本没有注意到宝钗所说的这一段话，或者即使注意到了，也完全没放在心上，因为当一个人的成见太深时，便会自动忽略真相，这就是人性的盲点。而曹雪芹正是希望我们要努力突破盲点，这样才能成长，发现世界的丰富和奥妙！

最后，总结一下这一节所讲到的重点：

第一，宝玉的心态以及曹雪芹的写作宗旨，是"怀金悼玉"，怀念、哀悼那些优秀卓越的少女们，那当然也包括宝钗在内。

第二，甚至应该说"钗黛合一"才是他们心目中最完美的女性典范，包括太虚幻境十二金钗正册中两人合写的判词，以及兼具了宝钗、黛玉之美的女神"兼美"，还有怡红院里"两全其妙"的"蕉棠两植"，都呈现出这一点。

第三。关于宝玉和宝钗的"金玉良姻"，根本是由和尚的神通所决定的"天作之合"，不但文字是一对的，连当事人在所谓"叛逆"的价值观上也是最相通的！所以说，事情并没有那么简单。

下一章要转到林黛玉了，首先来谈谈她和宝玉的"木石前盟"究竟是怎么回事，那是才子佳人式的爱情吗？如果不是，又是怎样的爱情？我一样会提供给大家很不同的说法。

第5章：爱情是怎样开始的

在前面几章里，从宝玉的"无材补天"讲到了"金玉良姻"，让大家留意到很少人注意却又十分重要的地方，而对于宝玉的故事，大家最关心的恐怕还是他和黛玉的爱情了。这是人性之常，难怪现在的影视戏剧、流行歌曲的主题大都是爱情，只要加上一点爱情的佐料，就等于是票房保证。

也确实，曹雪芹在第一回里，不仅写无材补天的宝玉掉到了青埂峰，寻求一条"以情为根"的出路，并率先描述宝玉、黛玉这两人的"木石前盟"，显然那的确很重要。但我要提醒大家，"以情为根"的"情"通常被误以为是狭隘的爱情，而爱情又往往被认为是《牡丹亭》杜丽娘所代表的浪漫爱，所以有很多年轻人竟然认为孔子根本不懂得爱情！可见这真是有趣的议题。

其实，曹雪芹在第一回便清楚表示他反对才子佳人故事，而那也包括了《西厢记》《牡丹亭》在内，甚至到了第五十四回，还特别借着贾母的"破陈腐旧套"——说明他反对的理由，指出贾家这种贵族的生活形态和思想价值观根本不同于一般人家，宝玉、黛玉也是，他们绝不是那样看待爱情和婚姻的。因此，很多人以为《红楼梦》受到才子佳人故事的影响，追求恋爱自由、婚姻自主，但其实刚好相反，《红楼梦》的层次要高得太多，曹雪芹也并不是专为宝玉和黛玉的恋爱而写小说的。

只不过，小说中确实还是以二玉的故事为重点之一，在第一回里也率先写到这两个人的木石前盟,那么,究竟二玉之间的木石前盟是否即我们所以为的浪漫爱?是否和杜丽娘、崔莺莺等等有名的爱情故事一样?现在便来认真谈谈吧。

前世的"木石前盟":慈悲与报恩

大家都知道,宝玉和黛玉的缘分来自于前世,很多人也以为,那是一种超越了生死轮回的浪漫爱。然而,真的是这样吗?接下来,让我们仔细看曹雪芹是怎么说的。第一回中,那和尚说道:

> 只因西方灵河岸上三生石畔,有绛珠草一株,时有赤瑕宫神瑛侍者,日以甘露灌溉,这绛珠草始得久延岁月。……只因尚未酬报灌溉之德,故其五内便郁结着一段缠绵不尽之意。恰近日这神瑛侍者凡心偶炽,乘此昌明太平朝世,意欲下凡造历幻缘,已在警幻仙子案前挂了号。警幻亦曾问及,灌溉之情未偿,趁此倒可了结的。那绛珠仙子道:"他是甘露之惠,我并无此水可还。他既下世为人,我也去下世为人,但把我一生所有的眼泪还他,也偿还得过他了。"

这便是第五回所谓"木石前盟"的来龙去脉。不过,在说明其中的重点之前,得要先指出一点,即那位神瑛侍者就是贾宝玉,也是那块无材补天的玉石,想想看:既然灌溉绛珠草的是神瑛侍者,而绛珠草将来要还泪给他,所以神瑛侍者一定是贾宝玉,否则把眼泪还错了人,那岂不是变成闹剧了吗?很多人用物理科学的角度去推演,坚持一加一必定要等于二,其实是走错了路,忘记文学的任务根本不同,何况在神话思考里,有灵的东西本来就可以变化出不同的形态,而无妨他们都是同一个存在,因此一加一可以等于一。

先厘清了这一点,接下来便可以仔细看曹雪芹到底是怎么说的。

第一,在这一整段描写里,一个字都没有谈到爱情,它从头到尾所说的,都是神瑛侍者那一边的恩惠、恩德,以及绛珠仙草这一方的感恩、报恩。请看所有相关的文句,包括:绛珠"尚未酬报灌溉之德",而警幻询问绛珠时说的是"灌溉之情未偿",绛珠仙子回答的则是"他是甘露之惠,我并无此水可还"以及"但把我一生所有的眼泪还他,也偿还得过他了"。

大家应该注意到,神瑛给绛珠的是"灌溉之德""灌溉之情"以及"甘露之惠",而绛珠之所以要还泪,为的是"酬报""偿还",正印证了《诗经·大雅·抑》所说的"无德不报",这其实都是传统文化里对人际关系所强调的"礼尚往来"。学者对中国传统社会文化的研究指出:史书中所说的德、惠、赠与、招待、救济等,都可以算是一种恩惠,而报恩的基本精神,便是儒家经典《礼记·曲礼》所言:"太上贵德,其次务施报。礼尚往来,往而不来,非礼也;来而不往,亦非礼也。"所以一旦受了恩德,就一定要回报,否则即是失礼。其实,不仅中国人相信行动的交互性,在世界上的每一个社会里,这种交互报偿的原则都是被接受的,只是在中国更加地历史悠久,也被高度意识到并广泛地应用于社会制度上,因而产生深刻的影响。

果然,这种说法和神瑛、绛珠的神话故事简直完全契合!所以说,"木石前盟"的本质是慈悲付出与感恩报恩,那是一种人和人之间很温暖、很真诚的互动关系,即:我对你好,无私地给出了帮助,而你也感谢我的付出,所以一定会回报,双方都出于良善的品格,因此神瑛、绛珠这两个人才能成为主角,也才值得我们去喜欢他们。再看小说的这一整段描写里,一个字都没有谈到爱,从头到尾只提到过一次"情",而那份情也是一种温暖的博爱,绝对不是什么"不知所起"的浪漫爱,这么说来,"木石前盟"便不能说成"木石情盟"了。

大家要注意的第二个重点,即绛珠草生长在西方灵河岸上的三生石畔,它和神瑛侍者的缘分就是从这里开始的。一般人看到"三生石"这三个字,又直觉地想到生生死死、超越轮回的浪漫爱,但其实这又错了,三生石的典故出自于唐朝,说的是读书人李源与和尚圆观友情深厚的故事。故事大约是说,李源把家产都捐给了寺庙,整天和圆观谈天论道,过了三十年以后,两人想要一起去大江南北壮游一番,最后因为李源的坚持,而走上了三峡的路线。就在这里,圆观遇到了一个怀孕三载未分娩的妇女,那正是等着自己去投胎,他知道大限已到、缘分已尽,于是交代了后事便圆寂了。

李源遵守圆观的交代,十二年以后按照约定到杭州天竺寺去,果然看到圆观所转世的牧童,远远地骑在牛背上正唱着山歌呢,那歌词说:"三生石上旧精魂,赏月吟风不要论。惭愧情人远相访,此身虽异性长存。"其中,三生石的"三生"就是佛教所说的"三世",包括过去世、未来世、现在世,而"旧精魂"便是指前世的灵魂。这灵魂不灭,他虽然从圆观化身为牧童,变成了不同的人,但本性还是一样,所以说"此身虽异性长存",也因此在轮回之后彼此才能认出对方。

再者,圆观很感谢老朋友的深情,那李源守住了十二年之约,不惜千里大老远地来到杭州见上一面,所以说"惭愧情人远相访"。请特别注意,其中的"情人"指的是朋友而不是恋人!这真是让我们感到很惊讶,原来"情人"这个词是用来称呼朋友的,而这个故事所讲的完全是几十年的友情,那超越生死的,是深厚的友情,并不是狭隘的爱情。

其实,曹雪芹会用这个典故,也完全合乎宝玉、黛玉的关系,即使当神瑛、绛珠人世以后化身为贾宝玉、林黛玉，而展开了人间的故事，他们的感情也是从日积月累的友情开始的。至于所谓的爱情，是在这个基础上后来才升华、变化起来的。

今生"青梅竹马"：友情的升华

这是怎么说的呢？第五回一开始就说得很清楚：

> 林黛玉自在荣府以来，贾母万般怜爱，寝食起居，一如宝玉，迎春、探春、惜春三个亲孙女倒且靠后。便是宝玉和黛玉二人之亲密友爱处，亦自较别个不同，日则同行同坐，夜则同息同止，真是言和意顺，略无参商。

在此，曹雪芹清楚地告诉我们，二玉从小培养出来的感情其实是"亲密友爱"——这"亲密"的说法当然没有问题，问题在于"友爱"。一般人都以为，宝玉、黛玉的木石前盟是从前生到今世的浪漫爱，应该是非常强烈的激情所以才超越了生死轮回，那么，这"友爱"一词是不是写错了？曹雪芹当然不会写错，比较可能的是我们有了成见，所以才会一直误解或拒绝接受。曹雪芹说得没错，这两个人的情感正是"友爱"，即朋友之间的情谊，而这不又是延续了前世的关系吗？本来"三生石"这个典故所说的深情，就是指同性之间数十年的知己之情，而不是男女的爱情，果然曹雪芹是很精准的文学家。

这种友情是通过一起生活才逐渐累积起来的，李源和圆观是如此，宝玉和黛玉也是这样。但我们要提出一个疑问了：为什么宝玉、黛玉可以这样亲密地生活在一起？古代不是非常讲究男女之别吗？《礼记·内则》曾经说："七年，男女不同席，不共食。"男、女孩子从七岁起便开始不同席，当然也不能坐在一起吃饭了，这是上层大家族的金科玉律。那么，曹雪芹是不是违反了写实逻辑呢？当然不是的，伟大的小说家不会任意虚构，曹雪芹采取一个十分合理的逻辑，让宝玉、黛玉可以名正言顺地一起过日子，那就是动用贾母这个老祖宗之口令，如此一来便完全没有问题了。

这是因为传统社会十分注重孝道，寡母更是家族中最高的权威，请看历史上最有权力的女性，例如武则天、慈禧太后，都是这样才成为女皇的。而贾母就等于是贾家的女皇或太后，在母权至上的原则之下，她想要把二玉带在身边，以便可以每天享受含饴弄孙之乐，当然这两个爱孙就不用受到男女之别的限制了，二玉也才拥有了青梅竹马的成长环境。所以说，真正优秀的小说家不是一厢情愿地用超现实的方法来写作，而是能够在现实世界的复杂性里，去找到合情、合理、合法的安排，曹雪芹就是这样，他为了让二玉可以培养出知己式的爱情，便动用母权去打破礼教，可这却又合乎礼教的精神！想想看，以合法的方式来超越不合法，让不合法成了合法，这真是令人赞叹的高明妙计。

正因为宝玉、黛玉的感情是在日常生活中慢慢培养起来的，所谓的"日则同行同坐，夜则同息同止"，随着日积月累，两人青梅竹马的情感越来越深厚，而形成了"亲密友爱"，这才是他们对彼此变得不可或缺的真正原因。在整部小说里，一共提到三次他们俩一起长大，除了最初的这一次以外，接下来的两次，都是在宝玉对黛玉做出情感保证的时候所说，一次是第二十回中，宝玉对黛玉悄悄地说道：

> 你这么个明白人，难道连"亲不间疏，先不僭后"也不知道？我虽胡涂，却明白这两句话。头一件，咱们是姑舅姊妹，

> 宝姐姐是两姨姊妹，论亲戚，他比你疏。第二件，你先来，咱们两个一桌吃，一床睡，长的这么大了，他是才来的，岂有个为他疏你的？

这里所说的"两个一桌吃，一床睡"，不就是"日则同行同坐，夜则同息同止"吗？到了第二十八回，宝玉又再一次说到彼此是"一桌子吃饭，一床上睡觉"，可见这种青梅竹马"亲密友爱"的感情是曹雪芹最肯定的一种形态。

也因此，宝玉对黛玉的爱，都是表现在日常生活的体贴上。例如第五十二回，大家在潇湘馆讨论诗歌以后，已经散会了，宝玉也下了阶矶，低着头正欲迈步，又突然想到了什么，连忙回身问黛玉道："如今的夜越发长了，你一夜咳嗽几遍？醒几次？"这种看起来琐琐碎碎的关心，正是体贴入微的展现，比起烛光晚餐、一百朵玫瑰花，都要温暖真诚得多。

并且前面讲过，对古人来说，家族伦理的重要性是远远超过个人的，宝玉和黛玉的爱情也是如此。试看宝玉对黛玉提出的情感保证里，第一件是："咱们是姑舅姊妹，宝姐姐是两姨姊妹，论亲戚，他比你疏。"这讲的是血缘上的亲疏关系。第二件是黛玉先来，宝钗后到，这讲的则是相处时间的长短，而全部的两个理由根本都和爱情无关，也都不是当事人所能够主导或决定的！

再认真想一想：宝玉说的完全不是什么"我对你的爱很强烈，你是世界上唯一的人"之类，甚至他即使最爱黛玉，可黛玉的重要性还是得排在长辈之后！请看第二十八回里宝玉对黛玉又说：

> 我心里……除了老太太、老爷、太太这三个人，第四个就是妹妹了。要有第五个人，我也说个誓。

这不是太清楚了吗？虽然宝玉心心念念都在黛玉身上，但黛玉最多也只能当第四名，排在三个直属长辈的后面。其中，老太太贾母是最重要、至高无上的第一位，接着是贾政、王夫人这一对父母，然后才轮到林黛玉，可见即使是情有独钟的情人也不能越等，必须让位给至亲孝道。

而且我们得注意一下，如果用今天爱情至上的眼光来看，黛玉对宝玉这样的情感排序应该会觉得很不是滋味，但她听了却一点也没有失落感，相反地，她得到了宝玉的保证后，心里便真正踏实起来了，不再那么患得患失。可见这两人所抱持的，根本就不是现代所宣扬的爱情至上的价值观，也难怪他们并不赞成才子佳人式的爱情。

那么，宝玉对黛玉的友爱之情是什么时候发生了变化，而变成爱情？从前面所看到的告白可以推测，应该差不多就是在这一段时间之内发生的。这一点在紧接的第二十九回便很清楚地给出了答案，并且曹雪芹还加码告诉我们，宝玉对黛玉的友情为什么会变成爱情！第二十九回说：

（宝玉）如今稍明时事，又看了那些邪书僻传，凡远亲近友之家所见的那些闺英闱秀，皆未有稍及林黛玉者，所以早存了一段心事，只不好说出来。

由此可见，宝玉对黛玉的情感性质是随着时间变化的，等到如今长大一点，才有能力发展出爱情，所以说，小孩子根本不懂爱情，以前宝玉、黛玉小时候的感情确实只是"亲密友爱"；而更重要的是，爱情并不是自动发生的，必须要经过学习才能产生！请注意，宝玉是"看了那些邪书僻传"才知道男女之间有一种特殊的感情,那些"邪书僻传"就是第二十三回宝玉刚搬进大观园时,贴身小厮茗烟偷渡进来给他的爱情故事,其中还包括了《西厢记》!宝玉从这些书学到了什么叫做爱情,然后用来观察比较,发现周围亲友圈里都没有比得上黛玉的闺秀,于是才对黛玉另眼相看。到了这时,原来的"亲密友爱"也才转化为男女之爱。

而从友情产生的火花,就是最美妙的爱情形态,那便是所谓"知己式的爱情"。连第五十七回中,紫鹃盘算起黛玉的归宿时,都自言自语地说道:"一动不如一静。我们这里就算好人家,别的都容易,最难得的是从小儿一处长大,脾气性情都彼此知道的了。"这也清楚指出爱情应该要有对彼此充分的了解认识,甚至得比较取舍一下,找到自己最适合、也最喜欢的人,未来便更能长长久久。这再度证明了曹雪芹确实完全不赞同才子佳人的爱情模式,毕竟单靠感性直觉上"不知所起"的一见钟情固然很浪漫,但是彼此的认知基础太薄弱,根本不了解对方的性格、习气,风险实在太大了。

最后,总结一下这一章所提到的几个重点。首先,我们仔细厘清了"木石前盟"的意义,那和爱情完全无关,而是聚焦在人与人之间彼此关怀、付出的恩惠、恩德,以及感恩、报恩,讲的都是优良的品性。并且曹雪芹告诉你,在日常生活中用时间培养出来的友情,累积出一种深厚的知己情感,再加以转化、升华成为知己式的爱情,那才是最好的爱情形态,所以说,爱情其实是后天学习而来的一种经验或能力,也因此和人格息息相关。因此一个人要有良好的品德,要认真学习如何体贴别人,遇到爱情以后才能结出美好的果实,成为人生中很珍贵、很幸福的体验。

下一章要看宝玉其他的成长了,这个人啊,不想长大却又一直在长大!

第6章：一个其实在成长的彼得·潘

宝玉一直不想要长大，就像英国童话小说里的彼得·潘（Peter Pan）。英国作家詹姆斯·马修·巴利（James Matthew Barrie）在1904年写了一部剧本，剧名是《彼得·潘：不会长大的男孩》（*Peter Pan: The Boy Who Wouldn't Grow Up*），七年以后，他又出版了《彼得·潘和温迪》（*Peter and Wendy*）这本小说，小说一翻开的第一句话，是：

> 所有的孩子都会长大，除了一个人。（All children, except one, grow up.）

而那个唯一不会长大的人，就是彼得·潘。这彼得·潘是一个十二三岁的小男孩，他会飞翔，也充满了好奇心，却不愿意长大，于是逃出了家，一直住在永无岛（Neverland）或称梦幻岛上，担任一群"迷失的男孩"（Lost Boys）的首领，带着他们一起冒险，他便成为"不愿意长大的男孩"的典型代表。

这本英国小说距离今天已经超过一百年，但其实拒绝长大的人可多了，从古到今不知凡几，比彼得·潘更早了一百多年的贾宝玉就是最著名的一个。

拒绝长大的迷失男孩

心理学家形容这一类的人所表现的，是拒绝长大、无法承担责任的成年人,这种人格倾向或特质就称为"彼得·潘综合症"。同样的,宝玉不也是这样吗?他刚搬进大观园时,正是十二三岁,一心只想在脂粉堆里过一生,不肯读书上进,总是逃避家族的责任,那又怎么能维持贾家这个富贵场,怎么能保护这个富贵场里、温柔乡中的女孩儿们?他虽然一心要做绛洞花主,但根本就保护不了绛洞里的花朵,因此常常说一些看起来很浪漫,其实很不负责任的话。例如第三十六回中,宝玉对袭人说:

> 比如我此时若果有造化,该死于此时的,趁你们在,我就死了。再能够你们哭我的眼泪流成大河,把我的尸首漂起来,送到那鸦雀不到的幽僻之处,随风化了,自此再不要托生为人,就是我死的得时了。

这话听起来真是浪漫无比啊,死在姊妹们环绕厮守的温柔乡里,被她们无限悲伤的眼泪给包围,然后顺着深情所汇集的大河直到永恒的宁静里,化为虚空,这真是彻底"以情为根"的圆满。

但我要请大家留意一个问题,那就是:当宝玉死得很圆满的时候,身边那些为他哭泣的女孩子却都还留在世间,她们又该怎么办?宝玉好像根本没有意识到这个问题。难道他从来没有想过,与其自己一个人圆满得道,是不是更应该为这些爱他的女孩子们咬着牙活下来,并且尽力为她们奋斗?但很显然的,宝玉只顾自己的圆满,因此第十九回中,他对袭人说:

> 只求你们同看着我,守着我,等我有一日化成了飞灰,——飞灰还不好,灰还有形有迹,还有知识。——等我化成一股轻烟,风一吹便散了的时候,你们也管不得我,我也顾

不得你们了。那时凭我去，我也凭你们爱那里去就去了。

仔细想一想，这岂不是很自私吗？他希望这些姊姊妹妹们只守着他，陪他度过温柔乡的好日子，直到最后一天。可是一旦面临生死离别，宝玉又能为她们做什么呢？答案是：没有！宝玉什么事都没有为她们做，因为他一点能力也没有，就只是放手不管，任凭她们爱去哪里便去哪里，根本顾不得她们。

然而，这些少女们会到哪里去呢？只要仔细推敲一下，一定会想得到答案只有一个，就是嫁人！对传统社会里的女孩子来说，这是她们从小便知道的宿命，也几乎没有反对的余地。而如果不愿意嫁人呢？那只剩下一个方法了，即出家！只有出家才可以脱离整个社会，当然也脱离了家庭，可是这并非一般人会想要过的生活，于是绝大部分的少女都被嫁进另外一个家庭里，承受着为人妻子、为人媳妇、为人母亲、为人什么什么之类各种身份所带来的责任，那是一辈子沉重的负担啊。

难怪女孩子一嫁了人，便很难拥有清纯的光彩了，宝玉不正是这样说的吗？第五十九回里，怡红院的小丫头春燕转述宝玉说过的话：

> 女孩儿未出嫁，是颗无价之宝珠；出了嫁，不知怎么就变出许多的不好的毛病来，虽是颗珠子，却没有光彩宝色，是颗死珠了；再老了，更变的不是珠子，竟是鱼眼睛了！分明一个人，怎么变出三样来？

这就是利用"鱼目混珠"这个成语所构成的"女性价值毁灭三部曲"，连春燕这个小女孩都很赞同，所以她接着说，宝玉"这话虽是混话，倒也有些不差"。让我们仔细推敲一下，在宝玉的这段混话里，他认为造成女性不断劣化的关键是什么？很明显的，那就是婚姻！既然女孩儿出了嫁即变出许多不好的毛病来，成了黯淡的死珠，一旦嫁久了、更老了，更是整个人都变质，成了鱼眼睛，那正是宝玉所嫌弃的、会发出臭味的老婆子啊。可见婚姻是摧毁少女的罪魁祸首，难怪宝玉一听到有女孩子要出嫁，便浑身不自在，因为那表示又有一个可爱的、光彩的宝珠要沦落为死珠和鱼眼睛了！

可是，在传统社会里，女孩子又怎么能不出嫁呢？贾家的少女们又怎么能永远住在大观园里？请看林黛玉在葬花时是怎么说的。第二十三回中，大家刚搬进大观园这片乐土，却立刻出现了"黛玉葬花"这段情节，那当然是曹雪芹刻意安排的不祥预告。当时宝玉携了一套《会真记》，也就是《西厢记》，走到沁芳闸桥边桃花底下的一块石上坐着，从头细看：

> 正看到"落红成阵"，只见一阵风过，把树头上桃花吹下一大半来，落的满身满书满地皆是。宝玉要抖将下来，恐怕脚步践踏了，只得兜了那花瓣，来至池边，抖在池内。那花瓣浮在水面，飘飘荡荡，竟流出沁芳闸去了。

宝玉这个惜花人，心疼地下的落花会被人践踏，于是兜在怀里丢进沁芳溪中，那溪水十分地干净清澈，便不会污染美丽的落花了。只不过当他回来以后又发现：

> 只见地下还有许多，宝玉正踟蹰间，只听背后有人说道："你在这里作什么？"宝玉一回头，却是林黛玉来了，肩上担着花锄，锄上挂着花囊，手内拿着花帚。宝玉笑道："好，

好,来把这个花扫起来,撂在那水里。我才撂了好些在那里呢。"黛玉道:"撂在水里不好。你看这里的水干净,只一流出去,有人家的地方脏的臭的混倒,仍旧把花遭塌了。那畸角上我有一个花冢,如今把他扫了,装在这绢袋里,拿土埋上,日久不过随土化了,岂不干净。"

宝玉一听,大喜过望,决定跟着这么做,这就是"黛玉葬花"的完整情节,以及其中的用心。

在此,已经很清楚地呈现出一种象征意义:这些春天的花朵其实正是少女的比喻,那落花随水漂流,便等于少女流落的命运。于是心疼女儿们的人不禁伤起了脑筋,他们希望女孩子不要受苦,于是也努力确保落花不要被污染践踏,在这一段黛玉葬花的场合里,即出现了两种心态、两种做法。而黛玉之所以不同意宝玉的做法,正是因为她想得更远、更彻底,为什么她能想得更远、更彻底呢?因为毕竟她自己就是个女孩子,更切身地感受到未来的风险,所以对离开大观园以后无法自主的人生充满恐惧,也因此认为,与其到外面的成人世界去受折磨,不如永远留在大观园的童真世界中。这么一来,就得把落花葬在园子里了,即使化作春泥,仍然都是干干净净的,此即黛玉要营建一个葬花冢的苦心。

至于宝玉,即使再心疼落花、再心疼少女,毕竟他是现实社会中的既得利益者,一出生便享受了许多的特权,对弱势者的处境总难免隔了一层,所以没触及那么根本的层次,只看到眼前的落花被保护得很好,在水里干干净净的,就以为解决了问题,却没想到那些落花跟着水流出去,还是要受到污染和践踏。这种短视当然不能怪他,毕竟人都是很有限的,最多只能了解或体会自己所感受到的,因此再怎么设身处地,既然伤口不在自己身上,不痛就是不痛啊！而宝玉能对女性同情、怜惜到这种程度，其实已经算是很难得了，这也是读者都很喜欢他的原因。

只不过还是必须说，宝玉挽救少女的方式的确是太消极、太有限了，因为他再怎么努力，也只能照顾到很少数的一些落花，其他更多的、到处都有的落花，他就顾不得了。所以当他走一趟沁芳溪，回来以后"只见地下还有许多"，这时宝玉只能踟蹰为难，不知如何是好，想不出更远、更彻底的解决方法，这正是宝玉面对少女的命运时同样会遇到的困境！

然而，一个不愿意长大的小男孩，便注定只能在梦幻岛、在大观园过单纯的日子，除了为受委屈的女孩子们偷偷掉一点眼泪之外，还有什么力量去做一些真正的、实质的奋斗呢？于是宝玉自己也落入两难了，他毕竟活在贵族世家里，也很明白自己根本无法解决这样的矛盾，于是就万般无可奈何地表现出不负责任的心态了。在第七十一回里，宝玉甚至对当时已经主管管家的探春说：

"谁都像三妹妹好多心。事事我常劝你，总别听那些俗话，想那些俗事，只管安富尊荣才是。比不得我们没这清福，该应浊闹的。"尤氏道："谁都像你，真是一心无挂碍，只知道和姊妹们玩笑，饿了吃，困了睡，再过几年，不过还是这样，一点后事也不虑。"宝玉笑道："我能够和姊妹们过一日是一日，死了就完了。什么后事不后事。"

很明显的，这不正是彼得·潘征候群的病征吗？宝玉拒绝长大、不愿意承担责任，只想要顺心如意地过一天算一天，根本不去考虑未来。殊不知，他能这样"别听那些俗语，想那俗事，只管安富尊荣"地过日子，根本是别人苦心费力地操持家务，替他遮风避雨才能享受的特权，而且以后呢？以后一旦失去了特权的庇荫，那时又该怎么办？

关于这些问题，宝玉却根本不愿意去想，有那么一点"今朝有酒今朝醉"的心态。从这一点来说，宝玉确实可以说是一个"迷失的男孩"。

默默成长的伪男孩

但是，人生必定是往前走的，时间也从不等人，无论一个人再怎样顽强，他其实仍然是不断变化着。所以，在童话故事里，当彼得·潘说自己想要永远做一个快乐的男孩时，温迪说："你说是，那就是吧。但我觉得，那只是你最大的伪装。"同样的，我也必须说，宝玉这个不愿意长大的男孩子，其实也是在伪装，因为他一直在默默地成长！

在前一章里，我已经提醒过大家，第二十九回中，宝玉对黛玉的情感之所以从友情变成了爱情，原因之一就是他"如今稍明时事"，亦即随着年龄增长，稍微明白了世情事理，这便表示宝玉的确是在成长的。不只如此，第三十六回"识分定情悟梨香院"这一段情节，即是通过龄官对贾蔷的痴情，终于让宝玉了解自己的有限，原来并不是世界上所有的女孩子都会爱上他，也并不都只为他一个人流泪！这便是回目上所谓的"分定"，意指一个人所得到的情分是有限定的，而宝玉认识到了"分定"，不再以为自己是全世界的中心，正标志了一个飞跃性的成长！

整个故事要往前从第三十回说起。当时宝玉跑回了大观园里，凑巧"只见一个女孩子蹲在花下，手里拿着根绾头的簪子，在地下抠土，一面悄悄的流泪"，再仔细观察，原来那女孩子是在画字，一笔一笔写出来的十八画，依序组合起来就是蔷薇的"蔷"（薔）

字，一直画了有几十个，简直到了浑然忘我的地步，连下起了西北雨，全身都打湿了，都没意识到呢。至于这一个女孩子是谁，又为什么这样痴心地画蔷？答案要到第三十六回才揭晓，当时：

> 宝玉因各处游的烦腻，便想起《牡丹亭》曲来，自己看了两遍，犹不惬怀，因闻得梨香院的十二个女孩子中有小旦龄官最是唱的好，因着意出角门来找时，只见宝官、玉官都在院内，见宝玉来了，都笑嘻嘻的让坐。宝玉因问"龄官独在那里？"众人都告诉他说："在他房里呢。"宝玉忙至他房内，只见龄官独自倒在枕上，见他进来，文风不动。宝玉素习与别的女孩子顽惯了的，只当龄官也同别人一样，因进前来身旁坐下，又陪笑央他起来唱"袅晴丝"一套。不想龄官见他坐下，忙抬身起来躲避，正色说道："嗓子哑了。前儿娘娘传进我们去，我还没有唱呢。"宝玉见他坐正了，再一细看，原来就是那日蔷薇花下划"蔷"字那一个。又见如此景况，从来未经过这番被人弃厌，自己便讪讪的红了脸，只得出来了。

这真是宝玉绝无仅有的一次碰钉子，他从来就是大家争相巴结讨好的宠儿，几曾被这样冷落过？但龄官一心都在贾蔷身上，因此对待宝玉这个其他的男子简直就像是看到一只臭虫似的，避之唯恐不及，宝玉这时终于破天荒尝到了被鄙视的滋味了！

其实，再好的人都可能不被某些人喜欢，毕竟人各有所好，何况天下的才子、佳人，又哪里会只有宝玉、黛玉两个？单单以金钗来说，脂砚斋便指出宝钗是最完美的佳人，但即使是宝钗，也还有比她更胜一筹的少女，那就是薛宝琴！第四十九回描写宝钗的堂妹宝琴进京来准备发嫁，到了贾府以后立刻引起一阵轰动，大家纷纷赞叹不已。宝玉见识了宝琴的丰采以后，连忙回到怡红院中，向袭人、麝月、晴雯等笑道：

> 你们还不快看人去！谁知宝姐姐的亲哥哥是那个样子，他这叔伯兄弟形容举止另是一样了，倒像是宝姐姐的同胞弟兄似的。更奇在你们成日家只说宝姐姐是绝色的人物，你们如今瞧瞧他这妹子，更有大嫂嫂这两个妹子，我竟形容不出了。老天，老天，你有多少精华灵秀，生出这些人上之人来！可知我井底之蛙，成日家自说现在的这几个人是有一无二的，谁知不必远寻，就是本地风光，一个赛似一个，如今我又长了一层学问了。除了这几个，难道还有几个不成？

再看探春这个最公正的人，随后也认证道："果然的话。据我看，连他姐姐并这些人总不及他。"很显然，宝琴确实是把黛玉、宝钗都给比下去的绝世佳人，这是大家一致的公认。

现在，我要请大家特别注意一下，连宝玉见了宝琴以后，都感叹自己是井底之蛙，意思是，他先前一直以为宝钗、黛玉是天下无双的拔尖人物，那真是井底之蛙的见识，原来"井"外面还有更好的女孩子，宝琴就是比她们都更出色的"人上之人"！所以说，一味在钗、黛褒贬上做文章，坚持只能有一个是最好的，还争个你死我活，其实都是坐井观天的小见识。我觉得这段情节实在太有趣了，曹雪芹好像是在调侃那些黛玉或宝钗的死忠粉丝们，他要提醒读者，事实上世界之大，根本不可能会以某个人为中心、为绝对标准，你可以对黛玉情有独钟，但别人也有他心目中的女神，这才是硬道理啊。

确实，世上的道理正是"人外有人、天外有天"，所以我们根本不需要画地自限，更何况俗话说得好："情人眼里出西施。"只要有了情，对方就会变成举世无双的绝代佳人！同样的，把性别换过来也一样。第六十五回即写了一组很有趣的爱情关系，当时贾琏瞒着妻子王熙凤，在外面偷娶了尤二姐，但二姐的妹妹尤三姐还在招蜂引蝶，这恐怕会出大问题，于是大家想尽快为她定下亲事，以免后患。

这时候，尤三姐便坚持许亲的对象只能是她自己喜欢的人，否则不愿意出嫁。那么这个意中人是谁呢？贾琏用心一猜，便想当然耳地认为：

"别人他如何进得去，一定是宝玉。"二姐与尤老听了，亦以为然。尤三姐便啐了一口，道："我们有姊妹十个，也嫁你弟兄十个不成。难道除了你家，天下就没了好男子了不成！"

的确，世界上怎么会只有贾家才有好男子？又怎么会只有贾宝玉才是唯一最好的男子？难怪尤三姐心有所属的人是柳湘莲，不是贾宝玉；同样的，龄官专情的人是贾蔷，也不是贾宝玉；甚至王夫人的贴身大丫鬟彩霞所喜欢的，居然是那个人人讨厌的贾环！所以说，以为贾宝玉是唯一的标准，那实在是太幼稚的想法。

而当宝玉见识到龄官对贾蔷情有独钟的痴心，此刻便触发了一次巨大的顿悟，让他了解到自己的有限，不再像幼稚的小孩一样地自我中心，以为全天下的人都只爱他一个。于是他失魂落魄地回到怡红院，对袭人长叹道：

我昨晚上的话竟说错了，怪道老爷说我是"管窥蠡测"。

昨夜说你们的眼泪单葬我,这就错了。我竟不能全得了。从此后只是各人各得眼泪罢了。

这时,宝玉终于领略到一种很深很深的孤独了,那是人类存在所必然要面对的本质。即使有再多的人打从心底爱你,但那种孤独依然是逃避不了的,你只能勇敢地面对它、承受它,然后你就会成为一个坚强的大人了!而宝玉此刻领悟到这一点,当然不免于悲伤,却获得了人类的生命里很重要、也很必要的一种成长。

另外,宝玉还有一次关于感情的顿悟,是发生在第五十八回的藕官烧纸钱,那会直接影响到宝玉未来的结局,等到下一章再说。

最后,总结一下这一章的内容,关于宝玉的成长,第一个重点是宝玉一直拒绝长大,像个永远的青少年、永远的孩子,对于任何大人的事物都深恶痛绝,所以呈现出不负责任的彼得·潘症候群,从社会的角度来说,也算是一个"迷失的男孩"。但是,实际上宝玉又在成长中,所以第二个重点就是挖掘宝玉成长的迹象,而"识分定情悟梨香院"这一段便显示出宝玉对世界有了崭新的认识,他发现"情"是有分定的,所谓的绛洞花主根本就是妄想,于是感到一种巨大的失落。

微妙的是,人只要一旦领略了这份孤独,便更能坚强地走下去。下一章,我们要继续看宝玉究竟走到了哪里!

第7章：最后的一片云彩

这一章，终于要讲到贾宝玉的终场了，所以我把主题定为：最后的一片云彩。

在前一章里，曾经提到宝玉还有一次关于感情的顿悟，会直接影响到他未来最后的结局，那就是发生在第五十八回的藕官烧纸钱。但是，在讲这个故事之前，我要先说明一件事，即宝玉的人生始终扣连着贾家的命运，因此，他的结局也和贾家的结局联系在一起。

其实，小说走到第七十五回，贾家的重大危机便已经出现了，那不只是"出的多、进的少"所造成的经济压力，而是更直接、更致命的政治危机，也即抄家。这一回说：

> 尤氏从惜春处赌气出来，正欲往王夫人处去。跟从的老嬷嬷们因悄悄的回道："奶奶且别往上房去。才有甄家的几个人来，还有些东西，不知是作什么机密事。奶奶这一去恐不便。"尤氏听了道："昨日听见你爷说，看邸报甄家犯了罪，现今抄没家私，调取进京治罪。怎么又有人来？"老嬷嬷道："正是呢。才来了几个女人，气色不成气色，慌慌张张的，想必有什么瞒人的事情。"

想想看，贾家的世交甄家已经被抄家，还解送到京师治罪，那是何等惊天动地的大灾难！但贾家却做了不可思议的一件事：他们不仅没有划清界线，反而雪中送炭，这岂不代表贾家是念旧、重情的好人家吗？只是贾家的好心仍然犯了一个大错，他们居然收了甄家送来的东西，那可是触犯朝廷法令，要治重罪的！从这一段描写也可以看得出来，贾家将来一定会受到连累，即脂砚斋提醒过的，贾家不久后将同样面临抄没的灾难，那时便是世界末日来临了。

而当世界末日来临时，又有谁能置身事外？所谓覆巢之下无完卵，宝玉的富贵生活当然一并跟着结束，整本书的故事也写完了。那么宝玉该何去何从？现在就来看看宝玉最后的结局。

怀念"木石前盟"，迎接"金玉良姻"

让我们先从宝玉的爱情和婚姻的结局看起。

其实，虽然小说一开始就有"金玉良姻"的预告，但那是指最后的结局，是上天注定的宿命，而在整个的生活过程中，黛玉才是贾家上上下下公认的宝二奶奶人选！这么说，你一定很讶异，然而事实正是如此。很多人一直被表面的"金玉良姻"给蒙蔽了，所以自动忽略了许多情节，以下就举几个例子来看吧。

首先，在第二十五回，王熙凤以当家理事者的身份，当众对黛玉开了一个玩笑，说："你既吃了我们家的茶，怎么还不给我们家作媳妇？"同时指宝玉道："你瞧瞧，人物儿、门第配不上，根基配不上，家私配不上？那一点还玷辱了谁呢？"这话讲得太明显了，凤姐利用"吃茶"的婚姻礼俗，挑明了黛玉要许配给宝玉做媳妇，那绝不是随便乱开玩笑的。想想看，当时儿女的婚姻大事必须来自"父母之命、媒妁之言"，凤姐哪里敢僭越？一定是掌握到长辈的心意，谨守分寸大体的王熙凤才敢这样露出形迹。于是就在这里，脂砚斋提供了最强而有力的证词，他说：

> 二玉事在贾府上下诸人,即看书人、批书人,皆信定一段好夫妻,书中常常每每道及,岂其不然,叹叹。

果然,信定二玉为"一段好夫妻"的贾府上上下下一干人中,还有贾琏的心腹兴儿,第六十六回中,他在侍候新姨娘尤二姐时介绍到宝玉的对象,便明确地说:"将来准是林姑娘定了的,……再过三二年,老太太便一开言,那是再无不准的了。"可见大家都认为贾母属意的人选是黛玉。

再看第五十七回,薛姨妈住进潇湘馆亲自照顾林黛玉,言谈间提到她想要把黛玉说亲给宝玉,并说这样的提亲是"四角俱全"的完美做法。这时旁边的婆子们听了,也顺势敦促薛姨妈说:"到闲了时和老太太一商议,姨太太竟做媒保成这门亲事是千妥万妥的。"接着薛姨妈便断定"我一出这主意,老太太必喜欢的",可见二玉的亲事是众望所归,从上到下,包括王熙凤、贾琏的心腹兴儿、薛姨妈、潇湘馆的婆子们,都认定宝玉的新娘是林黛玉。因此,"木石前盟"还可以说是"木石姻缘"呢。

只可惜有情人并未终成眷属,因而让读者无限同情,以致很不理性地怪罪给"金玉良姻"。殊不知,"金玉良姻"只是最后的、意外的果实,曹雪芹借此苦心地告诉我们:世事难料啊,"无常"的本质是以各式各样的方式展现出来的,令人万般无奈。

但为什么木石姻缘没能够开花结果呢?原来还是要归因于上天的作弄。黛玉从小便体弱多病,越长大也越严重,早在第三回黛玉便说:"我自来是如此,从会吃饮食时便吃药,到今日未断。"可见她每天都离不开药物,第五十二回黛玉自己又说:"我一日药吊子不离火,我竟是药培着呢。"到了第四十九回,故事已经走到一半,当时宝玉对黛玉劝道:"你瞧瞧,今年比旧年越发瘦了,你还不保养。"再到第五十八回，宝玉"踱到潇湘馆，瞧黛玉越发瘦得可怜"，因此大家对黛玉的评论，要不是第六十五回兴儿所说的"多病西施"，便是第五十五回凤姐说她"是美人灯儿，风吹吹就坏了"。

事实上，黛玉的身体是每况愈下，已经到了病入膏肓的地步，连第四十五回和宝钗谈心的时候，她自己都说："我知道我这病是不能好的了。且别说病，只论好的日子我是怎么个形象，就可知了。"并且在这一段短短的对话里，黛玉于"说话之间，已咳嗽了两三次"。果然，等到后面的第七十九回，她和宝玉一起讨论《芙蓉女儿诔》时，也是"一面说话，一面咳嗽起来"，无不显示黛玉的肺病已经进入末期，连她自己也预感死亡已经不远了。

参照第七十五回时，贾府的世交甄家已经抄家了，尤氏对身边的老嬷嬷说道："昨日听见你爷说，看邸报甄家犯了罪，现今抄没家私，调取进京治罪。"却还派了几个人来，"还有些东西，不知是作什么机密事"，将来势必受到牵连。因此学者们推测，第八十回以后不久，贾府应该就要被抄家，一片动荡，届时宝玉跟着一起被关在狱神庙里审讯，让留在家里等候消息的黛玉非常担心，脆弱的身体更加无法承受，于是病势加重，很快便一病不起。

根据第七十九回脂砚斋留下来的线索，我们知道等到宝玉被释放回来以后，只能"对景悼颦儿"，他哀悼颦儿时所面对的景物，就是潇湘馆的"落叶萧萧，寒烟漠漠"，只见人去楼空，无限地凄凉寂寞，哪里是往日第二十六回，宝玉信步来到潇湘馆时所看到的"凤尾森森，龙吟细细"，一片繁茂，生气盎然？今昔对比，沧海桑田，难怪脂砚斋在此夹批云：

与后文"落叶萧萧，寒烟漠漠"一对，可伤可叹。

而黛玉死后,接着才是宝玉迎娶宝钗,完成了金玉良姻的预言。到了这个时候,宝玉的人格状态是心平气和、理性成熟,绝对不是高鹗续书在第九十八回中所写的"苦绛珠魂归离恨天 病神瑛泪洒相思地",让黛玉之死无比凄恻惨烈,一点也没有前八十回的温柔敦厚,还让薛家背了黑锅,招惹了两百多年的骂名!这实在完全违反小说家的原意。

为什么这样说呢?因为曹雪芹和脂砚斋都是这么说的。曹雪芹早在第五十八回便安排好了,他给了宝玉一种崭新的观念,即:你就算永远深爱着一个人,也仍然可以好好活下去,续弦或再嫁都不成问题,更不用去殉情,因为那些只是外在的形式,你只要好好把握住这份真心,就是深情了!

这一回讲的是藕官烧纸钱的故事,那藕官到底是为谁烧纸呢?芳官私底下告诉宝玉,原来藕官祭拜的是死了的菂官,这两人之间并非一般的友谊,而是同性的爱情,因为藕官反串小生,菂官演的是小旦,两人在戏里"常做夫妻,虽说是假的,每日那些曲文排场,皆是真正温存体贴之事,故此二人就疯了,虽不做戏,寻常饮食起坐,两个人竟是你恩我爱"。这不正是所谓的"假戏真做"吗?既然已经"真做",那就是真情了。所以,"菂官一死,他哭得死去活来,至今不忘,所以每节烧纸",这便是回目上所说的"杏子阴假凤泣虚凰",在杏花树阴下,一个演假戏的演员为另一个演假戏的演员哭泣,却是真情流露!

但问题来了,唱戏时不能没有女主角啊,后来便补了蕊官来代替菂官。然而奇特的事情发生了,芳官说:

我们见他一般的温柔体贴,也曾问他得新弃旧的。他说:"这又有个大道理。比如男子丧了妻,或有必当续弦者也必要续弦为是。便只是不把死的丢过不提,便是情深意重了。若一味因死的不续,孤守一世,妨了大节,也不是理,死者反不安了。"

这便是回目上所说的"茜纱窗真情揆痴理"。原来,真情是可以这样呈现的,你问问自己的心,如果能够一直记得那个人,永远深深地怀念她,那就是情深意重!即使你照样正常过日子,并未跟着去死,甚至还结婚生子,仍然都是拥有纯净的真情。因为一个人还承担了社会责任,执行这些责任也是使命,那和对某一个人的深情是并存不悖的,这就是所谓的"痴理"。

几乎没有读者发现到,"痴理"这个词可是曹雪芹的崭新发明,过去从来没有文献这样用过,多的是用"痴情"这个浪漫语词。但曹雪芹特别开创了新词汇,因为他要告诉我们,判断真情的关键在于那颗心,只要那颗心永远怀念着所爱的人,就是情深意重,根本不用去死,更毋须复活。

从这一点也能够知道,其实曹雪芹根本反对《牡丹亭》里杜丽娘的那种情感和观念。剧作家汤显祖说,杜丽娘爱上了一个不认识的英俊男子柳梦梅,然后相思而死,最后还复活与柳梦梅大团圆,他认为那样才能叫做"至情"。但令人十分疑惑的是,人怎么能够复活?深情又何必要用死来证明?这种"至情"的定义恐怕是大有问题的。

因此曹雪芹特别提出了"痴理",用来反对或超越那一种至情观。当宝玉听了藕官的这番话,不觉又是欢喜,又是悲叹,又称奇道绝,说:"天既生这样人,又何用我这须眉浊物玷辱世界。"而宝玉这样强烈的反应,岂不是和听了宝钗念出《寄生草》以后的反应一样(详见下文)?那都是深深触动了灵魂深处而产生的震撼啊，宝玉又再一次拨开迷思，清楚认识到人世间更深刻的道理。

就因为藕官教给了宝玉这样的"痴理"，让宝玉开始懂得个人的爱情可以一直放在心里，与社会责任不发生冲突，所以根本没必要用势不两立的极端方式来证明深情。也正因为这番领悟，将来宝玉在失去了黛玉以后，便能够坦然地迎娶宝钗，落实了金玉良姻，那就是藕官所谓的"若一味因死的不续，孤守一世，妨了大节，也不是理，死者反不安了"，这种把真情融入于"大节"里，让情、理兼备的道理，便是所谓的"痴理"。

正因如此，第二十回脂砚斋的批语说：

> 妙极。凡宝玉、宝钗正闲相遇时，非代〔黛〕玉来，即湘云来，是恐曳漏文章之精华也。若不如此，则宝玉久坐忘情，必被宝卿见弃，杜绝后文成其夫妇时无可谈旧之情，有何趣味哉？

可见宝玉和宝钗结婚以后，还有一起"谈旧之情"。夫妻俩历尽沧桑，尝遍了世态炎凉，过去大观园的一幕幕是这么地刻骨铭心，所谈的旧人、旧事都是他们共同的回忆，其中也包括了彼此共同的老朋友林黛玉！那画面该是何等地感伤，却又是何等地平静，甚至带着一份温暖。

"悬崖撒手"：挥一挥衣袖，不带走一片云彩

然后，宝玉长到十九岁了。宝玉自从投胎到贾府之后，度过了富贵锦绣、荣耀繁华的岁月，也历经了悲欢离合、沧海桑田，受到了生离死别、盛衰无常的打击，根据第十九回脂砚斋的提示，我们知道那失落的"下部后数十回"中，宝玉过的是"寒冬噎酸齑，雪

夜围破毡"的贫困生活,他在冰天雪地的冬天里,只能吃发酸的剩菜,也只有破破烂烂的被子勉强御寒,那真是吃不下也睡不着的苦况啊,回想往事历历,又哪里不会痛彻心扉!脂砚斋在评阅小说的过程中,便一再预告宝玉最后会"悬崖撒手",意思是在这如同悬崖般险恶的红尘里,放手离开!那就是出家。

但宝玉其实并不是忽然想要出家的,早在宝玉成长的过程中就接触过佛家对空幻的苍凉感受,那也是前一章来不及讲的一次顿悟性的、重大的成长经验,带给了宝玉出家的心理准备。在第二十二回里,贾母亲自出面替宝钗庆祝十五岁生日,当然要摆酒席,也请了戏班子唱戏,曹雪芹即借着点戏的过程,利用那些戏曲进行了巧妙的安排,故事是这么说的:宝钗为了体贴贾母喜欢热闹的心情,于是点了一出"鲁智深醉闹五台山",宝玉却表示不满了,说他从来就不喜欢热闹戏。宝钗并没有生气,而是告诉他说:"你白听了这几年的戏,那里知道这出戏的好处,排场又好,词藻更妙。"因此提到其中有"一套北《点绛唇》,铿锵顿挫,韵律不用说是好的了;只那词藻中有一支《寄生草》,填的极妙,你何曾知道。"宝玉见她说得这般好,便凑近来央告:"好姐姐,念与我听听!"宝钗便念出那一段词藻,说的是:

> 漫揾英雄泪,相离处士家。谢慈悲剃度在莲台下。没缘法转眼分离乍。赤条条来去无牵挂。那里讨烟蓑雨笠卷单行?一任俺芒鞋破钵随缘化!

原来这出戏确实并不是一般所谓的热闹戏,热闹只是表面!在热闹里面,隐藏着宇宙洪荒的悲凉,且让我们想象一下:那画面不就像一个人走在白茫茫大地真干净的虚空里吗?果然宝玉一听,简直是醍醐灌顶、如获至宝,"喜的拍膝画圈,称赏不已,又赞宝钗无书不知"。显然宝玉的心灵被大大震动了,他好像张开了灵魂的眼睛,看到了一个美丽新世界,那体现了一种和富贵繁华完全不同的出世幻灭美学,让他对人生产生出崭新的体悟,所以这一回的回目便是"听曲文宝玉悟禅机"。

而最令人意外的是,这一次的思想震荡,却是由宝钗来担任启蒙老师,可见宝钗在宝玉的人生中,除了最后成为妻子之外,又扮演了其他的角色,也就是宝玉出世思想的启蒙者!这不是太奇妙的安排吗?

那么这颗出世思想的种子,是在什么时候开花结果的?很可惜,曹雪芹并没有写完《红楼梦》,后四十回是由高鹗续写完成的,所以我们无法得知真正的情况。而说到高鹗的续书,虽然它很有功劳,让整部书以完整的面貌呈现出来,的确功不可没,但其中也有很不足的地方,包括很多情节的发展并不符合前面所留下来的线索,所以一般并不建议读这个部分,以免受到误导,难以矫正回来。

话虽如此,还是必须说,续书最后一回、也就是第一百二十回的最后一幕,确实是十分精彩,把宝玉出家前拜别父亲贾政的悲喜交集写得入木三分,那雪地的一幕是多么凄美动人啊:

> 贾政打发众人上岸投帖辞谢朋友,总说即刻开船,都不敢劳动。船中只留一个小厮伺候,自己在船中写家书,先要打发人起早到家。写到宝玉的事,便停笔。抬头忽见船头上微微的雪影里面一个人,光着头,赤着脚,身上披着一领大红猩猩毡的斗篷,向贾政倒身下拜。……迎面一看,不是别人,却是宝玉。贾政吃一大惊,忙问道:"可是宝玉么?"那人只

不言语，似喜似悲。贾政又问道："你若是宝玉，如何这样打扮，跑到这里？"宝玉未及回言，只见舡头上来了两人，一僧一道，夹住宝玉说道："俗缘已毕，还不快走。"说着，三个人飘然登岸而去。……贾政叹道："……岂知宝玉是下凡历劫的，竟哄了老太太十九年！如今叫我才明白。"说到那里，掉下泪来。

看完了这一段，我们可以说，宝玉在年幼时节，由宝钗无意间所播下的出世思想种子，如今到了开花结果的时刻了，他那"只不言语，似喜似悲"的境界，让我们想起圆寂前的弘一大师。大师说，他在这临终的时刻也是"廓尔忘言""悲欣交集"，同样是超越了言语，只感到一种又像喜悦、又像悲伤的心情，他心中既是无限的凄怆，又带有解脱的喜悦，那种复杂的滋味简直无以言喻，根本说不清楚啊。

如果勉强要说的话，既然第一回中，最早出家的甄士隐等于是宝玉最终结局的预演，那么，他的《好了歌注》就是宝玉一生的最佳脚注，也是他离开红尘人世的告别感言！

简单地说，宝玉这个内心充满矛盾冲突的男孩子，被困在人间的艰难里无法挣脱，终于选了一条离开人间的方向。当宝玉拜别父亲之后，应该就是云游四方、浪迹天涯，走上了像甄士隐、柳湘莲这些前辈或先行者的道路。

现代诗人徐志摩写过一首很著名的新诗《再别康桥》，在最后告别康桥的时候，他潇洒地说："悄悄的我走了，正如我悄悄的来；我挥一挥衣袖，不带走一片云彩。"其实，谁不是这样呢？谁能在离开时带走一片云彩？从哪里来，终究还是要回到哪里去，无论是伸展手臂挥一挥衣袖，还是双手紧握不肯放弃，最终唯一能带走的，都只有这一生、那一段刻骨铭心的记忆！

在小说里，宝玉已经挥一挥衣袖，在茫茫的雪地上越走越远，像一片云消失在远方，那是西方《圣经》里所罗门传道者所说的"虚空的虚空，凡事都是虚空"。虽然如此，其实那留下来的一片云彩已经化身为五色石，在曹雪芹的笔下诉说着一则贵族世家的美丽与哀愁，直到今天还在深深地感动着我们！

最后，总结一下这一章所讲的几个重点，一个是继续补充宝玉成长的几次经验，包括藕官烧纸钱的"真情揆痴理"，以及宝钗讲《寄生草》一段的"悟禅机"，而这两次的思想领悟，都直接影响到最后的结局，一个是让宝玉在黛玉死后坦然地迎接"金玉良姻"，另一个则是让宝玉"悬崖撒手"，离开了红尘人间。这一趟十九年的贵族之旅，为宝玉留下了无法磨灭的记忆，于是曹雪芹写下了《红楼梦》，让世世代代的读者一起感慨万千！

从下一章起，要开始讲林黛玉了，那又是一个全新的人物风光了。

林黛玉

成长中的文艺少女

第 8 章：林姑娘不是灰姑娘

关于林黛玉，首先应该要澄清一个长期以来积非成是的错误观念，也就是：事实上，林姑娘不是灰姑娘！

很有趣的是，一般人都喜欢看"灰姑娘"的故事。童话里的灰姑娘是一个很完美的女孩子，善良又柔弱，一直受到坏心后妈和姐姐的欺负，幸而好人有好报，她终于穿上水晶做的鞋子，嫁给了王子，得到终身的幸福。

但为什么我们都喜欢灰姑娘的故事？因为这一类的故事全包含了"未得到应有注意的人或事"，归纳起来，至少皆具备的共同要素包括以下几项：

一、受到不公正对待的女主角

二、与男主角相遇

三、最后男女主角结合，从此过着幸福快乐的日子

而我们自己，不就好像那位灰姑娘吗？又善良又正直，可是却一直没有受到重视，甚至还被不公正地对待，心里忍受很多的委屈，深深感到被忽视的痛苦，以及孤单无助、害怕恐惧的辛酸。而我们又多么期待可以遇到一个白马王子，给予我们坚贞的、浪漫的爱情，也把我们从平凡的世界救出来，带到城堡里去过幸福快乐的日子！所以说，我们这些活在柴米油盐酱醋茶的平庸生活里的人，

便把这样的心理需求投射到小说里，从女主角的身上看到了自己。

正是因为把这种心理带进小说中，因此我们习惯于把林黛玉想成一个灰姑娘，尤其黛玉最后并没有得到幸福，和宝玉的结局是有情人终没有成为眷属，最后还独自一人孤孤单单地死去，这更引起了读者们的同情，于是越发把她塑造成楚楚可怜的悲剧女神了。

然而曹雪芹并不是在写童话，他写的是无比复杂又奥妙的世界。其实在真实的世界里，长得美丽又柔弱的人不一定都是无辜受害者，而一直在哭的人很可能根本没有受到任何委屈，同样的，最后没有得到幸福的人，或许一直都过得很优渥，林黛玉便是这一种。只可惜大部分的读者都有了偏见，于是完全误会了这一点。

因为篇幅的关系，以下只提几个重点，请大家认真思考。

钦差大臣的掌上明珠

首先，从上一章提到的吃茶事件就已经可以看得出来，林黛玉的家世背景绝非等闲，因此第二十五回王熙凤当众开了林黛玉一个玩笑，说："你既吃了我们家的茶，怎么还不给我们家作媳妇？"同时指宝玉道："你瞧瞧，人物儿、门第配不上，根基配不上，家私配不上？那一点还玷辱了谁呢？"可见其实是贾家才有配不上林家的问题呢。这里王熙凤完全没有讲错，事实上林黛玉的家世背景根本不是一般的中等士大夫家庭！

请注意林黛玉的母亲是贾敏，她身为贾母最疼爱的女儿，许亲的对象一定是门当户对的贵族世家，否则又怎么会舍得下嫁？从这一点来说，黛玉的父亲林如海一定是个人中龙凤，才能雀屏中选，当上贾府的乘龙快婿，不可能只是一般官宦家庭出身的读书人。

果然，林如海的祖宗是三代的列侯，这一点和贾家是一样的。前面的几章说过，一个国家的爵位有限，所以不能让贵族们的子子孙孙代代相传，于是有了"随代降等承袭"的制度，即每世袭一代，爵位便降低一等，几代之后就归零了，这是除了少数"世袭罔替"的皇族之外都注定的命运。至于那些不是皇族的八旗世爵，更注定只能传承三代，到了第四代便没有爵位了，这时便要找另外的出路，好让家族的荣华富贵可以维持下去，那个出路就是科举考试。而林黛玉的父亲林如海正是这种佳子弟的典范，第二回说：

> 今岁鹾政点的是林如海。这林如海姓林名海，表字如海，乃是前科的探花，今已升至兰台寺大夫，本贯姑苏人氏，今钦点出为巡盐御史，到任方一月有余。原来这林如海之祖，曾袭过列侯，今到如海，业经五世。起初时，只封袭三世，因当今隆恩盛德，远迈前代，额外加恩，至如海之父，又袭了一代；至如海，便从科第出身。虽系钟鼎之家，却亦是书香之族。

可见林家比贾家的地位还要更高一点，因为皇帝对林家特别的恩宠，所以让林家加袭了一代，等于世袭了四代的爵位，并且比贾家还提前了两代，发达得更早，那就不只更胜一筹了。等到林如海这一代，身为林家的第五代，依照朝廷的制度已经没有爵位可以世袭了，于是他改从科举出身。这种家族的变化形态称为"随代降等承袭"，也是贾家等贵族世家都同样要面对的，此即宝玉为什么会被严格要求读书的原因。如果宝玉能像林如海一样，那么贾家的未来就有希望了，可惜我们都知道，结果并不理想，于是构成了贾家和宝玉的双重悲剧。

那么，林如海是有多优秀呢？林如海从科举找到了出路，顺利地让林家转型成功，也延续了荣华富贵。首先，林如海是皇帝钦点的探花，等于是天子门生，哪里是一般的读书人可比！再加上深受皇帝信赖,所以被派去江南担任巡盐御史,小说中提到林如海带着家眷到扬州上任,便是因为巡盐御史的官署坐落在扬州。这个官职主管盐务,涵盖的辖区十分广大,根据清初巡盐御史李赞元上疏给顺治皇帝的说法,包括:

> 两淮巡盐地方,自江西、湖广以至河南,延袤千里,巡盐一差,驻扎扬州,岂能遍及。

可知其范围极为广大,不只如此,所主管的食盐的税收可是国家非常重要的财源,算是攸关国本,所以巡盐御史的能力和品德一定要很高,绝对是皇帝十分信任的人,等于是皇帝的心腹。那么可以想见,林如海是可以直接向皇帝写奏折、和皇帝当面讨论政务的栋梁大臣,这哪里是贾家所能比拟的!

而黛玉就是在贵族世家中诞生、成长的,又是钦差大臣的掌上明珠,怎么可能会受人欺侮?果然,在贾敏过世以后,贾母心疼她没有母亲的照顾和教养,林如海也认为这个小女儿没有兄弟姊妹的扶持,所以都赞成把小黛玉送到贾府,那里有很多长辈和同辈亲戚可以照顾她、陪伴她,比她自己一个人孤伶伶地留在林家要好得多。

就这样,年纪大约六七岁的黛玉便上路了。她在扬州搭上船,家庭老师贾雨村另外乘一艘小船跟在后面,一路往北京出发了。现在可以想得到了吧?黛玉乘坐的一定是官船,可以畅通无阻,而她从扬州到北京,走的又是哪一条水路?那一定是京杭大运河,从江南的杭州到北京,这条运河长达一千多公里,是明清时期的南北交通动脉,所以不只是林黛玉,后来薛家上京时也是走这条路线。

而这一趟从南到北的船运行程,可是黛玉人生中唯一的一次长途旅行，从此她再也没有离开过京城一步。要注意的是，这一路的整个过程显然很平安顺利，因为体弱多病的黛玉并没有出现任何不适的情况，算是一个好兆头。等黛玉抵达了北京，必须先在通州下船，通州是京杭大运河北端的终点站，而黛玉一下了船，贾府派来接她的轿子早已等在那里了。

轿子又代表什么意义呢？那可不是一般的交通车，几乎所有的读者都不知道，在明、清这两个朝代，轿子就是权力、地位的象征，所以并非人人都可以乘坐。例如跟着黛玉一起上京的贾雨村，他虽然是黛玉的家庭老师，却没有轿子可坐，得自己想办法到贾府去，即是因为他此时已被革职，而之前当过县太爷，上任时坐着一顶大轿，这便显示出身份的转变。

所以说，贾府派轿子来接黛玉，那是一种高规格的接待。这种高规格一直持续下去，直到黛玉进入贾府，晚上安顿下来都是如此，只可惜读者都不了解清朝王府的规矩，所以才产生了很大的误会，把林姑娘当成了寄人篱下的灰姑娘。

高规格接待的宠儿

首先，黛玉的轿子一路到了贾府，先经过东边的宁国府，再到西边的荣国府，因为古人以东边为尊，东边即是哥哥宁国公的坐落处，身为弟弟的荣国公当然就住到西边的府宅了。现在要特别注意的是，当时宁国府"正门却不开，只有东西两角门有人出入"，同样的，西边的荣国府也是如此，黛玉的轿子并不是从大门抬进去，而是"不进正门，只进了西边角门"。为什么会这样呢？很多同情林黛玉的读者便误会了，以为贾府欺负这个可怜的孤女，连正门都不给她走，像个委屈的小媳妇似的，只能走边门！这种印象实在太深了，也太普遍了，以致林姑娘变成了灰姑娘，得到了大家一面倒的同情。

但这恰恰是一个好机会,让我们知道原来同情心很容易放错对象,也颠倒了事实,只要缺乏理性和知识!以黛玉来说,她的轿子之所以会从角门进去,是因为遵守王府的规矩,大家都一样,不是只有黛玉。有一位铁帽子王的后代,叫做金寄水,他从小在睿亲王府中长大,父亲是最后一代睿亲王,如果民国没有成立,他就会当上睿亲王了。这位金寄水先生告诉我们:十二家铁帽子王的王府建置都是采用"大式"做法,府门又称为宫门,都坐北朝南,而府门东、西各有角门一间,均叫阿司门,供人们出入。

金寄水又说:"王府的府门是终年不开的,人来人往都走角门。但是,一到王府主要成员结婚那天,府门必须大开,只有知其王府礼制者,能看出府中是在办喜事。但是,宾客车辆依旧出入角门。"这就是为什么黛玉的轿子抵达荣国府以后,"却不进正门,只进了西边角门",原来都是曹雪芹对贵族世家风范的自然展现。如果我们了解这是王府的礼制规范,便不会把这一现象误解为黛玉受到贾府欺负,而得出谬以千里的推论了。

再看黛玉进入荣国府以后,便是和亲戚们一一相见的场面,在这整个过程中,黛玉也都是人人尊敬、疼惜的贵客和宠儿。以下即一项一项来看。

首先,黛玉当然要拜见最高的长辈,贾母。可当时的情况是:"黛玉方进入房时,只见两个人搀着一位鬓发如银的老母迎上来,黛玉便知是他外祖母。方欲拜见时,早被他外祖母一把搂入怀中,心肝儿肉叫着大哭起来。"连拜见之礼都省了。后来在谈话的过程中,提到贾敏如何得病,如何请医服药,如何送死发丧,贾母禁不住伤感之情,黛玉又再一次被搂入怀里呜咽起来。如果用今天的习惯来看这样的描写,那就会看不出奥妙了。

所以我要提醒大家注意：在《红楼梦》里面，只要是这种上对下亲昵的肢体动作，都代表了上位者的喜爱，也因此带有提拔的含意，例如宝玉的嫂嫂李纨，便曾经揽着平儿给予极大的赞美。第三十九回说，当时大观园正在热热闹闹地吃螃蟹宴，凤姐派她的贴身大丫鬟平儿过来，拿一些螃蟹回去吃，而因为平儿这个人就像她的名字一样，又平和、又公平，所以大家平日都很喜欢她，此刻便拉她过来一起坐下，正是重视她、提拔她，让她平起平坐的表示。

而平儿是很守分寸的好女孩，当然不肯逾越分际，这时李纨坚持拉住她，笑道："偏要你坐。"于是把平儿拉在她身旁坐下，还端了一杯酒送到她嘴边，平儿连忙喝了一口便要走。李纨道："偏不许你去。显见得你只有凤丫头，就不听我的话了。"说着又命嬷嬷们："先送了盒子去，就说我留下平儿了。"这是要让忙碌尽责的平儿休息一下，给予特别照顾的意思。然后李纨揽着她笑道："可惜这么个好体面模样儿，命却平常，只落得屋里使唤。不知道的人，谁不拿你当作奶奶、太太看。"这段话更清楚显示了李纨对平儿的赞赏与不舍。

在这里读者可不要误会，以为李纨会揽着平儿，是因为她这个寡妇独守空闺，几年下来就有了同性恋的嫌疑，这实在是无中生有的穿凿附会。如果认真而客观地了解《红楼梦》的世界，便会发现：从这整段情节来看，李纨很明显是心疼平儿，她的人是这么优秀，命却这么不好，所以借这个机会特别补偿她，以主子的身份揽住平儿这个女仆，即为一种提拔的用意，并且还特别把平儿留下来一起吃螃蟹，让她不用再到处奔波，帮凤姐办事，而可以歇歇脚，和主子一起享受美食。同样的，李纨会伸手揽住平儿，就是以主子的身份给她的提拔和荣耀啊。

也正因为这时伸手揽着她，才顺势摸到了一大串钥匙，李纨便感叹说：

> 我成日家和人说笑，有个唐僧取经，就有个白马来驮他；有个刘智远打天下，就有个瓜精来送盔甲；有个凤丫头，就有个你。你就是你奶奶的一把总钥匙，还要这钥匙做什么？

李纨从这一串钥匙发挥，极口称赞平儿就是凤姐的钥匙，那可是无与伦比的赞美！想想看，凤姐是何等精明干练的人物，平儿能当她的钥匙总管，岂不证明平儿的卓越程度吗？所以说，李纨伸手揽住平儿的举动，便相当于贾母搂住黛玉一样，这种上位者对下位者的肢体亲昵，都是表示宠爱、欣赏和提拔的意思，是我们应该要正确了解的。更何况贾母还哭着叫黛玉是"心肝儿肉"，那就与宝玉的地位没有两样了。

果然，连贾母如此地位崇高的老祖宗都这样表示了，其他的大家长们也全部一起跟进。首先是王熙凤，她一来到现场，便表现得十分亲昵、热络：

> 这熙凤携着黛玉的手，上下细细打谅了一回，仍送至贾母身边坐下，……又忙携黛玉之手，问："妹妹几岁了？可也上过学？现吃什么药？在这里不要想家，想要什么吃的，什么玩的，只管告诉我；丫头老婆们不好了，也只管告诉我。"

请注意，其中凤姐连续两次携着黛玉的手，又把黛玉送到贾母身边坐下，这更进一步做了补充说明，告诉我们，原来黛玉还没来得及拜见老祖宗，便被搂在怀里，之后根本还和贾母坐在一起，那岂不等于是昭告天下，黛玉就是和她平起平坐的宠儿吗？于是乎，另外两位女家长也不能怠慢了,依照伦理顺序,首先是邢夫人顺道带黛玉去见大母舅贾赦,当时"大家送至穿堂前。出了垂花门,早有众小厮们拉过一辆翠幄青紬车。邢夫人携了黛玉,坐在上面,众婆子们放下车帘,方命小厮们抬起",到了东大院贾赦的住所,"众小厮退出,方打起车帘,邢夫人挽着黛玉的手,进入院中",黛玉坐了一刻后便告辞,邢夫人亲自送至仪门前,又嘱咐了众人几句,眼看着车去了,方回来。

请注意,在这一段过程中,邢夫人不但是牵着黛玉的手一起坐在车上,接着还"挽着黛玉的手,进入院中",这里用的是搀扶的"挽"字,那是多么小心翼翼的动作啊,一般应该是晚辈对长辈的礼貌才对吧?现在却居然反过来了。再看黛玉告辞以后上了车,邢夫人不仅嘱咐众人细心照料,并且"眼看着车去了,方回来",显然她还留在路边守望一阵子,目送车驾远去才转身回房,表达出依依不舍的挂念。由此林林总总可见,都表现出黛玉极端受宠的处境。

接着是去拜见二母舅贾政,黛玉在老嬷嬷的带领之下:

> 到了东廊三间小正房内。正面炕上横设一张炕桌,……王夫人却坐在西边下首,亦是半旧的青缎靠背坐褥。见黛玉来了,便往东让。黛玉心中料定这是贾政之位。因见挨炕一溜三张椅子上,也搭着半旧的弹墨椅袱,黛玉便向椅上坐了。王夫人再四携他上炕,他方挨王夫人坐了。

在这一段描写里,也要特别请大家注意,原来古人以东为尊,所以炕上的两个座位里,东边的一个一定是贾政坐的,黛玉当然懂这个礼数,因此当王夫人让她往东坐的时候,黛玉绝不敢僭越,刻意选了比炕低一阶的椅子上坐下。但因为王夫人"再四携他上炕，他方挨王夫人坐了"，所谓恭敬不如从命，晚辈对长辈再四表达的好意却之不恭，此刻必须遵命上炕，却又不能坐到东边的位置上，那就得和王夫人一起挤在西边的位置了，岂不又显示出平起平坐的地位吗？接着，"一听到老太太那里传晚饭了，王夫人忙携黛玉从后房门由后廊往西，出了角门"，然后"王夫人遂携黛玉穿过一个东西穿堂，便是贾母的后院了"。我想大家现在已经有概念了，应该注意到在这个行动的过程里，王夫人也是一直牵着黛玉的手呢。

如此一来，算一算总共有四个人携着黛玉的手，包括：贾母、邢夫人、王夫人和王熙凤，其中辈分较高的三位还让黛玉与她们平起平坐，而这些人都是贾府里权力最大的女家长！由此看来，在在都显示黛玉的地位崇高，事实上她从来到贾家的前一刻起，便受到全家的礼遇与疼爱。

然后，当王夫人牵着黛玉进到屋里准备入席用餐的时候，又发生一件和座位有关的情节。当时黛玉的座位也是最尊贵的一席，小说中说：

> 贾母正面榻上独坐，两边四张空椅，熙凤忙拉了黛玉在左边第一张椅上坐了。黛玉十分推让。贾母笑道："你舅母你嫂子们不在这里吃饭。你是客，原应如此坐的。"黛玉方告了座，坐了。

很明显的，黛玉之所以要"十分推让"，就是知道那个位子是很尊贵的客座，自己担当不起。但贾母要黛玉接受这个安排，明确地表示她是贵客，理当如此，黛玉才敢坐了下来，可见黛玉身为贵客、娇客的地位十分明确。

最后，再看当黛玉刚到贾府时，贾母特别吩咐说："请姑娘们来。今日远客才来，可以不必上学去了。"于是迎春、探春、惜春这三姊妹来到了现场，和黛玉相见。想想看，这么重视读书教育的大家庭，能让姑娘们不用去上学的理由一定是大事件，显然黛玉正是一个贵客，否则贾家的姊妹们何必费事过来一趟，还穿上正式的礼服，也即黛玉眼中所看到的，"其钗环裙袄，三人皆是一样的妆饰"，那可是在过中秋之类的大节庆或大场合时才需要穿戴的仪式服装，其中包括第七十三回"懦小姐不问累金凤"这段故事里，迎春被奶娘私自拿去典当的累丝金凤！

看到这里，事实再清楚不过了，小小年纪的黛玉，从一开始就是贾府以高规格礼遇的贵宾和宠儿，和读者们常见的误解完全相反。

最后，总结一下这章所讲的重点。从种种情况来判断，黛玉来到贾府的整个过程，一路上都是高规格礼遇的贵宾，包括哪些情况呢？

第一是从京杭大运河下船以后，贾府便打发了轿子来迎接，而轿子在明清时代就代表了权力与地位。

第二，黛玉从角门进荣国府，那是王府的规矩，完全不是亏待。曹雪芹也借此来反映贾府的豪门气象，并非一般人家所能企及。

第三，从贾母、邢夫人、王夫人、王熙凤这些贾家最有权位的女家长都万般招待，又搂在怀里、又牵着手、又坐在一起，都充分表示黛玉是备受疼爱的超级宠儿，注定了黛玉在贾家的优越地位。

第四，难怪嫡系的三春可以不用上学，还穿戴了大场合才需要的礼服来迎接她。

所以说，林黛玉是贾府的掌上明珠而不是受人欺负的灰姑娘，这才是事情的真相，我们不要再一直被流俗的成见给误导了。

　　下一章，要继续谈黛玉的这种优越地位，对她的性格产生了什么影响？答案会和一般的常识很不一样！

第 9 章：林黛玉的重像

上一章谈到林黛玉其实占有非常优越的地位，这对于她的性格也产生了很大的影响。不过，在深入这个主题之前，还是要依照惯例，看看林黛玉的重像有哪些，这可以帮助我们更了解林黛玉这个人物。

我们已经知道，曹雪芹会为他笔下的重要人物特别设计一些重像，当作他／她的分身，好让他／她的存在感更加地提高、扩大，同样的，林黛玉也拥有许多的重像，我仔细计算过，发现从历史人物到小说人物，居然超过了十个，这个数量恐怕是无出其右。至于那些分身有哪些人？以下先从历史人物看起。

历史上的分身

首先，从历史中取材，本即是创作上的好方法，那些累积了千百年现成的丰富材料简直是最佳的得力助手，让作家下笔时左右逢源，更有灵感。以黛玉而言，她的历史人物重像有三种，依照出现的顺序来说，包括了西施、赵飞燕以及娥皇、女英，先讲其中的赵飞燕吧。

赵飞燕是汉成帝的皇后，文学上关于她的典故主要有两个取重之处，在这里用的是体态纤细的特点。因为赵飞燕号称可以"掌上舞"，那真是飘飘欲仙，无比轻盈，例如唐朝诗人杜牧写了一首题为《遣怀》的著名诗篇，里面有一句说"楚腰纤细掌中轻"，"掌中轻"便是用赵飞燕的典故，当古人要表示女性的美各有千秋时，常用一个成语叫做"环肥燕瘦"，其中的"燕"就是指赵飞燕。而曹雪芹要突显林黛玉的纤瘦，所以把第二十七回的回目拟订为"埋香冢飞燕泣残红"，描述那赵飞燕般轻盈纤细的林黛玉把落花埋葬在花冢里，一个人对着残红悲伤哭泣，此处赵飞燕的比喻很明显是偏重在外形上。

至于西施，那更不仅是瘦弱的外型了，还更加上多病的体质。尤其是心绞痛，一旦发作时，胸口便疼痛得让人捧心皱眉，特别有一种病态美，因此还居然出现了东施效颦式的模仿，这都与黛玉绝妙吻合。例如第三回描写宝玉眼中的黛玉：

> 细看形容，与众各别：两弯似蹙非蹙罥烟眉，一双似喜非喜含情目。态生两靥之愁，娇袭一身之病。泪光点点，娇喘微微。闲静时如姣花照水，行动处似弱柳扶风。心较比干多一窍，病如西子胜三分。

原来黛玉的病比西施还要更严重一点，难怪她总是眉头深锁，如后来第二十八回宝玉在《红豆词》里所说的"展不开的眉头，捱不明的更漏"，于是随后宝玉笑道："我送妹妹一妙字，莫若'颦颦'二字极妙。"因为"这林妹妹眉尖若蹙，用取这两个字，岂不两妙！"那等于是把黛玉多愁多病以致眉头深锁作为她最鲜明的形象了。果然，后来第六十五回贾琏的心腹兴儿也说，他们这些下人们背后都叫黛玉是"多病西施"，因为她"一身多病，这样的天，还穿夹的（按：即双层、比较厚的衣裳），出来风儿一吹就倒了"。由此可见，西施捧心皱眉的形象真是替弱不禁风的黛玉画龙点睛！

至于第三组历史人物则是要突显出黛玉的另一个特点,她们是娥皇、女英。娥皇、女英本来是尧的女儿,后来嫁给舜作为妻子,最后更为了舜殉情而死,因为舜远征南方的有苗,去到湖南的蛮荒之地,却在苍梧失踪了,作为妻子的她们后知后觉,一接到消息便急忙去追寻,最后还是找不到舜的踪迹,在绝望之下便悲恸地投入湘江里,化身为湘水女神,也就是潇湘妃子。根据南朝任昉《述异记》所记载:

> 昔舜南巡而葬于苍梧之野。尧之二女娥皇、女英追之不及,相与恸哭,泪下沾竹,竹文上为之斑斑然。

这则历史传说还进一步指出:娥皇、女英在投水殉情之前,先于江边抱头痛哭,她们的眼泪溅洒在身旁的竹子上,于是留下了斑斑点点的泪痕,这就是湘妃竹即斑竹这个品种的由来。它们代代相传,以竹皮上的斑斑点点不断地见证潇湘妃子永恒的深情!

而刚好黛玉很爱哭,又对宝玉有很深的感情,所以曹雪芹便挪用了这组人物形象给她。最明显的证据是在第三十七回,当时大观园的金钗们发起了海棠诗社,李纨首先呼应黛玉"先把这些姐妹叔嫂的字样改了才不俗"的主张,而提出建议:"何不大家起个别号,彼此称呼则雅。"在这个取号的过程中,黛玉取笑探春自名的"蕉下客"是头鹿,让大家"快牵了他去,炖了脯来吃酒",探春便对黛玉笑道:

> "你别忙中使巧话来骂人,我已替你想了个极当的美号了。"又向众人道:"当日娥皇女英洒泪在竹上成斑,故今斑竹又名湘妃竹。如今他住的是潇湘馆,他又爱哭,将来他想林

姐夫，那些竹子也是要变成斑竹的。以后都叫他作'潇湘妃子'就完了。"大家听说，都拍手叫妙。林黛玉低了头方不言语。

这当然是曹雪芹在背后安排的，他通过探春，利用了"娥皇、女英洒泪在竹上成斑"的传说，送给黛玉"潇湘妃子"的美号，黛玉当场很乐意地接受了。这是书里面很明确的证据。

另外，我经过深入的研究以后，还发现到：黛玉前身的那株绛珠草，其实就是人间的湘妃竹！脂砚斋于第一回"有绛珠草一株"句旁有一段夹批云：

点红字。细思"绛珠"二字岂非血泪乎。

清楚呼应了第八回"一泪化一血珠"的批语，因此"绛珠"即是血泪。而娥皇、女英洒泪沾上竹子的斑痕恰恰也是血痕点点，例如唐代诗人贾岛《赠梁浦秀才斑竹拄杖》这首诗，写的是一支用斑竹做成的拄杖，其中便歌咏道：

莫嫌滴沥红斑少，恰似湘妃泪尽时。

这证明了红斑正是湘妃的眼泪！这么说来，湘妃竹其实正是绛珠仙草移植到人间的化身，那血泪斑斑就构成了两者的共同造型。

小说世界的影子

讲过了历史上的传说人物，现在再看小说里的重像人物。而因为曹雪芹的特殊设计，小说里又分为神话世界、现实世界两层结构,那神话世界里警幻仙姑的妹妹兼美,就融合了宝钗、黛玉的双重形象,第五回说她是"鲜艳妩媚,有似乎宝钗,风流袅娜,则又如黛玉",所以前面讲贾宝玉的时候,便提到这种"钗黛合一"才是贾宝玉或曹雪芹的女性理想典范。

至于出现在贾府的现实世界里的重像人物,她们所表现的主要是黛玉的性格特点,而这些就更精彩了。先看到底有哪些人?以长得相像的分身来说,这一类从外表即一目了然者,叫作"显性重像",包括:第二十二回的小旦、第三十回的龄官、第六十五回的尤三姐,以及第七十四回提到的晴雯。而另一类虽然没有提到长得像,但性格、命运都很类似,那便叫作"隐性重像",则包括了第十八回的妙玉、第四十回的茗玉,还有第五十三回的慧娘,总共至少有七个,在数量上算是最多的。因为篇幅的关系,只讲其中的几个重点,看看她们所突显的黛玉的性格到底有哪些。

首先,很有趣的是,那些长得很像的显性替身,包括小旦、龄官、尤三姐、晴雯这四个女孩子,都是身份低下的人!小旦、龄官两个是戏子,晴雯是买来的丫鬟,在传统社会里都属于底层的贱民,而尤三姐和她的姐姐尤二姐则是浪荡成性,距离大家闺秀也很遥远。如果我们知道,这一类人大多是出身贫寒,常常没有完整或良好的家庭依靠,甚至是一个人生活,那么或许可以推测这是要来衬托黛玉的孤单,黛玉虽然家世显赫,但当林如海一过世,没有男嗣的林家就算是一门灭绝,从这一点来说,黛玉确实是一个孤女。

难怪只要我们仔细读小说,便会发现:其实黛玉虽然爱哭,但哭的并不只是为了宝玉,有一半的比例是为了身世而流泪,因为她深爱父母,可是父母双亡;她喜欢兄弟姊妹,可是却连一个手足都没有,因此她觉得自己十分地孤单,无依无靠。这等于也证明了对传统古人而言,家庭亲情是人生最重要的价值,是最大的依靠!而黛玉的显性重像中有很多是这一类没有家庭的孤女，那应该不是偶然的巧合。

至于隐性替身的妙玉、茗玉、慧娘这三者，则都是名门闺秀了。以妙玉来说，第十八回介绍道：为了元妃省亲，贾家需要准备一些宗教人员，以应各种仪式之需。资深管家林之孝家的来回王夫人，说除了十个小尼姑、小道姑，"外有一个带发修行的，本是苏州人氏，祖上也是读书仕宦之家。因生了这位姑娘自小多病，买了许多替身儿皆不中用，到底这位姑娘亲自入了空门，方才好了。所以带发修行，今年才十八岁，法名妙玉。如今父母俱已亡故，身边只有两个老嬷嬷、一个小丫头伏侍。文墨也极通，经文也不用学了，模样儿又极好"。这和黛玉岂不是如出一辙吗？两人都是苏州人，也都是父母双亡的孤女，此外，她们的学问、外貌都很好，更都是从小多病，必须要靠出家才能痊愈，差别只在于妙玉亲自出家了，而黛玉却没有。

第三回黛玉道："那一年我三岁时，听得说来了一个癞头和尚，说要化我去出家，我父母固是不从。他又说：'既舍不得他，只怕他的病一生也不能好的了。若要好时，除非从此以后总不许见哭声；除父母之外，凡有外姓亲友之人，一概不见，方可平安了此一世。'"然而我们都知道，黛玉之后来到贾家依亲，不仅见到了宝玉，还整天生活在一起，那又怎么可能不哭呢？所以黛玉的病势越来越严重，最后便如脂砚斋所说的"泪尽夭亡"，显然这是黛玉注定的命运。至于茗玉、慧娘这两个人，都是小说里间接提到的，后文再简单对照一下。

共通的特色

现在，我们再来找找看，到底这些涵盖了天上人间的重像们还有哪些其他的共通点？那应该也就是曹雪芹所要赋予黛玉的重要特色。

首先，她们的第一个特点即非常美丽，这一点当然是不用多说，"漂亮"简直是当小说主角的必要条件了，书中全部的金钗都是如此。只是黛玉的美偏向于多愁多病的病态美，于是采用了赵飞燕、西施的历史形象。

再看龄官，第三十六回提到她说"今儿我咳嗽出两口血来"，这对于年纪轻轻才十几岁的少女来说，当然不是好现象。参考第三十一回里，袭人不小心被宝玉误踢到胸口，踢得很重，到了晚上便吐出一口鲜血在地上，心里也就冷了半截，因为她想起往日常听人说："少年吐血，年月不保，纵然命长，终是废人了。"想到这里，"不觉将素日想着后来争荣夸耀之心尽皆灰了，眼中不觉滴下泪来"。据此而言，龄官恐怕也是会青春夭亡的吧。所以这些分身的第二个特点，就是瘦弱多病。

而既然体弱多病，便很容易早死，果然年少夭亡正是她们的第三个共通点。例如茗玉，她是第四十回刘姥姥胡诌编出来的一位小姐，姥姥说："这老爷没有儿子，只有一位小姐，名叫茗玉。小姐知书识字，老爷太太爱如珍宝。可惜这茗玉小姐生到十七岁，一病死了。"这岂不也很雷同于黛玉吗？那么十七岁时一病而死，恐怕便是黛玉的预告了。

不只如此，第五十三回写到贾府有一件价值连城的珍宝，那是一副紫檀透雕的璎珞，上面嵌着大红纱透绣花卉并草字诗词，一共十六扇。本来另外还有两件，但已经于上年"进了上"，也就是呈送给了皇帝，可见那是多么精美的艺术品，因此贾母对这仅存的一件爱如珍宝。书中介绍道：

原来绣这璎珞的也是个姑苏女子，名唤慧娘。因他亦是书香宦门之家，他原精于书画，不过偶然绣一两件针线作耍，并非市卖之物。凡这屏上所绣之花卉，皆仿的是唐、宋、元、明各名家的折枝花卉，故其格式配色皆从雅，本来非一味浓艳匠工可比。每一枝花侧，皆用古人题此花之旧句，或诗词歌赋不一，皆用黑绒绣出草字来，且字迹勾踢、转折、轻重、连断皆与笔草无异，亦不比市绣字迹板强可恨。他不仗此技获利，所以天下虽知，得者甚少，凡世宦富贵之家，无此物者甚多，当今便称为"慧绣"。……偏这慧娘命夭，十八岁便死了，如今竟不能再得一件的了。凡所有之家，纵有一两件，皆珍藏不用。

果然，这慧娘又是姑苏女子，手艺是如此杰出，品位是如此的高雅，简直举世无双，可惜十八岁就死了，这当然不是偶然的。另外，像尤三姐不到二十岁即自刎而死，晴雯则是十六岁便病逝，可见这的确是相关重像的一大特点，用以暗示或加强黛玉的青春夭亡。

再从龄官、慧娘、晴雯的案例，又可以发现第四个特点，那便是技艺超群，拥有闪亮的才华。慧娘不用再说了，晴雯的手艺也是无出其右，所以曹雪芹在第五十二回安排了一段"勇晴雯病补雀金裘"，让晴雯的一双巧手完美地补完了那一领孔雀裘，那可是整个北京城"不但能干织补匠人，就连裁缝、绣匠并作女工的问了，都不认得这是什么，都不敢揽"的上品。因此，很有识人之明的贾母，在第七十八回中甚至说："我的意思这些丫头的模样爽利言谈针线多不及他，将来只他还可以给宝玉使唤得。"可见晴雯的才艺真是出类拔萃。

还有龄官也是一样，第三十六回说得很清楚，宝玉因为"闻得梨香院的十二个女孩子中有小旦龄官最是唱的好"，所以特地来找她唱《牡丹亭》的"袅晴丝"一套，然后才见识到龄官的情有独钟，印证了不久前发生过的情节"龄官画蔷"。宝玉在第三十回里，看到"一个女孩子蹲在花下，手里拿着根绾头的簪子，在地下抠土，一面悄悄的流泪"，然后"再留神细看，只见这女孩子眉蹙春山，眼颦秋水，面薄腰纤，袅袅婷婷，大有林黛玉之态"，这再清楚不过了，龄官确实是黛玉的分身！重点是，第三十六回反映出她和心上人贾蔷的相处状况，那简直正是宝玉和黛玉的翻版：

女方因为不放心、没有安全感，于是不断折磨那个深爱自己的人，也是因为知道对方深爱着自己，所以更有恃无恐，说话便尖刻起来，不惜歪派冤枉别人。例如贾蔷为了讨龄官开心，花了一两银子买了一只会在小舞台上衔旗串戏的鸟雀来给她玩，龄官却毫不领情，反倒指控贾蔷说："今儿我咳嗽出两口血来，太太打发人来找你叫人请大夫来细问问，你且弄这个来取笑。偏生我这没人管没人理的，又偏病。"说着又哭起来。

这真是百分之百的林黛玉啊，简直综合了苦恋、多病、自虐的特点，所以一样地爱哭。这么一来，从龄官身上又发现这些重像的第五个特点了，那就是痴情苦恋。不只龄官画蔷，尤三姐也是一心都在柳湘莲身上，她们都偏重于感情的执着，因此深受爱情的折磨，甚至还有为情而死的，例如神话中的娥皇、女英，宁国府的尤三姐也是。这应该都是要来烘托黛玉对宝玉的情有独钟，以及带有一点自虐的性格。

最后，还可以发现第六个共通点，即性格高傲、率性、比较自我中心。龄官也是这一类的代表，试看第十八回元妃回家省亲时，那十二个女伶粉墨登场，表演一番：

刚演完了，一太监执一金盘糕点之属进来，问："谁是龄官？"贾蔷便知是赐龄官之物，喜的忙接了，命龄官叩头。太监又道："贵妃有谕，说'龄官极好，再作两出戏，不拘那两出就是了。'"贾蔷忙答应了，因命龄官作《游园》《惊梦》二出。龄官自为此二出原非本角之戏，执意不作，定要作《相约》《相骂》二出。贾蔷扭他不过，只得依他作了。

可见龄官很有个性，连对长官的指令都敢违抗。虽说这时贾蔷和龄官之间可能已经产生了情愫，所以上下的关系有点颠倒，不能用一般的伦理规范来推测，但龄官确实很有个性，从后面第三十六回她拒绝宝玉的时候所说："嗓子哑了。前儿娘娘传进我们去，我还没有唱呢。"可见她连皇妃都敢不从，何况是宝玉！

而妙玉的高傲更是极端，简直是黛玉的进阶版，因为从来就只有黛玉去嘲讽别人的份，却只有妙玉敢当面批评黛玉。第四十一回刘姥姥逛大观园时，大家来到了栊翠庵，妙玉在招待贾母之后，私底下又带宝钗、黛玉去喝体己茶，而黛玉只不过问了一句："这也是旧年的雨水？"妙玉居然冷笑说："你这么个人，竟是大俗人，连水也尝不出来。"这可真是"一山还有一山高，强中自有强中手"啊，黛玉终于遇到不愿意屈就她、侍候她的人了，清朝评点家姚燮（1805—1864）《读红楼梦纲领》就注意到这一点：

宝玉过梨香院，遭龄官白眼之看；黛玉过栊翠庵，受妙玉俗人之诮，皆其平生所仅有者。

妙玉当面这样呛贬黛玉，真是绝无仅有的一次，可见妙玉这个人的高傲确实到了第六十三回宝玉所说的"万人不入他目"，即目中无人的地步。

至于晴雯，那又是一个很独特的案例了。晴雯确实带有黛玉的影子，第七十四回里王夫人说她"眉眼又有些像你林妹妹"，难怪晴雯也常常被比作西施，在这同一回里，王善保家的先说晴雯"天天打扮的像个西施的样子"，不久王夫人见到她本人时也说"真像个病西施"，而西施又恰恰好是黛玉的重像之一，可见彼此很连贯一致，西施这个历史美人就同时投射在这两个小说人物身上了。

但晴雯、黛玉不只是长得相像，她们的性格作风更是类似，这一点脂砚斋早已指出来了，他在第八回的批语说："晴有林风，袭乃钗副，真真不错。"后来第七十八回宝玉写了一篇《芙蓉女儿诔》来悼祭晴雯时，脂砚斋更说："当知虽诔晴雯，而又实诔黛玉也。"同一篇诔文可以通用在晴雯、黛玉身上，可见这两个少女最是接近，不只是共享青春夭逝的命运，也都有高傲直率的风格。第五回太虚幻境的人物判词便说晴雯"心比天高，身为下贱"，又因为身为丫鬟，并没有受过教育，所以她的高傲更带有一种刚烈勇猛，力道更大，这一点要等后面再谈。

最后，总结一下这一章所讲到的几个重点：

第一，曹雪芹为黛玉所安排的重像是数量最多的，总共超过了十个。

第二，这些重像至少有七个共通的特色，包括：她们常常是孤女，长得都很美丽，而偏向于病态美，因此瘦弱多病，也往往短命早死，但她们都才华出众，并且比较表现出对感情的执着，最后则是性格高傲。这些共通点都是要用来衬托林黛玉的形象。

既然曹雪芹花费这么多的笔墨，苦心做了这么多的设计，难怪林黛玉的形象特别鲜明，几乎所有的读者都是从"人人爱林黛玉"

开始的。但我想要提醒大家：以上所提到的这些特点，都不是人格品德上的价值，因此虽然黛玉拥有丰富的性灵、敏感聪慧的心智，让人觉得楚楚可怜，但她明显并不是以人格价值为重的人物。那么她的性格该怎样理解和定位？下一章便要来谈这个问题了。

第 10 章：林姑娘：哪一种直率

上一章谈到了林黛玉的重像，曹雪芹为她安排的分身数量是最多的，难怪林黛玉的形象特别鲜明，读者也就"人人爱林黛玉"了。但我要提醒大家：这些重像的特点，包括：身为孤女，长得美丽，瘦弱多病，短命早死，才华出众，对感情执着，以及性格高傲直率等等，明显都不属于人格品德上的价值，因为那并不需要经过很大的努力，或者是主要靠天赋便可以呈现的。尤其是"直率"这一点，很容易被误会为优点，实在必须重新认真思考，因此这一章的主题是要仔细分辨林姑娘的直率到底属于哪一种。

早在第 8 章中，便澄清了林黛玉其实占有非常优越的地位，这对于她的性格产生了很大的影响，那是怎样的影响？其实，上一章的重像主题已经显示出答案了，即高傲、直率，尤其集中在小说里的相关人物身上，这一点最是清楚，包括龄官、妙玉，特别是晴雯，她们更是青出于蓝。

而为什么我要用一个单元来专门讲这个特色？因为华人的文化里有一种很普遍的误解，以为直率是一种优点，这个误解导致我们在待人处世的时候误入歧途，失掉了文明涵养、降低了人格高度而不自知，反倒以为那代表很有个性！为了澄清这个很大的误会，所以我才安排这个单元，纯粹是希望大家一起努力，让自己可以变成更好的人。

直率:随口伤人的借口

我们总以为,一个直率的人应该就是好人,因为他不虚伪。也因为这种想法,所以直率的人便获得了护身符,而一直直率下去,即使他的直率已经伤到别人,也没有意识到问题所在,以致直率变成了缺点而不自知。

这是怎么说的呢?先从上一章提到的妙玉说起吧。妙玉比黛玉更加高傲、直率,是林黛玉的 2.0 进阶版,黛玉只不过是问了一句"这也是旧年的雨水?"妙玉便冷笑怼她说:"你这么个人,竟是大俗人,连水也尝不出来。"请大家认真想一想,这真的是好的作风吗?为什么尝不出那茶水是用梅花上的雪烹煮出来的,就是大俗人呢?一个人俗不俗,看的应该是内在的品性格调,而不是这些物质品位吧?否则恐怕连陶渊明、杜甫都会变成大俗人了。更何况,如果认为一定要用什么水、要用多少钱的标准才能品尝到好滋味,那才真的是俗不可耐!

其实,只要是洁净无污染的清水,那滋味便是甜美的生命泉源,天地万物都是这样滋养起来的,真正的高僧也最能领略这一点,例如民国初年著名的弘一大师,即是这样满心欢喜地品尝清水的滋味。所以说,妙玉这种对高雅品位的偏执,已经到了太过度的地步,而一旦过度,那就不是贵族的风范,反倒有一点无聊的傲慢了。

再说,妙玉当着黛玉的面批评她是个大俗人,这种做法叫做出言不逊,一点也没有教养,根本并不可取。凭什么你觉得对方是俗人,就可以当面否定人家?即使你的感觉是对的,但别人的感觉也一样重要,因此必须懂得尊重别人。也所以,虽然刘姥姥是个粗鄙的乡下老太婆,但妙玉嫌弃她肮脏到了这种地步,连姥姥喝过的茶杯都宁可丢掉,甚至砸碎,这样轻视别人的心态和做法,实在太自我中心、太自以为是了。

只可惜，很多人因为投射的关系，只想在小说里得到心理的满足，所以往往会喜欢妙玉、黛玉这一类高傲的人，还以为她们的直率代表了真诚，代表了不虚伪，而认定她们并不是那些表里不一的小人，因此合理化了直率的作风。这么一来，<u>直率也就变成了伤害别人最好的借口</u>。

其实，表里不一未必会伤到别人，但直率却常常伤到别人，因为那些不虚伪的人不一定都是对的。只要认真想一想便会发现，不虚伪的人也同样会判断错误，甚至更容易放任自己的感觉，因此做出任性的行为，甚至伤害了别人。

回到林黛玉来看，她这一类的故事很多，就不一一指出来了，基本上，史湘云对黛玉的作风有一个很好的总结，那是在第二十回，当时宝玉、黛玉二人正说着话，只见湘云走来，笑道："二哥哥，林姐姐，你们天天一处玩，我好容易来了，也不理我一理儿。"黛玉笑道："偏是咬舌子爱说话，连个'二'哥哥也叫不出来，只是'爱'哥哥'爱'哥哥的。回来赶围棋儿，又该你闹'幺爱三四五'了。"这时史湘云便发出抗议了，说道：

> 他再不放人一点儿，专挑人的不好。你自己便比世人好，也不犯着见一个打趣一个。

其中所谓"专挑人的不好"，就等于是在人家的伤口上洒盐。比如黛玉这时挖苦湘云是大舌头，咬字不清楚，把"二哥哥"念成了"爱哥哥"，但这种做法很像我们身边常见的、不懂事的小学生，去嘲笑身体不方便的同学，其实都是很没教养的行为，一点也不可取。

尤其值得注意的是，我发现整部《红楼梦》里面，凡是提到有人讲话刻薄的情节，指的都是"林黛玉们"，也难怪，大家都觉得黛玉说出一句话来，比刀子还尖！那是第八回宝玉去看望薛姨妈时，被留下来吃茶，他提到吃鹅掌、鸭信要配酒才好，但他的乳母李嬷嬷却出面拦阻了，不让宝玉喝酒，第二次拦阻的时候还恐吓宝玉说："你可仔细老爷今儿在家，提防问你的书！"宝玉听了这话，心中便大不自在，因此垂头丧气了起来。黛玉连忙先说："别扫大家的兴！"还一面悄悄地推宝玉，使他赌气，一面悄悄地咕哝说："别理那老货！咱们只管乐咱们的。"黛玉居然骂奶娘是"老货"，也就是老东西，这实在非常无礼，而那李嬷嬷也素知黛玉的，因此说道："林姐儿，你不要助着他了。你倒劝劝他，只怕他还听些。"黛玉便冷笑道：

> 我为什么助他？我也不犯着劝他。你这妈妈太小心了，往常老太太又给他酒吃，如今在姨妈这里多吃一杯，料也不妨事。必定姨妈这里是外人，不当在这里的也未可定。

要知道，其实黛玉这话十分见外，等于是诬赖李嬷嬷把薛姨妈当作一个需要提防的外人，所以才不让宝玉在这里喝酒，那已经带有挑拨离间的意思。因此李嬷嬷听了，又是急，又是笑，说道："真真这林姑娘，说出一句话来，比刀子还尖。你这算了什么呢！"宝钗也忍不住笑着，把黛玉腮帮上一拧，说道："真真这个颦丫头的一张嘴，叫人恨又不是，喜欢又不是！"

黛玉这种对人讲话的方式，当然是"叫人喜欢又不是"啊，尤其奶娘在这样的大家族里地位很高，因为她乳养了未来的主子，所以很受到大家的尊敬，连王熙凤遇到家里的这些乳母，包括丈夫贾琏的乳母赵嬷嬷、宝玉的奶娘李嬷嬷，都十分客气，完全收起了当家者的气焰，总是非常礼貌。但黛玉却这样当面不假词色，口出恶言，在整个贾家算是闻所未闻！而且即使李嬷嬷十分尴尬，却又不敢发脾气，只是小小抗议了一下，这更证明了黛玉确实是超级宠儿，所以才这般无所顾忌。

嫉妒添油的杀伤力

而黛玉最严重的一件事，是发生在第三十四回，当时宝玉挨了打，闹得天翻地覆，大家难免私底下猜测谁是泄漏机密的罪魁祸首，于是很多人怀疑到薛蟠身上。如果只依照薛蟠的性格来看，他确实嫌疑最大，但这一次却偏偏不是他说的，所以觉得很冤枉，而宝钗也并不是要追究责任，只是借这个机会劝薛蟠以后不要依然故我，免得又落了嫌疑。但薛蟠因为觉得被冤枉而忿忿不平，一心只想要反驳，于是就口不择言了：

> 薛蟠见宝钗说的话句句有理，难以驳正，比母亲的话反难回答，因此便要设法拿话堵回他去，就无人敢拦自己的话了；也因正在气头上，未曾想话之轻重，便说道："好妹妹，你不用和我闹，我早知道你的心了。从先妈和我说，你这金要拣有玉的才可正配，你留了心，见宝玉有那劳什骨子，你自然如今行动护着他。"

请大家注意一下，这几句话现代人听起来根本没什么大不了，但在当时的这种贵族世家里，那可是非常严重的罪名，等于指控一个女孩子很淫荡、不贞洁，因为她违背了父母之命、媒妁之言，对一个男性有了私情！这就是第一回里，曹雪芹说才子佳人小说"其中终不能不涉于淫滥"的"淫滥",也即第五十四回贾母破陈腐旧套时所说的:那些小说里的佳人"只一见了一个清俊的男人,不管是亲是友,便想起终身大事来,父母也忘了,书礼也忘了,鬼不成鬼,贼不成贼,那一点儿是佳人?"

所以请注意薛蟠所说的话,它的杀伤力有多么巨大:

> 话未说了,把个宝钗气怔了,拉着薛姨妈哭道:"妈妈你听,哥哥说的是什么话!"薛蟠见妹妹哭了,便知自己冒撞了,便赌气走到自己房里安歇,不提。

果然不但宝钗立刻气哭了,接着还整整哭了一夜,薛姨妈也当场气得发抖,一面又劝宝钗道:"你素日知那孽障说话没道理,明儿我教他给你陪不是。"甚至第二天早上母女见面时,薛姨妈还跟着哭了一场,一面又劝宝钗说:"我的儿,你别委曲了,你等我处分他。你要有个好歹,我指望那一个来!"想想看,薛姨妈居然担心宝钗因此会"有个好歹",那是指生死的危险啊,可见这件事有多么严重。

因此薛蟠在外边听见这番话,连忙跑了过来,对着宝钗左一个揖、右一个揖,不断赔罪说:"好妹妹,恕我这一次罢!原是我昨儿吃了酒,回来的晚了,路上撞客着了,来家未醒,不知胡说了什么,连我自己也不知道,怨不得你生气。"这岂不是很像宝玉吗?其中所谓的"撞客"即撞到鬼的意思,薛蟠把责任推给被鬼附身,所以才会胡言乱语。这就是一种道歉的说法啊,薛姨妈也责骂薛蟠说:"你就只会听见你妹妹的歪话,难道昨儿晚上你说的那话就应该的不成?当真是你发昏了!"由此可见,那几句话确实非常严重,被称为魔鬼说的胡言乱语,而说这些话的薛蟠不断被骂是"孽障说话没道理",他的行为是发昏、冒撞(冒失莽撞),讲出来的是胡言乱语,所以才会让母亲气得发抖,要处分他、叫他陪不是,更让妹妹哭了一整夜,被母亲担心会有个好歹。

然而我们要知道,薛蟠是在很不理性的情况下冲口说出来的气话,并没有想太多,所以一出口便后悔了,以致第二天不断地赔罪,甚至因为他对无辜的妹妹造成这样巨大的伤害,而痛彻心扉、痛定思痛,居然幡然悔悟,下定决心要痛改前非,以免再让母亲、妹妹操心!试看他说:"如今父亲没了,我不能多孝顺妈多疼妹妹,反教娘生气、妹妹烦恼,真连个畜生也不如了!"口里说着,眼睛里禁不起也滚下泪来。很明显的,正因为这次伤害得很深,所以悔恨得很重,也才会反省得很透彻,这么一来,从这三个人的反应就显示出那始作俑者的几句话所带来的伤害实在太严重,所发挥的威力简直是现代人无法想象的原子弹级别!

可是比起薛蟠来,黛玉对宝钗的刻薄便更过分了,第三十四回说道:

> (宝钗)到房里整哭了一夜。次日早起来,也无心梳洗,胡乱整理整理,便出来瞧母亲。可巧遇见林黛玉独立在花阴之下,问他那里去。薛宝钗因说"家去",口里说着,便只管走。黛玉见他无精打彩的去了,又见眼上有哭泣之状,大非往日可比,便在后面笑道:"姐姐也自保重些儿。就是哭出两缸眼泪来,也医不好棒疮!"

请注意一下黛玉的意思,那等于说宝钗是为了宝玉受伤而哭,岂不就是说宝钗对宝玉有私情,也和薛蟠的栽赃歪派完全一样!更不应该的是,薛蟠是在很不理性的情况下冲口说出气话,可黛玉却是故意说来刻薄人家，所以后来第三十五回说："宝钗分明听见林黛玉刻薄他，因记挂着母亲、哥哥，并不回头，一径去了。"

这一段描写所隐含的问题，到底在哪里？请大家认真想一想，因为人性的关系，通常我们只要看到一个人在哭，便会涌出同情心，觉得她受到委屈，因此会想要安慰她、帮助她，至少不会想要再刺激她，大家对黛玉的同情不就是这样来的吗？同样的，此处的黛玉看到宝钗无精打采的，脸上还有泪痕，照常理来说，也是应该会产生同情，何况那是宝钗这个人从来没有出现过的状况，因此她甚至还应该要担心吧！但黛玉却并非如此，她不仅不同情、不担心，反而趁机施放了一颗原子弹，其实已经到了落井下石的地步。

也许有人会说，这是因为黛玉心里很没有安全感，把宝钗当作爱情上的假想敌，所以才会这么做。但这个逻辑是不对的：第一，自己的心理问题应该要自己化解，不应该转嫁到别人身上，哪里可以因为自己没有安全感，心里多疑，就去伤害别人呢？何况那假想敌是黛玉虚构出来的，人家没理由被你冤枉！第二，人家现在正在伤心落泪，你也都看得出来，这种时候即使不想加以安慰，至少不应该说难听话去刻薄人家，否则岂不是落井下石吗？这又哪里是一个厚道的人该做的事？而黛玉确实常常做这样的事，因此第二十七回丫头红玉道："林姑娘嘴里又爱刻薄人，心里又细。"想想看，一个是丫头的评论，一个是曹雪芹所说，可见这确实是黛玉的性格，也算是一大缺点。

谈到这里，我希望大家要公平地看待事情，如果一个行为或做法是不对的，那么无论是谁做的，同样都是不对；不可以因为做错的是自己喜欢的人，就都没有关系，那是一种要不得的双重标准，很容易混淆了是非。因此，凡是偏袒、偏私而不追求公平、客观的心理，都会阻碍文明的进步，所以你要练习设身处地去想：如果有人在你面前嘲笑你的缺点，在你伤心掉眼泪的时候还讲话刻薄你，你还会觉得他／她很可爱，他／她的这种做法不算什么缺点吗？还能用直率来加以合理化吗？

宠儿的骄纵任性

那为什么黛玉会这样的直率呢？想想看，如果是一个寄人篱下的孤女，怎么可能这样放纵自我？所以说，其实黛玉是一个宠儿，才导致这样无所顾忌。关于这一点，曹雪芹其实提供了很多的证据，只是被大多数的读者忽略了。

首先，请大家回来看黛玉挖苦湘云咬舌头的那一段，当时湘云不甘示弱地反击以后，却也赶紧逃走了，因为她得罪不起黛玉呀。第二十一回说，这时宝玉想要缓和这两个女孩子之间的小小风暴，于是从中介入了，他叉手拦住了门框，隔开两个人，两边劝架：

> 湘云见宝玉拦住门，料黛玉不能出来，便立住脚笑道："好姐姐，饶我这一遭罢。"恰值宝钗来在湘云身后，也笑道："我劝你两个看宝兄弟分上，都丢开手罢。"黛玉道："我不依。你们是一气的，都戏弄我不成！"宝玉劝道："<u>谁敢戏弄你！你不打趣他，他焉敢说你。</u>"

事实果然如此，根本没人敢戏弄黛玉，只因湘云的个性也比较直率，所以才会反击一下，但最多就只是反击而已，平常又哪里敢说一句黛玉的不是？连现在被黛玉嘲笑了、追打了，还得反过来求饶呢。再看第二十二回宝钗过生日的一段，也提到类似的情况：

> 至晚散时，贾母深爱那作小旦的与一个做小丑的，因命

人带进来，细看时益发可怜见。因问年纪，那小旦才十一岁，小丑才九岁，大家叹息一回。贾母令人另拿些肉果与他两个，又另外赏钱两串。凤姐笑道："这个孩子扮上活像一个人，你们再看不出来。"宝钗心里也知道，便只一笑不肯说。宝玉也猜着了，亦不敢说。史湘云接着笑道："倒像林妹妹的模样儿。"宝玉听了，忙把湘云瞅了一眼，使个眼色。众人却都听了这话，留神细看，都笑起来了，说果然不错。一时散了。

注意一下，这里提到宝钗是"不肯说"，而宝玉是"不敢说"，足见没人想得罪黛玉，可连这么一件小事都如此小心翼翼，那就可想而知，黛玉是多么娇贵的宠儿了。

这一点到第四十五回时，讲得更加清楚：

黛玉每岁至春分、秋分之后，必犯嗽疾；今岁又遇贾母高兴，多游玩了两次，未免过劳了神，近日又复嗽起来，觉得比往常又重，所以总不出门，只在自己房中将养。有时闷了，又盼个姊妹来说些闲话排遣；及至宝钗等来望候他，说不得三五句话，又厌烦了。众人都体谅他病中，且素日形体娇弱，禁不得一些委屈，所以他接待不周，礼数粗忽，也都不苛责。

由此证明了果然黛玉拥有为所欲为的优越地位，在大家的体谅包容之下，可以礼数粗忽，让别人受委屈，而她自己却不用受到苛责，因此才养成过度的直率，甚至伤害了别人而不自知。

有趣的是，为什么很多读者却最喜欢这一类太直率的人？原因在于我们阅读时，往往是想要得到心理补偿，所以产生了投射，而偏爱那些率性的人，于是便失去客观公正了。

另外则必须说，黛玉虽然无法控制自己的情绪，以致常常直率地伤到别人，但是，<u>黛玉却从来没有在别人的背后说坏话</u>！也因此黛玉才不会让人觉得讨厌，读者甚至会因为她的楚楚可怜而忘了其缺点。大家更应该注意的是，其实贾府中所有那些几代的贵族女性们，除了王熙凤之外，也都从来没有在别人的背后说坏话，这就是前面说过的，是一种良好的贵族精神的表现，值得现代人学习！

最后总结这一章的内容，其中讲到的第一个重点，是黛玉常常直率地伤害别人，如同史湘云所说的"专挑人的不好"，这是她最大的缺点，而高傲、直率的作风也是黛玉的重像包括龄官、妙玉，特别是晴雯等人的共通点，在她们身上，直率常常变成了伤害别人最好的借口，这是我们应该要警觉到的迷思。而探究她们为什么会这么直率，主要就是环境使然，优越的地位使她们得到了纵容，这再度证明了直率本身并不等于是一种人格的价值。

幸好黛玉并不是一般庸俗的女孩子，她同时拥有良好的品格，也具备了自我反省的能力，所以下一章要来谈黛玉对于自己是怎样评价的？那才是这个女孩子最可爱的地方。

第 11 章：林黛玉喜欢自己吗

自从《红楼梦》诞生两百多年以来，确实是"人人皆贾宝玉，故人人爱林黛玉"，原因当然很多，包括她总是在流泪哭泣，让人觉得我见犹怜，再加上她后来短命早死，没有得到人生的幸福，所以更惹人同情了，甚至她因为太过受宠而过分直率的地方，大家也都不认为有问题，还当作是一种高洁的表现呢。

但恐怕我们把问题看得太简单了，其实连黛玉都不觉得自己是对的。因此这一章便要来看看林黛玉是否喜欢自己。

你还记得曹雪芹在第一回就讲到绛珠仙草的神话吧，那并不是在说宝玉和黛玉的浪漫爱，他的用意有两个重点：第一个是解释木石前盟的缘分，借以说明真正理想的爱情形态，同时也展现出宝玉、黛玉这两个人的品德良好；另一个用意则是要解释黛玉的先天性格，说明为什么黛玉比任何人都更容易感伤。

还泪：对感伤天性的解释

一个钦差大臣的女儿，到了外祖母家又是备受溺爱的超级宠儿，却总是一直凄凄切切、愁眉不展，这确实很不寻常。第二十七就写道：

> 紫鹃、雪雁素日知道林黛玉的情性：无事闷坐，不是愁眉，便是长叹，且好端端的不知为了什么，常常的便自泪道不

干的。先时还有人解劝，怕他思父母，想家乡，受了委曲，只得用话宽慰解劝。谁知后来一年一月的竟常常的如此，把这个样儿看惯，也都不理论了。所以也没人理，由他去闷坐，只管睡觉去了。那林黛玉倚着床栏杆，两手抱着膝，眼睛含着泪，好似木雕泥塑的一般，直坐到二更多天方才睡了。

仔细算一算，其实到这时候，黛玉的父母已经过世几年了，以一般人的情况来说，如古代丧礼制度所归纳的：百日后即"卒哭"，"卒"是停止的意思，指停止丧亲之恸所导致的"无时之哭"，因为随着时间过去，悲伤变得和缓，不会再无时无刻地哭泣。并且通常一年以后就可以调整情绪，从丧亲之痛恢复过来，回到正常的生活，再看黛玉在母亲贾敏死后，悲伤的表现确实也没有很持久，所以，黛玉这样长期悲凄的情况，的确并不符合一般的常理。当然，现在的黛玉是父母双亡，家中再也没有至亲，情况更加严重，她会缺乏安全感也是可以理解的。但缺乏安全感的反应方式并不是只有一种，因此那就会反映出一个人的人格特质，试想，《红楼梦》里类似的孤女太多了，却没有一个是像黛玉这般陷溺不可自拔，显然主要是性格使然。

例如平儿，以她丫鬟的身份，处境岂不是更悲惨吗？尤其第四十四回，当时贾琏偷情、凤姐泼醋，夫妻俩不好对打，于是都迁怒在平儿身上，害平儿受尽了委屈，哭得哽咽不已。宝玉趁机侍候了平儿，尽了一份心，却忍不住又想道：

> 平儿并无父母兄弟姊妹，独自一人，供应贾琏夫妇二人。贾琏之俗，凤姐之威，他竟能周全妥贴，今儿还遭荼毒，想来此人薄命，比黛玉犹甚。想到此间，便又伤感起来，不觉洒然泪下。

这可是很公正的比较了，何况宝玉本来就比较偏袒黛玉，那么这番话便更客观了，原来比黛玉薄命的人不在少数，平儿即是其中一个，但她们忙着辛苦活下去，又哪里还有掉眼泪的余地？即使某一天晚上忍不住哭泣，又有谁会百般安慰她们呢？还不是只能自己默默擦干泪水，一个人继续坚强地活下去！

再比较史湘云，更可以明白这一点了。湘云同样是出身高贵的千金小姐，照理来说应该是养尊处优的吧？但谁能想到，她更吃尽了父母双亡的苦头，甚至比丫鬟还不如！第三十二回宝钗说：

> 这几次他来了，他和我说话儿，见没人在跟前，他就说家里累的很。我再问他两句家常过日子的话，他就连眼圈儿都红了，口里含含糊糊待说不说的。想其形景来，自然从小儿没爹娘的苦。我看着他，也不觉的伤起心来。

这就难怪，湘云总是希望能尽量到贾家来，因为那样才可以喘一口气啊！试看第三十六回说，史家派人来接湘云回去了，所以湘云来向大家告辞，当时：

> 那史湘云只是眼泪汪汪的，见有他家人在跟前，又不敢十分委曲。少时薛宝钗赶来，愈觉缱绻难舍。还是宝钗心内明白，他家人若回去告诉了他婶娘，待他家去又恐受气，因此倒催他走了。众人送至二门前，宝玉还要往外送，倒是湘云拦住了。一时，回身又叫宝玉到跟前，悄悄的嘱道："便是老太太想不起我来，你时常提着打发人接我去。"宝玉连连答应了。

想想看，连拖延一下晚一点回去，或者表现出舍不得回去的样子，恐怕都会惹婶娘不高兴，那又会让湘云受气了。这么一来，足以证明湘云才真的是寄人篱下吧？所以她每天都得做女红到三更半夜，难怪会说在家里累得很。而黛玉呢，她什么都不用做，如第三十二回袭人所言："他可不作呢。饶这么着，老太太还怕他劳碌着了。大夫又说好生静养才好，谁还烦他做？旧年好一年的工夫，做了个香袋儿；今年半年，还没见拿针线呢。"可见黛玉根本不必动针线，还可以每天都住在大观园的潇湘馆里，只要随兴写诗就好，那不是太幸运了吗？湘云应该是羡慕极了。

然而黛玉却还是一直钻牛角尖，把全部的心思都用来悲伤自己的身世，那确实是自寻烦恼了，连宝玉都这么说呢！第四十九回，贾府迎来了宝琴这几个贵客，当时：

> 黛玉因又说起宝琴来，想起自己没有姊妹，不免又哭了。宝玉忙劝道："你又自寻烦恼了。你瞧瞧，今年比旧年越发瘦了，你还不保养。每天好好的，你必是自寻烦恼，哭一会子，才算完了这一天的事。"

宝玉是最了解黛玉的人，但连他都说黛玉的爱哭是自寻烦恼，可见黛玉的眼泪并不是因为被欺负，更不是贾家对她不好，相反的，连这么优渥顺遂的环境都不能让她感到幸福，每天都得哭一会子才算结束了这一天，那得要找多少烦恼才能做到？你试试看，便会知道这种情况实在是很折腾，一般人根本很难这样过日子。可是黛玉却经年累月、天天如此，显然那就是个人的问题了，也难怪她的身体不堪负荷，越来越瘦弱多病，正是所谓的恶性循环。

那为什么黛玉会这样呢？既然并不是环境所造成，便只能说是一个人的天性了。确实，一个人的人格特质包括了与生俱来的神秘禀赋，那是没办法说明原因的，但曹雪芹却想要给个解释，于是特别为黛玉量身打造了一个还泪的神话，用来解释黛玉这种很特别的、超乎寻常的感伤性格。试看第一回那和尚说，绛珠草受到神瑛侍者的甘露灌溉之后，得以延续生命：

> 后来既受天地精华，复得雨露滋养，遂得脱却草胎木质，得换人形，仅修成个女体，终日游于离恨天外，饥则食蜜青果为膳，渴则饮灌愁海水为汤。

请大家注意一下，这修成了女体的绛珠草所处的环境是"离恨天"，平常吃的是"蜜青果"，"蜜青"就是"密情"的谐音，用来暗示一种隐密的感情，而渴的时候是喝"灌愁海水"，那不是很清楚了吗？这个女生在上一辈子就已经完全陷入一种充满离恨、密情、灌愁的世界里，淹没在离愁别恨的情绪中，本质上已经豁达不起来了。后来幻形入世时，到了人间又是要去执行还泪的工作，以回报神瑛侍者的恩情，那更是注定一辈子只能流眼泪了，也因此黛玉必须自寻烦恼，否则便没足够的眼泪可还了。所以说，还泪的神话完全是为了解释黛玉那奇特的个性才创造出来的，用以说明她是一个天生不快乐、后天也不想要快乐的人，只是这个还泪神话看起来很新鲜、很浪漫而已。

当然，在现实世界里一个人要这样每天掉眼泪，一定还是要给予说得通的理由，即使是自寻烦恼，也总得有烦恼可寻吧！那黛玉的烦恼是什么？一个是身世孤单的不安全感，这是黛玉之所以哭泣的原因，刚刚我们举了第四十九回的情节，其中说的就是黛玉"想起自己没有姊妹，不免又哭了"，这确实是黛玉悲伤的一大来源。但关于这一点，前面也说过，那是其他很多女孩子也都面临的共同遭遇，并不一定就会让人那么爱哭，所以必须还有更关键的原因，于是曹雪芹让黛玉的性格比较钻牛角尖，比较小性子，才会什么事都想不开，什么事都悲观去看待，烦恼便会源源不断了。例如第四十九回说：

> 宝玉素习深知黛玉有些小性儿，且尚不知近日黛玉和宝钗之事，正恐贾母疼宝琴他心中不自在。

而这种小性子是大家都知道的，也因此黛玉常常"不自在"，难怪会容易掉眼泪。这种小性子正是心胸不开阔所造成，所以第七十六回过中秋节时，湘云即宽慰她说："你是个明白人，何必作此形像自苦。我也和你一样，我就不似你这样心窄。何况你又多病，还不自己保养。"可见黛玉的问题是出在"心窄"，这正是她们两个人最大的差别。而在第二十回里，宝玉也对黛玉说：

> 难道你就知你的心，不知我的心不成？

黛玉一听，便低了头不说话，显然她也觉得自己太自我中心了，只知道自己的心，却常常不知道或不体贴别人的心！

所以从本质上来说，"还泪"神话是要解释黛玉自恋又自虐的性格，"自恋"是指她活在自己的感觉里，不肯跳脱出来，而"自虐"是说她每天这样不快乐地过日子，其实也很辛苦，却根本不想改变。这确实是某一种很特别的人格类型，我们在社会上也可以看得到。

自我反思的能力

但有趣的是，林黛玉真的喜欢这样的自己吗？答案就在第三十四回里。当时宝玉挨打后躺在怡红院养病，为了宽慰黛玉，于是差遣晴雯送一块旧手帕去给黛玉，那是表示定情的意思：

> 这里林黛玉体贴出手帕子的意思来，不觉神魂驰荡：宝玉这番苦心，能领会我这番苦意，又令我可喜；我这番苦意，不知将来如何，又令我可悲；忽然好好的送两块旧帕子来，若不是领我深意，单看了这帕子，又令我可笑；再想令人私相传递与我，又可惧；我自己每每好哭，想来也无味，又令我可愧。如此左思右想，一时五内沸然炙起。

其中提到了可喜、可悲、可笑、可惧、可愧的诸般感受，真是五味杂陈，难怪黛玉会心思激动震荡了。这里要特别注意的是"我自己每每好哭，想来也无味，又令我可愧"这几句，很显然的，黛玉并不喜欢自己太爱哭的个性，连自己都觉得乏味，也感到惭愧，这不是太有趣了吗？

也难怪，林黛玉会说她最不喜欢李商隐了！第四十回时，贾母带着刘姥姥逛大观园，趁着很有兴致，于是大家一起上船游湖，贾母、王夫人、薛姨妈等长辈先上了第一只船：

> 然后迎春姊妹等并宝玉上了那只，随后跟来。其余老嬷嬷散众丫鬟俱沿河随行。宝玉道："这些破荷叶可恨，怎么还不叫人来拔去。"宝钗笑道："今年这几日，何曾饶了这园子闲了，天天逛，那里还有叫人来收拾的工夫。"林黛玉道："我最不喜欢李义山的诗，只喜他这一句：'留得残荷听雨声。'偏你们又不留着残荷了。"宝玉道："果然好句，以后咱们就别叫人拔去了。"

其中，黛玉所说的李义山，即是李商隐，身为晚唐著名的诗人，他的作品里充满了缠绵悱恻的悲哀，和黛玉的性格、风格最是相像，好比李商隐《无题》所说的"春心莫共花争发，一寸相思一寸灰"以及"相见时难别亦难，东风无力百花残"，都是那么美丽又绝望，尤其是"春蚕到死丝方尽，蜡炬成灰泪始干"，岂不正好是黛玉的泪尽而逝吗？可是黛玉却说她最不喜欢李义山的诗，这实在太奇怪了！原来其中的奥妙在于：<u>她自己其实最像李商隐，但既然她不喜欢自己，当然也就不喜欢李商隐了</u>！

这个现象告诉我们，人可以不喜欢自己，却又改变不了自己，于是就这样带着那个连自己都不喜欢的自己过一辈子，在不快乐之中蹉跎掉一生，实在是很可惜啊！

不过，从黛玉并不喜欢自己爱哭的这种性格来看，可见黛玉也是很有反省能力的。显然她虽然任性，却还是有自知之明，所以一旦遇到真心规劝她的人，也就学习得很快，并且充满了感激，这和绛珠仙草的知恩感恩是一贯的。

贵人相助的成长仪式

那么，那个真心规劝她的人是谁？答案是薛宝钗。

故事发生在第四十二回，这一回的回目拟作"蘅芜君兰言解疑癖"，讲的就是别号蘅芜君的薛宝钗以如兰花般美丽芳香的"兰言"化解了黛玉多心的"疑癖"。对这一段情节，一般只以为这是钗、黛之间的和解，还有很多人以阴谋论的角度，说是宝钗用心机手腕收服了黛玉，但其实并非如此，而且说两人"和解"其实还不够，最重要的是黛玉从此以后有了飞跃性的成长，这是她人生中突破性的一刻！

故事是这样开始的：先前第四十回中，黛玉情急之下有失考虑，在宴请刘姥姥的酒席上不小心引用了《牡丹亭》《西厢记》的曲文，被宝钗注意到了，当场看了她一眼，但并没有说破。事后宝钗特别来找黛玉，告诉她这种行为的不恰当，宝钗笑道：

> "昨儿行酒令你说的是什么？我竟不知那里来的。"黛玉一想，方想起来昨儿失于检点，那《牡丹亭》《西厢记》说了两句，不觉红了脸，便上来搂着宝钗，笑道："好姐姐，原是我不知道，随口说的。你教给我，再不说了。"宝钗笑道："我也不知道，听你说的怪生的，所以请教你。"黛玉道："好姐姐，你别说与别人，我以后再不说了。"

宝钗见她羞得满脸飞红，满口央告，便不肯再往下追问，拉她坐下吃茶，款款地告诉她不该读这些杂书的道理，所谓："你我只该做些针黹纺织的事才是，偏又认得了字，既认得了字，不过拣那正经的看也罢了，最怕见了些杂书，移了性情，就不可救了。"一席话说得黛玉垂头吃茶，心下暗伏，只有答应"是"的一字。

从这一整段的描写可以发现，其实林黛玉和薛宝钗的价值观根本是一致的！首先请特别注意一下，最开始宝钗还只是点出昨天黛玉引述了杂书的这个事实而已，根本没说到什么"女子无才便是德"之类的价值观，也没有提到不该读《西厢记》之类的话，但黛玉一意识到自己的错误，便立刻飞红了脸，还上来搂着宝钗，一再地央告求饶，说她是自己不懂事，随口说的，以后再不说了，也拜托宝钗别说给别人知道！可见黛玉自己根本就知道这是犯忌的，是失于检点的行为，她只不过是当时情急之下脱口而出，丝毫没有什么叛逆的念头。

这么一来，宝钗对黛玉的影响便不是在价值观上了，那么究竟是在哪里？认真想一想，在第十九回时，曹雪芹把袭人规劝宝玉的苦心说是"情切切良宵花解语"，那已经清楚告诉我们，会把你的未来考虑进去的人，也不惜对你忠言逆耳的人，才是真正爱你的人！同样的，这时黛玉也领略到宝钗对她的"情切切"了，所以才解除了她内心一直以来的猜忌，而真正把宝钗当作姐姐了，从此以后她对宝钗真是亲如姊妹，充满了信赖和亲近。

就在这段情节后紧接着发生了一段情节，当时黛玉又忍不住嘲笑别人的习惯，说宝钗把自己的嫁妆单子也写进画具明细里了，于是探春"嗳"了一声，笑个不住，说道："宝姐姐，你还不拧他的嘴？你问问他编排你的话。"宝钗便笑着走过来，把黛玉按在炕上，准备要拧她的脸，此时黛玉笑着连忙央告说："好姐姐，饶了我罢！颦儿年纪小，只知说，不知道轻重，作姐姐的教导我。姐姐不饶我，还求谁去？"宝钗原是和她玩的，见黛玉说得这般可怜，又夹杂了前日的"兰言解疑癖"，拉扯到前番说她胡看杂书的话，于是放起她来。然后黛玉就笑道："到底是姐姐，要是我，再不饶人的。"这话到了第四十五回，黛玉又对宝钗私底下再说了一次，道：

> 比如若是你说了那个（按：也就是引用杂书），我再不轻放过你的；你竟不介意，反劝我那些话，可知我竟自误了。

确实，先前在第二十回中，湘云不正是这样批评黛玉的吗？湘云说："他再不放人一点儿，专挑人的不好。"可见湘云的批评是很客观的，而黛玉也有自知之明，知道自己是一个抓到别人的把柄就不会放过的人。幸亏如此，否则黛玉便会成为一个完全不可爱的人了。

也因此，黛玉同时深刻反省到自己为什么会有这样的缺点，原来就在于一直没有人教导她啊。试看第四十五回的回目叫做"金兰契互剖金兰语"，讲的是钗、黛两人情同金兰，肝胆相照，于是在这一回里，黛玉坦然对宝钗表达了衷心的感激，谢谢她让自己清楚反省到自己的问题。黛玉说：

> 从前日你说看杂书不好，又劝我那些好话，竟大感激你。往日竟是我错了，实在误到如今。细细算来，我母亲去世的早，又无姊妹兄弟，我长了今年十五岁，竟没一个人像你前日的话教导我。

可见黛玉之所以会这样放任自己，关键即在于"竟没一个人像你前日的话教导我"，岂不正是这样吗？前一章提到过，大家对黛玉这个宠儿都是"不肯说"或是"不敢说"，以致黛玉长到了今年十五岁，都从来没有被规劝过，所以缺点便没办法改变了。

而肯说又敢说的人，其实就只有那些真正关心你的未来的人了，因此他们才会费心教导你，通常那些人便是身边的至亲。于是此刻黛玉也认识到"我母亲去世的早，又无姊妹兄弟"正是问题的关键！这么一来，宝钗便相当于黛玉的母亲或姐姐了，她担任了母教的职责，那是黛玉来到贾府以后，从没有受到的教导。这种把你的未来都关心进来的"情切切"根本不同于陪你一起玩乐的逢迎讨好，难怪聪慧的黛玉会如此衷心感激了。

进一步想想看，刚好龄官、妙玉、晴雯这些直率任性的林黛玉重像，都是没有父母兄弟姊妹的人，这个现象绝对不是偶然的巧合，可见家庭教育包括母教，对一个人的成长真是太重要了！所以说，直率任性的作风其实是没有受到良好的家庭教育，又太过受宠的结果，那并不算是人格的价值。

　　最后，关于这一章的内容可以做个总结。其中的第一个重点，是林黛玉有一种与生俱来的不快乐的天性，到了每天必哭的程度，那是优渥顺遂的环境所无法解释的，比较平儿、湘云这些比她薄命的人，这一点便更清楚了，所以曹雪芹设计了仙草还泪的神话加以解释。

　　有趣的是第二点，林黛玉其实并不喜欢这样的自己，所以她也最不喜欢最像她的诗人李商隐了！从这里也可以看到第三个重点，那就是黛玉具有自我反省的能力，所以发现了自己无法改善的原因，是缺乏父母手足的教导，也因此非常感激宝钗的兰言，从此对宝钗推心置腹，因为她终于有了肯教她的姐姐了。

　　这么一来，黛玉的性格又怎么会再像以前一样？因此下一章，要继续谈黛玉的人生进入到另一个新的阶段了，到时候的林黛玉不会再是你所熟悉的林黛玉。而她变成什么样子呢？我会带大家看到一个脱胎换骨的林黛玉，那是几乎所有的人都没有发现到的！

第12章：林黛玉长大了

这一章，要讲林黛玉的最后一部分。

前面两章提到过，林黛玉的价值观其实和薛宝钗一样，只是常常表现出高傲、直率的作风，那是因为她占有非常优越的地位，因此大家对她的缺点都是"不肯说"或"不敢说"，包括对她的"接待不周，礼数粗忽，也都不苛责"，而受到一味的体谅、包容，才导致了放纵任性，属于一般人很容易出现的常态。但其实这恐怕并不是一件好事，甚至算是真正的可怜呢，因为这表示没有人真正关心她的未来，而这个宠儿也就永远长不大了！

幸好黛玉毕竟是很聪慧、很正派的一个女孩子，也具有自我反省的能力，随着年纪慢慢长大，也越来越懂事，一旦遇到真心规劝她的人，即学习得很快，几乎是一瞬间就成熟了，简直脱胎换骨！只因大家对林黛玉前半期的印象实在太深刻，因此根深蒂固的成见便蒙蔽了阅读的眼光，把很多有趣的情节给忽略了。所以这一章的主题是：林黛玉长大了。

前一章提到过黛玉成长史上的一个分水岭，即第四十二回的"蘅芜君兰言解疑癖"并一直延续到第四十五回的"金兰契互剖金兰语"，讲的都是短短几天之内的同一件事情，也就是宝钗对黛玉的关心和教导。两回的回目反复强调的都是"兰"字，包括宝钗这位蘅芜君的"兰言"，以及钗、黛两人之间的"金兰契"互相剖白了"金兰语"，全是非常美丽芬芳的意象，可见曹雪芹十分喜欢这两个女孩子之间的温暖情谊。最重要的是，黛玉自此展现了飞跃性的成长，这真是她人生中突破性的一刻！

其实，只要大家认真去看，便会发现黛玉的幡然改变，简直是非常彻底的大彻大悟，从此以后，她就和前面大家所熟悉的林黛玉几乎完全不一样了，所以我把这一段钗、黛的和解当作黛玉的成长仪式，也正是人类学所谓的"成年礼"。而古今中外，很多的社会都是用成年礼来帮助小孩子长大的，难怪在这一段情节以后，黛玉成熟了很多，基本上已经是个小薛宝钗了。

这样的情况太多了，我们就从一个很有代表性的例子开始，来看黛玉明显转变的各种迹象吧。

当上社长

第七十回"林黛玉重建桃花社"，当时黛玉写了一篇缠绵悱恻的《桃花行》，让大家赞不绝口。湘云笑道："这首桃花诗又好，就把海棠社改作桃花社。"宝玉听了，点头赞成说："很好。"然后众人又说："咱们此时就访稻香老农去，大家议定好起社。"不久，大家都到了稻香村中，把黛玉的诗与李纨看了，当然不必说，李纨也是称赏不已。接着说起诗社来，大家便议定：

> 明日乃三月初二日，就起社，便改"海棠社"为"桃花社"，林黛玉就为社主。明日饭后，齐集潇湘馆。

请注意，大家商议的结果，是决定推举黛玉为"社主"（即社长），此即这一回回目上所说的"林黛玉重建桃花社"。虽然因为各种缘故，第二天并没有立刻展开诗社活动，但黛玉担任了桃花诗社的社长，却是定案下来的，后面的事务都是由黛玉来负责。那是何时才真正开社活动呢？时间要拖到春天快结束的时候：

> 时值暮春之际，史湘云无聊，因见柳花飘舞，便偶成一小令，调寄《如梦令》，……自己作了，心中得意，便用一条纸儿写好，与宝钗看了，又来找黛玉。黛玉看毕，笑道："好，也新鲜有趣。我却不能。"湘云笑道："咱们这几社总没有填词。你明日何不起社填词，改个样儿，岂不新鲜些？"黛玉听了，偶然兴动，便说："这话说的极是。我如今便请他们去。"说着，一面吩咐预备了几色果点之类，一面就打发人分头去请众人。

这个起社填词的场地就是潇湘馆，接着大家都到齐了，为了换个新花样，所以改用"词"这个韵文形式来比赛，接下来便是大家采用不同的词牌去填《柳絮词》的情节。

想想看，黛玉居然当上了社长！而社长得要主持活动、处理社务，包括准备点心请客，那就必须参与群体，和大家共处，甚至还得把自己的屋子贡献出来，让大家集会作诗，于是潇湘馆也得开放了。可是大家都知道，黛玉原本的个性十分高傲孤僻，有如第五回所谓的"孤高自许，目无下尘"，以及第二十二回说她"本性懒与人共，原不肯多语"，也因此第三十一回道：

> 林黛玉天性喜散不喜聚。他想的也有个道理，他说，"人有聚就有散，聚时欢喜，到散时岂不清冷？既清冷则生伤感，所以不如倒是不聚的好。比如那花开时令人爱慕，谢时则增惆怅，所以倒是不开的好"。

不只如此，黛玉的高傲还带着孤僻，所以就像第四十回贾母所说的：宝玉、黛玉这两个玉儿最不"喜欢人来坐着，怕脏了屋子"。那么想想看，如果黛玉还是那般孤僻的个性，让人觉得不好相处，又怎么能做社长？大家还会公推她当社主吗？

再说，社长作为盟主，担任了诗歌比赛的仲裁，所以不能主观率性，全凭个人好恶，而必须客观无私地评量出高下，维持公平性。例如前一任的海棠诗社社长李纨，她便是众望所归的盟主，你可别以为李纨诗做得不够好，所以她当上诗社社长是一件很奇怪、很勉强的事，那就太不懂其中的奥妙了。第三十七回清楚提到，李纨之所以当上了海棠诗社的社长，并非因为她是长嫂，具有伦理上的优势，以至于当她毛遂自荐时没人敢反对，事实当然不是如此，真相是宝玉所说的：

"稻香老农虽不善作却善看，又最公道，你就评阅优劣，我们都服的。"众人都道："自然。"

看吧！原来当社长、做裁判，最重要的条件是"善看，又最公道"，这种能力和"善作"也就是很会做诗，其实是不一样的。因为做诗是一种创作的能力，但评论、分析诗歌的好坏，所需要的却是理性分析的能力，这两种能力并没有必然的关联，甚至很可能还会互相排斥，以至于诗写得好的人常常不能做出好的文学批评，反之亦然。

举一个例子便能证明这个道理了，最有代表性的，是南朝时候的刘勰。他所撰写的《文心雕龙》是中国文学史上最伟大的文学批评专书，体大思精，不仅体系完整，其中的见解更十分精辟，到现在还没有可以超越它的，但刘勰却居然没有留下一首诗来！照理来说，在六朝的时代环境里，刘勰应该会有写诗的需要，也多少会有一些诗文作品，事实则是到如今都看不到一个字。因此只能保守地推测，刘勰应该有作品却没有留下来。而仔细推敲可能的原因，或者是写得不够好，所以被历史给淘汰，或者是遇到水灾、火灾之类的意外，以致摧毁殆尽，那就不得而知了。但想想看，连隐居起来过着穷困生活，又十分边缘化的陶渊明都还能留下作品，可见刘勰的这个情况足以证明他并没有创作上的大才，却仍然可以是历史上最伟大的文学批评家！

这么一说，便可以了解了吧！宝玉说李纨"虽不善作却善看，又最公道"，此话非常正确，这个寡妇不仅很懂得看出一首诗的好坏高下，而且十分公正、不偏不倚，因此她的评比才能让大家服气，这是李纨之所以当上社长最重要的原因。

那么现在问题来了，新任的桃花诗社社长是黛玉，也应该要做到"善看，又最公道"吧，而一个本来觉得不如不要聚在一起的人，现在却当了社长，并且是大家公推出来的，可见众人也都注意到黛玉的转变，否则推荐她当社长岂不是弄巧成拙，难道存心准备要倒社吗？那又何必多此一举！

重建血缘关系

所以说，黛玉到了后半期，确实已经是一个很好相处的人，一点儿也不孤僻了。例如第四十八回，黛玉见香菱也进园子里来住，她的反应是"自是欢喜"，但以前从没见到她特别喜欢香菱啊！再看第五十二回，宝钗姊妹与邢岫烟都在潇湘馆，和黛玉一共四个人围坐在熏笼上闲话家常，这种大家一起聊天、和乐融融的情景，以前又哪里出现过？

而最突出的是钗、黛和解以后，黛玉居然进一步认薛姨妈做母亲了。那是第五十八回，当时宫中老太妃薨逝，贾母等必须出去忙公务，于是：

> 贾母又千叮咛万嘱咐，托他照管林黛玉，薛姨妈素习也最怜爱他的，今既巧遇这事，便挪至潇湘馆来和黛玉同房，一应药饵饮食，十分经心。黛玉感戴不尽，以后便亦如宝钗之呼，连宝钗前亦直以姐姐呼之，宝琴前直以妹妹呼之，俨似同胞共出，较诸人更似亲切。贾母见如此，也十分喜悦放心。

可见贾母、薛姨妈都极为关心、怜爱黛玉，所以贾母千万拜托薛姨妈去照顾黛玉，薛姨妈也特地挪至潇湘馆和黛玉一起住，亲自照顾她的吃药饮食，简直比对自己的亲生女儿宝钗还费心。而黛玉十分感激，便与宝钗、宝琴以姊妹相称，俨然是同一个母亲所生的亲姊妹，让贾母看了觉得十分喜悦放心。于是到了下一回第五十九回，黛玉与同住的薛姨妈都往宝钗那里去，连饭也端了那里去吃，因为这样"大家热闹些"！想想看，黛玉的个性居然喜欢热闹了，这哪里是以前总是一个人哭到半夜的林黛玉？

也正是这般和大家和睦相处，黛玉的生活圈扩大了，甚至还增加了亲人，建立了拟血缘关系，那么担任社长当然就没有问题了。

女子无才便是德

再看黛玉对作诗的态度也有了很大的改变。固然她还是喜欢写诗，一个人私底下常常以诗抒情，所以在这后半期仍然作了《秋窗风雨夕》《五美吟》《桃花行》等等作品，但很奇妙的是，同时她对这些诗篇的价值观却出现了很大的不同。

还记得在前半期的阶段里，黛玉对做诗简直是无比争强好胜，例如第十八回元妃省亲时，她是"安心今夜大展奇才，将众人压倒，不想贾妃只命一匾一咏，倒不好违谕多作，只胡乱作一首五言律应景罢了"，也因为元妃限定一人只能做一首，因此"未得展其抱负，自是不快"。显然黛玉对自己的诗才很感到自负，希望可以大大发挥，以获得成就感，一旦不能如愿，便耿耿在心，不能释怀。

但后来，黛玉却认为写诗并不是什么了不起的事，这种创作能力根本可有可无！例如第四十五回，宝玉见到桌案上黛玉所作的《秋窗风雨夕》，看了以后不禁叫好，然而黛玉听了，却连忙起来夺在手内，向灯上烧了！她连诗都可以不留了，当然会认为那些诗没什么价值。再看第四十八回，香菱一心想学做诗，黛玉对她说："我虽不通，大略也还教得起你。"她居然说自己对诗不通，是个外行人呢！然后听说宝玉把她们所写的诗传到外面去，黛玉又与探春异口同声地表示："你真真胡闹！且别说那不成诗，便是成诗，我们的笔墨也不该传到外头去。"而到了第六十四回，黛玉还因为这件事抱怨宝玉说："其实给他看也倒没有什么，但只我嫌他是不是的写给人看去。"这完全反映了《礼记》所言"内言不出"（闺阁里面女性的言语文字不可以传到外面去）的传统性别思想了。

如此一来，难怪第七十回黛玉会赞美湘云的《如梦令·咏柳絮》写得新鲜有趣，却自谦"我却不能"，而第七十六回和湘云一起写《中秋夜联句》时，黛玉又会对后来现身的妙玉笑道："从来没见你这样高兴。我也不敢唐突请教，这还可以见教否？若不堪时，便就烧了；若还可改，即请改正改正。"想想看，此刻的黛玉简直又客套、又谦虚，把自己的创作才能贬得很低，像个外行人或初学者在请教专家批改指正，哪里是以前一心要压倒众人的态势？如此种种，岂不正是"女子无才便是德"的思想表现吗？

明白体下的风范

另外还有一件事非常有趣,我要特别提出来请大家注意。那是在第四十五回发生的,当时已经是下雨的夜晚:

> 有蘅芜苑的一个婆子,也打着伞提着灯,送了一大包上等燕窝来,还有一包子洁粉梅片雪花洋糖。……(黛玉)命他外头坐了吃茶。婆子笑道:"不吃茶了,我还有事呢。"黛玉笑道:"我也知道你们忙。如今天又凉,夜又长,越发该会个夜局,痛赌两场了。……难为你,误了你发财,冒雨送来。"命人给他几百钱,打些酒吃,避避雨气。

看完了这一段,必须特别提醒一下:黛玉对婆子的这个做法是大家闺秀对下人的标准作业程序!其中包括了:首先,要招待人家坐下喝茶,然后说几句体恤辛苦的话,再来是打赏几百钱做为实质的补贴,而且给钱的时候不能太直接,因为她们又不是暴发户,所以得说这钱是给他们打酒吃的,那说法就委婉含蓄得多。

因此在小说里面,探春、宝钗甚至还有袭人,对待下人的服务时都是这么做的。例如袭人,第三十七回说小厮们送来贾芸孝敬给宝玉的两盆海棠花,袭人问明了缘故后:

> 便命他们摆好,让他们在下房里坐了,自己走到自己房内秤了六钱银子封好,又拿了三百钱走来,都递与那两个婆子道:"这银子赏那抬花来的小子们,这钱你们打酒吃罢。"那婆子们站起来,眉开眼笑,千恩万谢。

比较起来,岂不是一模一样的做法吗?再看第六十一回专管大观园厨房的柳家的说道：

> 前儿三姑娘和宝姑娘偶然商议了要吃个油盐炒枸杞芽儿来，现打发个姐儿拿着五百钱来给我，我倒笑起来了，说："二位姑娘就是大肚子弥勒佛，也吃不了五百钱的去。这三二十个钱的事，还预备的起。"赶着我送回钱去，到底不收，说赏我打酒吃，又说"如今厨房在里头，保不住屋里的人不去叨登，一盐一酱，那不是钱买的。你不给又不好，给了你又没的赔。你拿着这个钱，全当还了他们素日叨登的东西窝儿"。这就是明白体下的姑娘，我们心里只替他念佛。

如此更明确无疑了，这种体贴、大方的做法，就叫做"明白体下"，意思是：做主子的能明白事理、体贴下人，不但感谢他们的辛劳、了解他们的难处，还帮助他们减轻负担，不要吃亏。这等作风和欺压、剥削下人的暴发户是完全不同的，正是前面所提到的贵族精神的体现，而黛玉此时也已经变成一位"明白体下"的姑娘了！

二玉的分歧

如此一来，却也必然会出现一个隐忧。试想：当黛玉加快了成长速度，越来越成熟，贴近了由宝钗所代表的大家闺秀，但宝玉却还是一个拒绝长大的彼得·潘，这两人之间一定是落差越来越大，甚至形成了隔阂，也会为木石前盟染上阴影！

果然后来便出现两个人之间的裂痕了，最明显的是第七十九回。当时宝玉悲恸晴雯的死，写了一篇《芙蓉女儿诔》来哀悼她，恰巧被黛玉遇到了，于是两个人讨论起诔文中的字句，改来改去，宝玉最后说：

> 我又有了，这一改可妥当了。莫若说"茜纱窗下，我本无缘；黄土垄中，卿何薄命"。黛玉听了，忡然变色，心中虽有无限的狐疑乱拟，外面却不肯露出，反连忙含笑点头称妙，说："果然改的好。再不必乱改了，快去干正经事罢。才刚太太打发人，叫你明儿一早快过大舅母那边去。你二姐姐已有人家求准了，想是明儿那家人来拜允，所以叫你们过去呢。"宝玉拍手道："何必如此忙？我身上也不大好，明儿还未必能去呢。"黛玉道："又来了，我劝你把脾气改改罢。一年大二年小，……"一面说话，一面咳嗽起来。宝玉忙道："这里风冷，咱们只顾呆站在这里，快回去罢。"黛玉道："我也家去歇息了，明儿再见罢。"说着，便自取路去了。宝玉只得闷闷的转步，又忽想起来黛玉无人随伴，忙命小丫头子跟了送回去。

请看黛玉的反应多么出人意料，她听了宝玉的修改，隐约感到其中不祥的意味，因为潇湘馆窗上所糊的就是茜纱，以致所谓"茜纱窗下，我本无缘；黄土垄中，卿何薄命"这几句，简直像是宝玉在诔黛玉似的，因此黛玉一听便"忡然变色"，心中"有无限的狐疑乱拟"。但很特别的是，这时黛玉却一点儿也没有过去那样表里如一的直率，虽然心情是这样的激荡，却能够完全加以控制住，"外面却不肯露出，反连忙含笑点头称妙"，这岂不是判若两人了吗？

接着黛玉叫宝玉"快去干正经事罢"，那岂不是表示宝玉的悼祭晴雯不算正经的事！那正经事又是什么事呢？原来是"才刚太太打发人，叫你明儿一早快过大舅母那边去。你二姐姐已有人家求准了，想是明儿那家人来拜允，所以叫你们过去呢"。但我们都知道，对宝玉而言，这种行礼如仪的场面是无聊的应酬，因此宝玉才会拍手道："何必如此忙？我身上也不大好，明儿还未必能去呢。"显然宝玉又要推病不去了，这很符合宝玉一贯的性格。

但是没想到，从来不劝宝玉读书上进应酬的黛玉，此刻居然像宝钗一样了，她对宝玉道："又来了，我劝你把脾气改改罢。一年大二年小，……"请看黛玉已经劝宝玉改改脾气了，而所谓的"一年大二年小"，意指一年一年地长大了，不能再像小时候一样任性了！试想，如果这时候不是被一阵咳嗽打断，黛玉下面的话应该会是宝钗、袭人、湘云以前都说过的那些规引入正的内容吧！

难怪宝玉在催黛玉回去休息以后，一个人留在原地"只得闷闷的转步"，很明显的，宝玉心里确实感到不对劲了，所以才会闷闷不乐，在原地转来走去，不知怎样排遣心里的烦闷。这种格格不入的失落感，哪里是以前第五回时两人"言和意顺，略无参商"的情况所能想象的！倘若两人的落差再继续扩大下去，又会出现怎样的情况？那简直是让人无法想象，或不敢想象！

所以说，黛玉和宝玉的木石前盟是不可能完成的，即使林黛玉不死，她和宝玉的距离也恐怕会越来越远，走不到一起。为了避免出现无法想象的后果，黛玉也注定是要早死，留在大观园的葬花冢里面，这样才能让木石前盟保留纯净无瑕的样貌，成为一则美丽动人的悲剧！

最后，总结一下这一章所讲到几个重点：

第一，经过宝钗的引导、启发，黛玉的人生就像越过了一道分水岭，从此进入另一个阶段，所以第四十二回的"蘅芜君兰言解疑癖"到第四十五回的"金兰契互剖金兰语"这一段所讲的故事，可以说是一场专门为黛玉所举行的成年礼。

第二，林黛玉因此长大了，简直脱胎换骨，表现出成熟圆融的心态和做法，所以当上诗社社长，也多了母亲和姊妹，难怪她的眼泪变少了。

第三，黛玉的成长变化必然和宝玉的拒绝长大形成了落差，果然两人之间慢慢出现了分歧，这才是木石前盟最根本的问题。宝玉、黛玉之所以不能结成木石姻缘，根本不是有坏人从中作梗，那是一般通俗的、陈腔滥调的才子佳人故事的老套，曹雪芹才不愿意这样落入庸俗，而自贬身价呢。

下一章，要开始讲《红楼梦》的另外一大女主角：薛宝钗了。这个少女因为读者的成见，一直饱受冤屈和扭曲，我们实在应该还她一个公道，那并不是褒贬的问题，而是客观理性的必要。其实只要仔细读、认真想，再加上足够的学问，便会看到完全不一样的世界，也就不会一直当井底之蛙了。那么，对宝钗这个人到底该怎样重新理解？请看下一章的解说。

薛宝钗

周全大体的君子风范

第 13 章：什么是皇商

从这一章起，要开始讲薛宝钗这个重要人物。历来对宝钗的误解简直是多到不可胜数，我们就先从她的家世背景开始谈起。

我们都知道，一个人的性格养成和他的成长环境是分不开的，现代心理学甚至说是六岁定终身，确实很有道理。曹雪芹便很明白这一点，所以才会强调家庭的重要，第二回里清楚指出：宝玉这种"情痴情种"单靠先天的"正邪两赋"是产生不了的，还得在公侯富贵之家才能塑造出来。而贾、史、王、薛四大家族是彼此一体、共存共生的世交，当然都是公侯富贵之家。只可惜，因为现代人对清朝的历史文化往往不明就里，再加上对金玉良姻的误解以及对薛宝钗的偏见，所以对薛家常常采取鄙视的态度，而把薛家贬低为一般有钱的商人，以便把负面的成见附会到他们身上，包括什么市侩啦、势利啦、追求飞黄腾达啦，那根本都是来自一般对暴发户的想象，完全偏离了贵族世家的层次。

其实，单单从宝钗能够成为女主角之一，就表示她非常重要，而且是非常正面的人物，否则哪里有资格撑起这样的分量，又哪里可以和黛玉分庭抗礼？所以，最了解曹雪芹的脂砚斋便一再地指出，整部小说的情节设计是宝、黛、钗三人"鼎立"（第五回眉批）、"三人一体"（第二十八回眉批），这显示宝钗绝对是一等一的人物，前面几章在讲宝玉的时候，你应该也感觉到这一点了。

但很可惜，很多人还是只看到宝、黛之恋，只关心木石前盟，于是对其他的人视而不见，甚至为了心理的安慰，而创造出许多的替罪羊，以致忽视或者扭曲了事情的真相。

内务府世家

那事实的真相又是什么？首先，薛家当然也是贵族世家，和贾家门当户对，彼此是世代通婚联姻的世交，第四回中介绍道，宝钗的母亲薛姨妈是贾府王夫人的同胞妹妹，也就是宝玉的姨母，宝玉和宝钗即是姨表姊弟。因此，当宝钗到京师等待选秀女的时候，便借住在贾家，也因为这个机缘而创造出和宝玉、黛玉三个人之间的恋爱婚姻关系，成为整部小说的主轴之一。

再看第四回又提到了一张金陵地区的护官符，"上面皆是本地大族名宦之家的谚俗口碑。其口碑排写得明白，下面所注的皆是自始祖官爵并房次"，这张护官符即清楚呈现出贾、史、王、薛四大家族的显赫。其中，对薛家的说明是：

> 丰年好大雪，珍珠如土金如铁。紫薇舍人薛公之后，现领内府帑银行商，共八房分。

关于这段说明，一般人只注意到"珍珠如土金如铁"的"富"的一面，所以把薛家当成了暴发户，却忽略了贵族之所以为贵族的"贵"的一面。薛家先祖担任紫薇舍人，也就是中书舍人，专职撰拟诰敕（即皇帝的文书命令）之责，有文学资望者始能充任，所以地位崇高；为什么叫做"紫薇舍人"呢？因为在唐玄宗开元六年时，将中书省改为紫薇省，中书令为紫薇令，所以才有了这一个美丽的别称，中唐的白居易便担任过中书舍人，当时作有《直中书省（一作紫薇花）》一诗，"直"即是轮值、值班的意思，其中说："丝纶阁下文书静，钟鼓楼中刻漏长。独坐黄昏谁是伴，紫薇花对紫薇郎。"丝纶阁也就是草拟皇帝诏书敕命的地方，白居易当中书舍人而自称为紫薇郎，恰好印证了这一个历史典故。

正因为薛家的祖宗是饱读诗书的文化精英、朝廷重臣，所以是传统社会里最高等级的诗礼簪缨之族，好比第四回说薛家"本是书香继世之家"，第四十二回宝钗说她们家"也算是个读书人家，祖父手里也极爱藏书"，就是这个原因。但并不只如此，那张护官符又说，薛家"现领内府帑银行商"，那又是和皇家十分密切的贵族世家了。因为其中所说的"内府"，指的便是内务府，内务府是清朝主管皇室一切事务的部门，也是清朝最大的机构，由内三旗所组成。那什么是内三旗？这可有一点复杂了，大家要注意一下。

原来，清朝有一个很特殊的制度，叫做八旗制度，八旗的旗人和一般老百姓区分开来，自成一个独特的群体。而八旗都有自己的包衣，在满文里面，"包衣"是"家里的"之意，所以他们算是仆人，不过绝对不是奴隶，其实和一般人的法律地位是一样的，只是因为要侍候旗主，所以相对地算是仆人而已。但康熙时，把八旗中上三旗的包衣独立出来，直接隶属于皇帝，归内务府所管，于是形成了"内三旗"，这么一来，这些上三旗的包衣便脱离了八旗，所以他们不仅不是奴仆，反倒和皇帝很亲近。

我在做研究的时候才赫然发现，原来内务府座落在紫禁城，也就是北京故宫博物院中，那里已经不能说是天子脚下了，简直是清朝的心脏地区！因此内务府的成员（如"内三旗"）一旦受到重用，甚至会比朝廷大臣更有权势富贵，所以才形成了内务府世家。曹雪芹自己的曹家便是这一类的世族，于是《红楼梦》里常常反映了内务府世家的特点。

广州十三洋行之首

例如薛家的"现领内府帑银行商",意指他们现在领的是内务府的"帑银",也就是国库的银子。而所谓的"行商",那当然绝不是一般商人或行脚小贩,而是专指著名的广州十三行行商,这些"行商"在广州专做国际贸易,所以又称为"洋行"。但薛家不只是行商,还更是其中最有地位的皇商,第四回描述道:

> 这薛公子幼年丧父,寡母又怜他是个独根孤种,未免溺爱纵容,遂至老大无成;且家中有百万之富,现领着内帑钱粮,采办杂料。这薛公子学名薛蟠,字表文起,五岁上就性情奢侈,言语傲慢。虽也上过学,不过略识几字,终日惟有斗鸡走马,游山玩水而已。虽是皇商,一应经济世事,全然不知,不过赖祖父之旧情分,户部挂虚名,支领钱粮,其余事体,自有伙计老家人等措办。

这里也和护官符一样,提到薛家"现领着内帑钱粮",而所谓的皇商,指的就是十三洋行里顶尖的那一两个行商,他们是由"内务府员中出领其事",也因为与皇帝有关,后来便被称为"皇商",西方学者甚至直接把它翻译成"皇帝的商人"。这皇商虽然只有一两人,但在十三行中势力最大,可以说是上通皇室、势力遍及全国乃至近海远洋的超级企业家,垄断了欧美进口商品的贸易,因此极为显贵,并非一般的权贵可以相比。

再看后来宝钗的堂妹薛宝琴来到贾府时,曹雪芹也清楚交代了皇商的背景。第五十回薛姨妈说:

> 他从小儿见的世面倒多,跟他父母四山五岳都走遍了。他

广州十三行外贸易特区

父亲是好乐的，各处因有买卖，带着家眷，这一省逛一年，明年又往那一省逛半年，所以天下十停走了有五六停了。

到了第五十二回，宝琴自己又说：

> 我八岁时节，跟我父亲到西海沿子上买洋货，谁知有个真真国的女孩子，才十五岁，那脸面就和那西洋画上的美人一样，也披着黄头发，打着联垂，满头带的都是珊瑚、猫儿眼、祖母绿这些宝石；身上穿着金丝织的锁子甲、洋锦袄袖；带着倭刀，也是镶金嵌宝的，实在画儿上的也没他好看。

这果然是皇商或至少是广州十三行商的女儿才可能拥有的履历，甚至在当时大家闺秀大门不出、二门不迈的环境之下，宝琴居然不但走遍了大江南北，还出国越洋，见识到了真真国的白种人女孩子，那真算是旷古难得一见的传奇人生了。如果不是皇商的家世背景，这又哪里可能发生呢？所以说，曹雪芹的各种安排都是合情合理，让人心服口服。

再后来，宝钗的哥哥薛蟠要娶亲了，他对世交夏家的女儿夏金桂一见钟情，也因为门当户对，所以一说就成。那夏家又是怎样的门当户对呢？根据第七十九回香菱的介绍，说是薛蟠上次出远门贩货贸易时，顺路到了个亲戚家去：

> 这门亲原是老亲，且又和我们是同在户部挂名行商，也是数一数二的大门户。前日说起来，你们两府都也知道的。合长安城中，上至王侯，下至买卖人，都称他家是"桂花夏家"。……他家本姓夏，非常的富贵。其余田地不用说，单有

几十顷地独种桂花，凡这长安城里城外桂花局俱是他家的，连宫里一应陈设盆景亦是他家贡奉，因此才有这个浑号。

可见这夏家也是直通皇宫的行商，果然是门当户对。最奇特的是，连贾家、王家也都有一点内务府世家的痕迹！相关的根据在第十六回，当时朝廷已经恩准省亲，贾家也要开始准备迎接大小姐元妃了，大家谈起这件事时，王熙凤是最兴奋的一个，她笑说：

"若果如此，我可也见个大世面了。可恨我小几岁年纪，若早生二三十年，如今这些老人家也不薄我没见世面了。说起当年太祖皇帝仿舜巡的故事，比一部书还热闹，我偏没造化赶上。"赵嬷嬷道："嗳哟哟，那可是千载希逢的！那时候我才记事儿，咱们贾府正在姑苏扬州一带监造海舫，修理海塘，只预备接驾一次，把银子都花的淌海水似的！说起来……"凤姐忙接道："我们王府也预备过一次。那时我爷爷单管各国进贡朝贺的事，凡有的外国人来，都是我们家养活。粤、闽、滇、浙所有的洋船货物都是我们家的。"

看完了这一段对话，我们知道王熙凤的爷爷居然单管各国进贡朝贺的事务以及接待所有的外国人，更独家包办了粤、闽、滇、浙所有的洋船货物，那般格局的权势地位简直无法想象，这么说来，王家应该也是薛家之类垄断进口贸易的皇商，与薛家同属于一个圈子、一个层级。再从赵嬷嬷的口中可以得知，以前康熙南巡的时候，贾家和王家一样，都接驾过一次，而当时贾家是在姑苏扬州一带监造海舫，修理海塘，这看起来便不只是一般的八旗世爵了。如此一来，这四大家族里就有三家和海船有关！

由此可见，曹雪芹所写的贵族主要是内务府世家，并且参与了国际事务，带有广州十三行里皇商的痕迹。也因此小说中写到了许多非常珍贵的西洋物品，例如王熙凤的屋子里有一座带钟摆的西洋自鸣钟，宝玉也有核桃大的怀表，其他还有鼻烟壶、自行船、西洋葡萄酒等等，都非常合乎写实逻辑。

内三旗的选秀女系统

再进一步来说，宝钗之所以会来到京师待选，也反映了内务府世家的特点。

很多人说，宝钗进京是想要当皇妃，一心渴望飞黄腾达，但这种说法不但缺乏正确的历史知识，连小说的文句都没有仔细读懂，以致荒腔走板。那么宝钗的进京待选又是怎么回事？其实读者都没有把小说认真细读，仔细看第四回说：

> 近因今上崇诗尚礼，征采才能，降不世出之隆恩，除聘选妃嫔外，凡仕宦名家之女，皆亲名达部（按：把姓名送到相关部门），以备选为公主郡主入学陪侍，充为才人赞善之职。

请注意，在这一段话里隐含了两个重点：第一，所谓的"凡仕宦名家之女，皆亲名达部"，这个"凡"字是"所有"的意思，即所有的仕宦名家之女都得列入名单，亲自到相关部门待选，可见宝钗的进京根本不是自己的意愿，而是朝廷强制性的指令，那是没有人可以违抗的！谁敢对当今的皇上抗旨呢？这清楚说明宝钗只不过是遵守规定上京来待选，并不是自愿的。

第二，宝钗进京所选的秀女，根本不是当皇妃的那一个系统，而是当高级宫女的这一个系统，第四回的这一段说得很清楚，宝钗的备选是"除聘选妃嫔外",显然是排除了聘选妃嫔的另外一种。那么宝钗所参加的到底是哪一种?小说也讲得很清楚,是作为"公主郡主入学陪侍,充为才人赞善之职",这其实就是高级宫女,她们的职责是陪公主郡主读书作伴,根本和当皇妃无关!所以,说宝钗想要当皇妃,完全是扭曲事实的误解。

关于这一点,读者又常常搞不清楚了,原来差别就出在前面讲到过的,清朝在八旗制度之外,还有一个内三旗的系统,这两种系统各自独立,因此选秀女也各自分开举行,选中以后的出路也不一样,在八旗系统里选中的,那才是指婚用的,或者是当皇帝的嫔妃,或者是当亲王、郡王的福晋;而内三旗系统所选中的秀女,就只能当宫女了,其中条件很好的,才有资格担任"公主郡主入学陪侍"的才人赞善,但她们都是义务为皇家服务,而且得等到二十五岁才能离开皇宫。

想想看,从十三岁算起,要关在皇宫里做十二年的义工,那可不算是好差使吧?而且以当时的社会来说,一个二十五岁的女孩子根本已经是老姑娘,几乎是嫁不出去了,回到家以后恐怕注定要小姑独处一辈子,只能在娘家终老了。换作是你,你会想要被选上吗?一定不会吧!因此,无论是父母还是秀女自己,都没有人会希望入选,这哪里有一丁点追求富贵的意味?

这么说来,元春的际遇确实很特别,她本来是走内三旗选秀女的系统,所以入宫以后是当女史,"女史"是有知识学问的高级宫女,我们到现在还用来尊称有知识学问的女士,那其实就是宝钗所选的"才人赞善"。但元春后来居然被封为贵妃,实在可以说是十分意外的情况。固然在清朝的历史上也有这样的案例,但算是罕见的特例,绝对不是常态,因此,第十六回"贾元春才选凤藻宫"一段描写元春封妃的过程中,简直充满了恐怖的气息,当皇帝召见贾政进宫时，整个贾家的反应都是惶恐不安，因为根本不知道是福是祸。

那时正巧是贾政的生日，宁、荣二处的人丁都齐聚庆贺，热闹非常，忽然有门吏忙忙进来回报说："有六宫都太监夏老爷来降旨。"然后这太监夏守忠口头宣达说："特旨：立刻宣贾政入朝，在临敬殿陛见。"贾母以及合家人等心中皆惶惶不定，等到后来夏太监出来道喜，说元春晋封为凤藻宫尚书，加封贤德妃，速请贾母领着太太们去谢恩，贾母等听了方心神安定，不免又都满脸喜气洋洋起来。由此可见，根本没有人想到元春会有这样的奇遇，堪称为天上掉下来的礼物，连做梦都想不到，又哪里是可以争取得到的！

所以说，把进京待选当作宝钗很有富贵心的证据，根本就是大错特错的误读。何况大家都忘了，这四大家族自己已经在青云之上，他们哪里还需要追求什么飞黄腾达！现代人总是把宝钗、黛玉想成和我们一样的小家碧玉，那实在是所谓的"矮人看场"。其实，不单单黛玉完全不是寄人篱下的灰姑娘，宝钗更不是一心想要嫁入豪门的民女，这两位少女一出生便都是贵族千金，对我们现在所谓的"豪门"恐怕根本就看不上眼呢！

贵族世家

何况，那四大家族确实是名符其实的贵族世家，而真正的贵族都很注重教育，很讲究文化，对他们来说，这种文化涵养比起财富权势都重要得多。

所以，第四回说薛家"本是书香继世之家"，第四十二回中宝钗说他们家"也算是个读书人家"，可见薛家和贾家一样，都属于诗书名门，具有世代累积涵养的优雅门风，绝不是西门庆之类的暴发户。也因此，他们真的很讨厌只追求金钱权势的暴发户。无论是曹雪芹还是脂砚斋，都一再强调贾家完全不是暴发户，对于这一点绝对不肯放松，一定要区别清楚，甚至还觉得读者把他们误认为暴发户，那是对他们绝大的羞辱！

现在就举一个例子来看。第七十九回贾赦把女儿贾迎春许亲给有权有势的孙家，但贾母心里并不愿意，贾政也很反对，只是贾母因种种理由，包括相信婚姻天注定，以及尊重贾赦的父母之命，于是没有表示意见。但贾政则积极地加以劝告、拦阻了，他的理由便是孙家虽然也是世交，现在更是显赫发达，却还是属于暴发户，和贾家这种注重文化、伦理教养的诗礼簪缨世族并不相称，也即是门不当、户不对。书中说：

> 贾政又深恶孙家，虽是世交，当年不过是彼祖希慕荣宁之势，有不能了结之事才拜在门下的，并非诗礼名族之裔，因此倒劝谏过两次，无奈贾赦不听，也只得罢了。

果不其然，迎春的婚事简直就是一场致命的灾难，一个如此温厚善良的贵族小姐被粗鲁卑鄙、没有文化的暴发户给折磨得苦不堪言，婚后才短短一年便送掉了性命，香消玉殒。这岂不又是一个比林黛玉还悲惨的姑娘吗？而她的悲剧不正是因为暴发户所造成的吗？

所以说，一般人把薛家当作普通的商人，把薛宝钗顾全大局的心胸当作商人的市侩性格，那真是所谓的矮人看场了。

最后，总结一下这一章所讲到的几个重点：

第一，《红楼梦》讲的是贵族世家的故事，薛宝钗正是百分之百的贵族少女，薛家并不是一般的商人家族，而是传统社会里最高等级的诗礼簪缨之族，并且是和皇家十分密切的内务府世家，所以担任了广州十三行商里地位最高的皇商，宝钗的堂妹薛宝琴即因此而拥有了国际视野。

第二，不只薛家，这四大家族大多带有内务府世家的痕迹，包括贾家、王家都是。

第三，同样的，宝钗的备选秀女根本谈不上追求飞黄腾达，那只不过是奉命行事而已，如果没选上才更好呢！果然宝钗后来便留在贾家，这才发展出曲折感人的故事。

最后第四点，是我们得要知道贵族和暴发户完全不一样，因为贵族更重视内在的精神性，这也是他们最自豪的地方。

而薛宝钗就是这种文化所培养起来的闺秀典范，下一章，要来讲为什么宝钗竟然有那些巨大的重像，那些重像到底又是谁呢？答案简直是不可思议！

第 14 章：宝钗的巨大分身

由于薛宝钗也非常重要，所以曹雪芹同样下足功夫做了重像的设计，那可是一份重量级的名单！

杨贵妃：美丽的解语花

前面讲过，曹雪芹或贾宝玉的理想是钗、黛合一，太虚幻境的女神兼美就是具体的典范，而宝玉所住的怡红院中，那"蕉棠两植"也同样暗示了这一点。其实，小说里还有很多的证据，例如曹雪芹在第二十七回的回目上费心做了设计，不但让宝钗、黛玉并列，同时还给她们非常著名的历史美人作为为比喻，一人一个，非常公平。那回目上说的是"滴翠亭杨妃戏彩蝶　埋香冢飞燕泣残红"，意指滴翠亭边有一位杨贵妃在扑蝶为戏，而在葬花冢旁有一个赵飞燕对着落花残红哭泣，这样的对照真是鲜明有力，又令人赏心悦目，其中，活泼快乐地扑蝶玩耍的正是薛宝钗，而悲哀感伤地流泪葬花的则是林黛玉，同一个春天，却展开两种截然不同的风景，岂不显示了两个少女天差地别的性格？这么一来，体态轻盈的赵飞燕成了林黛玉的重像，而健康丰润的杨贵妃便是薛宝钗的分身了。

当然宝钗长得很美，她在第四回一出现的时候，曹雪芹就说是"生得肌骨莹润，举止娴雅"，又警幻仙姑的妹妹兼美也是"鲜艳妩媚，有似乎宝钗"，这确实都属于像牡丹花般的杨贵妃型，和黛玉的多病西施大不相同。从一般的审美观来看，宝钗的美是略胜一筹，例如第五回说："如今忽然来了一个薛宝钗，年岁虽大不多，然品格端方，容貌丰美，人多谓黛玉所不及。"再看第四十九回宝玉向袭人、麝月、晴雯等笑道："你们成日家只说宝姐姐是绝色的人物。"可见宝钗确实是选美的第一名。

不过，这里有一个很有趣的地方，即无论赵飞燕或杨贵妃，她们都是实质的皇后，地位最为崇高，而这也巧妙呼应了太虚幻境里金陵十二金钗正册的排序，领先居首的便是钗、黛两人并置的图谶，在在表示宝钗、黛玉都是最重要的女主角。当然，这两个人的个性十分不同，因此曹雪芹为她们所安排的重像也是天差地别，不只是身材体态上的"环肥燕瘦"而已。

更巧妙的是，杨贵妃、赵飞燕这两个历史美人又是宝钗、黛玉的重像的重像！这好像在说绕口令，但只要一解释就会明白了，原来，黛玉的重像是晴雯，而宝钗的重像是袭人，脂砚斋写在第八回的批语，便是这么说的："晴有林风，袭乃钗副，真真不错。"这一点大家都看得出来。但我们还要进一步来看，黛玉的重像包括了晴雯和西施，而晴雯也常常被比喻为西施，第七十四回即说她"天天打扮的像个西施的样子""真像个病西施"。所以说，黛玉、晴雯和西施三个人便共构在一起，彼此等同，也互相衬托。

同样的，袭人和宝钗的重像关系也通过了杨贵妃而连结在一起。宝钗的分身是袭人，而袭人也曾经被比拟为杨贵妃呢，证据在第十九回，这一回的回目上说"情切切良宵花解语"，叙述袭人把宝玉规引入正的故事，而曹雪芹把袭人的用心良苦叫做"情切切"，把她苦口规劝的做法称为"花解语"，都是绝大的赞美。这"花解语"的"花"是双关袭人的姓氏，但为什么曹雪芹要让袭人姓花？原来必须如此才能利用到"花气袭人知骤暖"这句美丽的宋诗,以及"解语花"这个美丽的典故,"解语花"正是唐玄宗对心爱的杨贵妃的比喻。

在五代时,王仁裕《开元天宝遗事》记述了一则这对帝妃十分恩爱的故事:

> 明皇秋八月,太液池有千叶白莲数枝盛开,帝与贵戚宴赏焉,左右皆叹羡久之。帝指贵妃示于左右曰:"争如我解语花!"

意思是,杨贵妃不但美得像一朵花,好比李白《清平调词》这组诗都说"云想衣裳花想容",可见贵妃的绝色堪称为倾国倾城,但贵妃更大的优点是"解语",即知心又体贴,能懂得你所说的话、了解你的心,如果没有深情是做不到这一点的,而美丽又深情,那就比稀世奇珍的千叶白莲更完美了。玄宗得到了一个美丽又深情的灵魂知己,难怪十分欢喜,于是称赞贵妃是一朵"解语花"!这便是曹雪芹赞美袭人是"花解语"的典故由来,并且和"情切切"连在一起,"情切切"正是真情、深情之意,都有知心、重情的涵义。

如此一来,也可以看到宝钗、袭人和杨贵妃的等同关系所在了。试看袭人是出于"情切切"而规劝宝玉,类似的做法宝钗也同样有过,出现于第三十二回,当时湘云笑劝宝玉道:"还是这个情性不改。如今大了,你就不愿读书去考举人进士的,也该常常的会会这些为官做宰的人们,谈谈讲讲些仕途经济的学问,也好将来应酬世务,日后也有个朋友。没见你成年家只在我们队里搅些什么!"袭人便说:"云姑娘快别说这话。上回也是宝姑娘也说过一回,他也不管人脸上过的去过不去,他就咳了一声,拿起脚来走了。"可见都被宝玉毫不留情面地表示厌烦，导致场面很尴尬。

相对的，黛玉便从来不想改变宝玉，如同宝玉所言："林姑娘从来说过这些混账话不曾？若他也说过这些混账话，我早和他生分了。"再加上后来第三十六回又提到："独有林黛玉自幼不曾劝他去立身扬名等语，所以深敬黛玉。"依据这两段说法，于是一般读者都以为黛玉是宝玉真正的知己，彼此志同道合，都超越了世俗。

然而，真情的表现怎么会只有黛玉的那一种？而黛玉的真情到底又是哪一种呢？其实只要认真去想，就会发现黛玉之所以从来不劝宝玉，恐怕更大的原因是一种顺任乃至放纵的立场，目的是让相处愉快。有一段情节很可以说明这一点，第八回描述道，宝玉去探望宝钗，被薛姨妈留下来吃茶，宝玉夸起前日在宁府里尤氏的好鹅掌、鸭信，于是薛姨妈也把自己糟制的取了些来与他尝。宝玉说这得配酒才好吃，奶娘李嬷嬷一听要喝酒便上来阻拦。此时黛玉连忙叫李嬷嬷别扫大家的兴，还一面悄推宝玉，使他赌气；一面悄悄咕哝说："别理那老货，咱们只管乐咱们的。"由此可见，黛玉对宝玉的真情是只管让宝玉顺心快意，但求享乐的那一种。

只不过如前面所说的，真情的表现怎么会只有黛玉的那一种？何况那一种未免带有不成熟的孩子气，曹雪芹真的是赞成宝玉不肯长大的叛逆吗？恐怕并非如此，所以到了第七十九回，逐渐成长的黛玉也开始劝宝玉要改改脾气了，却仍然还是一片真情。同样的，此处既然明确定义袭人那一番规劝宝玉的做法是"情切切"的表现，而有了真情才能解语，可见曹雪芹认为"情切切"的解语花，便是要能做一个良师益友啊。

确实，真正的爱一定会包括未来性，也就是会考虑到以后的人生发展，所以不会只想要一起"今朝有酒今朝醉""咱们只管乐咱们的"，而一味地迎合你、讨好你，让你现在开心就好，于是真正关心你的人会宁愿忠言逆耳，或者当面指出你的缺点，或者提醒你不要再一直错下去。因此，比起放纵你去撕扇子，去吃人家嘴上的胭脂，一起痛痛快快地享乐，那种苦口婆心才是一种真正的爱。最有趣的是，宝钗的显性重像里还包括了贾宝玉！前面宝玉的单元里曾经讲过，这二宝不但长得一副夫妻脸，而且在批判读书人的这一点上，其实才是真正的、一样的极端叛逆。再加上"金玉良姻"的夫妻关系，恐怕应该可以说，宝钗也算是宝玉的解语花。

所以说，宝钗和她的重像袭人又共享了杨贵妃这个重像，三个人彼此一致，这绝对不是巧合，也并不只是在体态方面的相似而已。

孔子：集大成的圣之时者

但宝钗的人格内涵远远不是杨贵妃所能达到。曹雪芹还要借由宝钗这个人物，让大家更懂得中华文化里真正的精英分子是怎样努力提高人格高度的，所以特地找来了一个历史上最伟大的人来作为宝钗的重像，那个人便是至圣先师孔子！这听起来实在太让人意外了，但我所说的，都是有凭有据，现在就一起来看证据在哪里。

首先是第二十二回，当时贾府合家团聚在一起过元宵节，除贾母之外，大家长贾政也参加了猜灯谜的活动。但这么一来，子女晚辈们便深深感到拘束了：

> 往常间，只有宝玉长谈阔论，今日贾政在这里，便惟有唯唯而已。余者湘云虽系闺阁弱女，却素喜谈论，今日贾政在席，也自缄口禁言。黛玉本性懒与人共，原不肯多语。宝钗原不妄言轻动，便此时亦是坦然自若。

请注意一下，现场写到了四个人的反应，其中宝玉、湘云、黛玉三个人都是一副拘谨的样子，只有宝钗一个还是像平常一样地自在，古人把这样的境界叫做"无入而不自得"，即无论在怎样的境遇里，都可以自得其乐，不受影响，这实在是非常不容易的人格高度。于是脂砚斋在这里有一段批语说道：

> 瞧他写宝钗，真是又曾经严父慈母之明训，又是世府千金，自己又天性从礼合节，前三人（按：指宝玉、黛玉、湘云）之长并归于一身。前三人向有捏作之态，故惟宝钗一人作坦然自若，亦不见逾规踏矩也。

请看，宝钗不同于宝玉、黛玉、湘云这三个人的扭捏造作，而表现出坦然自若的风度，这种无论在任何环境下都从容自在的境界，正是《论语·为政》孔子所说的："从心所欲，不逾矩。"最有趣的是，脂砚斋说宝玉、黛玉、湘云这"三人之长并归于一身"，这不只是说宝钗兼具了他们的优点而已，更是直接响应了孔子"集大成"的境界！典故出自于《孟子·万章下》：

> 伯夷，圣之清者也；伊尹，圣之任者也；柳下惠，圣之和者也；孔子，圣之时者也。孔子之谓集大成。集大成也者，金声而玉振之也。

在这一段话里，一共提到了三个人，他们的性格截然不同，却都可以当上圣人！有"圣之清者"，有"圣之任者"，有"圣之和者"，彼此完全不同，却都达到了最高的圣人境界。可见儒家是很活泼、很多元、很通透的，他尊重每一个人的个性，让你依照自己的个性去发展自我，只是他希望你、期待你可以不断地努力提升自己，变得越来越好，好到一个最高的层次时，便可以达到最高的人格境界，那就是所谓的圣人。

所以，伯夷坚守道德原则，不愿意支持周武王以暴易暴所得来的新政权，宁愿隐居在首阳山采薇果腹，最后营养不良而饿死，也不肯出来当官，这么清洁的一个人，当然是圣人；而伊尹这个人勇于任事，一生从政，先是辅助商汤灭了夏朝，建立商朝，然后整顿吏治，洞察民情，历经商汤、太甲等五个国王，五十多年之间都尽忠职守，尽力为国奉献，因此死后是以天子之礼被安葬在开国之君商汤的陵寝旁边，后代对他的祭祀等同于商朝先王的等级，这种贡献也让他成为圣人。至于柳下惠，他为人十分地宽和厚道，作风正派，即使美女当前，却坐怀不乱，一点也不动心，他的温暖和气让人没有压力，也受到了感化，又是另一种人格的典型，那还是圣人，所以他也有"和圣"之称。三种完全不同的个性，却都成就了最高尚的人格，可见儒家完全不迂腐呆板，他让每一个人去发展自己的个性，去最大地成就自己、去做最好的人。只可惜，现在很多人误以为自我实践便是放纵自己，这其实是大谬不然的误解，难怪会流入市俗去了。

只不过人外有人、天外有天，还有比圣人更高的"至圣"，那就是孔子，孔子是"圣之时者"，这是最完美的圣人的境界。那么，"时"是什么意思？从上下文来看，"时"就是指因时制宜，对每一种状况都能处理得恰如其分，因此当清则清，当任则任，当和则和，这确实是最大的智慧！想想看，伯夷的清当然很高洁，但如果只能有这种高洁，恐怕有些时候会过于不通人情，毕竟人间事并不都是绝对的；同样的，柳下惠当然让人很喜欢亲近，但如果他什么事都这么随和，难免不会造成失去界限、逾越分际的问题，也恐怕造成额外的困扰。所以，一个有智慧的人会懂得判断情况，做出最妥当的回应，这便是"时"的意思。其实"时"这个字是儒家经典里非常重要的关键词，它代表了宇宙人生的最高智慧，而能体现出这种大智慧的人，就是集大成的孔子！

再回来看宝钗，简直是如出一辙，宝钗恰恰好也是"前三人之长并归于一身"，岂不呼应了孔子对伯夷、伊尹、柳下惠这三个人的"集大成"吗？更值得注意的是，就在《孟子·万章下》的同一段话里，用来说明孔子"集大成"境界的"时"字，也被曹雪芹用在第五十六回的回目上，所谓"时宝钗小惠全大体"，这个"时"字便是来自孔子的大智慧！也难怪，我认为《红楼梦》里最好的一段话，刚好正是薛宝钗所说：

> 学问中便是正事。此刻于小事上用学问一提，那小事越发作高一层了。不拿学问提着，便都流入市俗去了。

这真是有眼光、大智慧的人才能说得出来的，因此我认为这一段话是《红楼梦》里最有价值的金玉良言。想想看，有多少人流入市俗去了？社会上多少人是不拿学问提着，用望文生义的方式去读书的？那种读法当然很轻松，也比较受欢迎，因为符合大众的品位，所以很容易流行起来，殊不知却是流入市俗去了。但是，如果我们愿意用功，培养学问，努力塑造自己、提升自己，那么眼光就会更精准了，胸襟就会更开阔了，认识力和判断力也会更深刻了，不会只看到表面，用自己的成见去扭曲作品；即使只是小事，也可以用学问一提，而从小观大，作高一层，那便能看到一个真正弘大的美丽新世界！

其实，宝钗的人格境界在小说中处处显露，只是常常被不拿学问提着的读者给忽略了。想想看，孔子表现出集大成的"时"字被曹雪芹用在宝钗身上，而到了这种程度，便会极高明而到中庸，无入而不自得，当清则清，当任则任，当和则和，所以表现出十分通透的自在。还可以举一个例子来看，那是第二十二回，宝钗过十五岁生日，酒席上请了戏班子唱戏，宝钗为了体贴贾母喜欢热闹的心意，所以点了一出《鲁智深醉闹五台山》，结果被不明就理的宝玉给一再嫌弃。但宝钗并没有生气，耐心地告诉他这出戏的好处，是排场又好，词藻更妙，然后才引起了宝玉的兴趣，想要一窥究竟，终于从其中的一支《寄生草》领悟到"赤条条来去无牵挂"的空寂幻灭之美，埋下了以后出家的思想种子，因此我在前面的单元里提醒过，这一段情节是宝玉的出世思想启蒙，而宝钗就是他的启蒙老师！

但我还要进一步提醒大家，宝钗在这里所展现的胸襟、气度，有两个重点，第一，当时大家的习惯其实是只喜欢看戏，却不怎么看戏文，也就是歌词，例如第二十三回说：

（黛玉）正欲回房，刚走到梨香院墙角上，只听墙内笛韵悠扬，歌声婉转。黛玉便知是那十二个女孩子演习戏文呢。只因黛玉素习不大喜看戏文，便不留心，只管往前走。偶然两句吹到耳内，明明白白，一字不落，唱道是："原来姹紫嫣红开遍，似这般都付与断井颓垣。"黛玉听了，倒也十分感慨缠绵，便止住步侧耳细听，又听唱道："良辰美景奈何天，赏心乐事谁家院。"听了这两句，不觉点头自叹，心下自思道："原来戏上也有好文章。可惜世人只知看戏，未必能领略这其中的趣味。"

可见不只黛玉，原来世人都只知看戏，却不太关心戏文歌词，那差别是很大的，因为看戏时注重的是舞台上唱腔、身段的歌舞表演，而戏文的内容便很多了，可能带有关于情色等禁忌的描写。难怪在这些贵族世家里，同样是《西厢记》《牡丹亭》的内容，看台上的演戏可以，看文字的剧本却是犯了大忌，原因就在这里。而这里的宝玉也是没注意过《鲁智深醉闹五台山》的词藻，所以完全不懂其中的妙处，以致嫌它热闹，等于贬低了宝钗的品味。

但关键正在这里了，想想看：这出戏看起来热闹，其中却无比苍凉，居然没有人知道这一点，能领略的人只有宝钗一个，却还要被不懂的人给误会或轻视，那她岂不是很寂寞吗？可是并不，宝钗很能享受这种寂寞，而毫不在意，那岂不就是《论语·学而》里孔子所说的："人不知而不愠，不亦君子乎！"意思是，别人不知道自己的优点和学问，根本不用生气，因为你的内在充实饱满，所以不会在乎别人的认可，而到了这种"人不知而不愠"的境界，便会是一个君子了！

流动的海洋

不只如此，宝钗在这里所展现的胸襟、气度，还有第二个重点，也就是宝钗的博学并不是现代人的专业技术，而是真正灵透的洞察力、判断力，可以比喻为"流动的海洋"。

确实，宝钗是一个百分之百的儒家信徒，所以接受"女子无才便是德"的价值观，但她并没有划地自限，还很努力地扩大自己的胸襟、视野，去欣赏别人的优点和智慧，试看她在庆生宴的热闹中，一个人默默欣赏的，是《寄生草》所呈现的"赤条条来去无牵挂"的幻灭感，那可一点也不儒家呢。再说，她在第二十二回宝玉"悟禅机"的时候，不也拿出六祖慧能的诗偈，所谓的"本来无一物，何处染尘埃"来解说吗？可见她对于佛学是有接触的。而这种情况其实和杜甫是一样的！

杜甫一生怀抱着"致君尧舜上，再使风俗淳"的儒家理想，所以成为古今敬佩的诗圣，但他也深度接触了佛学，和高僧做好朋友，曾经一起晚上讲谈佛教学问，一直到月亮东升都不疲倦，可见是很专注、很入迷。难怪杜甫《赠蜀僧闾丘师兄》一诗甚至说："漠漠世界黑，驱驱争夺繁。惟有摩尼珠，可照浊水源。"他居然认为只有佛教才能救得了世界，在一片黑暗、充满争夺的世界里，只有摩尼珠能带给人世间光明和洁净！这和他对儒家思想的信仰会发生冲突吗？当然不会！因为一个伟大的胸襟，可以看到各式各样的价值，也能欣赏各式各样的美好，所以也能包容各式各样的信念，只要它们能带领人们向善、也向上！

由此可见，宝钗确实是一个"圣之时者"，她一方面满足贾母的喜好，一方面也能自得其乐，两边都很周延，毫不偏失任何一方，这是多么通透的智慧。同时她又能兼通儒家与佛家，既能积极入世，善尽一个人的社会责任，又能欣赏出世的情怀，了解存在的究竟虚空，那种空无的智慧便会让人更开阔，不至于陷在世俗里无法自拔。这岂不又是"圣之时者"的表现吗？

如此一来，就很奇怪了，为什么曹雪芹替薛宝钗做了这么大手笔的安排，却没有几个读者看出来呢？原来，我们这个时代已经和传统文化严重断裂了，欠缺相关的知识基础和文化背景，价值观和意识形态都大不相同，所追求的目标也不一样，想想古人只有1%不到的人能够读书，因此读书是要当君子、做大事，而现在人人都可以受教育了，所想的则主要是满足自己的欲望、追求自己的幸福，眼界、格局都大不相同。所以只用现代人的感觉去读，当然注定会南辕北辙，薛宝钗这个人物便是一个很有代表性的案例。

最后，总结一下这一章所讲到的几个重点：

第一，曹雪芹也为薛宝钗做了重像的设计，主要有杨贵妃，除了取用美丽和体态的特点之外，最重要的是"解语花"的知心和深情，这也通往宝钗的另一个重像袭人身上，所以这三个人物就扭结在一起了。

第二，宝钗最重要的重像是至圣先师孔子，包括在元宵节贾政在场时的那一段故事，其中"惟宝钗一人作坦然自若，亦不见逾规踏矩也"，呼应了孔子的"从心所欲，不逾矩"，而宝钗把宝玉、黛玉、湘云这"三人之长并归于一身"，更是直接呼应了孔子的"集大成"，最重要的是，第五十六回回目上所说的"时宝钗小惠全大体"，这个"时"字也是来自孔子的"圣之时者"。

第三，宝钗确实是一位曹雪芹苦心塑造的君子，包括点热闹戏时所隐含的"人不知而不愠"，以及身为儒家信徒却了解佛学、欣赏佛教的心胸，也可以在杜甫身上看到，这种等级的重像真可以说是绝无仅有。

但问题也来了：既然宝钗的品德这样崇高，那为什么她会嫁祸给黛玉？我必须指出，"嫁祸"是一个很常见的说法，但很常见的说法并不一定就是对的，所谓"积非成是"，以讹传讹的情况实在太多了，尤其以《红楼梦》特别多，下一章便要来谈这个问题，看看问题到底是出在哪里。

第 15 章：嫁祸还是送礼

我们都知道，在《红楼梦》人物的讨论里，对于宝钗很常见的一个批评，就是她嫁祸给黛玉，并且用以作为宝钗有心要争取宝二奶奶的证据。但是，这恐怕是一个根本不能成立的假议题，是在很多不理性的盲目成见之下所形成的误解。其实，大家在谈宝钗是否嫁祸之前，都没有想过一个问题，那便是：嫁祸的这个说法是不是能够成立？讨论起来会有意义吗？

这是什么意思呢？在说明事实之前，我先举一个例子来说明什么叫作"假议题"。你先设想一下，现在大家开始讨论"火星人有没有脚"这个问题了，网络上会怎么讨论呢？应该是争辩得很热烈吧，有的人坚持说火星人有脚，理由如何如何，甚至搬出美国太空总署 NASA 的记录来佐证；有的人说根本没有，同样也搬出他们的理由，于是大家吵得不可开交，还真是煞有介事。但是，你有没有想过，这些花了很多时间的争辩，根本算是浪费时间，因为连第一个最基本的问题都没有确定，那就是到底有没有火星人？总应该先确定了世界上有火星人，再去讨论他们有没有脚，才有意义吧？

同样的，这个"火星人有没有脚"的讨论就很像宝钗的"嫁祸"论。一直以来，宝钗嫁祸给黛玉简直就是一桩大罪，千千万万的读者吵嚷得不肯罢休，但好像从来没有人先把问题想清楚，那便是：既然要谈嫁祸，总应该先有"祸"吧，如果没有"祸"，那还争辩什么"嫁祸"呢？可是情况就是如此，以至于宝钗的形象和内涵便这样被扭曲了，成了一个不存在的"火星人的脚"！

"祸"在哪里？

现在便来看看这个吵了两百多年的嫁祸论吧。事情是发生在第二十七回的"滴翠亭杨妃戏彩蝶"，当时黛玉又误会了宝玉，以致没心情参加盛会，原来第二天是农历的四月二十六日，"这日未时交芒种节。尚古风俗：凡交芒种节的这日，都要设摆各色礼物，祭饯花神，言芒种一过，便是夏日了，众花皆卸，花神退位，须要饯行"，正是闺阁里很热衷的活动，所以满园里的花草树木以及小姐姑娘都打扮得绣带飘摇，花枝招展。

可是其中独独不见黛玉，于是宝钗自告奋勇，要去潇湘馆把黛玉找来。没想到快到潇湘馆时，就看到宝玉进门口去了，宝钗心想，黛玉是个多心多疑的人，这一进去又要闹误会洗不清了，徒增大家的困扰，于是转身离开，这时凑巧看到一对蝴蝶翩翩飞舞，于是她童心大发，便蹑手蹑脚地扑蝶去了。一路上跟着蝴蝶的翅膀走走停停，不知不觉来到了建筑在水面上的滴翠亭，听到两个人说话的声音，才发现是怡红院的丫头红玉和坠儿正在谈私相传递手帕的隐情。原来红玉掉了一块手帕，恰好被进来种树的贾芸给捡去了，贾芸留了心，故意把自己的手帕给坠儿，再间接转手还给了红玉，就这样形成了才子佳人之间的交换行为，而居中中介的坠儿便像红娘一样，还当场要起了谢礼呢！

但在当时的这种家族里，那可是见不得人的败德行为啊，也即所谓的"奸淫狗盗"，果然红玉的心机也意识到这一点，于是她未雨绸缪，想到要打开窗户查看一番，以免被人偷听而留下后患。宝钗这时非常吃惊，但想躲开却已经来不及了，她当下是这么想的：

这一开了,见我在这里,他们岂不臊了。况才说话的语音,大似宝玉房里的红儿的言语。他素昔眼空心大,是个头等刁钻古怪东西。今儿我听了他的短儿,一时人急造反,狗急跳墙,不但生事,而且我还没趣。如今便赶着躲了,料也躲不及,少不得要使个"金蝉脱壳"的法子。

可见宝钗为了避免尴尬,于是当机立断、急中生智地想出金蝉脱壳之计,假装她正在和黛玉玩捉迷藏,刚刚才来到这里,因此当红玉一打开窗户时,就会以为宝钗并没有听到她们方才的私心话。再看宝钗是这么做的:

只听"咯吱"一声,宝钗便故意放重了脚步,笑着叫道:"颦儿,我看你往那里藏!"一面说,一面故意往前赶。那亭内的红玉、坠儿刚一推窗,只听宝钗如此说着往前赶,两个人都唬怔了。宝钗反向他二人笑道:"你们把林姑娘藏在那里了?"坠儿道:"何曾见林姑娘了?"宝钗道:"我才在河那边看着他在这里蹲着弄水儿的。我要悄悄的唬他一跳,还没有走到跟前,他倒看见我了,朝东一绕就不见了。别是藏在这里头了。"一面说,一面故意进去寻了一寻,抽身就走,口内说道:"一定是又钻在山子洞里去了。遇见蛇,咬一口也罢了。"一面说一面走,心中又好笑:这件事算遮过去了,不知他二人是怎么样。

很明显的,宝钗的心态很轻松,有一种把事情顺利解决掉的愉快,却并没有嫁祸给别人的那种恶意和快感。再看最了解曹雪芹的脂砚斋,他所做的评论简直和当今的读者完全不同,指出了一个相反的方向，而极力赞美宝钗真是个很有急智、很能应变的聪明女孩！

例如在宝钗故意放重了脚步，接着笑问"你们把林姑娘藏在那里"的这段描写中，脂砚斋批道：

> 闺中弱女机变如此之便，如此之急。……像极，好煞，妙煞，焉得不拍案叫绝！

到了后面的回末总评中，脂砚斋更指出：

> 池边戏蝶，偶而适兴；亭外（金蝉），急智脱壳。明写宝钗非拘拘然一迂女夫子。

由此可见，薛宝钗并不是一个迂腐呆板的女夫子，而是机变灵通的女君子，所以才能在千钧一发的情况下，完美地化解危急，不留下任何后遗症，这真是十分不容易的高难度挑战，宝钗却在电光石火之际迅速做到了，所以脂砚斋十分激赏，忍不住拍案叫绝，一再赞叹呢。

而我认为，脂砚斋才是对的，一般的误解都是流入市俗去了。请大家冷静下来认真想想看：这件事有替黛玉带来任何的祸害吗？答案是没有！这件事情过了以后，便再也没有任何相关的发展，从此以后一直到第八十回，甚至第一百二十回，根本没有提到任何的后续情况，不但黛玉没有什么祸害，就连红玉也都不再涉及这件事，等于是烟消云散，哪里有什么"祸"可言？既然没有"祸"，又哪里来的"嫁祸"呢？这就是我一开始所说的，应该先问"有没有火星人"的问题吧！既然根本就没有火星人，便不用再讨论火星人有没有脚的问题了，同样的，既然这件事对黛玉根本没有带来祸患，那就不应再说宝钗在这里是要嫁祸黛玉！

双簧戏：一定要选主子姑娘

　　看到这里，便可以再进一步思考，为什么宝钗这么做不会害到黛玉呢？那就是现代人很难把握到的关键了，也即阶级高下之分！

　　原来，很多人会以为宝钗的做法是嫁祸，是因为在潜意识里，把所有相关的人都当作平等的人来看待。而确实，如果事情是发生在平辈之间，真的很可能就会带来祸害，现在我们可以做一个假设：如果当时被宝钗虚拟在场的人是莺儿呢？莺儿身为宝钗的贴身大丫鬟，几乎随时在身边侍候，如果她在现场和宝钗一起玩耍，不是也很合理吗？但为什么宝钗却不采用莺儿这个人选呢？这便显示出宝钗的大智慧了，关键在于莺儿和红玉同样都是丫鬟，身份相当，彼此之间没有阶级的障碍，要动手脚就容易多了。因此，如果红玉误以为是莺儿偷听到了她的隐私，以她"头等刁钻古怪"的性格，岂会善罢甘休！那么莺儿岂不是后患无穷了吗？宝钗当然不能给她带来这么大的麻烦。这正是宝钗要选主子辈的原因，毕竟在阶级区分之下，一个奴才要去对付上级，真是谈何容易。

　　我们可不要忘记，在传统社会里，这些奴婢丫鬟们根本没有法律地位，连生死都无关紧要，可以说是无足轻重。《东华录》记载康熙十二年八月时，御史黄敬玑奏云："旗下仆婢自尽者甚多。"皇上只不过回复说："人命关系重大，旗下奴仆若抚恤得所，岂肯轻生自尽？嗣后各宜加意爱养，勿得逼责致死。"然而根据康熙时代的一条法规，如果某个官员的妻子造成一名奴婢死亡的话，可以只接受缴纳罚金的惩处，这条法规终于在1740年废除，理由是它怂恿主人以残忍的方式对待奴婢。而在贾家，是因为贵族世家讲究门风、重视人情,所以宽柔待下,那些资深女仆、贴身丫头也才会获得很高的地位,其中的陪房、乳母、管家大娘甚至会比年轻的主子还有体面,这一点在第四十三回有清楚的交待:"贾府风俗,年高伏侍过父母的家人,比年轻的主子还有体面,所以尤氏凤姐儿等只管地下站着,那赖大的母亲等三四个老妈妈告个罪,都坐在小杌子上了。"

但即使如此,真要追究的话,在伦理规范上奴仆就是奴仆,那是绝对不能越过主人的。所以,第七十三回邢夫人对迎春所说的一番话便很有代表性,当时迎春的乳母私下聚赌,让贾母十分震怒而加以惩罚,迎春的嫡母邢夫人就来责骂迎春了,她说:

"你这么大了,你那奶妈子行此事,你也不说说他。如今别人都好好的,偏咱们的人做出这事来,什么意思!"迎春低着头弄衣带,半晌答道:"我说他两次,他不听也无法。况且他是妈妈,只有他说我的,没有我说他的。"邢夫人道:"胡说!你不好了,他原该说,如今他犯了法,你就该拿出小姐的身份来。他敢不从,你就回我去才是。"

可见在贾家的主仆之间,同时有两套原则在运作,一个是人情,一个是伦理。当重视人情的时候,乳母就可以管教年轻姑娘,但是当乳母犯错时,她便回到了仆人的身份,得要接受主子的管理甚至惩罚。而迎春放弃主子的权威,只是显示她的懦弱,难怪会反过来被下人欺负,如果她懂得分寸,有勇气拿出小姐的身份来,那么乳母也得乖乖服从,便不会出现聚赌这样的违法事件了。既然连这样地位崇高、算是半主半奴的乳母都是如此,何况一个名不见经传的三等小丫头,又哪里胆敢犯上!

再举一个例子来看。当第五十五回探春开始理家时,大家都藐视这位三姑娘,因此不配合她处理家务,平儿便指着那些管家大娘们告诫说:

> 你们太闹的不像了。他是个姑娘家,不肯发威动怒,这是他尊重,你们就藐视欺负他。果然招他动了大气,不过说他一个粗糙就完了,你们就现吃不了的亏!他撒个娇儿,太太也得让他一二分,二奶奶也不敢怎样。你们就这么大胆子小看他,可是鸡蛋往石头上碰。

想想看,连庶出的探春都有如此的地位,何况是黛玉这样的超级宠儿?前几章讲过,黛玉可是贾母的心头肉,是贾府公认的宝二奶奶,随时受到家长们的关心,那还有谁敢对她怎样?再比较一下傻大姐的情况,大家就更会更明白这一点了,第七十三回说:

> 这傻大姐年方十四五岁,是新挑上来的,与贾母这边提水桶、扫院子,专作粗活的一个丫头。只因他生得体肥面阔,两只大脚作粗活简捷爽利,且心性愚顽,一无知识,行事出言,常在规矩之外。贾母因喜欢他爽利便捷,又喜他出言可以发笑,便起名为"呆大姐",常闷来便引他取笑一回,毫无忌避,因此又叫他作"痴丫头"。他纵有失礼之处,见贾母喜欢他,众人也就不去苛责。这丫头也得了这个力,若贾母不唤他时,便入园内来顽耍。

试想,这傻大姐只是个粗使的大脚丫头,连三等丫头都谈不上,却只因为贾母喜欢她,于是竟然可以享受那么大的特权,"他纵有失礼之处，见贾母喜欢他，众人也就不去苛责"。而以黛玉身为贾家宠儿的优越地位，那更不用说了，第四十五回提到："众人都体谅他病中，且素日形体娇弱，禁不得一些委屈，所以他接待不周，礼数粗忽，也都不苛责。"其实正确地说，黛玉比起这个傻大姐，地位不知要高过千万倍，那真是天差地别，彼此的悬殊不言可喻。

相对的，红玉这个怡红院的三等丫头，连本房的主子宝玉都从没见过她，那么可想而知，她的地位实在很低，不会比傻大姐好多少，何况她现在又没有贾母的庇荫，要对黛玉有什么不利，根本是不可能的。更何况，红玉是有把柄在主子手上的人，自己什么时候会惹祸都不知道，哪里还敢想要鸡蛋碰石头呢？

为什么一定要选黛玉

当然，如果单单只依照阶级上下的考虑，那么选别的主子小姐应该也可以，但其实并非如此，并不是所有的主子小姐都适合。让我们仔细推敲一下：首先，选迎春可不可以呢？恐怕不太好吧，因为迎春这个"懦小姐"是懦弱到下人都敢欺负她，甚至奶娘一家还大胆地把她的首饰累丝金凤拿去典当，一点儿也没有顾忌，甚至最后更反咬一口诬赖她，那就可想而知，宝钗绝对不愿意替她招麻烦。

再看探春，这时她还没有当家，算是怀才不遇，最糟糕的是有个昏聩贪心的生母赵姨娘，常常惹是生非，还有一些人利用赵姨娘制造了很多事端，让探春痛心疾首，宝钗当然不可以再增加她的烦恼。

至于惜春，她的年纪实在太小了，又天生性格孤僻，在整部小说里她只和小尼姑智能儿玩过，如果说她在这里玩水，大概没人会相信，以红玉的精明一定会起疑，那就弄巧成拙了。

那么再算下去，还有谁呢？还有一个史湘云，这个人选确实非常恰当，尤其她并不是贾家的人，只会暂时来住一下，那更不用担心会有后面的牵连了。只可惜，史湘云现在不在这里，所以也派不上用场。

这么说来，黛玉即是最佳人选了，因为黛玉兼具了两种身份：一种是和宝玉同等级的超级宠儿，所以没人敢对她怎么样；另一个是寄住在这里的外姓贵宾，没有其他的亲戚可以卷进来，因此人际关系很单纯，这也是史湘云所具有的条件。这两个条件加起来，黛玉就被派上用场了，也果然让事情完满解决，没有留下任何后遗症。

所以，再回来看脂砚斋的赞美，便知道原因何在了。原来在这么短的时间里，万分急迫之下还要能面面俱到地想出这么一个完美无伤的做法，那得要多大的聪明智慧才能办得到！而宝钗却办到了，不但化解了眼前的尴尬，也不带来后续的麻烦，甚至还创造了一个礼物送给黛玉，简直就是令人赞叹。试看当时的情况是：

> 谁知红玉听了宝钗的话，便信以为真，让宝钗去远，便拉坠儿道："了不得了！林姑娘蹲在这里，一定听了话去了！"坠儿听说，也半日不言语。红玉又道："这可怎么样呢？"坠儿道："便是听了，管谁筋疼，各人干各人的就完了。"红玉道："若是宝姑娘听见还倒罢了。林姑娘嘴里又爱刻薄人，心里又细，他一听见了，倘或走露了风，怎么样呢？"

仔细看这一段的描述，很明显的，当红玉误以为是黛玉听到了她的隐私之后，心里面根本只有担心、害怕，唯恐"林姑娘嘴里又爱刻薄人，心里又细，他一听见了，倘或走露了风，怎么样呢？"可见她唯一的反应是烦恼被黛玉走漏了风声，那自己就完了。

举一个例子更可以明白这一点。第七十一回中，司棋与其表哥潘又安居然在大观园里偷情，恰巧被鸳鸯撞见，因此惊恐地拉住鸳鸯苦求，哭道："我们的性命，都在姐姐身上，只求姐姐超生要紧！"不只如此，即使鸳鸯保证守密，但第七十二回说，接下来的那几天司棋提心吊胆、后悔不迭，以致病重，于是鸳鸯特别去望候司棋，立身发誓，对司棋说："我若告诉一个人，立刻现死现报！你只管放心养病，别白糟踏了小命儿。"司棋一把拉住她，哭道：

> 我的姐姐，咱们从小儿耳鬓厮磨，你不曾拿我当外人待，我也不敢待慢了你。如今我虽一着走错，你若果然不告诉一个人，你就是我的亲娘一样。从此后我活一日是你给我一日，我的病好之后，把你立个长生牌位，我天天焚香礼拜，保佑你一生福寿双全。我若死了时，变驴变狗报答你。

原来这等风化事件的严重性是到了攸关生死的程度，犯错的人只能百般乞求秘密不要外泄。既然如此，连对平辈的好姊妹都吓成这样，比较之下，红玉岂非更该胆战心惊？身为一个低层的三等丫头，有一桩大把柄落在最高层的主子手里，从此以后便应该只能拼命巴结讨好了，哪里还敢在黛玉面前有所差错！这么一来，黛玉等于增加了一个用心侍候她的丫鬟，岂不是更舒适得力了吗？所以我才会说，宝钗不但没有嫁祸，反而是送了一个礼物给黛玉。

其实送了一个小礼物

关于"礼物"的意义，书中还有几个小例子可以参照。一般而言，掌握这种把柄的人，通常就可以勒索要好处了，贾瑞即是一个例子。第十二回贾瑞癞虾蟆想吃天鹅肉，居然动起了歪脑筋，想要乱伦染指凤姐，于是凤姐便恶整了他一顿，给他一场教训，没想到贾瑞执迷不悟，仍然继续纠缠，于是凤姐又调兵遣将，设下圈套，让贾蔷、贾蓉等当场人赃俱获，贾瑞也就被拿住了把柄。为了避免东窗事发，他只好写下一百两银子的欠据，算是封口费、遮羞费，然后才终于脱离险境。

再举一个例子，大家便会更明白了。第三十回金钏儿对宝玉说："我倒告诉你个巧宗儿，你往东小院子里拿环哥儿同彩云去。"显然贾环和彩云正在幽会偷情，所以拿住这件事的人便得了巧宗儿，即报酬率很高的轻松事，这不就是一个礼物吗？再看这两个例子里的当事人都是男性，性道德的标准相对宽松许多，并且彼此同辈，没有以下对上的障碍，但尚且如此，遑论力求贞节的少女，她们所承担的乃是身败名裂的毁灭性灾难。所以说，犯错的人已经屈于下风，只能任人宰割，哪里还有反击的余地，更何况对方还是个当权者！

澄清了这个问题以后，实在不免令人疑惑：为什么大家都会读错了？答案是：因为现代人根本没有阶级观念了，常常忘掉人与人之间并不是平等的，一件事会不会出问题，还必须考虑到当事人的身份地位，并不能一概而论。所以说，当宝钗必须虚拟出一个人来和她合演这一出双簧剧时，并没有从丫鬟里去找人选，便是因为注意到这个问题。而宝钗最厉害的地方，正是虽然利用了黛玉，却并不是陷害她，反倒是送给她一个礼物，所以才会让脂砚斋这么的赞叹。

当然，宝钗送的这个礼物，黛玉自己并不知道，知道以后也未必稀罕，因为她已经享受了这么多的特权，又哪里会在乎一个三等丫头的殷勤？但这也更证明了黛玉确实拥有很崇高的地位，因此可以发挥很独特的功能，那就是用来化解棘手的困境！这个特殊功能确实是她能够给出的贡献，连宝玉、凤姐都借用过呢，现在便来看宝玉的做法。

故事是发生于第五十八回，那十二个女戏子中被拨入黛玉房中使唤的藕官，私底下在大观园里烧纸钱，以奠祭死去的药官。这个做法虽然深情款款，却是犯忌的，不巧被素日不合的婆子给撞见，因此去向层峰告状，幸好凑巧宝玉来了，当场"拔刀相助"，把藕官烧纸的责任一肩兜揽下来，还编了一套说辞反过来恐吓那个婆子，逼得婆子只得自认看错了，说：

> "我如今回奶奶们去，就说是爷祭神，我看错了。"宝玉道："你也不许再回去了，我便不说。"婆子道："我已经回了，叫我来带他，我怎好不回去的。也罢，就说我已经叫到了他，林姑娘叫了去了。"宝玉想一想，方点头应允。那婆子只得去了。

我们可以注意到，这又是一个非常为难的尴尬处境，一方面婆子已经回过话了，家长正等着要处置人犯；但一方面宝玉又加以恐吓阻挡，以致无法拿人去交差，那婆子如果空手而回，岂不是反倒要挨骂了吗？正是进退维谷，十分两难的窘况，该怎么办呢？于是拼命想要帮自己解套的婆子便想到黛玉了，她提出一个方法，即去向上级谎报，说虽然已经找到了人犯，但人犯却被黛玉叫去了。而宝玉听了这个建议，想了一想以后也同意了，事情便这么解决了。

但奇怪的是，为什么事情就这样解决了？而且同样都没了下文，等于是不了了之，这又是怎么回事？显然黛玉这个宠儿又发挥润滑的功能了,也就是说,即使有人犯了法,但只要是被黛玉叫去了,家长们便不会再追究,这应该算是爱屋及乌或至少是投鼠忌器吧!而无论是爱屋及乌或是投鼠忌器,都证明了黛玉是个备受疼爱的宠儿,连被她叫去的人都可以脱罪,那她本人更不用说了吧?这也是婆子一想出这个办法以后,宝玉会同意的原因。想想看:宝玉深爱着黛玉,绝对不会陷害她了吧?

同样的,宝钗在滴翠亭的做法是如出一辙,在在证明了黛玉的优越地位可以成为化解两难的缓颊力量。这也让我们看到所谓的复杂!事情并不是那么简单的。

最后,总结一下这一章所讲到的几个重点,关于滴翠亭事件,第一,根本没有祸,所以也没有嫁祸。

第二,为什么没有祸?因为黛玉具备了绝无后患的所有条件,包括:一,她是主子小姐,高高在上。二,她又是家里的宠儿,那更无人能及。三,她像史湘云一样,都是客居在此的亲戚,没有一堆复杂的人际关系,所以不会扩散发酵,也不会累积纠结,事情便到此为止。这么一来,当遇到棘手的事情,又想要息事宁人的时候,黛玉就是最好的一面挡土墙了。

第三,也因此,当藕官烧纸钱被拿住要问罪时,宝玉也同意利用黛玉去帮藕官开脱。这都是因为黛玉的优越地位所带来的功能。

由此可见,小说中对事情的描写,它的意义并不是那么容易把握,现代人一不小心,便很容易会出现误解。有时候,我觉得错误的成见很像传染病,让人的心灵变得很不健康,充满了情绪而不用理性去思考,以致颠倒了是非黑白也不在乎。那么除了理性之外,要怎样才能让心灵健康呢?我认为除了理性之外,还得要有学问,宝钗说得好:"不拿学问提着,就会流入市俗去了。"而一旦流入市俗便很容易越陷越深,所以我们必须努力追求学问,才能张大眼睛,提升自己。

但学问不会天上掉下来,自己得要很认真、很努力,才能一点一滴地累积起来,而关于宝钗的冷香丸,很多读者也遇到了同样的情况,那又是一个很容易流入市俗的问题了。到底是怎么回事呢?请看下一章的说明。

第16章：什么是冷香丸

关于薛宝钗这个人物，各种的误解实在太多了，包括宝钗所服用的冷香丸，一般人也常常望文生义，说那是用来表示宝钗冷酷无情的意思。但这又是用自己的成见加以扭曲的结果，实在很需要用学问来重新解读，所以这一章的主题就是冷香丸。

我们都知道，宝钗有一种与生俱来的宿疾，因此必须服用冷香丸来调养。但因为读者对薛宝钗的成见，以致很习惯地把所有的相关事物都往负面去解释，前面的滴翠亭事件便是一个案例，冷香丸也没有例外。于是有人认为，冷香丸的"香"字是指宝钗的美貌，"冷"字则是说她冷漠无情，但这种解释很明显地是依照直觉和成见所做的好恶反应，所以必须重新理解。

病根是什么？

首先，宝钗为什么要服用冷香丸？第七回对这一点说得很详细。当时宝钗正好发了病，在家静养，周瑞家的很关心她，叫宝钗要根治宿疾以免终身受折磨，宝钗便回答说：

> 为这病请大夫吃药，也不知白花了多少银子钱呢。凭你什么名医仙药，从不见一点儿效。后来还亏了一个秃头和尚，说专治无名之症，因请他看了，他说我这是从胎里带来的一股热

毒，幸而先天壮，还不相干。

可见病源十分地明确，是"从胎里带来的一股热毒"，但这"热毒"究竟是指什么，那就引起很多的争议了。有人从纯粹医理的角度，认为是指与生俱来的"胎毒"，这是可能的，只不过我们要知道，曹雪芹是在写伟大的小说，有他所想要寄托的深意，所以不会只单单写医学上的疾病。更多的人认为，"热毒"是指宝钗这个人很狠毒，具有热切追求功名富贵的心，这是最常见的说法，也当然是流入市俗的意见，我在前面已经做了一些澄清，现在要再多做一点说明。

首先应该注意到，深切了解《红楼梦》的脂砚斋早已经提出了清楚的定义，他对所谓的"从胎里带来的一股热毒"夹批云：

凡心偶炽，是以孽火齐攻。

所谓的"凡心偶炽"，即形容凡人的心是炽热的，所以下面又说"是以孽火齐攻"，因此好像被孽火一起攻击一样！这便是所谓的"毒"。可见所谓的热毒根本和"狠毒"无关，指的是一种心理状态。

而在传统文化里，《广雅》这部很重要的训诂字书也给了我们正确的解释，它说"毒"这个字真正的意思，是：痛也、苦也、惨也，即痛、苦、惨这三个字都是"毒"的同义语，彼此可以互文相通。可见一看到"毒"字就一概用毒药、狠毒的毒来理解，其实是脱离传统文化的想当然耳。如果回到雅文化的脉络，"毒"这个字往往是指一种人类的存在本身所带有的痛苦，最明显的是佛家，他们把人性里的贪、嗔、痴这三种本质称为"三毒"，便是这个原因。

试想：贪、嗔、痴的"贪"，不是对人造成很大的痛苦吗？一个人总是觉得自己拥有的不够，心里始终不满足，一直还想要更多，甚至积极去争夺，这种心态即会令人感到焦虑不安，那确实是一种痛苦啊。再看贪、嗔、痴的"嗔"，意思是生气愤怒，那就更清楚了，当一个人发脾气的时候，其实心里就像大火在烧一样，所以才会说是怒火，当下一点也没有心平气和，哪里会不痛苦呢？还有贪、嗔、痴的"痴"，那指的是痴傻、愚蠢，想想一个人没有知识、理性，面对状况都分不清楚重点，把事情做得乱七八糟，他自己一定也会觉得很痛苦吧。所以佛家把贪、嗔、痴叫做"三毒"，那是很有智慧的。

而热毒的"热"这个字，当然是形容那些痛苦就像热火焚烧一般，让人逃脱不了，主要是加强"毒"所带来的感觉。这岂不是和"凡心偶炽"的"炽"完全一样吗？都像被"孽火齐攻"一样的折磨啊。

最有趣的是，很多人没有注意到，脂砚斋用来解释"从胎里带来的一股热毒"的"凡心偶炽"这个词汇，早就出现在第一回里了，第一回说道：

> 一僧一道远远而来，……说到红尘中荣华富贵。此石听了，不觉打动凡心，也想要到人间去享一享这荣华富贵，……便口吐人言，向那僧道说道："……适闻二位谈那人世间荣耀繁华，心切慕之。……如蒙发一点慈心，携带弟子得入红尘，在那富贵场中、温柔乡里受享几年，自当永佩洪恩，万劫不忘也。"……这神瑛侍者凡心偶炽，乘此昌明太平朝世，意欲下凡造历幻缘，已在警幻仙子案前挂了号。

果不其然,当石头打动凡心时即是"凡心炽热",所以才会那么热切地一心想要下凡,以致对那一僧一道的警告完全听不进去。而到了"凡心偶炽"的时候,心里被渴望或欲望给填满了,这石头也就再也不能保持内心的平静安详了。曹雪芹清楚地告诉我们,石头在被一僧一道所说的富贵繁华打动凡心之前,原本是处在一种永恒的宁静里,证据便在第二十五回的诗偈中,当时马道婆施展法术让宝玉中邪,宝玉已经奄奄一息了,一僧一道赶来救他,那癞僧在除祟时便说:

> 天不拘兮地不羁,心头无喜亦无悲;却因锻炼通灵后,便向人间觅是非。

这不是很清楚了吗?原来在仙界时他是"天不拘兮地不羁,心头无喜亦无悲",那时天宽地阔、无拘无束,所以没有悲喜哀乐之类的情绪动荡,可以说是一种永恒的宁静。但是通灵以后石头却打动了凡心,于是"便向人间觅是非",而一旦到人间来招惹了许多的是非纷扰,又哪里可以没有烦恼痛苦?这时就是"孽火齐攻"了。

看到这里,要特别提醒一下:脂砚斋在解释宝钗的热毒时,用的居然是曹雪芹对宝玉的说法!这便很有趣了,原来宝钗"从胎里带来的一股热毒",根本等于宝玉前身的"凡心偶炽",都是指与生俱来的本能或天性,可见所谓的"热毒"便是身为人者与生俱来的"炽热凡心",而具体内容则是《礼记·礼运》所说的:"喜、怒、哀、惧、爱、恶、欲。"换句话说,只要一个人来到世间,就必定带有那些会带来烦恼痛苦的喜怒哀乐等基本人性啊。

更有趣的是,清朝的评点家解盦居士虽然很不喜欢宝钗,但却也注意到二宝具有先天的同构型，他在《石头臆说》里说：

> 宝玉胎里带来通灵，宝钗带来热毒，天生对偶，又何须金锁为哉？

可见这个解盦居士也发现宝玉的通灵、宝钗的热毒，都是从胎里带来的人性凡心，根本是一样的，这么一来两人又构成了天生对偶的关系，那岂不是又证明了本书先前所言，两人的金玉良姻确实是天作之合？所以说，热毒并非狠毒之意，把热毒误解为狠毒，确实是流入市俗的浅见了。

药材的特性与功能

接着，我要再请大家注意一个问题，既然这个热毒是与生俱来的人性，不是身体出的毛病，当然没办法用一般的药物来对治，于是宝钗又说：

> 若吃寻常药，是不中用的。他（按：秃头和尚）就说了一个海上方，又给了一包末药作引，异香异气的，不知是那里弄了来的。他说发了时吃一丸就好。倒也奇怪，这倒效验些。

这就是所谓的冷香丸。再看冷香丸的药材和做法，那简直是不可思议，完全充满了符号意义与象征功能，宝钗介绍说：

> 这方儿，真真把人琐碎死。东西药料一概都有限，只难得"可巧"二字：要春天开的白牡丹花蕊十二两，夏天开的白荷花蕊十二两，秋天的白芙蓉蕊十二两，冬天的白梅花蕊十二

两。将这四样花蕊，于次年春分这日晒干，和在药末子一处，一起研好。又要雨水这日的雨水十二钱，……白露这日的露水十二钱，霜降这日的霜十二钱，小雪这日的雪十二钱。把这四样水调匀，和了药，再加十二钱蜂蜜，十二钱白糖，丸了龙眼大的丸子，……用十二分黄柏煎汤送下。

看过这一段描写以后，应该会对其中的几个特色留下深刻的印象吧！首先，主要的药材是花蕊，包括一年四季的重要花卉：白牡丹花蕊、白荷花蕊、白芙蓉花蕊、白梅花蕊，这到底有什么用意？我们立刻会想到，这四种花刚好都是几个重要金钗的代表花，牡丹花是宝钗的，荷花对应了香菱，芙蓉是黛玉和晴雯所共有的，而梅花是李纨这位寡妇的代表。这么一来，岂不等于是包括所有金钗的意思吗？

果然，这些药材全部都是用"十二"作为重量单位，包括：十二两、十二钱、十二分，这当然是刻意设计的，因为古人把"十二"称为"天之大数"，也就是代表最多的意思，而用在这里便是指所有的金钗！关于这一点，脂砚斋已经提醒过了，他在此处的批语说：

凡用"十二"字样，皆照应十二钗。

这就让人恍然大悟了，原来冷香丸所有的配料之所以都要用"十二"做单位，道理正在这里，它不只是宝钗一个人专用的，其实是涵盖了所有的十二金钗，而这十二金钗又都是放在太虚幻境的薄命司里面，全都注定是要薄命的！难怪这些花都得是白色的，白色代表纯洁，却也是死亡的颜色啊。同样的，其他配合入药的雨、露、霜、雪这四样成分，在《本草纲目》里都属于天水类，它们都具有去毒的功能，但也带着冰冷的触感，于是和白色一并产生了悲剧的意味。

事实也正是如此，再看当宝钗说冷香丸的药引子"异香异气的，不知是那里弄了来的"，此处脂砚斋针对这几句评论道：

> 卿不知从"那里弄来"，余则深知是从放春山采来，以灌愁海水和成，烦广寒玉兔捣碎，在太虚幻境空灵殿上炮制配合者也。

这么一来，岂又不是和黛玉一样了吗？前面提到过，第一回说绛珠草修成了女体之后，"渴则饮灌愁海水为汤"，而冷香丸也是用灌愁海水调和成的，那么宝钗不就和黛玉一样，是同病相怜的难兄难弟了吗？再注意一下，脂砚斋又说冷香丸是"从放春山采来，……在太虚幻境空灵殿上炮制配合"而成，那不也同样是太虚幻境的产物了吗？

试看第五回警幻仙姑在自我介绍的时候，曾经说："吾居离恨天之上，灌愁海之中，乃放春山遣香洞太虚幻境警幻仙姑是也。"在这一长串的话里，无论是"放春"还是"遣香"，都是女性悲剧的意思，所以我说太虚幻境其实是一座女性的悲剧城堡。不只如此，在太虚幻境里，警幻仙姑用来招待宝玉的，有茶、酒、香这三样精品，它们的名称是"群芳髓"的香料，以及"千红一窟"的茗茶，还有"万艳同杯"的美酒。经过脂砚斋的提示，我们知道这三个名字都有谐音的暗示："群芳髓"就是"群芳碎"，"千红一窟"即是"千红一起哭"，"万艳同杯"便是"万艳一同悲哀"，而原本"群芳""千红""万艳"全是代表所有美好的女性。如此一来，这茶、酒、香三样东西皆暗示了所有的美好女子都会面临破碎、哭泣、悲哀的命运,于是它们便成为"女性集体悲剧命运"的代名词。

这么一来,冷香丸也是出自太虚幻境,其中"十二"的数字也代表了十二钗,那岂不等于也是"群芳髓""千红一窟""万艳同杯"的姊妹品了!由此可见,"香"这个字等同于"群芳""千红""万艳",也就是美好女性的代称,很符合古代"软玉温香""怜香惜玉"这一类成语的用法;至于"冷"则是动词了,带有冷却的意思,那相当于"碎""哭""悲"的另一种说法,难怪所有的花全都得是白花了。

因此,从命名方式与象征意涵而言,"冷香"正是"群芳髓(碎)""千红一窟(哭)""万艳同杯(悲)"的同义词,而茶、酒、香再加上药丸,一共四种品项,那更是齐全周备了,都是用来暗示包括金钗在内的所有女性的悲剧,只是由宝钗来突显而已。

冷香丸的象征意义

不过,冷香丸的象征意义其实一共有两个,并不仅仅限于女性悲剧,它还用来暗示宝钗的道德情操。现在便来谈这一个重点。

我们知道,冷香丸的药材非常复杂,需要花很大的功夫去准备,关键是要很巧很巧才能把药料给找齐全,从一般常理来说,就像周瑞家的所说,那是:"真坑死人的事儿!等十年未必都这样巧的呢。"幸好,宝钗道:"竟好,自他说了去后,一二年间可巧都得了,好容易配成一料。如今从南带至北,现在就埋在梨花树底下呢。"那这么特殊的一帖海上方,所对治的疾病也应该是很难缠的吧?到底宝钗的这个疾病有多严重呢?当时周瑞家的也跟我们一样很好奇,所以问宝钗说:

"这病发了时到底觉怎么着?"宝钗道:"也不觉甚怎么着,只不过喘嗽些,吃一丸下去也就好些了。"

但这不是太奇怪了吗?这个病的症状居然是这么轻微,根本是很普通的日常毛病啊,想想看,只要去跑步一圈,或者伤风感冒,甚至是情绪激动一点,人就会喘嗽些,那并不是什么大毛病,其实再正常不过。既然如此,为什么要这么大费周章地制作冷香丸呢?恐怕那一定有特殊的象征意义了,试想:一喘嗽些便要服用冷香丸,岂不是有一点压抑、调理的意味吗?而喘嗽主要是来自身体的运动或心里的波动,那对于讲究举止娴雅、身心安详的大家闺秀而言,通常是需要避免的。这么一来,冷香丸确实是有一点道德涵养的意义了。

在这个情况下,冷香丸的"冷"是指冷静,而"香"意谓美好芳香,相当于"花气袭人"的意思,都呈现出人品教养的高度。也因此,承德避暑山庄的乾隆三十六景里,就有一景是"冷香亭",乾隆帝的题诗中更有"冷香雨后袭人多"一句,表达出对荷花的欣赏,足以证明"冷香""袭人"等语词完全都是正面的赞美。难怪第三十八回大家写菊花诗时,湘云于《对菊》一首里吟咏道:

萧疏篱畔科头坐,清冷香中抱膝吟。

所谓的"清冷香"便是指清秋冷寒中菊花所散发出来的芳香,代表陶渊明的崇高气节。关于这一点,其实脂砚斋也看到了,他在第七回又对冷香丸的命名解释说:

历看炎凉,知看甘苦,虽离别亦能自安,故名曰冷香丸。

也就是说，历经了世态炎凉、人生甘苦，而培养出一种深厚的心志，因此即使遇到生离死别，都能保持内心的平静、安稳，这便是冷香丸的另一层涵义！正因为宝钗有深厚的学问做根柢，所以才不会被环境所动摇，那些让人心情起伏动荡的炎凉甘苦、生离死别，宝钗却能够淡然处之，这就是人格的力量，也是儒家所达到的最高境界。

好比孔子，他曾经厄于陈蔡，受困绝粮，差一点饿死，心志却不为所动，依然弦歌不辍，这种境界正是《论语·里仁》里孔子所言，一个君子要"造次必于是，颠沛必于是"，意谓无论遇到造次坎坷，还是颠沛流离的困境，都必定要固守在这个"是"上，"是"即"此""这个"，代指该品格情操或道德原则。那么想想看，连遇到造次、颠沛的困境都能够坚定不移，那确实就是自己真正的主人了。同样的，孟子也说：大丈夫是"富贵不能淫，贫贱不能移"，无论是富贵还是贫贱，都不会改变一个人的内在德性，而宝钗正是做到这种境界的大丈夫！

确实，当薛家还没有没落的时候，宝钗便已经非常简朴淡雅，第七回薛姨妈说道："宝丫头古怪着呢，他从来不爱这些花儿粉儿的。"到了第八回时，通过宝玉的眼睛，我们看到宝钗的房门是"吊着半旧的红绸软帘"，而"宝钗坐在炕上作针线，头上挽着漆黑油光的髻儿，蜜合色棉袄，玫瑰紫二色金银鼠比肩褂，葱黄绫棉裙，一色半新不旧，看去不觉奢华"，这就是宝钗家常时最真实的样子，一点也没有奢靡铺张。连第三十五回中，哥哥薛蟠因为冤枉了宝钗对宝玉有私情，对她造成很大的伤害，事后一心想要赔罪，但宝钗的反应都不是借机敲诈，试看薛蟠道："妹妹的项圈我瞧瞧，只怕该炸一炸去了。"宝钗道："黄澄澄的又炸他作什么？"薛蟠又道："妹妹如今也该添补些衣裳了，要什么颜色、花样，告诉我。"宝钗道："连那些衣服我还没穿遍了，又做什么？"

这么一来也就难怪了，后面第五十七回时，宝钗看到未来的堂弟媳岫烟裙子上系着一个碧玉佩，询问之下得知是探春所送的，便点头笑道：

> 他见人人皆有，独你一个没有，怕人笑话，故此送你一个。这是他聪明细致之处。但还有一句话，你也要知道：这些妆饰原出于大官富贵之家的小姐，你看我从头至脚，可有这些富丽闲妆？然七八年之先，我也是这样来的，如今一时比不得一时了，所以我都自己该省的就省了。将来你这一到了我们家，这些没有用的东西，只怕还有一箱子。咱们如今比不得他们了，总要一色从实守分为主，不比他们才是。

这一段话表达得更清楚了，在七八年以前，宝钗也是走富丽堂皇的妆扮路线，因为那是大家闺秀的标准配备，也不算奢靡。但这七八年以来，宝钗便反璞归真，转向了极简主义，身上连一个首饰都没有。而我忍不住很敏感地想到，当七八年前宝钗开始转向的时候，是不是正好就是宝钗服用冷香丸的开始？

如此浑身素雅的宝钗，所体现的是另一种更耐人寻味的美。关于这一点，第三十七回的《白海棠花》诗算是宝钗的夫子自道，整首诗处处都是自我性格的呈现，以及人格的流露，全篇说：

> 珍重芳姿昼掩门，自携手瓮灌苔盆。胭脂洗出秋阶影，冰雪招来露砌魂。淡极始知花更艳，愁多焉得玉无痕。欲偿白帝凭清洁，不语婷婷日又昏。

其中的"冰雪招来露砌魂"以及"欲偿白帝凭清洁",这两句特别显露出那冰雪般的灵魂是晶莹剔透的,过滤了花花绿绿的欲望以及日常情绪的干扰,所以冷静而清晰。因此,第五回《红楼梦曲》的《终身误》这一首便说宝钗是"山中高士晶莹雪",此句典出明朝高启《梅花四首》之一:"雪满山中高士卧,月明林下美人来。"都是以雪的纯净洁白比喻高洁的君子,反映出清代张潮《幽梦影》中所谓"因雪想高士"的形象联结。

当然,这样的高洁节操并不等于是超越了七情六欲的高僧,即使是隐士,往往也是因为对世俗失望所以才选择退隐,心里未必没有对世俗的批判,而且那批判通常会更严厉,因此朱熹才会说:"隐者多是带气负性之人为之。"确实,宝钗基本上并不批评别人,总共只有两次透露出她对这个世界的评价,一次是第四十二回中,她对黛玉说如今并没有读书明理、辅国治民的男人,那等于是赞同宝玉所谓的"国贼禄鬼";另外一次就是第三十八回她所写的《螃蟹咏》,众人对这首诗的评论是:"这是食螃蟹绝唱,这些小题目,原要寓大意,才算是大才,只是讽刺世人太毒了些。"可见宝钗确实对世上的人很不以为然,她只是很有教养,不肯口出恶言而已,所以《白海棠花诗》的最后一句就是"不语婷婷日又昏",她一直不说话,保持优雅的姿态,直到黄昏到来。但她一旦忍不住要表达出来时,那便会是很尖锐的重话了,难怪《螃蟹咏》会让人觉得"太毒了些"。

所以说,宝钗为什么要服用冷香丸?答案就是:那是一种道德的努力,协助她控制自己的情绪,维持淡定自在的心态,当一个文明的君子!

最后,总结一下这一章所讲到的几个重点:

第一，宝钗有时候要服用冷香丸，用来对治"从胎里带来的一股热毒"，这"热毒"指的其实是与生俱来的人性，包括喜怒哀乐等等情绪，也就是让石头渴望入世的"凡心"。

第二，冷香丸的药材全部都是用"十二"作为重量单位，那其实是涵盖所有金钗的意思，而冷香丸也是女性集体悲剧的象征，和太虚幻境上的群芳髓、千红一窟、万艳同悲是姊妹品。

第三，冷香丸还有另一个象征意义，即用来暗示道德情操，让宝钗"虽离别亦能自安"，这时候"冷"是指冷静，而"香"是美好芳香，呈现出人品教养的高度，因此她成为"山中高士晶莹雪"。

而为了突显这样的一个君子，曹雪芹特别为她打造了一座蘅芜苑，让她住在里面生活了好几年，那又是一个怎样的地方呢？请看下一章的解说。

第17章：什么是蘅芜苑

这一章，要讲薛宝钗的最后一个部分了。曹雪芹会给小说中的很多事物赋予特殊含义，例如在前一章里，我们重新解读了冷香丸，发现它其实是代表女性悲剧和道德情操这两种含义，而这种道德象征也很一致地延伸到宝钗所住的地方，也就是蘅芜苑。

我们都知道，元妃省亲以后回到皇宫去，便下谕让这些金钗们住进大观园里，而曹雪芹为了艺术上的考虑，所以故意把这些建筑物都搭配屋主一起设计，用来彰显屋主的性格。其实，房间住所会反映屋主的内在精神，这一点很容易理解，因为一个地方住久了，本来都会慢慢变成屋主自己所喜欢的样子，所以是其性格的呈现。

皮里阳秋的具象化

大观园里最重要的地方，除了正殿以外，就是第十八回元妃所说的四大处，她说：

> 此中"潇湘馆""蘅芜苑"二处，我所极爱，次之"怡红院""浣葛山庄"，此四大处，必得别有章句题咏方妙。

其中，潇湘馆排在第一位，因为那是宝玉所说的："这是第一处行幸之处，必须颂圣方可。"所以宝玉建议要题"有凤来仪"四个字，其中的"凤"便是用来比喻皇妃，那用意也就是宝玉所说的"颂圣",完全符合君臣之礼。由此可见,黛玉能住在潇湘馆,而且是由她优先选择指定的,这又再一次证明了黛玉的优越地位。这潇湘馆小巧而精美,第十七回贾政游园时,书中对之有过描写,那是:

> 一带粉垣,里面数楹修舍,有千百竿翠竹遮映。众人都道:"好个所在!"于是大家进入,只见入门便是曲折游廊,阶下石子漫成甬路。上面小小两三间房舍,一明两暗,里面都是合着地步打就的床几椅案。从里间房内又得一小门,出去则是后院,有大株梨花兼着芭蕉。又有两间小小退步。后院墙下忽开一隙,得泉一派,开沟仅尺许,灌入墙内,绕阶缘屋至前院,盘旋竹下而出。

这简直是一所竹林中的精舍,四周被竹林、梨花和芭蕉所包围,一片绿意盎然,后院子里还有一道小小的水渠蜿蜒流过,看起来一派自然清幽。而蘅芜苑又别具一番风格了,前面我们已经看到宝钗在这七八年以来,走的是反璞归真的道路,同样的,她的住房也表现出极简主义,第十七回描写道:

> 只见水上落花愈多,其水愈清,溶溶荡荡,曲折萦迂。池边两行垂柳,杂着桃杏,遮天蔽日,真无一些尘土。忽见桃柳中又露出一个折带朱栏板桥来,度过桥去,诸路可通,便见一所清凉瓦舍,一色水磨砖墙,清瓦花堵。那大主山所分之脉,皆穿墙而过。贾政道:"此处这所房子,无味的很。"因而步入门时,忽迎面突出插天的大玲珑山石来,四面群绕各式石块,竟把里面所有房屋悉皆遮住,而且一株花木也无。

换句话说，蘅芜苑是由各式各样的石块堆起了墙面，围绕在庭院的周边，从整个外观来看，这样的视觉效果是比较冷硬却又多变化的，也是传统园林建筑里很重要的一种美学形态，例如：北京紫禁城御花园的堆秀山、恭王府萃锦园的滴翠岩、北海公园的静心斋，还有上海豫园的萃秀堂等等，都有这样由太湖石堆砌而成的假山，形成一区很特殊的风景。而曹雪芹之所以给蘅芜苑这样的设计，一方面是让园林的景观多元化，才称得上是洋洋大观，另一方面更重要的目的，当然是要寄托象征意义，以突显屋主的性格特色，那就是反映宝钗"皮里阳秋"的涵养。

"皮里阳秋"这个成语原来作"皮里春秋"，而"春秋"是指"五经"中的《春秋》，据传为孔子所写，用来寄托对君王或执政者的褒贬批评。那为什么说是"皮里春秋"呢？话说晋朝有一个高雅的文士叫做褚裒，为人风度不凡，为一时之冠，《晋书·外戚传·褚裒传》记载：

> 谯国桓彝见而目之曰："季野有皮里阳秋。"言其外无臧否，而内有所褒贬也。谢安亦雅重之，恒云："裒虽不言，而四时之气亦备矣。"

褚裒这个人绝口不批评别人，但其实心里始终有一把尺，坚守是非黑白的标准，只是把春秋褒贬藏在皮肤下面，表面上看不出来而已，所以叫做"皮里春秋"，而为了避讳，也就是晋简文帝母后阿春的"春"字，才改为"皮里阳秋"。想想看，宝钗确实平常便是"皮里春秋"或者说"皮里阳秋"的人，那等于说宝钗也是很有风度涵养的高雅之士。

其实，这也呼应了第八回在描写宝钗的容貌以后，接着又说她是"罕言寡语,人谓藏愚;安分随时,自云守拙",这四句话常常被现代带着成见的读者给断章取义,扭曲了真正的涵意。其实,它真正的涵意是继承了传统文化里最崇高的人格境界!原来这几个用词都大有来头,所谓"罕言寡语,人谓藏愚",意指宝钗不轻易开口,因为她所说出来的话都经过思考,也都很负责任,具有聆听的价值,而不是一般人那样随口发表意见,因此人家都说她是"藏愚",把聪明智慧藏在愚笨的表面下。

而我们要知道,"藏愚"这个词是儒家和道家都认为的最高人格境界,也就是"大智若愚"以及老子所说的"大巧若拙"的意思,所以古代有一个地方叫做"愚公之谷",指隐居者的住处。例如盛唐时王维《田家》诗中说:"住处名愚谷,何烦问是非。"住在愚谷的隐士又哪里需要烦恼是非的问题呢?难怪晚唐的诗人郑谷字"守愚",也就是"藏愚"的同义词。正是晚唐时期,更出现了吕岩《又记》诗所说"不求名与利""守道且藏愚",这两句果然告诉我们,"藏愚"即是"守道",守住理想而不求名利!再进一步来说,"藏愚"又是"守拙"的同义词,因为那都是"守道"的表现!

再看"守拙"这个词,正是中国最伟大的田园诗人陶渊明所首创,他在《归园田居五首》之一中说:"开荒南亩际,守拙归园田。"从此以后就常常出现在唐诗里了,诗圣杜甫用的最多,单单"拙"这个字便出现了多达二十八次,主要都是涉及个人的人生态度与自我评价,并且还增加了"养拙""用拙"的用法。至于"安分随时"这一句,也表现出一种因时制宜的通透自在,呼应了第五回说宝钗是"行为豁达,随分从时",以及第五十六回回目上"时宝钗小惠全大体"的"时"字,这一点我在前面也讲到过,大家可以参考。

所以说，"罕言寡语，人谓藏愚；安分随时，自云守拙"这十六字箴言简直就是对君子的极大赞美，包括"藏愚""守拙"和"随分从时"，这些词汇的意义都是来自文人道统的正大精神，既可用在儒家对政治理想的执着上，也可以用在道家清净无为的超脱上，全部属于达到了"道"的境界的理想人格，这在小说里其实是很一贯的。这么说来，宝钗的蘅芜苑岂不也等于是愚谷了吗？

宝玉的真正同道

当然，前一章里也提到过，宝钗毕竟不是第二回智通寺里那个又聋又哑的高僧，她作为一个十几岁的少女，还是免除不了人性里的喜怒哀乐，所以偶尔还是可以看到她对世道人心有所针砭，从她所写的那一首《螃蟹咏》，就更清楚这一点了。第三十八回里大家吃完了螃蟹宴，也都做完了菊花诗，宝玉一时兴起，便写出一首《螃蟹咏》，这居然激发了宝钗的兴致，于是写出另一首《螃蟹咏》，其中有两句说：

  眼前道路无经纬，皮里春秋空黑黄。

看到这里，大家不禁拍案叫绝，宝玉也赞叹道："写得痛快！我的诗也该烧了。"最后，众人对整首诗总评说："这是食螃蟹绝唱，这些小题目，原要寓大意，才算是大才，只是讽刺世人太毒了些。"原来这首诗以小见大，在一个无关紧要的小东西上大大发挥，寄托了深刻的含意和强大的力量，这便是所谓的"作高一层"，所以表现出一种"大才"！

在这一首诗里，宝钗很难得地表达出她对世人的看法，原来她根本觉得世界上的人就如螃蟹一样"眼前道路无经纬，皮里春秋空黑黄"，缺乏品德和是非原则，其中所谓的"眼前道路无经纬"意谓不走正途，横行霸道，而"皮里春秋空黑黄"则是指表里不一，虚伪作假！这里便用了"皮里春秋"的成语典故，刚刚才解释过它的意思。

那么很显然的，在此呈现出一种很有趣的对比：宝钗自己是真正的大雅君子，她的皮里春秋是一种文明的涵养，一种人格的高度，因此宝钗清楚地看到一般人是"皮里春秋空黑黄"的伪君子，只有表面功夫，肚子里面真正的心思却是"空黑黄"，只有黑色、黄色混成一团脏乱污秽，哪里有真正的黑白是非？明明做的事情是"眼前道路无经纬"的横行霸道，表面上却还是满口仁义道德，装出一副"皮里春秋"的样子，而真正的内在其实是只有"黑黄"，这才是所谓的虚伪！难怪现场懂诗的人都赞美说："这是食螃蟹绝唱，……只是讽刺世人太毒了些。"

可见宝钗心里对这个现实世界很不以为然，她只是很有教养，不肯口出恶言而已，这确实是皮里阳秋的表现。因此这个人哪里会是乡愿？好比陶渊明，他也因为感到当时整个时代是"真风告逝，大伪斯兴"（《感士不遇赋·序》），意即真淳的风气已经消逝了，绝大的虚伪正在兴起，所以才毅然决然地选择退隐，回到田园躬耕度日。同样的，宝钗对这个庸俗的世界也是看得十分清楚，只是身为一个贵族千金，没办法去隐居，只好看在眼里、放在心里，久而久之才会满出来，以致"讽刺世人太毒了些"。

这也难怪宝钗会认为如今没有一个男人是读书明理、辅国治民的，那就等于是宝玉所批评的"禄蠹"和"国贼禄鬼"。所以说，宝钗提出了这一种最叛逆的言论，根本才是宝玉的知音，她之所以也会是宝玉的重像，并不是没道理的，也绝不只是单单为了金玉良姻。而这样的人又哪里会要讨好世俗，一起同流合污？

正因为如此，曹雪芹才会说宝钗有一副"冰雪招来露砌魂"，是一位"山中高士晶莹雪"，因此当她偶尔忍不住批评世人的时候，便难免会"讽刺世人太毒了些"，毕竟她把一切黑暗看在眼里，忍耐很久了啊。所以上一章才会说，宝钗之所以要服用冷香丸，那等于是一种道德的努力，协助她控制自己的情绪，维持淡定自在的心态，当一个文明的君子！

香草的君子意义

曹雪芹为了突显出宝钗崇高的道德节操，又进一步做了更多的设计，包括第十七回说蘅芜苑的前面整个被假山遮蔽，而且一株花木也无，似乎非常单调乏味，但其实并非如此。我们继续看曹雪芹所做的描写：

> 只见许多异草：或有牵藤的，或有引蔓的，或垂山巅，或穿石隙，甚至垂檐绕柱，萦砌盘阶，或如翠带飘飖，或如金绳盘屈，或实若丹砂，或花如金桂，味芬气馥，非花香之可比。贾政不禁笑道："有趣！只是不大认识。"有的说："是薜荔藤萝。"贾政道："薜荔藤萝不得如此异香。"宝玉道："果然不是。这些之中也有藤萝薜荔；那香的是杜若蘅芜，那一种大约是茝兰，这一种大约是清葛，那一种是金䔲草，这一种是玉蕗藤，红的自然是紫芸，绿的定是青芷。想来《离骚》《文选》等书上所有的那些异草，也有叫作什么藿葀姜荨的，也有叫作什么纶组紫绛的，还有石帆、水松、扶留等样，又有叫什么绿荑的，还有什么丹椒、蘼芜、风连。如今年深岁改，人不能识，故皆象形夺名，渐渐的唤差了也是有的。"

这一大段描写已经清楚地告诉我们，原来这一带的假山虽然没有花木，却到处种了很多奇特的香草，它们分布在山巅石缝里，还牵引到屋檐阶梯上，叶子随风飘扬，而细小的花果散发出芬芳，并不是一般的花香所能比拟。而只要有一点中国文学史的常识者就会知道，这些香草即是屈原《离骚》里常常出现的珍贵的植物，宝玉其实也指出了这一点，它们包括薛荔、藤萝、杜若、蘅芜、芭兰、清葛、金簦草、玉蕗藤，还有紫芸、青芷等等，其中当然少不了高贵的兰花。因此，宝玉为这座屋舍初拟的名称是"蘅芷清芬"，既包括了香草的名字，也强调了它们的芳香，尤其是杜若、蘅芜特别香气袭人，所以后来元妃把这个地方改名为蘅芜苑，便是这个原因。

屈原写了这么多的香草，当然不是在做楚国的植物图鉴，而是为了用来彰显自己的品德芬芳，浑身散发出道德节操的香气，从此以后就形成了"香草美人"的文学象征传统，"香草"便是君子、贤人的比喻！所以说，在传统雅文化的背景下，曹雪芹确实是把宝钗塑造为一个贤德的君子。再看第四十回刘姥姥逛大观园时，这些香草又一次出现了，当时贾母乘着船游览，因为看见河岸上的清厦旷朗，便问道：

"这是你薛姑娘的屋子不是？"众人道："是。"贾母忙命拢岸，顺着云步石梯上去，一同进了蘅芜苑，只觉异香扑鼻。那些奇草仙藤愈冷愈苍翠，都结了实，似珊瑚豆子一般，累垂可爱。

想想看，才一进蘅芜苑就感到异香扑鼻而来，岂不正是香气袭人的意思吗？只是花香变成了草香，显得更加脱俗。不只如此，这些香草不畏寒冷，不但愈冷愈苍翠，还都结出了果实，这更是气节的表现了，试想：古人歌颂松竹梅"岁寒三友"，正是因为梅花越冷越开花，而松竹长青，凌霜雪而不凋，可比较起来，蘅芜苑的香草不只是越冷越苍翠，居然还结出了果实，那不仅不屈服于困境，还等于战胜了困境，岂不更胜一筹于松竹梅"岁寒三友"吗？

这就难怪了，宝钗住进蘅芜苑以后，整个内部也呈现出这样的个性。第四十回描写道：

> （贾母等）及进了房屋，雪洞一般，一色玩器全无，案上只有一个土定瓶中供着数枝菊花，并两部书、茶奁茶杯而已。床上只吊着青纱帐幔，衾褥也十分朴素。

眼前简直是一片空荡荡的单调，即使那一些很少数的生活必需品，也都非常朴素，所以才会说是像个雪洞。贾母以为这是宝钗太老实了，没有可以陈设的古董，却不敢开口要，于是又嗔着凤姐说：

> "不送些玩器来与你妹妹，这样小器！"王夫人、凤姐儿等都笑回说："他自己不要的。我们原送了来，他都退回去了。"薛姨妈也笑说："他在家里也不大弄这些东西的。"

想想看，刘姥姥来逛大观园是突然的造访，大家也没必要为了一个乡下老太婆刻意做准备，所以刘姥姥等于是第一线的目击证人，真实呈现出园子里众姊妹的居家常态。这么一来，更证明了宝钗确实是知行合一的人。

再注意一下房间里是如此简单朴素，而唯一所供养的数枝菊花，本即是陶渊明的象征，和外面代表屈原的香草刚好里外呼应。这种雪洞般的简朴和"罕言寡语"的个性，岂不又符合陶渊明《五柳先生传》所说的"闲静少言，不慕荣利"？而宝钗所自称的"守拙"不也正是来自陶渊明吗？如此看来，宝钗的重像其实应该再加上两个，那就是屈原和陶渊明！

为什么要柳絮飞扬

讲到这里，可以进一步重新解读第七十回的《柳絮词》了，这一阕词同样一直被大家严重地误解。

当时黛玉重建桃花诗社，依照史湘云的建议，大家改用填词的形式来比赛，其中宝钗所作的《临江仙》这一阕也是她的自我反映，全篇写道：

> 白玉堂前春解舞，东风卷得均匀。蜂团蝶阵乱纷纷。几曾随逝水？岂必委芳尘？　万缕千丝终不改，任他随聚随分。韶华休笑本无根，好风频借力，送我上青云！

其中，最被大家误会的是末尾"好风频借力，送我上青云"这两句，因为太多人抱着负面成见，却又不了解传统文化，只知道"平步青云"这一个世俗的用法，于是冤枉宝钗是想要追求荣华富贵。殊不知，其实古人用"青云"这个词主要是指天空高处以及相关衍伸的意思，偏重在清高脱俗，反倒很少用来比喻荣华富贵，更何况宝钗自己是皇商出身，早已大富大贵，何必再去追求她根本一出生便已经拥有的东西！

所以说，这一阕词里最重要的其实是"万缕千丝终不改，任他随聚随分"两句，想想看，"万缕千丝终不改"这一句不正是孔子所说的"造次必于是，颠沛必于是"吗？而"任他随聚随分"这一句，不就是脂砚斋对冷香丸所解释的"历看炎凉，知看甘苦，虽离别亦能自安"吗？可见，曹雪芹对宝钗的君子形象是一以贯之的。

难怪我认为，《红楼梦》里最好的一段话，即第五十六回宝钗所说的：

> 学问中便是正事。此刻于小事上用学问一提，那小事越发作高一层了。不拿学问提着，便都流入市俗去了。

确实如此，同一件事，学问不同的人看到的层次就是不一样，有学问的人可以由小观大、见微知著，看出其中的奥妙，也不会停留在表面，跟着大家人云亦云，那才算真正张开了眼睛！所以说，宝钗的这一段话真是有眼光、大智慧的人才能说得出来的。

而眼光和智慧一定是要通过读书才能培养起来，果然宝钗的学问是大观园第一，小说中便不断地强调这一点，并且最早出口称赞的人，居然是宝玉！第二十二回宝钗过生日，点了一出表面看起来热闹的《鲁智深醉闹五台山》，宝玉听了宝钗念给他的《寄生草》以后，"喜的拍膝画圈，称赏不已，又赞宝钗无书不知"，这是第一次。

第二次是第七十六回，当时黛玉和湘云在月夜下的大观园里联句作诗，过程中湘云差点被难住了，因为找不到可以押韵的字，于是站起身来想了一想，忽然灵光一闪，因联出一句"庭烟敛夕楹"，黛玉听了，不禁也起身叫妙，说：

> "这促狭鬼！果然留下好的。这会子才说'楹'字，亏你想得出。"湘云道："幸而昨日看《历朝文选》见了这个字，

我不知是何树,因要查一查。宝姐姐说不用查,这就是如今俗叫作明开夜合的。我信不及,到底查了一查,果然不错。看来宝姐姐知道的竟多。"

再到了第七十九回,薛蟠娶进了正妻夏金桂,某一天夏金桂和香菱闲谈,问起她"香菱"二字是谁起的名字,香菱便答道:"姑娘起的。"金桂冷笑道:"人人都说姑娘通,只这一个名字就不通。"香菱忙笑道:"嗳哟!奶奶不知道,我们姑娘的学问,连我们姨老爷时常还夸呢。"

很显然的,宝钗确实就像陶渊明《五柳先生传》所说的"好读书",所以堪称无所不知,第四十二回时,为了帮助惜春画大观园图,还详细开列出洋洋洒洒的画具清单呢。既然如此,宝钗的蘅芜苑里怎么会只有两部书而已?试看黛玉的潇湘馆里,是"书架上磊着满满的书",让刘姥姥觉得"这必定是那位哥儿的书房了",又笑说:"这那像个小姐的绣房,竟比那上等的书房还好。"那么宝钗读过的书到哪里去了?

原来,宝钗把书读进了脑子里,化成了学问的力量,随时可以信手拈来,那就不用囤积那些书本了,这即是庄子所说的"得鱼忘筌",抓到了鱼以后便忘掉捕鱼的器具,所以那些读过的书便不用再留着占地方,书桌上也只剩下正在读的两本书。正如前文所说,可见宝钗的博学并不是现代人的专业技术,而是真正灵透的洞察力、判断力,可以比喻为"流动的海洋",这就是蘅芜苑在极简主义背后的深厚力量,而宝钗之所以不觉得这里单调空洞,也正是因为内在强大的缘故。

同样是这个原因,所以宝钗最后虽然遇到了不幸,却也能秉持节操,恬淡度过一生。当四大家族败落下来,宝钗和宝玉也结褵成为夫妇,而其实"金玉良姻"是无比辛酸苦楚的,根据脂砚斋的说法,宝玉在家道败落后过着贫寒交迫的潦倒生活,接着才怆然出家。第十九回脂砚斋的批语说,后面的数十回写到宝玉过的是"寒冬噎酸虀,雪夜围破毡"这般贫寒交迫的生活,简直令人不忍卒睹,而宝钗嫁鸡随鸡,不也是一样过着这种日子吗?

等到宝玉出家以后,她更是得一个人求生了,这便是为什么在第七十回大家放风筝的情节里,宝钗的风筝造型是"一连七个大雁"。因为大雁这种候鸟具有成双成对终身厮守的习性,一旦折翼丧偶就会离群单飞,孤独至死,而这风筝"一连七个大雁"正是畸零的单数,宝钗正是那一只孤雁,在困苦中坚守这空虚的人生。

因此,第五回太虚幻境里《红楼梦曲》中关于宝钗的那一首即叫做《终身误》,显然曹雪芹认为,宝钗是被耽误了终身,她其实才是最大的受害者。清代评点家诸联(1765—?)《红楼评梦》便说道:

> 人怜黛玉一朝奄忽,万古尘埃,谷则异室,死不同穴,此恨绵绵无绝。予谓宝钗更可怜,才成连理,便守空房,良人一去,绝无眷顾,反不若赍恨以终,令人凭吊于无穷也。要之,均属红颜薄命耳!

可叹读者只看到黛玉的眼泪,却忘了活下来的人更值得同情和敬佩!确实,宝钗是这样一个可以面对各种处境的人,像孟子所说的"富贵不能淫,贫贱不能移",宝钗在富贵的时候就已经恬淡简朴,所以一旦面临衰落,也一样是心平气和,正所谓的"造次必于是,颠沛必于是",呼应了宝钗的重像设计,以及冷香丸的象征意义。

最后，总结一下这一章所讲的重点：

第一，蘅芜苑是由各式各样的石块堆起了假山，遮蔽了里面的房屋建筑，这是为了要呈现宝钗"皮里阳秋"的涵养，呼应了"罕言寡语，人谓藏愚；安分随时，自云守拙"这四句话，都继承了传统大雅文化里的人格理想。

第二，这片假山种了许多《楚辞》里的香草，明显是借用屈原的品格气节，来突显宝钗的君子风范，那甚至还高过松竹梅"岁寒三友"。

第三，屋子里布置得像雪洞一样简单，唯一装饰的几枝菊花又是陶渊明最喜爱的植物，所以宝钗的重像应该再加上屈原和陶渊明这两个。

第四，房间里只有两部书，那是因为宝钗都已经吸收了其中的学问，所以内在力量强大，可以安稳坚定地走上任何道路。即使在宝玉出家以后面对孤寡的人生，她也能从容自得、坦然自若。

从下一章起，要转向其他的金钗了，第一个是元妃。元妃虽然出场的篇幅不多，但绝对不是一个小人物，恰恰相反，她是一个超级大人物！因为如果没有她，就不可能有大观园，也就没有这么多精彩的故事了，所以我们要从她开始。

贾元春

多重楼子花的诞生和殒落

第 18 章：大观园的创立者

从这一章起，要开始讲三大主角之外的金钗。首先是贾家"元、迎、探、惜"（即谐音"原应叹息"）里的贾元春。

提起元春，大家最先想到的，可能都是"元妃省亲"的盛大场面。大家也知道，大观园是《红楼梦》最重要的舞台，而那正是为了元妃省亲所特地盖造的，其实元春才是这个园林的创造者，只因为后来让宝玉一干人住进来，发生了很多故事，以致大观园的主人常常被认为是为宝玉和金钗们，这真是极大的误读了。其实，宝玉这些人只是"故事"的主人，至于大观园真正的主人，则是元妃！现在就来认识大观园的主人元春，同时也看看曹雪芹为什么要塑造一个大观园，而这个名字又有什么深意？

首先，元春是宝玉的长姊，同样都是王夫人所亲生，但两个人相差了大约十岁。第十八回说道：

> 当日这贾妃未入宫时，自幼亦系贾母教养。后来添了宝玉，贾妃乃长姊，宝玉为弱弟，贾妃之心上念母年将迈，始得此弟，是以怜爱宝玉，与诸弟待之不同。且同随祖母，刻未暂离。那宝玉未入学堂之先，三四岁时，已得贾妃手引口传（按：亲手指引、口头传授），教授了几本书、数千字在腹内了。其名分虽系姊弟，其情状有如母子。

可见元春也是从小跟着贾母长大，难怪被教育得非常好，人品学养都十分优秀，可以说是出类拔萃，将来才能选入宫中。也因为如此，当小弟弟宝玉出生以后，元春特别体贴母亲疼惜幼子的心情，于是更加怜爱宝玉，随时照顾他、教导他，等于是宝玉真正的启蒙老师。像这种又是姊姊、又是母亲的现象，其实是传统家庭里很常见的，小弟弟简直就是大姊姊给带大的，所以曹雪芹说他们"名分虽系姊弟，其情状有如母子"。

再说，宝玉也实在是天资聪颖，才虚岁三四岁而已，那差不多是我们今天的实岁两岁半，恐怕还不到上幼儿园的年纪，居然已经学了几本书、几千字，岂不是神童了吗？而那几本又是哪些书呢？合理地推测，应该就是《三字经》《千字文》之类，恐怕还包括了《四书》。难怪贾家对宝玉寄望很深，把他当做玉字辈的继承人来期许。

只是元春长到了十三岁，便必须去参选秀女了。本书前面的单元讲过，贾家这种内务府世家，选秀女时和八旗是分开的不同渠道，这个内三旗的系统每年举行一次，女孩子一到十三岁都得参加阅选，而入选以后的性质是当宫女，和宝钗的情况一样。想想看，这样的设计便是不要遗漏任何一个优秀的女孩子，只要一到十三岁就得入宫去工作，直到二十五岁放出宫来，足足需要服务十二年。因此第二回冷子兴道："政老爹的长女，名元春，现因贤孝才德，选入宫作女史去了。"据《周礼·天官·冢宰》郑玄注云："女史，女奴晓书者。"显然绝不是嫔妃。这已经证明了元春所参选的，属于内三旗系统的宫女性质，只因为元春的品德十分优秀又饱读诗书，具有高度的文化教养，因此担任的是高级女官，称为"女史"。

所以说，元春是十三岁入宫的，当时宝玉三四岁，照这样算起来，姊弟两人大约是相差十岁。对小孩子来说，因为正在快速成长期,十岁的差距是很巨大的,难怪元春和宝玉之间"其情状有如母子"。等到元春入宫以后,当然十分挂念这个她一手带大的小弟弟,于是第十八回又说:

> (元春)自入宫后,时时带信出来与父母说:"千万好生扶养,不严不能成器,过严恐生不虞,且致父母之忧。"眷念切爱之心,刻未能忘。

可见宝玉真是元春最大的牵挂啊。等到元春封妃后,终于可以回家省亲,这时宝玉已经今非昔比了,从小说里的线索可以推测,宝玉这时是大约十二岁,元春也进宫九年了,在这么长的时间里姊弟俩都没再见过面,可想而知,她是多么想念宝玉啊!因此省亲的时候,才刚刚完成了各种正式觐见的皇家仪式,元妃便问道:

> "宝玉为何不进见?"贾母乃启:"无谕,外男不敢擅入。"元妃命快引进来。小太监出去引宝玉进来,先行国礼毕,元妃命他进前,携手揽于怀内,又抚其头颈笑道:"比先竟长了好些……"一语未终,泪如雨下。

这岂不是母子久别重逢的感人画面吗?元妃能够亲眼看到宝玉抽高了、长大了,简直是又高兴、又感伤,因此才会激动得泪如雨下,显示元妃是多么地疼爱宝玉这个小弟弟,这也是后来宝玉可以获得特别的优待,和姊妹们一起住进大观园的原因。

圣君的仁政王道

其实,元春入宫以后居然能够一跃被封为贵妃,那真是遇到了难得的机运,清朝时,贵妃是仅次于皇后、皇贵妃的等级,在后宫中排名第三!而当时,元春的年龄应该是二十一岁左右,算起来进宫八年了。

从内三旗出身的秀女本来就不是以指婚为目的,即给皇帝、亲王等当妃嫔或福晋,因此封妃是很让人意外的,整个情况居然让人看得胆战心惊!第十六回说,贾家本来正在热热闹闹地庆祝贾政的生日,立刻像浇了一盆冷水,因为突然六宫都太监夏守忠莅临来降旨,举家不知是福是祸,一阵惊慌折腾以后才转忧为喜,原来是皇室送出了一个大礼物,据管家赖大所言:

> 后来还是夏太监出来道喜,说咱们家大小姐晋封为凤藻宫尚书,加封贤德妃。后来老爷出来亦如此吩咐小的。如今老爷又往东宫去了,速请老太太领着太太们去谢恩。

贾家一跃而成了皇亲国戚,难怪大家一听都欢欣雀跃,喜气洋洋,这便是前面第十三回秦可卿在死前托梦给王熙凤时所说的:"一件非常喜事,真是烈火烹油、鲜花着锦之盛。"简直把贾家的地位带到了巅峰!

更幸运的是,元春封妃之后不久,即遇到了恩准省亲的大喜事,问起原故来,贾琏说明道:

> 如今当今贴体万人之心,世上至大莫如"孝"字,想来父母儿女之性,皆是一理,不是贵贱上分别的。当今自为日夜侍奉太上皇、皇太后,尚不能略尽孝意,因见宫里嫔妃才人等皆是入宫多年,抛离父母音容,岂有不思想之理?在儿女思想父母,是分所应当。想父母在家,若只管思念儿女,竟不能

见，倘因此成疾致病，甚至死亡，皆由朕躬禁锢，不能使其遂天伦之愿，亦大伤天和之事。故启奏太上皇、皇太后，每月逢二六日期，准其椒房眷属入宫请候看视。于是太上皇、皇太后大喜，深赞当今至孝纯仁，体天格物。因此二位老圣人又下旨意，说椒房眷属入宫，未免有国体仪制，母女尚不能惬怀。竟大开方便之恩，特降谕诸椒房贵戚，除二六日入宫之恩外，凡有重宇别院之家，可以驻跸关防之处，不妨启请内廷銮舆入其私第，庶可略尽骨肉私情、天伦中之至性。此旨一下，谁不踊跃感戴！

这一段话从头到尾、明明白白都是对皇帝的歌功颂德，但那并不是表面应酬的好听话，而是实实在在的称赞，因为这个皇帝高高在上，大权在握，却居然能够设身处地体察民心，替妃嫔想到她们离家入宫以后，长期和父母两地思念的辛酸，因此才会细腻地想到让她们可以回家一趟，也就是所谓的省亲，这岂不是很难能可贵吗？

现在有一些学者专家费了很大的功夫力气，去考证到底曹雪芹是采用了哪一桩历史事件，但却没有明确的答案，可见这算是破天荒的创举。而当今皇上以及太上皇、皇太后能有这样仁爱慈悲的心胸，愿意为了妃嫔们做这样的制度突破，岂不正是儒家所期望的圣王、仁君吗？所以凤姐听了以后，笑道："可见当今的隆恩。历来听书、看戏，古时从来未有的。"

看到这里，我要特别提醒大家：其实，只要仔细阅读小说，便会发现整部书里只要提到皇帝，一定是正面的赞美歌颂，完全符合君臣伦理。因此第一回一开始，曹雪芹写到有一个空空道人经过青埂峰，看到了《石头记》的故事，他之所以愿意把整部小说抄录下来，去问世传奇，就是因为当他再检阅一遍以后，发现其中凡是写到"君仁臣良、父慈子孝，凡伦常所关之处，皆是称功颂德，眷眷无穷，实非别书之可比"，可见《红楼梦》这本小说大大地有益于世道人心，才值得传播到社会上来，也才是曹雪芹真正的创作目的。

所以说，曹雪芹是要告诉你，在当时的社会制度里，一个好皇帝、好贵族应该是什么样子！也因此，贾家是宽厚高雅的贵族世家，才能培养出元春这样出类拔萃的杰出女性，元春因而被封为贤德妃，至于万民仰望的皇帝更是贤孝仁德，连对妃嫔的照顾都是如此体贴入微，在当时的伦理规范之下，尽量开拓出一道小门，让他的子民可以满足人伦私情。这就是大观园之所以被创造出来，也之所以被命名为大观的原因。

皇家园林的蓝本

现在，我们先讲大观园之所以被创造出来的原因。

想想看，如果没有元妃要回家省亲，哪有可能会盖造大观园？那可是工程浩大，花钱如流水啊！也正因为和皇室有关，相当于贵妃的行宫，所以大观园绝不可能是王公大臣的私家园林，其实性质上属于皇家园林，小说里的描写有很多的特征便清楚反映了这一点。以下就举几个例子来看。

首先，那座玉石牌坊便是皇家限定的，因为汉白玉这种白色大理石只能用在皇家建筑上。第二，再看大家最熟悉的怡红院、潇湘馆、蘅芜苑、稻香村之类的建筑群，这种带有围墙、可以长期居住的独立院落，根本不是王府等私家园林所能有的，只能在皇家苑囿才得以容纳，畅春园、圆明园、颐和园正是如此。第三，还有一点是大家都忽略的，即整个大观园的最中央有一座正殿，宏伟壮观、富丽堂皇，等于是园林的中心，并且从正殿到园子正门之间开辟了一条"平坦宽阔大路"，也都是代表皇权至上的意思。最后，当省过亲以后，到了第二十三回时，元妃心里想："自己幸过之后，贾政必定敬谨封锁，不敢使人进去骚扰。"更表示此处确实是一处皇家禁地，才会这般地神圣不可侵犯。所以说，大观园根本不是北京恭王府的花园之类所能相比，它只能是皇家园林所提供的蓝本。

最重要的，便是这座园林的命名了。很多人以为，大观园是宝玉负责题撰的，所以宝玉就是大观园的主人。其实这是大错特错的，请大家先注意一个小地方便会明白了，其实怡红院、潇湘馆、蘅芜苑、稻香村这些名称，都是元妃回家省亲时所改定的，根本不是宝玉当初的手笔！连局部的地方建筑都没有采用宝玉的题名，更不用说那一座最重要的正殿了。

小说里说得很清楚，元妃在乘船游湖以后上岸不久，便进入"行宫"，那就是正殿。这时元妃问道："此殿何无匾额？"随侍太监跪启曰："此系正殿，外臣未敢擅拟。"所谓的"外臣"，就是指贾家上上下下的人，既然这座正殿代表了皇家，当然只有元妃才有资格命名，贾政也当然懂这个道理，所以始终跳过这个地方，不让包括宝玉在内的任何人在此发挥文采。那么，道理不是很清楚了吗？怎么能说宝玉是大观园的主人？因为大观园真正的主人是元春！

此刻一定有人会问了，贾政为什么会让宝玉担任题名的主力，并且还采用了他的题撰？其实在整个命名过程里，表面上是以宝玉为主来展开的，但那只是初拟而已，初步拟定的意思即是打草稿，不是定名，所以并不算是让宝玉负责题撰。至于为什么要先打草稿呢？因为贾政有几个考虑，第一，当元妃回来省亲时，不能让到处的匾额对联都空空荡荡的，那实在是不成体统，第十七回便说：

贾政听了，沉思一回，说道："这匾额对联倒是一件难事。论理该请贵妃赐题才是，然贵妃若不亲睹其景，大约亦必不肯妄拟；若直待贵妃游幸过再请题，偌大景致，若干亭榭，无字标题，也觉寥落无趣，任有花柳山水，也断不能生色。"众清客在旁笑答道："老世翁所见极是。如今我们有个愚见：各处匾额对联断不可少，亦断不可定名。如今且按其景致，或两字、三字、四字，虚合其意，拟了出来，暂且做灯匾联悬了。待贵妃游幸时，再请定名，岂不两全？"贾政听了，笑道："所见不差。我们今日且看看去，只管题了，若妥当便用；不妥时，然后将雨村请来，令他再拟。"

从所谓的"论理该请贵妃赐题"这句话便很清楚了，根本只有元妃才有命名的权力。只是元妃还没看过实际的景物，实在无从一一配合环境拟取恰当的名字，也不会肯虚应故事、胡乱凑数，但空在那里却又不成体统，所以贾政左右为难，这才想到折衷的办法，依照清客们的建议，先暂时拟一个初稿，等元妃回来以后再做定夺。于是就这样，贾政带着众人进园去游览题撰，恰巧在门口遇到了宝玉，所以叫他一起跟进去，而这时所拟的题名都只是暂时使用的，并不能当真。

那为什么贾政要让宝玉来担纲？这可是庄严宏伟的皇家园林，不可儿戏，题撰又得要有学问，宝玉这时还只是个孩子，还有很大的成长空间，有待更严格的教育，因此现在让他当作主力，会不会太轻率、太不成体统了？这一点到了第十八回即清楚给出合理的解释，小说家自问自答，说元妃乘船游湖时，见到了"蓼汀花溆"四字，在此曹雪芹特别做了一个补充说明：

按：此四字并"有凤来仪"等处，皆系上回贾政偶然一试宝玉之课艺才情耳，何今日认真用此匾联？况贾政世代诗书，来往诸客屏侍座陪者，悉皆才技之流，岂无一名手题撰，竟用小儿一戏之辞苟且搪塞？真似暴发新荣之家，……岂《石头记》中通部所表之宁、荣贾府所为哉！据此论之，竟大相矛盾了。诸公不知，待蠢物将原委说明，大家方知。

从这一段话清楚可见，曹雪芹是真的很讨厌暴发户，所以唯恐大家把贾政的这个做法给误会了，于是赶紧跳出来解释一番，说明贾政之所以会采用宝玉的手笔，原委之一，便是前面提到过的，元妃对宝玉有着深厚的"母子之情"，让她最疼爱的人做主笔，展现出学识的进步，岂不是会令她更高兴吗？而宝玉到底有没有当主笔的能力呢？此刻刚好可以试一试，因为：

前日贾政闻塾师背后赞宝玉偏才（按：指作诗写对联之类的文艺才能，不是读书写论文的正统才能）尽有，贾政未信，适巧遇园已落成，令其题撰，聊一试其情思之清浊。

这就是宝玉可以担纲的另一个原因，算是借机来做一个测试。于是贾政心里想：

其所拟之匾联虽非妙句，在幼童为之，亦或可取。即另使名公大笔为之，固不费难，然想来倒不如这本家风味有趣。更使贾妃见之，知系其爱弟所为，亦或不负其素日切望之意。因有这段原委，故此竟用了宝玉所题之联额。

此处清楚指出贾政会这么做的目的，一个是考虑到元妃是回自己的娘家省亲，所以让自家人题撰的话，会有一种"本家风味"，可以让离家好几年的女儿更感到亲切；再则是让元妃见了，知道是她最疼爱的弟弟所为，没有辜负她素日殷切期望的心意，那就更是凤心大悦了。由此可见，贾政的种种考虑都还是诉诸皇权，以元妃为尊，因为那是伦理上的制高点，根本不可能违背，即使是看起来像暴发户的做法，也都符合礼教的伦理精神！

果然，所有宝玉所题的初稿后来都被换掉了，更证明真正拥有权力命名的人，就只有元妃！元妃改名、定名的情况是这样的：

"有凤来仪"赐名曰"潇湘馆"

"红香绿玉"改作"怡红快绿"即名曰"怡红院"

"蘅芷清芬"赐名曰"蘅芜苑"

"杏帘在望"赐名曰"浣葛山庄"

正楼曰"大观楼"，东面飞楼曰"缀锦阁"，西面斜楼曰"含芳阁"；更有"蓼风轩""藕香榭""紫菱洲""荇叶渚"等名；又有四字的匾额十数个，诸如"梨花春雨""桐剪秋风""荻芦夜雪"等名，此时悉难全记。

而这些元妃所改定的名字才是读者所熟悉的专称。再认真想一想，它们确实比宝玉原来所拟的要好多了，不但更简洁扼要，也更生动传神，显示元春的诗书教养确实不凡，她之所以能当上贵妃，堪称是实至名归。

只是因为元妃对宝玉的疼爱，所以她"又命旧有匾联俱不必摘去"，让宝玉等人原来所拟的初稿可以保留并存，这就是大姊姊的深爱表现啊。

为什么叫做"大观"

最重要的是,似乎没有人注意到,即使宝玉担任了打草稿的工作,但他初拟时也绝不能染指的地方便是正殿,以及整座园林的命名!现在可以进一步解释第二个问题了,即元妃为什么要把正殿的正楼和整座园林都题为"大观"?

很多人不拿学问提着,以致认为正殿的正楼(大观楼)是一座戏楼,那实在是荒腔走板的误解了。认真想一想,正殿是这么严肃、神圣的皇权中心,相当于紫禁城里的太和殿、乾清宫,元妃便是在这里接受全家上下的朝拜,怎么可能会是演戏的地方!演戏的地方一定是另外搭建的舞台,而元妃则是坐在正殿的大观楼欣赏那些表演。

至于正殿的正楼之所以也叫做大观,道理和大观园的取名是完全一样的。又有很多人以为,大观园的"大观"是代表景色丰富、洋洋大观的意思,如同元妃的题诗所说:

衔山抱水建来精,多少工夫筑始成!
天上人间诸景备,芳园应锡大观名。

这种说法看起来很有道理,但其实是只知其一、不知其二,真相并没有那么简单,绝对不只是在讲风景。那么"大观"究竟是什么意思?简单地说,就是指圣王、仁君实施了王道仁政,让整个国家社会成了天下太平的乌托邦!这是从《易经·观卦》以来的正统用法,到了清朝还是一以贯之,所以乾隆皇帝在游历四方的时候,便到处题名大观堂、大观台,还有大观楼,用来表示他自己是一个伟大的仁君圣王。

最有趣的是,乾隆二年(1737年,此时曹雪芹约25岁),他命郎世宁等画师绘制了《圆明园全图》，悬挂在圆明园清晖阁的北面墙壁上，并且亲自题了"大观"两个字，这岂不正是元妃的做法吗？再看元妃为正殿所题的匾额对联，那就再清楚不过了，对联写道：

"天地启宏慈，赤子苍头同感戴；
古今垂旷典，九州万国被恩荣。"此一匾一联书于正殿
"大观园"园之名

仔细看，这不正是歌颂王道仁政的意思吗？元妃颂赞皇帝恩准省亲的人道措施，是"天地启宏慈""古今垂旷典"，也就是天地神明所开启的宏大仁慈，是古今所没有过的旷世恩典，因此让"赤子苍头同感戴""九州万国被恩荣"，意指无论是小孩、老人都一同感恩戴德，全国各地、天下各国都蒙受这样的恩惠荣耀。这不就是颂赞伟大的仁君实施了王道吗？

由此可见，元妃之所以把园林与其中的正殿都取名为大观，完全都是这个原因，曹雪芹除了继承自古以来最正统的用法之外，应该也从当时的乾隆皇帝身上得到了灵感。

最后，总结一下这一章所讲到的几个重点：

第一，元春是带宝玉长大的大姊姊，两个人情同母子，因此当元春封妃以后，宝玉受到了特别的照顾，拥有很多的特权。

第二，元春会变成元妃，那是内三旗系统很罕见的额外的机遇，因此对贾家是天大的惊喜。

第三，元妃是创造大观园的人，也是大观园真正的主人。对于各处的命名，宝玉只不过是初步打草稿而已，并且还必须避开正

殿，后来几个重要的建筑群也都被元妃重新改名了，改得更好，也成为我们今天所熟悉的名称。

第四，至于元妃把整座园林题名为大观园，其实是继承了《易经》这个雅文化传统而来的用法，根本是要歌颂皇帝的仁德，而这种做法也算是移植了乾隆皇帝的作风。

下一章，要继续讲一个大家都很意外的问题，那就是元春的封妃对于贾家而言，到底带来了什么影响？你以为真的是大富大贵、锦上添花吗？其实真相是远远超过你的想象。那究竟是怎么回事？接下来的一章会加以说明。

第 19 章：封妃：烟火下的黑暗

大家都没有发现，隐藏在封妃的灿烂光辉之下的，居然是无比黑暗的困境！贾家其实受到更大的打击，简直是有苦说不出，这真是太让人意外了！

先看封妃的灿烂光辉吧。我们都知道，元春的封妃把贾家的荣盛带上了巅峰，比起宁、荣二公的一等公还要更上一层楼，因此秦可卿便说这是"烈火烹油、鲜花着锦之盛"。但曹雪芹实在是太天才了，他为了呈现这样非凡的荣耀繁华，而特别做了两个很有趣的安排，一个是生日，一个是石榴花，都让人叹为观止。

特殊的生日

以生日的部分而言，曹雪芹让元春和荣国公都出生在大年初一！第二回冷子兴演说荣国府时，便提道：

> 这政老爹的夫人王氏，头胎生的公子，名唤贾珠，……第二胎生了一位小姐，生在大年初一，这就奇了。

那么究竟"奇"在哪里？原来大年初一代表了大地回春、万象更新，然而世界上芸芸众生，能生在大年初一的，实在是寥寥可数，也因为这个日子太重大、太特别，所以这一天诞生的人即带上了传奇色彩，被认为是杰出的人物。果然元春不就进宫当上贵妃了吗？难怪第六十五回兴儿对贾琏偷娶的二房尤二姐也是这么说的：

> 我们大姑娘不用说，但凡不好，也没这段大福了。

但此外还有更奇的事呢，居然一家总共没几个人，却有两个人都出生在大年初一！第六十二回探春一一历数家人的生日时，便笑道：

> 倒有些意思，一年十二个月，月月有几个生日。人多了，便这等巧，也有三个一日、两个一日的。大年初一日也不白过，大姐姐占了去。怨不得他福大，生日比别人就占先。又是太祖太爷的生日。

很显然，一个人的生日比别人占先，就等于捷足先登，囊括了一整年最大的福分，这便是元春要生在大年初一的巧妙意义。但更巧妙的是，这一天又是太祖太爷贾源的生日，而荣国公贾源是贾家的源头，这第一代的始祖开启了百年的荣华富贵，元春的封妃也有同样的功能，那就是使贾家的地位更上一层楼！难怪贾政会说："今贵人上锡天恩，下昭祖德，此皆山川日月之精奇、祖宗之远德钟于一人。"元春正是这样一位出类拔萃的女性。

石榴"楼子花"

除了生日的特殊，曹雪芹为了呈现贾家的荣耀繁华，还设计出石榴花这一意象，原来，如同其他的金钗们大都有相应的代表花一样，石榴花就是元春的代表花。而为了展现这种更上一层楼的概念，曹雪芹又利用了楼子花的特殊形态，来彰显贾家出了贵妃以后那般赫赫扬扬的荣盛！

首先，关于元春的代表花，小说里面清楚提到过一次，那是在第五回宝玉神游太虚幻境时，他看到了金钗们的图谶，其中也包括元春的部分，说的是：

只见画着一张弓，弓上挂着香橼。

也有一首歌词云：

二十年来辨是非，榴花开处照宫闱。
三春争及初春景？虎兕相逢大梦归。

那图画上之所以画着一张弓，是要来谐音皇宫的"宫"，暗示图主会入宫。而"弓上挂着香橼"的香橼，是一种芳香的果实，类似今天的香水柠檬，曹雪芹是要用香橼的"橼"来谐音元春的"元"，暗示这张图谶讲的是元春的命运。

再看判词的第一句，所谓的"二十年来辨是非"告诉我们，元春到皇宫以后，一共度过了二十年的时光，每天都要分辨是非，过着眼观六路、耳听八方这样步步留心、小心翼翼的生活。而第二句的"榴花开处照宫闱"则是形容她封妃以后就像火热鲜艳的石榴花一般照亮了后宫，这样的大福分当然是其他人比不上的，因此第三句说"三春争及初春景"，迎春、探春、惜春这三春怎么能及得上初春亦即元春的好风景？

只可惜，最后一句"虎兕相逢大梦归"便是不祥的预告了，它暗示元春最后的结局，是死在"虎兕相逢"的政治恶斗里！所谓的"虎兕"是指老虎和犀牛这两种猛兽，它们都拥有无比强大的杀伤力，因此早在先秦时代即已经有"虎兕"这个词汇，用来比喻政治势力的残忍斗争，曹雪芹在这里也是这样用的。这么一来，元春从十三岁入宫，经过了提心吊胆的二十年，那应该是死于三十三岁。

从整体来看，元春封妃的荣耀繁华果然是一场烟云梦幻，如同第十三回秦可卿托梦时所说的"不过是瞬间的繁华，一时的欢乐"，因此，有关元春的预言都是从这个角度来发挥。例如第二十二回合家过元宵节时，元妃自己所做的灯谜诗，也是说：

能使妖魔胆尽摧，身如束帛气如雷。
一声震得人方恐，回首相看已化灰。

这首灯谜诗的谜底正是贾政猜中的"炮竹"。想想看，炮竹点燃以后爆破的声音简直是震耳欲聋，令人闪躲逃避，不敢承受它的声威，但却只是那么一阵声响而已，瞬间就化成了灰烬，沉沦在一片黑暗中。这般极端的对比，更让人感到无常，而唏嘘不已！

只不过，那封妃的荣耀确实是炙手可热的登峰造极，曹雪芹选择石榴花来作为元春的代表花，便是因为这种花红艳逼人，像是会发出红色光芒一般，十分炫目。例如唐诗里歌颂石榴花的时候，不是说它"似火""如霞"，像"燃灯"一样，就是用"绛囊""红露""赤霜""猩血""琥珀""胭脂""灯焰""丹砂""旭日""曙光"等词汇加以比喻，可见石榴花简直是发出灿烂的红光，十分鲜艳夺目。最有名的是唐朝韩愈的诗，他在《题张十一旅舍三咏·榴花》这首诗中说"五月榴花照眼明"，五月盛开的石榴花特别的明亮光辉，照亮了你的眼睛，难怪曹雪芹会说元春是"榴花开处照宫闱"！

而大观园里确实有一棵石榴，这般安排的巧妙之处在于：把代表元春的石榴花种在为了元妃而开辟盖造的大观园，岂不是完全顺理成章吗？何况曹雪芹最天才的地方，是他还让这棵石榴开出了楼子花，那真的是锦上添花的盛况极致了！第三十一回说，史湘云到贾府来玩，和众姊妹在大观园见面问好以后，不久大家都各自散去，只剩下湘云和贴身丫鬟翠缕两个人，翠缕便问道：

> "这荷花怎么还不开？"史湘云道："时候没到。"翠缕道："这也和咱们家池子里的一样，也是楼子花？"湘云道："他们这个还不如咱们的。"翠缕道："他们那边有棵石榴，接连四五枝，真是楼子上起楼子，这也难为他长。"史湘云道："花草也是同人一样，气脉充足，长的就好。"

那什么是楼子花呢？楼子花是因为基因突变才形成的特异形态，是在花心里面再长出一朵完整的花，所以像起楼台一样，一层一层。但一般说来，楼子花最多就是两层，而且常见于荷花，唐诗里称之为"重台荷花"，此即史家的楼子花。但比较一下，贾家所开的却是"接连四五枝，真是楼子上起楼子"的石榴花，那确实是更上好几层楼了，简直不可思议！虽然这在大自然界是不可能发生的，但曹雪芹为了要突显贾家的气脉充足，因此出了个贵妃，所以不惜动用文学虚构的特权，在小说里创造出不可能的奇迹，大观园也就这样开出了"接连四五枝，真是楼子上起楼子"的石榴楼子花。

既然大观园是为了元妃要回家省亲而建造的，皇妃身份的元春才是大观园真正的主人，而石榴花又是她的代表花，这么说来，这接连四五层的楼子花很明确地是用来象征元春封妃的崇高地位。

楼子花的沉重

可是，人世间的道理就是这么复杂，当你以为家里出了贵妃、当上皇亲国戚，贾家便可以为所欲为、大捞特捞，那又大错特错了。我们根本想不到，其实元春封妃是得了面子、失了里子，让贾家的负担更沉重了，沉重到喘不过气来，而加速败落的程度。这又是怎么回事？

关于这个问题，曹雪芹安排了一段情节来加以说明。第五十三回已来到年关时节，贾家的庄头乌进孝带着年贡上京来了，贾珍嫌那些收益实在太少，根本不够过年，乌进孝便说道：

"爷的这地方还算好呢！我兄弟离我那里只一百多里，谁知竟大差了。他现管着那府里八处庄地，比爷这边多着几倍，今年也只这些东西，不过多二三千两银子，也是有饥荒打呢。"贾珍道："正是呢，我这边都可，已没有什么外项大事，不过是一年的费用费些。我受些委屈就省些。再者年例送人请人，我把脸皮厚些，可省些也就完了。比不得那府里，这几年添了许多花钱的事，一定不可免是要花的，却又不添些银子产业。这一二年倒赔了许多，不和你们要，找谁去！"

由此可见，贾家的主要经济来源之一，是这些庄田的农业畜牧产品，一旦发生水灾、旱灾，就会连带受到影响。但宁国府这边只要省一省、撑一撑便过得去了，荣国府那边则不一样，他们的情况之所以比宁国府还要严重，就是因为"这几年添了许多花钱的事，一定不可免是要花的"，所以"这一二年倒赔了许多"。让我们仔细想一想，这几年所添的许多花钱的事，又一定得花，省不下来，那只能是和皇家有关的事了。

可是老百姓会以为，即使增加了这些开销，应该也会有其他的特权和好处吧？果然乌进孝听了，就笑道：

"那府里如今虽添了事，有去有来，娘娘和万岁爷岂不赏的？"贾珍听了，笑向贾蓉等道："你们听，他这话可笑不可笑？"

原来一般老百姓所以为的情况，对他们贵族来说是很可笑的，而贾珍大概是听过太多的误会，常常需要澄清，已经觉得很厌烦了，所以现在根本不想再做解释，他的儿子贾蓉等便连忙代替他笑道：

"你们山坳海沿子上的人，那里知道这道理。娘娘难道把皇上的库给了我们不成！他心里纵有这心，他也不能作主。岂有不赏之理，按时到节，不过是些彩缎、古董顽意儿。纵赏银子，不过一百两金子，才值了一千两银子，够一年的什么？这二年，那一年不多赔出几千银子来！头一年省亲连盖花园子，你算算那一注共花了多少，就知道了。再两年再一回省亲，只怕就精穷了。"贾珍笑道："所以他们庄家老实人，外明不知里暗的事。黄柏木作磬槌子——外头体面里头苦。"

请大家注意一下，这一段话里面讲到了几个重点，第一，原来元妃不可能动用国家的银库私相授受，那是违法的行为啊，清廷有鉴于明朝的弊端，严格禁止外戚干政，外戚也不能插手财务，因此贾家并没有得到任何好处。

第二，元妃当然会有一些赏赐，但都是过年过节的礼品，而谁敢变卖贵妃送的礼物呢？所以算是中看不中用。即使有时赏了银子，却是得专用在一些特定的事务上，如第二十八回的端午节便是一个好例子，当时元妃"打发夏太监出来，送了一百二十两银子，叫在清虚观初一到初三打三天平安醮，唱戏献供"，那些银子当然都用光了，哪里还能留给贾家？再加上所谓的礼尚往来，元妃既然送了礼物，贾家当然也得回礼，何况贾家现在的地位提高了，官场上的各种开销当然也得出大手笔，否则便是有失身份。这么一来，岂不是反倒增加支出了吗？所以贾珍才会说"这一二年倒赔了许多"。

第三，单单盖造大观园，那就是一笔庞大的支出。既然是皇家气派，又哪里能够节省？第十六回大家谈起元妃省亲的旷典，连带提到先帝南巡的盛事，贾琏的乳母赵嬷嬷便说：当时贾府"只预备接驾一次，把银子都花的淌海水似的！"而省亲的开销其实省不了多少，所以说"再一回省亲，只怕就精穷了"，可见这是动摇到贾府根基的大负担。但又有什么办法？难怪会把贾家给压垮了。

看到这里，读者应该已经感觉到无言以对了吧？谁能想到贵妃家里的处境是这样为难？但压垮骆驼的却不只这些而已，还有其他局外人根本想象不到的原因，其实荣国府因为封妃所增加的负担，居然还包括了太监来打秋风！这便是贾家困境恶化的第四点。故事写在第七十二回，当时凤姐道：

"不是我说没了能奈的话，要像这样，我竟不能了。昨晚上忽然作了一个梦，说来也可笑，梦见一个人，虽然面善，却又不知名姓，找我。问他作什么，他说娘娘打发他来要一百匹锦。我问他是那一位娘娘，他说的又不是咱们家的娘娘。我就不肯给他，他就上来夺。正夺着，就醒了。"旺儿家的笑道：

"这是奶奶的日间操心,常应候宫里的事。"

正如俗话所说的"日有所思,夜有所梦",凤姐会做这样的噩梦,便是因为她常常被太监勒索,亦即旺儿家的所说的"日间操心,常应候宫里的事"。果然说曹操曹操就到:

> 一语未了,人回:"夏太府打发了一个小内监来说话。"贾琏听了,忙皱眉道:"又是什么话,一年他们也搬够了。"凤姐道:"你藏起来,等我见他,若是小事罢了,若是大事,我自有话回他。"贾琏便躲入内套间去。这里凤姐命人带进小太监来,让他椅子上坐了吃茶,因问何事。那小太监便说:"夏爷爷因今儿偶见一所房子,如今竟短二百两银子,打发我来问舅奶奶家里,有现成的银子暂借一二百,过一两日就送过来。……夏爷爷还说了,上两回还有一千二百两银子没送来,等今年年底下,自然一齐都送过来。"

对方已经开口了,凤姐只得花一番口舌应对,最后叫平儿去把她的那两个金项圈拿出去,暂且押四百两银子,一半给了那个小太监,那小太监便告辞了,凤姐命人替他拿着银子,送出大门去了。然后这里贾琏才出来,无奈地笑道:

> "这一起外祟,何日是了?"凤姐笑道:"刚说着,就来了一股子。"贾琏道:"昨儿周太监来,张口一千两。我略应慢了些,他就不自在。将来得罪人之处不少。这会子再发个三二百万的财就好了。"

原来不只是夏太监，还有周太监也参加一份，甚至更加狮子大开口！他们简直把贾家当作提款机，缺钱的时候就来借个几百两，那当然是有去无回，因为太监也知道贾家不敢对他们怎么样，所以放心地予取予求，于是这个无底洞更让贾家的经济困境雪上加霜。

　　为什么会这样呢？因为世间的道理实在太复杂了，你以为贵妃高高在上，十分尊贵，而太监只是身体残缺、身份低下的奴才，双方地位悬殊，只能接受贵妃差遣使唤。殊不知，在封闭的皇宫里，太监却是最接近皇帝的人，只要太监在皇帝耳朵边说几句闲话，很可能就是决定妃嫔受宠或失宠的关键，攸关一人一家的荣枯生死，因此，妃嫔们不只不敢得罪太监，反倒得要巴结他们。这一点太监自己也知道，妃嫔的娘家也知道，所以就只能任由他们勒索，不敢吭声了。

　　最让人感慨的是，这夏太监可是从头到尾给元妃跑腿传话的亲信啊，请看：第十六回到贾家来宣旨元春封妃大事的使者，是这个夏守忠；第二十三回到贾家来下谕，让宝玉等住进大观园的信差，也是这个夏太监；而第二十八回端午节时，替贵妃送来一百二十两银子，叫在清虚观初一到初三打三天平安醮，唱戏献供的，还是夏太监。但一直向贾家勒索的吸血鬼，却同样是这个夏太监！那么元妃知道这件事吗？恐怕是知道的，但因为那是宫廷里的陋习，知道了也无可奈何啊。

　　所以说世事难料，得失都是一体两面，这一点在中华文化古老的智慧里早就洞察到了，老子已经说过："祸兮福之所倚，福兮祸之所伏。"祸、福是一体两面的，岂不正是如此吗？试看封妃是何等的荣耀，但实质上却是这样苦不堪言，这又有谁想得到呢？

　　看到这里，大观园中那棵代表元春的石榴花又有另外一层不同的象征意义了。前面说过，那象征封妃的石榴楼子花固然是灿烂非凡，但接连四五枝的楼子花却增加了四五倍的重量，为整棵树带来四五倍的压力，那是母体所承担不起的负担！当它越是盛开，母株的负担便越重，养分也流失得越快，当体力耗尽以后，那楼子花不也会跟着坠落了吗？而这么沉重的花枝一旦折断坠落，岂不是产生更大的撞击，毁灭得更彻底吗？这就是暗示元妃和贾家一起走向彻底毁灭的命运了。

关于这一点，曹雪芹早已安排妥当，在元妃省亲的时候，她所点的四出戏便隐含了命运与共的奥秘，包括：

第一出，《豪宴》；第二出，《乞巧》；
第三出，《仙缘》；第四出，《离魂》。

有学者告诉我们，第一出《豪宴》和第三出《仙缘》是一组，由昆曲老生主演；第二出《乞巧》和第四出《离魂》是另一组，由昆曲小旦演出爱情戏。这两组交错而成，等于是把贾家的命运和元春的命运交织在一起，因此当盛大的《豪宴》举行时，也是元春得宠封妃之际，好比唐玄宗和杨贵妃的恩爱乞巧；而当宝玉出家、贾家败落之际，元妃也就迎来了离魂、死亡的下场。

我深深地觉得，曹雪芹是要借由元春的故事告诉我们，一个人可以享尽了荣华富贵，却也同时尝遍了辛酸苦楚，那并不是表面上可以看到的。所以当你羡慕别人在豪门里光鲜亮丽的时候，千万不要忘记，他／她其实正在你所看不到的地狱里默默流着眼泪！

最后，总结一下这一章所讲到的几个重点：

第一，元春生在大年初一，和第一代祖先荣国公贾源同一天生日，那是为了要突显他们对贾家的贡献。

第二，元春的封妃比起国公爷还要更上一层楼，因此曹雪芹把红光四射的石榴花给了元春作为代表花，更利用了楼子花的概念，让石榴开出了"接连四五枝，真是楼子上起楼子"的楼子花，这种大自然不可能出现的奇迹才能彰显元妃登峰造极的地位。

第三，隐藏在荣盛辉煌的表象下面，其实是耗尽能量的巨大经济压力，贾家当了皇亲国戚却更加拮据而雪上加霜，因此加速了败落，真是始料未及，世间的道理真是复杂难测啊。

下一章，要讲另一个金钗了，她可以担任元春的接班人，也是唯一可以体现大观精神的女英雄，那就是贾探春！而她到底有怎样的能耐呢？下一章便会加以说明。

贾探春

泱泱大气的将相雅士

第20章：大观气象

现在，要开始讲贾探春这个人物了。

在《红楼梦》里，一般人都认为宝玉、黛玉、宝钗是最重要的三只鼎足，大部分的读者也都把焦点放在这三个人身上，那简直是谈不完的话题，大家百说不厌。但我要说，其实探春的重要性完全不亚于这三个人，她可以说是《红楼梦》的读者们所错过的最大遗珠！读者对她的忽略和误解不但导致了《红楼梦》面目全非，其实更是对自己很大的损失。

后半部的隐形女主角

如果要深入了解探春这个人物，得要花不少功夫，首先必须看到曹雪芹为她设计了一个很有趣的框架，那就是和黛玉一样，其实探春的故事也可以分为前后两个阶段，差别在于：黛玉的前半期轰轰烈烈，充分发展她的性格和爱情，因此特别引人注目；到了后半期，黛玉便比较平淡了，因为她越发成熟，像一般的大家闺秀一样，而她和宝玉之间的感情也度过了试探关卡，彼此的相处进入平顺期，所以没有先前那么多闹脾气的故事，不再有那么激烈的波澜动荡，情绪性降低了许多，只有写写那些感伤悲凉的诗词还跟过去一样，其他的则比较没有发挥了。同时曹雪芹也主要转向了家族事务的描写，许多各式各样的纷扰被放大了，故而贾家隐藏在荣盛繁华的表面下的阴影也更清晰了。

而这么一来，探春便得到了壮丽的舞台，因为探春的情况刚好相反，她的前半期是韬光养晦的沉潜阶段，可以发挥的地方不多，因此读者通常就把她给忽略了；但到了后半期，局面即完全不同，第五十五回可以说是探春生命史的分水岭，这时王夫人让探春接替生病的凤姐治理家务，探春开始隆重登场，突然之间脱颖而出、全幅绽放，可以说是光芒万丈。既然小说的后半部分主要转向了家族事务的描写，探春的才干也因此得到了充分发挥的空间，她的卓越简直达到登峰造极，不但把王熙凤都给比下去了，更遮盖了黛玉的形象，几乎成为小说的主角！

因此，清朝评点家西园主人有一段非常独特的看法，在《红楼梦论辨·探春辨》中说道：

> 探春者，《红楼》书中与黛玉并列者也。《红楼》一书，分情事、合家国而作。以情言，此书黛玉为重；以事言，此书探春最要。以一家言，此书专为黛玉；以家喻国言，此书首在探春。

他认为，探春是和黛玉并列的人，因为《红楼梦》这本书是区分个人的感情和群体的事务并且综合了家族与国家两个层次而创作的，如果以个人的感情而言，此书以黛玉最为重要；倘若以群体的事务而言，此书最重要的就是探春。并且，以一个家族来说，此书是专为黛玉而写；但如果以家族来比喻国家，此书首要的人物则是探春。

这个说法简直石破天惊，令人耳目一新，甚至让人觉得匪夷所思，历来总是说钗黛并列或钗黛合一，根本没有人会说"探春与黛玉并列"！可是仔细一想，西园主人这个说法确实是真知灼见，那一双睿智的慧眼仿佛 X 光一样，穿透了纠结不断的宝黛之恋，而看到大家都忽略的真相，那就是探春才是贾府最关键的灵魂人物！

但可能你会觉得很奇怪，如果探春真的这么重要，那为什么她出场的戏份看起来似乎比不上黛玉、宝钗这些人呢？其实这只是表面，也只是片面的现象。第一，关于描写探春的篇幅多寡，我们常常产生了误会，探春虽然在前半部的戏份很少，但到了小说的后半部，却已经成为领衔主演的真正主角，黛玉这些人的比重其实是比不上探春的。第二，虽然探春在前半部的戏份很少，但曹雪芹并不是不重视她，刚好相反，他是故意这么安排的，目的是要展现探春卓越非凡的性格。原来曹雪芹的用意，就是要刻画探春是一位真正的大雅君子！以下分几点来说明。

首先，第三回是林黛玉初到贾府的场面，曹雪芹借着黛玉的眼睛速写了三春的形象，所谓：

> 只见三个奶嬷嬷并五六个丫鬟，簇拥着三个姊妹来了。第一个（按：迎春）肌肤微丰，合中身材，腮凝新荔，鼻腻鹅脂，温柔沉默，观之可亲。第二个（按：探春）削肩细腰，长挑身材，鸭蛋脸面，俊眼修眉，顾盼神飞，文彩精华，见之忘俗。第三个（按：惜春）身量未足，形容尚小。其钗环裙袄，三人皆是一样的妆饰。

这都才用了简单的几笔而已，可三春的人物造型却已经十分立体，整部小说的三春故事都是延续这样的性格气质而展开的。以探春来说，这时候还是一个怀才不遇的少女，根本没有发挥表现的机会，但仍然是"锥处囊中，其末立见"，自有一种引人注目的非凡气质，即使在没有舞台的时候，那"俊眼修眉，顾盼神飞，文彩精华"，也足以令人"见之忘俗"，一眼看到她的当下便忘掉了世俗，显然那眉眼之间英姿勃发，是何等超然的气度，可见这是一个多么无法令人忽视的人物！如果说探春就像明星一样，带有一种在人群中自然脱颖而出的气质，应该并不为过吧。

当然，这样的一种气质，并不是来自于皮相上脸孔身材的美丽，而是由内而外所散发出来的人格品质，亦即第五回太虚幻境里，探春的判词所说的"才自精明志自高，生于末世运偏消"，意指她具有精明的才干和崇高的志节，可惜生在贾家的末世里，而不免辜负这样才志兼备的卓越条件。其中的"才自精明志自高"便是探春之所以让人"见之忘俗"的原因，也正是在这里，曹雪芹清楚点出探春要高过凤姐的关键所在。

请注意，同样在这一回的人物判词里，凤姐的判词是"凡鸟偏从末世来，都知爱慕此生才"，仔细比对一下这两人的判词，可以看到同样是在末世，也同样都有"才"，可见两人都在末世的处境里发挥杰出的才干，但探春比起凤姐还多了一个特质，那就是"志"。"志"这个字在古人的训诂解释里，是指"心之所之"，意谓一个人的心往哪里走，于是代表了心志、志节、志向，要向上还是往下，便决定了一个人品格的高低，一个人会成为君子还是小人，正是依靠这个"志向"。而凤姐的判词里只有才而没有志，探春的判词却是"才自精明志自高"，不但有精明的干才，还有崇高的志向，那就是一种有理想、有气节的人格高度！如此才志兼备的探春自然浑身散发出一种非凡的气度，让人一见注目，也一见难忘。

那为什么探春在之前都默默无闻呢？这就得要讲到她的出身了，原来探春是庶出，一直被她的生母赵姨娘给拖累，她的才干要到第五十五回才有机会发挥，在此之前，探春便算是怀才不遇了。

可是最难得的地方也正在这里，她拥有高远的心志、志节、志向，因此甘于恬淡，悠游于个人生活中怡然自得，完全没有怨天尤人的穷酸气，还充分品尝各种清新自然、优雅脱俗的闲情逸致，享受隐居的乐趣。例如本书前面提到过，在第三十七回里，宝玉特别叫晴雯用缠丝白玛瑙碟子送荔枝去给探春，因为他说这个碟子配上鲜荔枝才好看，果然"三姑娘见了也说好看，叫连碟子放着"，准备欣赏一段时间呢。而白玛瑙配鲜红的荔枝，不就是顺手可得的精美小品吗？可见她即使有志难伸，也过得从容自在，懂得品味生活里处处闪耀的美好。

最特别的是，探春自己的诗写得不算顶尖，但她却登高一呼，号召大家一起成立诗社，开展大观园的第一个文人集会活动，那探春便等于海棠诗社的创办人了！第三十七回里，探春写了一副花笺，派人专函送去给宝玉，说明她想要成立诗社的想法，所谓：

> 因思及历来古人中处名攻利敌之场，犹置一些山滴水之区，远招近揖，投辖攀辕，务结二三同志者盘桓于其中，或竖词坛，或开吟社，虽一时之偶兴，遂成千古之佳谈。娣虽不才，窃同叨栖处于泉石之间，而兼慕薛、林之技。风庭月榭，惜未宴集诗人；帘杏溪桃，或可醉飞吟盏。孰谓莲社之雄才，独许须眉；直以东山之雅会，让余脂粉。

信函中用的是非常精美的骈文，所说的内容主要就是要成立诗社，以促进生活的诗意，增添优雅的情韵，并且让黛玉、宝钗这些诗人可以好好挥洒创作才能，因此宝玉看了这封信，不觉喜得拍手笑道："倒是三妹妹的高雅，我如今就去商议。"随后便诞生了组织完善的海棠诗社。值得注意的是，这个诗社从号召成立到实际运作一气呵成，可见探春确实拥有欣赏诗词的雅兴，又兼具推动事务的才干，更难得的是她很推崇钗、黛的诗歌才能，不但不嫉妒，反而努力创造机会让她们可以更充分发挥，这不是非常恢弘大器的胸襟吗？

秋爽斋的恢弘大器

果然，探春的房间即呈现出这种恢弘大器的特点。如同蘅芜苑把宝钗的性格给具体化了，秋爽斋也完全再现了探春的人格特质，在第四十回里，曹雪芹借着刘姥姥逛大观园的眼睛，让我们看到探春所住的秋爽斋确确实实与众不同，文中首先说："探春素喜阔朗，这三间屋子并不曾隔断。"这就让整个空间十分开阔，而不会被分割得狭小紧迫，让人觉得处处碰壁，比较第十七回说黛玉的潇湘馆是"小小两三间房舍，一明两暗"，便更加突显秋爽斋的恢宏开朗了。其实，传统的屋子是以三开间作为基本格局，潇湘馆也反映了这一点，只是更加狭窄，为的是反映黛玉的"心窄"，那么同理可推，秋爽斋的"这三间屋子并不曾隔断"，显然是探春住进去以后才打通的，也正具体呈现探春阔朗的心胸！

接着曹雪芹继续大手笔地描写秋爽斋的各种布置，包括：

当地放着一张花梨大理石大案，案上磊着各种名人法帖，并数十方宝砚，各色笔筒，笔海内插的笔如树林一般。那一边设着斗大的一个汝窑花囊，插着满满的一囊水晶球儿的白菊。西墙上当中挂着一大幅米襄阳《烟雨图》，左右挂着一副对联，乃是颜鲁公墨迹，其词云：

烟霞闲骨格　泉石野生涯

案上设着大鼎。左边紫檀架上放着一个大观窑的大盘，盘内盛着数十个娇黄玲珑大佛手。

这一大段描写真是精彩万分，可圈可点！不知道你注意到了没有，其中用了几个"大"字？我仔细算过，一共有八个！包括那张桌子是"花梨大理石大案"，这里就出现两次，然后是"斗大的一个汝窑花囊""一大幅米襄阳《烟雨图》"以及"案上设着大鼎"，到这里已经有五个"大"字，最后是"大观窑的大盘，盘内盛着数十个娇黄玲珑大佛手"，其中一口气用了三次，加起来总共就是八个"大"字。如果再看其他不带"大"字却又有大的特质的描写，例如"笔海内插的笔如树林一般"、花囊里"插着满满的一囊水晶球儿的白菊"，这样的做法都更加深了大器的境界，不是玲珑小巧的那一种品味，但又十分优雅脱俗。

那满满的白菊花不正是陶渊明的象征吗？还有那一大幅宋朝大画家米芾的《烟雨图》，岂不正显示出隐逸山林的情趣吗？再加上左右所挂的一副对联，是唐朝大书法家颜真卿所写的"烟霞闲骨格，泉石野生涯"，那更清楚不过了，探春确确实实很能自得其乐，无入而不自得，因此无论在哪里，即使是怀才不遇，都可以享受存在的美好！由此也体现出君子的崇高胸襟。

大观精神的体现者

但很特别的是，就在这一段恢弘大器的描写中，出现了一个很重要的关键词，即"大观"！这是元妃为这座皇家园林所赐题的名字，前面才刚刚讲过，它代表了圣王、仁君实践王道的意思，而曹雪芹为什么要让探春的秋爽斋"放着一个大观窑的大盘"呢？其中必有深意。本来，清朝时所说的"大观窑"就是指宋朝的官窑，包括汝窑、定窑等等，在秋爽斋里也直接用到过，即"斗大的一个汝窑花囊"，但为什么此处偏偏要故意用"大观窑"这个通称？我认为，这是曹雪芹为了要彰显探春也属具有大观精神的一位金钗，所

贾探春 泱泱大气的将相雅士 | 235

米芾《溪山烟雨》立轴

米友仁《夏山烟雨图》

以才刻意安排的，试看将来探春理家以后表现得轰轰烈烈，岂不正是大观精神的表现！

看到这里，我们清楚看到了探春正是儒家所推崇的大雅君子，好比《论语·述而》里孔子所言："用之则行，舍之则藏。"意思是说，受到重用的时候即入世好好发挥才能，而被舍弃的时候就出世隐藏起来，这便是《孟子·尽心上》所谓的："得志，泽加于民；不得志，修身见于世。穷则独善其身，达则兼善天下。"这些描述果然都于探春身上得到了印证。她在前期"舍藏"的境况下独善其身，很自在地享受隐逸的乐趣，到了后期"用行"的阶段则是兼济天下，大刀阔斧地改革擘划，因此第五十六回的回目上说她是"敏探春兴利除宿弊"，不就完全展示出孔孟所说的君子典范吗？

也因此，曹雪芹又特别为探春设计了两个重要的意象，一个是风筝，一个是凤凰。先说风筝吧，这风筝最早是出现在第五回太虚幻境的图谶里，探春的那一幅上面画的是"两人放风筝"，又第二十二回元宵节大家做灯谜时，探春的谜底也是风筝，其用意就如同著名的英国民俗学家文林士（C. A. S. William）所说的，中国风筝之相关环境因素，便包括了超拔的高度和清新的秋天微风（a high elevation, and a fresh autumn breeze），而这岂不正呼应了探春所住的秋爽斋的命名吗？一派秋高气爽，令人心旷神怡！

最有趣的是，到了第七十回，风筝的意象又和凤凰结合在一起，那绝对不是巧合，而是两者之间具有本质上的共通性。因为凤凰本身即带有高贵的象征，所以元妃省亲时，第一处行幸的潇湘馆就被宝玉题名为"有凤来仪"，而秋爽斋的院子里种着梧桐，根据庄子的寓言，那也是凤凰唯一愿意栖息的树木，《庄子·秋水篇》云：

> 夫鹓雏（按：即凤凰），发于南海而飞于北海，非梧桐不止，非练实（按：即竹子的果实）不食，非醴泉不饮。

可见探春正是住在秋爽斋的那一只凤凰。再看第六十五回，兴儿向贾琏偷娶的尤二姐介绍家里的太太小姐们时，也说这位三姑娘是"老鸹窝里出凤凰"，意指从赵姨娘的一窝乌鸦里突变出探春这只凤凰来，那就更清楚明白不过了。

也难怪，探春在理家后不久便受到贾母的赏识，从此也进入到贾母身边的核心圈子了！现在，我要特别提醒大家一些很微小，却很有趣、很重要的细节，让我们看到探春地位的提高，也显示贾母的识人之明。

想想看，贾母等于是贾家的太后，能贴身围绕在她旁边的人，当然都是宠儿，而这张宠儿的名单大致是固定的，其中主要包括了宝玉、黛玉、宝钗，或者再加上湘云，而宝琴在第四十九回到了贾府以后，也立刻加进来了。所以小说里很多的场合都描写了这样的座位状况，例如：第三十八回大观园藕香榭举行的螃蟹宴，座位的安排是：

> 上面一桌，贾母、薛姨妈、宝钗、黛玉、宝玉。东边一桌：史湘云、王夫人、迎、探、惜。

到了第四十回的两宴大观园时，还是类似的座次：

> 贾母带着宝玉、湘云、黛玉、宝钗一桌，王夫人带着迎春姊妹三个人一桌。

很清楚的，在这几个场合里，探春都只是三春之一，和一般姊妹同等，根本比不上宝玉、黛玉和宝钗。再看第五十三回的"荣国府元宵开夜宴"，仍是大约这样的情况，当时：

> 贾母歪在榻上，与众人说笑一回，……外另设一精致小高桌，设着酒杯匙箸，将自己这一席设于榻旁，命宝琴、湘云、黛玉、宝玉四人坐着。每一馔一果来，先捧与贾母看了，喜则留在小桌上尝一尝，仍撤了放在他四人席上，只算他四人是跟着贾母坐。故下面方是邢夫人、王夫人之位，再下便是尤氏、李纨、凤姐、贾蓉之妻。西边一路便是宝钗、李纹、李绮、岫烟、迎春姊妹等。

比较特别的一次，是第七十一回贾母过生日：

> 当中独设一榻，引枕、靠背、脚踏俱全，自己歪在榻上。榻之前后左右，皆是一色的小矮凳，宝钗、宝琴、黛玉、湘云、迎春、探春、惜春姊妹等围绕。因贾瑞之母也带了女儿喜鸾，贾琼之母也带了女儿四姐儿，还有几房的孙女儿，大小共有二十来个。贾母独见喜鸾和四姐儿生得又好，说话行事与众不同，心中喜欢，便命他两个也过来榻前同坐。宝玉却在榻上脚下与贾母捶腿。

从这一段描写就更清楚了，能坐在贾母身边的，都是宠儿！宝玉直接坐在榻上帮贾母捶腿，显示出最受宠的地位，而新来的喜鸾、四姐儿这两个女孩子，能够被青睐而受命来榻前同坐，和宝钗等众姊妹一起，那便属于难得的殊荣了。

可是到了后半期，情况便发生了微妙的变化，试看第七十回一段很巧妙的细节：

> 这日王子腾的夫人又来接凤姐儿，一并请众甥男甥女闲乐一日。贾母和王夫人命<u>宝玉、探春、林黛玉、宝钗四人同凤姐去</u>。众人不敢违拗，只得回房去另妆饰了起来。五人作辞，去了一日，掌灯方回。

请注意，这五个被点名一起去王子腾家的宠儿里，已经包含了探春！再看第七十一回，贾母过八十大寿，在这么重要的日子里，南安太妃、北静王妃等都亲自登门贺寿，其中，南安太妃特别问起宝玉，又问众小姐们，要求贾母叫人把她们请来，于是：

> 贾母回头命凤姐儿去把史、薛、林带来，"再只叫你三妹妹陪着来罢"。

这实在更清楚了，贾母除了派出史、薛、林这些固定的班底之外，又特别吩咐凤姐再把探春一起叫来，这就是明显的提拔啊。果然第七十一回鸳鸯说道："这不是我当着三姑娘说，老太太偏疼宝玉，有人背地里怨言还罢了，算是偏心。如今老太太偏疼你，我听着也是不好。这可笑不可笑？"毋庸置疑，探春确确实实也成为老祖宗的宠儿之一了，因此同样遭受到别人的嫉妒，那是避免不了的后遗症。

而此处要特别指出的是，探春的情况和宝玉、黛玉等并不一样，因为宝玉和黛玉的受宠多少出于贾母的主观偏心，但探春之所以能进入贾母身边的核心圈子，完全是靠她自己的杰出表现，因此要到第五十五回开始理家以后才能发光发热，也才有机会让贾母注意到她的优秀,故而探春受宠的时间跟着递延了,成为贾母宠儿名单里的最后压轴!

那么,探春得宠之后,是恃宠生娇了还是一如既往的恬淡高洁呢?确实,一般人很容易因为有权或有钱,便作威作福起来,贾环便是一个例子。第二十五回说:

> 王夫人见贾环下了学,便命他来抄个《金刚咒》唪诵唪诵。那贾环正在王夫人炕上坐了,命人点灯,拿腔作势的抄写。一时又叫彩云倒杯茶来,一时又叫玉钏儿来剪剪蜡花,一时又说金钏儿挡了灯影。众丫鬟们素日厌恶他,都不答理。

此刻贾环之所以这样颐指气使,正是因为王夫人提拔了他,让他坐在王夫人自己的位置上,因此他觉得自己是个高高在上的主子了,便趾高气昂地嚣张起来,对别人呼来喝去。这就是暴发户身上常见的气焰,难怪大家都很讨厌他。

相反的,探春根本不会在乎这些外在的得失荣辱,如果她连被整个世界忽视、误解都不会放在心上,可以自己一个人充实、自在地过日子,那么现在有了权位的时候,当然也不会被权力给腐化。黛玉便观察到这一点,第六十二回黛玉和宝玉两人站在花下,远远地看探春处理事务,黛玉对宝玉说道:

> 你家三丫头倒是个乖人。虽然叫他管些事,倒也一步儿不肯多走。差不多的人就早作起威福来了。

那是当然的,像凤凰一般高洁的探春,又哪会那般浅薄!这个人才不肯走旁门左道,更不愿意滥用权力,于是现在"叫他管些事,倒也一步儿不肯多走",意指探春不滥权、不逾矩,谨守原则分寸,奉公守法,此即黛玉所谓"乖人"的意思。而这正是探春比王熙凤还要杰出的原因,难怪会得到贾母的欣赏。

所以说,只要跳脱出只关心"爱情"的小小框架,也不要只注目那些相关的少数人物,飞出那一口小小的水井,就会发现,从飞鸟的眼光看世界、看《红楼梦》这部伟大的小说,整个视野是无限的开阔,根本和井底的青蛙完全不同,可以看到更精采的风光!因此,西园主人说"以家喻国言,此书首在探春",这其实是很客观、很深刻的洞见。

最后,总结一下这一章所讲到的内容,其中有几个重点:

第一,探春和黛玉一样,都有前后两期的不同变化,探春的情况刚好反过来,前半期是韬光养晦的沉潜阶段,但后半期就变成了执牛耳的重量级人物了,因此评点家西园主人甚至认为"探春者,《红楼》书中与黛玉并列者也"。

第二,这样的设计是为了突显探春的君子风范,她在怀才不遇的时候可以"独善其身",到了可以"兼善天下"的时候又公正无私,达到了儒家所推崇的"用之则行,舍之则藏"的境界。

第三,因此曹雪芹特别把"大观"这个关键词用在她的房间里,以展现她的恢弘大器,并且还安排了风筝和凤凰的意象,来表彰她的崇高脱俗。第四,难怪探春后来受到了贾母的欣赏和提拔,和宝玉、黛玉等一起成为核心圈子里的宠儿,这真是实至名归的荣耀!

必须说,曹雪芹设计了两个君子,一个是薛宝钗,另一个是贾探春,尤其在探春身上,让大家更懂得中华文化里真正的精英分子是怎样努力提高人格高度的。下一章,要来看探春身上有哪些重像,那也证明了曹雪芹对这位金钗是怎样地喜爱!

第 21 章：大雅的分身

这一章，要继续讲贾探春这个人物。通过上一章的解说，可见探春是一个并不亚于三大主角的金钗，既然探春如此重要，那么，曹雪芹又要怎么刻画这位少女呢？其实在曹雪芹心中，探春既是才华横溢的文人雅士，也是巾帼不让须眉的首相干将，还是一朵懂得反抗的带刺玫瑰。

首先，我们来看探春的重像都有谁？那些人和之前介绍的三大主角的重像可大不相同。

我们都知道，在《红楼梦》里，最喜欢作诗的人是林黛玉，好些缠绵悱恻的诗篇都是她呕心沥血的结晶。但必须说，黛玉并不是一般意义之下的"文人雅士"，只能算是一个感伤派的诗人，充满了主观感觉上执拗的悲凄；其实，真正的"文人雅士"另有其人，那是谁呢？答案就是贾探春！探春的重像更证明了这一点。

文人雅士的总和

本书前面介绍过宝玉、黛玉、宝钗这三大主角的重像，奇妙的是，他们的重像都包括了故事里的人物，例如宝玉的重像有荣国公、薛宝钗、甄宝玉、芳官，而黛玉的重像是晴雯、龄官、妙玉、尤三姐等等，至于宝钗的重像除了宝玉之外还有袭人、麝月之类，但独独只有探春，一个这么特别、这么重要的角色，曹雪芹在安排她的重像时，却完全没有采取书中的人物，而全部选用历史上的古人，并且都是品味卓绝的文人雅士！主要包括了王羲之、颜真卿、苏轼、司马光。从这一点来说，曹雪芹确实是非常偏爱探春的，他认为小说里没有人能分享她的精彩，探春是真正的独一无二、无可比拟！所以说，一般人只注意到林黛玉、薛宝钗，实在是太可惜了。

那么，曹雪芹是怎样用这些历史上的文人雅士来为探春加分的？先从探春的生日说起。从第七十回的描写可知，探春诞生于农历三月三日，其中提道：

> 说起诗社，大家议定：明日乃三月初二日，就起社，便改"海棠社"为"桃花社"，林黛玉就为社主。……次日乃是探春的寿日，元春早打发了两个小太监送了几件玩器。合家皆有寿仪，自不必说。饭后，探春换了礼服，各处去行礼。

这一段的说明很清楚，三月初二的第二天就是三月三日，在传统文化的脉络里，大家立刻会联想到的便是王羲之的兰亭雅集！很多人都读过王羲之所写的《兰亭集序》，当时的创作背景正是三月三日的兰亭，因为那一天大家都要到水边修禊，那是一种来自上古时代的风俗习惯，每当三月的上巳（即上旬的巳日）这一天，人们得到水边去接受水的净化，因为水是洁净、神圣的，可以消灾解厄、祓除不祥，于是形成了一套仪式，称为修禊，后来固定在三月三日，这一天就是所谓的禊日。唐朝大诗人杜甫有一首《丽人行》，诗篇一开始便说："三月三日天气新，长安水边多丽人。"反映的便是同一个风俗背景，而杨贵妃姊妹这些丽人们，当天到长安东南边的曲江去游玩，一路上浩浩荡荡，衣香鬓影、色彩缤纷，杜甫恰好在路边目睹了这个欢乐繁华的盛况，于是有感而发，便写下了这首诗，也印证了三月三日在中古时代是非常重要的节日，实在不亚于清明、端午、中秋之类的大节庆。

修禊本来是一种祈福禳灾的活动，到了魏晋六朝的时期，这个修禊的活动更被文人给雅化了，既然大家都要到水边去，于是文人便利用这个风俗发展出一种喝酒做诗的集会形式，当天大家选定一条曲折蜿蜒的小溪流水，各自在两岸边列坐，然后把空酒杯放在上游，让杯子顺水流下，看它搁浅在谁的前面，那个人就要拿起杯子来，罚饮一杯酒，再罚写一首诗，这即是所谓的"曲水流觞"。这是多么风雅的活动啊，形成了兰亭雅集的风流韵事，也因此让后来的文人竞相模仿。

王羲之正是历史上最伟大的书法家之一，他的《兰亭集序》是文学的杰作，又是书法的圣品，所以唐太宗十分喜爱，甚至带到陵墓里去作为陪葬，从此使这件国宝埋没不见天日，这件事到现在还让人扼腕不已！再回头看探春，她不只是三月三日出生，曹雪芹刻意用这个生日再次强化了她人品的高洁，此外探春发起的海棠诗社，成为大观园的第一个艺术集会活动，岂不也呼应了兰亭雅集吗？更重要的是，探春正是所有的金钗里最优秀的书法家！

其实早在第十八回就已经触及探春在书法上的专长，这一回元妃省亲，命宝玉、众姊妹作诗歌咏，元妃看完后"又命探春另以彩笺誊录出方才一共十数首诗，出令太监传与外厢。贾政等看了，都称颂不已"，显然元妃在看诗稿的时候，便注意到探春的书法特别优异，所以现场命她再誊录一遍，送出去给家长们欣赏。到了第二十三回一开始又说：

贾元春自那日幸大观园回宫去后，便命将那日所有的题咏，命探春依次抄录妥协，自己编次，叙其优劣。

换句话说，元妃回到皇宫里面把省亲时大家所写的诗整理出一本诗集，而奉命抄录这些作品的人还是探春。这是第二次提到探春写毛笔字，也可见元妃很有识人之明，居然看出探春在书法方面的才能，所以把这个抄写誊录的工作交给她来负责。

果然，到了第四十回刘姥姥逛大观园时，曹雪芹更描写探春的秋爽斋里摆满了文房四宝，在那三间打通的空间里，摆着"一张花梨大理石大案，案上磊着各种名人法帖，并数十方宝砚，各色笔筒，笔海内插的笔如树林一般"，可见探春是多么醉心于书法啊！而那些她常常临摹的各种名人法帖里，应该包括了王羲之，王羲之也就是探春的第一个重像。

但我必须进一步说，探春最喜欢的书法家，应该是唐朝的颜真卿。关于这一点，小说里提供了两个证据，一个是第三十七回"秋爽斋偶结海棠社"中，探春想要号召大家成立海棠诗社，首先是派丫头拿一副花笺送与宝玉，信纸上面写了几个重点，其中之一，就是感谢宝玉哥哥对她的关心和馈赠，因为当时探春感冒了，她说：

> 昨蒙亲劳抚嘱，复又数遣侍儿问切，<u>兼以鲜荔并真卿墨迹见赐</u>，何恫瘝惠爱之深哉！

可见宝玉不但亲自去探望探春，又好几次派丫鬟去问候，并且送给她新鲜荔枝和颜真卿的墨宝，这种兄妹友于情深的恩惠让探春真是感激不已，所以在信里面一开始便郑重致谢。想想看，宝玉会用颜真卿的墨宝作为礼物，一定是因为探春喜欢颜真卿的书法，这样才能投其所好，达到送礼慰问的目的。

这确实也呼应了秋爽斋的摆设。在第四十回中，我们通过刘姥姥的眼睛还看到：

> 西墙上当中挂着一大幅米襄阳《烟雨图》，左右挂着一副对联，乃是颜鲁公墨迹，其词云：
> 烟霞闲骨格　泉石野生涯

这就再清楚不过了，这一副对联展现了隐逸山林的气节，正是颜真卿的墨迹！颜鲁公就是颜真卿，因为他身为数十年的朝廷大臣，在安史之乱中坚守不屈，有如国家的中流砥柱，后来被封为鲁公，最后也是因为坚守气节而被叛乱分子给缢杀，留下了千古忠烈的形象，而颜真卿的书法风格便被称为"颜体"。

那么，"颜体"有哪些特色？为什么探春会特别喜欢颜真卿的书法风格？首先要知道，整个清代书法就是以颜体为门面，在清代书法史上"颜体"一系算是旗帜鲜明，拥有最高的重要地位，这个现象明显与前代不同，这么说来，探春的书法品位也反映了时代的主流。但是，这应该不是最重要的原因，以探春这么一位气度恢宏、才志兼备的君子来说，走跟风的路线实在太过于盲从了，她根本不是人云亦云、随波逐流的那种人，所以，探春之所以会偏好颜体，一定有更内在的个人原因。而那个内在原因就是颜真卿以人品与书品深深打动了她，所以成为她的精神导师！

正如古人总是说"文如其人"，其实也可以说是"书如其人"，一个人的性情、思想都会影响到笔下的作品，因此颜真卿的颜体也是他的人品的反映，除了艺术的登峰造极之外，更重要的是人格的高度，而颜真卿简直是天地浩然正气的代表，影响到了他的书法风格。简单地说，颜真卿的书法具有大字的特性，正楷是端庄雄伟，气势开张；行书则是遒劲有力，洋溢出浑厚的骨气，因此被称为"中正之笔"，难怪吸引了历代崇尚高洁的文人雅士，其中便包含了苏东坡。

故宫博物院的第一个牌匾由李煜瀛用颜体写成

宋朝黄庭坚《跋东坡自书诗》记载道：

（苏轼）中岁喜临颜鲁公，造次为之，便欲穷本。

子瞻昨为余临写鲁公十数纸，乃如人家子孙，虽老少不类，皆有祖父气骨。

由此可知，苏东坡在人格更成熟的中年时期喜欢临摹颜真卿，而且在造次动荡的生活里进行，想要穷究颜真卿书法的根本精髓，那真是对颜体最大的肯定！不止如此，苏东坡还曾经说："书至于颜鲁公，画至于吴道子，而古今之变，天下之能事毕矣。"这也就是集大成的意思，难怪颜体会在清朝独领风骚。而北京的故宫博物院在1925年成立时，第一个牌匾便是由第一任理事长李煜瀛用颜体所写成的，当时他半跪在地上，大抓笔写出"故宫博物院"五个大字，可见那力道是多么气势磅礴！

由此可见，探春之所以特别偏爱颜真卿的书法，根本不是为了跟随时代潮流，最重要的关键还是颜真卿顶天立地的耿直人品，流露在书法风格上便是雄浑大气、厚重沉稳的庄严，这也正是探春的自我期许！因此颜真卿就成为探春的第二个重像。

而那么欣赏颜真卿书法的苏东坡，刚好也是探春的第三个重像。前面提到探春感冒了，所以宝玉送了颜真卿的书法笔墨给她，做为病中的慰问。那探春怎么会感冒了呢？这在那一副写给宝玉的花笺里已经说明了原因，信函一开始先说道：

前夕新霁，月色如洗，因惜清景难逢，讵忍就卧。时漏已三转，犹徘徊于桐槛之下，未防风露所欺，致获采薪之患。

意思是说，前天晚上雨后放晴，空气特别地清净，月光也特别明亮，探春因为爱惜这番美景以后不容易再遇到了，于是不忍加以辜负，一直欣赏到半夜三更都不肯去睡，在院子里徘徊不去，没想到因此受到风寒，导致卧病。

想想看，探春竟然可以为了珍惜明亮如洗的月色而在户外流连忘返，直到中宵夜深，这哪里是一般少女会有的雅兴和作风！并且，只要稍微接触过中国古典文学的人，看到这一幕立刻就会联想到了苏东坡，东坡在《记承天夜游》这篇文章里便记录了相似的夜晚，他说：

> 元丰六年十月十二日，夜，解衣欲睡；月色入户，欣然起行。念无与为乐者，遂至承天寺，寻张怀民。怀民亦未寝，相与步于中庭。庭下如积水空明，水中藻荇交横，盖竹柏影也。

其中把月光下树影交错的景色比喻成水中的水草，那月光不就成了透明的清水吗？仔细一想，整个情景不但优美如画，而且让人感到十分清凉舒爽，这种发现美、创造美的心灵，又该是多么稀有而珍贵！果然连苏东坡自己都在这一篇文章的最后说：

> 何夜无月？何处无竹柏？但少闲人如吾两人耳！

这样的闲人确实很少，或者应该说，这样脱俗的高雅人士十分罕见，而探春正是其中之一！那月光所勾勒的身影绝非柔弱、娴静的一般闺秀，难怪探春会喜欢浑厚大气的颜体了。

让我们再仔细地想一想，《红楼梦》里还有谁会这样洒脱呢？算起来，虽然也有三更半夜还不睡的女孩子，但原因都不一样：黛玉是哭到夜深，如第二十七回说："那林黛玉倚着床栏杆，两手抱着膝，眼睛含着泪，好似木雕泥塑的一般，直坐到二更多天方才睡了。"而宝钗呢，她是做针线做到半夜，第四十五回说："宝钗因见天气凉爽，夜复渐长，遂至母亲房中商议，打点些针线来。……每夜灯下女工必至三更方寝。"

　　这么一比较，更突显出每个人的性格和风格都很不同，而我们也更加明白了，探春确实是大观园中的王羲之、颜真卿与苏东坡。但又不只如此，我还要补充第四个重像，那就是宋朝的司马光！司马光最让大家耳熟能详的事迹是砸缸救友，但那只是儿童时期的机智勇敢，他这个人一生最自豪的成就，其实是"事无不可对人言"的光明磊落，也就是说，没有什么不可以对别人说的，做人做事非常坦荡。《宋史·司马光传》记载：司马光"自言：'吾无过人者，但平生所为，未尝有不可对人言者耳。'诚心自然，天下敬信"。而恰恰好，《红楼梦》第二十二回畸笏叟的评语也说：

　　　　湘云探春二卿，正事无不可对人言芳性。

　　这用的正是司马光的典故，而探春完全是担当得起的。想想看，秋爽斋不就是把三间打通，没有遮避的角落，让人一目了然吗？最值得注意的是，探春的生日是三月三日修禊日，她的性格又是那么高洁恢宏，正如那一天的水特别的洁净，可以涤清种种污秽，这种光明坦荡的特质在探春身上始终一以贯之，所以司马光才会是探春的另一个重像。

　　总结来看，小说里只有探春的重像都是来自于历史人物，而且全部是高雅脱俗的文人雅士，包括王羲之、颜真卿、苏轼和司马光，由此可见，探春的特质是很难模仿的，难怪小说里很难再有第二个分身了。

胜过凤姐的巾帼英雄

更难得的是,探春能够"用行舍藏",可以"独善其身"也可以"兼善天下",因此既是崇高脱俗的文人雅士,又是才干非凡的英雄豪杰,她啊,可是连凤姐都甘拜下风、自叹不如的杰出人才!

当第五十五回探春开始登场理家,代替生病的凤姐处理家务时,却立刻面临刁奴的欺侮,幸好探春太优秀了,才刚刚初试啼声就一鸣惊人,给了那些存心藐视、故意掣肘的女仆一场震撼教育,让她们从此以后就兢兢业业,不敢再随便敷衍。当时平儿便对那些媳妇们说:"那三姑娘虽是个姑娘,你们都横看了他。二奶奶这些大姑子小姑子里头,也就只单畏他五分。"此话并不夸大,接着凤姐听了平儿的转述以后,即不禁连声喝采道:

好,好,好,好个三姑娘!我说他不错。

想想看,在整部《红楼梦》里,上上下下除了贾母之外,有谁能被凤姐这样极口称道的?凤姐这个人已经是睥睨天下的巾帼豪杰,例如第二回冷子兴演说荣国府时,便说她是:"模样又极标致,言谈又极爽利,心机又极深细,竟是个男人万不及一的。"难怪第七回凤姐自豪地说:"普天下的人,我不笑话就罢了。"这一点绝对不是自我吹嘘,所以说,不被她轻视就已经很不错了,又有几个人可以被她看在眼里?还要能被她高度赞赏的,更简直绝无仅有,而探春便是唯一的一个!凤姐不仅交口称赞,还一连用四个"好"字,简直是赞叹连连、赞不绝口。那就可想而知,探春是多么地卓越非凡了。

其实，探春还在前面的沉潜期，便已经展露出非凡的眼光胸襟，只是被读者们所忽略。例如大观园的第一个海棠诗社，正是探春号召大家所成立的，第三十七回中，探春写给宝玉一副花笺，提议道："孰谓莲社之雄才，独许须眉；直以东山之雅会，让余脂粉。"这些字句也同时呈现出不让须眉的气概，显示出一种超越性别的高度。

再看第四十九回时，薛宝琴、邢岫烟、李纹、李绮等新秀恰巧一起上京来到贾府，看起来也都擅长作诗，宝玉兴奋得迫不及待，对探春说："明儿十六，咱们可该起社了。"但探春则认为此刻不宜：

"越性等几天，他们新来的混熟了，咱们邀上他们岂不好？这会子大嫂子、宝姐姐心里自然没有诗兴的，况且湘云没来，颦儿刚好了，人人不合式。不如等着云丫头来了，这几个新的也熟了，颦儿也大好了，大嫂子和宝姐姐心也闲了，香菱诗也长进了，如此邀一满社，岂不好？……"宝玉听了，喜的眉开眼笑，忙说道："倒是你明白。我终久是个胡涂心肠，空喜欢一会子，却想不到这上头。"

可见探春的思虑周密，面面俱到，远胜于宝玉的感性行事。这般清晰明理的头脑，在第四十六回也出现过，当时贾赦想要纳鸳鸯为妾，而引起贾母空前绝后的震怒，在大发雷霆之下殃及无辜，把不相干的王夫人也责骂一顿。王夫人百口莫辩，其他人却都因为有所顾虑而不便出言解释，导致现场一片尴尬，这时出来化解危机的人便是探春。书中说：

探春有心的人，想王夫人虽有委屈，如何敢辩；薛姨妈也是亲姊妹，自然也不好辩的；宝钗也不便为姨母辩，李纨、凤姐、宝玉一概不敢辩；这正用着女孩儿之时，迎春老实，惜春小，因此，窗外听了一听，便走进来陪笑向贾母道："这事与太太什么相干？老太太想一想，也有大伯子要收屋里的人，小婶子如何知道？便知道，也推不知道。"

此一举动显示出探春具备洞若烛火的眼力，一一了解到大家的为难，并且拥有高度的胆识，在贾母的怒火下勇于出面，讲出合情合理的一席话，果然犹未说完，贾母便立刻恢复理性，笑着承认道："可是我老糊涂了！姨太太别笑话我。"由此洗刷了王夫人的冤屈，平息了贾母的怒气。可见探春的勇气、决断力确属一流，和清明的头脑、高雅的品位共构为一，塑造出绝无仅有的一位文人雅士兼英雄豪杰。

读到这里，恐怕大家便很想了解了，到底一个人要怎样才能卓越到这种程度？前面已经看到才志兼备即是最大的原因，但"才自精明志自高"又是怎么来的？关于这一点，凤姐其实是很有洞察力的，也很有自知之明，她完全知道自己为什么会比不上探春，所以在探春理家后用来嘱咐平儿的一番话里，便提到重点了，她说：

他虽是姑娘家，心里却事事明白，不过是言语谨慎；他又<u>比我知书识字，更厉害一层了</u>。

这实在是金玉良言啊，曹雪芹在小说里一再想告诉我们，读书实在是太重要了，通过读书，一个人才能张开眼睛，看得更远、更高、更广，才不会流于表面，短视近利。前面已经提到过，薛宝钗最好的一段话是这么说的：

> 学问中便是正事。此刻于小事上用学问一提，那小事越发作高一层了。不拿学问提着，便都流入市俗去了。

所以说，探春之所以比凤姐更杰出，就在于她能够"拿学问提着"，因此"作高一层"，而凤姐却因为不曾读书识字，以致"流入市俗去了"。换句话说，探春之所以比凤姐"更厉害一层"，便是因为她读书识字，拥有了学问，所以能够"作高一层"，而那来自学问的"作高一层"，也让探春"志自高"，即提升了志向，所以才成为一个比王熙凤还要杰出的女君子、女英雄！

探春的代表花

有趣的是，探春兼具了文人雅士、英雄豪杰的双重特点，她的代表花也因此很有特色，那就是不容侵犯的玫瑰花！

根据第六十五回兴儿描述探春的性格时所说的：

> 三姑娘的浑名是"玫瑰花"。……玫瑰花又红又香，无人不爱的，只是刺戳手。也是一位神道，可惜不是太太养的，"老鸹窝里出凤凰"。

显然探春的个性绝不会逆来顺受，接受不公不义的对待，因此让人觉得带着刺。但我们也要仔细分辨清楚，玫瑰花的刺绝不会主动伤人，只要你尊重她、保持距离，那她就会是一位美丽宜人的佳人，因此在大家心目中留下的印象，即第五十五回所说的"素日也最平和恬淡""言语安静、性情和顺"。但如果你胆敢侵犯，她也不会忍耐，会伸出她的刺来把你刺伤，提醒你不应该做这样的举动！

让我们认真想一想，这样的性格才能真正地维持世界的公平，并且促进社会的进步。试看第七十四回抄检大观园时，所有的姑娘们都接受这种屈辱，一一让大队人马搜检房里丫鬟们的东西，却只有探春采取不合作的态度，她开门秉烛而待，蓄势待发，准备好要正面宣战，给予不正义的做法一记迎头痛击。当凤姐等人刚进房门，她便明白表示拒绝抄检，冷笑道：

> "我们的丫头，自然都是些贼，我就是头一个窝主。既如此，先来搜我的箱柜，他们所有偷了来的都交给我藏着呢。"说着便命丫头们把箱柜一齐打开，将镜奁、妆盒、衾袱、衣包若大若小之物一齐打开，请凤姐去抄阅。

又说：

> 我的东西倒许你们搜阅；要想搜我的丫头，这却不能。我原比众人歹毒，凡丫头所有的东西我都知道，都在我这里间收着，一针一线他们也没的收藏，要搜所以只来搜我。你们不依，只管去回太太，只说我违背了太太，该怎么处治，我去自领。

这样的做法有几个用意：首先是保护自己的丫鬟，挡住不公正的对待方式，不让她们接受无端的羞辱，这便显示出优秀将领的风范，也才值得手下效忠。第二，探春并不是鲁莽蛮干的人，她知道这是上层的命令，不应违抗，因此是换个方式让抄检工作得以进行，并表示自己愿意领罪，让凤姐等人可以回去交差，此即顾全大局的眼光。第三，探春以身作则，亲自承揽抄检的羞辱，同时保证对下人善尽管理的责任，所以可以对秋爽斋的一切人事负起全责，这更展现了卓越领导者的精明有为。

其实这场肉搏战哪里只是为了保护自己的手下，或她个人的不甘受辱而已，根本就是从大局着想，因此接着她才会指出这种做法的严重性，等于是自己抄自己的家，所谓："从家里自杀自灭起来，才能一败涂地。"探春也因此悲愤地掉下了眼泪。

并且，当刁奴王善保家的藐视探春，轻率地往她身上翻贼赃时，探春才会不顾身份，直接给她脸上一巴掌，当下把她痛斥一顿，指着王家的问道："你是什么东西，敢来拉扯我的衣裳！我不过看着太太的面上，你又有年纪，叫你一声妈妈，你就狗仗人势，天天作耗，专管生事。如今越性了不得了。你打谅我是同你们姑娘那样好性儿，由着你们欺负他，就错了主意！你搜检东西我不恼，你不该拿我取笑。"那一幕真是威风凛凛，大快人心！

所以说，探春这朵玫瑰花确实是带刺的，但她的刺是这样敦厚内敛，代表了自尊自爱的人格高度，因此，一旦把那根刺拿出来反击的时候又是这样令人感到痛快，我们觉得<u>正义之士就应该这样积极奋斗，不屈不挠，而不是跑去隐居独善其身，把世界让给小人掌管而落得乌烟瘴气</u>。这样的探春简直是振奋人心，"玫瑰花"实在是比喻得太好了！

而这个比喻更奥妙的地方，是清朝评点家姜祺所指出来的，他在《红楼梦诗·贾探春》这一段说：

  一帆风雨海天来，爽气秋高远俗埃。脂粉本饶男子气，锡名排玉合玫瑰。

并附注道：

> 贾氏孙男俱从玉旁，玫瑰之名，恰有深意，不独色香刺也。此独具着眼处。

这真是深具启发性的诠释，姜祺慧眼洞见告诉我们，探春为什么会用玫瑰作为代表花，还有更深刻的一个原因，即她具有非凡的男子气概，足以担当家族的继承人，因此曹雪芹在选代表花的时候，便刻意选择带有玉字边的名字，使她也排进继承人的行列，那就非玫瑰莫属了。

试看"玫瑰"这两个字的偏旁都是玉，岂不正是宝玉这一代的排行用字吗？玉字辈的孙男有宝玉、贾珍、贾琏、贾环、贾瑞等十多个，可惜除了早死的贾珠之外，几乎都是不肖子孙，即第五回宁、荣二公之灵所说的"无可以继业"。这么一来，曹雪芹赋予探春一个名字带玉的玫瑰做代表花，又哪里只是用来说明她的性格而已，其实更是要以这种性格来赞美她是一个杰出的巾帼英雄，是贾家复兴的唯一希望。因此，第十三回回末诗所说的"裙钗一二可齐家"，我认为这一两个可齐家的金钗除了王熙凤以外，另一个就是贾探春！

以这一点来说，探春恐怕是小说家最重视的人物之一。只可惜大多数的读者受限于对爱情的兴趣，尤其是宝玉、黛玉的爱情，因此被聚光灯遮蔽了视线，看不见其他人的深度和价值。这是多么可惜！

最后，总结一下这一章的内容，其中提到了几个重点：

第一，小说里真正的"文人雅士"是贾探春，因此曹雪芹为她所安排的大雅分身，主要包括了王羲之、颜真卿、苏轼、司马光等历史人物，都具有高洁恢弘的人格和光明磊落的气节。

第二，探春最喜欢的书法家是唐朝的颜真卿，因为他中正耿直的人品形成了雄浑有力的书品。颜真卿的"颜体"，是清朝书法史的主流，也和探春的人格最相契合。

第三，探春可以独善其身，也可以兼善天下，一旦她入世处事的时候，便成为比凤姐还厉害一层的巾帼英雄，让凤姐甘拜下风。

第四，因此曹雪芹把玫瑰花给探春做代表花，这一方面是用玫瑰的刺比喻探春对于不合理的事情会勇于反击，一方面也是用玫瑰二字的玉字边来赞美探春才是贾家真正的好子弟。

而探春这一朵玫瑰花为了巩固自己的人格高度，也为了追求公平正义，所以坚守正道，这一点尤其表现在她和生母赵姨娘的抗争上。下一章就要来讲这一对母女的关系，到时候你会发现，一个君子要维持自己的品格，需要多么坚苦卓绝，还要被许多读者误会呢。

第 22 章：君子的奋斗：变形的母女关系

从前面两章，已经清楚看到探春人品崇高，是一位大雅君子，然而探春最常被误会、也最常被批评的，是她和生母赵姨娘之间的母女之争，因此我们必须给予正确的理解，并且从中看到更深刻的道理。所以这一章就来谈谈探春在这个变形的母女关系里的艰苦奋斗。

我们都知道，探春并非王夫人所生，而是庶出，她的生母是赵姨娘。历来一般常见的说法，是认为探春不认亲生母亲赵姨娘，只认有权有势的嫡母王夫人，因此批评她天性凉薄、趋炎附势等等。但这又是一个很严重的误解！想想看，从前面两章的说明，可见探春是那样恢弘大器的文人雅士，更是才志兼备的正人君子，怎么可能会是趋炎附势的俗人！果然事实并非如此，以探春的正派、高尚，她之所以会出现这一类让人误会的情况，一定是另有缘故。我们得要仔细推敲，切莫囫囵吞枣，这样一来不但可以还给她一个公道，并且借此更了解人情事理的复杂与奥妙，不至于流入市俗。

哪一种母亲

我们都知道，《红楼梦》主要是描写少年少女的成长故事，因此也写到很多的母亲。但你以为亲子之间就是血浓于水，一定会温情款款吗？你以为母亲一定是牺牲奉献，无怨无悔地为孩子付出吗？你又以为子女一定得感恩戴德，对父母充满了孺慕之情吗？我想，只要仔细观察、认真去想，便会发现上面这些问题的答案并不都是肯定的。

其实，就像俗话说的"一样米养百样人"，世间有多少种人，母亲的类型便有多少种，因此，一个女性本身是怎样的人，她就会成为怎样的母亲。所谓的"母亲"并不是天生的，而"好母亲"更不是理所当然的。有的母亲又温柔又慈爱，让孩子仿佛活在无忧无虑的乐园里，也成为他们坚强的精神支柱；但有的母亲却是又残暴又粗鲁，带给孩子很多的痛苦，甚至形成了影响一生的创伤。很不幸的，探春遇到的生母却是后面这一种。

所以说，有多少种人就有多少种母亲，如果再加上重男轻女之类的社会价值观，那又更复杂了，可见母女关系完全不是用很简单的概念可以一概而论的。果然，《红楼梦》里的母亲们并不都是来自同一个模子，一个个都是多么的不同！至于她们和各个子女的关系也差别很大，探春所遇到的两个母亲即十分悬殊，值得仔细研究。接下来，要从情、理、法三个层面来谈这个主题。

首先，从"法"的层面而言，探春是贾政庶出的女儿，为赵姨娘所生，但在家族里、在国家法律上，她的母亲则只有王夫人一个，因为<u>王夫人是贾政明媒正娶，被整个国家、社会、家族亲友所确立的妻子，所以也是贾政所有子女的母亲</u>，这叫做嫡母，探春认同她根本是理所当然的，也是必须的。原来，在传统社会里，大家庭中的亲子关系是以宗法制度来运作的，在父权中心之下，三妻四妾所生的子女都是以父亲的正室夫人为法律上正式的母亲，而妾或姨娘本身并不属于这个家族的成员，她们仍然归入仆人婢女的等级。

清朝末代睿亲王的子嗣金寄水在《王府生活实录》中特别指出："什么是嫡与庶，在王府有着明确的区分：由明媒正娶用花轿抬来的是'嫡'，由婢作妾或未经媒妁作证，未坐花轿进门的都是'庶'。"因此，溥杰《醇王府内的生活》一文便指出："我的祖母固然是我们的亲生祖母，不过，她的娘家人，则仍然是王府的'奴才'，我们当'主人'的是不能和'奴才'分庭抗礼的。"这也正是《红楼梦》的伦理世界。试看第六十回，赵姨娘和戏子芳官吵了起来，赵姨娘摆出主子的态势来羞辱芳官，芳官便不甘示弱地反击说：

> 姨奶奶犯不着来骂我，我又不是姨奶奶家买的。"梅香拜把子——都是奴几"呢！

其中她所引用的歇后语，意思就是说：会跟梅香这种婢女结拜的人当然也是婢女，你赵姨娘和我这个戏子都是奴才，没什么好嚣张的！

换句话说，姨娘并不是贾家的成员，她和男主人的关系只能算是私人的同居，所以叫做"纳妾"，和明媒正娶的嫡夫人是完全不同的身份，虽然在家族里还是有个高一点的位置，能得到人情上的尊重，却根本没有法律地位。也因此，这些姨娘死后并不能入祀家族的宗祠接受祭拜，她们自己以及她们的娘家人，和男主人一家也不发生亲属关系，所以探春会说她的舅舅是王子腾，赵国基并不是她舅舅，这完全符合传统社会的伦理法规。同样的，我们还可以注意到，小说里探春和其他的家人一样，见到或提到赵姨娘的时候，都是喊她"姨娘"，也是出于这个原因。

如此一来就很明白了，探春的表态完全站得住脚，她并没有趋炎附势，只是遵守客观的伦理法律而已。从这个角度来说，探春之所以认同王夫人是具备了充分的"合法性"。但其实不只是制度上的合法性而已，探春之所以只认同王夫人，还兼具了合情性、合理性，因此是情、理、法三者兼备，接着再以"合情性"来看。

其实，母子关系本来就不是完全建立在"血缘"之上，尤其是母亲与孩子的感情并非与生俱来，母子之情根本是在朝夕相处，日复一日的照料中慢慢养成的。例如中古时期的北魏，在建立了"子贵母死"制度以后更证明了这一点。所谓的"子贵母死"，是指北魏所设立的后宫制度，当一个女性生下的皇子被立为皇储时，不论任何地位都一律赐死，包括宫女、嫔妃甚至皇后皆然，以避免及防止外戚专权。这么一来，失去生母的皇储也可能与承担哺育抚养责任的女性建立亲密的母子关系，同样的，在贾家也出现类似的特殊情况。

因为贾母特别疼爱孙女的缘故，所以探春姊妹从小都是跟着王夫人长大，小说第二回冷子兴演说荣国府时说道："便是贾府中，现有的三个也不错。……因史老夫人极爱孙女，都跟在祖母这边一处读书，听得个个不错。"到了第七回，因为林黛玉已经来到贾府里，于是情况发生了一点变化："近日贾母说孙女儿们太多了，一处挤着倒不方便，只留宝玉、黛玉二人这边解闷，却将迎、探、惜三人移到王夫人这边房后三间小抱厦内居住，令李纨陪伴照管。"由此可见，这三春是先后跟着贾母、王夫人一起生活的。

但考虑到贾母的高龄年纪，实际上担任照顾养育的责任的，当然主要是王夫人，所以说，探春和其他的姊妹们都是自幼跟着王夫人长大。而王夫人也都把她们视如己出，例如第三回黛玉刚到贾府时，王夫人特别嘱咐她说"你三个姊妹倒都极好"，可见王夫人很喜欢这些女孩子，对她们的评价也都很高，其中便包括了探春在内。既然探春从小得到王夫人的亲自照顾、真心疼爱，很自然而然的，彼此便培养出真正的母女之情，这么一来，探春对王夫人又加上了情感认同的力量，一定会更加促进彼此的关系，这即是"合情性"。

最后，再从"合理性"来看。其实王夫人又不只是疼爱探春而已，她还是最赏识、最提拔探春的长辈，最重要的一件事，就是在王熙凤生病不能理家时，王夫人钦点探春作为接任者！第五十五回说：刚过了元宵，把年事忙过，凤姐便小月了，也就是流产，于是在家休养，不能理事，王夫人便觉失了膀臂，除了大事由自己主张之外，"将家中琐碎之事，一应都暂令李纨协理。李纨是个尚德不尚才的，未免逞纵了下人。王夫人便命探春合同李纨裁处"，另外"又特请了宝钗来，托他各处小心"，结果，"他三人如此一理，更觉比凤姐儿当权时倒更谨慎了些。因而里外下人都暗中抱怨说：刚刚的倒了一个'巡海夜叉'，又添了三个'镇山太岁'，越性连夜里偷着吃酒顽的工夫都没了"。可见这是最佳的人事安排，王夫人的识人之明可以说是显而易见的。

尤其是在这三个新主管里面，李纨的能力不够，宝钗则是外人，所以真正做决策、处理事务的人是探春。而探春的卓越是连王熙凤都自叹不如的，但我们也得知道，她之所以能够站上这个位置充分发挥才能，全都是王夫人给她的机会！王夫人并没有因为她是赵姨娘所生，就排挤她、冷落她，相反的，还提拔她、重用她，如同一个伯乐挖掘了千里马一样，让探春可以尽力奔驰、实践理想。这样的知遇之恩，岂不是让人感恩戴德吗？谁不会打从心底感谢、认同呢？这就是探春认同王夫人的"合理性"。

总而言之，从各方面所有的条件来看，王夫人能得到探春的认同，都是理所当然的结果。

母爱是"最自然的幻觉"

但反过来看，赵姨娘对探春则截然相反，因此探春之所以不认同赵姨娘，也完全是合情、合理、合法的。其中，关于"合法性"这一点就不用再多说了，那是整个社会强制性的规范，再不甘也没办法，然而探春打从心里都不认同赵姨娘的原因，主要是在于情、理这两个范畴，那才是真正的关键所在。

首先，从"合情性"来看。很多读者都没有想过，赵姨娘对探春到底有没有母爱？大家通常说什么血浓于水啦、母子天性啦，那是一般直觉上的常识，事实上，母爱主要是后天养成的，由实实在在养育照顾所累积的感情，比起所谓天生的亲情还要浓烈得多。因为任何的人际关系都不会是天然存在的，亲子之间的关系也是如此，双方的感情仍然需要后天的培养，因此也都要用心经营，都要互相付出。

虽然一般来说，大部分的母亲确实是把孩子当作心头肉，爱孩子胜过于爱自己，但不可否认，世上确实也有一些母亲却是把女儿当作摇钱树来利用，民国著名小说家张爱玲的笔下，不也出现过这样的案例吗？在她所写的故事里，大多数都是坏母亲，甚至还有母亲因为嫉妒女儿的幸福，居然造谣去破坏女儿的婚姻，让女儿痛不欲生，从此被彻底摧毁了一生，那真让人看得毛骨悚然！

因此，法国大文豪波德莱尔（Charles Pierre Baudelaire）就曾经因为某个事件，而深深感叹：所谓的母爱，是人间"最自然的幻觉"！这确实是真知灼见——我们总是很自然地认为母爱是人间最必然而然、也最真诚美好的感情，与生俱来、无庸置疑，但那其实是一种幻觉，即不真实的、虚幻的感觉。

这一点，在赵姨娘身上就清楚得到了印证，她完全把女儿当作摇钱树，想要从探春身上捞到各种好处，因此逼迫探春去徇私舞弊。第五十五回的回目清楚点明她的做法是"辱亲女愚妾争闲气"，于此，曹雪芹很清楚地定义赵姨娘是个"愚妾"，一个愚昧、愚蠢的人，她做了"辱亲女"的恶行，这个"辱"字清楚显示了赵姨娘对探春的羞辱甚至践踏，哪里有一点母亲的慈爱？又哪里有值得尊敬的地方？

尤其赵姨娘极端重男轻女，一味压榨探春、偏私贾环，对她来说，探春刚好可以利用来做摇钱树，把贾家的财产拿来给贾环，甚至给她们赵家。以第二十五回的故事来说，当时马道婆到贾府来请安，顺路和赵姨娘攀谈了起来，越讲越投机，于是想用她的法术帮赵姨娘除掉宝玉和凤姐，自己也可以得到好处，赵姨娘便挑明了说：

> 你若果然法子灵验，把他两个绝了，明日这家私不怕不是我环儿的。那时你要什么不得？

想想看，谋财害命是多么伤天害理的事，连起心动念都是罪过，何况还积极付诸行动，结果也几乎害死了宝玉和凤姐！难怪探春忍不住批评她是"阴微鄙贱的见识"，一点都不过分。

所谓"近朱者赤，近墨者黑"，跟着赵姨娘长大的贾环也耳濡目染，变成了坏胚子。第二十回描写贾环输了钱，竟然小气耍赖，回家以后还颠倒是非，说宝钗的丫鬟莺儿欺负他，赖他的钱，宝玉更把他给撵走了，赵姨娘一听，就破口大骂起来。刚好凤姐路过，把她的难听话都听在耳朵里，于是隔着窗户教训贾环道：

> 你也是个没气性的！……你不听我的话，反叫这些人教的歪心邪意，狐媚子霸道的。自己不尊重，要往下流走，安着坏心，还只管怨人家偏心。

仔细推敲一下，把贾环"教的歪心邪意，狐媚子霸道"的"这些人"，指的正是赵姨娘、赵国基这一群人。整个第二十五回便集中描写这一对母子的坏心和恶行，前面刚刚讲了赵姨娘想要借法术谋财害命，而贾环也不遑多让：

> 素日原恨宝玉，……虽不敢明言，却每每暗中算计，只是不得下手，今见相离甚近，便要用热油烫瞎他的眼睛。因而故意装作失手，把那一盏油汪汪的蜡灯向宝玉脸上只一推。……只见宝玉满脸满头都是油。……左边脸上烫了一溜燎泡。

请看用心如此狠毒，手段这样残暴，果然是赵姨娘的嫡传。所以说，他们是血缘上的亲人，但更都是小人，结果就沆瀣一气，结合成了自私自利、不择手段的小人集团，难怪兴儿说他们是"老鸹窝"——整窝的乌鸦！如凤凰般光明磊落的探春当然会无法忍受。

有趣的是，这样的人品差异也反映在外表上。俗话说"相由心生"，意指一个人外在的长相是由内在的心灵所产生，心理会影响到生理，久而久之，相貌就会慢慢改变了。果然有一次，贾政看到贾环和宝玉站在一起，两人的对比更清清楚楚地突显出来，第二十三回说：

> 贾政一举目，见宝玉站在跟前，神彩飘逸，秀色夺人；看看贾环，人物委琐，举止荒疏。

所谓"人物委琐，举止荒疏"简直说明了贾环的不堪，哪里比得上探春的"俊眼修眉，顾盼神飞，文彩精华，见之忘俗"？可见探春其实更像宝玉的同胞妹妹。如果我们记得宝玉和探春都是由王夫人带大的，那更证明了养育确实是比生育更重要，血缘不但不是万能，甚至有时还会造成孽缘！

真正偏心又坏心的母亲，就是赵姨娘，尤其赵姨娘从来没有想过，她爱过探春吗？她对探春付出过吗？答案都是没有！然而，她总是向探春要好处，然后把好处都给贾环。这样的母女关系，其实到现在还是很常见的，又哪里能让女儿感到温情呢？很值得注意的是，高鹗的续书充分把握到这一点，因此设计了一段十分冷酷的情节，第一百回中王夫人等谈起探春聘嫁一事，同时提到迎春惨遭折磨的苦况，简直过得比下三等的丫头还不如。没想到赵姨娘听见探春这件事，反欢喜起来，心里说道：

只愿意他像迎丫头似的，我也称称愿。

这种含怨报复、幸灾乐祸的心态，其中已经毫无一丝母女之情，反倒充满敌意甚至仇恨，更把这一对血缘上的母女关系往负面极端化了，令人不寒而栗！即使把该等极端的程度减少七分，那剩下的三分也还是全无真情可言，又如何能强求探春的认同？这正是单单血缘所无法支持的"合情性"。

其次再看"合理性"的部分。确实，一个人如果常常没事就把不认生母挂在嘴巴上，那当然是不对的，但探春的情况并非如此。只要以客观的心态仔细去看，便会发现：探春一共两次提到她只认王夫人是母亲，而那两次全部都是赵姨娘逼她这么做的！先看第一次，那是在第二十七回，当时探春为了感谢宝玉帮她到外面买一些可爱的小东西，因此说要再做一双精美的鞋子送给他，当作谢礼。宝玉听了笑道：

"你提起鞋来,我想起个故事:那一回我穿着,可巧遇见了老爷,老爷就不受用,问是谁作的。我那里敢提'三妹妹'三个字,我就回说是前儿我生日,是舅母给的。老爷听了是舅母给的,才不好说什么,半日还说:'何苦来!虚耗人力,作践绫罗,作这样的东西。'我回来告诉了袭人,袭人说这还罢了,赵姨娘气的抱怨的了不得:'正经兄弟,鞋搭拉袜搭拉的没人看的见,且作这些东西!'"探春听说,登时沉下脸来,道:"这话胡糊到什么田地!怎么我是该作鞋的人么?环儿难道没有分例的,没有人的?一般的衣裳是衣裳,鞋袜是鞋袜,丫头老婆一屋子,怎么抱怨这些话!给谁听呢?我不过是闲着没事儿,作一双半双,爱给那个哥哥兄弟,随我的心。谁敢管我不成!这也是白气。"

接着,探春又提到托宝玉买东西的事,说:

还有笑话呢:就是上回我给你那钱,替我带那顽的东西。过了两天,他见了我,也是说没钱使,怎么难,我也不理论。谁知后来丫头们出去了,他就抱怨起来,说我攒的钱为什么给你使,倒不给环儿使呢。我听见这话,又好笑又好气,我就出来往太太跟前去了。

很明显的,赵姨娘的心态完全是唯利是图,一双眼睛只盯着探春看有什么好处,只要探春把东西给了别人,就是肥水落了外人田,就是赵家的损失!可是贾环的衣服鞋袜是由底下的丫鬟婆子负责的,而探春身为主子小姐,做鞋子全凭个人的意愿,鞋子本身也是礼物,凭什么一定要给贾环穿?她又不是贾环的奴才!至于探春给宝玉的钱是托他去买东西，根本不是送给宝玉，可是赵姨娘却只看到白花花的银子到了别人手里，于是像被割掉了肉一样，可见赵姨娘的自私自利已经到了不分青红皂白的地步。

很明显的，赵姨娘只看到血缘关系，认为和她同血缘的就是与自己一个阵营的，所以任何好处都要给自己人，这种不分青红皂白的逻辑，岂不是一种血缘的自私吗？而一味用血缘关系来强迫要挟，不就是血缘勒索吗？其实宝玉也了解这一点，但不好明说，于是很含蓄地点头笑道：

"你不知道，他心里自然又有个想头了。"探春听说，益发动了气，将头一扭，说道："连你也胡涂了！他那想头自然是有的，不过是那阴微鄙贱的见识。他只管这么想，我只管认得老爷、太太两个人，别人我一概不管。就是姊妹弟兄跟前，谁和我好，我就和谁好，什么偏的庶的，我也不知道。论理我不该说他，但忒昏愦的不像了！"

想想看，探春之所以会动气，把话说得这么直接，便是因为忍耐到了极限，为了不肯妥协，于是才动用宗法制度来批评赵姨娘的血缘勒索。这并不是凉薄无情，而是在忍无可忍之余表达出正确的道理。

等到后来探春被王夫人看重，执掌了理家的权力时，赵姨娘果然又是第一个来找麻烦的，而且她的要求更过分了，于是探春被迫第二次不认赵姨娘。第五十五回说，当时赵姨娘的兄弟赵国基刚好死了，她要求探春给付更多的丧葬费，但从家族的立场来说，赵国基只是奴仆，平常的工作就是负责侍候贾环，所以探春坚持按例不能多给。于是赵姨娘便羞辱探春了，她说：

如今你舅舅死了，你多给了二三十两银子，难道太太就不依你？……明儿等出了阁，我还想你额外照看赵家呢。如今没有长羽毛，就忘了根本，只拣高枝儿飞去了！

可是想想看，探春的"根本"是贾家，完全不是赵家，她是贾家名正言顺的血脉，而赵家只能算是仆人。但赵姨娘却这般颠倒地硬套关系，说赵家是探春的根本，赵国基是她的舅舅，就是为了要得到额外更多的好处，那等于是一种徇私舞弊，并且严重破坏了伦理秩序。探春这样一个像司马光般"事无不可对人言"的君子，怎么会愿意接受此等不合理的要求？何况一旦被胁迫去做出违反法理的事以后，她还怎么能公正理事，让下面的人服从？

勇敢拒绝血缘勒索

所以探春就要奋起勇敢地战斗了，她的战斗不是为了争权夺利，而是为了捍卫自己的人格！于是探春气得一面哭，一面问道：

谁是我舅舅？我舅舅年下才升了九省检点，那里又跑出一个舅舅来？……何苦来，谁不知道我是姨娘养的，必要过两三个月寻出由头来，彻底来翻腾一阵，生怕人不知道，故意的表白表白。也不知谁给谁没脸？

确实，就像前面说过的一样，探春的母亲是王夫人，王子腾才是她的舅舅，而这一点大家都知道，根本不用多说。若非赵姨娘总是这般夹缠歪派、硬套乱扯，探春又何必公然宣称，多此一举？

总而言之，简单来说，赵姨娘有三个问题：一个是重男轻女，一个是重赵家、反贾家，而第三个也是最根本的问题，便是人品恶劣，自私自利，通过重男轻女以及重赵家、反贾家的思想，于是把探春当成了摇钱树，进行违反了情理法的血缘勒索，以致让原本应该母女连心的悲喜剧沦为伦理对抗的肥皂剧。这就是这一对母女之间的斗争关键。

关于赵姨娘的卑劣性格，往往有人归罪于宗法制度，认为是"姨娘"的卑屈处境所导致，但这其实是一种不对的逻辑，称为"外归因"，即忽略了当事人自己的责任，而全部推给外在的环境因素。探春便很明白这一点，因此第六十回中，她举出父亲贾政的另外一个妾周姨娘作为对比，说：

> 何苦自己不尊重，大吆小喝失了体统。你瞧周姨娘，怎不见人欺他，他也不寻人去。

由此可见，赵姨娘真正的悲哀不是来自于姨娘的身份，而是她把自己的灵魂活成姨娘的样子！这是什么意思呢？确实，"姨娘"这种身份是不公平的制度所造成的，但一个姨娘是否会内心卑劣，那就是个人的品格问题了，必须自己负责。所以周姨娘在身份上是姨娘，于品格上则是正派的人，而赵姨娘不但身份上是姨娘，连人品上也是个低下的姨娘，成为"卑劣的弱势者"。

犹如西方谚语所谓的"仆从眼中无英雄"，一个奴仆活在精神底层，满眼睛只看到利益，满脑子只想到钻营，还以为大家都和他/她一样贪婪自私，因此看不出真正的英雄。黑格尔（Georg W. F. Hegel, 1770—1831）在其《历史哲学》一书中便极睿智地又加上了一句："但那不是因为英雄不是英雄，而是因为仆从只是仆从。"并说明造成这个现象的原因，其一是上天造人时并没有同时赋予他们的灵魂以大志，另一则是因为满怀嫉妒与自负。也正是基于同样的道理，赵姨娘把探春的不肯妥协污蔑为趋炎附势，给予巨大的人格谋杀，最后严重伤害了探春。

所以说，赵姨娘对探春的逼迫勒索越是强烈，就越是让探春更划清界线，也把探春的心推得更远。但这又怪得了谁呢？只能怪她"自己不尊重，要往下流走，安着坏心"，为人处事总抱持"阴微鄙贱的见识"而"忒昏愦的不像"（第二十七回），以致"这么大年纪，行出来的事总不叫人敬伏"（第六十回），怎么能要女儿一起陪葬？于是，我们终于明白探春一再说"我只管认得老爷、太太两个人，别人我一概不管"以及"谁是我舅舅？"这些话其实都体现了君子的奋斗和努力。在身份认同上，她看重的并不是天然的血缘，更不是现实的功利，而是以合法、合情、合理为标准，以保有高洁的人格，这才是探春内心做出取舍的关键。

从探春的案例，我们也清楚看到，原来"人格"是要自己争取来的，不是放纵任性就可以拥有，而必须辨别是非，抗拒压力，坚忍卓绝，忍受误会和恶意攻击，才能确立人格的高风亮节。难怪探春会喜欢颜真卿，正是这个原因。

最后，总结一下这一章所讲到的几个重点：

第一，从宗法制度来说，王夫人确实才是探春的母亲，这是探春认同王夫人的合法性。

第二，探春从小跟着王夫人长大，所以也培养出真正的母女之情，这是探春认同王夫人的合情性。

第三，王夫人慧眼识英雄，赋予探春理家的权力，对探春更有着知遇之恩，这是探春认同王夫人的合理性。

整体来说，探春认同王夫人是合情、合理、合法的。而探春之所以否定赵姨娘，为的是不肯同流合污，因此动用宗法制度来拒绝血缘勒索，以保护自己的高尚人格，我们也应该看到探春被迫划清界线时心里的悲愤和痛苦。

所以说，在探春身上我们眼睛一亮，发现一颗被埋没的珍珠闪闪发光，而我们也可以推测，假如探春可以一直留在贾家，那么贾家最后的命运会不会改写？可不可以避免"落了片白茫茫大地真干净"的下场？答案都是应该可以！当然我们都知道，注定的悲剧还是发生了，那么探春何以没能够扭转贾家的命运呢？下一章便要来谈这个问题。

第23章：花落谁家：凤凰远嫁高飞的悲哀

这一章要谈探春的结局，了解她这只凤凰必须远嫁高飞，以致无力回天的悲哀。

前面我们已经看到探春是贾家至亲的女儿，又是那样卓绝出色，因此提到一个问题，假设说：探春可以一直留在贾家，那么贾家最后的命运会不会改写？可不可以避免"落了片白茫茫大地真干净"的下场？关于这个问题，答案是肯定的，探春这个比王熙凤还厉害一层的女英雄，确实是贾家日后想要复兴的唯一希望，如同第二十二回脂砚斋所感叹的：

> 使此人不远去，将来事败，诸子孙不至流散也。悲哉伤哉！

意思是说，倘若探春没有远嫁离去，将来贾家被抄，便不至于分崩离析，众子孙们也不至于流散殆尽，落了片白茫茫大地真干净！多么可惜啊，脂砚斋于是忍不住悲伤感慨了。

由此可见，探春确实是可以让贾家保存实力，将来东山再起的女英雄。让我们再进一步推敲：如果探春没有远嫁，她又会怎样让贾家保存实力？可惜剧本并没有往这个方向走，所以具体的情况无从查考，届时探春究竟将怎样发挥干才，我们也没有观摩学习的机会。不过，曹雪芹其实在前八十回里给过一些线索，据之可以合理地推测，那应该就是第十三回秦可卿死前托梦时，指引给凤姐的万全良策！这一万全良策的具体做法等到秦可卿的单元时再详细说明。只不过凤姐后来居然忘了去实行，真是令人跌足扼腕，但探春根本不用别人托梦指导，自己便可以想到这个策略，让贾家可以"常保永全"，因为她"才自精明志自高"，比凤姐还厉害一层！

另一种怀才不遇

然而，为什么才志兼备的探春却也没有力挽狂澜呢？原因不是不能，而是没有机会。

原来，传统女性的宿命就是一定要出嫁，因此探春被剥夺了挽救贾家的机会，以致探春和贾家都遇到了无可奈何的悲剧，贾家的悲剧是从此一败涂地，而探春的悲剧则是明明才志兼备，却十几岁就得出嫁，因此只能眼睁睁地看着娘家毁灭，无力回天而万般怆痛！想想看，那是多么令人不甘心的遗憾啊。难怪在整部小说里，虽然女孩子们都知道自己要出嫁，也有人先出了嫁，例如迎春即嫁到了孙家，但却只有探春一个不断被强调出嫁的痛苦，并且为了突显这一点，曹雪芹充分利用了断线风筝的意象，结合了凤凰高飞，在天涯海角悲恸贾家的殒落！这就是专属于探春的悲剧类型。

我们都知道，曹雪芹对于小说人物的结局大多给了预告，有些是模模糊糊的，有些则是很清楚明确的。探春的结局应该算是清楚明确的那一种，试看在前八十回里，曹雪芹即不断地用同一种象征来暗示探春的未来，那一种象征是由风筝和凤凰共同形成的。而风筝与凤凰这两个会飞的意象特别在探春身上被反复运用，其实包含了命运与性格的双重寓意：从性格来说，它们都带有高洁的象征意义，用来衬托探春恢弘的人格，这一点前面已经讲过了；而由命运来看，风筝和凤凰都是远走高飞的飘荡之物，因此同时可以用来暗示探春远嫁的结局,甚至两者还可以结合为一,变成了凤凰风筝,极其形象地预告探春的命运。

关于探春的婚姻预告,清楚见诸第六十三回,当时大家在怡红院为宝玉庆生,一起掣花签助兴,探春抽到的签是这样的:

> 众人看上面是一枝杏花,那红字写着"瑶池仙品"四字,诗云:
> 日边红杏倚云栽。

其中在在充满了对女性尊贵身份的暗示,所谓"瑶池",是西王母居住的天上仙境,生长在仙境里的杏花当然是"仙品",绝非寻常一般的人间根芽,因此李白《清平调词》便把杨贵妃比喻为西王母,他在第一首里说:"若非群玉山头见,会向瑶台月下逢。"意指这位美丽高贵的杨贵妃啊,如果不是在群玉山上才能见到,就应该向月光照耀下的瑶台才能相逢,都是把贵妃比作住在瑶台、群玉山的西王母。这么一来,仙境又带有皇家的隐喻,而地位崇高的皇家本来就是人间仙境,因此探春抽中的这朵杏花便不可能是庭院里、田野上处处可见的普通品种了。

再看探春的花签诗"日边红杏倚云栽","日"也就是太阳,传统一直用来代表皇帝,所以才会说"天无二日,国无二君",而这朵红杏花开在太阳旁边,以天上的云层作为她脚下的土壤,那当然也带有皇家的象征,暗示探春会高高在上。果然签下面的注解说:"得此签者,必得贵婿,大家恭贺一杯,共同饮一杯。"众人便对探春笑道:"我们家已有了个王妃,难道你也是王妃不成?大喜,大喜!"如此说来,探春将来会成为王妃,是可以确定的。

再看第七十回的描写,便更加明确无疑了。当时黛玉重建了桃花社,大家一起填词竞赛,正当评比讨论结束之际,只听窗外竹子上一阵声响,把众人吓了一跳,丫鬟们出去查看,原来是一个很漂亮的大蝴蝶风筝掉下来挂在竹梢上了。这一个偶然的插曲引起了大家放风筝的兴趣,小丫头们更是兴奋不已,连忙去做各种准备,七手八脚地拿出一个美人风筝来,不过薛宝琴却笑道:"你这个不大好看,不如三姐姐的那一个软翅子大凤凰好。"宝钗也表示同意,笑道:"果然。"由此可见,探春的风筝是大凤凰的造型。书中又说:

> 此时探春的也取了来,翠墨带着几个小丫头子们在那边山坡上已放了起来。宝琴也命人将自己的一个大红蝙蝠也取来。宝钗也高兴,也取了一个来,却是一连七个大雁的,都放起来。独有宝玉的美人放不起去。……大家都仰面看,天上这几个风筝都起在半空中去了。

这时,放风筝的游戏已经达到了最高潮,接着便是剪断风筝的这个重头戏了,因为他们认为断线的风筝可以把人的灾厄一并带走,所以叫做"放晦气",黛玉先剪断自己的那一只风筝,它越飞越远,转眼就不见了,宝玉也跟着剪断自己的美人风筝,想要陪黛玉的那一只一起作伴。然后,探春正要剪自己的凤凰,见天上也有一个凤凰,因道:

> "这也不知是谁家的。"众人皆笑说:"且别剪你的,看他倒像要来绞的样儿。"说着,只见那凤凰渐逼近来,遂与这凤凰绞在一处。众人方要往下收线,那一家也要收线,正不开交,又见一个门扇大的玲珑喜字带响鞭,在半天如钟鸣一般,

也逼近来。众人笑道："这一个也来绞了。且别收，让他三个绞在一处倒有趣呢！"说着，那喜字果然与这两个凤凰绞在一处。三下齐收乱顿，谁知线都断了，那三个风筝飘飘摇摇都去了。

这段情节太有趣了，让我们看到少女们家常生活中很活泼热闹的一面，当然，各种风筝造型也都寄托了象征意义，探春的尤其重要，不但她的风筝是凤凰，连绞在一起的另一只风筝也是凤凰，而我们都知道凤凰有几个重要的意义，其中之一就是作为神圣的政治图腾，代表身份地位崇高，和代表天子的龙互相匹配。所以当元妃省亲之前，宝玉为潇湘馆初步拟订的名字即是"有凤来仪"，把元妃比拟为凤凰。另外，和这两只凤凰绞在一起的还有一个喜字造型的风筝，此中联姻的意义再明显不过，这么一来，将来探春所嫁的对象也必然是个凤凰般的贵婿，即皇家的王爷，则探春也跟着晋升为王妃了！

由此可见，曹雪芹对探春确实是非常偏爱的，因此探春是唯一拥有两种代表花的金钗，一种是红杏，一种是玫瑰，比宝钗、黛玉等所有的金钗们都还要丰富。其中，玫瑰是反映她的性格，前文已经讲过这一点；而红杏则是暗示了命运，预告探春会成为王妃！

但探春又是当上了哪一种王妃呢？这就引起很多的讨论了，首先可以确定的是，那并不是皇帝的妃嫔，再回头参考第五回太虚幻境人物判词所配的图画便可以知道了，上面是：

画着两人放风筝，一片大海，一只大船，船中有一女子掩面泣涕之状。

可见探春将来应该是要搭上海船，走海路远嫁到海疆。那么，到底是怎样的王妃得到海疆成亲？有一种说法认为，探春是"杏元和番"，像王昭君一样和番到东南亚的异国，也就是"嫁到中国以外的一个海岛小国去作王妃"。但这种说法似乎难以成立，因为历代的"和番"均为皇室帝王之女，或至少要以这样的名义才可以到外邦做后妃，而探春的身份并不符合。

最重要的是，自古以来传统中国一直带有一种民族的骄傲，往往认为周边的国家文化低落，因而把它们称为蛮夷之邦，形成了夷夏之别而有尊卑之分。在这样的观念下，华夏中国的贵族女子到外邦去和番，那是牺牲下嫁而不是飞上枝头，因此不会把和番的女性叫做"凤凰"，历史文献上也从来没有这样的用法，曹雪芹自然不会例外。

除了和番的说法之外，还有发配海疆或者当粤海将军的儿媳之类的推测，不过这些推测都苦无证据，有一点想象编剧的意味，所以也只能存而不论。保守一点来说，探春于归的对象应该就是戍守海疆的藩王，当然，可能有人也会质疑，清朝的皇族被限制居住在北京城里，不会到海疆去驻地戍守，但我们得要特别注意，文学是一种创作，所以拥有虚构的特权，一切安排都以它内部世界的需要为优先。曹雪芹是在写小说，而不是在写实录，当有艺术上的需要时，便可以进行虚构，以达到最好的效果。

好比前面讲过，小说里写到参选秀女的人只有元春、宝钗两个，其他的金钗都没有遇到这件事，很显然的，曹雪芹只有在元春、宝钗两个人身上借用了当时的制度来合理化她们的故事，而其他人并没有这个需要，于是不加以采用，可见根本不用强求全部都要一致，更未必都得符合历史现实。再说，曹雪芹为了烘托元春封妃的登峰造极，所以虚构出"接连四五枝，真是楼子上起楼子"的石榴楼子花，那在大自然界是根本不可能存在的超现实，可是却能够发挥很大的艺术效果，这时便可以进行虚构了。同样的，曹雪芹为了要让探春嫁作王妃，并且还得嫁到天涯海角，于是便安排一个戍守海疆的藩王作为贵婿，就此而言，根本没必要拘泥于清朝的制度是否吻合。

而探春的这一趟远嫁紧紧伴随着一个节日，即清明节。小说里不断提到这一节日，首先是第五回在太虚幻境里，探春的判词中说："清明涕送江边望，千里东风一梦遥。"清楚点出了清明节。到了第二十二回大家过元宵节猜灯谜取乐时，探春做的灯谜诗又说：

阶下儿童仰面时，清明妆点最堪宜。
游丝一断浑无力，莫向东风怨别离。

这时，贾政正确地指出谜底是风筝，可见探春是在清明节那一天出嫁的。而曹雪芹之所以要选择这一天，就是因为清明节的民俗活动包括了放风筝，把风筝放在这个节日背景里最是顺理成章，一旦探春这只凤凰高飞的时候，却同样是远嫁诀别，因此也和断线的风筝相配合。

由此可见，第七十回中探春的凤凰风筝和另一只凤凰风筝以及再一个喜字风筝绞在一起，然后飘飘摇摇地消失在天际，正是具体象征了探春嫁作王妃以后，像断线的风筝一样远离故乡的命运。这个设计实在是巧妙无比，令人不禁赞叹曹雪芹的天才！

三次眼泪：英雄的怆然涕下

不过事实上，探春远嫁最重要的意义，并不在于婚后的未来命运，而在于她的心理冲击。试看第五回人物图谶所描写的"船中

有一女子掩面泣涕之状",以及"清明涕送江边望,千里东风一梦遥"的判词,此外还包括《红楼梦曲》的歌词所言:

> 一帆风雨路三千,把骨肉家园齐来抛闪。恐哭损残年,告爹娘,休把儿悬念。自古穷通皆有定,离合岂无缘?从今分两地,各自保平安。奴去也,莫牵连。

这一首曲子题为《分骨肉》,可见探春的远嫁就像被割断了脐带一样,那是山高水长、永无相见之日的悲哀,但探春并不是黛玉那一种沉浸在生离死别之感伤里的人,她的悲痛不只是离别的痛苦,更是在于怀才不遇,因此对贾家的败落无力回天!

关于这一点,我要特别提醒大家,曹雪芹所特别打造的专属于探春的悲剧,其实大都和女性的性别有关,在整部小说里,这个悲剧让她一共掉了两次眼泪:一次是对性别不平等的悲痛,第二次才是远嫁的悲哀,而归根究柢,都是对女性的性别处境椎心泣血。

先从远嫁这一点来看。第五回探春的判词说:"才自精明志自高,生于末世运偏消。"所谓"生于末世运偏消"其实只点出了探春的生不逢时,但更重要的是生错了性别,如果她是个男孩子,不就可以名正言顺地留在贾家,代替宝玉扛起家族的责任,进行救亡图存、起死回生的任务了吗?然而她偏偏是个女生,注定只能当娘家短暂的过客!

让我们参考《诗经》里一再提到的女性出嫁。《桃夭》里说"桃之夭夭,灼灼其华。之子于归,宜其室家",用桃花盛开来赞美新嫁娘的美丽,以及得到归宿的欢喜,因此"于归"这个词到了今天还在用来代指女性出嫁。但古代的诗人很有意思,他们其实也注意到女孩子出嫁时心理的感受,那就是割断脐带的孤独与恐惧，所以《鄘风·蝃蝀》又一再说"女子有行，远父母兄弟"；"女子有行，远兄弟父母"，其中所谓"女子有行"的"行"，便是指出嫁，那确实是一趟远行啊，不但"远兄弟父母"，而且是天长地久、天涯海角的遥远。试看探春出嫁时还得搭乘海船，那不正是到海角去了吗？而古代交通不便，一趟来回就得花上几个月，女儿常回娘家当然很不切实际，于是一旦出嫁以后，确实即等于是断线的风筝了！

然而，以探春的资质能力，她完全足以担任男性继承人的责任，她的重像不全都是历史上的文人雅士吗？可惜她生错了性别，一个英雄的灵魂装进了女儿身，那灵魂再巨大都不可能全力发挥，最多只能限制在家庭里，第十三回回末诗所赞美的"群钗一二可齐家"，这句话清楚表明了"齐家"就是女性一生最大的成就；何况那被限制的雄才大略还只能贡献给夫家、婆家，却救不了自己深爱的娘家，这种悲愤难道不是另一种怀才不遇吗？如此一来，探春得要出嫁变成别人家的人，简直对本家毫无用武之地，这岂不是探春最大的遗憾吗？而探春最卓越的地方，便在于她自己也完全明白这一点，充分洞悉她的遗憾和悲剧根源都是来自于性别！

想想看，在传统社会里，男尊女卑、男主外女主内的观念根本是天经地义，几乎人人都接受这样的观念，连女性自己也觉得那是理所应该的！书中就有一个最特别的例子，在第七十三回"懦小姐不问累金凤"一段情节里，迎春这位懦弱小姐被奶娘一家给吃定了，简直欺负到了头上，却完全没有能力反击。此时探春到紫菱洲来探望她，刚好遇到底下两派人马的争吵，一边是嚣张跋扈的刁奴，一边是守护主人的丫鬟，正吵得不可开交，于是探春便介入处理，还暗中派人把平儿召来，这才平息了一场风波。

但依照伦理规范，究竟该如何处置这一场纷扰，还是必须看迎春这位正规的主子，以免逾越了分际。没想到迎春居然毫无决断，对大家说：

"你们若说我好性儿，没个决断，竟有好主意可以八面周全，不使太太们生气，任凭你们处治，我总不知道。"众人听了，都好笑起来。黛玉笑道："真是'虎狼屯于阶陛，尚谈因果'。若使二姐姐是个男人，这一家上下若许人，又如何裁治他们。"迎春笑道："正是。多少男人尚如此，何况我哉。"

仔细看，对迎春的无能率先发出批评的，就是黛玉，但黛玉的说词又很明显是支持男权中心的思想，从她所说的"若使二姐姐是个男人，这一家上下若许人，又如何裁治他们"，这段话便显示出黛玉认为男人是一家之主，具有或承担了裁治一家上下的权力，如果能力不够，那便会让家务混乱了！在此，黛玉并没有反对这样的性别分工，而是觉得理所当然，只是对迎春的极端无能有一点微词，但其中并没有认为男女不平等的想法，也就谈不上什么反抗或批判的心思。

可是探春则不一样，她当然也接受这一类性别分工的事实，但她却看到其中具有男女不平等的本质，因此也表现出抗议的意味，在层次上便比黛玉要高得多。那是在第五十五回，当时探春正开始大刀阔斧地理家，却被刁奴所欺，尤其是被生母赵姨娘给牵绊掣肘，因此百般悲愤，终于忍不住声泪俱下，说道：

我但凡是个男人，可以出得去，我必早走了，立一番事业，那时自有我一番道理。偏我是女孩儿家，一句多话也没有我乱说的。

确实，探春当然没办法闹革命，去打破社会的规范，但她却清清楚楚看到了这样的性别分工，其实是一种对女性的限制和束缚，既然连一句话都不能多说，那还能有什么作为？因此，她居然想到如果可以当一个男人，自己的人生便会完全不一样了，因为男人可以走出大门，迎向整个世界，也开创一番大事业，岂不是更宏大的自我实践吗？可是现在却只能被女儿身困在闺阁里，最多就是理一理家务，最多也就是达到王熙凤的成就，却还要这样被人找麻烦，才志兼备又有什么用！

难怪探春会那般悲愤交加了，她哪里只是因为这些芝麻绿豆的小人小事而生气？会这样想的读者实在是"眼中无英雄"，以致看不出这位女英雄的胸襟眼光超越了性别，也超越了时代，居然洞察到性别不平等对女性的压抑！所以说，探春的眼泪绝不是林黛玉式的、水仙花一般的自恋和自虐，而是陈子昂那一种"念天地之悠悠，独怆然而涕下"的悲壮。

再看探春的第二次掉眼泪，同样也展现出高瞻远瞩的眼光，出现在第七十四回的抄检大观园。当时她胆敢违抗命令，正是因为看到这种做法的严重性，等于是自己抄自己的家，所谓："这样大族人家，若从外头杀来，一时是杀不死的，这是古人曾说的'百足之虫，死而不僵'，必须先从家里自杀自灭起来，才能一败涂地！"因此讲完以后，便悲愤地掉下了眼泪。

所以说，前八十回里探春一共掉了两次眼泪，都是因为看到更深、更远的地方，却又无能为力的遗憾。至于将来远嫁时，在江边上船出发前和至亲诀别的哭断肝肠，就算是前八十回里还没写到却清楚预告的第三次哭泣！那同样带有悲壮的力量，让人联想到霸王别姬的壮烈。当时项羽高唱一首《垓下歌》，歌道："力拔山兮气盖世，时不利兮骓不逝。骓不逝兮可奈何！虞兮虞兮奈若何！"仔细对照一下,其中的"力拔山兮气盖世"岂不相当于探春的"才自精明志自高"吗?这两个人确实都是绝顶非凡的杰出人物。

而项羽的"时不利兮骓不逝"也吻合了探春"生于末世运偏消"的无可奈何,一个英雄是无颜见江东父老,而一个巾帼英雄是再也不能见到江东父老。时运真是不济啊,那一身的才能、满腔的抱负又有什么用?可见探春的悲痛完全不是为了个人得失的感伤,而真是属于英雄豪杰的悲怆,所以我才会说,探春的眼泪是陈子昂式的那一种"念天地之悠悠,独怆然而涕下"。

也因此可以说,探春这位展翅高飞的凤凰正是元妃的继承人,是下一位体现大观精神的大母神的候选人。只可惜,正像第五十五回凤姐所感叹的:"不知那个有造化的,不挑庶正的得了去。"那个有造化的人,就是另一只凤凰风筝所代表的王爷,他娶到了探春这朵玫瑰花,简直是得到天上掉下来的礼物,可以准备迎接齐家治族的兴旺岁月了!只是,探春这朵玫瑰花心里的痛,又该如何平复?难怪曹雪芹也把她放在薄命司里,让她永远被读者怜惜、哀悼。

最后,总结一下本章的内容,其中讲到几个重点:

第一,探春才志兼备,但对贾家的败落也没有力挽狂澜,原因就在于传统女性一定要出嫁,因此被剥夺了挽救娘家的机会,这便是探春专属的悲剧类型。也因此小说里不断突显风筝与凤凰这两个会飞的意象,除了象征探春性格的高洁之外,同时还包含了远嫁的命运暗示。

第二,探春是唯一拥有两种代表花的金钗,除了用玫瑰来比喻性格之外,另一种是红杏,那是要暗示探春会成为王妃的命运,可以说是元妃的接班人。

第三，探春的卓越也表现在她拥有宏大的眼光，居然洞察到性别的压抑，因此比其他的金钗更感到痛苦，这显示出探春称得上是女性主义者的前锋，是一位超时代的先知。

第四，英雄不是不流泪，只是他们所流的眼泪带有一种悲壮，所以探春总共掉了三次眼泪，但都接近于陈子昂的"念天地之悠悠，独怆然而涕下"，虽然悲痛，却充满了力量，因此探春的判词居然和项羽的《垓下歌》有着异曲同工之妙。

由此可见，探春会进入贾母的宠儿名单里，真是曹雪芹的一大巧思，其中便寄托了小说家衷心的赞叹！

下一章，就要来讲王熙凤这个人物了。她是最看重探春的知音，显然也拥有非凡的眼光、开阔的胸襟，并且对贾家贡献卓著，但却一直被误会是心肠歹毒、手段毒辣的坏女人，这真是读者们的损失！究竟损失了什么？请看下一章的说明。

王熙凤

刚强坚毅的正义准星

第 24 章：冰山上的指南针

从这一章起，要开始讲一个光彩夺目的重要人物，王熙凤。这是整部小说中塑造得最成功的金钗之一，但一般都把她当作一个心肠歹毒、手段毒辣的反派角色，那可真是买椟还珠的损失了。所以接下来的三章，要客观而全面地重新认识王熙凤，你会发现我们竟然错过了太多的美好！

泰坦尼克号的掌舵者

我们都知道，世界上最著名的冰山，就是在一百多年前撞沉了英国皇家邮轮泰坦尼克号（Titanic）的那一座，导致这艘号称"永不沉没"的"梦幻之船"崩溃瓦解，成为海底下冰冷的一片废墟。

而《红楼梦》所描写的末世悲剧正是差相仿佛，贾家从繁华到破灭的过程，简直就是那一艘泰坦尼克号的故事加以放大、延长的版本。而饶有意味的是，曹雪芹也是用"冰山"这个意象来比喻贾家的处境呢，第五回太虚幻境里，关于王熙凤的图谶正是这么说的，在梦中神游的宝玉看到那幅图上画的是：

一片冰山，上面有一只雌凤。其判曰：
凡鸟偏从末世来，都知爱慕此生才。
一从二令三人木，哭向金陵事更哀。

原来，在曹雪芹的心目中，贾家确实就像面临了一片冰山，迎面而来，危机四伏，可是船上的人还浑然不觉，继续歌舞升平，如同第二回冷子兴演说荣国府时所说的："如今生齿日繁，事务日盛，主仆上下，安富尊荣者尽多，运筹谋画者无一。"这段评论算是百分之九十九的正确，唯一应该要修正的是，"运筹谋画者"其实还是有的，探春便是其中之一，而在第七十一回里，宝玉很自私地批评探春说："谁都像三妹妹好多心。事事我常劝你，总别听那些俗话，想那俗事，只管安富尊荣才是。"这更对比出宝玉的不负责任。

只不过探春毕竟是未出阁的少女，有些事不便涉及，何况几年以后嫁了出去，那更是无用武之地。可以说，另一个执掌全局运筹谋画者，便是王熙凤了，她站在那一片冰山上，努力不要让贾家这艘船沉没，或者即使会沉没也要延长航行的时间，这是她对贾母、王夫人的孝心与责任感。

因此，第十三回的回末诗称赞这两个"运筹谋画者"是："金紫万千谁治国，裙钗一二可齐家。"从这两句诗，很清楚地显示曹雪芹对王熙凤的评价是正面而十分肯定的，因为传统社会是男主外、女主内，在这样的情况下，一个男性的终极价值是"治国、平天下"，而一个女性终身最大的成就便是"齐家"。这么说来，王熙凤理家的成就和贡献等于比得上治国的能臣，简直胜过朝廷上身穿金紫朝服的万千读书人，那又怎么会是反派人物呢？所以说，事实上恰恰相反，王熙凤是曹雪芹所刻画的一只光彩辉煌的凤凰，足以担任贾府这艘大船上的指南针！

那么，王熙凤是怎样树立起这根指南针的？首先，当然必须有非凡的才干，否则根本无法掌舵，因此判词里直接明说"凡鸟偏从末世来，都知爱慕此生才"，"凡鸟"这两个字合起来，就是个

"凤"（鳳）字，凤姐要稳住的冰山便是贾家的末世，而她展现出来的这份才干即是最突出的光芒，令人炫目，也让人爱慕。

要知道，凤姐所面对的，是上千人的大家族，可不能用今天几口之家的观念来看待。第五回宝玉说："如今单我家里，上上下下，就有几百女孩子呢。"这几百个还只是指女孩子而已，那男丁方面呢？第六回也说："按荣府中一宅人合算起来，人口虽不多，从上至下也有三四百丁。"如此一来，几百个女孩子再加上三四百个男丁，人口数目又至少得翻倍了，再加上其他老的、小的还没算进来，果然到了第五十二回，麝月就提到"家里上千的人"，这个总结的数字可一点也不夸张。想想看，这么多的人每天在一起生活，单单食衣住行就已经是个大工程，何况这些人还包括好几代的亲戚、各方面的朋友，人际关系是多么复杂，彼此的恩恩怨怨更是剪不断、理还乱，所谓的盘根错节、牵一发动全身，这些成语用来描写贾家的状况，真是一点也不为过。

因此，第六回在讲了荣府中"从上至下也有三四百丁"这句话之后，紧接着又说："虽事不多，一天也有一二十件，竟如乱麻一般，并无个头绪可作纲领。"再看第六十八回贾琏偷娶的尤二姐被骗入大观园以后，凤姐派去侍候她的丫头善姐也对尤二姐说道：

> 我们奶奶天天承应了老太太，又要承应这边太太那边太太。这些妯娌姊妹，上下几百男女，天天起来，都等他的话。一日少说，大事也有一二十件，小事还有三五十件。外头的从娘娘算起，以及王公侯伯家多少人情客礼，家里又有这些亲友的调度。银子上千钱上万，一日都从他一个手一个心一个口里调度。

必须说，这的确是很客观的实话，也因为凤姐实在太能干了，所以王夫人便特别倚重她。当第六回刘姥姥来贾府打秋风时，周瑞家的告诉她说："如今太太竟不大管事，都是琏二奶奶管家了。"刘姥姥听了，惊喜地说："这凤姑娘今年大还不过二十岁罢了，就这等有本事，当这样的家，可是难得的。"周瑞家的听了，赞叹道："我的姥姥，告诉不得你呢。这位凤姑娘年纪虽小，行事却比世人都大呢。如今出挑的美人一样的模样儿，少说些有一万个心眼子。再要赌口齿，十个会说话的男人也说他不过。"

由此可见，凤姐的确是出类拔萃的非凡人物，最难得的是，王熙凤其实是很正派的一个人，王夫人之所以重用她，贾母之所以很喜欢她，都是这个原因。我知道，这样的说法很不同于一般常见的意见，但我们应该实事求是，全面而客观地了解一个人，才不至于人云亦云、以偏概全而流入市俗。现在就来讲几个重点吧。

守礼：大德不逾闲

首先，脂砚斋在评点第五十八回的时候，便曾经提醒道：

> 看他任意鄙俚诙谐之中，<u>必有一个礼字还清</u>，足见是大家形景。

换句话说，在贾家的环境里，再怎么诙谐放纵，都一定会遵守礼教、礼仪，符合"礼"的规范，这才是这种贵族世家的真实样貌，凤姐当然也是。试看第三十八回合家女眷都到大观园的藕香榭共享螃蟹宴，一边赏桂花，贾母提到她小时候贪玩，掉进了水里，于是把额头边的鬓角碰破了，如今留下了一个疤痕，凤姐听了，便开了贾母一个玩笑，说那个疤痕就是要盛福寿的，现在因为万福万寿盛满了，所以倒凸高出些来了。她还没说完，贾母与众人都笑软了，贾母一方面说："这猴儿惯的了不得了，只管拿我取笑起来，恨的我撕你那油嘴。"但另一方面又很开心地笑道："明儿叫你日夜跟着我，我倒常笑笑觉的开心，不许回家去。"这时王夫人便笑道："老太太因为喜欢他，才惯的他这样。还这样说，他明儿越发无礼了。"原来凤姐这样拿老祖宗开玩笑，其实是有一点放肆的，但请注意，贾母却笑说："我喜欢他这样，况且他又不是那不知高低的孩子。家常没人，娘儿们原该这样。横竖礼体不错就罢，没的倒叫他从神儿似的作什么。"

由此可见，凤姐其实是个知高低、懂轻重的人，处处都守住了礼体，也就是礼教的大体，这是贾母会很喜欢她的原因。而一个人只要守住了礼体，那么即使有一点瑕疵，都还是会正正派派地做人做事，关于这一点，儒家早就说过了，《论语·子张》中记载子夏说道：

大德不逾闲，小德出入可也。

所谓的"大德"即大节、大原则，那绝对不可以"逾闲"的，"闲"这个字本义是指栅栏、栏杆，"逾闲"意谓逾越界限；而"小德"即小节，指日常的琐碎言行，这是不伤大雅的范围，可以不拘小节，所以有一点出入时并不需要那么严格。

想想看，连孔门十哲之一的子夏都不曾斤斤计较，可见儒家并没有忽略人其实会面临各式各样的处境，不能一概而论，也不应该僵化地待人处事，所以保留了弹性空间，甚至承认难免会有一些灰色地带，显然儒家实在并不迂腐。再回来看凤姐被大家诟病的一些瑕疵，只要客观公正地去看，那其实只算是"小德出入"的层次。

也正因为凤姐始终做到"大德不逾闲",处处守住了礼体,因此才能得到贾母、王夫人的信任,也才能把家族稳定下来,让贾家人多享受了几年的荣华富贵。

那么,凤姐的大德包括了哪些呢?首先是"一心为家",这就是凤姐的中心思想。我举一个最好的例子,第五十五回凤姐因病暂时卸任,由探春接管家务,这时凤姐的做法是全力协助新主管,而不是掣肘阻碍,充分表现出胸襟开阔的政治家风范。第一,她知道探春会遇到的难题,所以特别吩咐她的分身平儿要尽量放低姿态,完全配合探春,所谓:"如今俗语'擒贼必先擒王',他如今要作法开端,一定是先拿我开端。倘或他要驳我的事,你可别分辨,你只越恭敬,越说驳的是才好。"这么一来,便可以协助探春树立威信,因为连最有权势地位的凤姐都服从探春,那其他的下人们就更必须服从了,探春也就更好办事了。这哪里是一般恋栈权力、作威作福的人会有的表现?

第二,凤姐之所以这样帮助探春,正是因为探春是个了不起的人才,所谓:"他虽是姑娘家,心里却事事明白,不过是言语谨慎;他又比我知书识字,更厉害一层了。"可见凤姐并不嫉妒别人的才干,反倒赞美有加,还自承不如,所谓的英雄惜英雄,那么凤姐不也正是一位英雄吗?这已经非常难得了,更难得的是,凤姐之所以这么做,为的是大公无私,她说:

> 按正理,天理良心上论,咱们有他这个人帮着,咱们也省些心,于太太的事也有些益。

要注意,这段话里出现了几个重要的语词,包括"正理"和"天理良心",再度证明了凤姐确实是正派的人物,所以优先从"正理"和"天理良心"的角度来思考。她之所以会想要联手探春，完全不是要结党营私，而是要"于太太的事也有些益"，所谓"太太的事"便是指整个贾家的公共事务，既然探春是一个杰出的人才，那就让她为贾家多一份贡献，于是给予她大力的支持。可见凤姐所着眼的都不是个人的利益，根本没有想要拉帮结派，更没有嫉妒新任的当权者，而是一心为大局设想，因此她才能当贾家的指南针！

讲完了凤姐的"一心为家"，至于凤姐的第二个大德，则是在处理事务时"帐也清楚，理也公道"。这两句话出自于第三十六回，当时王夫人问凤姐说，前些日子恍惚听到有姨娘抱怨丫头们的月钱短了一吊，是什么缘故？凤姐连忙解释说，这是"外头商议的，姨娘们每位的丫头分例减半，人各五百钱，每位两个丫头，所以短了一吊钱"。然后王夫人又问到贾母的丫鬟里，哪些是一两月钱的？凤姐又赶紧说明道：其中一个是袭人，虽然给了宝玉，但她的月钱还是在贾母的名下去领，而宝玉的其他丫头们各有不同的等级，都不能用袭人的规格来调派。

这一大篇说明讲得清清楚楚，有条不紊，于是旁听的薛姨妈笑道："只听凤丫头的嘴，倒像倒了核桃车子的，只听他的帐也清楚，理也公道。"其中所谓的"倒了核桃车子"是比喻凤姐讲话很快，口齿清晰伶俐，而"帐也清楚，理也公道"八个字就是重点了，因此不但让王夫人的疑问冰消释然，烟消云散，也让我们看到凤姐理家的大原则，要不然，贾母、王夫人又怎么会把家务托给她管？家里人又有谁会服气？只要有人心里不服气，事情便很难做下去了。

关于这一点，其实凤姐心里也很明白，表达在一段大家都没有注意到的情节里，即第六十八回的"苦尤娘赚入大观园"。当时凤姐得知贾琏在外面偷娶了尤二姐，不禁醋劲大发，带着像刺一般的痛苦想尽办法要除掉情敌，于是去找尤二姐，打算把她哄骗到自己身边以便就近控制。而在她对尤二姐所说的一番话里，有几句是这么说的：

> 若我实有不好之处，上头三层公婆，中有无数姊妹妯娌，况贾府世代名家，岂容我到今日。

要知道，这段话说得完全正确，在贾府这样的世代名家里十分重视伦理教养，是不可能容许子孙嚣张放肆的，因此凤姐所要面对的约束可真多，包括"上头三层公婆，中有无数姊妹妯娌"。所谓"上头三层公婆"指的是贾母、王夫人和邢夫人，想想看，单单一层压力就够大了，何况有三层！不只如此，另外还有中间的"无数姊妹妯娌"，这些平辈们的地位也都比凤姐高，属于旗人的风俗，清末徐珂《清稗类钞》记载："旗俗，家庭之间，礼节最繁重，而未字之小姑，其尊亚于姑，宴居会食，翁姑上坐，小姑侧坐，媳妇则侍立于旁，进盘匜、奉巾栉惟谨，如仆媪焉。……小姑之在家庭，虽其父母兄嫂，亦皆尊称之为姑奶奶。因此之故，而所谓姑奶奶者，颇得不规则之自由。"既然未出嫁的姑娘地位要比嫁进来的媳妇尊崇，所以凤姐也得特别照顾这些姊妹。这么一来，等于面对了上上下下交织而成的天罗地网，她又哪里能够太出格呢？正因为这番道理说得很对，合情合理，因此尤二姐才会相信，也才会愿意住进大观园。

同样的，凤姐之所以能够大闹宁国府，正是因为她站住了理字，"帐也清楚，理也公道"的缘故，绝不是吃醋就可以这样泼辣的。原来，贾琏偷娶尤二姐其实是犯下了大逆不道的重罪，因为当时皇宫中有个老太妃薨逝，举国服丧，官宦之家连戏班子都要遣散，不可以娱乐，遑论娶亲！更何况自己家族的长辈贾敬又过世了，又再加上一层服丧，根本不可以再娶，而贾琏又是私底下偷偷进行，更违背了父母之命的伦理！所以第六十四回说："贾琏只顾贪图二姐美色，听了贾蓉一篇话，遂为计出万全，将现今身上有服，并停妻再娶，严父妒妻种种不妥之处，皆置之度外了。"这也正是第六十八回王熙凤大闹宁国府时所指控的："国孝一层罪，家孝一层罪，背着父母私娶一层罪，停妻再娶一层罪。"

正因为贾琏背负了四层的大罪，连贾蓉那些帮凶也罪无可逭，因此凤姐大闹宁国府的时候，才能那么理直气壮，甚至到了泼辣撒野的程度，却所向披靡，尤氏只能任由唾骂蹂躏，不敢争辩，贾蓉更跪着磕头赔罪，甚至举家的众姬妾、丫鬟、媳妇乌压压跪了一地，一起向凤姐求饶呢。这是凤姐"帐也清楚，理也公道"的一个极有趣的例证。

道德导致困境

看到这里，我还要提醒大家一个很重要的地方，一般人都以为，当一个人有了权力的时候便可以为所欲为，下位者只能听命行事，任由宰割，但其实这是大错特错的。好比很多人认为，王熙凤是靠狠毒来管家的，其实大谬不然，请仔细看第五十五回，凤姐在暂时放下权力时，很清楚地总结她当家的为难之处，其中居然也包括了对下人的顾忌！当时她向平儿笑道：

你知道我这几年生了多少省俭的法子，一家子大约也没个不背地里恨我的。我如今也是骑上老虎了。虽然看破些，无奈一时也难宽放。二则家里出去的多，进来的少，凡百大小事仍是照着老祖宗手里的规矩，却一年进的产业又不及先时。多省俭了，外人又笑话，老太太、太太也受委屈，家下人也抱怨刻薄；若不趁早儿料理省俭之计，再几年就都赔尽了。

由此可见，凤姐的处境是骑虎难下，她所面对的主要问题，就是入不敷出的财务困境，但这并不是因为贾家历经了百年的荣华富贵，现在才特别奢靡挥霍所造成，而是因为随代降等承袭制度的缘故，以致"一年进的产业又不及先时"，这才是经济出问题的关键。

于是凤姐采取了许多省俭的法子，希望通过节流来稳住财政，可叹人性大都是自私自利，只图自己的享受，会愿意牺牲自己的权益为大局着想的人，又有几个？可凤姐又能怎么办呢？只好一直冒着得罪人的风险了，这才是她得罪一家子人的真正原因。但是麻烦的地方就在于：凤姐虽然想尽办法节约用度，却又不能采取雷厉风行的手段，以致一方面得罪了大家，一方面贾家的钱坑还是越来越大，依然无法挽救。这又是为什么？

原因有三个，凤姐的话说得很清楚，第一，贾家此时已经收入减少了，却依然"凡百大小事仍是照着老祖宗手里的规矩"，这是为了要尽孝道，以免多省俭了，上两代的"老太太、太太也受委屈"。参考第七十四回王夫人对凤姐所说的："我虽没受过大荣华富贵，比你们是强的。"可见这是随代降等制度所造成的每况愈下。但为了让长辈们不受委屈，于是只好继续维持前两代的高规格的规模，如此一来又能俭省多少？所以才会"出去的多，进来的少"，造成了财务缺口。

第二，多省俭了，"外人又笑话"，会被取笑寒酸、不成体统，那就丢了家族的脸面。原来我们都不知道，贵族之所以讲究排场，并不是为了炫耀，而是必须尽的义务，是他们得承担的一种社会责任，所以为了不让外人笑话，贵族有时候得要打肿脸充胖子，维持一定的门面、排场，那并非无聊的虚荣心作祟，而是在舆论压力下无可奈何的辛酸，可不是自由自在的平民百姓所了解的。

第三，凤姐之所以不能多省俭的原因，竟然还包括了担心"家下人也抱怨刻薄"，因而有所顾虑，原来，贵族要承担的社会责任还包括良好的道德，所以必须善尽照顾下人的责任，这也形成了贾家宽柔待下的门风。难怪第三十三回贾政听说金钏儿跳井自尽的事件时，会那么震惊又愤怒，他说："我家从无这样事情，自祖宗以来，皆是宽柔以待下人。……（如今）生出这暴殄轻生的祸患。若外人知道，祖宗颜面何在！"于是才会悲愤交加，把宝玉痛打一顿。由此可知，贾家一百年来都是优良的贵族，努力为社会树立典范，不让祖宗蒙羞，也不让外人嘲笑。因此，凤姐理家时也必须考虑到"家下人也抱怨刻薄"的情况，以免违反了宽柔待下的门风。

这么说来，你还会以为曹雪芹写《红楼梦》是为了批判贵族的吗？其实恰恰相反，他是要呈现好的贵族文化才创作这部小说，同样的，凤姐之所以能够做贾家的指南针，也是因为她善尽孝道、照顾家人，维系良好的家风。难怪第二十一回中，最了解王熙凤的平儿对贾琏说："他原行的正走的正。"这才是王熙凤真正的定位。换句话说，贾家之所以信任凤姐直到今日，绝对不是用人唯亲，而其实是知人善任，因此那位很了解曹雪芹的脂砚斋，在第二十回便感慨道：

> 余为宝玉肯效凤姐一点余风，亦可继荣、宁之盛，诸公当为如何？

所以说，比起宝玉的"于国于家无望"，凤姐确实是"裙钗一二可齐家"的巾帼英雄！

最后，总结一下这一章的内容，所讲到的几个重点是：

第一，来到了末世的贾家就像即将被冰山撞沉的泰坦尼克号，王熙凤则是贾家的指南针，尽全力稳住整个局面，因此曹雪芹赞美她是"金紫万千谁治国，裙钗一二可齐家"，极力突显凤姐对贾家的贡献。

第二，王熙凤确实才干非凡，出类拔萃，但最重要的是她秉持"一心为家"的正派心思和"帐也清楚，理也公道"的正派做法，所以即使泼辣也都站得住脚，也才能得到贾母和王夫人的信任和喜爱。

第三，凤姐努力节流，于是得罪了很多既得利益者，但她又不能太过省俭的原因，原来是要尽孝道，担心贾母这些长辈受到委屈，另外还得顾虑下人的抱怨，并且维持贾家的门面，可见贵族其实背负了高标准的道德义务，这恐怕是只认识暴发户的读者根本始料未及的。所以我们才更需要学问和智慧，以免继续误读《红楼梦》，也冤枉了王熙凤。

下一章要继续讲王熙凤这个人物，她的齐家不只是打理好家务而已，在那强悍泼辣的表面下，凤姐其实也是个温暖又深情的人！这又是怎么说的呢？请看下一章的说明。

第 25 章：钢铁下的柔情

这一章，要继续讲王熙凤这个精彩的人物。前面我们已经特别澄清很常见的误解，一般都以为，凤姐是靠着狠毒、诈欺来做人做事的，但事实上并非如此，她其实是很正派的人物，为人处事时也是刚柔并济，亦刚亦柔。现在我就要带大家公平地看到凤姐在钢铁之下的柔情。

有力量的正义

平心而论，要在上千人的复杂关系里撑起整个家庭，没有钢铁般的性格和做法是做不来的。可是如果只有冰冷的铁腕管理，那也不会令人感动或者敬佩，凤姐正是在钢铁中融入了温情，所以才会这么引人入胜。就像法国思想家帕斯卡（Blaise Pascal）在《思想录》中所说的："正义若无力量，是无助；力量若无正义，则是暴虐。"他告诉我们，没有力量的人连正义都维护不了，所以正义也十分需要力量。同样的，作为指南针的凤姐，更必须拥有大力量，否则贾家这艘迷航失控的船舰仍然会快速撞沉。而在前一章里，又已经显示凤姐是个"行的正走的正"的人，所以她的力量绝对不是暴虐。

首先要知道，凤姐虽然获得贾母、王夫人所赋予她的权力，拥有最大的后盾，但面对繁杂刁蛮的人事，她自己也必须像钢铁一般施展力量，否则就算当上了理家的主管，也是没有用的。试看

第五十五回凤姐生病退位以后，王夫人重新调派人马，首先指定李纨当接班人，当时"众人先听见李纨独办，各各心中暗喜，以为李纨素日原是个厚道多恩无罚的，自然比凤姐儿好搪塞"。由此可见，单单靠慈善并无法管理群众之事，古人早就说过"徒善不足以为政"（语出《孟子》），这清楚地告诉我们，只靠善良根本不足以"为政"，"为政"即处理众人的事务。果然大家不早就打好如意算盘，要搪塞浑名叫作"大菩萨"的李纨了吗？再看迎春这位二姑娘，堂堂一位千金小姐，居然被奶娘一家骑到头上，予取予求，简直比丫鬟还委屈，可见理家完全不是那么简单的事。

大家可不要以为，下面那些没有权力的奴仆一定是被欺压的好人，其实事情绝对没有这么简单。曹雪芹便清楚提醒过，贾家养了许多的刁奴，还强调了三次，第一次是第十六回，贾琏护送黛玉去扬州奔丧回来以后，和凤姐夫妻两个对谈家务，凤姐说：

> 你是知道的，咱们家所有的这些管家奶奶们，那一位是好缠的？错一点儿他们就笑话打趣，偏一点儿他们就指桑说槐的抱怨。"坐山观虎斗"，"借剑杀人"，"引风吹火"，"站干岸儿"，"推倒油瓶不扶"，都是全挂子的武艺。

这段话可一点儿都没有夸张，后来第五十五回探春在接管家务时，也立刻受到了下人们的刁难，面临很大的考验。这时，人品最公正的平儿便当面对那些管家媳妇说：

> 你们素日那眼里没人，心术厉害，我这几年难道还不知道？二奶奶若是略差一点儿的，早被你们这些奶奶治倒了。饶这么着，得一点空儿，还要难他一难，好几次没落了你们的口

声。……他厉害，你们都怕他，惟我知道他心里也就不算不怕你们呢。

这是第二次提到下人们的强大力量，以致凤姐即使"少说些有一万个心眼子"（第六回），但对这些豪奴仍得战战兢兢，才能不露出破绽。至于第三次是在第七十一回，连贾母最倚重的鸳鸯都说：

> 如今咱们家里更好，新出来的这些底下奴字号的奶奶们，一个个心满意足，都不知要怎么样才好，稍有不得意，不是背地里咬舌根，就是挑三窝四的。我怕老太太生气，一点儿也不肯说。不然，我告诉出来，大家别过太平日子。

由此可见，凤姐当这个家真是千难万难，其实是如临深渊、如履薄冰，她就像活在虎视眈眈的丛林里，一不小心便会粉身碎骨，哪里能够掉以轻心？所以凤姐非强悍不可，非精明不可，甚至得要用非常手段，否则怎么压得住这些刁奴？

而且刚好她的性格也比较刚强，第十三回贾珍便说："从小儿大妹妹顽笑着就有杀伐决断；如今出了阁，又在那府里办事，越发历练老成了。"对伦理秩序崩溃的宁国府来说，凤姐简直还成了拨乱反正的改革领袖，第十四回当她受到贾珍的委托，承办可卿丧事、协理宁国府的讯息传来时，即有一个家仆笑道："论理，我们里面也须得他来整治整治，都忒不像了。"可见凤姐确实是理家的最佳人选，她是一个最对的人放在对的地方，全力发挥，成效卓著，一方面获得充分自我实践的成就感，一方面更对贾家的延续大有帮助，成为一个齐家的最大功臣。

精确地说,凤姐所严厉对待的,往往是存心不良的小人或刁奴,因此情理上也大多说得过去,最让人感动的是,她对品格很好的弱势者都是照顾有加,邢岫烟便是其中之一,现在就来看这个例子。

第四十九回时贾家又来了一群姑娘,包括薛宝琴、邢岫烟等四个,都是让大家赞叹不绝的出众人物。其中,邢岫烟最是命苦,邢夫人虽然是她的姑妈,但为人心胸狭窄、吝啬苛刻,不仅不照顾邢岫烟,甚至还加以压榨,以致邢岫烟被迫得要典当衣服才能过日子,简直尝尽了人情冷暖。幸而还有愿意雪中送炭的善心人,那些私底下偷偷帮助她的,除了薛宝钗以外,便是王熙凤了!书中说:

> 凤姐儿冷眼敁敠岫烟心性为人,竟不像邢夫人及他的父母一样,却是温厚可疼的人。因此凤姐儿又怜他家贫命苦,比别的姊妹多疼他些。

这么一来,凤姐简直成了保护弱小的义勇军了!想想看,邢夫人是王熙凤的婆婆,如果只想要讨好长辈,凤姐应该会顺水推舟,跟着一起冷落岫烟才对。没想到结果刚好相反,她冷眼旁观,发现这个女孩子没人疼没人顾的,却是性情温厚,值得疼爱,如同第五十七回宝钗所欣赏的"为人雅重",以及第六十三回宝玉所赞美的"举止言谈,超然如野鹤闲云",是个知书达礼的好女儿,于是凤姐居然冒着得罪婆婆的风险,比对别的姊妹还更多疼她一些。这对家贫命苦的邢岫烟来说,岂不是一股沁入心脾的暖流吗?而以暖流滋润苦命少女的凤姐,哪里有一丁点的现实势利呢?又哪里可以说是心肠又酸又硬?在此反倒清楚显示出凤姐十分重视人品,并且拥有一颗柔软慈悲的心,她只是把这份善良给予值得珍惜的人,这岂不也是一种正义的表现吗？

凤姐对于无依无靠的弱小尚且如此，对那些伦理上应该照应的人，更是善尽体贴的责任了。贾母、王夫人等长辈是不用多说，她对待妯娌姑嫂也是面面俱到，第五十一回有一段情节便说明了这一点，当时凤姐特别和贾母、王夫人商议，要在大观园里另外单独设一个厨房，专门供应园中姊妹的饮食所需，因为天气冷了，常常刮风下雪，每天三餐还是都要按规矩到贾母处一起吃饭，来来回回的，不但辛苦，更且容易感冒受凉。凤姐说明道："就便多费些事，小姑娘们冷风朔气的，别人还可，第一林妹妹如何禁得住？就连宝兄弟也禁不住，何况众位姑娘。"可见凤姐的关心和体贴真是到了无微不至的地步，尤其优先考虑到的就是弱不禁风的林妹妹，足见她对这二玉实在十分疼爱，那份细心体贴、照顾姊妹们的用心也展露无遗。

故事紧接着进入到第五十二回，于是贾母当众赞美了凤姐，向王夫人等说道："今儿我才说这话，素日我不说，一则怕逗了凤丫头的脸，二则众人不服。今日你们都在这里，都是经过妯娌姑嫂的，还有像他这样想的到的没有？"薛姨妈、李婶、尤氏等齐笑说："真个少有。别人不过是礼上面子情儿，实在他是真疼小叔子小姑子。就是老太太跟前，也是真孝顺。"这可不是场面上的应酬话。所以说，凤姐向尤二姐解释自己"若我实有不好之处，……岂容我到今日"，诚然是合情合理的事实。

温暖深厚的真情

再看个人的姊妹关系，主要就是平儿了。平儿是一个正经人，这是贾府上上下下都认可的公论。想想看，一个这样正派厚道的人，而且又聪明又伶俐，为什么会愿意赤胆忠心地服侍凤姐？如果凤姐真是一个狠毒的大坏蛋，这个情况就会很奇怪了，从情理上来说，并不合逻辑。其实真正的答案是：凤姐的为人品格是值得她效忠的！从而这一对主仆本质上更像姊妹，彼此同心协力。

因此看在孤家寡人的李纨眼里，简直是羡慕不已，第三十九回中，李纨便对平儿说道："你倒是有造化的。凤丫头也是有造化的。想当初你珠大爷在日，何曾也没两个人。……若有一个守得住，我倒有个膀臂。"说着，还不知不觉滴下泪来。由此可见，凤姐和平儿这一组妻妾之间的关系并不是一般常见的尔虞我诈、勾心斗角，而是相辅相成、相亲相爱，其中当然也包括了凤姐对平儿的善待，否则又怎能赢得平儿的心？

举一个例子来看。第四十四回凤姐过生日，合家凑份子替她祝寿，十分热闹，偏偏那好色的丈夫贾琏居然趁机偷腥，被凤姐偶然发现了，于是泼醋大吵，贾琏也仗着酒意拿剑追杀，简直闹得天翻地覆。在吵嚷的过程中，夫妻两个不好对打，于是都拿着平儿出气，而平儿无辜被打了几下，委屈得什么似的，哭得哽咽不已。因为闹到了贾母跟前，于是由贾母出面平息这一场纠纷，第二天，贾母先是命贾琏给凤姐赔不是，又命凤姐和贾琏两个去安慰平儿。

看到这里，已经显示贾母是多么疼顾下人的女家长，居然明辨是非，公正裁判，让一对当家的夫妻去向一个妾道歉和表示安慰！那么，身为主子却必须向平儿道歉的凤姐，又是怎样的心情呢？书中说：

> 凤姐儿正自愧悔昨日酒吃多了，不念素日之情，浮躁起来，为听了旁人的话，无故给平儿没脸。今反见他如此，又是惭愧，又是心酸，忙一把拉起来，落下泪来。平儿道："我伏侍了奶奶这么几年，也没弹我一指甲。就是昨儿打我，我也不

怨奶奶，都是那淫妇治的，怨不得奶奶生气。"

很明显的，对于让无辜的平儿受到委屈，凤姐是又惭愧又心酸，于是难过到悲从中来，掉下了眼泪。想想看，有几个人能得到凤姐这样真情流露的泪水？再看凤姐惭愧自己因为一时愤怒而没有顾及"素日之情"，这"素日之情"四个字更清楚表明她们彼此有着深厚的感情。再参考大家安慰平儿的话里，也证明了凤姐素日待平儿很好，例如宝钗劝慰平儿的时候便说："你是个明白人，素日凤丫头何等待你，今儿不过他多吃一口酒。……你只管这会子委曲，素日你的好处，岂不都是假的了？"袭人也安慰她说："二奶奶素日待你好，这不过是一时气急了。"可见在她们相处的几年间，平儿从没有被凤姐弹过一指甲，两人根本是情同姊妹，温馨相伴。

这就难怪此时平儿会觉得十分委屈，也显示平儿拥有优越尊荣的地位，对于一个女仆等级的妾来说，岂不是很难得的待遇吗？如果没有凤姐的赏识和提拔，这又哪里可能呢？所以说，只有真心才能换得真情，而凤姐给予平儿的，正是发自内心的真情，由此又再度证明凤姐实际上拥有一颗温暖的心！

最后，再来看凤姐的夫妻关系，那究竟是怎样的情况？大部分的读者都认为，贾琏和凤姐是同床异梦、各怀鬼胎，甚至尔虞我诈、彼此算计，但我还是得说，真相并非如此。书中有好几段情节都告诉我们，其实这一对夫妻十分恩爱，称得上是鹣鲽情深，只可惜被几乎所有的读者忽略了。

先看凤姐对贾琏吧。想想看，如果不是因为很爱对方，又怎么会那般吃醋嫉妒？凤姐之所以被比喻为醋缸、醋瓮，并不只是出于性格好强而已，关键其实在于一种十分强烈的爱，所以才会产生极端的排他性，无法和别人共享心爱的人。试看第十三回林如海生了重病，所以贾琏必须出一趟远门，负责带林黛玉回扬州去探望，当时的凤姐是这样表现的：

> 话说凤姐儿自贾琏送黛玉往扬州去后，心中实在无趣，每到晚间，不过和平儿说笑一回，就胡乱睡了。这日夜间，正和平儿灯下拥炉倦绣，早命浓薰绣被，二人睡下，屈指算行程该到何处，不知不觉已交三鼓。

这一幕是多么温馨的柔情款款啊，妻妾两个日夜挂念远方的丈夫，还扳着手指计算他现在应该到了哪里，简直是心思相随、左右不离，脂砚斋便引用一句诗来说明这个场景："所谓'计程今日到梁州'是也。"这句诗出自唐朝诗人白居易的一首题壁诗（"忽忆故人天际去，计程今日到梁州"），可见是一个人内心深情的典型反应。而这时的凤姐哪里是一个威风凛凛的女强人，根本就是一个深爱着丈夫的深闺妻子啊。

而且，请注意：所谓"凤姐儿自贾琏送黛玉往扬州去后，心中实在无趣，每到晚间，不过和平儿说笑一回，就胡乱睡了"，显然贾琏就是她人生中的趣味，只要贾琏不在身边，凤姐便觉得索然乏味，意兴阑珊。因此很让人惊讶的是，这一段描写简直和宝玉对黛玉的情况完全一样！当时"宝玉因近日林黛玉回去，剩得自己孤凄，也不和人顽耍，每到晚间便索然睡了"，可见凤姐对贾琏的感情等同于宝玉对黛玉的程度，而那是多么珍贵的深情啊，谁说传统夫妻之间不会有真正的、强烈的爱情！

再看第十四回的描写，当时林如海已经病故，贾琏确定得要留

在扬州更久的时间,于是派小厮昭儿回家打点一些日用的必需品:

> 凤姐见昭儿回来,因当着人未及细问贾琏,心中自是记挂,待要回去,争奈事情繁杂,一时去了,恐有延迟失误,惹人笑话。少不得耐到晚上回来,复令昭儿进来,细问一路平安信息。连夜打点大毛衣服,和平儿亲自检点包裹,再细细追想所需何物,一并包藏交付昭儿。又细细吩咐昭儿:"在外好生小心伏侍,不要惹你二爷生气。时时劝他少吃酒,别勾引他认得混帐女人,果然有这些事回来打折你的腿"等语。

凤姐完全是亲力亲为,就怕有一点遗漏,会让贾琏生活不便,这份用心和古人诗歌里所描写的痴情妻子也简直完全一样,例如李白《子夜吴歌·秋歌》说:"长安一片月,万户捣衣声。秋风吹不尽,总是玉关情。"凤姐岂不正是那些痴心守望丈夫的捣衣妇女吗?

至于凤姐固然才干非凡,把丈夫的雄风都给压了下去,如同第二回冷子兴所说的:贾琏"自娶了他令夫人之后,倒上下无一人不称颂他夫人的,琏爷倒退了一射之地"。但其实在许多处理家务的做法上,凤姐还是很尊重贾琏的,并非一味的河东狮吼、牝鸡司晨。例如第二十二回宝钗第一次过生日时,正好是十五岁,凤姐即事先请示贾琏的意见,看该怎么办理才恰当,贾琏低头想了半日,建议说:

> "往年怎么给林妹妹过的,如今也照依给薛妹妹过就是了。"凤姐听了,冷笑道:"我难道连这个也不知道?我原也这么想定了。但昨儿听见老太太说,问起大家的年纪生日来,

听见薛大妹妹今年十五岁,虽不是整生日,也算得将笄之年。老太太说要替他做生日。想来若果真替他作,自然比往年与林妹妹做的不同了。"贾琏道:"既如此,就比林妹妹的多增些。"凤姐道:"我也这们想着,所以讨你的口气。我若私自添了东西,你又怪我不告诉明白你了。"

原来宝钗的这个生日不大不小,贾母又亲自出资以示隆重,于是没有以往的定例可循。而凤姐其实早就想到最好的做法,但因为那是个破例的情况,她不敢私自开先例,于是先和贾琏商量,讨他的口气,等到获得同意之后才着手筹办,这正显示出凤姐尊重夫权的知礼守礼。

讲完了凤姐这一方面的情况,那么贾琏对王熙凤呢?很多人只看到一些夫妻勃溪的情节,便断章取义,而且过分夸大两人的嫌隙,以致迷失了真相。其实,天下没有不吵架的夫妻,会吵架并不等于感情不好,我就有一个老朋友很爱她的丈夫,每当想到下辈子可能不会再见面了,便觉得很伤心,但有时还是会气到想离婚呢!所以看一件事要把握整体,否则就会以偏概全。这里我举一个没有人注意到的情节,你一定会有全新的认识。

第二十五回说赵姨娘嫉妒凤姐和宝玉受宠得势,于是和马道婆合谋,利用魔法邪术要害死这两个人。果然魔法奏效,凤姐和宝玉都中了邪,两人发疯以后便倒在床上昏迷不醒,上上下下用尽了各种办法都救不回来,让全家是鸡犬不宁,一片愁云惨雾:

> 看看三日光阴,那凤姐和宝玉躺在床上,益发连气都将没了。合家人口无不惊慌,都说没了指望,忙着将他二人的后世的衣履都治备下了。贾母、王夫人、贾琏、平儿、袭人这几个

人更比诸人哭的忘餐废寝，觅死寻活。

这一段生离死别真是无比的惨烈，想想凤姐和宝玉是何等重要的人物，一旦没命，深爱他们的人也活不下去啊。请特别仔细看：这些最痛彻心扉而哭得忘餐废寝、觅死寻活的人，到底有哪些？首先是贾母、王夫人，这两位女家长当然不用说，她们失去的是自己的心肝宝贝。而平儿悲恸的对象自然是凤姐，显示出两人之间确实不只是主仆之情，还更是姊妹情深，这一点前面已经讲过，在此更是一大证明。

至于袭人痛哭的当然是宝玉，她对宝玉的深情是曹雪芹都很肯定的，所以第十九回的回目说"情切切良宵花解语"，而这一回主要是描写袭人对宝玉的规劝十分用心良苦，便被曹雪芹说是"情切切"，一种深切的真情，难怪宝玉遇到生死交关的劫难时，袭人会这样地痛断肝肠。现在重点来了，哭得忘餐废寝、觅死寻活的人还有一个，那就是贾琏！贾琏所哭的对象当然不是宝玉，堂兄弟之间不大会有这么深的感情，所以只能是他的妻子王熙凤了，这岂不清楚证明了他深爱着凤姐，到了同生共死的程度吗？

我要再提醒一段很有趣的情节：第四十四回凤姐隆重庆生的时候，贾琏趁机和女仆鲍二家的偷情，凤姐撞见以后当场夫妻反目，闹得天翻地覆，甚至还演出杀妻的荒唐戏码，等于是把彼此的心结极端放大了，因此很多读者便认为这一对夫妻存在着不共戴天之仇。可是情况绝非如此，试看事情刚刚落幕时，贾琏的反应是什么：

平儿就在李纨处歇了一夜，凤姐儿只跟着贾母。<u>贾琏晚间归房，冷清清的，又不好去叫，只得胡乱睡了一夜。次日醒</u>

<u>了，想昨日之事，大没意思，后悔不来。</u>

可见在暴风雨过后，当贾琏冷静下来时，其实是感到后悔不已，并且一旦凤姐、平儿不在身边便觉得冷冷清清，而不是获得解脱的放松自在，以致一整晚都睡不好，可见他是多么依赖这一双妻妾啊！这对夫妻根本就是一个共同体，连一天都分不开。后来贾母劝和的时候，对贾琏说：

"若你眼睛里有我，你起来，我饶了你，乖乖的替你媳妇赔个不是，拉了他家去，我就喜欢了。要不然，你只管出去，我也不敢受你的跪。"贾琏听如此说，<u>又见凤姐儿站在那边，也不盛妆，哭的眼睛肿着，也不施脂粉，黄黄脸儿，比往常更觉可怜可爱</u>。想着："<u>不如赔了不是，彼此也好了</u>，又讨老太太的喜欢了。"

请特别注意一下，贾琏之所以愿意向凤姐赔罪，并不是被迫之下的不甘不愿，也不只是为了讨长辈的欢心，因此顺从贾母，其实原因还包括了想要与凤姐和好！再说，贾琏此时看到凤姐这般素颜憔悴的样子，心里不但没有把她当黄脸婆一样地嫌弃，反倒觉得"比往常更觉可怜可爱"，可见身为丈夫的贾琏确实没有喜新厌旧，甚至对这个平日强悍、此刻憔悴的发妻充满了怜惜，那必然是因为心中存有真情的缘故啊！再想想看，既然贾琏现在眼看凤姐"哭的眼睛肿着，也不施脂粉，黄黄脸儿"，却是"比往常更觉可怜可爱"，那就表示"往常是觉得可怜可爱"的，而现在尤甚，这岂不又证明了贾琏一直是很爱凤姐的！

另外，最有趣的是，这一对夫妻还是相敬如宾的事业好伙伴！

我们都知道，贾政和王夫人把家务委托给这两个晚辈夫妻档打理，如第二回冷子兴说：贾琏"如今只在乃叔政老爷家住着，帮着料理些家务。谁知自娶了他令夫人之后，倒上下无一人不称颂他夫人的"。而贾琏负责对外，凤姐负责对内，双方互相配合，可以说是贾政夫妇的好帮手。

很有趣的是，贾琏还会特地向凤姐道谢呢！第十六回贾琏护送黛玉去扬州奔丧，远道回来以后，凤姐正是忙得不可开交，毫无片刻闲暇的工夫，但是：

见贾琏远路归来，少不得拨冗接待，……<u>贾琏遂问别后家中的诸事，又谢凤姐的操持劳碌。</u>

在这里，让我们仔细体会一下其中所描写的画面：丈夫久别返家，询问妻子这些日子以来家里的情况，又感谢妻子在这段时间的劳心劳力，那一幕是多么的和谐温馨啊！贾琏并没有因为凤姐理家是她的义务，就认为理所当然，连个谢字也不用提，相反的，他感谢凤姐的付出和辛劳，而且亲口表达出来，这不是太让人感动了吗？想想看，即使到了今天，还是有一些做丈夫的不懂得感谢妻子，不但觉得女人持家是份内应该的事，甚至还会嫌弃挑剔呢！比较起来，贾琏简直是太可爱了，而他和凤姐的夫妻关系岂不正是互相帮助、彼此珍惜的最佳典范吗？

由此又显示出伟大的曹雪芹总是在告诉我们的：世间的道理、事情的真相都不是那么简单，常见的断章取义、以偏概全确实注定会流入市俗，而错过了更美好的真相！

最后，总结一下这一章所讲到的几个重点：

第一，凤姐这位齐家的女英雄在钢铁之下其实充满了慈善和柔情，她会主动帮助弱小，例如家贫命苦的邢岫烟，那些让人闻风丧胆的霹雳手段主要是用在刁奴和小人身上，这其实就是一种正义。

第二，凤姐对家族成员都是悉心照应，那是单靠手腕所达不到的程度，势必有真诚才能如此地体贴入微。最特别的是对平儿，那更是姊妹情深，因此一不小心让平儿受到委屈，凤姐是又惭愧、又心酸，还难过到掉下眼泪，这真是令人动容。

第三，王熙凤对贾琏原来是无比深情，相当于宝玉对黛玉的程度，所以才会那么吃醋。

第四，贾琏对凤姐其实也是生死与共的真情，而且他还会感谢凤姐操持家务，可见两人的夫妻关系算是瑕不掩瑜，可以得到很高的分数。由此可见世间的道理真是复杂难测，曹雪芹的伟大就在这里，所以我们实在很需要学问和智慧，才能看懂《红楼梦》的奥妙。

只可惜，这样的王熙凤一样得面临悲剧，小说家也为她演奏出一阕巾帼英雄的挽歌，凤姐到底是受到了怎样的打击，以致灰心绝望，那钢铁般的意志也都消沉下去？下一章就会将此说分明了。

第26章：女强人的殒落

这一章，要讲王熙凤的悲剧下场了。

太虚幻境图谶上所说的"一片冰山，上面有一只雌凤"，这只凤就是王熙凤，一直以来，她独自站在摇摇欲坠的冰山上，想方设法尽全力稳住贾家这个家族，几乎到了呕心沥血的程度。但是到最后，再怎么千锤百炼的钢铁也承受不住了，百炼钢化为绕指柔，王熙凤这个女强人终于无比悲壮地殒落，令人唏嘘不已。

到底凤姐遇到怎样的压力和打击呢？原来她面对了两大问题：一个是复杂纠葛的人际关系，一个是越破越大的财务漏洞，无论哪一种都让人绞尽脑汁，耗竭心力。因此，隐藏在赫赫扬扬的光辉表象之下的，其实是无止尽的牺牲奉献和忍气吞声。

忍气吞声

首先，以忍气吞声来说，几乎所有的读者都以为，凤姐总是高高在上发号施令，只有她操纵驱遣别人的份，但其实根本不是这么简单。你知道吗？再强悍的女强人，也一样必须忍气吞声！前面讲到过，凤姐要面对的约束可真多，包括"上头三层公婆，中有无数姊妹妯娌"，尤其是"上头三层公婆"，那真是所有已婚妇女最大的难题，而凤姐的难题还得乘以三倍，可想而知，那压力有多大！其中，贾母、王夫人都是温和明理的正派人，没有什么问题，但她自己本房的婆婆邢夫人就很难相处了，凤姐最大的吃亏便在这里。

先从王夫人这一方来看。凤姐所得到的权力是王夫人赋予的，因此所有的事务都必须向王夫人负责，虽然王夫人温和明理又宽厚，却难免会有一些误会或者意见不同，只要加以追究或反对，凤姐便面临考验了。举一个例子来说吧，第七十四回大观园里居然出现了绣春囊，这件色情物品很可能会让那些闺秀千金受到连累而蒙羞，甚至身败名裂，因此让王夫人简直五雷轰顶，她误会是凤姐所遗落的，于是气急败坏地到凤姐这里来兴师问罪，泪如雨下地颤声说道："倘或丫头们拣着，你姊妹看见，这还了得。不然有那小丫头们拣着，出去说是园内拣着的，外人知道，这性命脸面要也不要？"可见这件事多么严重，到了攸关名节性命的地步。

凤姐一听这样的指控，根本不敢反驳，而是"又急又愧，登时紫涨了面皮，便依炕沿双膝跪下"，然后含泪诉说这件东西并不是她的。凤姐一一列举了五个理由，包括："那香袋是外头雇工仿着内工绣的，带子穗子一概是市卖货。我便年轻不尊重些，也不要这劳什子，自然都是好的，此其一。二者这东西也不是常带着的，我纵有，也只好在家里，焉肯带在身上各处去？况且又在园里去，个个姊妹我们都肯拉拉扯扯，倘或露出来，不但在姊妹前，就是奴才看见，我有什么意思？我虽年轻不尊重，亦不能胡涂至此。三则论主子内我是年轻媳妇，算起奴才来，比我更年轻的又不止一个人了。况且他们也常进园，晚间各人家去，焉知不是他们身上的？四则除我常在园里之外，还有那边太太常带过几个小姨娘来，如嫣红、翠云等人，皆系年轻侍妾，他们更该有这个了。还有那边珍大嫂子，他不算甚老外，他也常带过佩凤等人来，焉知又不是他们的？五则园内丫头太多，保的住个个都是正经的不成？也有年纪大些的知道了人事，或者一时半刻人查问不到偷着出去，或借着因由同二门上小么儿们打牙犯嘴,外头得了来的,也未可知。"然后请王夫人仔细思考。

王夫人听了这一席话大近情理,于是立刻恢复理智,扫除了愤怒,让凤姐起身,接下来便开始商量怎样处理善后。想想看,幸亏王夫人正派而明理,因此在盛怒之下还能够接受陈情,立刻化解误会,证明了凤姐的清白,否则凤姐的冤屈又该当如何昭雪!而且即使如此,在误会的当下,面对王夫人愤怒的情绪,凤姐都已经得要先下跪认错,再想办法解释,那如果对方是不明理的人呢?果然,邢夫人这个婆婆就当众羞辱凤姐,带给她无比的难堪,凤姐再强悍也只能打落牙齿和血吞了。

在第七十一回发生了一件事,当时贾母过八十大寿,合家热闹了好几天,宁国府的尤氏也来帮忙,晚间就直接住在园子里李纨的房中歇宿,比较方便。有一晚尤氏回大观园时,只见园中正门与各处角门仍未关,犹悬吊着各色彩灯,这样门户洞开、火烛燃烧,是很危险的,但值班的女人却都溜班放空了,完全不负责任,尤氏的丫鬟找到两个婆子,要她们去传管家的女人来回话,没想到那两个婆子居然傲慢地说"各家门,另家户",叫她不要管荣国府的事。这样的藐视主子、口出狂言,已经到了造反的程度了,于是引起了一场口舌纷争,后来周瑞家的听说了这件事,便去回报了凤姐,又说:"这两个婆子就是管家奶奶,时常我们和他说话,都似狼虫一般。奶奶若不戒饬,大奶奶脸上过不去。"凤姐道:"既这么着,记上两个人的名字,等过了这几日,捆了送到那府里凭大嫂子开发,或是打几下子,或是他开恩饶了他们,随他去就是了,什么大事。"而周瑞家的因素日与这几个人不睦,便抢先一步,立刻传人捆起这两个婆子来,交到马圈里,派人看守。偏偏这两个惹事的婆子又和邢夫人的陪房费婆子是亲家,费婆子便向邢夫人说凤姐的坏话，为她的亲家求饶。

结果呢，邢夫人因为一直被贾母冷淡，已经对凤姐生出嫌隙之心，近日更着实恶绝凤姐，于是借这个机会加以羞辱。她故意当着许多人陪笑和凤姐求情道："我听见昨儿晚上二奶奶生气，打发周管家的娘子捆了两个老婆子，可也不知犯了什么罪。论理我不该讨情，我想老太太好日子，发狠的还舍钱舍米，周贫济老，咱们家先倒折磨起人家来了。不看我的脸，权且看老太太，竟放了他们罢。"说毕，上车去了。试看"咱们家先倒折磨起人家来了"这句话，是多么难听啊，况且还当着那么多人的面，凤姐听了是又羞又气，一时抓寻不着头脑，憋得脸紫涨，回头向赖大家的等笑道："这是那里的话。昨儿因为这里的人得罪了那府里的大嫂子，我怕大嫂子多心，所以尽让他发放，并不为得罪了我。这又是谁的耳报神这么快。"王夫人因问为什么事，凤姐笑将昨日的事说了。而当事人尤氏也笑道："连我并不知道，你原也太多事了。"凤姐便说明道：

> 我为你脸上过不去，所以等你开发，不过是个礼。就如我在你那里有人得罪了我，你自然送了来尽我开发。凭他是什么好奴才，到底错不过这个礼去。

请注意，"礼"这个字又一再出现了，可见凤姐的处事原则确实是"依礼行事"，守住大体。只是没想到会被婆婆邢夫人指责羞辱，接着王夫人又命人去把那两个婆子给放了，这么做固然是尊重大房太太邢夫人，以维持两房媳妇彼此之间的和谐，但岂不让凤姐又再一次当众被否定了吗？因此：

凤姐由不得越想越气越愧，不觉的灰心转悲，滚下泪来。因赌气回房哭泣，又不使人知觉。偏是贾母打发了琥珀来叫立等说话。琥珀见了，诧异道："好好的，这是什么原故？那里立等你呢。"凤姐听了，忙擦干了泪，洗面另施了脂粉，方同琥珀过来。

这便是凤姐所遭受的莫大委屈。而从整个大致的过程，可以发现到这真是所谓"盘根错节"的复杂案例，一件事牵连了许多人，像蜘蛛网般不断扩散，最后却对凤姐造成了很大的伤害。

可是凤姐始终都没有犯错，她以知礼守礼为原则来处理这些事故，根本不是为了自己，而是顾全整个家族的伦理大节。这一点事后也获得贾母的了解和赞同，贾母道：

这才是凤丫头知礼处，难道为我的生日，由着奴才们把一族中的主子都得罪了也不管罢？这是太太素日没好气，不敢发作，所以今儿拿着这个作法子，明是当着众人给凤儿没脸罢了！

必须特别注意一下，"礼"这个字再三出现了，清清楚楚证明凤姐是一个公道正派的女强人，所以才能受到贾母的赏识和喜爱。但只要遇到不明理的婆婆邢夫人，那就只能自己一个人躲起来偷哭，然后也只能默默擦干眼泪，不让人看到自己的气馁冤屈。想想看，这样的一次哭泣，比起林黛玉不知要委屈千万倍，但又有几个人能怜惜她呢？

怜惜她的只有一个鸳鸯吧。鸳鸯这位为人最正派、贾母最倚重的大丫鬟把一切都看在眼里，这时她便说道："罢哟，还提凤丫头虎丫头呢，他也可怜见儿的。虽然这几年没有在老太太、太太跟前有个错缝儿，暗里也不知得罪了多少人。总而言之，为人是难作的：若太老实了没有个机变，公婆又嫌太老实了，家里人也不怕；若有些机变，未免又治一经损一经。"由此可见，凤姐身为最坚忍的一个人，其实受到很多的委屈，真是所谓的"胳膊折了往袖子里藏"！

而你知道吗？整部《红楼梦》里，特别有几个俗话、歇后语重复出现，体现出曹雪芹最痛切、最深刻的感受，除了"百足之虫，死而不僵""千里搭长棚，天下无不散的筵席"，另外一个便是"胳膊折了往袖子里藏"，它的意思是：再痛都得要隐藏起来，自己忍耐，不要宣扬，不要抱怨诉苦，这一点，凤姐算是体验最深刻的一个了。

但这句俗语并非虚荣爱面子这么表面的意思，其实很多人都不知道，向别人抱怨只是显示自己的软弱无能而已，反倒自取其辱！著名的散文家朱自清有一篇题为《论自己》的文章，其中说得很好：

> "大丈夫不受人怜。"……"好汉胳膊折了往袖子里藏"，为的是不在人面前露怯相，要人爱怜这"苦人儿"似的，这是要强，不是装。说也怪，不受人怜的人倒是能得人怜的人；要强的人总是最能自爱自怜的人。

因此凤姐"胳膊折了往袖子里藏"的忍气吞声，并不是无聊的好强或虚荣，而是一种贵族式的坚忍和尊严，这是她之所以称得上是一位巾帼英雄的原因。

牺牲奉献

讲完了忍气吞声，接着再看凤姐的牺牲奉献。到底贾家如同冰山的困境是什么？那主要就是越破越大的财务漏洞了，关于这一点，曹雪芹一开始即在第二回冷子兴演说荣国府时表示出来，他说：贾家"其日用排场费用，又不能将就省俭，如今外面的架子虽未甚倒，内囊却也尽上来了"。此即入不敷出、外强中干的意思。其实这一份难处，在整部小说里是处处提示，简直如同一个执拗的低音旋律，让贾府的富贵生活渗透、弥漫着悲哀的空气，所以很快的，第六回刘姥姥第一次到贾家来打秋风时，凤姐也对她说："外头看着这里烈烈轰轰的，殊不知大有大的艰难去处，说与人也未必信罢了。"这番的告艰难确实不是搪塞推托的话术，而是客观如实的反映。

因此，后来第五十三回描写年关时节，贾家的庄头乌进孝带着年贡上京来了，天真地以为贵妃娘娘一定赏给贾家很多的好处，殊不知恰恰相反，于是贾珍笑道："他们庄家老实人，外明不知里暗的事。黄柏木作磬槌子——外头体面里头苦。"而这样的苦，其实只有王熙凤一个人承担。难怪第五十五回当探春接替理家的任务，一上任便进行改革时，凤姐会对平儿说："如今他既有这主意，正该和他协同，大家做个膀臂，我也不孤不独了。……咱们两个才四个眼睛，两个心，一时不防，倒弄坏了。"

那么，凤姐所说的"大有大的艰难去处"到底包括哪些？前面已经讲到过一些，例如元春封妃以后的大开销便是其中一项，不过那算是额外增加的负担，其实贾家日常的生活用度，才是真正最可怕的压力，亦即冷子兴所说的"其日用排场费用，又不能将就省俭"，好比每天都像淌海水似的，即使有个太平洋也撑不了多久啊，那就注定要山穷水尽。但为什么这些日用排场费用不能将就省俭？最主要的有两个原因，一个是对长辈尽孝道，一个是照顾下人的福祉。关于对长辈尽孝道的这一点，前一章已经讲过了，现在就来仔细看贾家对下人的照顾，那是到了让他们不愿意回家获得自由的程度。

我们已经知道，贾家有上千的人，主要是各种等级的仆人，而包括他们在内，全家上下全部的人都有多寡不等的月钱，也就是每个月的零用金，又叫做月例、月费，连小丫头们都有，积少成多，单单每个月要发放的月钱，便是一大笔巨款。清代评点家姚燮《读红楼梦纲领》曾经做过一番统计，指出：

> 论月费一项，王夫人月例每月二十两，李纨每月月银十两，后又添十两，周、赵二姨每月二两，贾母处丫头每人每月一两，外钱四吊，宝玉处大丫头每人月各一吊，小丫头八人每人月各五百，其余各房等皆如例，即此一项，其费已侈矣。

那么总共有多少呢？粗略算起来，应该不亚于一百两，一年就得一千二百两。但这还只是女眷们额外的福利，倘若再加上每天不可或缺的吃穿用度，那真是所谓的淌海水了。

而且要知道，贾家这种优良的好贵族是以"宽柔待下"为家风，尤其是贴身的大丫鬟、资深的管家等等最受优待。小说里便提到过两次，她们都是"吃穿和主子一样"，不但第十九回袭人这样说，连第五十六回世交甄家派人来向贾母请安时，那四个媳妇"都是四十往上的年纪，穿戴之物，皆比主子不甚差别"，与贾府同类。这么一来，日常花费就太可观了。

以伙食费来看，单说最平常的鸡蛋吧，第六十一回厨娘柳家的道："不知怎的，今年这鸡蛋短的很，十个钱一个还找不出来。

昨儿上头给亲戚家送粥米去，四五个买办出去，好容易才凑了二千个来。"想想看，即使以最便宜的价格来计算，两千个鸡蛋都是一笔不小的数目，何况这时的行情飙高到一个十钱，二千个就是两万钱，差不多是一二十两银子，而当时并没有我们现在的冷藏设备，这两千个鸡蛋根本放不了多久，所以应该只是几天的用量，那两万钱也迅速化为乌有。再说，贾家的人总不可能这几天都只吃鸡蛋吧？如果再加上其他林林总总的各种食材，一天还得准备三餐，那么单单一日的饮食即所费不赀，何况吃饭之外还有数不尽的开销！于是清代评点家周春《阅红楼梦随笔》便说："柳家的鸡蛋开销十个钱一个，即此一端，宜十年而花百万也。"这确实是令人怵目惊心的支出。

再对照当时一户普通人家的情况来看，刚好有一笔数目可以参考，那是第三十九回大观园举办了一场螃蟹宴，刘姥姥说："这样螃蟹，……再搭上酒菜，一共倒有二十多两银子。阿弥陀佛！这一顿的钱够我们庄家人过一年了。"比起贾家大约一年十万，相差了五千倍，所以说贾家的开销就像淌海水一般。

不只如此，我再举一个很有趣的例子。大观园里专管厨房的柳家的，她有一个女儿名叫柳五儿，第六十回说："今年才十六岁，虽是厨役之女，却生的人物与平、袭、紫、鸳皆类。"再加上她美丽又多病，犹如林黛玉一般，所以读者们也大都很怜惜她。当时柳家的因为见到宝玉房中的丫鬟差轻人多，且又听说宝玉将来都要放她们，故想把柳五儿送到怡红院当差，享受各种优待，于是私下透过关系，请芳官帮忙推荐。而柳五儿自己也很渴望、很积极，迫切得几乎等不及了，直接找芳官请她赶快促成这桩人事案，芳官便打包票请五儿放心。

但柳五儿如此性急，想要尽早到怡红院当差的真正原因，又到底是什么？请仔细看，她对芳官说：

> 趁如今挑上来了，一则给我妈争口气，也不枉养我一场；二则添上月钱，家里又从容些；三则我的心开一开，只怕这病就好了。——便是请大夫、吃药，也省了家里的钱。

原来，这个水做的女儿，所有的考虑全部都是现实利益的盘算，其实一点也不清爽呢！其中，除了到怡红院这个尊贵地方可以获得荣誉感，而光耀父母之外，柳五儿所看重的都是金钱上的好处，一个是有月钱可以领，另一个是生病不用花钱，因为贾家会负担医药费！这样的功利角度简直和她的母亲出乎一辙，你恐怕根本没想到过吧？

如此一来，在贾家当丫鬟，不但吃穿和主子一样，每个月还有零用钱可以领，连生病也不用自掏腰包，工作又轻松，几年后可能还可以回自己家重获自由，那是多么优渥的待遇，应该可以说是占尽了贾家的便宜吧！难怪晴雯从十岁进府，到十六岁过世，一共只在贾家待了六年，第七十六回便提到她这段时间所累积"剩的衣履簪环，约有三四百金之数"，就算"三四百金"是指三四百两银子，而不是指三四百两金子（相当于三四千两银子），那也实在不是一笔小数目，足以让刘姥姥一家过十几年；并且这还只是剩下来的遗产，不包括生前消耗掉的日常饮食等各种物质享受。如此一来，即合理解释了为什么很多女仆都宁可留在贾府，也清楚呈现出贾家的负担为什么会这般沉重，原因根本不是贵族奢靡挥霍的特权，而是贵族的道德义务所致。

由此可见，好的贵族简直是扛了几百个家庭的生计，就像社会良心企业一样，让上千的人过着"钱多事少离家近"的日子，连还他们自由的时候，都还附带优厚的资遣费。那又怎么轻松得起来？然而，随代降等的情况是逐渐缩减收入，贾家在前一两代之所以没有发生问题，是因为收入还在高档，但是两三代以后缩减得越来越多，这就如同"温水煮青蛙"的道理，前期的问题还不太大，但到了即将爵位归零的这一代，落差一扩大便显示出严重性了。而财务的缺口大到这种程度，却无法俭省节流，凤姐理家时又能怎样维持门面？除了东挪西凑、费心作账之外，实际上她自己也出钱赔垫，做出很多的个人牺牲。

现在就举一个例子来看。第五十一回袭人的母亲病重，花家来恳求让她回家一趟，那是人伦亲情和最后的尽孝，贾家当然立刻同意了，但凤姐特别吩咐袭人回家前要来给她过目，因为袭人平常很节俭，如果这时也穿戴太简朴，会有失贾家的体统。果然正如凤姐所料，袭人的装备过于素净，于是凤姐便将自己的毛大衣给袭人穿回娘家，还宽慰她说："等年下太太给作的时节我再作罢，只当你还我一样"，其实这是怕袭人心里有压力才这样说的，凤姐哪里会斤斤计较？因此众人都笑道：

"奶奶惯会说这话。<u>成年家大手大脚的，替太太不知背地里赔垫了多少东西</u>，真真的赔的是说不出来，那里又和太太算去？……"凤姐儿笑道："太太那里想的到这些？究竟这又不是正经事，再不照管，也是大家的体面。<u>说不得我自己吃些亏</u>，把众人打扮体统了，宁可我得个好名也罢了。一个一个像'烧糊了的卷子'似的，人家先笑话我当家倒把人弄出个花子来。"众人听了，都叹说："谁似奶奶这样圣明！<u>在上体贴太太，在下又疼顾下人</u>。"

更有意思的是，平儿去取衣服时，竟然顺手多拿出一件大红羽纱的斗篷，要送去给贫寒的邢岫烟，因为："昨儿那么大雪，人人都是有的，不是猩猩毡就是羽缎羽纱的，十来件大红衣裳，映着大雪好不齐整。就只他穿着那件旧毡斗篷，越发显的拱肩缩背，好不可怜见的。如今把这件给他罢。"而凤姐居然也没生气，还笑道：

"我的东西，他私自就要给人。我一个还花不够，再添上你提着，更好了！"众人笑道："这都是奶奶素日孝敬太太，疼爱下人。若是奶奶素日是小气的，只以东西为事，不顾下人的，姑娘那里还敢这样了。"

可见凤姐治理家务时除了"孝敬太太"之外，也确实有着"疼顾下人""疼爱下人"的一面，并且往往自掏腰包来赔垫，因此"替太太不知背地里赔垫了多少东西，真真的赔的是说不出来"，连带平儿也不会小气吝啬，敢于自作主张，拿凤姐的东西去送人。由此可见，这一对主仆实在是太可爱了！

其实，凤姐不只是捐出自己的东西赔垫，更还拿出自己的珍贵首饰去典卖应急，单单第七十二回中便写到了两次。凤姐先是说道：

我是你们知道的，那一个金自鸣钟卖了五百六十两银子。没有半个月，大事小事倒有十来件，白填在里头。

这个金自鸣钟是西洋的舶来品，当时十分珍贵，刘姥姥第一次来荣国府打秋风时，就是被这座自鸣钟的声响给吓到了，第六回说：

忽见堂屋中柱子上挂着一个匣子，底下又坠着一个秤砣般一物，却不住的乱幌。刘姥姥心中想着："这是什么爱物儿？有甚用呢？"正呆时，只听得当的一声，又若金钟铜磬一般，不防倒唬的一展眼。接着又是一连八九下。

现在这座钟已经"被牺牲"了，但卖得的五百六十两银子却连大用途都没帮上，没半个月便莫名其妙地白白花光了。接下来又来了个小太监，说夏守忠要借二百两银子，凤姐只得又自掏腰包，叫平儿：

"把我那两个金项圈拿出去，暂且押四百两银子。"平儿答应了，去半日，果然拿了一个锦盒子来，里面两个锦袱包着。打开时，一个金累丝攒珠的，那珍珠都有莲子大小；一个点翠嵌宝石的。两个都与宫中之物不离上下。一时拿去，果然拿了四百两银子来。凤姐命与小太监打叠起一半，那一半命人与了旺儿媳妇，命他拿去办八月中秋的节。

请看凤姐又典当了皇家等级的珍贵首饰，用来应付太监的勒索，也应付家里过节的用度。虽说是典当，但将来要怎样才能赎回来？而且根本没有其他的人帮忙，凤姐只能一个人独自承担这些损失！

唯一且合法的开源方法

然而，这样一直靠变卖应急、坐吃山空并不是长久之计，必须要另外开源挹注，才能减轻那越陷越深的压力。但凤姐是一个大门不出、二门不迈的大家闺秀，哪里有什么挣钱的机会？于是曹雪芹在前半部写了几桩凤姐额外赚钱的事件，包括包揽讼事、放高利贷，以致读者们留下不好的印象。但我们真的应该要更细心、更审慎，才会注意到曹雪芹在后半部提出了真正的原因，原来凤姐做这些事，根本不是为了中饱私囊，而是要用来填补贾家的财务缺口！

以高利贷来说，高利贷是用钱滚钱，只要派人出去放账、收账就可以，这便解决了性别的限制问题，而且获利也是最快速、最优厚的，很适合贾家的需要。至于凤姐用来放贷的本钱，主要是代理经手的月钱，第三十九回袭人把平儿叫住，问道：

"这个月的月钱，连老太太和太太还没放呢，是为什么？"平儿见问，忙转身至袭人跟前，见方近无人，才悄悄说道："你快别问，横竖再迟几天就放了。"袭人笑道："这是为什么，唬得你这样？"平儿悄悄告诉他道："这个月的月钱，我们奶奶早已支了，放给人使呢。等别处的利钱收了来，凑齐了才放呢。因为是你，我才告诉你，你可不许告诉一个人去。"袭人道："难道他还短钱使，还没个足厌？何苦还操这心。"平儿笑道："何曾不是呢。这几年拿着这一项银子，翻出有几百来了。他的公费月例又使不着，十两八两零碎攒了放出去，只他这梯己利钱，一年不到，上千的银子呢。"袭人笑道："拿着我们的钱，你们主子奴才赚利钱，哄的我们呆呆的等着。"

单单从这一段话来看，凤姐居然趁着职务之便，利用时间差来操作经手的款项，放出去收取高利贷，几年内就翻出几百两的银子，确实是无本生意，生财有道。尤其大多数的读者只看到"难道他还短钱使，还没个足厌"以及"拿着我们的钱，你们主子奴才赚利钱"这些字眼,于是批评凤姐贪得无厌,简直是个奸商!

但这又是标准的断章取义、以偏概全了,我要提醒大家注意几个重点。首先,和放账有关的当铺、钱庄,其实是皇族、内务府常见的营利项目,因为清朝禁止皇族及八旗兵丁经营工商业,所以他们在清代初期经营的项目主要就是当铺、钱庄,甚至内务府中也开设当铺,皇帝在公主下嫁或皇子分府时也赏给当铺,如咸丰的皇长女荣安固伦公主和嘉庆的爱女庄静固伦公主出嫁时都曾被恩赏当铺一座。同时,内务府的包衣旗人也会以变通的方式,暗地出资本,请汉族人领东,经营商业,其中之一便是当铺。可见当铺、钱庄其实是普通甚至正当的金融行业,凤姐并没有违反"大德不逾闲"的原则。

其次,凤姐自己即出身于贾、史、王、薛四大家族,家底雄厚,在第四回的护官符里便说:"东海缺少白玉床,龙王来请金陵王。"因此,第七十二回贾琏误会凤姐要他的利钱是太狠了,凤姐一听,便翻身起来说:

> 我有三千五万,不是赚的你的。……别叫我恶心了。你们看着你家什么石崇邓通。把我王家的地缝子扫一扫,就够你们过一辈子呢。说出来的话也不怕臊!现有对证:把太太和我的嫁妆细看看,比一比你们的,那一样是配不上你们的。

既然如此,王熙凤为什么还要赚这种几百上千两银子的利息呢?难道就只是因为本性爱钱吗?事实当然并非如此,也正是在这一回曹雪芹终于揭晓了谜底,说明为什么凤姐要做这些会让人非议的事。当时凤姐提到她因为放账的事,所以名声不好,接着便冷笑道:

> 我也是一场痴心白使了。我真个的还等钱作什么，不过为的是日用出的多，进的少。这屋里有的没的，我和你姑爷一月的月钱，再连上四个丫头的月钱，通共一二十两银子，还不够三五天的使用呢。

这就令人恍然大悟了，原来凤姐其实把她这一房所有的月钱都充了公，却只能抵用个三五天，而其他所有的人都仍然保有自己的月银，只不过是晚个几天领到而已。这么一比较起来，应该说谁最可怜呢？而凤姐操心费神所赚取得来的利钱，也一定是填补贾家的财务漏洞去了，否则又哪里还需要变卖、典当自己的首饰珍藏？

英雄的挽歌

然而凤姐这样的费心尽力，却落得一片骂名，难怪会感到心灰意冷了。这时她接着对贾琏说：

> 若不是我千凑万挪的，早不知道到什么破窑里去了。如今倒落了一个放账破落户的名儿。既这样，我就收了回来。我比谁不会花钱？咱们以后就坐着花，到多早晚是多早晚。

这岂不是悲愤绝望之下的放手不管吗？但又怎能怪凤姐撑不下去了？刚刚第七十一回，她才因为知礼守礼而受到婆婆的当众羞辱，"由不得越想越气越愧，不觉的灰心转悲，滚下泪来"，现在又被丈夫误会，这种委屈又有几个人承受得了？

何况凤姐牺牲的不只是自己的利益、名誉，还包括自己的健康！试看第五十二回晴雯感冒卧病，宝玉道："越性尽用西洋药治一治，只怕就好了。"说着，便命麝月："和二奶奶要去，就说我说了,姐姐那里常有那西洋贴头疼的膏子药,叫做'依弗哪',找寻一点儿。"麝月答应了,果然拿了半节回来,绞出两小块,让晴雯贴在两边的太阳穴上,麝月笑道:"病的蓬头鬼一样,如今贴了这个,倒俏皮了。二奶奶贴惯了,倒不大显。"从这一段情节可知,凤姐常常头痛,所以家常必备贴头疼的西洋膏子药,并且额角贴惯了,居然变成固定的造型,可见凤姐的日夜操心已经到了焦头烂额的程度,头痛也就成为无法根治的宿疾。

更严重的是,第五十五回说,凤姐刚忙完年节便流产了,那可是个家族渴望的男胎,后来第六十一回平儿劝解凤姐的一番话里便说道:"好容易怀了一个哥儿,到了六七个月还掉了,焉知不是素日操劳太过,气恼伤着的。"我们都知道,对传统社会里的妇女来说,失掉了男胎等于是失掉了未来,那是她们最重要的价值和终身的依靠,可以把妻子合法休掉的"七出之条"里,第一条就是"无子"啊。

不只如此,凤姐的健康几乎是彻底受损,流产以后她的身体便一直亏损下去,到了第七十二回还出现"血山崩",即流血不止,而鸳鸯的姐姐正是因此致命的,可见凤姐已经在快速走下坡。果然在这同一回里,凤姐便提到她做了一场噩梦,梦见宫中的太监来勒索一百匹锦,甚至直接抢夺,以致惊醒。想想看,这样的日夜操心怎么不会加重身心的负担?而凤姐又还能有多少的力气,可以稳住贾家这座冰山?

所以说,第五回太虚幻境的《红楼梦曲》里,关于凤姐的一阕《聪明累》中说道:

> 机关算尽太聪明,反算了卿卿性命。生前心已碎,死后性空灵。……枉费了,意悬悬半世心。

这两句"机关算尽太聪明，反算了卿卿性命"常常被误解为是对王熙凤的批评，但其实恰恰相反，整阕歌词都是在讲凤姐对家族的牺牲奉献，根本没有负面的意思。尤其再参照接续的"生前心已碎，死后性空灵"二句来看，"机关算尽太聪明"这一句是极力赞美凤姐的聪明绝顶，而"反算了卿卿性命"这一句意指凤姐呕心沥血，以致牺牲了自己的生命，却依然"枉费了，意悬悬半世心"，终究是心碎成空。这才是《红楼梦曲》作为挽歌的性质，表达出对女英雄的无限哀悼！

其实，凤姐自己也意识到山穷水尽的终点了。既然大家都只会享受她的心血成果，却还落井下石，她又何必再这么辛苦地做牛做马？所谓"哀莫大于心死"，那该是何等的悲愤才导致这般的心灰意冷！王熙凤被大家的冷嘲热讽、明枪暗箭给伤透了，因此彻底放弃了，"咱们以后就坐着花，到多早晚是多早晚"，干脆跟着大家一起坐着花钱，看看贾家的命运会到什么时候，就到什么时候，不用再努力延续，也不必再费心扭转。正如后来第七十四回她自己所感叹的："如今我也看破了，随他们闹去罢，横竖还有许多人呢。我白操一会子心，倒惹的万人咒骂。"但是想想看，连最坚强的凤姐都放弃了，贾家又还能撑多久？到了那时，不就是眼睁睁看着泰坦尼克号撞上冰山，大家一起同归于尽！

由于目前的《红楼梦》是未完成的残稿，所以我们看不到泰坦尼克号撞上冰山时那惊心动魄的一刻，但从前八十回曹雪芹所留下的线索来看，可以推测出凤姐的下场应该是被休，离开了贾家。第五回太虚幻境的判词中说：

  凡鸟偏从末世来，都知爱慕此生才。
  一从二令三人木，哭向金陵事更哀。

在此，曹雪芹用拆字法告诉我们，凤姐的生命史主要分为三个阶段，首先是"从"，也就是顺从贾母、王夫人等家长；接着是"令"，即进入掌权的第二个阶段，发挥号令指挥的非凡干才，这也是《红楼梦》所刻画的主要部分。最后到了第三个阶段则是"人木"，把"人木"两个字合并起来，便是个"休"字，这预告了凤姐最后会被休，遣送回娘家。

那么，休弃凤姐的理由有哪些呢？对传统大家族来说，明媒正娶的妻室是不能随便休掉的，因为她通过正式的婚礼而得到国家社会的认可与保障，除非用所谓的"七出之条"，即七种合法休妻的条款，如《仪礼疏》指出的：无子、淫佚、不事舅姑、口舌、盗窃、妒忌、恶疾。仔细比对一番，我们可以发现对凤姐居然全部适用，但其实都不是她的错，例如"淫佚"这一项，凤姐其实并没有任何出轨，一般以为第七回焦大醉骂的"养小叔子的养小叔子"是指凤姐和贾蓉，但那是高鹗续书时，连带窜改前八十回所造成的误导，其实并无此事，读者不可妄言。

那么，"淫佚"这一项又能怎么成立呢？原来精英阶层在男女之防上十分严格，只要面对面互动就算是出格了，因此书中写到几次医生进府诊治时，女眷都得藏身回避，也所以第二十一回贾琏对平儿抱怨说："他防我像防贼的，只许他同男人说话，不许我和女人说话，我和女人略近些，他就疑惑；他不论小叔子侄儿，大的小的，说说笑笑，就不怕我吃醋了。以后我也不许他见人！"所以，如果要当作把柄的话，凤姐理家时的种种作为便可以算是口实了。

再说"不事舅姑"这一项，原因是凤姐为了理家方便，所以就近住在王夫人这一边，如此一来即难免冷落了自家婆婆，让邢夫人心生不满而构成婆媳之间的嫌隙。果然第六十五回兴儿对尤二姐介绍凤姐时，便提到这一点，他说："如今连他正经婆婆大太太都嫌了他,说他'雀儿拣着旺处飞,黑母鸡一窝儿,自家的事不管,倒替人家去瞎张罗'。若不是老太太在头里,早叫过他去了。"但这两种情况都是理家时所产生的必然结果,并非凤姐德性有亏。可叹一旦失去贾母的庇护,有心人就可以用来作为罪名,加强被休的力道,堪称是世道颠倒的极致。

这真是极其惨烈的失败啊!付出一生的心血却落得被休弃的下场,对贾家的牺牲奉献只得到一场空,凤姐所承受的椎心刺骨的痛苦不言可喻。然而更不幸的是,当她哭着回金陵的娘家以后,却面临了"事更哀"的局面,很可能王家也跟贾家一样,落了片白茫茫大地真干净,以致身心饱受摧残的凤姐无家可归,甚至是凄凉死去,那又是一个曹雪芹来不及描写的悲惨故事了。

巨星殒落了,凤姐就像一颗划过贾家末世天空的流星,绽放出灿烂的光芒之后也留下了深邃的黑暗。她是《红楼梦》这阕女性悲剧交响曲里最悲壮的一个乐章!

最后,总结一下本章所讲到的重点:

第一,凤姐一直面临很大的压力和打击,包括忍气吞声和牺牲奉献,尤其她以"胳膊折了往袖子里藏"的坚忍,展现出英雄式的无比尊严,可以称得上是一个女中豪杰。

第二,原来凤姐会去放高利贷,根本是为了填补贾家的财务缺口,而且那并不算罪恶的行业,因此被咒骂的凤姐实在是太冤屈了。

第三,贾家之所以面临巨大的财务漏洞,其实主要是负担了几百个家庭、上千人的吃穿用度所造成,单单几天就用掉了两千个鸡蛋,花掉两万钱,正是一大证明。另外还得每个月发零用钱,有人生病要出医药费,于是造成淌海水似的开销,可见贵族的道德良心属于最高的君子标准。

第四，凤姐依靠钢铁般的意志和非凡的才干而创造出"裙钗一二可齐家"的巨大贡献，却只能一个人撑持奋斗，牺牲了自己的利益、名誉以及健康，又还要饱受污蔑和嘲讽，终于到了心灰意冷的地步。一旦凤姐终于放手不管了，贾家撞上冰山的时刻也就不远了。

第五，放手以后的凤姐其实还要面对更大的悲剧，那便是被休的下场。一生呕心沥血、牺牲奉献的女强人无比悲壮地殒落，只落得一无所有，真是令人感慨万千。

曹雪芹的悲叹和悲悯就在这里，我们实在很需要学问和智慧，才能真正看懂《红楼梦》的美好与辛酸！

李纨

一座休火山的秘密

第 27 章：稻香村的孕育

这一章要开始讲众金钗里唯一的寡妇，李纨。这个人物虽然并不显眼，简直和凤姐形成了两个极端，但曹雪芹同样把她塑造得非常立体而有趣，其实十分独特而丰富。你知道吗？甚至有一次李纨居然还压倒了强悍凌厉的凤姐，让这个女强人甘拜下风，对她俯首称臣呢，岂不是太令人意外了！这究竟是怎么回事？我们还是先从李纨的家世背景开始讲起，那可以比喻为休火山的孕育。

所谓"休火山"是指火山的休眠形态，那虽然不是完全冷却的死火山，却已经很少喷发，内部的熔岩活动大都静止了，表面上看起来就像死去一样，但其实还保有地热，甚至偶尔还会爆发。而这和李纨以及她的稻香村又有什么关系？原来道理在于：李纨这个寡妇年轻丧偶，却心如止水，甚至被称为槁木死灰，她所居住的稻香村又是一座简朴的农庄，完全是一片恬淡单调，但其实内部的灵魂还是活动着，依然保有任何生命体都一定会有的多样化人性，也因此不时出现种种情感的表露，就像火山的喷发一样，所以可以把她比喻为一座休火山。

妇德女教的根柢

那么，李纨这座休火山是怎么孕育出来的？关于这个问题，一切还是得从她的家世背景、性格养成开始说起。

首先，第二回冷子兴演说荣国府时，便提道：

这政老爹的夫人王氏，头胎生的公子，名唤贾珠，十四岁进学，不到二十岁就娶了妻生了子，一病死了。

贾珠所娶的妻子便是李纨，所生的儿子叫做贾兰。而李纨和贾珠当然是门当户对，第四回介绍说：

这李氏亦系金陵名宦之女，父名李守中，曾为国子监祭酒，族中男女无有不诵诗读书者。至李守中承继以来，便说"女子无才便有德"，故生了李氏时，便不十分令其读书，只不过将些《女四书》《列女传》《贤媛集》等三四种书，使他认得几个字，记得前朝这几个贤女便罢了，却只以纺绩井臼为要，因取名为李纨，字宫裁。因此这李纨虽青春丧偶，居家处膏粱锦绣之中，竟如槁木死灰一般，一概无见无闻，惟知侍亲养子，外则陪侍小姑等针黹诵读而已。

国子监，是从隋代以后朝廷教育体系的最高学府；祭酒则是中央政府官职之一，为主管国子监或太学的教育行政长官，主要的任务是掌理大学之法与教学考试，清朝时的职等是从四品，具有很大的影响力。可见李纨出身于世家大族，拥有深厚的文化条件，父亲李守中能当上国子监祭酒，成为国家教育的最高负责人，便证明了他是一个饱读诗书的杰出人才，地位十分崇高。李家对女性的教育原本是比较开放的，可以和男性一样地读诗书（"族中男女无有不诵诗读书者"），但不知何故，到了李守中这一代，却因为性别观念的影响，给予李纨的教育被限缩到"女子无才便是德"，以致李纨成为一个十分传统的妇女，而且在取名上也反映出这一点。

李纨的"纨"字是指精美的布料，一种细致而有光泽的白绸绢，常常称为"纨素"。而李纨字"宫裁"的"裁"字，也是来自于传统女性裁剪方面的女红活动。有学者考证认为，"李纨"这个名字出自于李白《拟古诗十二首》之一的"闺人理纨素"，意指一个闺阁中的妇女在整理"纨素"，从谐音和意境来看，和李纨"只以纺绩井臼为要"的生活样态确实是很吻合的，可见曹雪芹在命名上的巧思。

由此可见，关于李纨这个人是怎样培养出来的问题，曹雪芹告诉我们，家庭教育起了决定性的关键作用！再看书里讲完了李守中以"女子无才便是德"的观念教育李纨之后，紧接着说"因此这李纨虽青春丧偶，居家处膏粱锦绣之中，竟如槁木死灰一般"，其中的"因此"一词表示一种因果关系，即前面是原因，后面是它的结果，这清楚显示出李守中的教育就是让李纨变成这等模样的关键因素。可见曹雪芹深刻认识到童年时期的家庭环境对一个人的影响有多么巨大而彻底，传统的妇德女教也完全内化成为李纨的主要性格。

不只如此，连李纨父亲的名字也是经过精心设计。试看脂砚斋对"李守中"这三个字解释道：

> 妙，盖云<u>人能以理自守，安得为情所陷哉</u>。

意思是说，这个人守住了道理，是一个走中道的正派人，显然"李"这个姓氏确实是要双关道理的"理"，"以理（礼）自守"，就不会被个人主观的情感、情绪所困陷了。可见"李守中"这个名字也是为了配合李纨而特别设计的，说明李纨在这样的家庭教育之下完全恪守妇道，即使年纪轻轻成了寡妇，也甘之如饴，有如槁木死灰的一口枯井。

这个特点在小说里不断地重复强调，包括第六十五回兴儿对尤二姐介绍家里的女眷们时，便说："我们家这位寡妇奶奶，他的浑名叫作'大菩萨'，第一个善德人。我们家的规矩又大，寡妇奶奶们不管事，只宜清净守节。妙在姑娘又多，只把姑娘们交给他，看书写字，学针线，学道理，这是他的责任。除此，问事不知，说事不管。"这不就是前面第四回所说的"一概无见无闻，惟知侍亲养子，外则陪侍小姑等针黹诵读而已"吗？

而李纨自己对于这样的命运，又是怎么看待的？关于这一点，在第六十三回有一段说明。当时大家在怡红院替宝玉庆生，进行了掣花签的活动，轮到李纨时，她摇了一摇签筒，抽出一根来一看，便笑道："好极。你们瞧瞧，这劳什子竟有些意思。"众人瞧那签上画着一枝老梅，旁边写着"霜晓寒姿"四字，所搭配的签诗写的是：

> 竹篱茅舍自甘心。
>
> 注云："自饮一杯，下家掷骰。"李纨笑道："真有趣，你们掷去罢。我只自吃一杯，不问你们的废与兴。"说着，便吃酒，将骰过与黛玉。

可见李纨的反应都是欣然接受，甚至觉得深获我心，所以认为这花签真有趣啊，简直很灵通、很灵验。仔细比对一下，签诗所说的"竹篱茅舍"不就是稻香村吗？住在里面怡然自得的李纨，不也正是心甘情愿吗？那年轻守节的崇高品格，更如同遗世独立的老梅花，历经了风霜，看淡了红尘，对世间的是非得失无动于衷，心如止水，所以说是"霜晓寒姿"，在秋冬寒冷结霜的破晓时分屹立着枯瘦的身姿，不为所动。

这确实是李纨的写照，难怪李纨一看便深受触动，觉得说中了自己内在的心声，于是顺势呼应说："我只自吃一杯，不问你们的废与兴。"她自顾自地品尝属于自己的一杯酒，不多喝一滴，也不管别人享用了多少，颇有一种置身事外、自得其乐，一切的兴废存亡都与我无关的态势！那当然不是冷漠无情，而是签诗所说的"竹篱茅舍自甘心"，所以属于一种不逾越分际的表态，可见李纨的信念是非常彻底而一贯的。

一旦落实在生活中，果然李纨平日都是低调平淡的作风，以穿衣服来看，第四十九回提到冬天下了雪，李纨请大家过来一起商议作诗，黛玉便换上掐金挖云红香羊皮小靴，罩了一件大红羽纱面白狐皮里的鹤氅，和宝玉并肩踏雪行来，"只见众姊妹都在那边，都是一色大红猩猩毡与羽毛缎斗篷，独李纨穿一件青哆罗呢对襟褂子，薛宝钗穿一件莲青斗纹锦上添花洋线番耙丝的鹤氅"，眼前这一幅众美图里，包括黛玉在内，姊妹们都是一片大红色的青春朝气，衬着白雪皑皑的背景，真是美丽脱俗又精神抖擞！却只有李纨，身上穿的是青蓝色的褂子，在压倒性的大红色里简直是黯淡无光，毫不起眼。

而且，根据贴身侍候过慈禧太后的宫女所说，清代的旗人妇女有一种穿戴的原则，即"三十丢红，四十丢绿"："三十岁开外的人就不要穿大红的了，四十岁开外的人就不要穿大绿的了，要给后辈儿媳妇、姑娘们留份儿。"[1]也就是说，"大红色"代表了青春年少，是三十岁以下的年轻女性才可以穿上身的。但李纨这时大概只有二十出头，和王熙凤的年纪差不多，两人也都是已婚妇女，看看第三回王熙凤刚出场时，她"身上穿着缕金百蝶穿花大红洋缎窄裉

---

[1] 金易、沈易羚：《宫女谈往录》（北京：紫禁城出版社，1991），页133。

袄"，仍然是大红色的鲜艳装扮，比较之下，李纨却一身素净的青色裰子，那一定是因为寡妇的身份所导致。

同理可推，李纨也是不化妆的。第七十五回说得很清楚，宁国府的尤氏在小姑惜春那里受了气，出来以后转往稻香村休息，跟来的丫头媳妇们因问道："奶奶今日中晌尚未洗脸，这会子趁便可净一净好？"尤氏点头。李纨忙命丫鬟素云去取自己的妆奁，素云一面取来，一面将她自己的胭粉拿来，笑道："我们奶奶就少这个。奶奶不嫌脏，这是我的，能着用些。"可见稻香村所欠缺的，就是化妆品了。

其实，贾家上上下下的女性，连小丫头在内，不分年龄都是化妆的！所以小说里提到过好几次，包括黛玉、凤姐、袭人等等，每天晚上都要卸妆。难怪宝玉喜欢吃女孩子嘴上的胭脂，那都是因为她们化了妆的缘故，嘴唇上才会有又香又甜的口红，让宝玉也想品尝一下。然而李纨这个双十年华的年轻女性，却已经完全放弃了胭脂香粉，在在都证明了"居家处膏粱锦绣之中，竟如槁木死灰一般"的丧偶心态。

稻香村：大观的实践

也为了体现这样"竹篱茅舍自甘心"的心态和生活样态，所以曹雪芹特别量身订做，在大观园里打造了一座稻香村给李纨居住，用来对应"竹篱茅舍"。当第二十三回元妃让一众姑娘们住进大观园以后，李纨便成为稻香村的主人，彼此相得益彰，所以必须一起说明，同时也挖掘出曹雪芹的巧思和匠心。

为什么大观园里会有一座这样的稻香村？一般读者总是忘记了，这座稻香村可是元妃最喜爱的四大处之一，第十八回元妃亲口说：

此中"潇湘馆""蘅芜苑"二处,我所极爱,次之"怡红院""浣葛山庄",此四大处,必得别有章句题咏方妙。

浣葛山庄就是稻香村,分明和宝玉的怡红院是平起平坐的同一个等级,因此元妃不但亲自赐名,还特别指定宝玉专题写诗加以歌咏,可见那绝非无关紧要、用来打发寡妇的简陋地方,实在不能等闲视之。

那是怎样的地方呢?第十七回大观园刚刚落成时,贾政带领众人进园子游览题撰,在整个过程中,他们当然也来到了稻香村这一站,当时大家是:

一面说,一面走,倏尔青山斜阻。转过山怀中,隐隐露出一带黄泥筑就矮墙,墙头皆用稻茎掩护。有几百株杏花,如喷火蒸霞一般。里面数楹茅屋。外面却是桑、榆、槿、柘,各色树稚新条,随其曲折,编就两溜青篱。篱外山坡之下,有一土井,旁有桔槔辘轳之属。下面分畦列亩,佳蔬菜花,漫然无际。贾政笑道:"倒是此处有些道理。固然系人力穿凿,此时一见,未免勾引起我归农之意。我们且进去歇息歇息。"……贾珍答应了,又回道:"此处竟还不可养别的雀鸟,只是买些鹅鸭鸡类,才都相称了。"贾政与众人都道:"更妙。"……说着,引人步入茆堂,里面纸窗木榻,富贵气象一洗皆尽。贾政心中自是欢喜。

这样朴实无华的农村风光,和大观园整体的富丽堂皇、精雕细琢,确实很不相称,于是宝玉便大肆批评了,说道:

> 却又来！此处置一田庄，分明见得人力穿凿扭捏而成。远无邻村，近不负郭，背山山无脉，临水水无源，高无隐寺之塔，下无通市之桥，峭然孤出，似非大观。争似先处有自然之理，得自然之气，虽种竹引泉，亦不伤于穿凿。古人云"天然图画"四字，正畏非其地而强为地，非其山而强为山，虽百般精而终不相宜……

现在请注意一下，这可是宝玉在父亲面前最大胆、最勇敢的一次高谈阔论呀！在整部小说里，宝玉一见到贾政，甚至只要听说贾政召唤他过去，都是吓得魂飞魄散，"杀死他不敢去"的万分恐惧，哪里有过这样的大唱反调？如此空前绝后的壮举，显示宝玉对稻香村的安排确实是非常不以为然，才会到了这种胆敢当面反驳父亲的程度。

那么，宝玉的意见到底对不对呢？以前我提醒过大家，因为"人人皆贾宝玉"的缘故，所以总是把宝玉的意见当作唯一的真理，再加上现代人总是主张一个女性成了寡妇，不应该因此就放弃对生活的参与，去过那般枯燥乏味的日子，于是认为这一段话是曹雪芹要来批评儒家礼教吃人的表白。所谓的"临水水无源"，即相当于一滩死水，哪里还有生机可言？并且这样突兀的规划根本是"人力穿凿扭捏而成"，一点也不自然，相比之下，潇湘馆便自然得多，而黛玉果然也是天然率性得多。看起来他的批评是一致的，据此而言，"大观"这个词便隐含了自然、天然的意思。

但是，这只是宝玉个人的片面之见，我们得要用学问从整体来看，才能把握曹雪芹真正的用意。大家常常忘了两件事，所以才有了这样常见的误解。第一，宝玉自己就是个拒绝长大的小孩子，他的正气里掺着邪气，以致"玉有病"，一个偏执的、不成熟的人所说出来的意见，恐怕并不是可以拿来推崇的真理。果然，宝玉自己就不是个拥有"大观"精神的人，而一个缺乏"大观"精神的人批评人家"似非大观"，其实更证明了被他批评的对象才是真正的"大观"！

这也刚好是大家都忽略的第二件事情了，也就是说，大观园是以皇家园林为蓝本所设计的，事实上，正因为大观园里有这么一座稻香村，所以才能叫做"大观"，果然清朝的皇家园林里，几乎都有类似的设计。

先看今天还大略保存完整的颐和园吧。颐和园在遭到英法联军焚毁之前，叫做清漪园，后经慈禧太后加以重建，这时才改名为颐和园。在先前的清漪园时期，乾隆帝所规划的园区中，玉带桥之西即有一大片的水田流渠，称为"耕织图"，现在到颐和园去参观的话，还可以看到走廊墙壁上嵌着数十幅男耕女织图的石刻和铜版画呢。

再看紫禁城旁边的中南海，康熙时期高士奇《金鳌退食笔记》卷上说：南海的"瀛台，旧为南台，……南有村舍水田，于此阅稼"。这又提供了一个证据。还有承德避暑山庄，山庄内甚至有康熙皇帝亲自耕种的地方，康熙帝在《御制避暑山庄记》中说他"劝耕南亩"，自己以身作则，在山庄的热河泉以东开辟了农田、瓜圃，种植了麦、谷、黍、豆等多种农作物，而"康熙三十六景"的"甫田丛樾"这一处，就是他享受田园之乐的落脚点。

最后压轴的例子，是号称"万园之园"的圆明园，里面同样有好几处的田庄农居。在著名的"圆明园四十景"中，"澹泊宁静"这一处于雍正五年（1727年）已经建成，整座宫殿的外型是一个"田"字的形状，所以俗称田字房，皇帝每年都要在此举行犁田仪式。除此之外，圆明园还有"杏花春馆""北远山村""多稼如云"等地也都是农村景致，尤其是杏花春馆，馆舍的前面有菜圃，西院

颐和园耕织图景区,万寿山与玉泉山间的水田
(1924年西德尼·甘博 [Sidney D. Gamble] 摄)

有杏花村，乾隆皇帝歌咏"杏花春馆"的诗篇前面有一段小序，介绍此地的景观云："由山亭逦迤而入，矮屋疏篱，东西参错。环植文杏，春深花发，烂然如霞。前辟小圃，杂莳蔬蓏，识野田村落气象。"这简直就是稻香村的翻版！

可见大观园的底稿确实来自于皇家园林，而因为农业自古以来即是国家的命脉，皇帝非常重视，也产生了"藉田"的仪式，即在每年的立春之日，天子亲率三公、九卿、诸侯、大夫以迎春于东郊，天子亲载耒耜等农具。如此一来，重农思想也体现在园林里，而有了让皇帝务农、亲农的格局，叫做"弄田"，因此乾隆帝《东园观麦》一诗云："园林有弄田，借以农功考。"这种田园风光是私人花园中很少见，却是皇家园林很常见的景区。

更值得注意的是，《钦定日下旧闻考》卷八十《圆明园一》有如下的一段记载：

> 清晖阁北壁悬《圆明园全图》。乾隆二年，命画院郎世宁、唐岱、孙祐、沈源、张万邦、丁观鹏恭绘。御题"大观"二字。

据此再清楚不过了，乾隆皇帝把《圆明园全图》题为"大观"，应该给了曹雪芹创作的灵感，让元妃省亲时把这座省亲别墅赐名"大观园"，正是移植了乾隆皇帝将圆明园题为"大观"的同一种做法！所以说，大观园里的稻香村反映了大型皇家园林里丰富多元的景观，是"大观"的构成要件之一。

稻香村：青春的复归

看到这里，你还会以为稻香村是像宝玉所批评的，代表了礼教的压抑，属于"非大观"的败笔吗？其实正好相反，就因为这座省亲别墅里有这么一个类似弄田的稻香村，所以才能成其为"大观"。

换句话说，如同前面讲过的，"大观"这个词来自《易经》，指圣王明君所施行的王道，以至于天下太平，而果然元妃也实践了王道，把这座原来应该要封锁起来的神圣行宫，开放给家中的姊妹们居住，这里从此变成了少女们的乐土，李纨也因此住进了大观园，和年纪相当的姊妹们享受了几年风雅自在的生活。这么说来，就意谓着必须从另一个角度来思考问题，而看到相反的意义，稻香村哪里是压抑人性的地方，它其实是让李纨恢复青春的所在！

并且再注意一下，稻香村的景观虽然刻意模仿了乡下田野，整体是以泥黄色为主调，但是，在这般单调平淡的农舍边却"有几百株杏花，如喷火蒸霞一般"，那恐怕是整个大观园最抢眼的春色了！虽然这样的设计反映了圆明园的"杏花春馆"，有着现实的蓝本，然而作为一种文学的表现方式，岂不也是很特殊的安排吗？

想想看，第十七回说黛玉的潇湘馆"有千百竿翠竹遮映"，一年四季都是一片绿意盎然，因此第四十回贾母道："这个院子里头又没有个桃杏树，这竹子已是绿的，再拿这绿纱糊上反不配。"而宝钗的蘅芜苑则是"迎面突出插天的大玲珑山石来，四面群绕各式石块，竟把里面所有房屋悉皆遮住，而且一株花木也无。只见许多异草"，也是根本连一朵鲜艳的花卉都没有。至于宝玉的怡红院，"院中点衬几块山石，一边种着数本芭蕉，那一边乃是一颗西府海棠，其势若伞，丝垂翠缕，葩吐丹砂"，虽然有一棵鲜红如丹砂的西府海棠，但却孤伶伶地形单影只，如何能与几百株一起盛开的红杏花相比？又哪里有"喷火蒸霞一般"的盛况！

所以说，槁木死灰的稻香村偏偏种植着灿烂的红杏花，每当春天来临时，简直是满山遍野的花火燎原、遮天蔽空的霞光四射，反倒是整个大观园里最宏大夺目的景色。这岂不是和槁木死灰的描写形成极端的冲突，而产生了矛盾？其中又蕴含着什么奥妙的道理？说起来，那可真是曹雪芹伟大的巧思了。

最后，总结一下这一章所讲到的重点：

第一，李纨青春丧偶，却如同槁木死灰一般，一概无见无闻，这个人是怎样培养出来的？曹雪芹告诉我们，家庭教育起了决定性的关键作用。她的父亲李守中以"女子无才便是德"的观念来教育她，也用代表女红的"纨"字作为她的名字，使得传统的妇德女教彻底内化了，成为李纨的主要性格。

第二，大观园里的稻香村是为李纨量身打造的，一派农村田园的景观，和寡妇的简朴平淡相一致，李纨自己也欣然接受，正所谓的"竹篱茅舍自甘心"。

第三，但其实李纨住进稻香村并非礼教的压抑，反倒能够借以重获青春自由的生活，那是元妃实践仁君王道的结果，也因此这座省亲别墅才能叫做大观园。

第四，大观园里有一座稻香村，更反映了皇家园林才会有的"弄田"。所以说，大观园从景观到命名，都是以皇家园林为蓝本。

第五，从文学的角度来说，稻香村还种了一大片开满红杏花的杏树，成为整个大观园最灿烂耀眼的春景，这其实还带有另外的象征用意。

下一章就要来讲红杏花所代表的意义了，原来休火山是会爆发的，那又是怎样的情况？请看下一章的说明。

第28章：红杏花：休火山的爆发

这一章要准备从其他的角度切入，看看李纨这位年轻寡妇隐藏了哪些有趣的面相，又表现出哪些有血有肉的人性。当她显露出喜怒哀乐的时候，可以比喻为"休火山的爆发"。

在前一章里，我们看到李纨是心如止水的年轻寡妇，所住的稻香村也是朴素单调的田园景观。但很奇怪的是，在一片泥黄色的"竹篱茅舍"里却种着"几百株杏花，如喷火蒸霞一般"，不但和泥黄色的主调格格不入，还成为整个大观园最抢眼的春色，那反差实在是太大了！这样的设计当然不单单只是写实地反映圆明园的"杏花春馆"，因为作为一种文学的表现，最重要的是象征意义，其中便寄托了曹雪芹的苦心，他要告诉我们：一个人不可能完全槁木死灰，人性里的喜怒哀乐贪嗔痴一定是不会被根除的。那红杏花就是休火山偶尔喷发出来的情感闪光，透露了李纨内在活跃的灵魂！

不断成长的知识学问

首先，前面讲过，李守中信奉"女子无才便有德"的价值观，在生了李纨后"便不十分令其读书，只不过将些《女四书》《列女传》《贤媛集》等三四种书，使他认得几个字，记得前朝这几个贤女便罢了"，但是很明显，李纨一直在读其他的书，否则后来她怎能担任海棠诗社的社长，而且让大家都心服口服？这证明了她具有良好的诗歌素养，是一个优秀的文学批评家，拥有善看的眼光以及公道的心胸，而这等底蕴并不是宣扬"女子无才便是德"的那三四种书所能提供的。

从这一点来看，可以合理地推测，李纨虽然在娘家奠定了基础教育，但绝对没有停留在这里，而是一直继续增加知识。她的知识是怎样增加的呢？推敲起来，有两种可能的情况：第一种是她偷偷读其他的书！想想看，连宝钗小时候都是这样过来的，第四十二回她对黛玉说："我们家也算是个读书人家，祖父手里也爱藏书。先时人口多，姊妹弟兄都在一处，都怕看正经书。弟兄们也有爱诗的，也有爱词的，诸如这些《西厢》《琵琶》以及《元人百种》，无所不有。他们是偷背着我们看，我们却也偷背着他们看。"同样的，黛玉也是如此，在第二十三回里，她就和宝玉共读《西厢记》，那是茗烟偷渡进来的禁书，可见这根本是当时小孩子的常态。如果李纨也有类似的童年，应该不算太奇怪。

至于第二种情况，是无论李纨有没有这般淘气顽皮的童年，她在嫁到贾家以后，应该都是又继续读书的，而且读很多书，包括诗词，所以才能培养出众姊妹里最好的文学判断力。我们可以参考香菱的例子，香菱也是在第四十八回住进大观园以后，才开始学作诗、练习写字，却表现得突飞猛进、进步神速，很快就被大家邀请加入诗社，那么已经很有基础的李纨当然更不困难。

不管是哪一种情况，都足以证明李纨绝对不是一个平板的人物，而是立体的、多面的丰富角色。人毕竟是活的，可以不断成长，也拥有很多的面相，李纨正是如此。

这岂不是很发人深省吗？其实，只要我们认真想一想，就会承认：一个人怎么可能真的如槁木死灰？而伟大的小说家又怎么会把一个人写得枯燥乏味？所以，李纨这个看起来不关心世事的寡妇，实际上隐藏着秘密的心思，潜伏着各种喜怒哀乐，却一直没有被注意到。现在，再举几个例子来看吧。

守节：真爱痴情的体现

第一个例子，是李纨真心爱着她的丈夫贾珠，她之所以在青春丧偶的情况下却愿意守寡，主要的原因就是对丈夫的深情。第四十九回说："贾母王夫人因素喜李纨贤惠，且年轻守节，令人敬伏。"这几句话实在耐人寻味，想想看，如果守寡是应该的，是受逼迫的，那只会被视为理所当然，又怎么会让人尊敬佩服？

原来，历史学家的研究指出，即使在理学发达的宋朝，妇女改嫁的案例都还是很多，到了明清时期就更不用说了。所以说，我们现代人都误会了，其实儒家从来没有强迫寡妇一定要守节，因此李纨是可以选择的，而她自愿选择了守寡，这样的贤惠和年轻守节才会得到包括贾母、王夫人这些长辈在内的贾家上上下下的尊敬，那便是一种西方学者所谓的"道德权威"（moral prestige）。贾母、王夫人之所以会特别优待李纨，给她非常优厚的经济补贴，也是因为这个原因。

再说，李纨之所以选择不改嫁，恐怕也不是被礼教洗脑的缘故，而是因为她真心爱着贾珠！小说里曹雪芹写了一段情节，让我深深感动，那是第三十三回宝玉挨打受伤时，王夫人心疼得哭叫着贾珠的名字，一旁的李纨听了便触动心肠，禁不住也放声哭了。这是整部小说里李纨仅仅两次哭泣中的第一次，这一次却是放声痛哭，实在是李纨很少见的情绪大宣泄！她哭的是什么呢？哭的是丧偶的孤寂，更是对丈夫的怀念。

再参考贾母的情况，便会更明白这个道理了。第二十九回贾母率领合家女眷到清虚观去打醮，道观里的张道士也进来请安，这张道士是当日荣国府国公的替身，也就是代替贾代善出家以求积福解厄，因此和贾家非常亲近。这时他特别要见宝玉，一见之下便感叹道：

"我看见哥儿的这个形容身段、言谈举动，怎么就同当日国公爷一个稿子！"说着两眼流下泪来。贾母听说，也由不得满脸泪痕。

根据这段情节，以前的单元里曾经说宝玉的重像群中便包括了祖宗，象征宝玉担任了继承人的身份地位。在此则是要请大家想一想，这时贾母的丈夫贾代善已经过世数十年了，所以张道士又向贾珍道：

当日国公爷的模样儿，爷们一辈的不用说，自然没赶上，大约连大老爷、二老爷也记不清楚了。

这段话里提到的两位老爷，指的是贾赦、贾政，他们俩是贾代善的儿子，却连父亲的长像都记不清楚了，可见一定是年幼丧父，那么贾母自然也是青春丧偶，正和李纨一样。

但直到如今七十多岁了，贾母一听到故人提及死去很久的丈夫，居然还是满脸泪痕，可见那份夫妻之情完全没有被时间磨损，是多么深厚的情感啊。由此证明了门当户对的婚姻也可以培养出真正的爱情，李纨对贾珠也是如此。所以说，李纨的守寡并不是受到礼教的压迫，而其实是一种"非君不嫁"的专一爱情！这就是李纨的爱与哀。

沉默的大财主

第二个例子是：在这同一辈的姊妹妯娌中，最富有、对金钱也最吝惜的人，根本不是王熙凤，而是李纨！我这么说，一定令人大吃一惊吧？李纨不是个槁木死灰的人吗？但我要告诉你，在李纨的眼中、心内，其实一直存有一个沉甸甸的东西，那就是钱财。

对于金钱，李纨的处理方式是只进不出，甚至到了守财奴的地步。试看因为"贾母王夫人因素喜李纨贤惠，且年轻守节，令人敬伏"，因此给了李纨很多的优待，当第四十五回李纨带着众姊妹去向王熙凤要钱来支应诗社的开销时，王熙凤便以"账也清楚，理也公道"的立场，说明李纨的优渥待遇。王熙凤说：

> 老太太、太太罢了，原是老封君。你一个月十两银子的月钱，比我们多两倍银子。老太太、太太还说你寡妇失业的，可怜，不够用，又有个小子，足的又添了十两，和老太太、太太平等。又给你园子地，各人取租子。年终分年例，你又是上上分儿。你娘儿们，主子奴才共总没十个人，吃的穿的仍旧是官中的。一年通共算起来，也有四五百银子。

算算看，这笔账可真不得了啊，原来李纨一共有三笔收入，每一笔都是最高的等级：第一笔是月钱，她身为已婚的年轻媳妇，本来和凤姐一样，都是一个月五两，而李纨之所以实领一个月十两，是因为包括了贾珠的那一份。由此也可见贾府十分体恤人情，即使贾珠已经过世，仍然给足了他们那一房夫妇俩人的所得，这称得上是非常温暖的做法。但贾母等家长觉得还不够，于是又再多加一倍，使李纨的月钱居然达到了二十两，和贾母、王夫人等长辈同级，更可以说是恩重如山了。

其实这也是很合情合理的现象，贾府既然以宽柔待下为家风，对待下人尚且宽厚温柔，对自家的媳妇当然更是大方体贴，因此不只月钱给上四倍，又给李纨一块园子地，让她每年还有地租可以收取，这就是李纨的第二笔收入。至于第三笔收入，则是年终分红时可以分到最多的一份，这三笔收入的总和就是一年四五百银子。再看凤姐说，李纨那一房所有的用度都是公家支付，那么这四五百两即为她的净收入了。而前面讲过，那一顿螃蟹宴花费了二十多两银子，可以让刘姥姥一家过一年，这样算起来，李纨一年的收入便足以让刘姥姥一家过二十年衣食无虞的生活呢！所以实在必须说，李纨真的是一个沉默的大财主，原来在纸窗木榻的稻香村地底下，其实藏着一座金山银山！

单单这一点已经够让人惊讶了，更教人吃惊的是，李纨如此财力雄厚，却居然滴水不漏，舍不得花钱到了吝啬的程度。试看宝玉、黛玉、探春这些未婚的年轻主子们，一个月的月钱是二两，当邢岫烟住到大观园的时日，凤姐也是比照这个金额给她补贴的，而这个数目只有李纨的十分之一，并且他们还没有取租、分红的收入。但是，当姑娘们举办诗社的活动时，李纨却不肯承担酒菜类的开销，而是要大家平均分摊！

那么，诗社举办一次活动需要花多少钱？小说里有一段描写把答案告诉了我们，可惜似乎没有人注意到。那是第四十九回，薛宝琴等亲戚一起涌到了贾府，大观园热闹非凡，于是姑娘们做兴起来，要开诗社帮客人接风，社长李纨便开始调派指挥了，她说道：

"我这里虽好，又不如芦雪广好。我已经打发人笼地炕去了，咱们大家拥炉作诗。……你们每人一两银子就够了，送到我这里来。"指着香菱、宝琴、李纹、李绮、岫烟道，"他们五个不算外,咱们里头二丫头病了不算,四丫头告了假也不算,你们四分子送了来,我包总五六两银子也尽够了"。

请特别注意,这段话清楚指出,诗社活动的经费只要五六两银子就很够了,扣掉香菱、宝琴、李纹、李绮、岫烟这些客人,以及生病的迎春、请假的惜春不能参加,于是该出钱的人就只剩下宝玉、黛玉、探春、宝钗四个人,正是李纨所说的"你们四分子"。既然是"每人一两银子",总共便是四两银子,如此一来,则只差一二两了。那么这一二两是由谁补上的呢?当然是社长李纨自己,她一定也得出钱才对。

可是这么一来便很奇怪了,想想看,李纨是长嫂,在家族的伦理秩序上本来就应该得多承担一些责任,何况她单单月钱的二十两收入更是其他少爷小姐们的十倍,但她出的钱却差不多一样,实在太不成比例了。这岂不证明了李纨确实太过小气!再说,这次的芦雪庵联句是有史以来最盛大的一次活动,总共有十几个人参加,算起来平均每个人只要半两就够用了,那么平常的诗社花费甚至只要三四两,而一个月只举行两次活动,那是第三十七回开社时宝钗建议的:"一月只要两次就够了。"如此看来,李纨即使全额负责都不过分。

但她却来向凤姐要经费,表面上讲得很好听,说是要请凤姐去作个监社御史,以维持诗社运作的秩序,可凤姐哪里这么好拐骗?于是她立刻说:

"你们别哄我,我猜着了:那里是请我作监社御史,分明是叫我作个进钱的铜商!你们弄什么社,必是要轮流作东道的。你们的月钱不够花了,想出这个法子来拗了我去,好和我要钱。可是这个主意？"一席话说的众人都笑起来了。李纨笑道："真真你是个水晶心肝玻璃人。"

所谓的"水晶心肝玻璃人"便是赞美凤姐心思过人，一切都看得清清楚楚，让人无所遁形，而李纨也等于承认了她们的真正目的是要钱。这时，王熙凤就用她的"账也清楚，理也公道"来批评李纨的吝啬了，她说：

这会子你就每年拿出一二百两银子来陪他们顽顽，能几年的限？他们各人出了阁，难道还要你赔不成？这会子你怕花钱，调唆他们来闹我，我乐得去吃一个河涸海干，我还通不知道呢！

由此可见，凤姐很清楚地知道，李纨是想要把这笔私下开销转嫁给公家来承担，但王熙凤这个精明的女强人才不肯做冤大头呢，因此直接挑明了点出李纨"怕花钱"的心理。这再度证明李纨真的是个吝啬的大财主，她把稻香村地底下的金山银山守得滴水不漏呢。

内在王熙凤的窜出

最有趣的是，当李纨被这样公然揭发了心病以后，她可没有置若罔闻，接下来的反应一点儿也不是心如止水，恰恰相反，李纨简直泼辣到了极点，居然口出恶言，可以说是火山爆发啦。她笑道：

"你们听听，我说了一句，他就疯了，说了两车的无赖泥腿市俗专会打细算盘分斤拨两的话出来。这东西亏他托生在诗书大宦名门之家做小姐,出了嫁又是这样,他还是这么着;若是生在贫寒小户人家,作个小子,还不知怎么下作贫嘴恶舌的呢!天下人都被你算计了去!昨儿还打平儿呢,亏你伸的出手来!那黄汤难道灌丧了狗肚子里去了?气的我只要给平儿打报不平儿。忖度了半日,好容易'狗长尾巴尖儿'的好日子,又怕老太太心里不受用,因此没来,究竟气还未平。你今儿又招我来了。给平儿拾鞋也不要,你们两个只该换一个过子才是。"说的众人都笑了。凤姐儿忙笑道:"竟不是为诗为画来找我这脸子,竟是为平儿来报仇的。竟不承望平儿有你这一位仗腰子的人。早知道,便有鬼拉着我的手打他,我也不打了。平姑娘,过来!我当着大奶奶、姑娘们替你赔个不是,担待我酒后无德罢。"说着,众人又都笑起来了。

这一段的交手实在是太精彩了,李纨居然让凤姐俯首称臣呢!可事实上凤姐完全是"账也清楚,理也公道",简直是铜墙铁壁,而李纨分明理亏,又屈居于有求于人的劣势,她又是怎么做到反败为胜的?

让我们来看看李纨用了哪些方法。第一种方法便是转移战场,攻心为上,也就是说,既然在道理上说不过人家,便诉诸情感,专攻对方的心理弱点。那么,凤姐的心理弱点是什么呢?就是她对平儿的愧疚啊,才刚刚在上一回(第四十四回)中,贾琏夫妻两个闹得惊天动地,都拿无辜的平儿出气,让平儿受了很大的委屈,凤姐心里简直是悔恨交加,觉得很对不起平儿,却不知如何弥补。这时李纨故意拿出这件事来发挥,等于是碰触到凤姐最大的痛点,于是满怀歉疚的凤姐气势便矮了下来,只好退让认输,反过来向平儿道歉,而明明理亏的李纨也就扭转了颓势,这岂不是太高明了吗?

只不过我要再提醒大家，李纨这一招虽然很高明，算是兵法上的绝技，结果也取得了大成功，让凤姐乖乖拿出五十两给她们花用，但是，在这个过程中却暴露出李纨其实和凤姐一样粗俗！

试看她骂凤姐的那些用词，例如"黄汤难道灌丧了狗肚子里去"这句话，简直是粗鄙不堪，一点儿也没有大家闺秀的优雅风范，反而比较像菜市场里泼妇骂街的大妈！再说，李纨指责凤姐"说了两车的无赖泥腿市俗专会打细算盘分斤拨两的话出来"，但她自己所做的正是"专会打细算盘分斤拨两"的事，凤姐只是客观说出实话而已，怎么反过来要挨骂，变成"无赖泥腿市俗"呢？同样的，李纨自己已经算计了凤姐，要把出钱吃亏的事推给凤姐，人家不愿意当冤大头，却被她批评是"天下人都被你算计了去"，这岂不是恶人先告状吗？再说，李纨骂凤姐"亏他托生在诗书大宦名门之家做小姐"，却这般贫嘴恶舌，但现在她自己不也是一样？这些凌厉粗鄙的说话方式，难道不是最像凤姐吗？

所以说，李纨用来压倒凤姐的第二个招数，就是"以其人之道还诸彼身"，意指以对方的方法手段用在对方身上。于是我们看到李纨的形象突然立体起来，在这一瞬间她变成了另一个凤姐，双方的交手是势均力敌，李纨非但毫不逊色，甚至因为加上了攻心为上的战术，让凤姐在心理情感上软弱了下来。因此，即使李纨可以说是根本不讲理，却居然大获成功，这岂不是太精彩的一幕吗？

发现"美"的爱花人

看到这里，足证李纨也是曹雪芹笔下深不可测的一个人了，但其实还不只如此，李纨的内心潜伏着各种喜怒哀乐的人性，其中便包括对美好事物的欣赏。

关于诗词这种精致的文字艺术就不用赘言了，再看第五十回众人在芦雪庵联诗，宝玉不幸又落了第，成为最后一名，于是社长李纨出了一道罚则，对宝玉说道：

> "今日必罚你。我才看见栊翠庵的红梅有趣，我要折一枝来插瓶。可厌妙玉为人，我不理他。如今罚你取一枝来。"众人都道这罚的又雅又有趣。

请特别注意，李纨说"才看见栊翠庵的红梅有趣，我要折一枝来插瓶"，这也显示出她很有审美的眼光，根本不亚于宝玉！就在第四十九回开诗社之前，宝玉出了门，正在往芦雪庵的路上：

> 走至山坡之下，顺着山脚刚转过去，已闻得一股寒香拂鼻。回头一看，恰是妙玉门前栊翠庵中有十数株红梅如胭脂一般，映着雪色，分外显得精神，好不有趣！宝玉便立住，细细的赏玩一回方走。

这便是回目上所说的"琉璃世界白雪红梅"，那晶莹剔透的皑皑白雪衬托着胭脂般艳红的梅花，真可以说是清丽脱俗、如诗如画，等于是先前宝玉用白玛瑙盘子装鲜红荔枝的放大版，难怪吸引了宝玉停下脚步，欣赏了好一会儿。但原来除了宝玉之外，李纨来到芦雪庵的路上也同样被深深吸引呢，而且李纨对这胭脂红梅的喜爱恐怕是更胜一筹，因此还想要折一枝来插瓶，显然她希望可以就近再多欣赏个几天，这岂不是为朴素的稻香村增添了几分鲜艳吗？而宝玉带回了一枝红梅花以后，刚好贾母也来到这里，一眼看到便先笑道："好俊梅花！你们也会乐，我来着了。"这岂不证明了李纨也是个很"会乐"，也就是很懂得生活乐趣的人吗？

再看当初第三十七回海棠诗社成立时，大家准备开始作诗，李纨建议道："方才我来时，看见他们抬进两盆白海棠来，倒是好花。你们何不就咏起他来？"这便给了众人创作的题材，显然李纨又注意到那两盆白海棠的美了。从这些点点滴滴的描写，可以发现到李纨十分爱花、赏花，哪里比不上宝玉呢？所以说，李纨虽然住在竹篱茅舍里，却其实是个很懂得在平淡日子里创造美感、享受趣味的生活艺术家！

总而言之，李纨的内在确实还涌动着各种心思，包括喜怒哀乐等多样的情感，所以我把她比喻为休火山，意指表面上看起来已经毫无动静了，像座死火山似的，但其实它只是沉睡而已，里面还有火焰在燃烧，偶尔燃烧得旺盛一点，就会喷发出来，让人发现她有血有肉的一面，而眼睛为之一亮。这样的李纨，果然也是独一无二的人物类型，是曹雪芹伟大的创造之一。

昙花一现的幸福

只不过，正如书中所有的金钗一样，李纨也没能避免悲剧的命运。第五回太虚幻境的人物图谶说：

画着一盆茂兰，旁有一位凤冠霞帔的美人。

也有判云：

桃李春风结子完，到头谁似一盆兰。
如冰水好空相妒，枉与他人作笑谈。

图上的"茂兰"以及判词里的"到头谁似一盆兰"都是指贾

兰,那是李纨和贾珠的骨肉结晶。而所谓的"桃李春风结子完",这一句采用了谐音法、双关法,暗示李纨的婚姻爱情就像桃花李花一样短暂,桃李在春天盛开,花落结果以后这一年的生机便差不多结束了,李纨也一样,她结婚以后生了贾兰,不久贾珠便病死了,夫妻恩爱的生活也随之完结。所以说,李纨的名字即是谐音对应于"李完"。

她这么一个恪守妇道的女性,在青春丧偶以后把唯一的孩子教养得很优秀,那贾兰不同于宝玉,小小年纪便很有志气,也很努力,不仅认真读书,还练习骑射。第二十六回提到宝玉在大观园里闲逛时:

> 只见那边山坡上两只小鹿箭也似的跑来,宝玉不解何意。正自纳闷,只见贾兰在后面拿着一张小弓追了下来,一见宝玉在前面,便站住了,……宝玉道:"你又淘气了。好好的射他作什么?"贾兰笑道:"这会子不念书,闲着作什么?所以演习演习骑射。"

可见贾兰文武双全,因此将来更成为贾家复兴的中坚份子,也荣耀了年轻守寡的母亲,李纨跟着成为朝廷诰命,图画上"凤冠霞帔的美人"就是指李纨,这算是她一生最大的安慰。

只可惜,苦尽甘来的岁月并不长久,第五回太虚幻境的《红楼梦曲》里,关于李纨的一阕《晚韶华》说:

> 镜里恩情,更那堪梦里功名!那美韶华去之何迅!再休提绣帐鸳衾。只这带珠冠,披凤袄,也抵不了无常性命。虽说是,人生莫受老来贫,也须要阴骘积儿孙。气昂昂头戴簪缨,

气昂昂头戴簪缨，光灿灿胸悬金印；威赫赫爵禄高登，威赫赫爵禄高登，昏惨惨黄泉路近。

可见当贾兰飞黄腾达以后，李纨却不幸早死，没能享受几年的荣华富贵，对很多人而言，这算是一种悲剧。只不过或许我们也可以从另一个角度来想，人生本来无常，该怎样过得有意义，是自己可以决定的。李纨虽然守寡又早死，但只要在活着的时候懂得充实人生，努力安排生活，就算是不虚此生了，根本不必用数字来计算得失。李纨也正体现了这一点。

最后回顾一下这一章所讲的重点，主要在说明稻香村之所以种了几百株红杏花，是要用来象征休火山的喷发，也就是李纨内心种种喜怒哀乐的显露，其中包括：

第一，李纨所读的书并不限于父亲给她的那三四种书，所以累积了良好的知识程度和诗歌素养。

第二，李纨的守寡是自愿的，并不是被礼教所逼迫，因为她真心爱着丈夫贾珠，就和贾母对丈夫贾代善的情况一样，也因此得到大家长的尊敬和优待。

第三，在贾家的优待之下，李纨成为最富有的一个年轻妇女，稻香村里其实掩盖着金银的闪光！

第四，李纨却也是一个小气财神，舍不得花钱，已经到了吝啬的地步呢。

第五，李纨一发威简直就是王熙凤第二，还懂得运用战术，以至于大获成功，这真是太出人意料了。

第六，李纨其实是个很优秀的生活艺术家，懂得在平淡日子里创造美感、享受趣味，所以是最爱花的人之一。

以上这些表现，在在都出人意料之外，所以我才会把李纨比喻为休火山，这也证明了曹雪芹的笔下都是立体又饱满的人物，我们实在不应该囫囵吞枣，用刻板印象去读小说，以免辜负了他的天才。另外，还有一个很有趣的地方，那就是李纨唯一讨厌的人居然是妙玉！这又是为什么呢？请看下一章的解说。

妙 玉

心在红尘的槛外人

第 29 章：名流与尼姑的综合体

这一章，要开始讲众金钗里最高傲孤僻的一位姑娘，妙玉。

大家都知道，这个人物是林黛玉的重像，却又算是 2.0 的进阶版，简直比林黛玉还"林黛玉"。但妙玉作为一个出家人，又是个父母双亡的孤女，寄住在贾家，怎么可能还这样唯我独尊呢？而且，李纨唯一表示讨厌的人就是妙玉，那又有什么缘故？这两章便要来一窥其中的奥妙。首先，从妙玉的人格特质开始讲起吧，那可以说是"名流与尼姑的综合体"，非常怪异突兀的特殊状态。

大家都知道，妙玉是贾家为了元妃省亲才特别邀请过来的一名尼姑，就住在大观园的栊翠庵里。很多人都以为，一个妙龄女子被关在庙里清修，一定是饱受压迫、心有不甘的，以致妙玉性格怪僻，这是一种"宗教吃人"的解读角度。但其实并非如此，我发现情况刚好相反，妙玉在宗教世界里得到了自我的王国，可以把她的个人主义发展到极端，以致成为林黛玉的 2.0 进阶版。这又是一个十分奥妙的案例了，而一切也都得从她的成长环境说起。

世界的礼遇

第十八回介绍道：为了元妃省亲，贾家需要准备一些宗教人员，资深管家林之孝家的来回报王夫人说，除了十个小尼姑、小道姑之外，外有一个带发修行的，本是苏州人氏，祖上也是读书仕宦之家。因生了这位姑娘自小多病，买了许多替身儿皆不中用，到底这位姑娘亲自入了空门，方才好了。所以带发修行，今年才十八岁，法名妙玉。如今父母俱已亡故，身边只有两个老嬷嬷、一个小丫头服侍。文墨也极通，经文也不用学了，模样儿又极好。

这样的情况岂不是和黛玉如出一辙吗？两人都是苏州人，也都父母双亡，学问、外貌也都很好，更都是从小多病，必须要靠出家才能痊愈，差别只在于妙玉亲自出家了，而黛玉却没有，第三回黛玉道："那一年我三岁时，听得说来了一个癞头和尚，说要化我去出家，我父母固是不从。他又说：'既舍不得他，只怕他的病一生也不能好的了。若要好时，除非从此以后总不许见哭声；除父母之外，凡有外姓亲友之人，一概不见，方可平安了此一世。'"但我们都知道，黛玉来到贾家依亲，不但见到了宝玉，还整天生活在一起，那怎么可能不哭呢？所以黛玉的病势越来越严重，最后就如脂砚斋所说的"泪尽夭亡"，显然这是黛玉注定的命运。

请大家想一想：妙玉出身于读书仕宦之家，也正是有了这个家世背景，她才能列入太虚幻境的十二金钗正册，所以确实算是一位名门闺秀。再看她自小体弱多病，父母因此买了许多替身代替她出家，可见妙玉是很受到疼爱的掌上明珠，父母才会舍不得让她离开身边，到庙里去吃苦，也才会大手笔地买许多替身，努力要治好她的病。可惜此举并没有奏效，一直等到妙玉亲自出家，才得到了神佛的救赎，可以平安长大。

那么，妙玉是在哪里出家的？这里并没有明说，答案是在后来的第四十一回、第六十三回才揭晓。先看第四十一回，那时刘姥姥逛大观园，一行人来到了栊翠庵，当时妙玉招待了贾母等人以后，又偷偷把黛玉、宝钗引进耳房里吃体己茶，妙玉说那水"是五年前我在玄墓蟠香寺住着，收的梅花上的雪"，可见玄墓蟠香寺便是妙玉自幼出家的地方。到了第六十三回时，邢岫烟也说妙玉"他在蟠香寺修炼"，这更明确无疑了。

由此可见，妙玉的出家绝非一般泛泛，因为她出家的地方非同小可。玄墓是指玄墓山，地点就在苏州西郊，而山上的蟠香寺是个古庙大刹，不但香火鼎盛，并且风景优美，整片山区种满了梅花，一旦梅花盛开时，简直如同满山遍野的积雪，处处暗香浮动，所以称为"香雪海"，是清朝著称的天下名胜。想想看，这样庄严宏伟的一座名山古刹，如果没有特殊的条件，又哪里能进得去呢？何况妙玉进去以后，还可以带发修行，处处显出破格的优待，再加上这座寺庙就在母家可以照应的附近地区，那一定是父母苦心的安排。这么一来，便可以知道，妙玉的出家根本不能说是苦修，她依然在一个十分优渥的环境中生活，只是增加了宗教方面的素养。

最奥妙的是，寺庙的生活虽然严谨，但人际关系相对简单得多，何况妙玉还受到特别的照顾，所以妙玉天生的骄傲性格可以保持下去，完全没有因为修炼的关系而变得圆融一点、温和一点。试看第六十三回里，邢岫烟说，她和妙玉在蟠香寺做过十年的邻居，后来邢家去投靠亲戚，便搬走了，之后听说妙玉的情况是："闻得他因不合时宜，权势不容，竟投到这里来。"可见在妙玉出家的那十年里，一直都是十分高傲，已经到了"不合时宜，权势不容"的地步。

但有趣的地方出现了，想想看：妙玉是如此"不合时宜，权势不容"，却可以投身到贾府里面安顿下来，那岂不代表了贾家是很能包容她的吗？别家都受不了的脾气，贾家却笑纳了，在这样的宽厚之下，妙玉等于又可以继续那般高傲了。事实也确乎如此，第十八回说，贾家为了迎接元妃省亲，需要准备一些宗教人员，林之孝家的特别对王夫人提到有一位妙玉非常优秀，还没等到她把话回完，王夫人便说：

"既这样，我们何不接了他来？"林之孝家的回道："接他，他说'侯门公府，必以贵势压人，我再不去的。'"王夫人笑道："他既是官宦小姐，自然骄傲些，就下个帖子请他何妨。"林之孝家的答应了出去，命书启相公写请帖去请妙玉。次日遣人备车轿去接。

由此可见，王夫人是很包容、很礼遇妙玉的，对她的骄傲不但不以为忤，还觉得以她官宦小姐的出身而言，那是理所当然的，因此愿意以高规格来邀请她。怎样的高规格呢？一共有两种做法，一个是下帖子，一个是派车轿。以派车轿来看，前面讲林黛玉的单元中说过，黛玉来北京依亲时，一下船即有贾府派的轿子并拉行李的车辆等在岸边准备迎接，同样的，贾家也是这样接待妙玉，既然轿子代表了权力和地位，那就等于是给予妙玉很尊荣的待遇。

至于下帖子，我们现代人可都不知道了。在传统社会里，帖子是非常正式的一种文书，需要由专业的书启相公来撰写，而且帖子就代表本人，所以王夫人下帖子便代表她亲自登门邀请，那对于妙玉来说，更是很大的尊荣。关于这一点，书中有一个例子可以作为很好的参考，第十回秦可卿生了怪病，几个太医都看不准也治不好，刚好世交冯紫英介绍一位高明的医生张友士，于是贾珍立刻派人拿他的名帖去邀请。没想到小厮回来说，张先生忙了一天，精神实在不能支持，无法看脉，但是也允诺等他调息一夜，恢复了精神,明日务必会到府看诊。然后他又说"大人的名帖实不敢当",仍然叫小厮拿回来了。由此可见,名帖是多么贵重的身份象征,身份比较低的人连收下都承受不起呢。而王夫人却愿意下帖子给妙玉,便表达出百般体恤和礼遇的好意,这就是妙玉会愿意到贾府来的原因。

可见王夫人确实是一个温厚大度的长辈,完全体现了贾家宽柔的门风。果然妙玉到了贾府以后,生活就更自由自在了,她住在大观园里,已经隔绝了贾府上千人复杂的人际关系,又独自安身于栊翠庵中,这便再进一步隔绝了园子里互相来往牵绊的人情世故,难怪她会越来越孤僻、率性。

尤其栊翠庵是一座寺庙,具有宗教的神圣性,大家偶尔来到这里时都得虔诚礼佛,不敢造次,连尊贵的元妃都是如此。第十八回说元妃省亲时,在正殿举行的筵席撤了以后,元妃又进行第二次游园,避开第一次的主路线:

> 将未到之处复又游顽。忽见山环佛寺,忙另盥手进去焚香拜佛,又题一匾云:"苦海慈航"。又额外加恩与一般幽尼女道。

这座佛寺应该就是栊翠庵,而受到额外加恩的女尼道姑当然包括了妙玉。连贵妃都得先洗手才进去,何况其他人?因此,第四十一回贾母带着刘姥姥逛到这里时,才刚进门便对妙玉说:"我们才都吃了酒肉,你这里头有菩萨,冲了罪过。我们这里坐坐,把你的好茶拿来,我们吃一杯就去了。"可见妙玉受到了菩萨的庇荫,大家对她都是客客气气,那她就更不用配合别人了。

所以说,妙玉是因为出了家,才变得简直比黛玉还更高傲,因为宗教对她而言，不但不是一个牢笼，反而是一种庇荫，让她可以彻底伸张唯我独尊的个性，连贾府的宠儿林黛玉都不放在眼里。请看妙玉在招待了贾母之后，私下又带了宝钗、黛玉去喝体己茶，但黛玉只不过是问了一句"这也是旧年的雨水？"妙玉就冷笑说："你这么个人，竟是大俗人，连水也尝不出来。这是五年前我在玄墓蟠香寺住着，收的梅花上的雪，共得了那一鬼脸青的花瓮一瓮，……你怎么尝不出来？来年蠲的雨水那有这样轻浮，如何吃得。"

可想想看，第五回说黛玉的个性是"孤高自许，目无下尘"，把别人都当作是脚底下的灰尘，看不进眼里，从来都只有她嘲笑讽刺别人的分，却只有妙玉敢这样当面批评黛玉。所以说，这可真是人外有人，天外有天，黛玉终于遇到不待见她的人了。清朝评点家姚燮《读红楼梦纲领》便很细心地发现：

> 宝玉过梨香院，遭龄官白眼之看；黛玉过栊翠庵，受妙玉俗人之诮，皆其平生所仅有者。

换言之，黛玉被妙玉当面这样地直呛批评，真是她一生中绝无仅有的一次，难怪第六十三回里，连宝玉都说：妙玉"他为人孤僻，不合时宜，万人不入他目"。可见妙玉作为黛玉的分身或曰重像，不只是同一个模子脱胎出来的，还更算是林黛玉的 2.0 进阶版呢。

最奇特的是，当下黛玉竟然也不以为忤，完全没有平日的多愁善感和呕气反击，当场只是轻描淡写地心想：妙玉这个人"天性怪僻，不好多话，亦不好多坐，吃完茶便约着宝钗走了出来"，事后也没有委屈哭泣，完全毫无风波。这也告诉我们，原来一个人的高傲是环境纵容出来的,当周围的人不顺着你的时候,你就不会那么率性了。此刻的黛玉没有贾母的疼爱、宝玉的溺爱、众人的忍耐,遇到别人比她还高傲时,却坚强起来了,不再那么钻牛角尖或顾影自怜,而变得坦然豁达,这岂不是曹雪芹所洞察到的人性奥妙吗?

自我中心的高调越界

同样的,妙玉的性格也是在环境的影响之下越来越极端了。举一个例子来说吧。第六十三回宝玉过了一个热热闹闹的生日,大家纷纷醉倒,第二天醒来以后,宝玉忽然一眼看见砚台底下压着一张纸,一问之下,才发现是一张粉笺子,上面写着"槛外人妙玉恭肃遥叩芳辰",原来是妙玉在宝玉生日当天打发个妈妈送来的拜帖,用意相当于今天的生日贺卡。按照礼数,宝玉必须回帖,但是:

> 看他下着"槛外人"三字,自己竟不知回帖上回个什么字样才相敌。只管提笔出神,半天仍没主意。因又想:"若问宝钗去,他必又批评怪诞,不如问黛玉去。"

宝玉为什么会这么为难,简直下不了笔呢?原来妙玉的拜帖根本不合规范,出格到了极点。前面才刚刚讲过,帖子是非常正式的文书,又代表本人,所以必须写上正式的职衔和姓名,绝不可以用别称、外号之类的,那都是私底下才可以使用的非正式名称。可是妙玉这时却用"槛外人"三个字,那是她给自己取的别号,因为妙玉觉得自己十分清高脱俗,不同于"世中扰扰之人",所以她自称"槛外人",以示区别。既然这是非正式的、很脱轨的署名,因此连宝玉自己都不知道该怎么应对,也想必宝钗会批评怪诞。

如此看来,妙玉"天性怪僻"的个性不但没有改变,她那"权势不容"的"不合时宜"显然还更变本加厉了。而谁最清楚这一点呢？那就是邢岫烟，她和妙玉是多年之交，有长期相处的经验，对其过去有所认识，于是前后一比较便看出来了。第四十九回邢岫烟也来到了贾府，和妙玉久别重逢，算是他乡遇故知，彼此的感情更好，但几年不见，岫烟也发现到妙玉的特殊情况，这时她对宝玉说：

> 他这脾气竟不能改，竟是生成这等放诞诡僻了。从来没见拜帖上下别号的，这可是俗语说的"僧不僧，俗不俗，女不女，男不男"，成个什么道理。

请特别注意，岫烟说，妙玉原本的脾气不但没有改变，而且竟然"生成这等放诞诡僻"，其中所谓的"生成"即是指逐渐发展而成。显然在这段阔别的时间里，妙玉的脾气还一直在发展中，在不是改变本貌的情况下，那便是往更极端、最极端的方向去发展，于是成了"这等放诞诡僻"，那就越发不成道理了。

这种不合时宜可不是苏东坡式的高洁，而是一种到处触犯环境的"放诞诡僻"。从邢岫烟所批评的"僧不僧，俗不俗，女不女，男不男"这四句话，可知"放诞诡僻"是一种过分放任自己的逾越分际，以致模糊了男女的性别界限，以及宗教和世俗的界限，造成了身份的混淆。这种"放诞诡僻"可以从几个地方显示出来，首先，妙玉带发修行，因此保有女性的妩媚，但那并不是一个出家人该有的造型，所以说是"女不女，男不男"。其次，妙玉在寺庙里清修度日，却仍然过着极端高雅的生活，品味十分讲究，这一点在第四十一回有很清楚的呈现。

当时刘姥姥被带去逛大观园，大家来到了栊翠庵，妙玉用来招待贾母的茶水是"旧年蠲的雨水",那是天下闻名的苏州特产,叫做梅水,可她还嫌这样的水吃不得,得要梅花上的雪才能入口。此外,她拿出来的茶杯都是一等一的精品,包括宋代官窑所烧制的珍宝,甚至是晋朝流传下来的稀世古董,包括:她捧与贾母吃茶的是一个成窑五彩小盖钟,给众人用的都是一色官窑脱胎填白盖碗。后来妙玉特别拉了黛玉、宝钗到耳房私下喝茶,这时她又拿出两只杯子来,一个叫做"㼝瓟斝",另一只是"点犀盉",斟了茶以后分别拿给宝钗、黛玉品尝。尤其是"㼝瓟斝",杯子上面有一行小真字写着"晋王恺珍玩",又有"宋元丰五年四月眉山苏轼见于秘府"一行小字,可见那真是价值连城的古玩奇珍了。甚至连妙玉自己日常吃茶用的绿玉斗都是难得一见的宝物,因此她很自豪地对宝玉说:"不是我说狂话,只怕你家里未必找的出这么一个俗器来呢。"

想想看,连喝一杯茶都得用梅花上的雪来烹煮,还得用国家博物馆典藏等级的杯子来盛装,才能觉得满意,这岂不是名流所过的生活吗?而一个尼姑却像高傲、风雅的名流,表面上超凡脱俗,实际上却和世俗深度牵连,因为她总是用世俗所划分的标准来突显自己的高高在上,哪里有一点众法平等的真正超脱!这不就是所谓的"僧不僧,俗不俗"吗?再看她把世人都一概贬低,连林黛玉都变成了大俗人,还常说:"古人中自汉、晋、五代、唐、宋以来,皆无好诗,只有两句好。"那两句被她青睐的诗句"纵有千年铁门槛,终须一个土馒头",来自于南宋范成大《重九日行营寿藏之地》一诗,也因此妙玉自称为"槛外人"。但想想看,连李白、杜甫都没有一句好诗,这种论调恐怕不只是不合时宜,简直是目中无人到了极点,哪里是一个修道者该有的涵养?

所以正确地说,妙玉的人格表现并不是高洁,而是高傲。高洁和高傲是不一样的，这两者看起来很像，以致一般人常常混为一谈，其实本质上完全不同，正所谓的"差之毫厘，谬以千里"。我们可以参考清代张潮《幽梦影》这本书里的说法，其中说：

> 傲骨不可无，傲心不可有。无傲骨则近于鄙夫，有傲心不得为君子。

可见傲骨是内在的道德坚持，便相当于"高洁"，如果一个人没有傲骨，那就会变得鄙吝而没有原则，成了所谓的鄙夫；但一个人不应该有傲心，因为一颗骄傲的心会让人傲慢自大，自以为高高在上而对人无礼，失去了胸襟气度，所以说"有傲心不得为君子"。而"君子"才是最高的人格境界，他们体现出来的才是真正的高洁。

张潮的这一段分析真是智慧的箴言，厘清大家常常囫囵吞枣所造成的迷思，刚好可以帮助我们正确判断妙玉的本质，她其实是高傲，而不是高洁。事实上曹雪芹也早就指出这一点了，第五回太虚幻境的人物判词说，妙玉是"欲洁何曾洁，云空未必空"，妙玉如此夹缠在出世和入世之间，想要以出世的姿态来展现自己的高洁，其实反倒落入了世俗之中，因为她比别人更在意雅俗之分，更计较高下之别，也更想要压倒别人！所以说"欲洁何曾洁"，这哪里是高洁？只能算是高傲而已。

连带的，妙玉那极端的洁癖也是这样产生的，本质上来自于轻视别人，觉得世人肮脏低俗，因此刘姥姥这个乡下老太婆更被鄙视到极点了，妙玉连她喝过的茶杯都嫌脏，即使是价值连城的成窑五彩小盖钟，也都情愿丢弃不要。这样的心态和做法只能说是高傲，甚至是傲慢，根本谈不上什么对品德的坚持，和"高洁"无关。

老梅对红梅的不满

看到这里,就要谈一个很有趣的情况了。妙玉是如此之权势不容,却在贾家得到了安居乐业,这当然是她的好运气。只是贾家的人,包括园子里的姑娘们,却只有李纨一个公开表达出对妙玉的讨厌!偏偏李纨又是个"槁木死灰一般,一概无见无闻"的寡妇,平常最是安静平淡,那么她的情绪反应便很不寻常了,其中必有缘故。

第五十回众人在芦雪庵联诗比赛,宝玉又落了第,因此身为社长的李纨便出了一道罚则,对宝玉说道:

"今日必罚你。我才看见栊翠庵的红梅有趣,我要折一枝来插瓶。可厌妙玉为人,我不理他。如今罚你取一枝来。"众人都道这罚的又雅又有趣。

很值得注意的是,在整部小说中,这个"可厌妙玉为人,我不理他"的反应,是李纨唯一对别人表示反感的地方,也是妙玉唯一被别人表示嫌恶的地方。所以虽然只是一两句话,却是曹雪芹苦心的安排,其中隐含了无比的巧思。

想想看,妙玉这个人的不合时宜已经到了权势不容的地步,即使很幸运地安居在贾家,但在大观园里仍然没有互相往来的朋友,可见她的极端孤立。而奇怪的是,却也从来没有听说有人批评过她,除了李纨。可李纨又是个与世无争的人,总是抱着"只自吃一杯,不问你们的废与兴"的心态,却偏偏就是这颗平静的心对妙玉燃起了厌恶的火焰,这确实是太不寻常了。那么,李纨的这个特殊反应又有什么深意?

原来,大观园里其实又分成两个世界,栊翠庵等于是一座与世隔绝的孤岛，妙玉这个出家人独自在栊翠庵里过着自己的生活，与园子里其他所有的人都是井水不犯河水，没有任何牵连，也毫无瓜葛，因此也谈不上是非好恶。即使大家觉得妙玉很怪异，也不会想去理会，因此对她的态度基本上就是漠不关心，不闻不问，仿佛她是个不存在的陌生人。

书中有一个例子很可以说明这种情况。第六十三回宝玉过完生日的第二天，偶然看到一张被压在砚台下的粉笺子，一发现是来自妙玉的生日贺帖，宝玉便直跳了起来，连忙问：

> "这是谁接了来的？也不告诉。"袭人晴雯等见了这般，不知当是那个要紧的人来的帖子，忙一齐问："昨儿谁接下了一个帖子？"四儿忙飞跑进来，笑说："昨儿妙玉并没亲来，只打发个妈妈送来。我就搁在那里，谁知一顿酒就忘了。"众人听了，道："我当谁的，这样大惊小怪。这也不值的。"

在这段过程里，宝玉的激烈反应让大家都吓了一跳，以为是"要紧的人"送来的帖子，不敢怠慢，于是袭人、晴雯等大丫鬟连忙开始追查，小丫头四儿也连忙飞跑进来，说明原故。可是请注意：当时四儿收到这张帖子以后只是随手一放，立刻就把它忘了，而现在大家一听说是妙玉差人送来的，也都觉得没什么大不了，根本不需要大惊小怪。这么一来即再清楚不过了，除了特别敬爱少女的宝玉之外，园子里上上下下的人都完全不在乎妙玉！

为什么会这样呢？这个道理便是西谚所说的："爱的相反不是恨，而是漠不关心。"换句话说，没有人喜欢妙玉，但也没有人讨厌妙玉，大家对妙玉的感觉就是漠不关心。而所有的人之所以不把妙玉放在心上，正是因为"非我族类"的关系，想想看，一个出家人的生活方式、价值信念和一般人本来就不一样，平常并不容易相处在一起，再加上妙玉的为人作风如此地高傲孤僻，完全不近人情，那更是"你走你的阳关道，我过我的独木桥"，谁还理谁呢？所以大家虽然不喜欢妙玉，却也谈不上讨厌，这是真正的冷漠无情！

只有李纨把妙玉看在眼里，还忍不住提出了批评，由此可见，李纨恐怕就是因为彼此算作"同类"，所以才会比较、计较，也才会心生不满。为什么说她们算是"同类"呢？仔细对照一下：李纨和妙玉这两个人年纪差不多，都是二十岁出头的年轻女子，并且身份类似，一个是礼教世界里的寡妇，一个是宗教世界里的尼姑，都必须清净守节，所以一个住在稻香村，一个住在栊翠庵，过着简单无为的日子。

而这两处场所也确实很类似，都属于朴素的风格，最有趣的是，连高反差的色调也是一模一样！那栊翠庵的红梅，便相当于稻香村的红杏，皑皑白雪突显出红梅如胭脂般的艳丽，就好比竹篱茅舍衬托了红杏如喷火蒸霞一般的灿烂。这样类似的景观绝对不是偶然的巧合，而是刻意设计的，曹雪芹要借以告诉我们，红梅与红杏都代表了这两个人物内在活生生的情绪，会在某些生活的片刻中泄露了出来。

确实，李纨的内心还潜伏着各种喜怒哀乐的人性，我们在前一章里已经看到了一些，现在又包括她对妙玉的反感了！这又是为什么？原来，李纨始终恪遵妇道，安于自己的身份和处境，所以说是"竹篱茅舍自甘心"，但同类的妙玉却总是很任性地出轨越界，以致"僧不僧，俗不俗，女不女，男不男"，而流于"放诞诡僻"，难怪同类的人就看不下去了。

这么说来，也展示出一个很奥妙的道理，原来正如同思想家所分析的，嫉妒之类的心理并不是随机引发出来的，而是只针对同一范围里的人，也就是所谓的同类，大哲学家斯宾诺莎（Baruch de Spinoza, 1632—1677）在其《伦理学》中早已洞察到，嫉妒只在同辈或势位相等者中发生，"他只嫉妒一个地位与他相等，性质与他相同的人"。而当用同一个标准来衡量时却出现了落差，发现对方不守规矩却还顺风顺水，于是才产生厌恶的情绪。所以说，唯一讨厌妙玉的人居然是李纨，道理正在这里，是同类进行比较之后的结果。

最后回顾一下这一章所讲的重点。总结来说，妙玉是被环境包容出来的一个尼姑与名流的综合体，非常特殊：

第一，她之所以自幼出家，是因为家人的宠爱，不但就近安顿，还进了天下闻名的玄墓山蟠香寺，过着被"香雪海"围绕的优雅生活，因此收集了梅花上的雪，用来烹茶品茗。而在蟠香寺出家的这十年间，妙玉的性格一直维持官宦小姐的骄傲，以致"不合时宜，权势不容"。

第二，很幸运的是，她接着来到贾府，因为王夫人的包容和礼遇，通过下帖子、派车轿的高规格迎接，妙玉住进了大观园里，栊翠庵就成为她的个人王国，导致脾气性格越来越极端，到了"僧不僧，俗不俗，女不女，男不男"这等放诞诡僻的程度，比起黛玉来简直是有过之而无不及。

第三，有趣的是，当黛玉遇到了妙玉这样不把她当一回事的人，前者却表现得又轻松又豁达，连当面被贬低都毫不在意，可见一个人的娇纵是环境造成的。

第四，妙玉的性格发展也证明了这一点，她的脱俗其实是脱轨，她的孤僻不是高洁而是高傲，以致贬低了天下人，几乎是唯我独尊。

　　第五，难怪李纨是唯一讨厌妙玉的人，因为以两人的身份都应该要尽量低调内敛，可妙玉的作风却总是大肆违背情理，因此引起了同类的反感。

　　最后，我要提醒大家，就像稻香村盛开了灿烂夺目的一片红杏花，妙玉的栊翠庵也绽放着艳丽芬芳的红梅花，同时暗示了这两位女性心底的喜怒哀乐。那么，妙玉的内心还有哪些六根不净呢？而且，一个人真的可以绝对地唯我独尊吗？连王熙凤都不可能为所欲为，妙玉又岂能真的目中无人？关于这些人性的奥秘，下一章会提出详细的解说。

第30章：冰山下的温泉

这一章要从另一个角度来讲妙玉这位姑娘。虽然上一章我们看到妙玉的孤僻高傲简直到了唯我独尊的地步，但其实任何一个人都不可能那么单一，而且如果妙玉真是这么单一的人，也不会得到曹雪芹的重视，让她进入金陵十二钗的正册里。所以她一定还有其他的面相，包括一些真正的优点，让她带上了人的温度，可以被称为"冰山下的温泉"。

如前一章所见，妙玉的个性是"为人孤僻，不合时宜，万人不入他目"，连对林黛玉都毫不客气，刘姥姥更是被鄙视到极点了，基本上算是冷若冰霜，让人不敢亲近，这一点也是人所共知的人物形象。只不过，几乎所有的读者都忽略了，其实妙玉还有完全不同的面相，这才是她有血有肉的地方，就像冰山底下流动着温泉。接下来要从几个层面说起。

对权贵的殷勤

首先，第四十一回刘姥姥逛大观园的过程里，贾母亲自来到了栊翠庵，这是整部小说中，唯一一次写到妙玉直接面对权贵人士的场面，所以非常重要。

虽然前面第十八回也曾提及，元妃省亲时，在第二次的游园过程中便到过栊翠庵，但曹雪芹采用的写法是虚笔，并没有具体描绘当时的情况，为什么？我认为主要的原因是要集中在皇家气象和家族互动的展现上，这是省亲的核心意义，如果岔出去写别的情节就会离题，而好的小说家当然会懂得聚焦，避免分散。更何况整个省亲仪式真是繁文缛节，写作能力不够的人根本很难驾驭，一不小心即会显得杂乱无章，如果再增加其他的枝枝节节，那就更零散琐碎了。因此曹雪芹进行了恰当的剪裁，妙玉这个外来者的部分便被舍弃了。

此外，清朝评点家涂瀛有不同的看法，他在《红楼梦论赞·妙玉赞》中认为，曹雪芹之所以没有描写妙玉接待元妃的场面，是为了要维护妙玉孤傲的形象，以呈现"壁立万仞，有天子不臣、诸侯不友之概"，即一种蔑视权贵的气概，所以才刻意避开。但这样的说法恐怕不能成立，因为曹雪芹后来还是安排了贾母莅临此地，和妙玉做第一线的接触，并且详细地加以描写，这等于做了补叙，让我们填充了第十八回所留下的空白，算是一种很高明的一石二鸟。对于很懂得剪裁取舍的曹雪芹来说，既然后面会有补叙，前面当然就不用急着先写，如此一来既避免了杂乱失焦，让第十八回的内容更紧凑，也让第四十一回的故事更丰富、更独特，这也是《红楼梦》很常用的一种写作手法，叫做"不犯"，也就是不重复的意思。

那么，第四十一回发生了怎样的情节？书中说：

> 当下贾母等吃过茶，又带了刘姥姥至栊翠庵来。妙玉忙接了进去。至院中见花木繁盛，贾母笑道："到底是他们修行的人，没事常常修理，比别处越发好看。"一面说，一面往东禅堂来。妙玉笑往里让，贾母道："我们才都吃了酒肉，你这里头有菩萨，冲了罪过。我们这里坐坐，把你的好茶拿来，我们吃一杯就去了。"妙玉听了，忙去烹了茶来。宝玉留神看他

是怎么行事，只见妙玉亲自捧了一个海棠花式雕漆填金云龙献寿的小茶盘，里面放一个成窑五彩小盖钟，捧与贾母。贾母道："我不吃六安茶。"妙玉笑说："知道。这是老君眉。"贾母接了，又问是什么水。妙玉笑回："是旧年蠲的雨水。"贾母便吃了半盏，便笑着递与刘姥姥说："你尝尝这个茶。"刘姥姥便一口吃尽，笑道："好是好，就是淡些，再熬浓些更好了。"贾母众人都笑起来。

这一整段的描述非常让人吃惊的是，其实妙玉对贾母一点也不高傲，根本是非常殷勤奉承，不敢怠慢呢。试看妙玉一看到贾母大驾光临，是连忙迎接了进去；一听贾母要喝茶，便连忙去烹了茶来。然后是亲自捧了一个精致的小茶盘，里面放一个成窑的五彩小盖钟，捧与贾母。仔细算一算，连忙的"忙"字出现了两次，双手捧茶的"捧"字也有两次，此外，妙玉的脸上更"笑"了三次！

让我们仔细想一想，妙玉这个人一直都是冷若冰霜、不苟言笑，她几曾对谁笑过？一次也没有呀！有的只是对别人表示不屑的冷笑，黛玉不就领教过了吗？她被妙玉冷笑说是个大俗人呢！但妙玉在招待贾母这短短的几分钟里，便笑了三次，那是多么可亲可爱的笑容啊，再加上又是连忙把贾母让进来，又是连忙去泡茶，又是双手捧茶奉给贾母，完全不敢怠慢，哪里有一丝的傲气？反倒是殷勤奉承到了极点，这真是整部书中绝无仅有的唯一一次，令人大开眼界！

不只如此，更令人万万想不到的是，妙玉对贾母的体察入微、善体人意，事实上是到了不可思议的地步。请认真想一想：当贾母说她不吃六安茶时，妙玉笑着回答说："知道。这是老君眉。"贾母接了，又问是什么水，妙玉笑回"是旧年蠲的雨水"，然后贾母才吃了半盏，可见贾母的品位很高，即使是她喜欢的老君眉，如果不用上好的水烹煮，她也是不入口的，因此妙玉使用"旧年蠲的雨水"，那就是前面解释过的苏州的梅水，天下闻名，贾母也才喝了半杯。整个过程顺畅无比，一点也没有失误，可以说是一次完美的招待。

可是我们都知道，妙玉一个人住在栊翠庵里，连大观园中的姑娘们都几乎没有来往，她也一副不予理会的样子，但贾母根本是住在园子外面的府宅中，很少来园子里逛，因此第四十二回凤姐对刘姥姥说：

（贾母）从来没像昨儿高兴。往常也进园子逛去，不过到一二处坐坐就回来了。昨儿因为你在这里，要叫你逛逛，一个园子倒走了多半个。

由此可见，贾母即使到园子里，也只是在一两处蜻蜓点水而已，那一两处应该就是宝玉的怡红院和黛玉的潇湘馆了。这么一来，问题便出现了，妙玉又是怎么知道贾母的口味？想想看，贾母一生都是高高在上的贵族妇女，有她讲究的品位，以茶水来说，刚好妙玉自己也非常挑剔，所以给了贾母会满意的苏州梅水，这还不算太奇怪。真正奇怪的是，妙玉又是怎么知道贾母不吃六安茶的？六安茶也是鼎鼎大名的高档茗品，贾母却不喜欢这种茶，那一定就是个人的口味了。既然妙玉是早一步便事先选了可以投合贾母的老君眉，可见对贾母的脾味了如指掌，因此精准地让贾母接受了她的招待，但是我们便不免疑问了：妙玉几乎没见过贾母，又怎么会知道贾母的个人喜好呢？她又不跟园子里的姑娘们往来，那是从哪里打听来的？

所以，只要认真想一下，就会发现妙玉这个人实在太有趣了，她一贯的形象是那么高傲，自认为是超凡脱俗的"槛外人"，而对其他庸俗的"槛内人"不屑一顾，但对贾家最高的权威人士却截然不同，当面的接待完全是体贴入微、毫无偏差，几乎相当于王熙凤讨好老祖宗的表现了。这岂不产生很大的冲突或矛盾吗？

换句话说，妙玉确实是一个立体的人物，带有表面上所看不到的阴影，因此就像一般人一样，会针对不同的对象给予差别待遇。她之所以对刘姥姥、小厮们甚至林黛玉这般鄙夷，是因为不用怕会有什么不良后果，可以说有那么一点有恃无恐的因素。可是对贾母这种最高的权威人士，她便完全收起了傲慢，立刻变成了王熙凤，把她从来都吝啬给别人的热诚、体贴、尊重都奉送给贾母，以致造成了一百八十度的反差。这样对权贵不同的面孔，岂不应该算是势利了吗？这也可以证明妙玉平常的高姿态和极端洁癖确实都不能称为"高洁"。

但是，从另一方面来说，我们也应该要知道，妙玉对贾母这样殷勤体贴的做法，才是应该的。原因有几个，首先，贾母是长辈，对长辈有礼貌本来就是应该的，想想看，妙玉对自己的师父绝对也是这样的。何况妙玉自己同是出身于诗书簪缨之家，待人有礼是她们从小培养的基本教养，妙玉这时发挥她大家闺秀的品质，算是自然而然。更何况，贾家对你如此礼遇，让你住在大观园里，拥有自己的栊翠庵，过着优雅自如的生活，你难道不需要感谢贾家吗？心存感谢而周到接待，也是理所当然。倘若妙玉受人之恩还一副傲慢的姿态，那就是自私自利的人了，哪里配当正十二金钗之一？曹雪芹根本不会看得上忘恩负义又没教养、不懂礼貌的人吧。

青春爱情的跃动

只不过话说回来，妙玉这样明显因人而异的差别对待，确实也显示出人性的弱点。这样的人性弱点还表现在情根未除上,原来,妙玉这个高傲的出家人其实还是个心存爱情的青春少女!

前面已经看到,第四十一回"栊翠庵茶品梅花雪"是妙玉的重头戏,曹雪芹在这一回里展现出很多关于她的人格讯息,其中便包括了妙玉对宝玉的好感。当时妙玉招待过贾母以后,特别拉了黛玉、宝钗到耳房去私下喝茶,宝玉也跟在后面一起进了去。然后妙玉拿出两只杯来,一个是瓟斝,另一只是点犀䀉,分别斟了茶与宝钗、黛玉,然后"仍将前番自己常日吃茶的那只绿玉斗来斟与宝玉"。这虽然只是一笔带过,却是意味深长,隐藏着很大的秘密,那就是妙玉内心燃烧着压抑不住的爱情火苗!

想想看,自己专用的茶杯即代表了本人,尤其是心思比较细腻的女孩子,这个专属个人的杯子让别人使用的话,很容易会有被污染甚至被侵犯的感觉,因此连一般的少女都不大会愿意把自己的茶杯给别的男人共享,何况妙玉是这么极端洁癖的人,连刘姥姥喝过的茶杯都嫌脏。那就只有一个可能了,即她心里很喜欢宝玉,所以不觉得宝玉是"别人",连这么一来会有间接接吻的联想也都不在乎了!

不只如此,到了第六十三回时,宝玉在怡红院过生日,妙玉居然也派人送来一张祝寿的贺卡,那是一张粉笺子,上面写着"槛外人妙玉恭肃遥叩芳辰"。这件事有两个含义,第一个当然是因为她爱慕宝玉啦,否则怎么会特别送他一张生日贺卡?她可从来没把其他任何一个人的生日放在心上,遑论专程送上一张庆贺寿辰的拜帖!这个含义再明显不过了,也呼应了她肯把自己的茶杯给宝玉共享的做法。而且很值得注意的是,书中写到了几次的拜帖,却只有在这里提到其颜色是粉红的,那当然不是偶然的。即使拜帖本来就都是这种颜色,但曹雪芹只在这里描写出来,便表示他要用这个颜色做出特别的表达，也就是象征着少女恋爱时那一颗粉红色的心！

除此之外，我还要提醒大家注意，妙玉送来贺帖的第二个含义，即妙玉居然知道宝玉的生日，但她是怎么知道的呢？如同前面提到过的问题一样，妙玉怎么会知道贾母并不喜欢六安茶？这些信息究竟是从哪里来的？必须说，书中并没有透露这一点，所以不能确定妙玉的讯息管道，但很显然的，原来表面上看起来与世隔绝的栊翠庵其实并不完全是一座孤岛，而是有路可通，那自诩为"槛外人"的妙玉其实也在"槛内"留了一份心，对于红尘世俗还是会过滤出她所关心的部分，等到有需要的时候就会拿出来运用。

只不过有趣的是，当妙玉捧出一颗"槛内"之心时，却又难免矫揉作态，刻意撇清，让人觉得啼笑皆非。试看当宝玉拿着妙玉的绿玉斗，细细品尝了以梅花上的雪所烹煮出来的茶以后，禁不住赏赞不绝，这时妙玉却正色道："你这遭吃的茶是托他两个福，独你来了，我是不给你吃的。"宝玉也很配合，笑道："我深知道的，我也不领你的情，只谢他二人便是了。"妙玉听了，方说："这话明白。"这岂不正是所谓的此地无银三百两吗？不说这些话还没人会想到，但这么一特别表态，反倒等于点破了她对宝玉是带有情意的啊。所以说，妙玉这样地故作姿态，其实是欲盖弥彰，明眼人都看在眼里，只是很厚道地不加以说破，更不嘲笑而已。

关于这一点，第五十回有一段小情节可以作为证明。当时宝玉又在诗歌比赛中落入最后一名，于是社长李纨罚他去栊翠庵要一枝红梅花来给大家欣赏，宝玉欣然同意了：

> 忙吃了一杯，冒雪而去。李纨命人好好跟着。黛玉忙拦说："不必，有了人反不得了。"李纨点头说："是。"

可见黛玉显然察觉到妙玉的心思，所以才会判断宝玉一个人去的话，妙玉才可能送给他梅花，一旦旁边有别人，妙玉为了避嫌就会作出冰冷的姿态，宝玉便反倒要不到梅花了。而李纨一听，立刻点头表示同意，可见她也发现到这一点。至于最了解妙玉的邢岫烟，自然更不会忽略了，第六十三回中，宝玉很烦恼不知该怎么回帖给妙玉，路上刚好遇到了邢岫烟，于是谈了起来，岫烟听了宝玉对妙玉一番充满礼敬尊崇的话，于是恍然大悟，说道："怪不得妙玉竟下这帖子给你，又怪不得上年竟给你那些梅花。"果然妙玉的心思根本就藏不住，大家都把她对宝玉的儿女之情看在眼里，只是不加以说破。这不是太有趣了吗？

难怪曹雪芹要在栊翠庵种上十数株如胭脂一般的红梅花了，那便相当于稻香村的红杏，代表这个人物内在活生生的情绪，那艳丽芬芳的红梅花也就象征了妙玉的爱情。这么说来，我们又可以更明白李纨之所以会讨厌妙玉的原因了，原来李纨和妙玉年龄相当，身份类似，算是同类，可一个是"竹篱茅舍自甘心"的老梅花，一个却还是我行我素、任意出轨越界的红梅花，那株老梅花当然会难以忍受了。

念旧的温情

看到这里，确实可以发现妙玉这个人已经丰富多了，让我们耳目一新。然而还不只这样呢，妙玉虽然冷若冰霜，又自视甚高，高傲到十分不近人情的地步，也不符合修道者的涵养，但其实她却是一个很善良的人！

首先，是她对老朋友的念旧。就在第六十三回里，宝玉收到了妙玉派人送来的贺帖，不知如何是好，出去在路上恰巧遇到邢岫烟，彼此的对话中便交代了她和妙玉的情谊。岫烟对宝玉笑道：

> 他也未必真心重我，但我和他做过十年的邻居，只一墙之隔。他在蟠香寺修炼，我家原寒素，赁的是他庙里的房子，住了十年，无事到他庙里去作伴。我所认的字，都是承他所授。我和他又是贫贱之交，又有半师之分。因我们投亲去了，闻得他因不合时宜，权势不容，竟投到这里来。如今又天缘凑合，我们得遇，旧情竟未易。承他青目，更胜当日。

请大家仔细推敲一下，这段话里面包含了几个重点，第一，妙玉是个家底雄厚、备受疼爱的闺秀千金，可岫烟只是个租他们寺庙房子来住的贫寒女儿，然而妙玉却并不嫌弃，常常让岫烟来庙里一起作伴，还愿意教她读书识字，这岂不是岫烟的大恩人吗？曹雪芹一再告诉我们，读书识字是多么重要的启蒙力量，让人可以作高一层，看得更高、更远，就像睁开了眼睛一样。所以说，妙玉等于是让岫烟不会流入市俗的心灵导师啊。

第二，岫烟和妙玉在蟠香寺做了十年的邻居，累积了贫贱之交、半师之分，分手以后却没有淡忘或疏远，一旦在贾府重聚，彼此都是旧情依然，毫不见外，这岂不证明了妙玉也是个念旧的人吗？而一个人能念旧，做到了古人所说的"贫贱之交不可忘"，不就表示善良的人格品质吗？

第三，这时妙玉对岫烟不只是念旧而已，还比以前更加看重她，所以说是"承他青目，更胜当日"，为什么会有这样的进展？我们可以很合理地推测，那是因为妙玉在久别重逢之后，发现了岫烟的成长与进步，所以相应地给出更多的善意。

关于这一点，只要参照一下凤姐对邢岫烟的优待，就可以明白了。当第四十九回岫烟来到贾府时，"凤姐儿冷眼敁敠岫烟心性为人，竟不像邢夫人及他的父母一样，却是温厚可疼的人。因此凤姐儿又怜他家贫命苦，比别的姊妹多疼他些"。王熙凤作为一个"水晶心肝玻璃人"观察到岫烟确实是个好女儿，即使贫穷却非常自爱，很值得别人对她好，所以愿意额外给她一个月二两银子的月钱，等于是比照贾家的千金一样看待。这么一来，妙玉在重逢后也对岫烟更加青眼相看，不正显示出她和凤姐一样，都看出、也看重岫烟的高贵人品吗？而妙玉的人品也当然有高尚的一面，就像王熙凤一样。

从妙玉和邢岫烟的故事，曹雪芹告诉了我们，在妙玉的冰山底层其实有着一道温泉，偶尔会默默流露出来，抚慰了其他的金钗。而领略过这一股暖流的人，除了邢岫烟之外，还有林黛玉、史湘云。

别看妙玉曾经对黛玉这么不客气，当面呛她是连茶水都分辨不出来的大俗人，其实妙玉的内心还是很关心她的呢。这一点也不矛盾，曹雪芹总是借由很多的情节提醒我们，一个人是多么地丰富，世界上的事又是多么地复杂！如果总是用简单的头脑去读小说，简直就是入宝山空手而回，把《红楼梦》这部伟大的经典简化成了二流的才子佳人小说了。

那么，关于妙玉对黛玉、湘云的关心又是怎么回事？原来在第七十五回时，贾府合家团圆，在大观园山上的凸碧山庄一起过中秋佳节，但整个场面却是零零落落、勉勉强强，带有一种力不从心的萧索，黛玉、湘云两人也中途脱队去散心，于是到凹晶溪馆作联句诗，这便是第七十六回"凹晶馆联诗悲寂寞"的这一段情节。但是，两人的诗句都未免带有感伤悲凄的情调，尤其是黛玉，试看最后湘云做出了一句好诗"寒潭渡鹤影"，描写一只白鹤在黑夜里飞越过寒冷的水潭，整个意境无比地自然又现成，简直是难以匹敌，于是黛玉绞尽脑汁，终于想出了一句可以分庭抗礼，那就是"冷月葬花魂"。这句诗凄凉又美丽，充满了唐朝诗鬼李贺的风格，让湘云听了又是赞叹、又是担心，担心她身体不好，却写这样诡谲不祥的诗句，实在太不吉利了，此即传统诗谶观的反映。

当湘云正在劝勉黛玉的时候，妙玉却突然现身了，把两人吓了一跳，一问之下，妙玉说明道：

> 我听见你们大家赏月，又吹的好笛，我也出来玩赏这清池皓月。顺脚走到这里，忽听见你两个联诗，更觉清雅异常，故此听住了。只是方才我听见这一首中，有几句虽好，只是过于颓败凄楚。此亦关人之气数而有，所以我出来止住。

这一段话其实有两个重点，第一，原来妙玉可以听到大家赏月吹笛，所以被吸引出来，可见妙玉确实能够把握贾府的动静，这也解释了她为什么会知道贾母对茶的偏好，以及宝玉的生日了。第二，现在她也出来赏月，刚好走到这里，听到两个女孩子在联句作诗，所以在一旁默默欣赏，之所以会现身出面，那就完全是一片好意了，因为她担心那些诗句里的颓败凄楚会影响到两位女诗人的气数，所以要加以打断，同样表现出古人的诗谶观。请看，这不是很难得的善心吗？

然后，妙玉担心两位姑娘会冷，于是邀请她们到栊翠庵喝杯茶，并且表示出对这一首联句的兴趣，想要帮她们把诗篇完成。黛玉看她这样有兴致，于是很客气地请妙玉续诗，把后半篇给收结，妙玉遂提笔一挥而就，递与她们二人道：

> 休要见笑。依我必须如此，方翻转过来。虽前头有凄楚之句，亦无甚碍了。

由此可见，妙玉确实拥有很高的才情，简直是七步成诗，所以写完了诗以后，就被黛玉、湘云异口同声地赞美为诗仙，但最重要的是，妙玉完全是因为关心她们才出手的。实际上她之所以会毛遂自荐，并不是要卖弄自己的才华，而是为了改善两位金钗的命运！她希望能翻转气数，借由她的续诗来扭转或抵销前面已经奠定的厄运，可见妙玉是多么用心良苦，又是多么热心助人啊。

所以说，妙玉在冷冰冰的高傲之下，其实藏着一颗温暖的心，虽然很罕见，却又十分珍贵，那可是很值得我们仔细领略的，以免辜负了曹雪芹巧妙刻画人物的苦心。

命运的警示

当然，妙玉的下场仍然还是悲剧，这是所有金钗都注定的命运。第五回宝玉神游太虚幻境时，看到了金钗们的图谶，其中有关妙玉的人物图谶便是：

后面又画着一块美玉，落在泥垢之中。

其断语云：

欲洁何曾洁，云空未必空。可怜金玉质，终陷淖泥中。

其中，曹雪芹一再用"落在泥垢之中""终陷淖泥中"的意象来预告妙玉将来的沦落，那究竟是怎样的状况，如今已经无从考察了。根据第四十一回脂砚斋的一段批语，经过周汝昌的重新校读之后，大约是这样的：

> 他日瓜州渡口，各示劝惩，红颜固不能不屈从枯骨，岂不哀哉！

"枯骨"应该是比喻身体退化、骨骼干枯的老人，整段批语意思是说，在贾府抄没后，妙玉也失去了庇荫，流落到了瓜州渡口，为了活下去，只好"屈从枯骨"，也就是委身于年老官宦为妾。

这对于自视甚高、极端洁癖的妙玉来说，是何其不堪啊。到了这个时候，妙玉应该就会懂得陶渊明所谓"人生实难"的感概万千，也更能体会刘姥姥的心酸与无奈，而不会那么对她鄙夷不屑了吧？

最后，总结一下这一章所讲的内容，主要是妙玉在高傲之外有血有肉的人性面相，其中包括了几个重点：

第一，当她直接面对贾母的时候，其实一点傲气也没有，整个接待过程都是连忙去做，还笑脸相迎，这份殷勤周到并不亚于王熙凤呢，简直是见所未见。

第二，比较她对刘姥姥的不屑和嫌恶，更呈现出判若云泥的差别待遇。这除了证明她并没有真的超脱世俗之外，应该也包括了对贾家礼遇她的感谢之心。

第三，妙玉居然知道贾母的口味是不喝六安茶，所以事先就正确选了老君眉，也知道宝玉的生日是哪一天，而实时送来了贺帖，可见她的心还是在"槛内"，并没有一味地我行我素。

第四，妙玉把自己日常专用的杯子绿玉斗直接给宝玉喝茶，分明抵触了她那极端的洁癖，显示出她心里很喜欢宝玉，因此也才会特别送给他生日贺卡，也愿意送他美丽的胭脂红梅花。而这一点其他人也看在眼里，心知肚明呢。

第五，妙玉其实是个念旧又善良的人，她对邢岫烟的念旧表现出"贫贱之交不可忘"的优良品格，而她对史湘云、林黛玉的关心更是让人感动，她竟然想要改善她们俩人的命运气数，所以才会半夜三更还帮她们续写中秋联句诗，那真是无比珍贵的一股暖流。

妙玉的故事讲完了，下一章要开始讲另一个截然不同的女性，那就是秦可卿。如果说妙玉是十二金钗里很洁癖的一个，那么秦可卿就是最淫秽的一个了，所以她也是整部小说里最早死去的金钗。到底是怎么回事？请看以下两章的说明。

秦可卿

家族遗传的负面版本

第31章：兼美的女神

从这一章起，要讲的是众金钗里最神秘的一位少妇，秦可卿。这个人物实在让人眼花撩乱，简直是雾里看花，摸不着理路，因为曹雪芹自己就故弄玄虚，闪烁其词，难怪到今天大家对可卿的生死还是争辩不已。

必须说，这个秦可卿实在是最特殊的一位女性，历来对她的揣测也最多，可最有趣的是，她的故事却是最完整的，因为她是整部《红楼梦》里最早死去的一位金钗，在第十三回一开始时就过世退场了，因此回目上说"秦可卿死封龙禁尉"。照理来说，头尾这么完整，应该最没有问题才对，偏偏关于秦可卿这个人的阴影最是朦胧不清。

而我想提供给大家的一些解释，全部都有凭有据，不另外去做各种揣测，因为曹雪芹是在写小说，不是在编八卦故事，一切都要从小说的内容去找线索，当然最了解曹雪芹的脂砚斋也提供很重要的宝贵信息。这两章就要来一窥其中的奥妙。

先从可卿的身世背景和人格特质看起。贾家宁国府第五代的贾蓉，娶了秦可卿为妻。第六回说，贾蓉是"一个十七八岁的少年，面目清秀，身材俊俏，轻裘宝带，美服华冠"，他所迎娶的正妻自然是门当户对。第八回便介绍了秦可卿的家世背景，说道：

> 他父亲秦业现任营缮郎，年近七十，夫人早亡。因当年

无儿女，便向养生堂抱了一个儿子并一个女儿。谁知儿子又死了，只剩女儿，小名唤可儿，长大时，生的形容袅娜，性格风流。因素与贾家有些瓜葛，故结了亲，许与贾蓉为妻。

这一段常常被读者拿来发挥，给予可卿在性格、处境上的解释，但可惜往往是错误的。错在哪里呢？错在以为秦家是高攀了贾家，又以为秦可卿是个卑微的弃婴，所以连带出现了其他错误的推论。

门当户对的联姻

以秦家是否高攀了贾家的问题而言，曹雪芹说秦业现任营缮郎，又提到他"宦囊羞涩"，大家便以为那是一个小官，配不上国公府，其实这根本是想当然耳。前文已经澄清过，贾家正在降等承袭的过程中，以荣国府为例，第三回说第三代的贾赦"现袭一等将军"，早就不是国公爷了，而宁国府这边也一样，贾珍因为代替离家修道的父亲贾敬承袭爵位，所以爵位上还是属于第三代，第十三回便说贾珍"世袭三品爵威烈将军"，和贾赦类似，但他的儿子贾蓉，则只是"江南江宁府江宁县监生"，一个没有头衔的学生了。

至于秦业，他现在所担任的营缮郎，是曹雪芹虚拟的官职，但以营缮的工程性质来说，一定是属于工部。而明清两代工部设有营缮清吏司，主管皇家宫廷、陵寝的建造、修理等事务，其中便设有员外郎，职等是从五品。这官一点也不算小，第三回提到贾政"现任工部员外郎"，那应该就是秦业的同事了，所以秦业的身份一点也不卑微。何况，一个文人能在朝廷当官，那堪称拥有十分尊荣的社会地位，晚清时，有一位美国传教士丁韪良（William Alexander Parsons Martin）便说："文官都受到良好教育，除了极个别的例外，都是千里挑一或万里挑一的精英，他们才思敏捷，是本国文化的佼佼者。"这么说来，我们还能轻视秦可卿的家世背景吗？既然秦业的官位和贾政同一等级，两家就已经算是门当户对了。再看第十六回说，秦业死后，秦钟也跟着染疾病重，临终前魂魄依依不舍，因为"记念着家中无人掌管家务，又记挂着父亲还有留积下的三四千两银子"，而这笔遗产虽然只相当于贾家不到半年的开支，但足以让刘姥姥家过一百五十年的生活，实在算是大数目，可见秦家绝对不能叫做清寒。所以说，把秦业当做一个芝麻绿豆的小官，认为可卿出身卑微，那真是一大误会。

至于第二个误会，是更多的人主张说，可卿来自养生堂，是一个来路不明的弃婴，所以形成了严重的自卑感，嫁到贾家以后才会这么委屈求全，还受到公公的胁迫，才做出乱伦的行为。但这种说法是更大的误会了，以下要一一加以澄清。

第一，养生堂是清初时普遍设立的育婴堂，确实是专门收容初生弃婴的慈善机构，其中几乎都是女婴。为什么？因为在男权中心的观念和制度下，儿子可以继承香火，女儿则要出嫁，因此一旦遇到经济困难的时候，为了避免增加家庭的负担，往往会先牺牲女婴，而把她们抛弃便是一种常见的做法，养生堂便应运而生。而另一种更残忍的做法，是从先秦战国以来历代常见的"溺女"习俗，也就是把出生不久的女婴给溺死。因此，一般人要收养孩子，都是出于延续香火的考虑，所以只会选男婴，几乎没有人会去抱养女婴，那等于是把钱浪费在赔钱货上面啊。

何况秦业是个五品官员，在男权社会里大可以三妻四妾，想办法养出一个儿子，即使像林如海那样命中该绝，于是才去抱养一个男婴，这都还算是很合理，但秦业又何必顺手多带一个女婴回家？那实在太罕见了。就算出现少数收养女婴的情况，通常也是亲友熟人的骨肉，并且往往用来作为帮佣的童养媳。然而在重男轻女的观念下，秦业居然是到养生堂抱一个来路不明的女婴回来养，那实在是太反常了，一定有很特殊的原因。

第二，即使可卿是一个弃婴，但既然已经被秦业收养，她就名正言顺地是朝廷五品官员的女儿了，因为法律制度规定，经过正式的收养程序以后，养子女便等同于亲生子女，享有同样的权利义务，因此不能再说是弃婴。并且，可卿一定是出生没多久即被收养，她的家就是秦业家，全部的人生都是在秦家开展的，只差出生的那一刻不在秦家而已。那她怎么还会有养生堂的记忆？又何必因此而自卑？

再说，可卿一定是在很优渥、很受宠的情况下堂堂正正长大的。为什么我这么肯定呢？我们可以从两个地方看得出来，一个是她的名字，一个是她的教养。

试看她的小名叫做"可儿"，即"可人儿"的意思，用来赞美性情可取或有才德的人，典故出自《世说新语·赏誉》("桓温行经王敦墓边过，望之云：'可儿！可儿！'")。这显示秦业十分地疼爱她，而且越看越爱，简直就是掌上明珠，难怪会费心地教养她，故而秦可卿可以嫁进宁国府做媳妇，成为温柔版的王熙凤。例如第五回说："贾母素知秦氏是个极妥当的人，生的袅娜纤巧，行事又温柔和平，乃重孙媳中第一个得意之人。"足见可卿一定受到了秦业的悉心栽培，因此拥有大家闺秀的资质条件。这哪里是弃婴会有的待遇呢？何况既然秦业这般地疼爱她，也应该不会把养生堂的这个来历告诉她，以免造成她心里的阴影，因此，恐怕可卿连自己最早是个弃婴都不知道！

所以说，虽然可卿最早是从养生堂抱来的孩子，但在整个成长过程中完全不再是一个弃婴，我们绝不能用"弃婴"来解释她的身份和性格，否则一定会误入歧途。这么一来，就可以解答最重要的问题了：为什么秦业要去孤儿院收养一个女婴呢？她真的来路不明吗？

有人认为可卿另有高贵的皇家出身，因为政治斗争的关系，所以秦业奉命去收养。但这个说法已经脱离了文本，完全缺乏小说本身的证据，何况清朝的历史上也没有类似的记载，等于是另外编造出来的故事，所以不宜相信。那么，秦业会是只因为偶然看到这个女婴，发现她实在太可爱了，一见钟情之下就把她收养下来的吗？这个想法也太浪漫了，恐怕机率很低，趋近于零。单单用感觉来解释这么重要的亲子关系，并不是很有力的说法。

如此说来，从人情事理来推敲，最可能的原因应该是：秦可卿根本就是秦业自己的私生女，因此他才会割舍不下，舍不得让亲骨肉流落在外，于是通过收养把她带回身边；并且这个私生女应该是在某种败德的男女关系下所孕育的，所以才不敢直接带回家，得先暂时放在别的地方。根据第八回脂砚斋的说法，"秦业"这个名字是要用来谐音"情孽"，可见可卿本身应该是秦业在很不正当的男女关系中造孽所生！以致根本不见容于社会，于是才会出现这么曲折的做法，即：女儿生下来以后先送到孤儿院，有个暂时的庇护所，然后再办理收养手续，把她名正言顺地带回家。但是单单只抱一个女婴又实在太奇怪了，一定会启人疑窦，而秦业正好又无子嗣，于是采用了障眼法，同时收养一个男婴，那就比较不会那么突兀了。这算是一种"漂白"的做法吧。

明白了这段隐情以后，便不要再穿凿附会，也不要再用弃婴来解释可卿的性格和处境了。她就是一个朝廷五品官员的女儿，从小在优渥的环境中长大，受到非常良好的教育，具备了完美的条件，这是她可以放进十二金钗正册的关键，也是她可以嫁入宁国府的原因。

集大成的完美

那么，秦可卿有多完美？她啊，集合了所有人的优点，包括：薛宝钗、林黛玉、香菱以及王熙凤！

首先，你还记得警幻仙姑的妹妹兼美吧！第五回说，那位女神"乳名兼美、字可卿"，刚好和秦可卿同名，而且"其鲜艳妩媚，有似乎宝钗，风流袅娜，则又如黛玉"，这就是她叫做"兼美"的原因，因为兼具了宝钗、黛玉之美！那么秦可卿应该也是这般美丽。再看第七回说：

> 只见香菱笑嘻嘻的走来。周瑞家的便拉了他的手，细细的看了一会，因向金钏儿笑道："倒好个模样儿，竟有些像咱们东府里蓉大奶奶的品格儿。"金钏儿笑道："我也是这们说呢。"

这段话指出香菱的模样很好，还和秦可卿的"品格"有点像，当然相貌之美是不用说了，此外，这两个人相像的地方更包括性格、气质方面。第十六回凤姐向贾琏介绍香菱时，便说道：

> 姨妈看着香菱模样儿好还是末则，其为人行事，却又比别的女孩子不同，温柔安静，差不多的主子姑娘也跟他不上呢。故此摆酒请客的费事，明堂正道的与他作了妾。

请注意，这里所谓的为人行事"温柔安静"，岂不正相当于第五回说秦可卿的"行事又温柔和平"吗？所以说，可卿和香菱两个人从相貌外形到为人处事都很雷同，其实算是具有重像的关系。

这就难怪大家都很喜欢她们了，第六十二回说："香菱之为

人,无人不怜爱的。"同样的,第十三回秦可卿的死讯传来时,真是合家举哀,人人悲戚:

> 那长一辈的想他素日孝顺,平一辈的想他素日和睦亲密,下一辈的想他素日慈爱,以及家中仆从老小想他素日怜贫惜贱、慈老爱幼之恩,莫不悲嚎痛哭者。

可卿居然得到了所有人由衷的拥护与爱戴,包括四层不同辈分、身份的人在内,这简直是绝无仅有的殊荣,整本书里恐怕再也找不到第二个了,何况可卿只是一个不到二十岁的少妇!看到这里,关于可卿的完美更不可遗漏的一点,便是她也拥有王熙凤的特长,甚至还要更胜一筹。

试看先前第六回刘姥姥来贾府打秋风时,非常称赞王熙凤,说道:"这凤姑娘今年大还不过二十岁罢了,就这等有本事,当这样的家,可是难得的。"其实秦可卿也一样,她等于是宁国府的王熙凤,只因她很早便退场了,曹雪芹又不愿意重复,于是把篇幅都留给王熙凤来发挥,也就没有具体描写可卿在事务上的卓越表现。这种写作策略在前一章才讲到过,它有一个专有名词叫做"不犯",细心的读者应该要懂得推敲,领略空白之处的弦外之音。而可卿的完美即在于十分能干之外,又具备了王熙凤所没有的柔软宽和,所以才能得到家里上上下下的心。

最令人赞叹的是,可卿比凤姐更高一层的地方,除了待人处事温柔和平之外,还包括一种高瞻远瞩、深谋远虑的眼光!前面讲探春的时候曾经提到过,假如探春可以一直留在贾家,那么贾家最后的命运应该就可以改写,避免"落了片白茫茫大地真干净"的下场,如同脂砚斋所感慨的:

使其人不远去,将来事败,诸子孙不至流散也。悲哉伤哉!

那么,探春究竟会怎么做呢?照理来看,应该就是秦可卿死前托梦时,指引给凤姐的万全良策。第十三回贾琏出远门以后,有一天晚上,凤姐儿还挂念着丈夫,而夜已深沉:

不知不觉已交三鼓。平儿已睡熟了。凤姐方觉星眼微朦,恍惚只见秦氏从外走来,含笑说道:"婶子好睡!我今日回去,你也不送我一程。因娘儿们素日相好,我舍不得婶子,故来别你一别。还有一件心愿未了,非告诉婶子,别人未必中用。"凤姐听了,恍惚问道:"有何心愿?你只管托我就是了。"

这便是可卿临死前的托梦了,然而她之所以特地前来告别,并不只是个人的离情依依,而是专程来面授机宜,交代非常严肃的遗嘱,攸关整个家族的未来。请看秦可卿在梦中说道:

婶婶,你是个脂粉队里的英雄,连那些束带顶冠的男子也不能过你,你如何连两句俗语也不晓得?常言"月满则亏,水满则溢";又道是"登高必跌重"。如今我们家赫赫扬扬,已将百载,一日倘或乐极悲生,若应了那句"树倒猢狲散"的俗语,岂不虚称了一世的诗书旧族了!

这真是英雄惜英雄啊,整个家族只有凤姐可以承担这样的重责大任,因为她是个脂粉队里的英雄,连最优秀的男人都比不上,再加上她本身便是贾家的媳妇，不比探春必须出嫁，所以成为这份遗嘱唯一的执行者。

秦可卿首先提出一个本质性的道理，也就是无常！个人有生死，朝代有兴亡，家族当然也不能例外，所谓的"百年"即是贾府这种贵族世家传流三代的寿命。如今终点在望，甚至还有可怕的抄家，如果不赶紧预做准备的话，是会来不及的！这番道理实在太正确了，于是凤姐听了以后心胸大快，十分敬畏，忙问道：

"这话虑的极是，但有何法可以永保无虞？"秦氏冷笑道："婶子好痴也。否极泰来，荣辱自古周而复始，岂人力能可保常的。但如今能于荣时筹划下将来衰时的世业，亦可谓常保永全了。即如今日诸事都妥，只有两件未妥，若把此事如此一行，则后日可保永全了。"

换句话说，世上没有永恒不变的状态，只能接受万事万物循环变化的规律，并且及早在有能力的时候做好准备，让衰落的阶段来临时还可以保有东山再起的机会，那么家族的生命甚至荣华富贵即可以延续下去，也就算是一种"常保永全"了。可卿甚至连具体的方法都想好了，凤姐便问还有哪两件事有待办理？秦可卿道：

目今祖茔虽四时祭祀，只是无一定的钱粮；第二，家塾虽立，无一定的供给。依我想来，如今盛时固不缺祭祀、供给，但将来败落之时，此二项有何出处？莫若依我定见，趁今日富贵，将祖茔附近多置田庄、房舍、地亩，以备祭祀供给之费皆出自此处，将家塾亦设于此。……便是有了罪，凡物可入官，这祭祀产业连官也不入的。便败落下来，子孙回家读书务农，也有个退步，祭祀又可永继。若目今以为荣华不绝，不思后日，终非长策。……万不可忘了那"盛筵必散"的俗语。此时若不早为后虑，临期只恐后悔无益了。

原来，秦可卿的深谋远虑确实十分彻底，除了随代降等这注定的败落之外，她还考虑到最坏的情况是抄家，而怎样才能在最坏的情况下也不至于一败涂地？那只有一个方法，即确保祖茔、家塾这两项，而以祖茔为核心。为什么？

原来对这种大家族来说，祖坟是最重要的精神中心，所有的祖先埋骨于此，可以把子孙聚集在一起，团结力量大，彼此帮助、互相支持，就更有机会诞生复兴家族的人才。至于家塾，更是培养人才的读书基地，在传统时代里，只有靠科举才能出人头地，为家族增光，尤其是贾家这种贵族世家，当世袭的爵位归零以后，还想要延续家族本来的规模，那就只有科举一条路而已，所以家塾一定要维持下去，等待优秀子弟从这个地方发迹中举，那便是家族复兴的希望。

但是，要怎样才能维护祖茔、稳固家塾，并且让大家住在一起？生活是很现实的，不仅祖茔的四时祭祀需要一定的钱粮，家塾的运作也需要各种的费用，何况还得要养这么多的子孙，那就必须建立稳定的经济基础。所以可卿提出一个最周全的办法，即趁现在还有一点余力，赶紧在祖茔附近多买置田庄、房舍、地亩，并且把家塾一并设在这里，因为这些房地产具有生产力，不但生活可以自给自足，同时还能支应祖茔、家塾的开销，便建立了最基本的立足之地。

最重要的是，因为朝廷提倡孝道的关系，所以鼓励慎终追远，对于祭祀产业的相关用度都给予很大的实质优惠，因此可卿说：

"便是有了罪，凡物可入官，这祭祀产业连官也不入的。"这么一来，即使遇到最严重的抄家，那些附属于祖茔的田庄、房舍、地亩以及家塾也都不会被充公，子孙就还能有退路，可以回家读书务农，祭祀又可永继，将来便可能等到复兴的一天。所以可卿说"若把此事如此一行，则后日可保永全了"。

足见可卿这番的未雨绸缪，真是极富智慧的远见，她确实属于第二回冷子兴演说荣国府时所说的"运筹谋画者"之一，并且看得比凤姐更透彻，所想到的策略也更周延，不只是挖东墙补西墙地维持现状而已。难怪凤姐听了以后的反应是"心胸大快，十分敬畏"，如果凤姐醒来以后记得照这个建议去做，那么贾家的未来应该会有另一番局面，不至于"落了片白茫茫大地真干净"。

但令人扼腕的是，凤姐惊醒以后却居然忘却梦中的万全良策，以致几年后贾家这艘泰坦尼克号便笔直地撞上了冰山，灰飞烟灭！为什么凤姐会忘掉这么重要的遗嘱呢？或许是因为她"有才而无志"，缺乏"志"所带来的力量，就支持不了高瞻远瞩的眼光，以致昙花一现，而错过了机会。也或许是因为凤姐实在太辛苦了，单单维持现状便已经殚精竭虑、耗尽心力，哪里还有余暇考虑到未来？无论如何，最终是失去了挽救贾家唯一的机会。也难怪探春会因为出嫁而痛彻心扉，因为她才志兼备，一定也看得出来拯救贾家的唯一方法，即可卿所提到的那一种，但却不能留下来贯彻实施，怎会不遗憾万千？

这么看来，可卿不但秀外慧中，而且高瞻远瞩，比王熙凤更有谋略，再加上薛宝钗、林黛玉、香菱的优点，那岂不是十分完美了吗？所以我才会说她是"兼美的女神"，兼具了所有女性之美，那恐怕真的是只有在神界才可能存在的完美！

两个不同的可卿

只不过,所谓"兼美的女神",并不是指她和警幻的妹妹兼美是同一个人,这刚好也是一个很常见的误解,所以在此要特别补充说明,加以澄清。许多人以为,秦可卿和仙界的兼美女神同名,既然宝玉与仙界的可卿初试云雨,而这个梦境又是发生在秦可卿的卧室里,于是认为秦可卿和宝玉有暧昧的关系。但其实,这两个可卿绝对不是同一个人,实在不应该混为一谈。

那么,怎样判断出这两个可卿绝对不是同一个人呢?要注意,在曹雪芹的描写里,有两个地方很清楚地证明这一点,一个是时间,一个是环境。以时间来说,宝玉做这一场神游太虚幻境的梦,其实只是短短的片刻而已,试看宝玉在午睡入梦前,当时的情况是:

> 众奶母服侍宝玉卧好,款款散了,只留袭人、媚人、晴雯、麝月四个丫鬟为伴。秦氏便吩咐小丫鬟们,好生在廊檐下看着猫儿狗儿打架。

等宝玉做梦到了尾声,美梦突然转变为恶梦,这时:

> 吓得宝玉汗下如雨,一面失声喊叫:"可卿救我!"吓得袭人辈众丫头忙上来搂住,叫:"宝玉别怕,我们在这里!"却说秦氏正在房外嘱咐小丫头们好生看着猫儿狗儿打架,忽听宝玉在梦中唤他的小名,因纳闷道:"我的小名这里从没人知道的,他如何知道,在梦里叫出来?"

请注意宝玉睡前,秦可卿正在吩咐小丫鬟们好生在廊檐下看着猫儿狗儿打架,等到宝玉在恶梦中惊醒时,秦可卿还在房外嘱咐小丫头们好生看着猫儿狗儿打架,可见宝玉做梦的时间其实很短,最多不过几分钟,这就是古人所说的"黄粱一梦"。这个成语出自唐传奇小说《枕中记》,其中的男主角在梦里过了一辈子,满足了人生的所有愿望,包括飞黄腾达、娶妻生子,享尽了荣华富贵,但醒来时却发现"主人蒸黍未熟",一顿饭都还没蒸熟呢!原来那场缤纷热闹的梦,在现实中只不过短短的几分钟而已。同样的,宝玉神游太虚幻境的梦也是如此。

除了时间短促到不足以发生事故,更重要的是,整个环境根本不允许这种情况发生。试看在宝玉睡梦的整个过程中,一开始旁边即"留袭人、媚人、晴雯、麝月四个丫鬟为伴",等到最后宝玉惊醒的时候,"袭人辈众丫头忙上来搂住",可见他周围始终都有这么多人守护着,那又怎么可能和秦可卿发生暧昧!并且,秦可卿一直都在房间外面吩咐着小丫头,根本不在屋里。这都证明了两个可卿其实是不同的人,只是在宝玉的梦里、梦外同时出现而已。

看到这里,或许有人会发出疑问,如果秦可卿和宝玉没有什么密切的关系,为什么当可卿死讯传来时,宝玉会出现那么激烈的反应?第十三回描述道:二门上传事云板连叩四下,正是丧音,将凤姐惊醒,下人回报说:"东府蓉大奶奶没了!"凤姐听了,吓出一身冷汗,而宝玉"从梦中听见说秦氏死了,连忙翻身爬起来,只觉心中似戳了一刀的不忍,哇的一声,直喷出一口血来",然后要衣服换了,来见贾母,实时就要过去宁国府,抵达以后下了车,忙忙奔至停灵之室,痛哭一番。可见宝玉的情绪非常激动,而且心里像被戳了一刀般"直喷出一口血来",这种反应确实非比寻常。

然而,出现激烈极端的反应,就一定代表两人有暧昧关系吗?我们为什么要这么简单地看待人情百态?尤其是,前面已经证明过这两个人根本没有什么暧昧，那就表示得要另外找原因了。其实，宝玉对年轻女性几乎都是这样珍重不舍，连第四十四回平儿无辜被打了两下，他都会"尽力落了几点痛泪"，比较起来，现在对可卿的反应并不算太过。

何况除此之外，最了解曹雪芹的脂砚斋也提供了真正的答案，他说：

> 宝玉早已看定可继家务事者，可卿也，今闻死了，大失所望。急火攻心，焉得不有此血。为玉一叹。

原来宝玉是因为痛失栋梁、忧心家务，才会产生这么强烈的反应。也正因为如此，当贾珍筹办秦氏的丧礼时，为家里一片混乱而烦恼，宝玉便向他推荐王熙凤来协理，说道：

> 我荐一个人与你权理这一个月的事，管必妥当。

果然事后也证明妥当，这不是太发人深省了吗？此刻的宝玉，正如清末评点家洪秋蕃《红楼梦抉隐》所言："知人善任，宝玉何尝胡涂！"所以说，宝玉虽然心理上是一个不想长大的彼得·潘，但事实上却并非如此，他对宁府的家务状况、凤姐的性格才干都有着深刻的把握，何尝有一丁点不问世事的无知？而他以幕僚的身份调兵遣将、安插得宜，比起族长贾珍来，还更胜一筹呢！也难怪真正面临贾家败落的时候，宝玉会因为自己的无材补天而悲号惭愧，悔恨交加了。

可见曹雪芹又再次提醒我们，世间的真相真是无比复杂，千万不要看得太简单了，否则很容易就变成井底之蛙。

最后，总结一下这一章所讲到的重点，主要是对秦可卿的身世背景和人格特质加以厘清，包括：

第一，她的父亲秦业是朝廷五品官员，和贾政是工部的同事，算是出类拔萃，也和降等之下的宁国府门当户对，并没有高攀。

第二，秦可卿虽然最早是从养生堂抱回来的弃婴，但其实一出生不久就被收养，成为秦业真正的女儿，在成长过程中备受疼爱，也接受良好的培养，是一位十足的大家闺秀，绝不能再用弃婴来看待。

第三，秦业之所以会很罕见地抱养女婴，最大的可能，是可卿根本就是他自己的私生女，所以才会煞费苦心，做这么罕见的安排。

第四，可卿兼具了薛宝钗、林黛玉、香菱以及王熙凤的优点，又和仙界的兼美女神同名，所以嫁进贾家以后表现得十分卓越，对贾家的未来还提出常保永全的万全良策。

第五，秦可卿虽然和仙界的兼美女神同名，但其实是不同的两个人，也和宝玉没有任何暧昧关系。

当然，我们还是可以继续追问：既然仙境和俗界的可卿绝对不是同一个人，但为什么要共享同一个名字呢？曹雪芹一定有特殊的用意，那又是什么？请看下一章的解说。

第32章：情欲海棠花

在上一章里提到有两个可卿，即仙界的可卿和宁国府的秦可卿，而且说明了她们是不同的两个人，不可以混为一谈，那为什么曹雪芹要安排她们俩同名？原来这两人之间确实还是有着某一种联系，而这层关系是象征性的，暗示了彼此有一个共通点：她们都是爱欲女神，仙境的兼美可卿是宝玉性启蒙的指导老师，而秦可卿也是一朵情欲海棠花！

卧室风格即人格

关于这一点，曹雪芹费了很大的苦心来加以安排，接下来便一一给予说明。先看第五回，当时宁府的花园内梅花盛开，贾珍的妻子尤氏便治酒请贾母、邢夫人、王夫人等过来赏花。一时宝玉倦怠，欲睡中觉，最后选定了可卿的卧室，因为那正是宝玉所喜欢的风格：

> 刚至房门，便有一股细细的甜香袭人而来。宝玉觉得眼饧骨软，连说："好香！"入房向壁上看时，有唐伯虎画的《海棠春睡图》，两边有宋学士秦太虚写的一副对联，其联云：
> 嫩寒锁梦因春冷，芳气笼人是酒香。

单单这一段就已经充满了情色的暗示，不只满屋子弥漫渗透的女性气息简直是沁入骨髓，令人心神迷醉、浑身发软，墙上所挂的图画更是隐藏了重要的线索。参照探春的秋爽斋，里面悬挂的是一大幅宋朝米芾的《烟雨图》，两边对联写的是"烟霞闲骨格，泉石野生涯"，展现了高雅文人的隐逸风范，而可卿的《海棠春睡图》便迥然不同，完全是女性化的香艳浪漫。那图上所画的可不是单纯的海棠花，其实主要是衬托醉酒的杨贵妃！根据《杨妃外传》所记载：

明皇登沉香亭，诏妃子，妃子时卯酒未醒，命力士从侍儿扶掖而至。妃子醉颜残妆，钗横鬓乱，不能再拜。明皇笑曰：是岂妃子醉邪？海棠睡未足耳。

可见杨贵妃醉态可掬，风情万种，所以被唐明皇比喻为海棠春睡，令人想要一亲芳泽。虽然历史上并不确定唐伯虎是否有过这么一幅画，不过，"海棠春睡"确实在晚明时便已经成为艳情小说的题材，被赋予春宫画的想象。所以说，一踏进可卿的房间，就已经开始渲染情色的氛围，接下来所描写的摆设更是强化了这一点。

曹雪芹对可卿的卧室继续铺陈道：

案上设着武则天当日镜室中设的宝镜，一边摆着飞燕立着舞过的金盘，盘内盛着安禄山掷过伤了太真乳的木瓜。上面设着寿昌公主于含章殿下卧的榻，悬的是同昌公主制的联珠帐。宝玉含笑连说："这里好！"秦氏笑道："我这屋子，大约神仙也可以住得了。"说着亲自展开了西子浣过的纱衾，移了红娘抱过的鸳枕。

既然这"这屋子大约神仙也可以住得了",那岂不等于是太虚幻境中,兼美女神所在的"其间铺陈之盛,乃素所未见之物"的那一间香闺绣阁吗?正属于展演"云雨情"的舞台。何况关于这一大段描写,很明显地又处处充满了色情意象,各种历史典故都离不开男女关系,或至少都和女性的卧房、寝具有关,与《海棠春睡图》的主题是一致的。有一些人认为,这是宝玉进房间时所做的想象投射,并不是可卿本身的偏好,但这实在是流入市俗的想当然耳,我必须郑重告诉大家:根据专家的研究,其实性联想是需要相关知识的,而知识不可能与生俱来,一定是后天学习到的。但宝玉这时对此根本就毫无概念,哪里可能做出这样的投射!

那么,宝玉是在什么时候,才接触到这些武则天、赵飞燕、杨贵妃的异闻传说的?那得要等到第二十三回了。当时一干人刚搬进大观园,宝玉虽然心满意足,却又觉得莫名的空虚,他的贴身小厮茗烟"见他这样,因想与他开心,左思右想,皆是宝玉顽烦了的,不能开心,惟有这件,宝玉不曾看见过。想毕,便走去到书坊内,把那古今小说并那飞燕、合德、武则天、杨贵妃的外传与那传奇角本买了许多来,引宝玉看。宝玉何曾见过这些书,一看见了便如得了珍宝"。这就非常清楚了,宝玉是在这个时候才从偷渡进来的书知道了那些故事,而得到了相关的知识,这一年他十二三岁。

再回头去看,第五回的宝玉年龄还太小,也根本不知道武则天、赵飞燕、杨贵妃的传说,那又怎么能投射关于她们的色情典故?又如何能发挥性联想呢?既然如此,对宝玉而言,那些房间里摆设的宝镜、金盘、木瓜、卧榻、联珠帐,便只是富贵人家的精美用品而已。尤其是木瓜,它的功能就像探春房里的佛手一样,都是熏香用的,根据晚清宫女口述的回忆录,慈禧太后便很喜欢用天然水果的清香来取代燃烧的香料,最常用的水果即包括了佛手、香橼和木瓜，刚好也都出现在《红楼梦》里。想想看，如果一个人从没听过杨贵妃与安禄山有染的八卦故事，看到木瓜时又哪里会这样想入非非？更何况，安禄山掷过伤了太真乳的木瓜又哪里能放到今天，保存在可卿的房间里！

所以说，这些"色情装置"都是为了塑造秦可卿的性格而准备的。原来，可卿确实有着这一方面不可告人的隐私，也就是情色出轨的行为，但那个对象并不是宝玉，而是她的公公，贾珍！这可是罪大恶极的乱伦行为啊，却居然发生在完美的可卿身上，实在是太矛盾、太冲突了，令人难以置信。因此，在这些摆设物件前面加上了与色情有关的形容词，都是曹雪芹要渲染可卿隐藏的这一面才刻意采用的，目的是给可卿和贾珍的爬灰关系一个合理的铺垫。

"爬灰"是指公公和媳妇的不伦关系，书中透露出这一点的地方，是在第七回，当时凤姐带着宝玉到宁国府去散心，刚好会见了秦钟，两个少年一见如故，如胶似漆，埋下了秦钟到贾家义学读书的伏笔。到了天黑时，得派人送秦钟回去了，没想到外头派了焦大，焦大从小在当初宁国公打天下之际，也跟着一起出生入死，对主子有救命之恩，于是在贾家这几十年来都享有特殊的优待。但这个人虽然是个忠仆，却也有居功邀宠的一面，总是趾高气昂地要贾家报答他的恩惠，甚至对大总管自称"焦大太爷"，根本逾越了伦理的分际，所以脂砚斋说，"焦大"的这个名字就是要谐音骄傲自大的"骄大"，可见曹雪芹是多么用心地展现人的复杂性。

这时，刚好焦大喝醉了，很不高兴被派了这份工作，便大肆撒野乱骂了起来，连小主人贾蓉都不放在眼里，居然当面把他批得狗血淋头，还威胁说要白刀子进去红刀子出来，于是被几个小厮拖往马圈。愤怒的焦大就更放肆了，越发连贾珍都说出来，开始乱叫乱嚷：

"我要往祠堂里哭太爷去。那里承望到如今生下这些畜牲来！每日家偷狗戏鸡，爬灰的爬灰，养小叔子的养小叔子，我什么不知道？咱们'胳膊折了往袖子里藏'！"众小厮听他说出这些没天日的话来，唬的魂飞魄散，也不顾别的了，便把他捆起来，用土和马粪满满的填了他一嘴。凤姐和贾蓉等也遥遥的闻得，便都装作没听见。宝玉在车上见这般醉闹，倒也有趣，因问凤姐道："姐姐，你听他说'爬灰的爬灰'，什么是'爬灰'？"凤姐听了，连忙立眉嗔目断喝道："少胡说！那是醉汉嘴里混唚，你是什么样的人，不说没听见，还倒细问！等我回去回了太太，仔细捶你不捶你！"唬的宝玉忙央告道："好姐姐，我再不敢了。"

很多人会问：什么是"爬灰"？又为什么叫"爬灰"？根据清代王有光的记载，这是江南吴地的双关语，典故来自于寺庙，因为香火鼎盛，所以焚烧纸钱的炉子里累积了很多灰烬，而纸钱上贴的锡箔烧不掉，也积少成多，那可是有价的金属啊，所以有人便偷偷扒取灰烬，拿出其中的锡箔去卖钱。既然"扒灰"的目的是"偷锡"，而锡箔的"锡"和媳妇的"媳"同音，于是被用来谐音双关公公偷情媳妇的不伦，是一种比较委婉的说法。

难怪这样的丑闻被揭露时，大家都是吓得魂飞魄散，或者只能装做没听见。毕竟宁国府里有翁媳关系的，就只有贾珍和秦可卿，那确实是没天日、见不得人的丑事，如何能够启齿？因此宝玉听不懂，凤姐也不肯解释，还威胁宝玉再问的话，要请王夫人打他呢。

可是这么一来，我们就要追问了，这么完美又有眼光的秦可卿，怎么会做出这种事来呢？那注定是要身败名裂的。于是有很多人以为，秦可卿是被迫屈服于贾珍的，因为她卑微的出身抵抗不了贾珍的威权压迫。但是前一章已经澄清过，可卿的身世清清白白、堂堂正正，和现在的贾家门当户对，而且明媒正娶，是第十三回所说的"世袭宁国公冢孙妇"，即宁国公嫡长孙的妻子，更是老祖宗贾母心目中的"重孙媳中第一个得意之人"，极受宠爱与关心，根本不是什么委屈求全的小媳妇，可见这种片面逼奸的说法并不能成立。

海棠春睡的秘密：两情相悦的情欲越界

因此，这桩孽缘一定有其他的原因。其实，这个原因曹雪芹早就很明白地告诉我们了，第五回宝玉神游太虚幻境时，也看到了秦可卿的图谶，上面是：

> 画着高楼大厦，有一美人悬梁自缢。其判云：
> 情天情海幻情身，情既相逢必主淫。
> 漫言不肖皆荣出，造衅开端实在宁。

请注意判词的"情天情海幻情身，情既相逢必主淫"这两句，其中一共享了四个"情"字，尤其是"情既相逢必主淫"这一句，所谓"情既相逢"不就是两情相悦的意思吗？这清清楚楚地说明，可卿和贾珍之间是两情相悦的，于是才发展出淫乱的行为。只不过还是必须说，即使是建立在发自内心的情感之上，也不能合理化后续的不正当发展，古人说得很对，应该要"发乎情，止乎礼"，避免因为感情泛滥而失控，做出伤天害理的事。也正是因为这种悖德行为的严重性，所以注定了秦可卿必须早死的命运。

但奇怪的是，秦可卿既聪慧干练又英明睿智，并不是天真无知的小女孩，怎么会陷入这样的泥淖里走向自我毁灭？固然可卿和贾珍的关系是以两情相悦为基础，但以可卿的智慧，应该不会有这样的失控才对。而既然事实是已经失控了，那么必定有某个特殊的原因作祟，以致连理性都控制不了，那的原因就是：可卿居然有一种不可告人的隐私，即纵欲的一面！你一定觉得很诧异，甚至很难相信，但关于这一点，曹雪芹做了三个十分巧妙的设计，第一个设计，是让可卿的房间充满了性暗示，这一点前面一开始便提到了，而我们又已经知道，房间是屋主的自我呈现，所以那些色情装置正是可卿的性格反映。

第二，可卿的病症一点也不寻常，并不是一般的疾患。可卿主要的病况是第十一回尤氏所描述的：

> 他这个病得的也奇，上月中秋还跟着老太太、太太们顽了半夜，回家来好好的。到了二十后，一日比一日觉懒，也懒待吃东西，这将近有半个多月了。经期又有两个月没来。

但这并不是因为怀孕，后来很高明的医生张友士也断定与怀孕无关，所以大家根本不需要再纠结于此，去做其他失去根据的推论。然而，面对这种突发的状况，以几个太医的专业都还是无法判断可卿究竟是什么病，直到第十回张太医的诊断才透露出端倪。

怎样的端倪呢？根据张太医的说法，可卿的病其实是有救的，方法是："要在初次行经的日期就用药治起来，不但断无今日之患，而且此时已全愈了。"但这实在很奇怪，只要仔细想一想，就会有一个疑问，初经是一个女孩子进入青春期的标志，表示她开始性成熟了，但这个时候会有什么妇科方面的疾病，要等到几年以后才发病？既然要等到几年后才发病，谁会当时就知道这个女孩子生了病呢？又怎么会想到要提早去治疗呢？

再看张太医说，这种病要服用"养心调经之药"，为什么会需要"养心"呢？表面上，从张太医诊断可卿的脉息以后所说（"大奶奶是个心性高强，聪明不过的人；聪明忒过，则不如意事常有；不如意事常有，则思虑太过。此病是忧虑伤脾，肝木忒旺，经血所以不能按时而至"）看起来，似乎这是和性格上心性高强聪明以致思虑太过有关了，这当然也符合健康医学的道理。但我们还是要问一个问题：为什么性格类似的王熙凤却没有这样的病呢？为什么这个病症"要在初次行经的日期就用药治起来"呢？只因为调养了性格以后，就不会有妇科疾病了吗？就算这样，那为什么要从初次行经的时候便开始用药呢？又为什么这种妇科疾病会让可卿去上吊自杀呢？

所以说，可卿的问题绝对不纯粹是身体方面的毛病而已，也不是一般的身心症，和凤姐后来的情况并不一样；再加上又牵涉到爬灰的道德问题，而导致了"淫丧天香楼"，这么一推敲，便可以提出一个合情合理的解释了，那就是秦可卿之所以会生病，原因即是纵欲所引起。关于这一点，"情既相逢必主淫"以及"秦可卿淫丧天香楼"这两句都有个"淫"字，已经很清楚地告诉我们，"淫"不但是在讲爬灰的事实，也指出了爬灰的原因，即一种会让她失控的情色欲望！因此，如果在可卿刚刚进入性成熟时便加以调理，通过药物以及"养心"的陶冶而化解或克制她的性需求，那就可以釜底抽薪，不会发生后来的爬灰情况了。

再看曹雪芹的第三个巧妙设计，那便更明确了，而这却是一般人很难以发现到的匠心，即曹雪芹在写可卿从生病到死亡的故事时，特别同步安排了另一个类似的故事，那就是贾瑞对凤姐起淫心！请看可卿是从第十回开始生病，到第十三回死亡，而贾瑞是在第十一回对凤姐起淫心，第十二回就死去了，时间上完全被可卿的故事所涵摄，可以说是套进大故事里的小故事，完全重叠。再看这两段情节的描写十分雷同，让我们比较一下：

第一，可卿是"情既相逢必主淫"，而贾瑞是"见熙凤贾瑞起淫心"，都有个"淫"字，并且又都是乱伦的关系，性质一样。

第二，这两个犯淫的人更出现了一模一样的病征，对照一下第十回和第十二回的描写来看：可卿的"心中发热"就是贾瑞的"心内发膨胀"，可卿的"头目不时眩晕，……如坐舟中"和"四肢酸软"也相当于贾瑞的"脚下如绵"，都是站不稳的意思。再说，可卿的"不思饮食"更等于贾瑞的"口中无滋味"，也就是没有食欲，而这也是可卿会逐渐消瘦到皮包骨的主因。还有，可卿的"精神倦怠"就是贾瑞的"黑夜作烧，白昼常倦"，在在可见果然是互相呼应。

这么说来，可卿和贾瑞的故事不但发生在同一段时间里，彼此重叠，而且情况十分雷同，那便一定不是巧合了。既然贾瑞是纵欲而死，犹如西门庆般脱精殒命，这一点百分之百的明确，毫无疑问，那么同理可推，显然曹雪芹是要告诉我们，秦可卿就和贾瑞一样，最后也是纵欲而导致疾病，并且因此丧生！

情欲海棠花的凋谢

那么，可卿究竟是怎么死的？这又是一个争辩不休的问题了。问题出在现在的版本里同时有两种说法，一个是慢性病致死，一个是上吊自尽。

一般都以为，目前的文本清楚写到可卿是慢性病恶化到病入膏肓，试看自从第十回开始提到可卿在中秋以后生病，接下来的四个月，情况是越来越严重，到了年底的腊月，凤姐"来到宁府，看见秦氏的光景，虽未甚添病，但是那脸上身上的肉全瘦干了"，那真

是骨瘦如柴。两妯娌聊过以后,凤姐出来到了尤氏上房坐下,尤氏先问凤姐道:

"你冷眼瞧媳妇是怎么样?"凤姐儿低了半日头,说道:"这实在没法儿了。你也该将一应的后事用的东西给他料理料理,冲一冲也好。"尤氏道:"我也叫人暗暗的预备了。就是那件东西不得好木头,暂且慢慢的办罢。"

可见两人都已经做好了心理准备,那么可卿的死便应该是在大家的意料之中。然而奇怪的是,当可卿的死讯传来时,大家的反应却又是疑窦重重,第十三回凤姐梦见可卿来告别以后,随之听到云板连叩四下的丧音,这时曹雪芹说:

彼时合家皆知,无不纳罕,都有些疑心。

这么看起来,可卿的死又出乎大家的意料之外,比较像是忽然去上吊,那不是发生矛盾了吗?

其实,上吊自尽的这一种方式本来就是曹雪芹要写的,所以还是可以看到一些隐隐约约的影子。例如太虚幻境的人物图谶上说:"画着高楼大厦,有一美人悬梁自缢。"而脂砚斋也说:

"秦可卿淫丧天香楼",作者用史笔也。老朽因有魂托凤姐贾家后事二件,岂是安富尊荣坐享人能想得到处,其事虽未漏其言其意,则令人悲切感服,姑赦之,因命芹溪删去"遗簪""更衣"诸文。是以此回只十页,删去天香楼一节,少去四五页也。

原来第十三回最初所拟的回目是"秦可卿淫丧天香楼",而不是现在的"秦可卿死封龙禁尉",这更明确不过了,可卿是要在天香楼悬梁自缢的,与第五回太虚幻境的图谶相符。这么一来,读者就被搞糊涂了,怎么一下子是慢性病恶化,一下子又是上吊自尽呢?因此有人觉得,这是曹雪芹把"淫丧天香楼"改成慢性病致死的时候没有修改完整,故意留下破绽,所以不去处理这个矛盾,以致引起了这么大的悬疑。

但经过仔细研究以后,我发现:曹雪芹在脂砚斋的干涉之下,其实只做了删除,但并没有把上吊改成病死,上吊和生病都是原稿本来即有的,因此根本没有矛盾!原来,曹雪芹删除了"淫丧天香楼"的一段,而那一段就是秦可卿上吊的过程。如果把这一段补进来,整个过程便完全合情合理了。换句话说,秦可卿生病是事实,上吊也是事实,但大家虽然对可卿的病已经有了后事的准备,却并没有想到她会去上吊!因此大家之所以会起疑心,原因不在于可卿的死,而在于可卿的死法。

推测起来,应该是可卿拖着病体,半夜到天香楼自尽,遗体就是在那里发现的,而不是在她的病床上,因此才会让大家感到纳罕。再看可卿死后丧礼的情况,更可以确定这一点了,第十三回说:

> 停灵七七四十九日,三日后开丧送讣闻。这四十九日,单请一百单八众禅僧在大厅上拜大悲忏,超度前亡后化诸魂,以免亡者之罪。另设一坛于天香楼上,是九十九位全真道士,打四十九日解冤洗业醮。

看起来是不是很奇怪?天香楼只是宁国府花园里的一座楼阁,

照常理来说，根本不会在这里举行"九十九位全真道士，打四十九日解冤洗业醮"的隆重仪式，现在为什么也要在天香楼举行这么盛大的超渡仪式？可见其中必有蹊跷。合理的解释是：天香楼即是事故现场，人就是在这里横死的，所以才需要打"解冤洗业醮"。只是曹雪芹删除了"淫丧天香楼"的这一段，留下了一个空隙，所以才会看起来有所矛盾。但经过这一番解说，补上被删掉的情节，便会发现其实一切都非常合理。

此外，根据脂砚斋的说法，曹雪芹所删除的情节，除了"淫丧天香楼"一段之外，另外还包括"遗簪""更衣"诸文，那应该都是和两人幽会有关的段落，而且幽会的地点一样是在天香楼，因为花园里的楼阁比较偏远又隐密，常常就是偷情的理想地点。这么说来，天香楼可以说一切罪恶的集中地，既是滥情纵欲的犯罪现场，也是以死谢罪的解脱终点。而脂砚斋要曹雪芹删掉的部分，都是和爬灰有关的情节，为的是要维护可卿完美的形象，感谢她对贾家的一片苦心，那也算是一种慈悲宽厚的好意了。

至于可卿人生的最后一里路，完整的情节大致是这样的：可卿因为纵欲的关系而生病了，病了半年左右的时间，虽然病入膏肓，出现了癌症或其他重病末期病人常见的恶体质，以致全身的肌肉都消耗殆尽，整个人消瘦到极点，但这时候还是有行动能力，可以轻微地活动。而在养病的过程中，可卿有足够的时间回想过去、反省自己，于痛定思痛之下，十分悔恨自责，因此在那一个夜深人静的暗夜里，独自用微弱的力气走向天香楼，以上吊自尽来赎罪。

这种亲手了结罪恶的谢幕方式，虽然并不能改变悲剧的下场，但却可以让可卿恢复一点尊严。毕竟她是正十二金钗之一，而浪女回头的觉醒与悔悟，总是有那么一点悲壮，令人心生悲悯，相比之下贾瑞始终执迷不悟，只让人觉得可耻又可笑，因此，可卿最后的悬梁自尽可以说是必要的、不可或缺的。可惜因为这段情节被删掉的缘故，以致削弱了力量，难怪很懂得艺术的曹雪芹不愿意完全放弃这个安排，而只删不改，尤其保留了太虚幻境很明显的预言，于是引起了争讼不休，实在是很特殊的情况。

来时本姓秦：对情的反讽

讲完了可卿的不伦悲剧以后，还可以再多补充一点说明。其实，可卿之所要姓秦，就是要谐音"情"，然而这种情并不是宝玉、黛玉之类的真情，而是非法脱轨的情欲，并且是家传的作风！

试看可卿的父亲叫做秦业，谐音"情孽"，而"业"字本身在佛教的用法里更有业障的意义，指身、口、意所驱动而造成的行为，故称"三业"，可见可卿本身就是秦业滥情造孽所生的私生女，不见容于道德法律，以致被迫变成了弃婴。再看可卿的弟弟秦钟，很多读者因为他是宝玉的好朋友，于是爱屋及乌，认为他也是宝玉一流的情种，所以得到了"秦钟"这个谐音的名字，但这其实是大错特错的误解。固然秦钟的名字确实是要谐音"情种"，然而那却是反讽的用法！第七回脂砚斋的批语说得很清楚：

> 设云秦钟（有正本"秦钟"作"情种"）。古诗云："未嫁先名玉，来时本姓秦。"二语便是此书大纲目、大比托、大讽刺处。

这是最了解曹雪芹的人所提醒的，不只如此，小说里也确实讽刺了秦钟这个人根本不配称为情种。从第十五回的故事，就可以很清楚地证明这一点。

当时，可卿的丧礼到了最后出殡的阶段，然而在整个过程中，秦钟的所作所为都很令人不齿。首先，他们在半路上借一处农庄休息时，遇到一个十七八岁的村庄丫头，秦钟居然很暧昧地暗拉宝玉，笑说："此卿大有意趣。"那种色迷迷的不怀好意，连宝玉都抗议了，宝玉一把推开他，笑道："该死的！再胡说，我就打了。"接着送葬队伍抵达铁槛寺，可卿的棺木便在此安灵，要做三天的法事。宝玉一心想留下来，于是和秦钟一起都跟着凤姐另外到水月庵下榻，就在这里的当天晚上，秦钟强迫小尼姑智能儿共赴巫山云雨。

现在我要请大家认真想一想：这一段过程可是秦钟唯一的姐姐人生的最后一程，但在送葬的过程中，秦钟却完全没有表现出任何的悲伤哀戚，反倒一心专注于女色，始终在不断猎艳，哪里有一点姐弟之情？连宝玉对可卿的病重与死亡都一再出现悲戚哀恸的至情流露，或者是在第十一回，当一听可卿讲到自己未必熬得过年去时，禁不住"如万箭攒心，那眼泪不知不觉就流下来了"，或者是在第十三回从梦中听见可卿死了，"只觉心中似戳了一刀的不忍，哇的一声，直喷出一口血来"，而秦钟和宝玉同年，又是可卿的至亲弟弟，却居然无动于衷，始终毫无反应，这一点也谈不上是情种，反而是凉薄无情之至吧！

尤其是水月庵的一段情节，那就更过分了。智能儿这个傻丫头固然是"郎有情，妹有意"，所以半推半就，但这只是证明了她的年幼无知，不明白这件事的严重性会让她成为最大的受害者，所以也没有全力保护自己！想想看，一个小女孩自幼出家，又不是妙玉的那一种特殊情况，通常都是因为家境贫寒，甚至是无父无母的孤儿，才会到庙里出家，好得到一个安身之处。既然如此，一旦破戒违规，她又哪里还待得下来呢？而离开了尼姑庵，一个没有谋生能力的小女生又能到哪里去？投靠秦钟根本是不可能的，因为秦钟连自己都照顾不了。因此最大的可能，就是流落到烟花巷，那该会多么悲惨！

但秦钟却完全没有替她想到这一点，当智能儿说："除非等我出了这牢坑，离了这些人，才依你。"可见她至少还有一点起码的常识，但秦钟竟然说道："这也容易，只是远水救不得近渴。"这岂不是自私自利、不负责任到极点了吗？一个人只顾自己当下的欲望满足，而完全没有考虑对方的未来，这怎么能算是爱情？前面讲过，真正的爱一定会包含未来性，会替对方的未来着想，也会以对方的福祉为优先，但秦钟却只图自己的感官欲望满足，并且还是在庙庵里面犯戒，这种大逆不道的作为其实是很"金瓶梅"的，和西门庆还有《西厢记》里的张生差不多，哪里配得上所谓的"情种"？所以脂砚斋说得很对，秦钟之所以谐音"情种"，那根本不是赞美，而是一种反讽！

这么说来，秦家的两代三个人，居然都是一贯地情欲挂帅，出轨悖德，以致一对儿女双双年轻早死，这证明了曹雪芹要借这一家的故事提醒两个重点：第一，家庭教育真的是影响太大了，那是一种潜移默化的门风，等于是一种精神遗传，由此也应该解释了可卿为什么在完美中居然会有唯一却也致命的缺陷，原因就是家教出了问题。足见家庭对一个人的品格来说有多么重要。

第二，不正当的男女关系会玷污了人生，让人走入歧途，甚至断送了性命。试看秦可卿付出了多么惨重的代价，但又怪得了谁呢？再说，这一朵情欲海棠花以十分不堪的方式凋谢了，同时反映出贾家的败落不只是经济的困境，精神内部的道德沦落才是最致命的损害，这正是第七十四回探春所说的："从家里自杀自灭起来，才能一败涂地。"而"连猫儿狗儿都不干净"的宁国府便成为家族溃灭的破口。难怪第五回太虚幻境里关于可卿的判词说道：

>　　漫言不肖皆荣出，造衅开端实在宁。

　　可见曹雪芹认为，真正导致贾家崩溃沦丧的关键其实是在宁国府，那里造了衅、开了端，从此一发不可收拾，腐败的速度即加速进行，根本来不及挽救，而贾珍和可卿的乱伦便是罪魁祸首，责无旁贷。

　　何况再想一想：如果可卿能够清清白白地坚守道德界限，不被情欲的力量牵着走，那么她就可以堂堂正正地活下去，也就可以亲自完成她托付给凤姐的万全良策，那么贾家不也就得到重生的转机了吗？当然历史并不能假设，时间也无法重来，可卿的悲剧注定要发生，同时带给贾家毁灭性的打击。因此，第五回太虚幻境正十二金钗的排列顺序上，秦可卿被放在殿后的位置，这并非随机的巧合，而是曹雪芹刻意的安排，他要借此告诉我们，情若缺乏"理"的校正，即使真情都会沦为罪恶！难怪治疗可卿的药有"养心"的作用，因为品德才是一个人最重要的价值。

　　最后，总结一下这一章所讲到的重点：

　　第一，可卿最私密的寝室里充满了情色的暗示，那并不是宝玉的性联想，因为当时的他根本没有相关的知识，所以是要用来暗示可卿本身的情色偏好，目的为铺垫可卿和贾珍的爬灰关系。

　　第二，两人之所以会发生爬灰事件，并不是贾珍片面用强逼奸所致，而是"情既相逢"这一句所指出的两情相悦。

　　第三，高瞻远瞩的秦可卿之所以会因为情而失控，那是因为情欲的过分需求，以致干犯禁忌，这一方面导致了她的疾病，因此和贾瑞的症候如出一辙，最后也导致了她的死亡。

　　第四，可卿在卧病大约半年以后，选择到天香楼上吊自尽，算是一种忏悔和赎罪，因此才会让大家感到意外，而天香楼也才会举办那么盛大的法事。

第五，从可卿一家父亲子女三个人都有纵欲悖德的行为来看，可卿的致命伤很可能是来自原生家庭的影响，足见家庭环境对一个人的品格来说有多么重要。

下一章，要来看对立于秦可卿的另一个极端了，那就是贾惜春。如果说可卿是一个陷溺在情欲中灭顶的爱欲女神，那么惜春就是一个对情欲深恶痛绝的人，为了保持冰清玉洁的洁净，惜春不惜走上了一条十分决绝的道路，而一心想出家。那又是怎样的情况？请看下一章的说明。

贾惜春 愤世而出世的洁癖

第33章：拒绝开花的幼苗：为什么一心想出家

贾惜春是元、迎、探、惜四春里年纪最小的一位，为宁国府贾珍的胞妹。而"元迎探惜"这四个字是要用来谐音"原应叹息"，暗示众女儿的命运悲剧，只是悲剧也有各式各样，每一个人都不相同，惜春的悲剧就是很独特的一种，我把她比喻为"拒绝开花的幼苗"。

一棵幼苗

为什么说惜春是"幼苗"？因为她是除了巧姐之外，年纪最小的金钗了，在整部小说里，她一直被说是小孩子，连"少女"都谈不上。

先看她第一次正式出场时，是在第三回，通过黛玉这位贵客的眼睛，呈现出贾家三春不同的样貌：

> 只见三个奶嬷嬷并五六个丫鬟，簇拥着三个姊妹来了。第一个肌肤微丰，合中身材，腮凝新荔，鼻腻鹅脂，温柔沉默，观之可亲。第二个削肩细腰，长挑身材，鸭蛋脸面，俊眼修眉，顾盼神飞，文彩精华，见之忘俗。第三个身量未足，形容尚小。

在这一段描写里，迎春、探春都明显有自己的个性，连迎春这么没个性的人，都看得出个人的特色，那就是平凡无奇，但对于惜春，曹雪芹只用"身量未足，形容尚小"八个字来形容，那等于是看不出任何特色，所以没办法给予形容啊！而惜春怎么会没有个人特色呢？因为这个时候她实在太小，还没长出属于自己的样子。

当然，随着时间过去，惜春也在慢慢长大，从后面的故事里，我们也可以看到惜春的个性了，但很奇怪的是，在整部《红楼梦》里，惜春都是一直被说得很幼小。例如：第四十六回贾赦看上了贾母的贴身大丫鬟鸳鸯，想要把她纳来做妾，那并不只是好色而已，其实私心还包括谋取贾母财产的如意算盘，贾母听了鸳鸯的抗婚以后大为震怒，一时气愤之下甚至迁怒于王夫人，使得无辜的王夫人百口莫辩。于是探春出面讲了一番情理，替王夫人洗刷冤屈，当时的情况是：

> 探春有心的人，想王夫人虽有委曲，如何敢辩；薛姨妈也是亲姊妹，自然也不好辩的；宝钗也不便为姨母辩，李纨、凤姐、宝玉一概不敢辩；这正用着女孩儿之时，迎春老实，惜春小，因此，窗外听了一听，便走进来陪笑向贾母说道……

她一番合情合理的话立刻点醒了贾母，当下便还给王夫人一个公道，可见探春确实是一个优秀的人物，相较之下，迎春太老实，所以没有能力处理这个尴尬的情况，而惜春也没办法出力，但原因是年纪太小，还发展不出能力。

同样的，第五十五回探春站上了理家的位置，一鸣惊人，凤姐简直是喜出望外，因为贾家年轻的这一辈里，终于有一个人可以减轻她的负担了，她一一点名说明道：

> 我正愁没个膀臂。虽有个宝玉，他又不是这里头的货，纵收伏了他也不中用。大奶奶是个佛爷，也不中用。二姑娘更不中用，亦且不是这屋里的人。四姑娘小呢。兰小子更小。

至于贾环，这个人根本是个坏胚子，完全不用指望他。此外再看黛玉和宝钗，凤姐判定说"他两个倒好"，可见凤姐金口断言黛玉也是很有理家能力的，和宝钗、探春比肩，而我们一直把黛玉当成一个不食人间烟火的文艺少女，其实是以偏概全，并没有完整把握黛玉的全貌。只可惜，黛玉、宝钗这两个"偏又都是亲戚，又不好管咱家务事。况且一个是美人灯儿，风吹吹就坏了；一个是拿定了主意，'不干己事不张口，一问摇头三不知'，也难十分去问他"，算到最后只剩下三姑娘一个。如今探春当了家，又提出兴利除宿弊的改革主张，凤姐简直是求之不得、欢迎之至，于是对平儿说："正该和他协同，大家做个膀臂，我也不孤不独了。"

这一段"凤姐点兵"当然主要是对探春的大力着墨，以突显这位三姑娘的光芒万丈，而有趣的是，比较其他人包括宝玉在内的不中用，惜春这位姑娘却谈不上中不中用，因为还是那句话："四姑娘小呢。"再看第六十五回，兴儿向尤二姐介绍家里面的女眷，提到惜春时也是说："四姑娘小。"甚至当故事发展到第七十四回的抄检大观园一段，整个抄检的过程惊天动地，曹雪芹还是一再声称"惜春年少，尚未识事""惜春虽然年幼"，而惜春的嫂嫂尤氏也说："人人都说这四丫头年轻糊涂"，讲的是"小孩子的话"，但这时候都已经到了小说的末尾了，惜春的形象却还是很幼小，可见这确实是曹雪芹想要强调的一大特点。

早慧的心智

那么，这个特点有什么重要性？其实是太重要了，所有的读者都没注意这一点，所以才会对惜春一直判断错误，做出偏颇的解释。说她自私自利是最常见的一种，但那实在是谬以千里的世俗之见。

请大家注意第七回、第七十四回，这两回便是了解惜春的关键所在。其中曹雪芹清楚告诉我们，这样一个稚幼的孩子虽然没有声音，也没有表现出个性，却不等于一张白纸，完全不懂得观察和感受；事实上，惜春在她小小的心田里，早已经默默地对这个世界展开了认识，一直看着、听着，并且以她的年龄来说，也过早地下了定论，只是很少表示出来而已。

第七回就是了解惜春的第一把钥匙，现在先来看其中的奥秘。当时周瑞家的负责送宫花给诸位小姐，过程中来到了惜春这边的屋里：

> 只见惜春正同水月庵的小姑子智能儿两个一处顽耍呢，见周瑞家的进来，惜春便问他何事。周瑞家的便将花匣打开，说明原故。惜春笑道："我这里正和智能儿说，我明儿也剃了头，同他作姑子去呢，可巧又送了花儿来；若剃了头，可把这花儿戴在那里呢？"说着，大家取笑一回，惜春命丫鬟入画来收了。

很值得注意的是，这是整部书里惜春第一次开口说话！从文学艺术的角度来说，当然是曹雪芹刻意安排的，那等于是一个谶语，表达出这个人物的个性、信念和人生观。因此，惜春说她"明儿也剃了头，同他作姑子去"，这两句虽然是小孩子的玩笑话，但却是曹雪芹精心设计的,用意就是要双关惜春的未来。

确实,第五回宝玉神游太虚幻境时,看到了金钗们的图谶,其中有关惜春的那一幅,上面便画着:

一所古庙,里面有一美人在内看经独坐。

其判云:

勘破三春景不长,缁衣顿改昔年妆。
可怜绣户侯门女,独卧青灯古佛旁。

这清楚预告了惜春将来会长伴青灯古佛,独自在庙里度过一生。对于古人来说,一个女性断送了青春,放弃了婚姻家庭,那当然是一种莫大的悲剧,所以惜春和其他的金钗一样,都被分类在薄命司里。

不过很奇怪的是,为什么一个小女孩会想要出家?有人说,这是因为玩伴的影响,所以近朱者赤,惜春也想要学智能儿去剃度。但即使如此,我们还是要继续追问:为什么惜春的玩伴是小尼姑?要知道,如同小说人物的第一次开口说话都是特殊设计,也都带有特殊用意,同样的,惜春的玩伴也必定一样是经过了特殊设计而具有特殊用意。

仔细观察一下便会发现,书中只有写到一次关于惜春的游戏,而那唯一的一次便是这一次,因此惜春的玩伴总共只有智能儿一个!这就意味深长了,想想看,惜春当然也有贴身侍候的丫头,叫做入画,和元春的抱琴、迎春的司棋、探春的侍书组成"琴棋书画"的完整雅称。而第七十四回抄检大观园时,犯错的入画恳求惜春不要把她撵走，所要求的便是彼此有着"从小儿的情常"，可见主仆两个是从小一起长大的，应该累积了深厚的感情。

但很特别的是，曹雪芹从来没有写过这一对主仆的互动情况，更谈不上玩在一起，惜春和其他人的情况也是如此，则尼姑庵的智能儿和惜春的这唯一一次玩耍，其中显然寄托了巧妙的心思，那就是曹雪芹要告诉我们，惜春根本只愿意和小尼姑一起玩，这是因为她想要出家。换句话说，因果关系刚好是反过来的：不是惜春和智能一起玩所以受到影响，以至于想要出家，而是她心里本来就想要出家，所以才选择小尼姑做为玩伴，这便是这一回的奥秘之一。

关于惜春想要出家的这一点，大家比较容易看得出来，至于这一回有关惜春的第二个奥秘，那就没人注意到了，即接下来的一段。当时周瑞家的问智能儿说：

"你是什么时候来的？你师父那秃歪剌往那里去了？"智能儿道："我们一早就来了，我师父见了太太，就往于老爷府内去了，只我在这里等他呢。"周瑞家的又道："十五的月例香供银子可曾得了没有？"智能儿摇头说："我不知道。"惜春听了，便问周瑞家的："如今各庙月例银子是谁管着？"周瑞家的道："是余信管着。"惜春听了，笑道："这就是了。他师父一来，余信家的就赶上来，和他师父咕唧了半日，想是就为这事了。"

果然事情也正如惜春所料，智能儿的师父净虚确实是为了钱而来的。这不是太有趣了吗？显示出惜春年龄虽小，却非常敏感又聪明，她只是听到周瑞家的问智能儿一句话"十五的月例香供银子可曾得了没有"，就猜到净虚来这里是和月例银子有关，于是问周瑞家的："如今各庙月例银子是谁管着？"再听周瑞家的回答是余信，便笑着断定确实无误。这岂不是太聪明了吗？

进一步比较一下，智能儿这个小尼姑便愚钝得多。她天天跟随在师父身边，多的是观察听闻的机会，却完全搞不清楚状况，什么都不晓得，也不知道师父干什么去了，只会呆呆地等着，所以上文说这个智能儿是个傻丫头，一点也没错。可是惜春并不一样，她只是听了一句问话，再把观察到的人员接触连在一起，便做出正确的判断，可见不但拥有很清楚的观察力，头脑也很灵活，可惜这一点几乎被所有的读者都忽略了。

必须说，这个小惜春啊，其实一直在冷眼旁观，对于很多事情都心知肚明，不只第七回的这一件事，第二次则是第七十四回的抄检大观园。当时她的贴身丫鬟入画被搜查出偷渡的物品，包括一大包共约三四十个金银锞子、一副玉带板子等，这只算是无伤大雅的小过错，因为那确实是贾珍送给她哥哥的东西，转交给妹妹收藏，并不是赃物。只是没有事前报备便私下传递进园子里，那就不对了，以致合法变成非法，成为尤氏所说的"官盐竟成了私盐"。因此凤姐权衡轻重，说道：

"素日我看他还好。谁没一个错，只这一次。二次犯下，二罪俱罚。但不知传递是谁？"惜春道："若说传递，再无别个，必是后门上的张妈。他常肯和这些丫头们鬼鬼祟祟的，这些丫头们也都肯照顾他。"

果然，这再一次证明了惜春平常即观察入微，把一切都看在眼里，但除了清楚的观察力之外，她还有一颗敏锐的头脑，具备了精密的逻辑推理能力，因此总是可以做出正确的判断。

不只如此，当凤姐表示要饶恕入画时，惜春坚持说道：

> 嫂子别饶他这次方可。这里人多，若不拿一个人作法，那些大的听见了，又不知怎样呢。

这又一次显示惜春对人性事理的高度洞察力，好比第七十三回迎春的乳母私下聚赌，引起贾母动怒而严加惩戒，即使黛玉、宝钗、探春等一起帮忙讨情，贾母也不肯饶恕，理由就是：

> 你们不知。大约这些奶子们，一个个仗着奶过哥儿姐儿，原比别人有些体面，他们就生事，比别人更可恶，专管调唆主子，护短偏向。我都是经过的。况且要拿一个作法，恰好果然就遇见了一个。你们别管，我自有道理。

而这种杀鸡儆猴的示范作法，也正是探春的卓越表现之一，试看第五十五回探春开始当家理事时便是如此，平儿即指出："正要找几件利害事与有体面的人开例，作法子镇压，与众人作榜样呢。"凤姐也对平儿说："如今俗语'擒贼必先擒王'，他如今要作法开端，一定是先拿我开端。"可见惜春具有同样的处事眼光，懂得借此作榜样以杜绝群起效尤的无穷后患。就一个十分年幼的小女孩而言，她的聪慧机敏可以说是非常惊人的，实在并不亚于宝钗、黛玉、探春、凤姐等杰出的人物！

只可惜，惜春年纪太小，又一心想要出家，以致这份高超的心智能力被发展到另一个方向，她断然从俗世转向出世，一去便不回头，于是也谈不上处理事务的才干了，那和迎春的软弱无能本质上完全不同。

宣告脱离，断绝关系

这么一来，便可以解答前面所提到的问题了：为什么惜春小小年纪就想出家？答案有两个，一个是天性，一个是环境，在这两种条件互相配合的情况下，于是她走上了极端决绝的道路。

先从天性来看吧。第七十四回曹雪芹说："惜春虽然年幼，却天生地一种百折不回的廉介孤独僻性。"可见惜春与生俱来一种极端的精神洁癖，并且到了百折不回的程度，那并不亚于黛玉、妙玉这些大家比较熟悉的人物。而拥有这种特质的人，如果遇到良好的生活环境，还可以正常过日子，慢慢调整个性、逐渐成熟，变得圆融一点、宽和一点，即有机会回到正常的轨道，例如黛玉、妙玉就是如此。但如果周围是不干净的地方，甚至带有罪恶的成分，那必然会对这种天生洁癖的人带来很大的心灵折磨，导致其性格越来越偏激、愤世嫉俗，便很容易变得性格乖戾，而走上极端。所以说，惜春之所以会从小立志要出家，天赋性格只是原因之一，另一个因素就是环境，也即是宁国府。

我们知道，贾府自家的四春里，年纪较长的那三个都是荣国府的孩子，包括大房庶出的迎春，二房王夫人正出的元春和庶出的探春，只有惜春是出身于宁国府。根据第二回冷子兴演说荣国府时所言："四小姐乃宁府珍爷之胞妹，名唤惜春。因史老夫人极爱孙女，都跟在祖母这边一处读书，听得个个不错。"换句话说，宁国府才是惜春的原生家庭，和她血脉最亲，同出一源。

然而，宁国府却是整个贾家造衅开端、腐败堕落的破口，如同第六十六回柳湘莲对宝玉所说的："你们东府里除了那两个石头狮子干净，只怕连猫儿狗儿都不干净。"这话一点也不过分，宁国府不是已经发生了爬灰的丑事了吗？惜春的哥哥贾珍、侄子贾蓉，不都是著名的好色之徒吗？难怪柳湘莲会那样说，惜春一定也听过很多的闲言闲语。何况她本来就具备了洞察人事情弊的能力，又哪里不会都看在眼里，故而心中实在非常痛苦，只是一直隐忍未发而已。

这时刚好遇到了抄检大观园，于是惜春顺势趁机宣告"独立"，公然和宁国府划清界线，断绝关系，这便是回目上所说的"矢孤介杜绝宁国府"。惜春对嫂嫂尤氏说：

> "不但不要入画，如今我也大了，连我也不便往你们那边去了。况且近日我每每风闻得有人背地里议论什么多少不堪的闲话，我若再去，连我也编派上了。"尤氏道："谁议论什么？又有什么可议论的！姑娘是谁，我们是谁。姑娘既听见人议论我们，就该问着他才是。"惜春冷笑道："你这话问着我倒好。我一个姑娘家，只有躲是非的，我反去寻是非，成个什么人了！还有一句话：我不怕你恼，好歹自有公论，又何必去问人。古人说得好，'善恶生死，父子不能有所勖助'，何况你我二人之间。我只知道保得住我就够了，不管你们。从此以后，你们有事别累我。"

这段话算是整部小说里，惜春最长篇大论的一段了，其中隐含了很深刻的意义，可惜很多人只看到"我只知道保得住我就够了，不管你们"这两句话，就认为惜春是一个自私的人，这真是标准的断章取义，真相并不是这样的。这种看法到底错在哪里呢？

首先，惜春只是一个幼小的女孩子，这么小的孩子，又谈得上什么自私呢？相反的，惜春会这样表态，就是因为她太小了，根本没有力量去对抗环境，只能拼命保护自己，以免受到污染。其实莫说惜春，连贾母都无能为力，所以很多事都是睁一只眼、闭一只眼，这是每一个人都注定的局限！所以说，惜春所谓的"我只知道保得住我就够了，不管你们"，这两句话实在是充满了悲哀和无奈，甚至带有一种让人不忍的悲壮啊。

更何况，每一个人都是独立的个体，也都必须为自己负责，人格也是，尤其在生死、善恶这两件事上，即使亲如父子兄弟也都爱莫能助，确实都只能自己承担。那么，又怎能要求惜春去管其他人的善恶？因此惜春引用古人的话说："善恶生死，父子不能有所勖助"，这真是一针见血，讲的完全是客观的事实。尤氏说："姑娘既听见人议论我们，就该问着他才是。"但凭什么要惜春去维护宁国府的名誉呢？只因为都是自己人，就得要护短吗？这不但是强人所难，而且是不负责任了。想想看，应该检讨的是那些做出丑事的人，怎么反而是去追究议论的人呢？所以惜春对尤氏说："我不怕你恼，好歹自有公论，又何必去问人。"这个道理千真万确，凡事都得从自己做起，做了丑事还不许别人批评，甚至要亲人一起护短、遮羞，那才真的是自私自利、是非不分呢。

所以说，惜春把本质的道理看得清清楚楚，因此要每个人负起道德自决的责任，不要推卸，也不要遮掩，这是大义凛然的正确态度。只是如此当面坦白表达出来，对亲人来说难免觉得冷酷，因此尤氏便批评惜春"是个心冷口冷，心狠意狠的人"，所讲的这些话"能寒人的心"。但其实惜春一点也没有错，很多人因为感情的关系而放弃了讲理，甚至把责任推给别人，那才是问题所在吧？

让我们再仔细看那整段话，其实惜春表达得很清楚：她所关心的是自己的清白，也就是人格，所以后面她又接着说道："古人曾也说的，'不作狠心人，难得自了汉。'我清清白白的一个人，为什么教你们带累坏了我！"很显然的，她不愿意受到宁国府的连累，因此一个人努力保护自己的人格，拒绝陷入那些肮脏的是非里，这怎么能叫做自私？相反的，应该是很伟大的吧！许多留名青史的古人不都是这样奋斗的吗？否则屈原又怎么会感慨"举世皆浊我独清"，宁可被流放到蛮荒去？所以说，所谓惜春是一个自私的人，那根本是错误的说法。

何况惜春年纪太小，只是一棵幼苗，一点风雨就能把它摧残殆尽，又有什么力量保护自己？于是她只好尽量避开，以免被卷进去，这便是所谓的"我一个姑娘家，只有躲是非的"。而最彻底的避开，就是划清界线、断绝关系，这是表面上看起来狠心，但却是惜春唯一能够保护自己的办法。

试看惜春说："如今我也大了，连我也不便往你们那边去了。……我若再去，连我也编派上了。"由此可见，以前因为她年纪实在太小，还没有谁会去怀疑她不干净，但现在稍大了一点，如果有人怀疑到她身上，那岂不是跳到黄河也洗不清吗？对于极端洁癖的惜春来说，简直是无法忍受。而要杜绝这种绘声绘影的连带污染，确实只有断绝往来一条路了。

所以说，这个小小的惜春一直在忍耐，一直在努力，拼命地不要被宁国府给拖下水，跟着沾上了淫秽的污染，让自己的人格一起陪葬。因此到了忍无可忍的时候，就只好宣布脱离了。

拒绝开花的原因

我们现在已经了解到，惜春十分厌恶宁国府的肮脏，也不愿意受到连累而蒙受污名，因此想要和本家断绝关系，这是看起来无情其实无比痛心的悲哀。但我们还要继续追问了：惜春又为什么会想要出家？想想看：因为老太太的关系，惜春其实是从小被抱过来在荣国府成长的，这里也是她认同的地方，那么和宁国府断绝往来就够了，为什么还一定要出家？

关于这个问题，有两个答案：第一，儿童心理学家指出，对一个小孩子来说，家庭便等于全世界，因此，既然惜春觉得宁国府太肮脏了，那就等于是整个世界都很肮脏，继续留在这个肮脏的世界里，还是很痛苦的事。第二，一个女孩子继续留在世界里，会面临怎样的生活呢？大家都知道，女孩子终究都是要出嫁的，可出嫁不就无法避免男女关系了吗？而宁国府不正是因为男女关系泛滥，才导致不干净的吗？再说，连佛门里的智能儿都因为情欲而导致身败名裂了，那佛门外的世俗世界岂不是更污秽吗？我相信，智能儿和秦钟的事件一定带给惜春很大的打击，虽然书中并没有描写，但从情理来推测，惜春唯一的玩伴也都被情欲给摧毁了，那还是个出家的小尼姑呢。因此惜春觉得情欲太可怕了，男女关系太肮脏了，所以她不要结婚！

可是在当时，一个女孩子是不可能不结婚的，对常人来说，女性真正的家是出嫁以后的夫家，所以把结婚叫做"于归"，意思是回到自己真正的家。一旦没有结婚，就一辈子没有家，最好的情况是寄住在娘家，与此同时亲人并不介意，愿意给予额外的照顾，那当然没问题；但人总是会死的，死了以后却不能进入宗祠，那就会变成没有人祭拜的孤魂野鬼，必须忍受永恒的流离失所，一想到这样的恐怖，结婚便成为必然了。但惜春就是不要结婚，而家里的人也根本不会同意，于是她只有一个选择了，那便是出家！

"出家"代表什么意义呢？原来，这是佛教传到中国以后才产生的名词和概念，至少在一千年多前，魏晋南北朝的佛教经典中已大量出现了，包括晋朝佛陀跋陀罗与法显共译的《摩诃僧祇律》，南北朝鸠摩罗什译的《妙法莲华经》《大智度论》等等，唐代姚思廉修撰的史书《梁书》也记载：张率"其父侍妓数十人，善讴者有色貌，邑子仪曹郎顾玩之求娉焉，讴者不愿，遂出家为尼"（《梁书·张率传》)。到了明清小说里,"出家"更是屡见不鲜。

但有趣的是,佛教起源于印度,而印度的僧侣却并不称为出家人,可见这是中华文化才有的特殊现象,连受到中华文化影响很深的越南也可以看得到。显然这是因为儒家思想的关系,中国传统社会是以家为核心,注重家庭人伦,连带的,各种政治、经济、法律、宗教、思想领域也都"泛家化"了,也就是普遍以"家"的概念来思考、运作,所谓的"国家",便是把国视为皇帝的家,而形成了一种"家天下"的思想。

这么一来,全天下都属于"家",想要脱离家庭,就等于是脱离世界,那不但是一种离经叛道的出轨,实质上也等同于另一种形式的死亡,所以几乎是不可能的。而佛教的出家正提供了惜春一个机会,让她可以另走一条不同的道路,切断与世界的一切关系,也就可以彻底保全自己的清洁!这便是惜春一心想要出家的真正原因。

既然如此,惜春当然不会有代表花了,因为花是生长在人间的,一个想出家的人,又怎么会和泥土里的花发生关联?所以在第七回送宫花的那一段情节中,惜春说:"若剃了头,可把这花儿戴在那里呢?"既然连花都不戴,就更不可能有代表花了,难怪小说里完全没有提到惜春有什么代表花。再说,惜春只是一棵年纪很小的幼苗,当然还开不出花来,更何况,惜春根本就不想开花!因为从本质来说,花虽然很美丽,但其实它们是植物为了繁衍才演化出来的,美丽的目的就是为了招蜂引蝶!这么一来,惜春又怎么会喜欢花呢?又怎么会喜欢百花盛开的春天?

所以说,惜春的"惜"这个字,真正的意义并不是一般所说的"珍惜""惋惜"之惜,而是"吝惜"之惜,意谓着她根本不要春天,觉得那是一个肮脏的季节,表面上是百花盛开、五彩缤纷,其实是大量释放荷尔蒙，到处招蜂引蝶，根本就是情色的盛大演绎！可她已经太过厌恶情色了，又怎么会喜欢春天呢？因此，第五回太虚幻境演奏的《红楼梦组曲》里，有关惜春的那一阕叫做《虚花悟》，意思是领悟花的虚幻，歌词中说：

将那三春看破，桃红柳绿待如何？把这韶华打灭，觅那清淡天和。

请特别注意，这段歌词不只是说春天的桃红柳绿是短暂的、虚幻的，那是林黛玉的角度，所引起的是对无常的感伤；但惜春的心态却完全不同，并且恰恰相反，她对春天的短暂一点也不觉得哀悼，甚至希望最好没有春天！因此她要"把这韶华打灭，觅那清淡天和"，简直像灭火一样极力想把春天的韶华扑灭，打消那处处蔓延的欲望恶火，这样才能觅得"清淡天和"，那才是惜春真正想要的洁净与宁静！

所以，我说惜春这棵幼苗"拒绝开花"，为此而选择了出家这种决绝的方式，其中的心情真是令人不忍。尤其是，惜春还是个小孩子，其实并不了解真正的大千世界，但却因为环境的过度刺激，让她在还没有走进世界之前就决定要彻底离开世界，这岂不是另外一种人生的悲剧吗？惜春之所以被列入薄命司，原因便在这里。

对绘画真的有兴趣吗？

看到这里，惜春真正的心理症结已经清楚显示，那也是她之所以信仰佛教的原因。可是这么一来，又有一个常常被大家误解的问题了，亦即惜春到底喜不喜欢画画？

对佛教来说，这个世界只是电光石火的梦幻泡影，不用当真，更毋须留恋,所以诗词、绘画这一类描写人间万象的艺术,都被认为是出于染心——或曰染污心,即受到染污的心,沉迷于这样的人间艺术里,就会妨碍修道,除非是用来传教,"诗偈"即属其中一类。回头看惜春的兴趣,第三十七回起海棠诗社时,曹雪芹说"迎春、惜春本性懒于诗词",可见惜春并不热中于诗词创作,现在我们知道这不只是因为她的本性,也来自于她的宗教信仰,如《佛光大辞典》指出:佛教认为诗是"绮语",即"杂秽语、无义语。指一切淫意不正之言词",难怪她会懒于诗词了。那么在绘画方面呢?情况就似乎有了矛盾,因此常常让大家产生了误解。

表面上,惜春喜欢画画,所以第四十一回因为刘姥姥的一句话,贾母还分派给她画大观园图的任务。但其实,惜春并不喜欢画画,或者准确地说,她根本不喜欢一般的绘画艺术,所以接到贾母给她的任务之后,便感到很为难,而且后续的进度很慢,慢到连贾母都大吃一惊。

首先,惜春接到任务以后是怎么为难的呢?第四十二回中,惜春道:

> 原说只画这园子的,昨儿老太太又说,单画了园子成个房样子了,叫连人都画上,就像行乐似的才好。我又不会这工细楼台,又不会画人物,又不好驳回,正为这个为难呢。

这就很明显了,惜春并不喜欢这些花鸟人物建筑之类的题材,所以平常根本没有练习过,但那可是绘画的大宗啊!惜春对此反而兴趣缺缺,可见她并不真的喜欢绘画这门艺术。更何况,惜春连基本的绘画工具都很简单,如宝钗所说:"你们那些碟子也不全,笔也不全,都得从新再置一分儿才好。"惜春听了,便说道:

> 我何曾有这些画器？不过随手写字的笔画画罢了。就是颜色，只有赭石、广花、藤黄、胭脂这四样。再有，不过是两支着色笔就完了。

由此可见，惜春简直是随手涂鸦，难怪一两支写字的毛笔就够了，所以也没有把她的藕香榭布置成一间画室，完全不同于潇湘馆被黛玉变成了一座书房。一旦要动工画一大幅《大观园行乐图》，等于是筚路蓝缕，得先费一番大工程呢。

也因为惜春其实对绘画并不真的感兴趣，所以不仅缺乏相应的技巧、必备的工具，连后续的工作也拖拖拉拉，整个进度实在很缓慢。第五十回说，大家在芦雪庵做完了联句诗，说笑了一会，贾母便说：

> "你四妹妹那里暖和，我们到那里瞧瞧他的画儿，赶年可有了。"众人笑道："那里能年下就有了？只怕明年端阳有了。"贾母道："这还了得！他竟比盖这园子还费工夫了。"

那么，大观园总共盖了多久？这是可以推算出来的，大约是一年，尤其第四十二回也清楚提到过，当时惜春为了要画大观园，所以想请一年的假。但社长李纨不同意，问大家的意见道：

> "我请你们大家商议，给他多少日子的假。我给了他一个月他嫌少，你们怎么说？"黛玉道："论理一年也不多。这园子盖才盖了一年，如今要画，自然得二年工夫呢。又要研墨，又要蘸笔，又要铺纸，又要着颜色，……又要照着这样儿慢慢的画，可不得二年的工夫！"众人听了，都拍手笑个不住。

这时，黛玉的老毛病又犯了，等于是在嘲笑惜春勉强应付的心态和做法，正是史湘云所说的"再不放人一点儿，专挑人的不好"，针对人家的缺点或弱点来打趣。想想看，营建大观园是多么浩大的土木工程，一砖一瓦、半丝半缕都不能疏忽，而纸上谈兵当然容易得多，因此照理来说，画园子会比盖园子省时省力，所以李纨给她一个月的假。

但惜春却要求一年，相当于盖园子的时间，其实已经是表示能力很不够了，黛玉却又加码说惜春需要两年，如此一来，画园子居然比盖园子还要多一倍的时间，这种说法更是刻薄人家了，其实并不可取。但很显然的，黛玉也看出了惜春根本不起劲，所谓"又要照着这样儿慢慢的画"，便暗示了她一点也不积极。而惜春之所以这么消极拖延，就是因为她实在是没兴趣啊。

如此说来，岂不是又出现矛盾了吗？其实一点也不矛盾。宝钗已经正确地指出："藕丫头虽会画，不过是几笔写意。"换句话说，惜春所喜欢的绘画是"写意"，那也正是"禅画"的表现方式，禅画基本上就是写意的水墨画，所以不需要专业的技巧，也不用五颜六色，只用随手写字的毛笔蘸了墨汁便可以画了。尤其是，禅画正是一种宗教修炼的方式，以简单的几笔写意来呈现禅的空灵意境，那更吻合惜春的佛教信仰了，完全合乎逻辑。

由此可见，一般读者是多么囫囵吞枣啊，一看到某个人常常在画画，就以为他喜欢画画、很会画画，但这些根本是好几码不同的事，常常在画画不等于喜欢画画，喜欢画画更不等于很会画画，不可以混为一谈。惜春的案例即提醒了我们，待人处事包括读小说，一定要看清楚、想明白，不要夹缠在一起，否则就会流入市俗去了，做出错误的判断。

最后，总结一下这一章关于惜春的几个重点：

第一，"幼小"是惜春主要的特点之一，所以称她为一棵幼苗。

第二，这棵幼苗带着"天生成一种百折不回的廉介孤独僻性"，以及早慧的心智，却诞生在宁国府这个连猫儿狗儿都不干净的地方，看尽了情色淫秽的肮脏，连她唯一的玩伴小尼姑智能儿都被摧毁，于是把她天生的精神洁癖发展到极端，从小就想要出家，以避免任何污染。

第三，因此惜春根本不是自私，而是小小年纪力量有限，只能拼命保护自己不要受到环境污染，以致不惜和宁国府断绝往来，那份决裂可以说是对肮脏世界的最大抗议。

第四，惜春甚至拒绝开花，不要青春，所以要"把这韶华打灭"。因此她名字里"惜春"的惜字，其实不是珍惜、惋惜而是吝惜的意思。

第五，惜春确实有在画画，但其实她对一般的绘画并不感兴趣，就像懒于诗词一样，所以也不大会画画。她愿意画的只是简单几笔的写意，那是带有宗教修行意义的禅画，和她的佛教信仰完一致。

总而言之，惜春这一棵幼苗还没等到成长茁壮，就"拒绝开花"，连凋谢飘零的机会都没有，比起黛玉、宝玉总是为落花哀伤，惜春的这种悲剧实在是独一无二，更值得悲悯。而曹雪芹对人性的丰富认识堪称无与伦比，令人惊叹！

下一章，要来看贾家四春中的二姑娘，贾迎春。如果说惜春是用尽全力要逃离世界，那么迎春就是用尽全力去顺服这个世界，以致被这个世界给吞没了。那到底是怎么回事？请看下一章的说明。

贾迎春

默默努力的温柔

第34章：木头上的青苔：为什么不喊痛

这一章要讲一个最没有存在感的金钗，她是元、迎、探、惜这四春里排行第二的贾迎春，人称二姑娘。

虽然注意到她的读者少之又少，似乎这个人可有可无，但其实她也是一个很典型的人物。我曾经教过的一个学生，几乎就是半个迎春，她多年下来都很认真工作，却依然毫无积蓄，因为她的善良没有底限，于是被家人予取予求，以致都给榨光了！看到她，我就想到迎春，所以这一章"木头上的青苔"是很有意义的，可以了解她们为什么愿意忍受侵占却不喊痛的原因。

我想大家都会同意，迎春是十二个金钗里最不出色、存在感也最低的一个，对于这个女孩子，大家的印象恐怕是非常淡薄吧！迎春简直就像个影子般若有似无，没有人在乎她的存在。确实如此，连宝玉都这样说呢，当时第四十九回宝琴等一干新秀来到了大观园，宝玉非常兴奋，于是迫不及待地建议道："明儿十六，咱们可该起社了。"但探春想得更周到，她认为这个时机并不恰当，因为："林丫头刚起来了，二姐姐又病了，终是七上八下的。"没想到这时宝玉居然说道："二姐姐又不大作诗，没有他又何妨。"可见迎春在诗社里简直是毫无分量，可有可无。但岂止是诗社，其实在日常生活的任何场合上，迎春几乎都是一抹淡淡的影子，很少引人注意。

首先，第三回迎春第一次出场时，通过黛玉的眼睛，她的整体造型是"肌肤微丰，合中身材，腮凝新荔，鼻腻鹅脂，温柔沉默，观之可亲"，可以说，迎春的个人特色就是平凡，尤其在探春的光芒之下，迎春简直是毫不起眼。接着在整部小说里，曹雪芹对迎春的形容都是很平庸的那一种，包括：第四十六回贾母震怒时，当场很需要女孩子出来化解，但"迎春老实"，所以由探春出面，难怪第五十五回凤姐一一点名，评论各人的理家能力时，会说"二姑娘更不中用"。

于是，在第七十三回里，迎春的嫡母邢夫人便很不满地责备迎春说："你是大老爷跟前人养的，这里探丫头也是二老爷跟前人养的，出身一样。如今你娘死了，从前看来你两个的娘，只有你娘比如今赵姨娘强十倍的，你该比探丫头强才是。怎么反不及他一半？"显然这二春的差距实在太大了，迎春站在探春的身边相形见绌，完全是黯淡无光啊。

但迎春的问题并不在于没有个性、没有能力，而是她超乎寻常的懦弱，以致极端的逆来顺受，这才是她之所以没有个性、没有能力的原因，也才是造成她的人生悲剧的关键。的确，"懦弱"是迎春最大的性格特点，第七十三回的回目上索性就以"懦"字来概括迎春的个性，所谓"懦小姐不问累金凤"，这个"懦"字便算是曹雪芹给她的一字定评了。也正是因为懦弱，所以迎春放弃了个性，也不想培养能力，说到底，迎春的性格和命运一切都起因于懦弱。

第七十三回可以说是迎春的主场，向来她都只是陪衬的配角，做其他人背后的影子，点缀一下场面，而这一大段却是以她为主角了，相关的情节很长，她在这一回所说的话也最多。然而悲哀的是，故事的内容主要是突显迎春的懦弱，因此这一回的回目就拟作"懦小姐不问累金凤"，曹雪芹清楚勾勒出她的肖像画，淋漓尽致地呈现出迎春的个性。

话说几天前丫鬟绣桔向迎春回报，那一只预备中秋节要戴的攒珠累丝金凤竟不翼而飞，不知哪里去了，"回了姑娘，姑娘竟不问一声儿"，其实绣桔推测得很正确，一定是奶娘擅自拿去典当了银子，用来开赌局放头儿的，迎春却不相信，只说是大丫鬟司棋收着，但绣桔去询问司棋，司棋说并没有收起来，而是暂放在书架上匣内，预备八月十五日恐怕要戴呢。绣桔不免抱怨道：当时"姑娘就该问老奶奶一声，只是脸软怕人恼"。意思是迎春脸皮薄，怕人生气，所以该追究奶娘而没追究，以致一干人犯有恃无恐，更是放心大胆地欺侮她，绣桔推测得很正确："他是试准了姑娘的性格，所以才这样。"如此一来，该怎样亡羊补牢呢？

　　绣桔建议道："如今我有个主意：我竟走到二奶奶房里，将此事回了他，或他着人去要，或他省事拿几吊钱来替他赔补。如何？"这确实是个好方法，回报给凤姐来处理，不但更有力量，让奶娘不敢推托，迎春也不用出面，省了许多的白费心力。然而，迎春一听，却连忙阻止说："罢，罢，罢！省些事罢。宁可没有了，又何必生事！"你看，迎春居然宁可牺牲自己的首饰，只想息事宁人，这简直是姑息养奸、助纣为虐的纵容了，也不想想只图一时的省事，后面会引起更大的麻烦！

　　大家要知道，这累丝金凤是贾府的闺秀们在重要场合上必须配戴的标准配备之一，当初第三回黛玉刚到贾府时，三春就是因为贵客莅临，所以才会齐齐穿上正式的礼服，"其钗环裙袄，三人皆是一样的妆饰"，那三个人都一样的妆饰里，应该即包括了累丝金凤在内。既然如此，明天是非常重要的中秋节，也必须穿上这一整套的妆饰，可现在累丝金凤却不见了，难怪绣桔会气急败坏地说："明儿要都戴时，独咱们不戴，是何意思呢！"

　　但是，迎春一心只想混过眼前的为难，顾不得那些别人的困

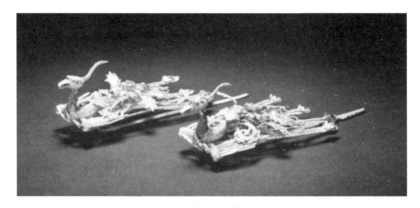

清　累丝金凤簪

扰、后面更大的麻烦，包括贾母等长辈会怪罪下来，她的丫鬟们也都会被惩处，因为她们居然把主子的重要首饰给照管到不见了，当然必须负连带责任，那岂不是很冤枉吗？可是迎春却一味地软弱退缩，不敢向奶娘索讨回来，宁可放任事态严重下去，这真是因小失大的做法。

于是绣桔忍不住抗议道："姑娘怎么这样软弱！都要省起事来，将来连姑娘还骗了去呢！我竟去的是。"绣桔说着便走，坚持去回凤姐，而这时"迎春便不言语，只好由他"。由此清楚可见，迎春是一个没有任何主见的人，被奶娘一家欺侮也不吭声，当丫鬟坚持的时候也随她去做，可一个是侵犯她，一个是保护她，但迎春的反应却都一样，那就是完全由别人做主，根本没有对于是非对错的坚持！

这种软绵绵、没有底线的懦弱，让迎春完全不懂得保护自己，对他人的一切作为总是给予无条件的宽容，可以说是一个扶不起的阿斗了，一旦遇到奸险恶人的时候，便会落得"将来连姑娘还骗了去"的下场。果然，绣桔的义愤之词可以说是一语成谶，根据第五回太虚幻境的判词所做的预告，将来迎春嫁给孙绍祖以后，才仅仅一年就被折磨至死。这真是性格导致命运的惨烈版本！

正因为迎春不争不抢、一味退让，连被欺负也都不吭一声，所以得到了一个"木头"的浑号。第六十五回兴儿向贾琏偷娶的尤二姐介绍家里的女眷时，也提到了迎春，说道："二姑娘的浑名是'二木头'，戳一针也不知嗳哟一声。"这个比喻很清楚吧？意思是，这位排行第二的姑娘连戳一针都不喊痛，这岂不是块木头了吗？难怪大家都敢欺负她，连暂时住在她那里的邢岫烟也跟着"陪葬"了，一并遭到那些下人的勒索。第五十七回提到，岫烟甚至得要典当衣服来应付她们，过着忍冬受冻的苦日子，宝钗看在眼里，心中想:"迎春是个有气的死人,连他自已尚未照管齐全,如何能照管到他身上。"于是私底下特别接济岫烟。

想想看,所谓"有气的死人"不就等于"木头"吗?木头正是死掉了的植物呀。但仔细想一想,木头人又怎能算个人呢?可见迎春虽然是一个活生生的人,但几乎等于不存在,必须说,这样的情况实在太反常了。何况迎春身为贵族世家的千金小姐,本来应该是高高在上的主子,即使不用像妙玉那样骄傲,也不至于反倒这么卑微,连下人都不如吧?这么反常的情况绝不会只是天生懦弱而已。她之所以会这样闷不吭声,其实是有原因的,只是一般人都没有看到这一点。

青苔的努力

那么,原因是什么呢?一共有两个,一个是恐惧,一个是善良,其中都隐藏了迎春的努力。所以说,与其把迎春比喻为"木头",不如说她是木头上的青苔!

首先,以原因之一的"恐惧"来说,迎春这样极端的退缩、百分之百地配合别人,恰好符合心理学上所说的"病态的依顺",那是指一种过分顺从别人的心理。而这种心理状态来自于童年时期不受重视,甚至受到粗暴的对待,因此让孩子觉得自己很渺小、很无助,长大了以后仍然不能建立健全的人格,于是出现了这么退缩的状况。

果然,迎春从小就很不受重视,父亲贾赦并不关心她,生母又早死,嫡母邢夫人对待她的方式更算是粗暴了,所以让迎春一直过得很不快乐,第八十回迎春归宁时便清楚呈现这一点。当时,迎春才刚刚新婚就受到夫婿的折磨,回到娘家后向王夫人悲伤哭诉万般的委屈,那是整部小说里,迎春唯一的一次哭泣,却预告了以后更多的泪水！她哭道：

> 我不信我的命就这么不好！从小儿没了娘，幸而过婶子这边过了几年心净日子，如今偏又是这么个结果！

很显然的，是因为贾母喜欢孙女们，把她们都带到王夫人身边照顾，所以才让迎春过了几年心净的日子，那岂不表示她在原生家庭里生活得很不心净吗？同样的，这时候当迎春受尽苦楚，好不容易回到娘家喘息一下，但真正关心她、安慰她的人，也只有王夫人和众姊妹们。本家的嫡母邢夫人呢？书中说她"本不在意，也不问其夫妻和睦，家务烦难，只面情塞责而已"，这清楚证明了迎春在童年时期确实受到不良的影响。

再进一步来说，心理学家指出，这一类"病态的依顺"的人会承认软弱、贬低自己，趋向于接受强壮有力的人之意见或传统世俗、权威的观念，因此他会压抑所有自己的内在能力，使自己变得渺小，并避免批评他人，躲避争吵与竞争，表现得对任何人均"有益"。而他们的内在意识动机是：如果我放弃自己，顺从别人并帮助他，我就可以避免被伤害。

果不其然，这正是迎春的写照啊！原来迎春的懦弱，都是为了保护自己，她从小已经被伤害惯了，于是自我防卫的心理本能就启动了，以退缩的方法来达到自我保护的目的，说起来真是令人感到无比的辛酸。但是让人心痛的是，这种自我保护的方式不但不能真正保护自己，反而会更伤害自己，那就更落入到悲剧的深渊，形成了专属于迎春的悲剧类型，这一点后面会更清楚地看到。

除了出于恐惧而想要自我保护之外，导致迎春如此懦弱的第二个原因，便是她十分善良。但为什么善良会让迎春更加懦弱？答案就在她所读的唯一一本书里。

　　我先请大家回想一下：在整部小说里，迎春读了哪些书？仔细爬梳，经过地毯式的搜索，总共只能找到唯一的一本，即第七十三回里所提到的《太上感应篇》！当然从常理或现实逻辑上来说，这种出身贵族世家的大家闺秀一定都是饱读诗书，像宝钗、黛玉、探春、湘云等等，连李纨都是，所以迎春的学问也一定在寻常水平之上。但迎春被写到读书的地方仅仅只有这一处，小说家确实也只写到《太上感应篇》，那么这就是别有用意的安排了。到底这本书对迎春的意义是什么？几乎没有人想过这个问题，所以我做了一个研究，结果也发现曹雪芹要借此告诉我们一些道理，道理就在于：这是一本怎样的书？

　　原来，在明清时期，社会上非常流行一种劝人为善的道德书，叫做"功过格"，内容上融合了道教积善、儒教伦理思想，以及佛教的因果报应，可以说是混合了儒、释、道的世俗化思想。一打开书，首先跃入眼帘的太上曰："祸福无门，惟人自召；善恶之报，如影随形。"大家一定都听过。那为什么会叫做"功过格"？因为它的内容不只是劝人为善而已，还包括各种清单和准则，教导读者如何行善以累积功德，并计算因作恶而累计的过失。那些功、过都被具体罗列出来，而且都有相应的分数，例如：让座给老弱妇孺得几分，对长辈顶嘴扣几分，等等之类。把每天的功、过加以记录，加加减减以后就可以得出总分，根据总分便可以推演出以后是福还是祸，将来是幸还是不幸。

　　而在这些书籍里，最著名也最风行的即是《太上感应篇》，连士大夫、读书人都很热中，这么一来，深宅大院里的迎春会接触到这本书，其实是很顺当的。而曹雪芹之所以特别安排此书给迎春，也是十分合情合理的，情理就在于：别人应该也都知道这本书，甚至都翻阅过，但却只有迎春这么喜欢它，到了放在手边随时阅读的程度，因为它最适合迎春的个性！

从迎春顺手拿起来"倚在床上看书"的现象，可以推知《太上感应篇》就放在床头边，是她居家日常翻阅的读物。其中所提出的"积善之方"，即包括"与人为善""成人之美""敬重尊长"等符合传统美德的项目，而其具体做法则包括"见争者，皆匿其过而不谈""见人过失，且涵容而掩覆之"，这都清楚体现于迎春的行为模式上。

试看当时的情况是：为了累丝金凤被奶娘私自拿去典当的事，丫鬟绣桔已经决心要去回凤姐；而奶娘开庄聚赌的事才刚刚东窗事发，贾母知道以后大发雷霆，狠狠给了一顿惩罚，此时这位乳母的儿媳妇王住儿家的也正要来求迎春去讨情，在房间外面听到她们正在说金凤的事，"也因素日迎春懦弱，他们都不放在心上。如今见绣桔立意去回凤姐，估着这事脱不去的，且又有求迎春之事，只得进来"，她先陪笑阻止绣桔，还加码要求迎春去向老太太讨情，救出奶娘。

这真是强人所难的过分要求，因此迎春先说道："好嫂子，你趁早儿打了这妄想，要等我去说情，等到明年也不中用的。方才连宝姐姐林妹妹大伙儿说情，老太太还不依，何况是我一个人。我自己愧还愧不来，反去讨臊去？"绣桔更犀利地点出说："赎金凤是一件事，说情是一件事，别绞在一处说。难道姑娘不去说情，你就不赎了不成？嫂子且取了金凤来再说。"

这王住儿家的听见迎春如此拒绝她，绣桔的话又锋利无可回答，一时脸上过不去，也明欺迎春素日好性儿，居然向绣桔放话道："自从邢姑娘来了，太太吩咐一个月俭省出一两银子来与舅太太去，这里饶添了邢姑娘的使费，反少了一两银子。常时短了这个，少了那个，那不是我们供给，谁又要去？不过大家将就些罢了。算到今日，少说些也有三十两了。我们这一向的钱，岂不白填了限呢！"她的意思是说，因为邢岫烟住到这里，所以增加了开销，以致由她们这些下人来填补，这就是迎春亏欠她们的，也因此要迎春回报给她们。这简直是捏造假帐，威胁迎春了！

原来，真正要钱的，是邢夫人。前面讲过，凤姐因为疼惜邢岫烟，所以比照小姐们的月例额度，给她每个月二两银子，但第五十七回中，岫烟已经对宝钗解释过："姑妈打发人和我说，一个月用不了二两银子，叫我省一两给爹妈送出去，要使什么，横竖有二姐姐的东西，能着些儿搭着就使了。姐姐想，二姐姐也是个老实人，也不大留心。我使他的东西，他虽不说什么，他那些妈妈、丫头，那一个是省事的，那一个是嘴里不尖的？我虽在那屋里，却不敢很使他们，过三天五天，我倒得拿出些钱来给他们打酒买点心吃才好。因一月二两银子还不够使，如今又去了一两。前儿我悄悄的把绵衣服叫人当了几吊钱盘缠。"可见一两银子给邢夫人拿去中饱私囊，剩下的一两又被那些嬷嬷们给榨干了，甚至还不够，以致必须倒贴，岫烟也就只好当衣服才能应付她们。

但是，这王住儿媳妇居然说邢夫人拿走了一两，导致岫烟的开销不够，都是她们来填补的，这岂不是颠倒是非了吗？她们榨干了岫烟的钱，却反过来说他们垫了很多银子，还赖在迎春身上，难怪绣桔又急又气，不等她说完，便啐了一口，道："作什么你白填了三十两，我且和你算算账，姑娘要了些什么东西？"于是双方便争辩起来。然而邢夫人是长辈，是迎春的嫡母，迎春不愿意伤到她的脸面，于是就息事宁人了：

> 迎春听见这媳妇发邢夫人之私意，忙止道："罢，罢，

罢！你不能拿了金凤来，不必牵三扯四乱嚷。我也不要那凤了。便是太太们问时，我只说丢了，也妨碍不着什么的，你出去歇息歇息倒好。"一面叫绣桔倒茶来。

这便更加清楚了，原来迎春确实是为了维护长辈，才这样忍让牺牲！她所努力的，不就是《太上感应篇》所提出的"积善之方"，包括"与人为善""成人之美""敬重尊长"之类的原则吗？而她具体的做法，不也是"见争者，皆匿其过而不谈""见人过失，且涵容而掩覆之"这一类的遮掩？所以说，导致迎春这样病态依顺的原因之一，就是善良！

可是古人早已说过："徒善不足以为政。"意思是，单单靠善良并不足以处理众人之事，果然迎春自己受害还不打紧，连贴身丫鬟也得要跟着承担过错，因此绣桔又气又急，说道：

"姑娘虽不怕，我们是作什么的？把姑娘的东西丢了。他倒赖说姑娘使了他们的钱，这如今竟要准折起来，倘或太太问姑娘为什么使了这些钱，敢是我们就中取势了？这还了得！"一行说，一行就哭了。司棋听不过，只得勉强过来，帮着绣桔问着那媳妇。迎春劝止不住，自拿了一本《太上感应篇》来看。三人正没开交，可巧宝钗、黛玉、宝琴、探春等因恐迎春今日不自在，都约来安慰他。走至院中，听得两三个人较口。探春从纱窗内一看，只见迎春倚在床上看书，若有不闻之状。探春也笑了。

很清楚的，这反映出迎春处理事情的典型做法了，她的处理方式就是没办法处理，于是自顾自的读善书，一副老天有眼、与我无关的态势，随便大家吵得不可开交吧，只要自己努力做善事就可以了！这算是哪门子的处理啊，只要稍微有理性的人都知道，世事如此复杂，人心如此险恶，哪里是单靠一本善书，把个人行为的好坏加加减减就可以解决的！难怪看在探春眼里，便忍不住笑了。

所以说，其实迎春一直在默默地努力着，只是她所做的努力大家不容易看得出来，并且也必须说，她的努力实在用错了方向。难怪后来她得到一个悲惨的婚姻，被粗暴的丈夫折磨凌辱时，会那么伤心欲绝，她伤心的不只是命运不好，更是她的努力竟然付诸东流，完全白费，根本没有得到好报，这岂不等于是否定了她一辈子这么委曲求全、这么自我牺牲吗？

大家都知道，迎春是大观园里第一个出嫁的姑娘，然而却也是最悲惨的一个。小说家很反常地没有描写婚礼，只说娶得很急，但过门以后却瞬间打开了地狱之门，一个新嫁娘居然被折磨得连奴隶都不如了。她的夫婿孙绍祖，其实是一个暴发户，根据第七十九回说：

> 这孙家乃是大同府人氏，祖上系军官出身，乃当日宁荣府中之门生，算来亦系世交。如今孙家只有一人在京，现袭指挥之职，此人名唤孙绍祖，生得相貌魁梧，体格健壮，弓马娴熟，应酬权变，年纪未满三十，且又家资饶富，现在兵部候缺题升。因未有室，贾赦见是世交之孙，且人品家当都相称合，遂青目择为东床娇婿。亦曾回明贾母。贾母心中却不十分称意，想来拦阻亦恐不听，儿女之事自有天意前因，况且他是亲父主张，何必出头多事；为此，只说"知道了"三字，余不多及。贾政又深恶孙家，虽是世交，当年不过是彼祖希慕荣宁之势，有不能了结之事才拜在门下的，并非诗礼名族之裔，因此

倒劝谏过两次，无奈贾赦不听，也只得罢了。

由此可见，贾家是看不起暴发户的，但原因并不是一种虚荣的骄傲，而是对一种贵族本身文化教养的珍惜，那常常正是暴发户所缺乏的。果然，这孙绍祖就是个跋扈蛮横又好色淫乱的家伙，第八十回说：

> 迎春奶娘来家请安，说起孙绍祖甚属不端："姑娘惟有背地里淌眼抹泪的，只要接了来家散诞两日。"

王夫人便说这两日正要接她去，只因七事八事的都不遂心，所以就忘了，明日是个好日子，便去接她回家。第二天，迎春已经回来了好半日，一等到孙家的婆娘、媳妇等人待过晚饭，打发回去了，那时迎春便哭哭啼啼的，在王夫人房中诉委曲：

> 孙绍祖"一味好色，好赌酗酒，家中所有的媳妇、丫头将及淫遍。略劝过两三次，便骂我是'醋汁子老婆拧出来的'。……'你别和我充夫人娘子！你老子使了我五千银子，把你准折卖给我的。好不好，打一顿撵在下房里睡去。……'"一行说，一行哭的呜呜咽咽，连王夫人并众姊妹无不落泪。

请看那样嚣张无礼、作践别人的样子，是不是很可恶呢？而迎春的娘家是诗礼簪缨之族，待人温和宽厚，哪里见过这种粗暴凶狠的暴发户？难怪当初贾政会不赞同这桩婚姻，贾母心里也不乐意，那都是有原因的。

只不过事已至此，根本没有挽回的余地了，迎春只能哭得呜呜咽咽,这是整部书里,她唯一的一次哭泣,却是如此肝肠寸断,那不是黛玉优雅诗意的伤春悲秋,而是真真实实的血泪磨难以及椎心蚀骨的绝望!王夫人只好陪着一起哭,试着用言语解劝,说:

> 已是遇见了这不晓事的人,可怎么样呢!想当日你叔叔也曾劝过大老爷,不叫作这门亲的。大老爷执意不听,一心情愿,到底作不好了。我的儿,这也是你的命。

确实,对古代的女性来说,婚姻是一辈子的归宿,却又是父母之命、媒妁之言,能不能美满真是充满了变量,往往只能用命来解释。可是,当王夫人用"命"来解释这样的遭遇时,迎春终于提出抗议了,她哭道:

> 我不信我的命就这么不好!从小儿没了娘,幸而过婶子这边过了几年心净日子,如今偏又是这么个结果!

请特别注意,从来都逆来顺受的迎春,此刻居然表达出反抗了,这个戳一针也不知嗳哟一声的"二木头",不仅喊痛了,而且喊冤了,对于上天给她的命运表示拒绝接受,因为她付出了一辈子重大的牺牲,本来应该是善有善报才对啊。可如今,上天不但没有奖赏她,反倒惩罚她,这样的善恶颠倒一点也不公道,简直完全摧毁了她毕生的信仰,迎春一定是深受打击,那一颗小小的、柔弱的心,该是多么悲怆破碎!

青苔的幸福

在这样悲苦万分的一幕里,我们真是忍不住为迎春一掬同情的眼泪，但我还要再提醒大家注意，在这一段迎春归宁的情节中，还隐藏了另一个重大的讯息，那就是：迎春真正的幸福是王夫人给她的，王夫人等于是她真正的母亲！

我们都知道，三春从小都在王夫人身边长大，迎春也是，从她所说的"从小儿没了娘，幸而过婶子这边来，过了几年心净日子"，可见王夫人就是她的避风港，让她享有平静安宁的生活。再看迎春一旦出了阁，受尽了风吹雨打，一回到娘家时，也是到王夫人身边诉说委屈，而安慰她、陪着她哭的人，还是王夫人！可见王夫人真心疼爱着这些少女们，因此，面对迎春的苦难便在在表现出发自内心的不舍。书中说：

> 王夫人一面解劝，一面问他随意要在那里安歇。迎春道："乍乍的离了姊妹们，只是眠思梦想；二则还记挂着我的屋子，还得在园里旧房子里住得三五天，死也甘心了。不知下次还可能得住不得住了呢！"……迎春是夕仍在旧馆安歇，众姊妹丫鬟等更加亲热异常。一连住了三日，才往邢夫人那边去。先辞过贾母及王夫人，然后与众姊妹分别，更皆悲伤不舍，还是王夫人、薛姨妈等安慰劝释，方止住了过那边去。

请注意看，迎春不仅回家时是先到王夫人这边，归宁的这几天也都是住在大观园里，最后要回婆家前才到嫡母邢夫人那里去尽一下礼仪，可见她的情感认同对象和探春一样，都是王夫人。

还值得注意的一点是，在这一段话中，清楚显示迎春在受尽苦难之后唯一的心愿，即是重返她大观园里的紫菱洲再住个几天，那便死也甘心了。由此可见，大观园真的是少女的净土，迎春一生中最大的幸福就是紫菱洲的生活岁月，那是她念念不忘的永恒故乡，也是她抚慰创伤的精神家园。

确实，在那一段大观园的少女时期，迎春退到了自己的小世界里，可以不被打扰，过着安稳平静的日子，除了紫菱洲以外，园子里多的是生活小乐趣，可以享受一个人小小的幸福。例如第三十八回中，举行了螃蟹宴以后接着开诗社做菊花诗，大家分散在藕香榭附近，各自寻思，形成了一幅众美图：黛玉拿着钓竿钓鱼，宝钗手里拿着一枝桂花玩了一回，又掐了桂花蕊掷向水面，引的游鱼浮上来喋喋。湘云不断地招呼众人只管放量吃，而探春和李纨、惜春立在垂柳阴中看鸥鹭，然后曹雪芹说了一句："迎春又独在花阴下拿着花针穿茉莉花。"接着又写宝玉这个无事忙，像只花蝴蝶似的到处和姊妹们说笑。于是，迎春又被读者们给忽略了。

表面上看起来，迎春在整个热闹缤纷的场合里只得到一句话的描写，又算是可有可无的配角了，但是，细心的读者会留意到，迎春一个人在树下穿茉莉花，把这个特写镜头放大以后，那是多么可爱的画面！你会发现迎春很能自得其乐，只要用花针穿花瓣这种小女孩的游戏，就可以让她心满意足，这是一个多么单纯的心灵啊！而她所追求的幸福又是多么简单，那真是一种今天所谓的"小确幸"，一点也不贪心。

这就是迎春苦难的人生里，还能拥有的一些幸福的闪光，难怪她会这么怀念大观园的生活，把紫菱洲当作一个温暖的庇护所。

大观园的破口

只不过，迎春的幸福实在是太微小，也太短暂了，紫菱洲是她生命中唯一的乐园，却也是大观园崩溃的破口！你一定没想到吧？大家都以为，王夫人抄检大观园才是摧毁大观园的原因，但其实根本不是这样的。

仔细想一想，王夫人为什么要抄检大观园？就是因为大观园里发现了绣春囊，绣春囊可是一种违禁的色情物品，第七十三回"痴丫头误拾绣春囊"一段描写傻大姐到园子里玩，在山石背后捡到了一个五彩绣香囊，上面花红柳绿的，"但绣的并非花鸟等物，一面却是两个人赤条条的盘踞相抱，一面是几个字"，这傻大姐根本不懂，心里还猜想："敢是两个妖精打架？不然，必是两口子相打。"

这种不堪入目的物品居然出现在大观园里，一旦传出去那还得了，外人会以为园子里的千金小姐们都不干净，那是会身败名裂的。难怪邢夫人碰巧发现傻大姐手里的这个东西以后：

> 接来一看，吓得连忙死紧攥住，忙问："你是那里得的？"傻大姐道："我掏促织儿在山石上拣的。"邢夫人道："快休告诉一人。这不是好东西，连你也要打死。皆因你素日是傻子，以后再别提起了。"这傻大姐听了，反吓的黄了脸，说："再不敢了。"

可见这是多么严重的事啊，连捡到的人都要打死，难怪邢夫人、傻大姐都受到很大的惊吓，难怪东西转交到当家的王夫人手里以后，王夫人也会这么愤怒、这么恐惧！第七十四回描写道：当王夫人怒气冲冲地来向王熙凤兴师问罪时，凤姐和平儿都大大着慌了，因为从来没见过王夫人这样生气，而比起生气，王夫人更是害怕，所以她含着泪，从袖内掷出这个绣春囊来，凤姐连忙拾起一看，也吓了一跳，忙问："太太从那里得来？"王夫人见问，越发泪如雨下，一路又哭又叹，说道：

> 倘或丫头们捡着，你姊妹看见，这还了得！不然，有那小

丫头们捡着，出去说是园内拣着的，外人知道，这性命脸面要也不要？

凤姐听说，又急又愧，登时紫涨了面皮，便依炕沿双膝跪下，也含泪为自己辩解，才让王夫人平息了怒气，接着商讨处理的方法。从这一段描写清楚可见，对他们这种世家大族来说，绣春囊真是无比严重的罪恶。

难怪，有学者把这个绣春囊比喻为潜入伊甸园的蛇，把乐园的平静祥和给摧毁了。同样的，大观园一出现这个绣春囊，也就到了敲起丧钟的时刻，王夫人抄检大观园是必然的措施，如同第七十七回脂砚斋所批云：

> 一段神奇鬼讶之文，不知从何想来。<u>王夫人从未理家务，岂不一木偶哉</u>。且前文隐隐约约已有无限口舌，漫（浸）阔（润）之潜（谮）原非一日矣，<u>若无此一番更变，不独终无散场之局，且亦大不近乎想理</u>。

确实，王夫人只是委托凤姐代理家务，并不是放弃理家的责任，大观园都出现这么严重的风纪问题，家长怎么可能、怎么可以不处理呢？世界上哪里有让一个人自由出轨而破坏其他人的名节的道理！何况司棋的违禁行为也证明了随着时间推演，这几年来，园子里的女孩子都进入青春期，那就难免会产生这一类的事件。如此一来，那些长大的少女们当然也得要一个个离开大观园了。所以说，绣春囊不只是犯罪的证物而已，它也是一个关键性的象征。

但又是谁把蛇放进大观园的？那个人就是司棋！她和表哥潘又安情投意合，于是约到园子里幽会，这才遗落了绣春囊。所以说，司棋才是毁灭大观园的罪魁祸首，不能因为她是宝玉所喜欢的少女，所以就认为一定清白无辜，更不可以因为自我放纵的个人主义，便以为一个人爱怎样都可以，这些论调都是很不理性、很不负责任的。其实，一个人的行为是有底线的，法律和道德就是底线，违反了法律和道德就是不对；司棋只顾自己谈恋爱，却完全不替其他的姑娘们着想，害她们都要跟着背黑锅，又怎么能说是无辜的呢？

再进一步来看，司棋不正是出自迎春房里的大丫鬟吗？迎春身为主子，却一点儿也没有管理的能力，以致底下的丫鬟做出这样伤风败俗的事，而她所住的紫菱洲也成为大观园崩溃的破口，岂不是证明她很无能吗？

比较一下探春，那就更清楚了，当抄检大观园时，园子里只有探春出面保护丫鬟们，不让她们受到这样的屈辱。但探春并不是一个护短的人，她为了公平、公道，连兄长宝玉的特权都要剥夺呢，因此，她之所以会保护房里的丫环们，大前提就是因为她的管理严明，不会放任底下的人为非作歹，当清白无辜的丫鬟遭受冤屈时，也勇于替她们争取尊严。

相较于探春的积极奋斗，迎春简直可以说是完全不奋斗的一个了。连惜春都以沉默来表示抗议，并且坚决划清界线，我们仿佛可以看到她咬紧牙关的样子，但迎春却完全与世无争，于是整个大观园即是从紫菱洲开始失去了秩序，甚至常常出现以下欺上的非礼状况，迎春不就被奶娘一家欺压利用吗？当时在"懦小姐不问累金凤"这一段情节里，探春很高明地快速召来了平儿，才让王住儿媳妇慌了手脚，连忙想先发制人，赶上来对着平儿叫："姑娘坐下，让我说原故你听听。"平儿便正色道：

"姑娘这里说话,也有你我混插口的礼!你但凡知礼,只该在外头伺候。不叫你进不来的地方,几曾有外头的媳妇子们无故到姑娘们房里来的例。"绣桔道:"你不知我们这屋里是没礼的,谁爱来就来。"平儿道:"都是你们的不是。姑娘好性儿,你们就该打出去,然后再回太太去才是。"

可见紫菱洲会乱了套,就是因为失去了礼教秩序,让下人们不守规矩、横行霸道,如入无人之境,而这都是迎春的无能所导致的"没礼",这也是此处会成为大观园最早的破口的真正原因。据此而言,原来,礼教秩序才是维持大观园的最大力量!

轻如鸿毛的人生

然而,以退缩来解决问题的迎春,即使再善良都只能走向地狱。第五回太虚幻境的图谶中关于迎春的一幅,便给出悲剧的命运预告:

忽见画着个恶狼,追扑一美女,欲啖之意。

旁边配合的文字判词,说道:

子系中山狼,得志便猖狂。金闺花柳质,一载赴黄粱。

意思是说,你孙绍祖是一头"中山狼"(出自于古代一个有关忘恩负义的寓言),而"得志便猖狂"指的就是暴发户呀!这哪里是柔弱的千金小姐所能承受的?于是才过了一年,迎春便被活活折磨至死了。

这么一来，也可以设想一个有趣的问题，即：如果被嫁给孙绍祖的人不是迎春，而是探春，结果会有什么不同？我们可以试着推测，即使结果仍然是悲剧，毕竟传统社会里的女性没有人生自主的权利，只能接受父母的安排，但探春在整个过程中，一定会轰轰烈烈，谱写出精彩的故事吧！绝不会像迎春一样，如同角落里的青苔般无声无息地默默枯萎。

总而言之，迎春的悲剧给了我们一个教训，那就是：善良也必须有智慧、有力量，否则只会白白牺牲，没有任何意义！

最后，总结一下这一章所讲到的重点：

第一，迎春的性格是极端的软弱退缩，对别人过分地依顺，因此失去了自我，几乎没有存在感，曹雪芹用第七十三回的"懦小姐不问累金凤"作为她的主场，在这个她唯一的重点情节中充分展现出这一种性格。

第二，因此迎春的外号叫做"二木头"，而木头是开不出花来的，所以迎春也没有代表花，小说里也完全没有提到她的代表花。

第三，但就像李纨不可能真的槁木死灰一样，迎春又哪里真的会是一块木头呢？她确确实实还是默默活着，也是有信仰、有努力的，那就是《太上感应篇》所提供的功过格。可惜这种方法只是合理化了她的懦弱，使她更缺乏力量。

第四，既然迎春的心还跳动着，那也一定有身而为人的喜怒哀乐，以及对幸福的梦想。所以，与其说迎春是块木头，不如说是木头上的青苔。

第五，迎春的心愿是住在紫菱洲，她的幸福是在树下穿茉莉花，而她一生中最安稳宁静的时光就是在王夫人身边的日子，所以王夫人是她真正的母亲。

第六，迎春是大观园里第一个出嫁的姑娘，却惨遭夫婿的折磨，不到一年便香消玉殒。角落的青苔终于哭了、抗议了，可是也很快地枯干了，成为另一种悲剧的类型。曹雪芹要告诉我们，善良也必须有智慧、有力量，否则只会白白留下一声叹息。

下一章要离开贾家，去看看另一位贵族小姐怎样在困境里奋斗，她带给我们很有力量的正面启示，可以说是十二金钗里零负评的一个了。那位可爱的姑娘是谁呢？请看下一章的说明。

史湘云 没有阴影的心灵

第35章：乌云都镶上了金边

这一章要谈众金钗里非常讨人喜欢的一位少女，史湘云。这个可爱的姑娘大概是《红楼梦》里最没有争议、最被大家一致肯定的人了，简直算得上是零负评，其中的道理何在？原因就在于：湘云的性格光风霁月，爽朗大度，没有走上极端，也没有一丝阴影，甚至把缺点都变成了优点，实在是太难得了，堪称是"乌云都镶上了金边"。

前面几章讲到过的金钗们，各有各的独特性格，而且半数以上不免过度极端，包括黛玉、妙玉、惜春、迎春、秦可卿等皆然，以致脱离了正常的范围，也带来了特殊的人生悲剧。然而在十二金钗里，还是有发挥了正能量的典范，让我们获得深刻的启发，其中之一即是史湘云。

湘云出身于贾、史、王、薛四大家族之一，贾母史太君便是她同族的长辈。但很奇怪的是，这样显赫的家世背景，却没有替湘云带来幸福，事实上她反倒过得比丫环还不如，可见曹雪芹简直一直在颠覆我们的常识，打破我们的成见，好让我们的思想能力更高明一点。原来大千世界实在太复杂了，不能一概而论，湘云的离奇处境就是因为遇到了两个问题，一个是她父母双亡，一个是史家随代降等的困境，以致豪门变成了寒窑。

豪门如寒窑

先以父母双亡来说吧。第五回太虚幻境的人物图谶上，关于湘云的那一幅是画着"几缕飞云，一湾逝水"，判词曰：

富贵又何为，襁褓之间父母违。

同样的，《红楼梦组曲》里关于湘云的《乐中悲》这一支也说：

襁褓中父母叹双亡。纵居那绮罗丛，谁知娇养？

这些都清楚说明湘云是个一出生就父母双亡的孤儿，而俗话说"没娘的孩子像棵草"，那没父母的孩子岂不是连草都不如了吗？又有谁能让她娇生惯养？

果然，宝钗便一针见血地指出湘云受尽了"从小儿没爹娘的苦"，其中还包括被当作免费的女工来压榨呢。第三十二回湘云来到了贾府，宝钗问袭人，湘云在做什么呢？袭人笑道：

"才说了一会子闲话。你瞧，我前儿粘的那双鞋，明儿叫他做去。"宝钗听见这话，便向两边回头，看无人来往，便笑道："你这么个明白人，怎么一时半刻的就不会体谅人情。我近来看着云丫头神情，再风里言风里语的听起来，那云丫头在家里竟一点儿作不得主。他们家嫌费用大，竟不用那些针线上的人，差不多的东西多是他们娘儿们动手。为什么这几次他来了，他和我说话儿，见没人在跟前，他就说家里累的很。我再问他两句家常过日子的话，他就连眼圈儿都红了，口里含含糊糊待说不说的。想其形景来，自然从小儿没爹娘的苦。我看着他，也不觉的伤起心来。"袭人见说这话，将手一拍，道："是了，是了！怪道上月我烦他打十根蝴蝶结子，过了那些日子才打发人送来,还说'打的粗,且在别处能着使罢;要匀净的,等明儿来住着再好生打罢'。如今听宝姑娘这话,想来我们烦他他不好推辞,不知他在家里怎么三更半夜的做呢。可是我也胡涂了,早知是这样,我也不烦他了。"宝钗道:"上次他就告诉我,在家里做活做到三更天,若是替别人做一点半点,他家的那些奶奶、太太们还不受用呢。"

想想看,学生做功课到三更半夜都喊累,何况是做活?做功课是学习,而且有前途可以期待,但做这些女红却一点成就感也没有,还得要天天马拉松一般的永无止尽,那真是没有薪水可领的长工了。可湘云不是一个豪门千金吗?谁知道没有父母的疼爱和庇荫,就如此受尽了没爹娘的苦楚,难怪一遇到善体人意的宝钗,便忍不住流露心声,说她在家里累得很,再问两句家常过日子的话,她就连眼圈儿都红了,可见心里累积了多少说不出的委屈辛酸!

那为什么史家的婶母要这样压榨湘云呢?恐怕也未必是因为坏心刻薄。请注意看,这一段里说的是"他们家嫌费用大,竟不用那些针线上的人,差不多的东西多是他们娘儿们动手",可见史家存在着巨大的经济压力,因此能省则省,甚至连专做针线的丫头婆子都不用,而由奶奶、太太们亲自动手。既然婶母都以身作则了,身为晚辈的湘云又哪里可以豁免?

可是请大家回想一下,贾府里连贾环都有自己专属的工作班底,第二十七回说,探春做了一双精致的鞋子送给宝玉当礼物,答谢他出门时去帮自己买东西,但赵姨娘就不受用了,她觉得肥水落了外人田,便抱怨探春做了鞋子却不给同胞的兄弟贾环,于是探春生气地说:"这话胡涂到什么田地!怎么我是该作鞋的人么?环儿难道没有分例的?一般的衣裳是衣裳,鞋袜是鞋袜,丫头、老婆一屋子,怎么抱怨这些话!"由此可见,史家的经济压力显然更沉重得多,否则又怎么会连这笔费用都要节省?因此合理地推测,湘云之所以会那么辛苦的第二个原因,就是史家应该也面临了随代降等的困境,才会让太太、小姐都沦为丫鬟!

因此,湘云一来到贾府这个乐园以后,哪里会舍得离开,又哪里会想要再回去苦守寒窑?第三十六回有一段湘云离别的场面,简直是无比酸楚:

> 忽见史湘云穿的齐齐整整的走来辞说家里打发人来接他。宝玉、林黛玉听说,忙站起来让坐。史湘云也不坐,宝、林两个只得送他至前面。那史湘云只是眼泪汪汪的,见有他家人在跟前,又不敢十分委曲。少时薛宝钗赶来,愈觉缱绻难舍。还是宝钗心内明白,他家人若回去告诉了他婶娘,待他家去又恐受气,因此倒催他走了。众人送至二门前,宝玉还要往外送,倒是湘云拦住了。一时,回身又叫宝玉到跟前,悄悄的嘱道:"便是老太太想不起我来,你时常提着打发人接我去。"宝玉连连答应了。

可见湘云是多么舍不得回家,居然到了眼泪汪汪的地步,简直是生离死别的悲伤了,可是却连哭也不敢,怕被家人回去告状,那又有气可受了。这岂不正像迎春要回夫家时的依依不舍吗?第八十回写迎春归宁以后,先到王夫人处诉委屈,再往大观园的旧房子住了几天,然后"又在邢夫人处住了两日,就有孙绍祖的人来接去。迎春虽不愿去,无奈惧孙绍祖之恶,只得勉强忍情,作辞了"。显然贾府尤其大观园确实是个人间乐园,充满了温暖、宁静和欢笑,还有她最爱的诗歌!这个湘云啊,爱诗爱到了极点,其实比黛玉还要热衷、还要疯狂，因此第五十二回宝钗便爱怜地调侃她是个"诗疯子"呢！一到了大观园来真是如鱼得水，难怪她会特别叮咛宝玉，要记得常常提醒老太太派人去接她啊。

上天的礼物

这么一来，就有一个问题需要思考了，即湘云的成长环境这么恶劣，她却可以说是十二金钗里最开朗、最快乐的一个，那是什么原因呢？曹雪芹告诉我们，湘云的豁达性格完全是天赋使然。这一点在《红楼梦组曲》的《乐中悲》一支里说得很清楚，在一开篇感叹湘云"襁褓中父母叹双亡。纵居那绮罗丛，谁知娇养？"之后，歌词立刻接着说：

幸生来，英豪阔大宽宏量，从未将儿女私情略萦心上。好一似，霁月光风耀玉堂。

请注意看，这一段歌词讲得很明确，原来曹雪芹非常庆幸湘云生来"英豪阔大宽宏量"，这个女孩子天生就像光风霁月一样，坦坦荡荡，没有一丝阴影，因此那些环境里的磨难、不愉快都不会放在心上，也就不致扭曲了性格，变得偏激或愤世嫉俗。这实在是十分不容易的心灵素质啊，算是上天特别赠送给湘云的一份大礼，让她即使在阴霾笼罩的处境里都可以把乌云镶上金边，而超越了困境，依然维持心理的健全和均衡。和林黛玉一比较，便更加突显出这种心灵素质的珍贵了。

前面提到过，第七十六回贾家阖府在中秋赏月，当时是在热闹中透着丝丝萧瑟，甚至带有强颜欢笑的意味：

只因黛玉见贾府中许多人赏月，贾母犹叹人少，不似当年热闹，又提宝钗姊妹家去，母女弟兄自去赏月等语，不觉对景感怀，自去俯栏垂泪。宝玉近因晴雯病势甚重，诸务无心，王夫人再四遣他去睡，他也便去了。探春又因近日家事着恼，无暇游玩；虽有迎春、惜春二人，偏又素日不大甚合。所以只剩了湘云一人宽慰他，因说："你是个明白人，何必作此形景自苦。我也和你一样，我就不似你这样心窄。何况你又多病，还不自己保养。"

然后，湘云便发了豪兴，鼓舞黛玉一起联句作诗，于是接着展开了"凹晶馆联诗悲寂寞"的故事。请看湘云的这一段话说得多么有趣，她对黛玉说"我也和你一样"，这真是太客气啦，其实她比黛玉要悲苦得多，毕竟黛玉小时候还当过六年父母的掌上明珠，而来到贾府以后又是个备受疼爱的宠儿，并且就住在大观园里，那可是湘云梦寐以求的乐园啊。但她只能久久来那么一遭，过过几天的瘾，其他平常的大半日子都得做女红直到三更半夜，而黛玉却什么都不用做呢，如同第三十二回袭人所说："他可不作呢。饶这么着，老太太还怕他劳碌着了。大夫又说好生静养才好，谁还烦他做？旧年好一年的工夫，做了个香袋儿；今年半年，还没见拿针线呢。"所以说，湘云说她和黛玉"一样"孤单，那是出于一种感同身受的同理心，用来安慰黛玉的温情话。

这岂不是很特别吗？湘云这个身世最孤苦的人，却反过来去安慰相对幸福多了的黛玉，但同时还是直率地指出了黛玉的问题，就是来自心地不开阔所导致的自寻烦恼、自我折磨，所谓"我就不似你这样心窄"，真可以说是一针见血，提醒黛玉其实可以放开心胸，根本不需要"作此形景自苦"。而湘云是最有资格去开导黛玉的人了，因为她比黛玉更孤单、更辛苦，但却更开朗、更快乐，已经做出最佳的示范！

锦心绣口：好的直率

看到这里，有一个很重要的问题出现了，非常值得认真思考。试看湘云也是个直率的女孩子，所以当面指出黛玉作茧自缚的性格，但却一点也没有让人不悦，完全不同于黛玉及其重像妙玉、晴雯也都有的直率作风。那又是为什么？

关键便在于所谓的"失之毫厘，差之千里"。我们在看问题的时候，往往没有把重点想清楚，所以会想当然耳，以为只要直率即等于真诚、不虚伪，也就算是一种优点，却忽略了情况并非那么简单。现在正可以仔细厘清那个关键性的"毫厘"究竟是什么。

首先来看湘云的直率。最具有代表性的例子，是第四十九回宝琴初来乍到时，湘云好意提醒她道：

> "你除了在老太太跟前，就在园里来，这两处只管顽笑吃喝。到了太太屋里，若太太在屋里，只管和太太说笑，多坐一回无妨；若太太不在屋里，你别进去，那屋里人多心坏，都是要害咱们的。"说的宝钗、宝琴、香菱、莺儿等都笑了。宝钗笑道："说你没心，却又有心；虽然有心，到底嘴太直了。"

可见湘云确实有着"嘴太直"的特点，而且不仅是宝钗这么说，连第二十二回脂砚斋都道：

> 心直口快，无有不可说之事。

但这么一来就得认真推敲了，为什么同样都是心直口快，湘云却和那些"林黛玉们"并不一样？原来答案有三个，第一个是因为"心"的状态不同。古人早就说过："言为心声。"一般而言，一个人说出来的话等于是内在心声的流露，所以心灵的状态可以说是最关键的因素，而湘云的心是"英豪阔大宽宏量"，因此"无有不可说之事"，第二十二回畸笏叟又说：

湘云探春二卿，正事〔是〕无不可对人言芳性。

足见湘云和探春一样，都是心胸最光明磊落的人，也都继承了司马光的坦荡大度（"平生所为，未尝有不可对人言者"），连带的，说出来的话当然就不会带有情绪上的杂质，而流于多心歪话。

举个例子来说吧，湘云从不多心，更不嫉妒，所以总是能开阔地欣赏别人的优点，接受自己的不如人。例如第二十回中，她就公然承认自己比不上黛玉，当面说道："我算不如你""这一辈子我自然比不上你"，这种坦荡实在是很罕见的。再看第四十九回，宝琴一来便压倒群芳，还立刻得到贾母赏给她一领稀世罕见的斗篷凫靥裘，整个人金碧辉煌，简直是独领风骚、无可匹敌的绝色美人，湘云一见之下，先是说道："可见老太太疼你了，这样疼宝玉，也没给他穿。"接着又瞅了宝琴半日，笑道："这一件衣裳也只配他穿，别人穿了，实在不配。"可见湘云有眼光又有胸襟，不但对宝琴的受宠毫不眼红吃味，还由衷赞美她的风华绝代。然而同一时间，大家都觉得黛玉会因此心中气恼，感到不快，连宝玉也这样认为呢，所谓："宝玉素习深知黛玉有些小性儿，……正恐贾母疼宝琴他心中不自在。"据此便清楚对比出湘云确实是宽宏大量，因此焕发出光风霁月的清朗。这么一来，湘云的心直口快就和黛玉不一样了。

既然"心"的状态不同构成了第一个差别,连带地讲话的方式也有所不同,这便是第二个相异点。她们讲话的方式究竟哪里不一样呢?关键即在于:湘云既然不多心,当然也就不说歪话,所谓的"歪话"是一种对人冷嘲热讽的反面话,这种话最是尖酸刻薄,也最为伤人。然而湘云虽然心直口快,却从不针对个人加以嘲笑、批评或冤枉、曲解,而是只讲客观的事实,所以不会让人不舒服。

再回头看宝琴的这一段情节,便可以清楚呈现出来了。试观湘云对这位新来的娇客所说的那一段话,明显是好意的提醒,她告诉宝琴说,贾母处和园子里都是可以放心待着的地方,不用拘束,而王夫人也是疼爱女孩儿的,所以在她面前同样可以自在相处,毋须顾忌;但是如果王夫人不在的话,那就完全不一样了,其中有很多坏心的人会趁机陷害这些姑娘们,所以不要进去,以免踏入陷阱,受到伤害。宝钗听了湘云的话,便笑说:"说你没心,却又有心;虽然有心,到底嘴太直了。"可见宝钗也赞同湘云的认识和判断,只是她觉得湘云快人快语,讲得太过坦率露骨,其实可以保留一点、含蓄一点。

在此,还要特别注意一点,即湘云虽然"嘴太直",讲话太直率,但她完全是对事不对人,仅仅是一般性地指出客观的现象,只讲事情本身的是非对错,并没有指名道姓,点明是哪些人有坏心,更没有冷嘲热讽,因此不带有令人不悦的负面情绪。尤其是,湘云虽然不多心,却并不是不用心,所以宝钗说她"有心",这真是很重要的一大关键。想想看,一个人如果"没心"的话,便不会认真去观察、思考,也就容易会凭感觉来反应,而流于粗枝大叶,如果再加上大喇喇地口无遮拦,这种直率即会变成鲁莽,一点也不可爱,更不值得赞许。而因为这份"有心",则让人可以明察秋毫,观察到环境的情况，那就不会流于个人的主观情绪，以致横冲直撞，如此一来，所说的内容都属于公正无私的表述，甚至还带有一种正义感，所以才会让人觉得可爱而不可厌。这种讲话方式就是湘云不同于黛玉的第二个原因。

至于导致两人的直率有所不同的第三个原因，那便是说话的目的有别。请注意看，湘云之所以会提到王夫人的"屋里人多心坏"这件事，根本不是为了要批评那些人，而是担心宝琴会被欺负，所以提醒一下让她懂得提防，完全是出于一片好心和善意。同样的，前面提到湘云直率地指出黛玉的不快乐是来自于"心窄"，这一方面是大家都同意的客观事实，另一方面她说出来的目的也是为了表达安慰，并且劝告黛玉放宽心胸，以避免自我折磨的痛苦。由此可见，正因为湘云的直率都包括了发自内心的善意，想要帮助别人，所以她的"嘴太直"才会不成问题，也才没有变成缺点。

当然，湘云的"嘴太直"还是有针对个人的时候，但很有趣的是，那几次都是因为对方太过分了，所以才给予反击，那个人就是林黛玉！例如第二十回，黛玉挖苦湘云的咬舌头，连二哥哥的"二"字发音都不清楚，这时湘云便发出抗议了，说道：

> 他再不放人一点儿，专挑人的不好。你自己便比世人好，也不犯着见一个打趣一个。

请仔细分辨一下，即使这段话是批评黛玉的缺点，但说的还是客观的道理！其中完全没有挖苦、奚落、嘲笑、谩骂之类的尖酸。再看第四十九回"脂粉香娃割腥啖膻"这一段情节，当时宝玉和湘云两人就地吃起了烧烤鹿肉，接着连平儿、凤姐、探春、宝琴也都凑着一处吃起来，旁观的黛玉便笑道：

那里找这一群花子去！罢了，罢了，今日芦雪庵遭劫，生生被云丫头作践了。我为芦雪庵一大哭！

湘云听了立刻冷笑说：

你知道什么！"是真名士自风流"，你们都是假清高，最可厌的。我们这会子腥膻大吃大嚼，回来却是锦心绣口。

想想看，为什么湘云会这么罕见地猛烈反击呢？原因有两个，一个是因为黛玉居然打趣他们是一群乞丐，而且奚落湘云领头作践了芦雪庵，让它遭劫蒙难，这当然是一种歧视性的贬低了。如果不反击的话，岂不等于默认而白白遭讥笑吗？

另一个更重要的原因是，其实黛玉根本自己也很爱吃！请看宝钗鼓励宝琴去试试美食时，对她所说的："你尝尝去，好吃的。你林姐姐弱，吃了不消化，不然他也爱吃。"既然如此，黛玉明明自己也很喜欢吃，只因为消化不良而不敢吃，却一副高高在上、不屑为伍的模样，还挖苦那些爱吃、也能吃的人是叫化子，那岂不是吃不到葡萄说葡萄酸的惺惺作态吗？向来光明磊落的湘云当然更加忍不住了，于是才直率地反击，指责黛玉是"假清高，最可厌的"，这可一点都没有冤枉她。

所以说，湘云偶尔会针对个人加以批评，其实都是因为不愿意忍耐黛玉的出言不逊，这等于是一种正当防卫，所以不会让人觉得过分，反倒因为带有正义感而令人感到痛快。再看湘云说"是真名士自风流"，意指真正的名士风流是敢做敢当、表里如一，最重要的是"锦心绣口"，即拥有一颗锦绣般的心、一张锦绣般的口，所以不会见不得别人好，更不会出口伤人。这岂不正是湘云的直率所拥有的特点吗？

这么一来，就很明白了吧？原来所谓的"说话直"，那只是一个笼统抽象的说法而已，实际上其中包括了两种完全不同的层次，一种是可爱的，另一种却是没教养的，差别即在于是否伤到别人！因此曹雪芹说，黛玉是"说出一句话来，比刀子还尖"，而晴雯则是说话"夹枪带棒"，所谓的刀子啦，枪啦，棒子啦，都是伤人的武器，这些比喻都很形象化地具体指出两个人的说话风格。而之所以会有这样的效果，便是因为她们总是对人不对事，而且常常冷嘲热讽，以伤人的方式表达感受，于是变成了人身攻击，因此是不应该的直率。

从前面所分析的三个差别来看，实在必须说，并不是"直率"就是好的人品，那只是一种说话方式而已，至于这种说话方式是好是坏，关键即在于直率不等于可以没礼貌，更不可以出口伤人，只要伤人或者无礼就是不对，绝不能用直率来加以合理化。

其实早在先秦时代，儒家便已经清楚意识到这个微妙的关键了，《论语·阳货篇》中子贡对老师孔子说道：

> 恶不孙以为勇者，恶讦以为直者。

他说自己厌恶把"不逊"，即"对人无礼"当做勇敢，也厌恶把"讦"，即"攻击别人"当做直率。很显然的，自古以来，用"直率"把伤人或者无礼给合理化就是很普遍的现象，因为大多数人没有用学问提着，以致流入市俗而把两者混为一谈，纵容出言不逊的劣迹恶行，难怪头脑清楚的子贡会感到深恶痛绝。

也因此，曹雪芹便塑造了一个史湘云，以具体展示好的直率应该是什么样子，那就是要用心替别人设想，去体贴人家的感受。换句话说,"锦心绣口"是必要的前提,否则直率便会变成一种任性的武器,用来伤人还自以为是真诚、不虚伪呢!

跨界而不出轨

那么,为什么湘云可以表现出好的直率?曹雪芹说,这大部分恐怕就是天赋的因素了,因为湘云的处境很恶劣,其实比迎春还不如。但最特别的是,湘云即使处在十分恶劣的环境里,却没有扭曲或改变自己的性格,在强大的压力之下,总是可以保持原来的开朗健全,尤其一到了贾家,便立刻恢复天然本真的样貌,那就只能归诸独特的天赋了。

例如第二十回时,宝玉正和宝钗顽笑,忽见人说:"史大姑娘来了。"两人听了,便一齐来至贾母这边:

> 只见史湘云大笑大说的,见他两个来,忙问好厮见。

如此的"大笑大说",明显和大家闺秀的端庄安静大不相同,而带有豪爽的男子气概。也果然,湘云很有侠客的精神,喜欢替别人打抱不平,一旦路见不平便热血上涌,立刻要拔刀相助,例如第五十七回,邢岫烟被迎春的奴婢们欺负,被迫要典当衣服才能应付她们,湘云一听便动了气,说:

> "等我问着二姐姐去!我骂那起老婆子、丫头一顿,给你们出气何如?"说着,便要走。宝钗忙一把拉住,笑道:"你又发疯了,还不给我坐着呢!"黛玉笑道:"你要是个男人,出去打一个抱不平儿。你又充什么荆轲、聂政,真真好笑。"

这不是很清楚了吗？黛玉的性别观其实是很传统的，她认为湘云的举动很好笑，因为她并不是个男人，这种打抱不平根本就不是她的事，换句话说，黛玉的信念是男女有别，女人和伸张正义无关！但湘云则没有这么女性化了，她很有奋战的勇气，可是又并非为了自己，而是为了别人的不幸才激起义愤。这种无私的胸襟、侠义的精神，正是一种光风霁月的展现。

由此可见，湘云总有一些跨界的行为作风，却又和探春、妙玉这两个人很不一样。首先，湘云喜欢女扮男装，跨越了性别的框架，例如第三十一回里，宝钗笑着形容湘云说：

> 他穿衣裳还更爱穿别人的衣裳。可记得旧年三四月里，他在这里住着，把宝兄弟的袍子穿上，靴子也穿上，额子也勒上，猛一瞧倒像是宝兄弟，就是多两个坠子。他站在那椅子后边，哄的老太太只是叫"宝玉，你过来，仔细那上头挂的灯穗子招下灰来迷了眼"。他只是笑，也不过去。后来大家撑不住笑了，老太太才笑了，说"倒扮上男人好看了"。

再到了第四十九回，大家一看到湘云进来的样子，黛玉先笑道："你们瞧瞧，孙行者来了。他一般的也拿着雪褂子，故意装出个小骚达子来。"而湘云脱了外面的褂子以后，里头的穿着"越显的蜂腰猿背，鹤势螂形"，众人都笑道："偏他只爱打扮成个小子的样儿，原比他打扮女儿更俏丽了些。"从这两段描写，可见湘云的一大特点，是她女扮男装的俏丽居然比纯女儿的造型更好看了，显然湘云的气质并不是少女的娇柔，而偏向男孩子的俊朗，因此换上了男装反倒更相配、更出色。

不止如此，湘云也把分配给她的女伶葵官打扮成个小子，第六十三回说：

> 湘云素习憨戏异常，他也最喜武扮的，每每自己束銮带，穿折袖。近见宝玉将芳官扮成男子，他便将葵官也扮了个小子。……湘云将葵官改了，换作"大英"。因他姓韦，便叫他作韦大英，方合自己的意思，暗有"惟大英雄能本色"之语，何必涂朱抹粉，才是男子。

由此可见，湘云确确实实带有一种与生俱来的男子气概，那就是所谓的"英豪阔大宽宏量"，从而未曾自寻烦恼、自我设限，因此没有那些框框架架，把自己活得别别扭扭。她那些跨界的作风便是这样来的。

只不过，我们还是得仔细分辨一下，以免又囫囵吞枣。请注意，湘云虽然常常跨界，却不是妙玉的"僧不僧，俗不俗，女不女，男不男"，流于放诞诡僻，而是一种像清风流动般的坦荡自在，所以她一点也不拘谨矜持，却又不会粗鲁莽撞；她虽然常常比女孩子豪迈，却不会没规矩、没教养，所以表现出可爱的直率。并且，湘云的女扮男装与其说是对性别的突破，不如说是一种豪爽的游戏，正如曹雪芹所说的"憨戏异常"，其实只是一种好玩，为的是享受无拘无束的自由，并不同于探春那一种有关性别不平等的概念。

前面已经讲过探春的情况了，她可是具有超时代的眼光，洞察到男女的不平等，所以心中充满被压抑、被限制的悲愤；湘云虽然也有性别越界的做法，其实却没有探春的性别意识，她只是因为率真爽朗，所以喜欢做一些新奇好玩的游戏而已。而探春完全不做这种游戏，心里却分明体认到性别不公的痛苦，或许这也是她不做这种表面功夫的原因吧！毕竟穿上了男人的衣裳也不能变成真正的男人，依然走不出大门，这种扮装的做法只能图一时的痛快，又有什么用？而如果纯粹只是为了好玩，那更引不起探春的兴趣了，这种小孩子的游戏，文人雅士哪里会感兴趣？

所以说，湘云的跨界都带有一点儿童式的纯真，因此没有矫揉作态的感觉，包括大说大笑啦，女扮男装啦，蹲在地上吃烧烤鹿肉啦，都是来自这样的性格。

再看同样是睡觉，湘云和黛玉就很不一样。第二十一回说，湘云来到贾府以后，虽然和黛玉拌了嘴，但很快便和好了，一点也没有芥蒂，于是当天晚上湘云仍往黛玉房中安歇，这其实才是整部书里女孩子们相处的真相。到了第二天一大早，宝玉急着要去看她们俩，便披衣靸鞋往黛玉房中来：

> 不见紫鹃、翠缕二人，只见他姊妹两个尚卧在衾内。那林黛玉严严密密裹着一幅杏子红绫被，安稳合目而睡。那史湘云却一把青丝拖于枕畔，被只齐胸，一弯雪白的膀子撂于被外，又带着两个金镯子。宝玉见了叹道："睡觉还是不老实！回来风吹了，又嚷肩窝疼了。"一面说，一面轻轻的替他盖上。

可见此刻时间真的还很早，两位女孩子依然高卧未起，通过宝玉的眼睛，描写这两个少女的睡态睡姿，实在非常精彩：黛玉将棉被拉到齐颈，盖得严严密密，没有一丝透风，安稳合目而睡，端端正正；湘云则是一只手臂撂在棉被外面，整个手肘、手环暴露出来，大喇喇的睡姿很是狂放。宝玉一看便说，哎呀，连睡觉都还不老实，回头又要喊肩窝疼了，于是帮她盖好被子。由此可见，黛玉

清末旗人女孩女扮男装图

其实是一个很谨慎的人,连睡梦里都还是那么矜持、放不开,而湘云即豪迈得多,像个没有心机的小孩子。

这就难怪,湘云还可以直接躺在院子里的石凳上纳凉呢,第六十二回"憨湘云醉眠芍药裀"便描写了很精彩的一幕,当时大家替宝玉庆生,破例喝起酒来,湘云喝多了,一转眼便不见了。不久,只见一个小丫头笑嘻嘻的走来说:

> "姑娘们快瞧云姑娘去,吃醉了图凉快,在山子后头一块青板石凳上睡着了。"众人听说,都笑道:"快别吵嚷。"说着,都走来看时,果见湘云卧于山石僻处一个石凳子上,业经香梦沉酣,四面芍药花飞了一身,满头脸衣襟上皆是红香散乱,手中的扇子在地下,也半被落花埋了,一群蜂蝶闹穰穰的围着他,又用鲛帕包了一包芍药花瓣枕着。众人看了,又是爱,又是笑,忙上来推唤挽扶。

其实,这一幕如此诗情画意,正因为那是从唐诗里化出来的意境。一般人从回目上的"芍药裀"而以为出处是唐朝的一则故事,见《开元天宝遗事》所载:

> 学士许慎选,放旷不拘小节,多与亲友结宴于花圃中,未尝具帷幄,设坐具,使童仆辈聚落花,铺于坐下。慎选曰:"吾自有花裀,何销坐具。"

但其实并不是的,因为除了"花裀"这个词以外,其他的元素都不一样,因此"憨湘云醉眠芍药裀"这一幕真正的来历是李白和李贺的诗篇。李白的《自遣》一诗云:"对酒不觉暝,落花盈我衣。"李白喝了酒以后就醉倒了，连落花堆满了衣裳都不知道，这岂不正是此处湘云半被落花埋了的写照吗？而湘云岂不也正如李白般的豪放吗？另外，李贺的《静女春曙曲》中亦有"锦堆花密藏春睡"之句，意思是说，落花如锦，密密层层地堆积起来，而里面藏着一个春睡的少女！这更吻合湘云的女儿身份，也更有一种妩媚娇艳的美感。显然《红楼梦》确实是继承了传统精英分子的高雅文化，才能如此充满了艺术的优美！

由此可见，史湘云的性格绝对跟林黛玉、薛宝钗不一样，宝钗根本不会有"落花盈我衣"的情况，因为她是一个理性而周延的人，不可能让自己失控到失去意识，昏睡在花园里不省人事，这不是她的个性。黛玉更不可能了，除了个性敏感多虑之外，她又体弱多病，很怕感冒，也不可能躺在很坚硬的石头上，她是那么柔弱娇贵，哪里受得了石椅子的又冷又硬啊。

不怕鬼的海棠花

这么一来，难怪史湘云笔下的白海棠花也呈现出类似的品格了。第三十七回大观园创立了海棠诗社，赶来参加的湘云立刻和韵作了《白海棠诗二首》，其第二首开头的两句便说道：

蘅芷阶通萝薛门，也宜墙角也宜盆。

这真是言为心声，花如其人啊！所谓"也宜墙角也宜盆"，正说明了湘云的性格是随遇而安，可以在边缘的墙角活得很好，也可以在花盆里享受细心的照顾，不管在哪里都能够自得其乐，没有非要怎样不可的框框架架，于是到处都很自在。所以说，墙角的海棠花可以反过来安慰林黛玉这朵花盆里的芙蓉花，关键就在于性格坚强又豁达。

很巧妙的是，在第六十三回掣花签时，湘云抽到的便是一枝海棠花，上面题着"香梦沉酣"四字，搭配的一句诗写道：

只恐夜深花睡去。

黛玉看了，便笑道："'夜深'两个字，改'石凉'两个字。"众人便知道她是打趣白日间湘云醉卧在石椅上的事，于是都笑了。这样的呼应当然是曹雪芹刻意安排的，只不过我还要特别提醒大家：这海棠不是那海棠，和秦可卿带有情色性质的海棠春睡完全不同，可谓又一个同中有别、差之千里的案例。

更有趣的是，湘云这一枝夜深睡去的海棠花并不怕鬼！第七十六回过中秋节时，湘云和黛玉两个人脱队去池塘边联句作诗，过程中出现了一个有趣的插曲：

湘云方欲联时，黛玉指池中黑影与湘云看，道："你看那河里，怎么像个人在黑影里去了，敢是个鬼罢？"湘云笑道："可是，又见鬼了。<u>我是不怕鬼的，等我打他一下</u>。"因弯腰拾了一块小石片，向那池中打去，只听打得水响，一个大圆圈将月影荡散复聚者几次。只听那黑影里嘎然一声，却飞起一个白鹤来，直往藕香榭去了。

你瞧，湘云不但不怕鬼，还成了打鬼的钟馗！但哪里有这么美丽可爱的钟馗呢？这一段插曲正好给了湘云创作的灵感，于是写出"寒潭渡鹤影"这一句诗，让黛玉跺足赞叹不已，而引出"冷月葬花魂"的警句，这就是前面讲过的"诗谶"。然而从中也反映出湘云的性格，她那乐观的精神足以把乌云镶上了金边，不但不怕乌云密布，连暗夜里的鬼魂也不怕，确实是"也宜墙角也宜盆"的极致了，因此不论在哪里，她都可以让自己活得欣欣向荣！

只可惜，这样一个光明开朗的灵魂依然要面临悲剧，这不就是薄命司所注定的厄运吗？第五回太虚幻境里，《红楼梦组曲》的《乐中悲》这一支说：

> 厮配得才貌仙郎，博得个地久天长，准折得幼年时坎坷形状。终久是云散高唐，水涸湘江。这是尘寰中消长数应当，何必枉悲伤！

从歌词中的各种隐喻来看，湘云的结局应该是嫁给一个才貌俱全的如意郎君，拥有很好的归宿，算是补偿了自幼以来的坎坷不幸。然而幸福终究很短暂，最后还是无法白头偕老，落了个孤寡的一生。

那么，湘云的夫婿是谁呢？有一种说法是宝玉，但其实不是的，应该是贾家的世交子弟卫若兰才对。曹雪芹为此安排了很巧妙的设计，先是在二十九回时，贾母带着大家一起到清虚观打醮，道士们送来一大盘各式各样的法器，要赠给宝玉当作贺礼，宝玉因为听说湘云有一个金麒麟，于是特别也拣选了一只。到了第三十一回"因麒麟伏白首双星"那一段故事，说宝玉不小心把金麒麟掉落在大观园里，凑巧被湘云捡到，看起来比她自己佩带的又大又有文彩，刚好形成了阴阳的配对，让湘云感到一种冥冥中的婚姻暗示，还因此默默出神了一阵子呢。

回目上说的"因麒麟伏白首双星"，正是指这两只麒麟代表了牛郎星、织女星，暗示他们虽然结为夫妻，却注定要终身分离。那么，那颗牛郎星是用以比喻谁呢？看起来应该就是刻意保留那只雄麒麟的宝玉了，但事情并没有这么简单，根据这一回脂砚斋的回末总评，他告诉我们：

> 后数十回若兰在射圃所佩之麒麟，正此麒麟也。提纲伏于此回中，所谓草蛇灰线在千里之外。

原来，麒麟的故事到了八十回以后还有进一步的发展，它被转手到了卫若兰的身上。卫若兰在前八十回出现过一次，即第十四回秦可卿的出殡过程中，众多前来送殡的官客们，便包括"锦乡伯公子韩奇，神武将军公子冯紫英，陈也俊、卫若兰等诸王孙公子"，既然他也是出身于旗人贵族世家，当然都要接受骑射上的武力训练，于是在射圃这个地方演习，当时他佩戴了一个麒麟，正是被史湘云捡到的那一只。由此可以推测，湘云把捡到的金麒麟还给了宝玉，但后来因为某种机缘宝玉又转送给了卫若兰，因此卫若兰才是这只金麒麟真正的主人。

这么一来，湘云"因麒麟伏白首双星"的对象并不是宝玉，而是卫若兰，两人的婚姻十分幸福美满，可惜太过短暂，或许是卫若兰早死，或许是卫家也踏上了抄家流放的厄运，以致夫妻生死乖离，湘云就像第五回太虚幻境的人物判词所言：

> 展眼吊斜晖，湘江水逝楚云飞。

逝水东流，白云悠悠，一去不回头，就像湘云的幸福一样。终究湘云也落入了李纨、宝钗的命运，孤独地在贫困中走完一生，这是薄命司里的女性注定的结局。

最后，总结一下这一章所讲到的重点：

第一，史湘云虽然出身于护官符上的四大家族，但因为出生不久便父母双亡，成了没人疼爱的孤儿，以致豪门变成了寒窑，过着真正孤苦的生活，每天都得做女红做到三更半夜。

第二，幸好上天给了她一份很珍贵的礼物，也就是"英豪阔大宽宏量"的天赋，因此总是像光风霁月般的爽朗豁达。

第三，也因此湘云展现出可爱的直率，那和林黛玉们的直率本质上完全不同，主要是湘云有心而不多心，对事不对人，只讲客观的事实，不说歪话，不对人冷嘲热讽，并且以善意为说话的目的，所以不会无礼或伤人。这样的锦心绣口，才会让直率变成真正的优点。

第四，湘云因为"英豪阔大宽宏量"的性情，不会自寻烦恼、自我设限，因此没有那些框框架架，而自诩为"是真名士自风流""惟大英雄能本色"，甚至带有男子气概，喜欢打抱不平、女扮男装呢。

第五，但是湘云越界而不出轨，可以说是一株"也宜墙角也宜盆"的海棠花，随遇而安，连在石椅上也都可以酣睡如常。这种"把乌云都镶上金边"的禀赋，就是湘云最独特的优点！

第六，可惜再美好的人事物都会面临悲剧，湘云拥有一段幸福的婚姻，但在阳光短暂的照耀之后，很快又遭受黑暗的袭击，终究孤寡度过一生，被薄命司所收编。

接下来要离开正册的金钗，去看看又副册的女孩子了。又副册所收的都是身份低下的丫鬟们，却是一样的光彩耀眼，只可惜也都受到很大的误解。到底有哪些误解？下一章便先从袭人开始说起。

花袭人

最可靠的大后方

第36章：二玉的解语花

　　从这一章起，要开始讲又副册的金钗了。这一册很特别，只具体提到两个少女，而且都是丫鬟，对照正册所收的都是贵族女性，而副册的香菱则是落入黑户的乡绅女儿，不上不下，再加上警幻仙姑也说，这三册是"彼家上、中、下三等女子之终身册籍"，可见曹雪芹确实是以阶级身份作为分册的条件，所以丫鬟们都归属于下等的又副册中，置放在薄命司下层的橱柜内。这是传统社会天经地义的伦理架构，我们应给予理解。

　　当然，曹雪芹比我们更清楚地了解到，在人类的社会里，每一个团体或单位中都有君子和小人，更不用说各式各样的人品差异，那和职业、身份关系不大，因此，又副册所收录的女性虽然身份低下，但她们的人品心性却必须另当别论。其中，袭人便是曹雪芹和脂砚斋都非常赞赏的一个优秀少女，例如第十九回的脂批说得很清楚，袭人"自是又副十二钗中之冠"，这是兼具身份地位、性格特质两方面所下的定论，而在性格特质上，脂砚斋也说："晴卿不及袭卿远矣。"袭人甚至可以说是很完美了。

　　这种说法和长期以来的主流意见刚好相反，但理性和学问却会指引给我们真正的事实，这两章就要和大家分享只有睁开眼睛、打开心胸才能看到的真相。首先要先谈的主题是：二玉的解语花。

　　从前面有关宝玉的单元里，大家已经知道，袭人对宝玉的感情是非常深厚的，但其实她对黛玉也是一样的真诚体贴，所以袭人是二玉最知心的解语花!

先看宝玉这一方吧,第十九回的回目说"情切切良宵花解语",所谓的"花解语",是赞美袭人有如一朵解语花,所以对宝玉的规劝十分用心良苦,具备了着眼于一生的未来性,那真是出自于"情切切",一种深切的真情。至于宝玉对袭人呢?很多人误以为宝玉喜欢自由自在,所以讨厌袭人整天规劝他,于是用敷衍的方式来应付她。但其实并非如此,曹雪芹告诉我们,宝玉最爱的丫鬟就是袭人,而不是晴雯!证据何在?那正在同一个第十九回里。

宝玉的挚爱之一

第十九回中有两个证据,以下一一来看。

第一,袭人从娘家回来以后,借着家人要赎她回去的话题,趁机规劝宝玉。她举了一些理由,讲了几番道理,让宝玉相信她一定会离开贾家,以致满心要留下袭人的宝玉听了,简直是五雷轰顶,他思忖半晌,乃说道:

"依你说,你是去定了?"袭人道:"去定了。"宝玉听了,自思道:"谁知这样一个人,这样薄情无义。"乃叹道:"早知道都是要去的,我就不该弄了来,临了剩我一个孤鬼儿。"说着,便赌气上床睡去了。

这里必须特别注意一下,宝玉觉得袭人一旦离他而去,他自己就落了单,变成一个孤鬼,可见是多么依恋袭人啊。过了一会儿,袭人自己来推宝玉,只见宝玉泪痕满面,原来宝玉一个人躺在床上哭呢,袭人便笑道:

"这有什么伤心的?你果然留我,我自然不出去了。"宝玉见这话有文章,便说道:"你倒说说,我还要怎么留你,我自己也难说了。"袭人笑道:"咱们素日好处,再不用说。但今日你安心留我,不在这上头。我另说出两三件事来,你果然依了我,就是你真心留我了,刀搁在脖子上,我也是不出去的了。"宝玉忙笑道:"你说,那几件?我都依你。好姐姐,好亲姐姐,别说两三件,就是两三百件,我也依。"

请注意,宝玉居然伤心到泪痕满面,而比较一下,连晴雯临终时他都没有这么伤痛呢。然后当袭人给出了留下来的条件,宝玉立刻紧紧抓住机会,就像快要溺死的人抓住了一根浮木一样,拼命挽留、满口应承,只要袭人不走,什么都可以同意,这种心情简直是死里逃生般的狂喜啊。可见袭人的重要性是达到可以让他不顾一切的程度,这应该是除了对黛玉以外,整部书里最强烈的一次了。

至于这第十九回里,可以证明宝玉特别爱袭人的第二个证据,就是宝玉显露出要娶袭人的心意!很多人只看到后面第三十四回王夫人私下提拔了袭人,当宝玉的姨娘,但事实上,小说中最早表露出有意要纳袭人为妾的人,不是王夫人而恰恰正是宝玉!先看第三十四回王夫人对袭人说道:

近来我因听见众人背前背后都夸你,我只说你不过是在宝玉身上留心,或是诸人跟前和气,这些小意思好,所以将你和老姨娘一体行事。

所谓"将你和老姨娘一体行事",实质的做法要到第三十六回才加以说明,当时凤姐向王夫人报告月钱的发放情况,提到了袭人的归属问题，因为她原本是贾母的人，领最高等级的月钱一两银子，那么现在这笔费用还要挂在贾母的名下吗？王夫人想了半日，向凤姐儿道：

> "明儿挑一个好丫头送去老太太使，补袭人，把袭人的一分裁了。把我每月的月例二十两银子里，拿出二两银子一吊钱来给袭人。以后凡事有赵姨娘周姨娘的，也有袭人的，只是袭人的这一分都从我的分例上匀出来，不必动官中的就是了。"凤姐一一的答应了，笑推薛姨妈道："姑妈听见了，我素日说的话如何？今儿果然应了我的话。"薛姨妈道："早就该如此。模样儿自然不用说的，他的那一种行事大方，说话见人和气里头带着刚硬要强，这个实在难得。"

这就是袭人内定为宝玉妾室的开始。换句话说，袭人已经独立了出来，直属于王夫人，虽然在家族正式编列的人口名册上还是个丫鬟，但实质上是女家长所内定的宝二姨奶奶，由王夫人支付相关的待遇。袭人从此便算是"步入金屋"了。

可是，我仔细读了小说以后才赫然发现，其实早在第十九回中，宝玉就透露出同样的心意了。当时他感谢袭人出于情切切的"花解语"，对袭人的所有规劝都照单全收，承诺道：

> "都改，都改。再有什么？快说。"袭人笑道："再也没有了。只是百事检点些，不任意任情的就是了。你若果都依了，便拿八人轿也抬不出我去了。"

这里得要特别注意的是，其实，袭人所谓拿八人大轿来抬她，是指外面有人以三媒六聘、明媒正娶来迎娶，那可以提升社会身份，可谓沦落为丫鬟的人梦寐以求的出路，因此袭人用来表达一种决心，保证即使有最好的诱因，无论怎样她都不会出去。可是接下来宝玉的说法便很耐人寻味了，他笑道：

你在这里长远了，不怕没八人轿你坐。

这两句话的言外之意，是指袭人在他房中待久了，一定会有八人大轿给她坐，此时派轿子来接她的，当然不是前面袭人所说的外面人家，而是贾家！这岂不就是要娶袭人为妻的意思吗？

但是，其实一个丫鬟是不可能被宝玉娶为妻子的，因为古代的婚姻法非常严格遵守"良贱不婚"的禁忌，一个丫鬟最多只能做妾，因此也不可能用到八人大轿。这是因为在传统的婚礼仪式上，八人大轿是正式的迎娶工具，其重大意义在于保证婚姻的合法性。学者指出："长期以来轿子一直是社会公认的把新娘接到她丈夫家的惟一合法的运载工具。如果她是由其他工具接去的话，她就不被看作合法的妻子，在家人及亲戚眼中的地位极不体面。""用轿子抬来的"便表明她是明媒正娶的妻子，得到社会的认可和法律的保护。[1] 而纳妾的仪式却完全不能相提并论，最多是如同香菱一样，第十六回说，薛姨妈"摆酒请客的费事，明堂正道的与他作了妾"，这已经是最高等级的纳妾仪式了。

由此可见，宝玉早已认定袭人将来就是他的妾室，之所以提到纳妾时不可能用到的八人大轿，这便属于极其认真郑重的心理，呈现出对袭人的珍惜与承诺。所以说，最早表示要把袭人纳为妾室的

---

[1] ［美］杨懋春著，张雄、沈炜、秦美珠译：《一个中国村庄：山东台头》（南京：江苏人民出版社，2012），页100。

晚清婚礼的八抬大轿,法军拍摄(1900—1901)

人，其实是宝玉自己！

很有趣的是，袭人对宝玉这个升级版的说法却居然完全不领情，她听了以后冷笑道：

> 这我可不希罕的。有那个福气，没有那个道理。纵坐了，也没甚趣。

这段话显示出袭人很懂得分寸，认为自己身为丫鬟，坐八人大轿是"没有那个道理"，又何必逾越分际，贪图非分的荣耀？可见袭人是一个安分守己的君子，不贪求应得以外的特权，甚至一旦得到了，也觉得没意思，所以说"纵坐了，也没甚趣"。这便是袭人非常让人欣赏的品格优点，因此脂砚斋又批云："袭人能作是语，实可爱可敬可服之至，所谓'花解语'也。"

黛玉的解语花：同一天生日的意义

接下来，要说明另一个更有趣的真相，那就是连黛玉也很喜欢袭人，并且把她当作宝玉的姨娘来看待！关于这一点，可以从三个重点谈起。

第一，黛玉肯定袭人非常优秀，无可挑剔，这一点和大家的评论完全一致。袭人的细心周到、温厚可靠是众所公认的，第三回交代说：

> 这袭人亦是贾母之婢，本名珍珠。贾母因溺爱宝玉，生恐宝玉之婢无竭力尽忠之人，素喜袭人心地纯良，克尽职任，遂与了宝玉。

要知道，贾母可是一个聪明睿智胜过凤姐的杰出人物，她那非凡的洞察力在第七十一回又再一次展示出来，于是尤氏笑道："老太太也太想的到，实在我们年轻力壮的人捆上十个也赶不上。"李纨认证说："凤丫头仗着鬼聪明儿，还离脚踪儿不远。咱们是不能的了。"则贾母所取中的袭人确实是"心地纯良，克尽职任"的一个人，十分可靠。

果然，第三十九回大家评论起各房里的大丫鬟时，宝钗先笑道："你们这几个都是百个里头挑不出一个来的，妙在各人有各人的好处。"李纨接着一一点名，先称赞了老太太屋里的鸳鸯，然后便指着宝玉道："这一个小爷屋里要不是袭人，你们度量到个什么田地！"这也证明了贾母很有识人之明，也真心疼爱宝玉，所以才会把最信任的丫鬟之一转给他使唤，成为宝玉最得力、最信靠的支柱。

同样的，黛玉对袭人的人品、能力也是十分肯定的。第二十回说，黛玉在自己房中，正和宝玉、宝钗一起聊天玩笑，忽然听到宝玉房中吵嚷起来，大家侧耳听了一听，原来是奶娘李嬷嬷倚老卖老，在作践无辜的袭人，黛玉先笑道："这是你妈妈和袭人叫嚷呢。那袭人也罢了，你妈妈再要认真排场他，可见老背晦了。"脂砚斋在此便指出："袭卿能使颦卿一赞，愈见彼之为人矣。"换句话说，很少赞美别人的黛玉会说"袭人也罢了"，就已经是很大的赞美了，代表袭人没什么可挑剔的。何况黛玉接着又批评李奶娘的做法是"老背晦"，也就是耳背瞎眼的聋哑老人，才会这般的仗势欺人、鸡蛋里挑骨头，这话实在难听，但也正显示出她对袭人的高度欣赏。进一步比较第二十八回黛玉对晴雯的批评，是："你的丫头们懒待动，丧声歪气的也是有的。……也该教训教训。"可见黛玉对袭人的慧眼青睐。

再看第二个重点，更应该注意的是，大大不同于黛玉和晴雯的关系疏离，袭人在生活上实在与黛玉十分亲近。以下即举出文本的证据来看真相是什么。

首先，第三回黛玉刚刚抵达贾府的那一天晚上，连宝玉、李嬷嬷都已经睡了，袭人见到里面黛玉和鹦哥犹未安歇，便悄悄进来，笑问：

"姑娘怎么还不安息？"黛玉忙让："姐姐请坐。"袭人在床沿上坐了。鹦哥笑道："林姑娘正在这里伤心。自己淌眼抹泪的说：'今儿才来，就惹出你家哥儿的狂病，倘或摔坏了那玉，岂不是因我之过！'因此便伤心，我好容易劝好了。"袭人道："姑娘快休如此，将来只怕比这个更奇怪的笑话儿还有呢！若为他这种行止，你多心伤感，只怕你伤感不了呢。快别多心！"

显然袭人非常关心黛玉这个新客人，不但留意她的作息，还宽解她的多心疑虑，希望她能安心住下来，这份真诚体贴丝毫不假。最有趣的是，黛玉一见袭人进来便连忙让坐，而袭人也就在床沿上坐了，这代表什么意义呢？前面讲过贾府的座位伦理学，在这套生活规范下，身份不同的人是不可以平起平坐的，而床榻是房间里最尊贵的座位，可袭人却居然直接坐在床沿上，那岂不暗示了她和黛玉是很亲近的关系，正和宝玉相处的时候一样！所以说，曹雪芹告诉我们，黛玉刚到贾府的第一天，就已经和袭人建立了很亲近的关系，并不亚于专门侍候她的紫鹃呢。

再看第二十二回宝玉悟禅机的故事，当时为了平息黛玉和湘云之间的闹脾气，宝玉十分努力地为双方说和，却弄巧成拙，落得两边不讨好，于是心灰意冷，越想越无趣，面对黛玉的歪话再也不想分辩，便转身回房去了。即使黛玉发狠说道："这一去，一辈子也别来，也别说话！"宝玉听了也完全不理会。这可是空前的冷淡反应啊，向来都是宝玉百般讨好，认错道歉，只求黛玉回心转意，几曾这样头也不回地绝裾而去？于是黛玉反倒有点慌了，主动到宝玉房中去察看情况。

但如果直接说是要找宝玉，黛玉又拉不下脸来，那该用什么理由比较自然呢？书中说：

> 黛玉见宝玉此番果断而去，故以寻袭人为由，来视动静。

在此必须认真推敲一下：从常情常理来说，没什么特别状况的话，你要找的应该是平常即往来和睦的人，才会自然而然、顺理成章，否则好端端的，有谁会专程去找不对盘的敌人？不但对方会觉得很奇怪，自己也很难解释得通，岂非别扭至极？同样的逻辑，黛玉想要到宝玉房中去察看他的动静，一定得要找一个很顺当的借口，而她用的理由是要找袭人，这就显示她平常和袭人来往密切，互动很多，这一趟才不会显得突兀。

整体的真实情况也的确是如此，因此当宝玉想要多找一个人去安慰黛玉时，便想到了袭人。第六十七回薛蟠远游归来，带回各种土产当作礼物，宝钗便一一分配好赠送给大家，而黛玉这时已经是她的干妹妹，所以得到了双份，只是那些江南故乡的土产让黛玉触景伤情，反倒伤心起来，宝玉也替她伤感，因而回到怡红院要告诉袭人，却扑了空，宝玉便对麝月说：

> 我方才到林姑娘那边，见林姑娘又正伤心呢。问起来却

是为宝姐姐送了他东西，他看见是他家乡的土物，不免对景伤情。我要告诉你袭人姐姐，叫他闲时过去劝劝。

这岂不又再度证明了在宝玉的心目中，袭人是劝慰黛玉的好人选？如果这两个女孩子平常犯冲、谈不来，甚至彼此怀有心结乃至敌意，那宝玉的做法岂不是太奇怪了，难道他存心要制造尴尬吗？所以说，在宝玉的心目中，袭人根本是黛玉的知己！

最有趣的例子，是第三十一回发生了晴雯跌折扇子的事件，宝玉因为心情不好而叨念了几句，晴雯却大肆顶撞，说话夹枪带棒，等于反咬宝玉一大口，以致宝玉大为震怒，"气的浑身乱战""气的黄了脸"，执意要去回王夫人，把晴雯给撵出去。幸亏袭人出面下跪相救，让宝玉转愤怒为伤心，连忙把袭人扶起来，叹了一声，在床上坐下，向袭人道：

"叫我怎么样才好！这个心使碎了也没人知道。"说着不觉滴下泪来。袭人见宝玉流下泪来，自己也就哭了。晴雯在旁哭着，方欲说话，只见林黛玉进来，便出去了。

看到这里，应该可以明显感觉得到，黛玉和晴雯之间其实一点也不亲近，甚至算是很生疏，否则怎么会黛玉一进来，晴雯就立刻出去了，把原本要讲的话也咽了下去？显然是黛玉让她觉得很尴尬，于是才会离开现场，避开这难堪的场景。如此一来，岂不清楚证明了黛玉和晴雯虽然性情相类、眉眼相似，所以构成了显性重像的关系，但在日常生活上彼此却反倒并不投契，以致生疏到这种程度！

相反的，黛玉和袭人便亲昵多了。试看晴雯一走，现场只留下宝玉和袭人，三个人简直和乐融融，黛玉还开起了玩笑，笑道：

"大节下怎么好好的哭起来？难道是为争粽子吃，争恼了不成？"宝玉和袭人嗤的一笑。黛玉道："二哥哥不告诉我，我问你就知道了。"一面说，一面拍着袭人的肩，笑道："好嫂子，你告诉我。必定是你两个拌了嘴了。告诉妹妹，替你们和劝和劝。"袭人推他道："林姑娘你闹什么？我们一个丫头，姑娘只是混说。"黛玉笑道："你说你是丫头，我只拿你当嫂子待。"宝玉道："你何苦来替他招骂名儿。饶这么着，还有人说闲话，还搁的住你来说他。"袭人笑道："林姑娘，你不知道我的心事，除非一口气不来，死了倒也罢了。"林黛玉笑道："你死了，别人不知怎么样，我先就哭死了。"

这一大段描写实在太有趣了，可惜历来几乎没有读者注意到其中的奥妙。首先，黛玉和袭人实在非常亲近，彼此相熟到完全不用顾忌，所以黛玉一面说，一面拍着袭人的肩。这一幕情景实在太惊人了，因为黛玉居然会拍袭人的肩膀，这可是空前绝后的啊！众所周知，黛玉的性格一直是高傲孤僻、懒与人共，甚至觉得别人会带来污染，何时和他人这般亲近？可是她却主动去拍袭人的肩膀，完全没有距离，这岂不是让我们眼睛一亮？

最有趣的是，当袭人听了黛玉所说的话以后，她的反应居然是边推黛玉，边说：

林姑娘你闹什么？我们一个丫头，姑娘只是混说。

再想想看，在整个贾府里面，谁敢用手去推黛玉？姑且别说黛玉的身子骨弱不禁风，如同第五十五回凤姐的比喻，说黛玉是纸扎的"美人灯儿，风吹吹就坏了"，第六十五回兴儿也说，他们这些小厮每常出门或上车，或一时院子里瞥见一眼，都不敢出气儿，因为"生怕这气大了，吹倒了姓林的"，可见黛玉简直是个易碎品，大家根本不敢碰她呀！何况黛玉心高气傲，敏感多心，又有谁敢碰她一下？但最奇怪的是，袭人居然推了黛玉一把，这岂不是在太岁爷上动土吗？难道她不知道黛玉的脾气，以致这般莽撞？当然不可能！但既然知道却又敢这么做，就表示她并不担心黛玉会生气，而果然黛玉也完全不在意，这实在是太令人意外了！

再看黛玉一面拍着袭人的肩，一面说的话是："好嫂子，你告诉我。必定是你两个拌了嘴了。"这意谓着黛玉根本认为袭人是宝玉的妾，所以不但直接称袭人为嫂子，还把袭人和宝玉相提并论，说"你两个"，这可是大大的抬举了，难怪很守分寸的袭人不敢承担，于是推了黛玉一下，表示抗议，并且说："林姑娘你闹什么？我们一个丫头，姑娘只是混说。"最有趣的是，黛玉不但对袭人推她一下完全不以为意，甚至还继续坚持说："你说你是丫头，我只拿你当嫂子待。"这话一点也没有反讽的意味，反倒有一点不肯妥协的固执己见呢。

这时，宝玉便开口替袭人说话了，原来嫉妒袭人的人已经在背后说闲话，黛玉再这样挑明了讲，岂不是让袭人更加招惹坏话吗？因此很久以来一直深受委屈的袭人便说道："林姑娘，你不知道我的心事，除非一口气不来，死了倒也罢了。"显然袭人一直百般忍耐，已经到了承受不住的地步。没想到黛玉听了，居然笑道："你死了，别人不知怎么样，我先就哭死了。"请注意，这种话带有生死与共的意味，简直就像宝玉对女孩子的口吻，而黛玉却独独只对袭人这般表态，那真是空前绝后、绝无仅有，显然非比寻常。

所以说，从两人的动作、讲话的内容，我们可以发现原来事情的真相是：黛玉和袭人根本就是好姊妹，袭人也明白这一点，所以才敢对黛玉这样百无禁忌。并且黛玉也认定袭人是宝玉的妾室，所以一再坚称她为"嫂子"，同样比王夫人还早一步呢。此刻我们也终于恍然大悟了：晴雯固然是黛玉的重像，只不过重像归重像，实际上和黛玉生活最亲近、情感最融洽、关系最密切的人，根本不是晴雯，而是袭人！

正因为如此，于是曹雪芹特别安排了一个设计，以呈现袭人和黛玉的友好关系，即让她们俩同一天生日！这便是第三个重点。

我们都知道，在小说里，只要是同生日的人都被赋予特殊的关联，可以分为三种类型：第一种是元春和先祖荣国公，他们都是对贾家的荣华富贵很有大贡献的人。第二种是暗示夫妻关系，第七十七回王夫人在抄检大观园以后，又发动第二波的人事整顿，她亲自到怡红院查阅丫头们，因问：

>"谁是和宝玉一日的生日？"本人不敢答应，老嬷嬷指道："这一个蕙香，又叫作四儿的，是同宝玉一日生日的。"王夫人细看了一看，虽比不上晴雯一半，却有几分水秀。视其行止，聪明皆露在外面，且也打扮的不同。王夫人冷笑道："这也是个不怕臊的！他背地里说的，'同日生日就是夫妻'。这可是你说的？"

其实，四儿作为一个丫头，连身家性命都是由主子决定，即使要作妾都很困难，又哪里可能和宝玉做夫妻！她说这种话当然是太僭越了，难怪王夫人会生气。但其中确实也反映出一种姻缘天注定的神秘思维，所以曹雪芹刻意设计与宝玉同一天生日的人里面，还有一个薛宝琴，而宝琴正是贾母属意的孙媳人选，后者甚至开口对薛姨妈问年庚八字，表露出这一层意思呢！可见同一天生日的确可以暗示夫妻关系，只是在整个过程中还会面临各种变化，不能一概而论。

最值得注意的是第三种，也就是黛玉和袭人这一组。大家从来没想过吧？一般以为具有敌对关系的两个人，居然是同一天生日！关于这一点，书中连续提到了两次，首先是在第六十二回，探春一一历数家人的生日时，算过了一月和三月的好些人以后，笑道："二月没人。"袭人立刻说：

"二月十二是林姑娘，怎么没人？就只不是咱家的人。"
探春笑道："我这个记性是怎么了！"宝玉笑指袭人道："他和林妹妹是一日，所以他记的。"

后来第六十三回宝玉庆生时，大家在怡红院掣花签助兴，黛玉抽完之后轮到了袭人，袭人的桃花签上要求陪喝一杯的人很多，其中包括了"同辰者陪一盏"，大家算起来，发现"黛玉与他同辰"，也就是同一天生日。由此可见，这确实是很特殊的安排，显然曹雪芹已经告诉我们，这两人绝对不可能是敌对的阵营，相反的，一个是宝二奶奶的预定人选，一个是宝二姨奶奶的预定人选，一妻一妾彼此同心，她们是同一阵营的姊妹！这便是两人同一天生日的象征意义。

最后，总结一下本章所讲过的重点：

第一，袭人是宝玉的挚爱之一，所以一听说袭人要离开他，宝玉就像面临生离死别一样，泪流满面，而且为了留住袭人，什么都可以答应，可见袭人的重要性是到了让他不顾一切的程度，这是仅次于对黛玉的伤心反应啊。

第二，宝玉也是最早想要纳袭人作妾的人，王夫人只是后来实际去做而已。

第三，黛玉是第二个认定袭人是宝玉姨娘的人，时间上也比王夫人更早。并且黛玉不但肯定袭人非常优秀，在生活上两人也非常亲近，连肢体动作都没有顾忌，彼此可以互相碰触，这真是非常罕见的特例，证明了黛玉对袭人完全不见外。

第四，相反的，黛玉和她的重像晴雯之间却是非常生疏，甚至还会觉得尴尬，简直颠覆了我们的想当然耳。

第五，因此曹雪芹特别安排黛玉和袭人同一天生日，用以暗示她们俩与宝玉预定的妻妾关系。

其实，袭人和黛玉情同姊妹，她和黛玉的重像晴雯之间也是一样，连袭人的分身麝月都是帮助晴雯、挽救晴雯的大功臣！而袭人最终虽然没有和宝玉共度一生，却还是表现出始终如一的真爱。为什么这样说呢？请看下一章的说明。

第 37 章：爱，始终如一

前面我们已经看到袭人和宝玉、黛玉的真实关系是和乐融融，尤其黛玉和袭人是同一天生日的知心姊妹，反倒和晴雯这个重像彼此很疏远，性格最像的两个人其实根本相处不来，这可大大颠覆了一般常看到的成见。显然曹雪芹又再次展现了伟大作家的功力，告诉我们人间的真相都不是那么简单！那么，既然袭人对宝玉的感情很深，为什么最后她会改嫁他人？而她和晴雯之间，真实的关系又是如何？对于这些问题的答案都是：爱，始终如一。

我们已经知道，袭人对宝玉的真情被曹雪芹称为"情切切"，其深厚毋庸置疑。反过来看也是一样，在上一章里，提到袭人是宝玉认定的姨娘人选，而且，袭人也是宝玉第一个身心灵合一的伴侣。

第六回宝玉神游太虚幻境后，从梦中醒来，迷迷惑惑地起身整衣，接着袭人伸手与他系裤带时，发现宝玉有了梦遗的情况，一问之下，宝玉便把梦中之事细说与袭人听了：

> 说至警幻所授云雨之情，羞的袭人掩面伏身而笑。宝玉亦素喜袭人柔媚娇俏，遂强袭人同领警幻所训云雨之事。袭人素知贾母已将自己与了宝玉的，今便如此，亦不为越礼，遂和宝玉偷试一番，幸得无人撞见。自此宝玉视袭人更比别个不同，袭人待宝玉更为尽心。

关于这一段描写，有三个重点必须注意：首先，宝玉平生的第一次性经验是"强"袭人所致，其实袭人根本没有引诱，更没有预藏心机，只是在宝玉的要求下被动配合。

第二，袭人之所以没有反抗，原因在于那并不违背礼教规范，所谓"袭人素知贾母已将自己与了宝玉的，今便如此，亦不为越礼"，这是因为贾母把她赏给宝玉的做法就带有将来做妾的用意，晴雯也是一样，所以发生这种行为并不存在道德问题，因此脂砚斋也夹批云："写出袭人身份。"

第三，最重要的是，这一对主仆两人之间不但守礼，更具备了深情，从此以后"宝玉视袭人更比别个不同，袭人待宝玉更为尽心"，这两句话分明告诉我们，宝玉心中最特别、最重要的人是袭人，而袭人对宝玉更是一片真情，这更清楚证明了上一章所提到的第十九回"情切切良宵花解语"确实表现了双方的挚爱。

什么是"改嫁"

只可惜，天下事在所难料，有情人未必终成眷属。大家都知道，贾家后来面临了抄家，袭人虽然是实质的姨娘，却并没有正式登录而妾身未分明，以致一样必须被拍卖，最后是花落蒋玉菡身边。这位蒋玉菡是忠顺王府里唱小旦的戏子，小名叫做琪官，他和宝玉一见如故，结成了跨阶级的好朋友，第二十八回"蒋玉菡情赠茜香罗"就是在讲这一段独特情分缔结的过程。而后来宝玉之所以挨打，这也是主要原因之一。

关于袭人和蒋玉菡的姻缘，曹雪芹在第五回太虚幻境的人物判词里清楚给了暗示：

枉自温柔和顺，空云似桂如兰。堪羡优伶有福，谁知公子无缘！

意思是说，袭人的"温柔和顺""似桂如兰"都白费了，因为"公子无缘"，宝玉根本消受不起；最后是"优伶有福"，蒋玉菡太有福气了，娶得了袭人这位如花美眷，多么令人羡慕啊，那是天上掉下来、宝玉却接不住的大礼物！

袭人和蒋玉菡的这一层关联，曹雪芹用了一个很有趣的设计加以暗示，第二十八回说蒋玉菡十分推重宝玉，第一次见面就把珍贵的大红色茜香罗送给宝玉，宝玉也连忙将自己身上的一条松花汗巾解了下来，递与琪官，彼此交换了很亲密的见面礼。只是，那一条松花汗巾是袭人的，宝玉不应该擅自送人，于是回家以后后悔不迭，便把茜香罗转送给袭人，算是赔罪。虽然袭人并不稀罕，于是给扔进了空箱子里，但她和蒋玉菡两人之间已经间接构成了姻缘的关系，如同湘云的例子一样，象征婚姻的金麒麟从宝玉转到了卫若兰手上，那才是湘云最终的归宿，同样的，蒋玉菡的茜香罗也是从宝玉转给了袭人，注定彼此的终身联系。在这两个例子上，居间的宝玉都只是有缘无分的中介而已。

由此可见，袭人会出现二度婚姻，这一点在第六十三回又以另一种方式来呈现。当时宝玉在怡红院庆生，大家掣花签助兴，黛玉抽完之后轮到了袭人，于是：

> 袭人也伸手取了一枝出来，却是一枝桃花，题着"武陵别景"四字，那一面旧诗写着道是：
> 桃红又是一年春。

这段描写所运用的典故，很明显是来自陶渊明的《桃花源记》,"武陵别景"即桃花源,都代表乐园的所在。而"桃红又是一年春"这一句诗,表面上是说第二年桃花又盛开了,但曹雪芹其实又兼用《诗经·国风·桃夭》所谓的"桃之夭夭,灼灼其华。之子于归,宜其室家",用来暗示袭人会花开二度,拥有第二次的婚姻!

所以说,桃花是袭人的代表花,而此花的涵义非常丰富,兼具了两层的意思:一层是暗示婚姻,另一层则是代表美好的人生归宿。那么,袭人的桃花源是在哪里?大部分读者只简单看到贾府抄家,袭人改嫁蒋玉菡的这一段,所以认为贾府抄家相当于秦末大乱,蒋玉菡便是袭人的桃花源,但其实并没有这么简单。仔细看"桃红又是一年春"这一句,原来出自于宋代谢枋得《庆全庵桃花》一诗:"寻得桃源好避秦,桃红又见一年春。"这两次的花开明显都是在桃花源里,而且又都和婚姻有关,所以应该是用来隐喻袭人的一生遭遇。

首先,第一句"寻得桃源好避秦"是比喻袭人从自家进入贾府。当时袭人因家道艰难,如同遇到秦末的乱世,才会被饥荒穷极的家人卖到贾府,而贾府就像桃花源一样,因此第十九回说她"幸而卖到这个地方,吃穿和主子一样,又不朝打暮骂",甚至"他母兄要赎他回去,他就说至死也不回去的",反倒要求家人"权当我死了,再不必起赎我的念头",这岂不正是"寻得桃源"而不愿离开乐园吗?同时袭人与宝玉情投意合,更被预定为宝二姨奶奶,所以这是她的第一度美好婚姻。只是没想到贾家这块乐土后来也面临灰飞烟灭,袭人被卖给蒋玉菡,而缔结了第二度的桃花姻缘,在贾府衰败、宝玉出家的末世里,袭人却可以嫁得如意郎君,拥有幸福美满的人生,这就是"桃红又是一年春"的深层涵义。

但这么一来,也许有人会质疑了,袭人这算不算是对宝玉不忠呢？答案是不算，相反的，袭人依然是情深意重，始终如一！关于这一点，曹雪芹早就清楚提出一个深刻的道理，为此还特别创造了一个空前绝后的名词，叫做"痴理"。前面讲过，这个词出现在第五十八回的回目上，所谓"茜纱窗真情揆痴理"，用来指一种情理兼备的爱情观，不因为专一的爱情而荒废了其他的责任，更不应该辜负了别人，摧毁了人生！这个道理是由藕官烧纸钱来演绎的，告诉我们，衡量真情的关键在于那颗心，只要那颗心永远怀念着所爱的人，那就是情深意重，根本不用去死，也不需要坚持孤守一世，有没有续弦或改嫁，一点也不重要，你只要问问你的心就好，亦即宝玉所体认的"只在敬不在虚名"。而袭人的故事也正体现了这一种痴理。

其实，通过前面的章节，大家应该都已经知道，严格地说，袭人只是个丫鬟，也只能做宝玉的妾，那并不算是正式的婚姻，所以传统礼教从不要求妾要守节，而她后来嫁与蒋玉菡，根本不能称为"改嫁"或"再嫁"，也并没有违背礼教道德的规范。更何况，现代人不都已经支持女性改嫁或再嫁了吗？袭人所做的正是现代人所鼓励的行为，怎么反倒要挨骂呢？而且有些读者骂得比传统卫道者还严厉！难怪聂绀弩为此发出不平之鸣，于《略谈红楼梦的几个人物》一文中指出："要求袭人守节，是比历史上所实有的封建还封建百倍的封建。"可见批评她不忠的说法其实是很不公道的。

再从"痴理"来说，袭人确实是情深意重的忠诚女子，不但一直深深惦记着宝玉，还尽全力去照顾他，第二十回脂砚斋便说：

> 袭人出嫁之后，宝玉、宝钗身边还有一人，虽不及袭人周到，亦可免微嫌小敝等患，方不负宝钗之为人也。故袭人出嫁后云"好歹留着麝月"一语，宝玉便依从此话，可见袭人虽去

实未去也。

显然袭人离开以后，特别留下了她的分身麝月，把她的爱和付出继续延续下去，所以说是"虽去实未去"。这么一来，袭人对宝玉的爱确实是始终如一，在这个充满缺憾的世界里维持了一种圆满！

两大丫鬟的差别待遇

除了改嫁的问题以外，关于袭人还有一个很大的争议点，那就是她和晴雯的关系。

众所周知，晴雯和袭人都是怡红院的大丫鬟，但两个人的性格几乎完全不同，甚至有人觉得她们彼此是对立的。而很明显的，偏向晴雯的读者占了绝大多数，以致在看待这两个人物时，难免出现偏袒或者双重标准之类的情况，当然也免不了以偏概全，于是在读者的接受心理上，便形成了很普遍的差别待遇。

先举一个例子来看。第五回太虚幻境的薄命司里，存放着上中下三等女子的命运簿册，袭人、晴雯都是列入金陵十二钗"又副册"里的女子，这是因为她们都是底层的丫鬟，符合了阶级的分类。当宝玉神游太虚幻境时，打开下层"又副册"的橱柜，拿出一本册子来揭开一看，就出现晴雯、袭人的图谶：

只见这首页上画着一幅画，又非人物，也无山水，不过是水墨滃染的满纸乌云浊雾而已。后有几行字迹，写的是：
霁月难逢，彩云易散。心比天高，身为下贱。风流灵巧招人怨。寿夭多因毁谤生，多情公子空牵念。

这一段所指的便是晴雯。曹雪芹采用了谶谣的制作手法，通过双关加以暗示，请注意一下：图画上"乌云浊雾"的云（雲）、雾，以及判词里"彩云"的云（雲），都是雨字头，它们本来就是指水气所形成的样子，和晴雯的"雯"字一样。再看"霁月"的霁，也同样是雨字头，用来指雨、雪停了，天气放晴的意思，这便相当于晴雯的"晴"。由此可见，这幅图谶用的是别名法，以事物的别名来双关人物，于是用云、雾暗示"雯"字，以霁月的"霁"暗示晴雯的"晴"。至于判词里所谓的"身为下贱"，指晴雯的身份低下，因为在传统社会中丫鬟属于贱民，这也符合又副册的分类标准。

在此有一个很有趣的问题，刚好可以用来提醒大家，一般人在读书思考、待人处世的时候，常常会出现一个大盲点，阻碍了我们真正的进步。那是什么盲点呢？原来，一般人只看到晴雯"心比天高""风流灵巧"的优点，以及"寿夭多因毁谤生，多情公子空牵念"的悲剧，于是忿忿不平，接着便开始找替罪羊，以致袭人成了箭靶。这本又副册的第二个人物就是袭人，图上"画着一簇鲜花，一床破席"，即以"花"字提示袭人的姓氏，而"一床破席"则是以草席的"席"来谐音袭人的"袭"，和晴雯的图谶一样，都是一种双关的手法。

可是却有很多人说，袭人的"一床破席"是要用这个"破"字来暗示袭人品格卑劣，然而这明显是用成见去望文生义、穿凿附会，因为前面的两章清楚展现了袭人的美好品格，并且最重要的是，明明晴雯的图谶更明显地有负面的描写，为什么读者却常常视而不见、避而不谈？

仔细想想，晴雯的这幅画是"又非人物，也无山水"，它下面又接着说"不过是水墨滃染的满纸乌云浊雾而已"，整张图看起来完全是一团乌烟瘴气，岂不更是污浊不堪！可为什么读者却对此视若无睹，也不加以引申发挥呢？原来就是因为心里面已经存了很深的成见，所以才会双重标准而不自知。

当然，曹雪芹确实没有批评晴雯的意思，但同样的，曹雪芹更没有要讽刺袭人，其实，无论是"一床破席"还是"满纸乌云浊雾"，都是用来指悲剧的象征！可不要忘了，这些登录着金钗们未来命运的簿册，都是放在薄命司里，其中的描述往往搭配了各种负面的形容词，例如香菱的是"水涸泥干，莲枯藕败"，黛玉的是"两株枯木"，也包括了干涸、枯败的词汇。那么很显然的，曹雪芹用这些负面的形容词是要暗示这些女性都会面临薄命的悲剧，根本不是用来批评她们的人品不好！

所以说，如果不认真思考，要求自己要公平、公正、理性地去待人事物，就很容易会双重标准，而双重标准也常常会导致是非不分，甚至冤枉了好人。

同心互助的姊妹情谊

那么，袭人与晴雯这两个人真实的关系究竟如何？其实，袭人既然和黛玉情同姊妹，她和黛玉的重像晴雯也是一样，甚至连同袭人的分身麝月在内，都是帮助晴雯、挽救晴雯的大功臣！

我们都知道，麝月这个丫鬟是袭人的分身，连宝玉都这么认证过。第二十回时，整个屋子放了空城，只剩下麝月一个人守着，独自在外间房里灯下抹骨牌。宝玉笑问道："你怎不同他们顽去？"麝月道：

"都玩去了，这屋里交给谁呢？那一个又病了。满屋里上头是灯，地下是火。那些老妈妈子们，老天拔地，服侍一天，也该叫他们歇歇；小丫头子们也是服侍了一天，这会子还不叫他们玩玩去。所以让他们都去罢，我在这里看着。"宝玉听了这话，公然又是一个袭人。

而这样体贴别人、以大局为重的麝月，又是怎么对待晴雯的？请看第五十二回，坠儿偷窃金镯子的丑事东窗事发，晴雯禁不住暴怒起来，不但动用酷刑，还自做主张叫人把坠儿撵出去。其实这是逾越分际的不当做法，因为人事权是在袭人的手上，晴雯并不应该擅自决定，因此宋嬷嬷笑道："虽如此说，也等花姑娘回来，知道了，再打发他。"但晴雯坚持假传圣旨，说是宝玉千叮万嘱的命令，要宋嬷嬷依言行事，照她的话去做。请注意，这时候麝月却没有加以阻止，反而支持晴雯道："这也罢了，早也去，晚也去，带了去早清净一日。"可见是站在晴雯这一边的。

更明显的是不久以后，坠儿的母亲被叫来带走女儿，她心里当然很不是滋味，于是不服地说：

"姑娘们怎么了，你侄女儿不好，你们教导他，怎么撵出去？也到底给我们留个脸儿。"晴雯道："你这话只等宝玉来问他，与我们无干。"那媳妇冷笑道："我有胆子问他去！他那一件事不是听姑娘们的调停？他纵依了，姑娘们不依，也未必中用。比如方才说话，虽是背地里，姑娘就直叫他的名字。在姑娘们就使得，在我们就成了野人了。"晴雯听说，一发急红了脸，说道："我叫了他的名字了，你在老太太跟前告我去，说我撒野，也撵出我去。"

在此先解释一下，晴雯的越俎代庖确实是宝玉纵容出来的，人所共知,坠儿之母也完全了解这一点,于是她又就地取材,当场指出晴雯的另一个逾越分际,亦即直呼宝玉的名字!原来在这种注重伦理的大家族里,下人称呼主子时是禁止直呼其名的,提到主子的时候,都必须加上太太、奶奶、二爷等等之类的尊称。然而晴雯却直接称"宝玉",这种无礼的行为可以说是怡红院的大丫头才有的特权,换作其他的仆人就会成为没规矩的"野人",那一定会受到申斥责骂。

难怪晴雯一听,便急红了脸,她被揭发了毛病,又不能强辩这个撒野的行为是对的,于是恼羞成怒,要对方去向贾母告状。可其实,一个地位最低下的女仆又哪里能到得了老祖宗的面前?足见晴雯在理亏时的反击,仍然带着有恃无恐的刁蛮风格。这时候,麝月居然站出来,帮着晴雯连手对付那个媳妇,她连忙说了一大篇反驳对方的话:

> "嫂子,你只管带了人出去,有话再说。这个地方岂有你叫喊讲礼的?你见谁和我们讲过礼?别说嫂子你,就是赖奶奶、林大娘,也得担待我们三分。……嫂子原也不得在老太太、太太跟前当些体统差事,成年家只在三门外头混,怪不得不知我们里头的规矩。这里不是嫂子久站的,再一会,不用我们说话,就有人来问你了。有什么分证话,且带了他去,你回了林大娘,叫他来找二爷说话。家里上千的人,你也跑来,我也跑来,我们认人问姓,还认不清呢!"说着,便叫小丫头子:"拿了擦地的布来擦地!"

请看麝月的做法,那等于是一种彻底的羞辱了,不但把对方贬低为无足轻重的下等人,而且直接赶她出去,最后还叫小丫头拿抹布来擦地，岂不是嫌弃对方肮脏到了极点吗？这种副小姐的高傲姿态，几曾出现在袭人之类的人身上？而麝月这空前绝后的唯一一次，为的就是要帮助晴雯啊！谁叫晴雯骄纵到被人家抓到了大把柄，如果不下猛药，镇压住对方，又怎么救得了她？

由此可见，怡红院的丫鬟之间哪里有什么明争暗斗的对立，根本都是情同姊妹而互相帮助，偶尔发生的拌嘴只不过是无关紧要的生活琐事，就像每一个家庭都会有的情况。一旦真正的危机出现时，深厚的情谊便展现出来了。

子虚乌有的告密说

麝月如此，袭人亦然，接下来便可以仔细厘清袭人和晴雯的关系了。

在此，要请大家特别注意两件事：第一件，是第三十一回发生了晴雯跌折扇子的事件，晴雯犯了错却十分刁蛮，说话夹枪带棒，等于反咬了宝玉一大口，以致宝玉大为震怒，执意把晴雯给撵出去。只要认真想一想，便可以了解到：如果袭人真的有心要铲除晴雯，这岂不是最好的一大时机吗？她什么话也不用说，什么事也不用做，不费吹灰之力就可以达到目的，又何必白白放过，等到以后再用告密这种效果很不确定的做法？你真的以为坏人会那么笨吗？然而，这时袭人的表现却是大大令人感动，宝玉道：

"我何曾经过这个吵闹？一定是你要出去了。不如回太太，打发你去吧。"说着，站起来就要走。袭人忙回身拦住，……袭人见拦不住，只得跪下了。碧痕、秋纹、麝月等众丫鬟见吵闹，都鸦雀无闻的在外头听消息，这会子听见袭人跪下央求，便一齐进来都跪下了。宝玉忙把袭人扶起来，叹了一声,在床上坐下,叫众人起去,向袭人道:"叫我怎么样才好!这个心使碎了也没人知道。"说着不觉滴下泪来。袭人见宝玉流下泪来,自己也就哭了。

其实,袭人因为好心没好报,还被晴雯反咬一口,当时已经气得往外走了,但是一听到宝玉坚持要撵出晴雯,居然连忙回身拦住,这已经是不计前嫌的好心肠、大心胸了,想想看,肯立刻原谅刚刚才夹枪带棒讽刺自己的人,又有几个?更难得的是,宝玉依然坚持要去撵走晴雯,袭人见拦不住,只得跪下了,以至于外面所有的丫鬟都一起进来跪下央求,这才让宝玉心软下来,化解了晴雯最大的危机,也才能继续留在怡红院过着优渥的日子。

想想看,有谁会愿意为敌人而下跪?又有谁会这样帮助敌人,费那么大的力气把敌人留下来?只要用一点常识,便会明白答案都是不可能的。既然从情理来说根本不可能,那就只有一个解释了,即袭人从没有把晴雯视为敌手,更没有要陷害她的用心,相反的,她把晴雯当作好姊妹,所以愿意牺牲付出,而成为挽救晴雯的大功臣!

除此之外,要请大家特别注意的第二件事,是这种好姊妹的关系另外还在一处小地方显露出来。第六十二回宝玉走出怡红院:

> 刚出了院门,只见袭人、晴雯二人携手回来。宝玉问:"你们做什么?"袭人道:"摆下饭了,等你吃饭呢。"

请注意,这两个丫鬟居然手牵着手,一起来找宝玉呢,一般人根本没注意的这一段描写,却更证明了事情的真相,即确实她们俩是同心协力的好姊妹,曹雪芹所写的一切都很一致。

所以说，一般所谓的"告密说"根本就是流入市俗的成见，是子虚乌有的穿凿附会，属于《红楼梦》最常见的误解之一。有很多人说，王夫人抄检大观园以后把晴雯撵了出去，相关情报都是袭人提供的，并且认定就是袭人告密。但其实，第三十四回宝玉挨打以后，袭人专程去见王夫人时，所陈述的一番道理根本就不是告密，而应该称为建言，她说：

"我也没什么别的说。我只想着讨太太一个示下，怎么变个法儿，以后竟还教二爷搬出园外来住就好了。"王夫人听了，吃一大惊，忙拉了袭人的手问道："宝玉难道和谁作怪了不成？"袭人连忙回道："太太别多心，并没有这话。"

自始至终，袭人所说的话里完全没有涉及任何个别的人事，连真正告密害宝玉挨打的贾环都回避不谈，只是从原则上建议把宝玉迁出大观园而已。这岂能歪曲为告密呢？这一点，只要读者不带成见仔细去看，就可以看得很明白。

至于第七十四回的抄检撵逐这件事，曹雪芹说得很清楚，真正告密的人是王夫人本处的婆子们。第七十七回指出：

王善保家的去趁势告倒了晴雯，本处有人和园中不睦的，也就随机趁便下了些话。王夫人皆记在心中，因节间有碍，故忍了两日，今日特来亲自阅人。一则为晴雯犹可，二则因竟有人指宝玉为由，说他大了，已解人事，都由屋里的丫头们不长进教习坏了。因这事更比晴雯一人较甚，乃从袭人起，以至于极小作粗活的小丫头们，个个亲自看了一遍。

这岂不是很明白吗？随机趁便下了些话在王夫人耳中的，是"本处有人和园中不睦的"的那些人，她们也正是第四十九回湘云好心提醒宝琴时所说的：

> 若太太不在屋里，你别进去，那屋里人多心坏，都是要害咱们的。

其中应该包括夫人的陪房们，她们年轻时跟着太太陪嫁过来，所以受到王夫人的信任和家族的尊重，第七十七回说周瑞家的等人受王夫人之命撵出司棋，便因为平日"深恨他们素日大样"，所以毫不留情。此外，第七十四回又说"王夫人向来看视邢夫人之得力心腹人等原无二意"，则这些"心坏"的人之中更可以包括邢夫人的陪房王善保家的，不但香囊是她送来的，告倒晴雯的也是她。并且最值得注意的是，王夫人真正在意的，根本不是晴雯，而是宝玉可能被教坏的这件事，所以才会有后面第二波的撵逐行动，也因此，当王夫人亲自来查阅所有大大小小的丫鬟时，其中也包括了袭人！如果袭人是所谓的告密者，这个情况就太奇怪了，根本不合逻辑。

没有隐私的玻璃屋

再说，可以提供情报的人，实在是太多了，因为贾家的生活基本上是半公开的，几乎没有个人隐私，这些主子们周围随时都有二三十个人照应，宝玉的一举一动又哪里可以隐藏？看在眼里的人难以列举。关于这一点，我举三个例子，大家就会明白贵族生活真的和我们非常不一样，如果用现代的常识去推论的话，几乎是一定会出错。

第一个例子在第七回，周瑞家的奉命去送宫花，要往凤姐儿处的路上，"穿夹道从李纨后窗下过，隔着玻璃窗户，见李纨在炕上歪着睡觉呢"。连睡觉都可以被路过的人一目了然，可见这些主子们看似尊贵，其实就像活在玻璃屋里，没有隐私权可言啊。

第二个例子更不可思议了，发生在第七十四回，先前贾琏夫妻因为财务困境，于是向鸳鸯借出贾母的东西典当应付。没想到邢夫人居然知道了，趁机敲诈，要贾琏给她二百银子，做八月十五中秋节的使用，这真是让贾琏有苦说不出，回到房里唉声叹气。凤姐也很纳闷，回想道："那日并没一个外人，谁走了这个消息。"平儿听了，也细想当天有谁在此，想了半日，想到只有一个可能：

"晚上送东西来的时节，老太太那边傻大姐的娘也可巧来送浆洗衣服。他在下房里坐了一会子，见一大箱子东西，自然要问，必是小丫头们不知道，说了出来，也未可知。"因此便唤了几个小丫头来问，那日谁告诉呆大姐的娘。众小丫头慌了，都跪下赌咒发誓，说："自来也不敢多说一句话。有人凡问什么，都答应不知道。这事如何敢多说。"凤姐详情说："他们必不敢，倒别委屈了他们。"

确实，在凤姐的精兵训练之下，连那些小丫头都知道轻重，而守口如瓶，但却还是走漏了消息，并且到底是谁告的密，最后还是没有水落石出，变成了一桩悬案。想想看，连凤姐住处这么一个铜墙铁壁的地方都出现了缝隙，岂不是令人毛骨悚然吗？

既然连王熙凤住处这样严密的地方都会无故走风，怡红院更不用说了，第三个例子就和怡红院有关。前面说过，大观园厨娘柳家的女儿柳五儿一心想进怡红院当差，但因故拖延了下来，一直都没有呈报公开。只是万万没有想到,这件私下密谋的人事案居然连守门的小厮都听说了!第六十一回柳家的要进园子,守门的小厮向她要好处,同时保证未来也会以放宽门禁作为回报,他笑道:

"我看你老以后就用不着我了?就便是姐姐有了好地方,将来更呼唤着的日子多,只要我们多答应他些就有了。"柳氏听了,笑道:"你这个小猴精,又捣鬼吊白的,你姐姐有什么好地方了?"那小厮笑道:"别哄我了,早已知道了。单是你们有内牵,难道我们就没有内牵不成?我虽在这里听哈,里头却也有两个姊妹成个体统的,什么事瞒了我们!"

看看哪,这岂不是太恐怖了吗?原来,连一个守门的小厮都有内牵,也就是内线,可以掌握到怡红院里的各种机密,那还有什么事能瞒得住外人?我把这种情况比喻为一大张无形的蜘蛛网,当中的怡红院有任何的动静,都会传到其他各处,哪里有秘密可言!

也因此,回到第七十七回王夫人亲自检阅怡红院所有的丫鬟这件事,当时王夫人问道:

"谁是和宝玉一日的生日?"本人不敢答应,老嬷嬷指道:"这一个蕙香,又叫作四儿的,是同宝玉一日生日的。"

请注意,把四儿指出来的人,居然是一个名不见经传的老嬷嬷,并且她不但知道四儿和宝玉同一天生日,还知道四儿原来叫做蕙香!然而蕙香被改名为四儿,是发生在第二十一回的古早事了,距离现在都已经好几年,可是老嬷嬷还记得清清楚楚。足见怡红院里大大小小的任何事,根本都隐藏不了,连最外围的老嬷嬷都了如指掌，而现在，不就是她们当场提供新的情报吗？

所以说，宝玉疑问道："咱们私自顽话怎么也知道了？又没外人走风的，这可奇怪。"这段话只是暴露出宝玉的天真无知而已。想想看，连不知名的下等老嬷嬷都握有情报资源，何况还有其他许许多多的内线？因此，很多读者一口咬定是袭人告密，那真是人云亦云的流入市俗之见了。

现在厘清了袭人不但没有告密，而且和她的分身麝月其实都是帮助晴雯的好姊妹，那么，晴雯又为什么会被撵出去？关于这一点，其实晴雯自己必须负最大的责任，等到晴雯的单元时再详细解说。

最后，总结一下本章所讲到的重点：

第一，袭人再嫁蒋玉菡，不但并不违反礼教道德，更是痴理观的体现，她对宝玉的爱始终如一，心安理得。而袭人虽然也被分类在薄命司里，但她的结局却可以说是所有金钗里最好的一个，这样的安排也许是曹雪芹对她的奖赏！

第二，对于又副册中关于晴雯、袭人的两幅图谶，一般常见的解释很清楚地呈现出双重标准，警惕我们：成见是很可怕的，会误导读者落到误解的悬崖去。

第三，袭人和晴雯之间其实是情同姊妹，袭人和她的分身麝月都是挽救晴雯的大功臣，解除了晴雯的各种危机，包括麝月唯一一次做出副小姐的高傲姿态，为的就是要帮助晴雯！

第四，袭人更是晴雯的救命恩人，当宝玉坚持要把晴雯撵出去时，是袭人带头下跪求情，才保住她的，足以充分证明袭人的高尚品格，以及双方的深厚情谊，难怪会出现两人手拉着手的友好画面。

第五，因此，所谓的告密说根本不能成立，因为完全缺乏动机，也不符合个性，何况袭人对王夫人所说的那一番话只是原则性的建言。

第六，再何况可以告密的人太多了，连守门的小厮、不知名的老嬷嬷都掌握了许多情报，可见这种大家族简直是生活在玻璃屋里，没有隐私可言，这是注重个人主义的现代人所忽略的环境特色。

下一章，要看另一个著名的丫鬟晴雯了。大家都很喜欢她直率而强烈的风格，甚至认为她人品高洁却遭受陷害，也因此对她的早死忿忿不平，但事实并没有那么简单，你应该不知道，曹雪芹还挪用了褒姒这个亡国的女性来塑造晴雯呢！这真是太令人吃惊了，到底是怎么回事？请看下一章的说明。

晴雯

宠妃的养成与毁灭

第 38 章：野地的荆棘

从这一章起，要讲另外一个著名的丫鬟，晴雯。

晴雯这个少女很受大家的喜爱，大多数读者也都看到了她的优点。可是啊，我在自己身边遇到过几个活生生的晴雯，其中还有一个是晴雯加林黛玉，刚开始觉得很可爱，但越来越必须忍耐才能够相处，多年下来终于无法再忍受了，于是很清楚地看到：小说人物一旦在现实生活中出现，所带来的感受是完全不同的。因为隔着距离去看一个人，就像隔了一层薄纱，通常会多添上几分的美感，所以叫做"审美距离"，但那很可能会让人以偏概全，而过度美化，果然我们也总是忽略很多曹雪芹提供出来的线索，把一个立体的、丰富的人物给扁平化了，对晴雯也是如此。

在这两章里，我们将重新阅读晴雯这个人物，仔细思考待人处事的一些问题。

首先来看晴雯的性格特点，我把她比喻为"野地的荆棘"。所谓的"野地"，是指一种无拘无束的空旷环境，"荆棘"则是指极力伸张自我的生存状态，这可以说是对晴雯一个很贴切的比喻。而我们在情感认同上会大幅地偏向晴雯，主要是因为现代个人主义非常盛行的误导，以为那种为所欲为的率性就代表了"真我"。然而，只要肯客观地仔细思考晴雯的所作所为，恐怕便会有不同的看法。

那么，晴雯为什么会长成一株野地的荆棘呢？这就要从她的天赋与出身说起。首先，晴雯是个孤儿。从第七十七回的介绍，可知晴雯前期的人生是这样的：

> 这晴雯当日系赖大家用银子买的，那时晴雯才得十岁，尚未留头。因常跟赖嬷嬷进来，贾母见他生得伶俐标致，十分喜爱。故此赖嬷嬷就孝敬了贾母使唤，后来所以到了宝玉房里。这晴雯进来时，也不记得家乡父母。只知有个姑舅哥哥，专能庖宰，也沦落在外，故又求了赖家的收买进来吃工食。赖家的见晴雯虽到贾母跟前，千伶百俐，嘴尖性大，却倒还不忘旧，故又将他姑舅哥哥收买进来，把家里的一个女孩子配了他。

由此可见，晴雯是通过荣国府的总管赖大家才有机会来到贾府，又因为天生伶俐标致而获得了贾母的喜爱，所以再到了宝玉身边。但晴雯就像香菱一样，连父母家乡都记不得了，我们也完全不知道她十岁以前到底是怎样过活的，只知道她还有一个很擅长厨艺的姑舅表哥，但对于这一对表兄妹究竟怎么过日子，具体的情况便不得而知了。

我们只能从常理来推测，一般来说，孤儿的环境就像野地一样，不但没有温暖的亲情，也缺乏伦理教养的约束，晴雯一定不可能过得很好。但很特别的是，再从晴雯的性格是"千伶百俐，嘴尖性大"来看，恐怕她是靠着伶俐的本事才能够在社会底层求生，而她居然能够一直保有"嘴尖性大"，也就是说话尖锐、脾气骄纵的个性，那实在很少见。比较一下香菱的处境，便可以更明白了：香菱自从被拐子带走以后，一直过着非常委屈的恐怖生活，第四回说"他是被拐子打怕了的，万不敢说"，每天活在暴力阴影之下，身心都充满了恐惧，这哪里能养成或保持"嘴尖性大"的作风呢？

因此必须说，晴雯的情况非常特别，和表面看起来身世类似的香菱其实并不一样，在晴雯的环境里，她的求生之道反倒得要靠着泼辣和强悍，而这其实便是一种野性。于是晴雯有如一棵野地上的荆棘，越来越带刺，这应该就是晴雯总是像怒张的荆棘般生长的环境因素。

另外，从上段身世介绍来说，至少可以看到晴雯的一个优点，那就是念旧。她自己很幸运地来到了宽柔待下的贾府，更受到了贾母这位最高权威者的喜爱，却没有忘记这个表哥，所以央求赖大家的一起买进来，让表哥不用继续在外面流浪，而有个可以安稳的归属，这确实是很难得的品行。想想看，贾家简直就是一个人间乐园，生活优渥，吃穿和主子一样，比起一般人家，实在要好上不知多少倍，因此即使有机会可以回家，恢复自由，大部分的人却都宁可继续留在贾家。例如第十九回说："袭人在家听见他母兄要赎他回去，他就说至死也不回去的。又说……如今幸而卖到这个地方，吃穿和主子一样，又不朝打暮骂。"岂止是袭人如此，连晴雯亦然，第三十一回当宝玉被晴雯激怒以后，发狠执意要去回王夫人撵她出去，这时晴雯也说："我一头碰死了也不出这门儿。"可见情况完全一样。

还有，第五十八回因为宫中的老太妃薨逝，各官宦之家都要避免娱乐，以表示哀悼，于是一概遣散家里的戏班子，贾家也准备遣发那十二个女孩子。而他们的做法是多么宽厚啊，不但不要求身价银来赎身，还另外奉送盘缠，这应该很有鼓励的效果吧？没想到情况出乎我们的意料，王夫人"将十二个女孩子叫来面问，倒有一多半不愿意回家的，……所愿去者止四五人"，这是当然的结果，因为贾家是如此慈善厚道，留在这里比回自己的家更好。果然那些不愿离开的就分散在园中使唤，"就如倦鸟出笼，每日园中游戏。众人皆知他们不能针黹,不惯使用,皆不大责备",难怪她们宁愿不回自己的家了。而晴雯来到这个桃花源以后,还记得流落在外的表哥,愿意帮助他一起分享生活的福祉,显示她确实不忘旧,十分难得。这个优点应该也是怡红院其他的丫鬟们愿意包容她,一起和睦相处的原因。

所以说,晴雯这一株来自野地的荆棘可以继续蓬勃生长,张牙舞爪,当然必须要有环境的帮助,那就是贾府的宽厚优待。其中最重要的是宝玉的溺爱和纵容,对晴雯缺少伦理教养的约束,这当然也算是一种野地了。

于是我们发现到一个很奇特的现象,亦即晴雯一直都被说是"千伶百俐",第五回的人物判词也称她是"风流灵巧",所以"贾母见他生得伶俐标致,十分喜爱",第七十四回还说"他本是个聪明过顶的人",但奇怪的是,这份非凡的聪明伶俐却并没有发展成周延的思考能力,让她懂得深谋远虑、顾全大局,并且用在解决问题上,反而一直停留在以前那种只在当下立即应变的程度。也就是说,晴雯虽然拥有遇到状况时临机应变的快速反应,但却考虑得不多,所以第三十一回宝玉说她是"这么顾前不顾后的",第五十三回曹雪芹也说她"素习是个使力不使心的",即卖力气而不用头脑。

这样一来,晴雯的性格便很明显了。她其实带有一种原始脑筋的直率,心思并不细腻缜密,个性粗枝大叶,凭感觉行动,基本上很少思考,也就比较容易冲动,不懂得忍耐,绝对不是一个温柔体贴的人。

伶俐却质朴的粗胚瓷器

也因此,宝玉在送旧手帕给黛玉时,便是选派晴雯去潇湘馆的，那并非因为她是黛玉的重像，更不是因为她站在宝、黛之恋的这一边，成了所谓的传情大使；事实上是完全相反，其实宝玉之所以会避开袭人，而派遣晴雯，原因就是晴雯根本搞不清楚状况！这个头脑简单、瞻前不顾后的人，完全不知道这种私相传授爱情信物的行为是严重犯禁的，所以才不会加以阻挡。

请看第三十四回说，宝玉伸手拿了两条手帕子撂与晴雯，笑道："就说我叫你送这个给他去了。"晴雯觉得简直莫名其妙，说："这又奇了。他要这半新不旧的两条手帕子？他又要恼了，说你打趣他。"宝玉笑道："你放心，他自然知道。"晴雯听了，只得拿了手帕往潇湘馆来。当时黛玉刚刚睡下了，便问是谁，要做什么，晴雯回报道：

"二爷送手帕子来给姑娘。"黛玉听了，心中发闷："做什么送手帕子来给我？"因问："这帕子是谁送他的？必是上好的，叫他留着送别人罢，我这会子不用这个。"晴雯笑道："不是新的，就是家常旧的。"林黛玉听见越发闷住，着实细心搜求，思忖了半日，方大悟过来，连忙说："放下，去罢。"晴雯听了，只得放下抽身回去，一路盘算，不解何意。

原来，黛玉所领悟到的就是"定情"的意思，那是从才子佳人之类的小说里学来的。宝玉同样看过这一类的故事，那些书就是当初住进大观园时，他的小厮茗烟偷偷渡进来给他看的，因此他学会了这一套仪式，这会儿挨打以后卧病在床，怕黛玉担心，所以借机模仿了一下，难怪他根本不怕黛玉会误解。而果然黛玉也能够心领神会，所以并没有生气，反倒又惊又喜，情绪激动得写起了题帕诗呢。

这么一来，唯一搞不清楚状况的，就是晴雯这个中间人了。试看晴雯放下了手帕抽身回去以后，还"一路盘算，不解何意"，我猜想，她一定觉得很奇怪，明明宝玉送的是用过的旧手帕，怎么向来多心爱恼人的黛玉却居然没生气呢？还有，宝玉这是在做啥呀？突然送两条旧手帕，又是什么意思啊？晴雯从没见过这么奇怪的事，于是一路上盘算，却想不出有什么道理。这便清楚显示了晴雯确实头脑简单，"素习是个使力不使心的"，所以这时候才会被派上用场，只要她来帮忙跑腿就好了，不用懂太多，这反倒更好。因此简单地说，晴雯之所以担起了传递手帕以示定情的任务，正是因为她根本不懂情，只是单纯的跑腿而已，所以完全不是才子佳人那一套故事里的红娘，也和宝、黛之间的爱情发展没有任何关系！

而晴雯所使的力，的确有一点为她大大的加分，那就是她的好手艺。第五十二回"勇晴雯病补雀金裘"是很有名的一段情节，也确实是彰显晴雯形象的光辉之笔，多少人因此赞叹晴雯的忠诚与付出，为了宝玉可以这样拼死拼活，令人非常感动！那段故事说道：有一天早晨，天快要下雪了，于是贾母命鸳鸯去取了一件氅衣来，宝玉一看，整件斗篷金翠辉煌，碧彩闪灼，却又不是先前送给宝琴的那一领凫靥裘，只听贾母笑道：

> 这叫作"雀金呢"，这是哦啰斯国拿孔雀毛拈了线织的。前儿把那一件野鸭子的给了你小妹妹，这件给你罢。

宝玉恭恭敬敬地接受了，然后穿着去舅舅王子腾家庆生贺寿，没想到一不小心在后襟子上烧了一块，因此又是懊悔，又是担心，回到怡红院以后忍不住哀声叹气。麝月仔细一瞧，果见有指顶大的烧眼，于是推论说：

"这必定是手炉里的火迸上了。这不值什么,赶着叫人悄悄的拿出去,叫个能干织补匠人织上就是了。"说着,便用包袱包了,交与一个妈妈送出去,说:"赶天亮就有才好,千万别给老太太、太太知道。"婆子去了半日,仍旧拿回来,说:"不但能干织补匠人,就连裁缝、绣匠并作女工的问了,都不认得这是什么,都不敢揽。"麝月道:"这怎么样呢!明儿不穿也罢了。"宝玉道:"明儿是正日子,老太太、太太说了,还叫穿这个去呢。偏头一日就烧了,岂不扫兴。"晴雯听了半日,忍不住翻身说道:"拿来我瞧瞧罢。没那个福气穿就罢了。这会子又着急。"宝玉笑道:"这话倒说的是。"说着,便递与晴雯,又移过灯来,细看了一会。晴雯道:"这是孔雀金线织的,如今咱们也拿孔雀金线就像界线似的界密了,只怕还可混得过去。"麝月笑道:"孔雀线现成的,但这里除了你,还有谁会界线?"晴雯道:"说不得我挣命罢了。"

接下来便是晴雯卖命咬牙织补的过程了,她补两针,又看看,再织补两针,又端详端详,无奈头晕眼黑,气喘神虚,补不上三五针,便伏在枕上歇一会,就这样断断续续地挣扎着去做。好不容易补完了,她说了一声:"补虽补了,到底不像,我也再不能了!"然后嗳哟了一声,就身不由主地倒下,宝玉连忙命小丫头来帮她捶着,一会儿天亮便即刻请大夫来看诊。这一幕卖命付出到了油尽灯枯的情景,真是令人动容!

只不过,曹雪芹的用心并没有这么简单,在这一段描述里,他其实还要告诉我们三件事情:

第一,晴雯确实是手艺超群。想想看,在京城这个人才济济的地方,连最专业的各种技术人员都束手无策,因为那一领雀金裘是他们连见都没见过的精品，又怎么会有相关的织补能力？万一补坏了可赔不起啊，难怪都不敢揽下工作。可晴雯却能够胜任，这岂不表示晴雯是京城第一的能手吗？

第二，但最有能力的人不一定就会最尽心尽力。固然晴雯这时候确实拼命去织补，可是这并不是因为其他的人都对宝玉不用心，相反的，大家其实都比晴雯还认真！只是袭人刚好回娘家去了，其他人则是全都没有这样的一双巧手，根本帮不上忙，只能干着急，否则她们早就帮宝玉处理好了，哪里会轮得到晴雯来表现？

因为晴雯平常是很懒得动的，试看事后到了第六十二回，已经回来的袭人便忍不住调侃晴雯说："我烦你做个什么，把你懒的横针不拈，竖线不动。一般也不是我的私活烦你，横竖都是他的，你就都不肯做。怎么我去了几天，你病的七死八活，一夜连命也不顾给他做了出来，这又是什么原故？"晴雯听了，只好笑着装傻，这等于是默认自己平常很懒惰呀。

再例如第五十一回夜深了，应该要开始打理就寝事宜，但晴雯只在熏笼上坐着取暖，麝月便笑道："你今儿别装小姐了，我劝你也动一动儿。"晴雯居然说："等你们都去尽了，我再动不迟。有你们一日，我且受用一日。"这时麝月也没生气，笑道："好姐姐，我铺床，你把那穿衣镜的套子放下来，上头的划子划上，你的身量比我高些。"说着，自己便去替宝玉铺床。由此在在可见，晴雯确实很懒得动，而宝玉的丫鬟之间也确实是好姊妹的关系，可以彼此包容对方的缺点，也相辅相成。因此即使偶尔说个几句怨言，也是闺密似的调侃取笑，无伤大雅。

最有趣的是，晴雯身为一个丫鬟，居然可以留着很长的指甲呢，第七十七回说是"长了二寸长"，第五十一回则说是三寸，当时大夫来看诊，晴雯从暖阁上的大红绣幔中单伸出手去，让医生把脉,"那大夫见这只手上有两根指甲,足有三寸长,尚有金凤花染的通红的痕迹",难怪他会误以为感冒的人是位千金小姐。但想想看,这么长的指甲要怎么做活呢?一不小心就会把指甲给碰断了,根本做不了事啊!可见晴雯确实是很娇惯的,根本不用动手做事。

何况要留这么长的指甲,其实很不容易,得花上几年的功夫,期间为了保持形状不要弯曲,而且不要断裂,平常更需花很多时间去保养,还必须戴上专门的指甲套,那就是在慈禧太后的老照片里可以看到的模样。根据贴身侍候过慈禧太后的宫女说:

> 养这样长的指甲非常不容易,每天晚上临睡前要洗、浸,有时要校正。冬天指甲脆,更要加意保护。

如此一来,怎么还能做事呢?连端茶递水的轻巧细活都嫌碍手碍脚,何况其他的各种杂务!可见晴雯确实平常是不做事的,而且花费很多时间去保养指甲,还不忘染上通红的鲜艳色彩。这么说来,晴雯果然是怡红院的"女皇"了,关于这一点,下一章还会再做更多的说明。

回到"病补雀金裘"这一段来看,细心的读者也应该注意到,既然现场只有晴雯能做得到,那么补裘的工作当然非她莫属了,而晴雯也勇敢地承揽下来,让我们看到她在必要时也愿意赴汤蹈火的一面。所以说,这一段确实给了晴雯一个很好的表现机会,正好可以弥补她的形象,又可以突显出她的才华,所以取得了很好的艺术效果。否则,一个骄纵任性、唯我独尊的丫鬟又哪里会讨人喜欢呢?这一段真是画龙点睛,就像放大镜一样让读者留下了深刻又感动的印象。

晴　雯　宠妃的养成与毁灭 ｜ 543

留长指甲的慈禧太后

留长指甲的某王妃

火花四射的情绪爆炭

至于曹雪芹要借由"病补雀金裘"所表达的第三个重点,那可是最重要的一点了,因为和晴雯的最终命运有关。

仔细想想,晴雯的性格确实刚烈火爆,她对宝玉说话时简直是颐指气使,已经到了出言不逊的地步了,不是说他"没那个福气穿就罢了。这会子又着急",就是对宝玉的关心说道:"不用你蝎蝎螫螫的,我自知道。"这种带着强烈攻击性的说话风格确实是晴雯的一大特点,只因她是黛玉的重像,而且这时候又是她在牺牲奉献,所以大家比较不会在意,甚至还觉得直率可爱呢。

其实,晴雯本来就是天天顶撞宝玉的,第六十三回"寿怡红群芳开夜宴"一段中提到,当时怡红院的八个丫鬟要另外专门为宝玉庆生,而宝玉心疼芳官、小燕这些二等丫头也出钱,于是说:"他们是那里的钱,不该叫他们出才是。"晴雯立刻顶回去说:"他们没钱,难道我们是有钱的?这原是各人的心。那怕他偷的呢,只管领他们的情就是。"宝玉听了,含笑说道:"你说的是。"这时袭人便笑着对宝玉说:"你一天不挨他两句硬话村你,你再过不去。"所谓的"硬话",是指语气强硬的言词,而"村"字指向一种村野之气,这里是当动词用,指顶撞,两个字加起来即是以言语冲撞、羞辱人。第七十七回宝玉自己也说:"连我知道他的性格,还时常冲撞了他。"由此可见,晴雯用"硬话"触犯宝玉,是每天都会发生的平常事,只因为宝玉十分容让,总是顺着她的脾气说"你说的是"或"这话倒说的是",所以成了司空见惯的常态。

并且何止是对宝玉,晴雯对任何人都是如此的一贯作风,因为她实在是一个脾气暴躁的人,几乎任何时候都会生气,第五十一回宝玉便对她说:"你素习好生气,如今肝火自然盛了。"确实,她往往一点小事便情绪失控、大动肝火,动辄暴跳如雷,加上直率的性格，于是对人很不客气；偏偏又伶牙俐齿，说起话来就成为"硬话"，非常伤人，所以第二十回宝玉也偷偷对麝月说"满屋里就只是他磨牙"，以致常常和人家吵架。

但与其说是"吵架"，不如说是"骂人"，因为所谓的"吵架"，是指双方面的争执，你来我往，彼此都可以指责对方，然而晴雯因为拥有优越的身份，所以基本上都是她在骂人。正如第七十四回王善保家的对王夫人所说：宝玉屋里的晴雯"又生了一张巧嘴，……在人跟前能说惯道，掐尖要强。一句话不投机，他就立起两个骚眼睛来骂人"。这话一点也不假，所以，虽然王善保家的目的是要陷害晴雯，但她所说的那些材料确实都是晴雯给出来的事实，因为客观，所以才会有效。而晴雯的脾气太过暴躁，便成为平儿所比喻的一块"爆炭"，也就是随时都在爆炸的火药库。

单单以第五十二回来看吧。先前大家吃鹿肉时，平儿暂时褪下来放在一边的金镯子遗失了一只，现在找到小偷了，平儿对麝月说明道：

> 你们这里的宋妈妈去了，拿着这支镯子，说是小丫头子坠儿偷起来的，被他看见，来回二奶奶的。

这个坠儿，就是先前在贾芸、红玉之间穿梭交换手帕的那一个小丫头，当时愿意传奸，现在又果然偷盗，都是不光明的丑事。但平儿为什么刻意要避开晴雯，单独把麝月叫出去私下告知呢？她说，这是因为：

> "晴雯那蹄子是块爆炭，要告诉了他，他是忍不住的。一时气了，或打或骂，依旧嚷出来不好，所以单告诉你留心就是

了。"说着，便作辞而去。

所谓"一时气了，或打或骂"，不正印证了王善保家的所说的"一句话不投机，他就立起两个骚眼睛来骂人"吗？只是万万没想到，宝玉偷听了以后，居然却泄密了，他一回至房中，便把平儿的话一长一短都告诉晴雯，"晴雯听了，果然气的蛾眉倒蹙，凤眼圆睁，即时就叫坠儿"，完全印证了平儿的判断。可见晴雯的个性是好生气，而一气又忍不住要发作，完全无法自我控制，虽然这时在宝玉的安抚之下暂且推迟下来，到了第二天还是大肆爆发，对坠儿又打又骂。

不只如此，在这一段延后爆发的短暂过程里，晴雯又一再地发各种脾气，先是出气在医生身上，书中说：

> 这里晴雯吃了药，仍不见病退，急的乱骂大夫，说："只会骗人的钱，一剂好药也不给人吃。"

想想看，到贾府来诊疗的医生都是太医，医术高明，更绝对不敢怠慢，但是连医生用心治病都还被乱骂，说不给好药，只会骗人的钱，那不是太冤枉了吗？天下岂有包医包好，还得立刻见效的仙丹妙药呢？医生最怕的应该就是这种病人吧！因此麝月笑劝她道：

> 你太性急了，俗语说："病来如山倒，病去如抽丝。"又不是老君的仙丹，那有这样灵药！你只静养几天，自然好了。你越急越着手。

可见晴雯十分性急，一点耐性都没有，任何事都要立刻顺心如意，以致非常容易生气，连生病都要怪罪医生，显示出一种完全自我中心的心态，这种迁怒的作风正是爆炭的表现。接着晴雯又骂小丫头子们：

"那里钻沙去了！瞅我病了，都大胆子走了。明儿我好了，一个一个的才揭你们的皮呢！"唬的小丫头子篆儿忙进来问："姑娘作什么。"晴雯道："别人都死绝了，就剩了你不成？"

果然晴雯说话还真是夹枪带棒的刻薄，不但骂大家都死光了，还威胁要一个个都剥皮呢，这可不是说说而已，接着她把坠儿叫进来以后，确实是又打又骂，还直接做主把人给撵出去，闹得轰轰烈烈。

请看坠儿蹭了进来以后，晴雯对她说：

"你往前些，我不是老虎吃了你！"坠儿只得前凑。晴雯便冷不防欠身一把将他的手抓住，向枕边取了一丈青，向他手上乱戳，口内骂道："要这爪子作什么？拈不得针，拿不动线，只会偷嘴吃。眼皮子又浅，爪子又轻，打嘴现世的，不如戳烂了！"坠儿疼的乱哭乱喊。

我想，看了这一段描写以后，很多人可能会觉得心下大快吧？但我得郑重提醒了，这种情绪性的反应会让我们失去理性判断的能力，所以我希望大家认真想一个问题：只要一个人犯了错，其他人就可以任意施加酷刑吗？是否应该先了解一下犯错的原因呢？而且对于所犯的错，也必须按照比例原则来处罚吧？所谓的衡情酌理，都应该力求勿枉勿纵,否则又要专业的法官做什么!参考宝玉说坠儿是"小窃",这个"小"字即表示她所犯的错并不严重,因此平儿才会主张私下把她打发走就好了,以免天天得要防备,比较麻烦而已。这么说来,对于小窃的人动用酷刑,要把她的手给戳烂,岂不是太过度了吗?

再比对一段情节,更可以明白这个道理了。想想看,书中手段最严厉的人是谁呢?是凤姐,她也有一次采用了类似的作风,那是第四十四回凤姐过生日,因为酒喝得太猛了,心跳加速,于是想回房间歇一下。不料路上看到一个小丫头鬼鬼祟祟,探头探脑,好像在把风似的,于是厉声把她叫住,盘问原因。但这个小丫头非常刁钻,之前被发现踪迹时就一再闪躲,等到躲不掉了,又不肯一次吐实,被威逼到哪里才说到哪里,属于难缠的刁奴,首先只说没看到二奶奶,接着才说是贾琏派她来看二奶奶是不是回来了。凤姐一听便察觉其中有文章,于是再追问道:

"叫你瞧着我作什么?难道怕我家去不成?必有别的原故,快告诉我,我从此以后疼你。你若不细说,立刻拿刀子来割你的肉。"说着,回头向头上拔下一根簪子来,向那丫头嘴上乱戳,唬的那丫头一行躲,一行哭求。

比较看看,晴雯对待小丫头的手段,岂不是和凤姐一模一样吗?如果说凤姐手段狠毒,那么以同一个标准,晴雯也应该得说是狠毒吧?并且事实上,恐怕晴雯更是毒辣,因为凤姐毕竟是为了查案,面对狡猾的刁奴时,不得不采用霹雳的方法加以威吓,但晴雯却是秋后算账,为的只是发泄自己的情绪,因此流于过度的酷刑,这其实已经属于不正义的手段了。要知道,并不能因为自己是正义的一方，就可以残忍地凌虐罪犯，否则不就是现在所谓的"正义魔人"吗？正义反倒让人变成了残酷的魔鬼！

何况连小丫头没犯错时，晴雯都会这么严酷。试看第七十三回，出门办公很久的贾政预备要回家了，宝玉立刻像被念了紧箍咒，连夜抱佛脚，赶紧准备各种缺空的功课，怡红院也顿时忙了起来，简直是人仰马翻。那些大丫头当然不必说，都尽心尽力地协助宝玉，只不过小丫头因为年纪太小，熬夜时忍不住发困，就被晴雯大骂威胁说：

"什么蹄子们，一个个黑日白夜挺尸挺不够，偶然一次睡迟了些，就装出这腔调来了。再这样，我拿针戳你们两下子！"话犹未了，只听外间咕咚一声，急忙看时，原来是一个小丫头子坐着打盹，一头撞到壁上了，从梦中惊醒，恰正是晴雯说这话之时，他怔怔的只当是晴雯打了他一下，遂哭央说："好姐姐，我再不敢了。"众人都发起笑来。

看起来好笑，其实隐藏着辛酸，如果从小丫头本身或小丫头亲人的角度来看，那就一点也不好笑了。其实，七八岁的小丫头熬不了夜，根本是情有可原，但只不过是忍不住打瞌睡而已，又没有故意犯错，晴雯却说得那么难听，刻薄她们整天都不做事，像个死尸般躺着不动，偶尔晚睡一点便装模作样，还威胁要用针戳她们，显示她实在是太凶狠了。再看小丫头吓成这样，才一听到话头便立刻哭着央求，可见平常晴雯确实手下毫不留情，以致小丫头成了惊弓之鸟，即使迷迷糊糊中也都信以为真。而这一点，在宽柔待下的贾家是很少见的，因此更突显出晴雯的粗暴，她口头、手上都常常是要拿针戳人呢。

由此可见，平儿这个"爆炭"的比喻非常生动传神，晴雯平常总是不断地发火爆裂，喷出火星，用今天的概念来说，这种爱生气的火爆性格就是"点燃引信的炸弹"，随时随地用坏脾气去扫射周围的人，再加上伶牙俐齿所说出来的"硬话"，便成了所谓的"夹枪带棒"，这样的说话方式果然也接近黛玉前期的"说出一句话来，比刀子还尖"。所以说，王善保家所谓的：晴雯"在人跟前能说惯道，掐尖要强。一句话不投机，他就立起两个骚眼睛来骂人"，这的确是客观的事实。

总而言之，确实是宝玉提供了第二块野地，让来自旷野的晴雯继续发展那荆棘般带刺、爆炭般火爆的个性，再加上大丫鬟之间多方包容的姊妹情谊，于是晴雯更像是一匹脱缰的野马了。

最后，总结一下这一章所讲到的重点：

第一，环境确实是晴雯人格养成的决定性因素之一，身为一个必须靠自己谋生的孤儿，晴雯从小就十分强悍，以致形成"千伶百俐，嘴尖性大"的性格，后来又到了宝玉身边，更强化了这样的特质。

第二，晴雯具备了几个优点，包括念旧、手艺杰出，虽然十分伶俐却没有心机，所以曹雪芹说她是个"使力不使心"的人。因此晴雯愿意抱病为宝玉织补孔雀裘，当宝玉要送旧手帕给黛玉，作为定情物时，也选择晴雯来达成任务，这么一来便和红娘的角色完全不一样，算是曹雪芹要超越才子佳人故事的巧妙安排之一。

第三，但是晴雯的缺点也不少，她的性情过于娇生惯养，其实平常是很懒得动的，这一点也可以从她留着两三寸长的指甲看得出来，让人联想起慈禧太后呢。

第四，晴雯最大的问题是脾气太过暴躁，随时可以生气，再加上她夹枪带棒的说话方式，总是以硬话村人，因此平儿很公正地把她比喻为一块"爆炭"。

第五，当晴雯不满意小丫头的时候，下手之重完全比得上凤姐，而这一点在宽柔待下的贾家是很少见的。

只不过，天底下的关系都是互相的，片面倾斜的状况不可能持久，虽然宝玉在晴雯每天用硬话村他时，都是一笑置之，不以为忤，可是即使如此，宝玉也终于被晴雯恣意顶撞的刁蛮大大激怒了，而引爆了空前绝后的一次大海啸，坚持要把她撵出去。虽然事后雨过天晴，两人和好如初，但这其实等于是晴雯最终命运的预演，请看下一章的说明。

第 39 章：褒姒的投影

这一章要继续讲晴雯这个人物。晴雯死后，宝玉对小丫头的浪漫胡诌信以为真，所以为她写出一大篇《芙蓉女儿诔》，证明了晴雯的代表花和黛玉一样，都是芙蓉花。但是从上一章的说明，可见晴雯其实更像一株野地的荆棘，强悍而质朴，她那强大的情绪、跋扈的脾气被比喻为爆炭，连宝玉都一度无法忍耐，那别人又怎么会受得了呢？因此，宝玉那一次气得坚持要撵她出去，便等于是晴雯最终命运的预演。

关于这一点，涉及晴雯十分重要的人格特色，必须仔细加以厘清，所以这一章的主题即曹雪芹在她身上所安排的"褒姒的投影"。

众所周知，褒姒是历史上红颜祸水的代表之一，因为周幽王给予过分的宠爱，最后导致了西周亡国。姑且不去计较历史上是不是真有此人此事，只就代表的意义来看，褒姒绝不是一个正面的人物，那她怎么会和晴雯联结在一起呢？其实这完全是曹雪芹亲自设定的指引，他很明确地运用了相关的典故，让晴雯身上叠映了褒姒的踪影。现在就来看看书中说了什么。

以最直接的证据而言，曹雪芹用褒姒作为塑造晴雯的蓝本，主要是在第三十一回，回目上的"撕扇子作千金一笑"便清楚提供了答案，只是因为现代人缺乏传统文化知识，所以一直没有看出来。当时发生了跌折扇子的事件，宝玉气得要撵出晴雯，幸亏袭人挺身相救，才化解了这个大危机。暴风雨过后天清气爽，宝玉不但尽释前嫌，还反过来纵容、鼓励晴雯撕扇子痛快作乐呢。

请看宝玉先是笑着让晴雯去洗洗手，拿果子来吃，晴雯便酸酸地说："我慌张的很，连扇子还跌折了，那里还配打发吃果子。倘或再打破了盘子，还更了不得呢。"没想到宝玉居然笑道：

> 你爱打就打，这些东西原不过是借人所用，你爱这样，我爱那样，各自性情不同。比如那扇子原是扇的，你要撕着玩也可以使得，只是不可生气时拿他出气。就如杯盘，原是盛东西的，你喜听那一声响，就故意的碎了也可以使得，只是别在生气时拿他出气。这就是爱物了。

这一番"爱物"的理论实在非常奇特，和一般爱惜、珍惜物品的意思完全不同，他认为把东西用来出气，这件物品便只是个替罪羊，等于是无辜被牺牲，所以不能算是爱物；但如果打碎这个物品可以让人享受到一种快感，那就另当别论，可见宝玉所谓的"爱物"，是让这个物品增加了一个功能，即通过破坏而带来原本所没有的快感，那么这件物品就提高了存在价值，这便算是一种"爱"。

乍听之下，这好像很有道理，可是只要仔细一想，就会发现那个道理十分狭隘，只能在很特殊的情况下才说得通，但即使勉强说得通，也还是经不起检验。那是什么狭隘的道理呢？有人认为，这种爱物的方式表现出物资盈溢的状态，也就是一种充盈而满溢出来的丰饶，那岂不正是乐园了吗？乐园的构成条件便包括了物质享乐主义啊。确实，怡红院正是一个无拘无束、为所欲为，而且富裕到源源不绝的乐园，所以宝玉不但放纵这一类挥霍的行为，甚至还用一套特殊的爱物理论来加以合理化呢！

撕扇裂帛的破坏性格

但其实，这根本是经不起检验的歪理，只会鼓励没有意义的破坏行为。果然晴雯听了笑道：

"既这么说，你就拿了扇子来我撕。我最喜欢撕的。"宝玉听了，便笑着递与他。晴雯果然接过来，嗤的一声，撕了两半，接着嗤嗤又听几声。宝玉在旁笑着说："响的好，再撕响些！"正说着，只见麝月走过来，笑道："少作些孽罢。"宝玉赶上来，一把将他手里的扇子也夺了递与晴雯。晴雯接了，也撕了几半子，二人都大笑。

这真是一般人想象不到的娱乐方式啊，看起来很痛快，但连麝月都说他们是在造孽，可见这种爱物的思想和方式确实很奇怪。其中的问题在哪里呢？问题就在于：

第一，这种娱乐是建立在破坏上，一点也没有创造性，反倒让一个有用的东西被摧毁了，从此只能变成没用的垃圾，那根本是一种自私自利。因为当事人真正爱的是他自己，只是利用对方来得到自己的娱乐，所以完全不在乎牺牲对方，这种破坏式的爱实在很恐怖。对那个物品而言，以这种方式来爱它的人，岂不就是"恐怖情人"吗？

第二，这种爱只是让人获得了瞬间的快感，却一点也没有心灵的提升，根本谈不上有什么审美品味，也完全无法增加文化涵养。而那种嗤嗤的声音对大部分的人来说，恐怕还觉得很刺耳，何况撕破扇子、打碎盘子，根本不需要任何专业的训练，连扫地、倒酱油所需要的技术都还更高一些，哪里算得上是一种价值呢？

第三，这种娱乐没有美感，而只有快感，更糟糕的是，那份快感只有那么一瞬间，如果要继续痛快下去，就只能一直搞破坏。而破坏过了，心理又能留下什么呢？为了一时的痛快而破坏，那其实只能算是一种堕落了。

所以必须说，宝玉的爱物理论本质上是有问题的，根本似是而非，用这种偏颇歪曲的逻辑去鼓励任性的婢女，岂不正像一个昏君溺爱宠妃一样？而晴雯居然最喜欢撕扇子，这不也证明了她的性格里隐藏着一种破坏性吗？曹雪芹会为她套上褒姒的阴影，就是这样来的。

其实，这一大段情节处处都响应了褒姒的元素，可以从三个地方来谈。第一，褒姒被宠溺的典故除了著名的烽火戏诸侯之外，还有一件和撕扇子很雷同的喜好，亦即"裂缯"。明朝小说家冯梦龙写了一部历史小说《新列国志》，第二回说道：

> 褒妃虽篡位正宫，有专席之宠，从未开颜一笑。幽王欲取其欢，召乐工鸣钟击鼓，品竹弹丝，宫人歌舞进觞。褒妃全无悦色。幽王问曰："爱卿恶闻音乐，所好何事？"褒妃曰："妾无好也。曾记昔日手裂彩缯，其声爽然可听。"幽王曰："既喜闻裂缯之声，何不早言？"即命司库日进彩缯百匹，使宫娥有力者裂之，以悦褒妃。

其中，作为取乐工具的彩缯是有着五色文彩的丝织品，布料细致紧密，如果要撕裂的话，非得费劲用力不可，而褒姒就是喜欢这种用力撕裂的声音，觉得"爽然可听"，给她爽快舒畅的感受，比起"乐工鸣钟击鼓，品竹弹丝"的优美曲调还更感到动听。于是宠爱她的周幽王便下令司库每天送进彩缯百匹，"使宫娥有力者裂之"，以取悦褒姒。

那么，褒姒所喜欢听的"裂缯之声"是怎样的声音呢？有一首脍炙人口的唐朝诗歌刚好可以作为说明，白居易在《琵琶行》里，用来形容乐曲结束时最激昂高亢的尾声，就是："银瓶乍破水浆迸，铁骑突出刀枪鸣。曲终收拨当心画，四弦一声如裂帛。"可见"裂帛"带有一种爆炸性的穿透力，强烈到尖锐刺耳的程度，那正是褒姒所喜欢的"裂缯之声"。而晴雯这个奇特的爱好居然和褒姒一样，并且也都受到当权者的鼓励与纵容，试看周幽王每天送上彩缯百匹以便褒姒大肆挥霍，宝玉也赞成把扇子匣子搬出来，让晴雯尽情地撕，两个溺爱婢女的男性还真是如出一辙。这当然不是偶然的巧合。

第二，再看晴雯撕完了扇子以后，宝玉笑道："古人云，'千金难买一笑'，几把扇子能值几何！"显示出为了博得美人一笑不惜豪掷千金的大手笔，这当然是为了突显出极为珍惜重视的心意。但"千金难买一笑"这个说法，也是用于周幽王对褒姒的宠爱上，同样在冯梦龙的《新列国志》中，第三回明确地描写烽火戏诸侯，说道：

> 褒妃在楼上凭栏，望见诸侯忙去忙回，并无一事，不觉抚掌大笑。幽王曰："爱卿一笑，百媚俱生，此虢石父之力也！"遂以千金赏之。至今俗语相传"千金买笑"，盖本于此。

这一段除了烽火戏诸侯以外，还提到这是虢石父的献策，才能让褒姒一笑百媚生，周幽王为了奖赏他的巨大贡献，于是慷慨地赏赐千金以为奖励，而形成了"千金买笑"的俗语。既然冯梦龙已经写进他的历史小说里，显然这是到了晚明便已经很著名的传说，人所共知，由此可见，曹雪芹塑造晴雯的形象确实是以褒姒为蓝本。

第三，我要请大家特别注意的是，通过这个历史典故的挪用，显示出在曹雪芹以及宝玉的心目中，宝玉和晴雯的关系并不是一般意义下建立在平等地位上的爱情，而是男主人对宠妾的溺爱，就像周幽王对褒姒一样。不只如此，几乎没有人发现冯梦龙的说法并不完全正确，因为"千金买笑"这个说词并不是来自褒姒，其实更早是源于南朝梁代王僧孺《咏宠姬》一诗，其中云："再顾连城易，一笑千金买。"意思是说，为了让这位宠姬再回头看一眼，要拿整个城池去换都容易；只要能获得她那么一笑，付出千两黄金都在所不惜。这才是把美人一笑的珍贵用"千金"加以比喻的源头。

值得注意的是，诗人王僧孺出身于王谢大家族，而他愿意倾囊买笑的对象则是宠姬，也就是受宠的姬妾，她们并非伦理体系里正规的良家妇女，而是身份低下、没名没份的人，最有趣的是，正因为这样的身份才能得到过度的溺爱，如果有人要对妻子"千金买笑"，那就会非常奇怪了，甚至会对妻子构成羞辱，因为把她给贬低了！所以说，"千金买笑"的概念和做法是用在身份非正规的女性身上，这更证明宝玉对晴雯用了"千金难买一笑"，完全符合男尊女卑的不平等关系。一般都说，宝玉对晴雯的纵容是把她视为平等自由的伴侣，这个看法其实是错误的，并且刚好颠倒，宝玉是用男主人宠爱姬妾的心态去对待晴雯，而晴雯的地位、形象也等同于褒姒！

总而言之，如果回到曹雪芹所在的文化脉络里去读小说，就会发现很多看法刚好颠倒，这也再度证明《红楼梦》确实是被严重误读，以致长期下来不免积非成是了。

娇艳妩媚的性感风情

这么说来，晴雯是否也具备宠妃的特点呢？答案是肯定的。我们可以从三个方面来看。

首先，晴雯确实非常美丽，堪称是艳光四射。但奇怪的是，整部书大部分的情节都是在突显晴雯的性格与手艺，从第七十四回起才开始频繁提到晴雯的美，包括王善保家的说："那丫头仗着他生的模样儿比别人标致些，又生了一张巧嘴，天天打扮的像个西施的样子。"接着凤姐也认证道："若论这些丫头们，共总比起来，都没晴雯生得好。"后来则是第七十七回介绍晴雯的来历，其中说："贾母见他生得伶俐标致，十分喜爱。"而连晴雯也知道自己长得比别人漂亮，所以临终前对来探望她的宝玉说"我虽生的比别人略好些"。再到第七十八回，贾母又说："我的意思这些丫头的模样爽利言谈针线多不及他，将来只他还可以给宝玉使唤得。"这么说来，晴雯等于是所有丫鬟里的"选美冠军"了。

但是，美人也有各式各样，所谓环肥燕瘦，晴雯又是哪一种呢？第七十四回中，王夫人提到晴雯的相貌体态是"水蛇腰、削肩膀、眉眼又有些像你林妹妹"，于是一般都以为她和黛玉长得很像，也以此加强了显性替身的关系。但其实，这又是一个"差之毫厘，谬以千里"的误解了，要知道，所谓的水蛇腰，是用来形容妩媚性感的体态，带有一种感官诱惑力，我考察过传统文献的用法，果然也都是用在妖精、妓女、戏子之类的女性身上，那一定完全不同于黛玉的纤细优雅。而事实也是如此，仔细看书中对晴雯的描写，其实她和黛玉就只有"眉眼有些像"而已，其他则是天差地别，完全不能混为一谈。

实际上，早在第三十一回的那一段情节里，已经呈现出晴雯的美并非端庄清丽的类型，而是带有妩媚风情的那一种，正恰恰符合褒姒之类宠姬的形象。试看当时撕完了扇子以后：

> 晴雯笑着，倚在床上说道："我也乏了，明儿再撕罢。"宝玉笑道："古人云，'千金难买一笑'，几把扇子能值几何？"

仔细揣摩一下这一幕的图景，晴雯笑着倚在床上喊累的姿态，确实是充满娇媚慵懒的气息，这种风情万种的美人图，著名的李后主早已刻画过了，在《一斛珠》中说，他的爱妃是"绣床斜凭娇无那"，意指身躯斜靠在精美的绣床上，呈现出娇媚无比的姿态，岂不正是此处晴雯的写照？而对于这种风情，王善保家的用"妖妖趫趫"一词加以形容，严格说来并不过分，也不算冤枉了晴雯。

再看王夫人听了王善保家的的谗言，命人立刻把晴雯叫来，当时映入眼帘的形象也确实非常吻合。书中说：

> 素日这些丫鬟皆知王夫人最嫌趫妆艳饰语薄言轻者，故晴雯不敢出头。今因连日不自在，并没十分妆饰，自为无碍。及到了凤姐房中，王夫人一见他钗䤜鬓松，衫垂带褪，有春睡捧心之遗风，而且形容面貌恰是上月的那人（按：当时表现出骂小丫头的狂样子），不觉勾起方才的火来，……便冷笑道："好个美人！真像个病西施了。你天天作这轻狂样儿给谁看？"

其中所谓的"钗䤜鬓松，衫垂带褪，有春睡捧心之遗风"，意指头上的发钗有一点偏斜，鬓边的头发也松散了，身上的衣衫垂落下来，腰带褪落于一边，这幅画面用今天的话来说，就是有一种慵懒性感的风情。何况这时晴雯还留着两三寸长、染得通红的指甲，王夫人不可能没有注意到，难怪会看不入眼。

可能有人会说，晴雯因为生病了，所以才没有打理好外表，这种性感的样貌是特殊状况。但仔细看，晴雯在被叫来之前是经过自我考量的，认为这样没有问题才放心过来，所以并不是匆匆忙忙之下的疏忽。再参照前面讲过的，晴雯笑着倚在床上喊累的场景，同样展现出娇媚的女性风情，可见这并不是偶然一次的特殊状况，而是晴雯常态化的日常样貌，证明确实王夫人、王善保家的都没有冤枉她。

最有趣的是，这一段描写又透露出其他的重点，可惜大多数的读者都忽略了，让我们仔细地、认真地看一下。

原来"这些丫鬟皆知王夫人最嫌趫妆艳饰语薄言轻者"，可见大家都知道王夫人最不喜欢浓妆艳抹，晴雯当然也知道，所以不敢出头；再加上晴雯因为最近身体不适，没有多余的心思打扮，因此被叫来时便"没十分妆饰"，还认为这样就不会有问题，而放心来到王夫人面前。那么反推回去，晴雯平日确实是"十分妆饰"，百分之百地极力打扮自己！只是没想到，即使在"没十分妆饰"的情况下，对王夫人而言还是装扮太过，称之为"轻狂样儿"，那就可想而知，晴雯的"十分妆饰"到了何等程度。

单从晴雯平日便留着两三寸长的指甲，足证她确实热衷于打扮，而平日的穿着也都是精美的绫罗绸缎。例如第七十八宝玉奠祭晴雯的诔文里说，他诚心准备了一幅"晴雯素日所喜之冰鲛縠"，上面用楷字写成了《芙蓉女儿诔》，所谓的冰鲛縠，是用细丝织出来的一种带着皱纹的薄纱，极其精致洁白，传说中是由南海里的鲛人（类似于一种美人鱼）所织成的，所以也称作"鲛绡"。这种高级布料既然是晴雯素日所喜欢的，以此类推，其他各种用度的等级便可想而知。

不止如此，即使晴雯被撵出去以后，第七十七回还说："宝玉拉着他的手，只觉瘦如枯柴，腕上犹戴着四个银镯。"又提到她脱下"贴身穿着的一件旧红绫袄"，这既显示了贾府和王夫人对下人的优厚，以致手腕上连环套着四个银镯子，身穿红色的绫罗袄衣，也展现出晴雯的打扮确实十分华贵。再参照小丫头四儿的情况，更可以显出这一点，于第七十七回王夫人的第二波整顿过程中，曾经提到：

> 王夫人细看了一看，虽比不上晴雯一半，却有几分水秀。视其行止，聪明皆露在外面，且也打扮的不同。

这一段等于是以四儿为基准点，用来烘托晴雯的突出，第一，四儿的几分水秀还比不上晴雯的一半，那么晴雯的确十分美丽，果然是第一美人。第二，四儿的行为举止在在透露出聪明机灵，而晴雯被称为"千伶百俐"，当然是更有过之。第三，连四儿都已经"打扮的不同"，那么晴雯的十分妆饰便不言可喻，难怪被称为"天天打扮的像个西施的样子"。

既然晴雯本来就非常漂亮，再加上喜欢十分装扮，以致在大观园里极其醒目，如果再常有出格、脱轨的言行举止，那一定会更引人注意，几乎不可能避免别人的蜚短流长、批评中伤，最后便很容易造成灾难。

逾越分际的娇惯作风

这么一来，就要谈到第二个重点了。根据贴身侍候过慈禧太后的宫女回忆道：

> 清宫的宫女是严格要求朴素的,除去正月和万寿节(按:十月)外,平常是不许穿红和抹胭脂。谁要打扮得妖里妖气,说不定要挨竹板子。……所以我们的打扮都是淡妆淡抹。

这一点算是上层贵族的通性,只因贾家宽柔待下,大丫鬟们吃穿和主子一样,因此第三回黛玉的车轿刚到贾府时,便看到宁国府"门前列坐着十来个华冠丽服之人",显然标准比较宽松一点,但其实还是不能太过,所以众丫鬟都知道"王夫人最嫌趫妆艳饰语薄言轻者"。然而晴雯既然也知道,为什么还要明知故犯,平常总是"十分妆饰"呢?是否因为受到大观园怡红院的庇荫,以致养成了任性随意的轻率习气,服装打扮只是其中之一?

在此要再提醒大家,既然关于晴雯的外貌和装扮是集中于很后面的第七十几回才提到,所以晴雯被撵出去的灾难并不是因为大家对她的嫉妒所导致,而是晴雯自己的性格使然,也就是一种逾越分际、出格越界的娇惯作风。试看第三十一回跌折扇子的事件刚刚落幕,连宝玉都对晴雯说:"你的性子越发惯娇了。"后来第七十七回宝玉还说:"他(按:晴雯)自幼上来娇生惯养,何尝受过一日委屈。连我知道他的性格,还时常冲撞了他。"由此可见,晴雯这棵美丽的荆棘在宝玉的宠溺之下,越来越任性伸展,甚至比千金小姐还要娇生惯养。

关于晴雯"越发惯娇"的具体表现,上一章已经都提到过了,现在综合来看,她的作风一是对人说话的方式夹枪带棒,往往到了挑衅侵略的程度,因此触犯王夫人治家的底线,所谓"王夫人最嫌趫妆艳饰语薄言轻者",可见除了过度装扮的"趫妆艳饰"之外,还包括"语薄言轻",即说话言谈过于轻率刻薄。而这一点凤姐也是认可的,试看王夫人说上个月跟了老太太进园逛去,刚好目睹晴雯正在那里骂小丫头，她"心里很看不上那狂样子"，于是向凤姐确认一下，凤姐也认证道："论举止言语，他原有些轻薄。方才太太说的倒很像他。"

在这段话里，显然凤姐认为晴雯的轻薄不只是言语，还包括了举止，这也直接表现在骂小丫头的"狂样子"上，此即第二方面的问题了。上一章已经看到晴雯对小丫头动辄又打又骂，这种凶狠的态度和做法其实严重抵触了贾家宽柔待下的门风，以女家长来看，第三十回说王夫人"是个宽仁慈厚的人，从来不曾打过丫头们一个"，唯一的一次就是金钏儿在她身边与宝玉调情，"今忽见金钏儿行此无耻之事，此乃平生最恨者，故气忿不过，打了一下，骂了几句"，而这样的轻微做法已经是空前绝后，并且还是金钏儿触犯到她的底线才引起，足证王夫人确实是宽仁慈厚。但晴雯却比主子还凶，难怪会让人觉得那是"狂样子"。

有很多人说，这是因为王夫人对晴雯有成见，所以欲加之罪，自然也会听信王善保家的的谗言。但事实上，王夫人根本不认识晴雯，第七十四回说得很清楚，王夫人道：

> 上次我们跟了老太太进园逛去，有一个水蛇腰、削肩膀、眉眼又有些像你林妹妹的，正在那里骂小丫头。我的心里很看不上那个轻狂样子，因同老太太走，我不曾说得。后来要问是谁，又偏忘了。今日对了坎儿，这丫头想必就是他了。

由此可见，王夫人从没看过晴雯，也不知道她的为人作风，甚至没有想要追究，在一片空白的情况下目睹晴雯对小丫头的凶狠，即留下恶劣的印象，因此所谓的"狂样子"是很客观的描述。既然连很少进园子的王夫人都撞见了，可见这种情况是家常便饭，也才会在晴雯现身后与印象一拍即合的情况下导致灾难,因此必须说,晴雯自己实在难辞其咎。

第三,晴雯还往往擅自作主,以宝玉的名义假传圣旨。例如第二十六回中,晴雯和碧痕拌了嘴,没好气,便把气移在别人身上,不但大肆抱怨宝钗,又听到有人叫门,晴雯越发动了气,也并不问是谁,便说道:"都睡下了,明儿再来罢!"原来叫门的是黛玉,她被拒绝以后又高声说道:

"是我,还不开么?"晴雯偏生还没听出来,便使性子说道:"凭你是谁,二爷吩咐的,一概不许放人进来呢!"林黛玉听了,不觉气怔在门外。

晴雯这样使性子,任意迁怒、乱发脾气,还假传圣旨,导致黛玉发生了误会,让宝玉背上黑锅,根本没有尽到丫鬟的责任,实在一点也不可取。难怪第二十八回澄清了误会以后,黛玉便对宝玉笑说:"你的丫头们懒待动,丧声歪气的也是有的。……你的那些姑娘们也该教训教训。"显然对她们那样的骄纵作风很不以为然。由此可见,黛玉会和晴雯生疏不亲,这应该是最大的原因。

又如第五十二回坠儿偷镯子的事件东窗事发,晴雯即自作主张,直接把坠儿给撵出去,当别人质疑的时候,还强硬地说道:"你这话只等宝玉来问他,与我们无干。"这岂不是又把责任推给了宝玉吗?而说话时直呼宝玉的名字,那不只是一种亲昵,也是一种她自己所说的"撒野"。正因为恃宠而骄,晴雯对宝玉更是毫无顾忌了,不但每天讲硬话,也直接动用宝玉的东西,例如第七十回时,宝玉还没放过一遭的大鱼风筝,居然在前一天就被晴雯私自放走了,事先连一声也没问过呢。

再看第三十一回，宝玉晚间回到怡红院，看到一个人躺在院子里的凉榻上，坐到旁边以后才发现原来是晴雯，于是好言相劝，提醒她说："你的性子越发惯娇了。早起就是跌了扇子，我不过说了那两句，你就说上那些话。说我也罢了，袭人好意来劝，你又括上他，你自己想想，该不该？"而晴雯根本不愿意认错，便转移话题道：

"我这身子也不配坐在这里。"宝玉笑道："你既知道不配，为什么睡着呢？"晴雯没的话，嗤的又笑了，说："你不来便使得，你来了就不配了。"

这一幕场景虽然甜蜜可爱，但晴雯实在是强词夺理，难怪被说是"掐尖要强"。从这些案例来看，晴雯的作风已经是为所欲为，不只是怡红院的皇后，更简直是怡红院的女王！

可是，只要逾越分际便一定会侵犯别人，凡事走过了头更必然会引起大问题，所以连一直宠溺晴雯的宝玉，都曾经被激怒到坚持要把她撵出去，何况王夫人呢？晴雯明明知道"王夫人最嫌趫妆艳饰语薄言轻者"，却又完全不自我节制，还变本加厉，这实在不能用"追求自由"来加以辩护。

平心而论，晴雯的品格虽然有不少瑕疵，但确实不算什么大缺陷，也并没有犯什么大错，却从"宝玉的准姨娘"落得被撵出去的下场，又是为什么？真正的原因只有一个，那就是晴雯的言行作风总是太过度，以致逾越了分际。

其实，晴雯这一类的大丫鬟本来即享有非常优越的地位，却只有晴雯过度滥用这种特权，于是构成了大问题。怎么说她的地位很优越呢？有三个原因：

第一个原因是她来自贾母的赏赐，就和袭人一样，这便沾了贾母的光，像第六十三回管家林之孝家的所说："这些时我听见二爷嘴里都换了字眼，赶着这几位大姑娘们（按：袭人等）竟叫起名字来。虽然在这屋里，到底是老太太、太太的人，还该嘴里尊重些才是。若一时半刻偶然叫一声使得，若只管叫起来，怕以后兄弟侄儿照样，便惹人笑话，说这家子的人眼里没有长辈。"宝玉立刻笑道："妈妈说的是。我原不过是一时半刻的。"袭人、晴雯都笑说："这可别委屈了他。直到如今，他可'姐姐'没离了口，不过顽的时候叫一声半声名字，若当着人却是和先一样。"由此可见，这些从贾母、王夫人那边拨过来的人，背后都有家长的光环，因此也连带获得大家的尊重，即使宝玉是年轻主子，但在称呼上也都得要加上"姐姐"，否则就是失礼，大家公子可担待不起这样的罪名。

第二个原因，是贾家非常宽柔待下，尤其对资深的、贴身照顾主子的下人都非常尊重，这便是第四十三回所说的："贾府风俗，年高服侍过父母的家人，比年轻的主子还有体面，所以尤氏凤姐儿等只管地下站着，那赖大的母亲等三四个老妈妈告个罪，都坐在小杌子上了。"至于那些贴身侍候主子的年轻丫鬟，包括鸳鸯、袭人、彩霞、司棋、金钏，便被叫作"副小姐"（第七十七回）和"二层主子"（第六十一回），从这些名称就很清楚，她们的地位几乎比所有的下人们都要来得高，等于是"几人之下，千人之上"了。

因此，就像王夫人曾经笑说：妙玉"他既是官宦小姐，自然骄傲些"。第七十四回当王善保家的批评道："这些女孩子们一个个倒像受了封诰似的，他们就成了千金小姐了。闹下天来，谁敢哼一声儿。"这时王夫人同样指出："这也有的常情，跟姑娘的丫头原比别的娇贵些。"可见王夫人很了解身份地位对一个人性格上的影响，也因此给予很大的包容。

还有第三个原因，那就是晴雯很幸运，她被拨到宝玉房中使唤，而宝玉是贾母最疼爱的宠儿，他却又是出了名的爱女孩子，好比第三十五回甄家的婆子所说的："连一点刚性也没有，连那些毛丫头的气都受的。"甚至愿意作小伏低，于是第三十六回说他"每每甘心为诸丫鬟充役"，居然心甘情愿地替丫鬟们跑腿办事呢。难怪丫鬟们在这个地方简直都成了皇后，拥有很多的特权，好比第五十二回小丫头坠儿的母亲便冷笑道："他那一件事不是听姑娘们的调停？他纵依了，姑娘们不依，也未必中用。"

既然宝玉这一房本来就是炙手可热的宠儿，贴身侍候宝玉的大丫鬟也跟着成了大家争相巴结的对象，难怪第五十四回写了一段故事，当时宝玉要洗手，可是冬天里小丫头准备好的热水已经冷却了，可巧见一个老婆子提着一壶滚水走来，小丫头便说："好奶奶，过来给我倒上些。"那婆子道："哥哥儿，这是老太太泡茶的，劝你走了舀去罢，那里就走大了脚。"秋纹便说："凭你是谁的，你不给？我管把老太太茶吊子倒了洗手！"那婆子回头见是秋纹，忙提起壶来就倒。秋纹道："够了。你这么大年纪，也没个见识，谁不知是老太太的水！要不着的人就敢要了？"婆子笑道："我眼花了，没认出这姑娘来。"于是宝玉洗了手，秋纹、麝月也趁热水洗了一回。

想想看，连秋纹这个没那么重要，恐怕你都不怎么认识的丫鬟，都敢直接大喇喇地取用要给贾母的热水，而提水的婆子也连忙倒给了她，这就是因为宝玉的优越地位使然，连带他身边的丫鬟都跟着沾光，变成了高高在上的"权贵"。

而在贴身侍候姑娘的丫头里，晴雯便是最娇贵的一个了。试看书中描述晴雯的形容词包括了：磨牙、惯娇、撒野、轻薄、轻狂、妖妖趫趫、娇生惯养，再加上爆炭的性格总是横冲直撞，以致到处侵犯别人，而他人一点一滴的不愉快累积久了，就变成很深的敌意。这么一来，晴雯等于是自己编织了一张仇恨的网子，除了怡红院。

但出了怡红院，没有谁是你的好姊妹，会为你下跪讨情；更没有第二个贾宝玉，肯这样无限度地纵容你！所以说，晴雯的灾难有一大半是自己要负责任的，不能全怪别人的毁谤。

这么说来，晴雯是因为备受宠爱而太过骄纵任性，在自我中心的情况下说话举止都过于出格、越界，这其实才是导致她最后面临悲剧的真正原因。而且其实到了最后一刻，她还是以"出格"方式划下句点，并不是一般所以为的高洁！

坐实虚名的最后出格

第五回太虚幻境的"又副册"里，晴雯的判词说道：

霁月难逢，彩云易散。心比天高，身为下贱。

其中，所谓的"心比天高"，一般都解释为高洁，甚至还有人把晴雯比拟为屈原。但晴雯真的是高洁吗？还是高傲？"高洁"和"高傲"是很不一样的，"高洁"得要有人格的坚持，可"高傲"只要自视甚高就可以。那么，晴雯判词所说的"心比天高"，到底是哪一种呢？

我们可以从第七十七回晴雯临终前和宝玉诀别的情况来看。那一幕凄楚万分，确实是非常缠绵悱恻，令人看得荡气回肠，晴雯死后宝玉又为她写了一大篇《芙蓉女儿诔》，堪称字字血泪，让读者跟着晴雯的冤屈、宝玉的不舍而一掬同情的眼泪,以至于她的优点被无限放大了。但是,这一段情节的含义其实非常丰富,其中有两个重点十分值得注意:第一,晴雯说了什么?第二,晴雯做了什么?古人的智慧早就指出,当我们要评断一个人的时候,不但要看她说了什么,更要看她做了什么。

首先,晴雯说了什么呢?请看当宝玉问她有何遗愿时,晴雯呜咽道:

> 有什么可说的!不过挨一刻是一刻,挨一日是一日。我已知横竖不过三五日的光景,就好回去了。只是一件,我死也不甘心的:我虽生的比别人略好些,并没有私情密意勾引你怎样,如何一口死咬定了我是个狐狸精!我太不服。今日既已担了虚名,而且临死,不是我说一句后悔的话,早知如此,我当日也另有个道理。不料痴心傻意,只说大家横竖是在一处。不想平空里生出这一节话来,有冤无处诉!

看到这里,一般读者只感到晴雯因为"担了虚名"、背负莫须有的罪名而死,真是万般的冤屈,故而给予百分之百的同情,这是人情之常。但曹雪芹告诉我们,事情并非那么简单,不要只看到一个人在哭,就以为她一定是无辜的,而且一个无辜的人也未必等于人品高洁!

现在,请大家认真思考一个问题:晴雯确实没有勾引宝玉,所以她很不甘心地说了三次"担了虚名",可是关键在于受冤屈是一回事,否真的高洁,又是另一回事。请仔细看,晴雯说她悔不当初,如果早知道会落到这个下场,那么"当日也另有个道理"。而"另有个道理"的"道理"又是什么呢?想想看,她现在是"没有私情密意勾引你"却受到冤屈，担了虚名，那么重新再来一次时会采用的"另有个道理"，应该就是把虚名坐实，因为至少这样一来，便不会那么不甘心了。

那为什么晴雯当日并没有这么做呢？很多人说是因为她心性高洁，所以根本不屑做这种事，但事实恐怕并非如此，否则现在就不会觉得后悔了。试看她说"不料痴心傻意，只说大家横竖是在一处。不想平空里生出这一节话来，有冤无处诉"，这段话实在是大有玄机，透露出她之所以没有勾引宝玉，真正的原因并不是高洁，而是没有必要！请注意所谓的"只说大家横竖是在一处"这一句，想想看，一个女仆怎么可能和男主人"横竖是在一处"？按照惯例，她们只要年纪一到，就得指配给家里的小厮，连贾母最倚重的鸳鸯都没有例外，到第七十回时，她和琥珀、彩云一干大丫鬟一样，都被清楚列入发配的名单里！

这么一来，晴雯能够和宝玉"横竖是在一处"，便只有一个可能了，即当宝玉的姨娘！而这确实是有迹可循，请看第七十八回贾母说"将来只他还可以给宝玉使唤得"，意思就是以后预备要给宝玉做妾，所以当初才会赏给宝玉。这和袭人的情况是一样的，晴雯自己当然也知道，既然如此，晴雯之所以没有做什么勾引的事，是因为没必要，反正以后"横竖是在一处"呀，对于十拿九稳的事，又何必多此一举？所以说，一个无辜的人未必等于人品高洁。

尤其再看晴雯一旦遇到冤屈，便立刻悔不当初，想要换个做法，这岂不证明了她并不是坚持原则的人吗？认真想一想，那些真正风骨高洁的古人，好比屈原、杜甫，他们即使含冤受屈，吃苦受罪，仍然都会咬紧牙关，不肯放弃内在的节操，改变自己的做法，这就是《论语·卫灵公》里孔子所说的："君子固穷，小人穷斯滥矣。"意思是说，君子在不公不义、穷困潦倒的逆境里，都会固守原则，亦即"造次必于是，颠沛必于是"，而品格不高的小人一遇到穷途末路就会改变原则，甚至泛滥失控，做出论理不该如此的越轨行为。这岂不正是晴雯的状况吗？

果然晴雯不只这样说，还接着这样做。书中说：

> 晴雯拭泪，就伸手取了剪刀，将左手上两根葱管一般的指甲齐根铰下，又伸手向被内将贴身穿着的一件旧红绫袄脱下，并指甲都与宝玉道："这个你收了，以后就如见我一般。快把你的袄儿脱下来我穿。我将来在棺材内独自躺着，也就像还在怡红院的一样了。论理不该如此，只是担了虚名，我可也是无可如何了。"宝玉听说，忙宽衣换上，藏了指甲。晴雯又哭道："回去他们看见了要问，不必撒谎，就说是我的。既担了虚名，越性如此，也不过这样了。"

晴雯这样的做法代表什么意义呢？那就是偷情！因为贴身之物本身即带有情色的想象，而曹雪芹也是这样使用的。例如第二十一回中，因为凤姐唯一的女儿大姐儿生水痘，必须供奉痘疹娘娘，于是贾琏和凤姐分房，自己一个人到外面书房去睡，借机便和浪荡的多姑娘偷情。事后搬回来时，平儿帮忙收拾行李铺盖，凤姐最了解她的丈夫了，便问东西有没有多出来？因为："这半个月难保干净，或者有相厚的丢下的东西：戒指、汗巾、香袋儿，再至于头发、指甲，都是东西。"而贾琏确实就收藏了多姑娘送给他的一绺头发，作为偷情的信物呢。

由此可见，晴雯把身上的指甲、贴身的红绫袄送给宝玉，又要宝玉脱下他的贴身袄儿，拿来穿在自己身上，这个做法便相当于偷情了，并不只是单纯在情感上留下一个永恒的纪念而已。其实这一点晴雯自己也很清楚，所以她说"论理不该如此"，但既然是道理上不应该做的事，晴雯却还是去做了，她的心态便包括：既然担了勾引的虚名，那我就真的勾引吧！可见对她来说，行为本身的对错并不重要，重要的是自己有没有受到冤枉，只要不算冤枉，那么做出不正当的行为也无所谓！所以她才会在明知"论理不该如此"的情况下，却又做出论理不该做的事。这便清楚证明了晴雯并不是一个坚持原则的人，所以也谈不上高洁。

只不过，由于晴雯的所作所为染上了生离死别的悲怆，所以让人只一心同情她的凄苦，而忽略了其中悖德的因素，曹雪芹透过这一幕所要传达的复杂性也就被简化成为单纯的感动了。其实只要客观、仔细地去想，就会发现晴雯并不是真正高洁的人，把她和屈原相比，实在是太过誉了。当然，可能又有人会说，用屈原的标准来要求晴雯，对一个没受过教育的丫鬟而言，那也太严格了吧？的确如此，但这么一来，岂不是也等于同意：把晴雯比作屈原确实是太高攀了吗？

所以说，晴雯的人品根本不能用屈原的高洁来比拟，判词里"心比天高"的"高"字，正确地说，其实并不是"高洁"，而是"高傲"。高洁绝对不等于高傲，因为真正的高洁是内在的精神高度，往往要在艰苦中才能展现出来，因此十分珍贵；而高傲只是一种自负，是一种自觉高人一等的骄傲，也是宠妃常有的心态，以致晴雯常常表现出有恃无恐的任性，而流于放肆甚至刁蛮，也缺乏对道德原则的坚持，根本谈不上高洁。难怪曹雪芹会在晴雯的身上套上褒姒的影子，让她处处展现了逾越分际的出格作风，实在是很巧妙的安排。

如此一来，纵容晴雯的宝玉不正相当于溺爱宠妃的昏君吗？前面提到的周幽王、李后主，不也刚好都是亡国之君吗？因此，宝玉的历史重像也应该再加上这几个末代皇帝,相当于第二回所提到的陈后主、唐明皇、宋徽宗之类。难怪曹雪芹要给他一个正邪两赋的病态人格,以及无材补天、"于国于家无望"的失败命运!由此可见,曹雪芹的设计是一以贯之的。

最后必须说,平心而论,晴雯只是一个普通的女孩子,爱漂亮、爱打扮,直率任性,口角锋芒,甚至恃宠而骄,这些都不算是什么真正严重的大缺点。然而她待人处事过于唯我独尊,以致缺乏分寸,处处侵犯了界线,这一定会制造人际关系上的冲突,于是不为贾府所容,晴雯这棵美丽的荆棘也就只能离开桃花源了。

但荆棘一旦习惯了桃花源,便再也无法适应外面粗犷的野地,以致晴雯离开不久便香消玉殒,结束了十六岁的生命。

最后,总结一下这一章的重点:

第一,曹雪芹是以褒姒作为塑造晴雯的蓝本,第三十一回"撕扇子作千金一笑"便完全运用了褒姒的相关典故。

第二,晴雯确实具备了宠妃的特点,不但长得十分美丽,又喜欢极力打扮,再加上水蛇腰的体态,展现出妩媚娇艳的性感风情。

第三,晴雯的性格缺点在于逾越分际,她的出格作风除了"十分妆饰"外,还包括说话夹枪带棒、对小丫头又打又骂,并且假传圣旨、自作主张,成为王善保家的所说的"大不成个体统"。以致宝玉先前那一次被袭人挡下来的撵逐,便由王夫人给落实了。

第四,晴雯被撵出去以后,最终和宝玉诀别的一刻,她还是以"越轨"画下句点,通过交换贴身之物来完成偷情,以坐实"勾引"的罪名。

第五,晴雯的临终真言透露出她以前之所以没有勾引宝玉,是因为被贾母内定为宝玉的准姨娘，因此没有必要，在在证明了判词里"心比天高"的"高"字，其实是指"高傲"，而不是"高洁"。

总而言之，曹雪芹借由晴雯的悲剧提供了一面镜子，再次告诉我们"性格导致命运"的真理。但一个人的性格又往往受到环境的影响，宝玉对晴雯的宠溺助长了她出格、越轨的性情，印证了"爱之适足以害之"的道理。

下一章，要看最后的一位金钗，贾巧姐。她之所以放在最后，不单单是因为年纪最小，故事最少，最重要的是，她是贾家嫡系女儿的最后一代，而且承担了家族彻底败落以后的悲惨遭遇，可以说是薄命之至。但是"地狱"里仍然散发出一线光辉，刘姥姥为苦命的巧姐带来了救赎，显示出曹雪芹认为，在苦难的人间世里，人与人之间最珍贵的就是善良互助的品德，那确实是让世界可以进步、提升的真正力量。请看下一章的说明。

巧姐与刘姥姥

第40章：天道好还的善善相报

这一章，要讲正十二金钗的最后一个人物，贾巧姐。从晴雯到巧姐儿，看似跳跃，其实另有用意，那恰好可以显示出一个问题：其实世间的道理都不是那么简单、那么绝对。很多人以为晴雯很可怜，可是居然有一些贵族小姐比她还可怜得多！例如前面看到的贾迎春，她一辈子忍气吞声，才结婚一年就被活活折磨至死，现在则要看贾巧姐更大的悲剧了。

而讲到巧姐，一定得带上刘姥姥，这是必要的安排，因为从她的名字到整个命运都和刘姥姥密切相关，彼此之间拥有生死牵连的特殊缘分，所以这一章便把巧姐和刘姥姥放在一起来谈。

巧姐是王熙凤和丈夫贾琏唯一的孩子，她原来是没有名字的，只叫做"大姐儿"。这个"巧"字是后来刘姥姥给她取的名字，而将来她的命运会出现转机，也是因为"巧"字，因此，巧姐就等于是刘姥姥的再生女儿！以下便一一说明其中的奥妙。

命名：人生的改造者

首先，很奇怪的一个现象是：巧姐是凤姐的心肝骨肉，是贾家的千金宝贝，怎么会给一个目不识丁的乡下老太婆取名字？取名可是一个重大的仪式，因为名字就代表了一个人，甚至隐含了人生的运势，所以必须非常慎重，通常也是由家族里最有地位的长辈来取名，例如爷爷、奶奶，甚至还会请教算命先生给意见呢。但巧姐的情况却非常特别，她从出生以后便一直没有取名字，大家都是"大姐儿、大姐儿"地叫她，直到刘姥姥帮她取了"巧"字以后才称做巧姐。但这又是为什么？曹雪芹在第四十二回里给了完整的交代，原来一切都是来自于爱和恐惧！

当时刘姥姥逛完了大观园，也完成了取悦贾母的任务，便准备要回家了，大家都非常感谢姥姥帮她们尽了孝道，于是回赠了堆积如山的礼物。姥姥临走前特别来向凤姐告辞，于是两人之间有了一番对话，凤姐对刘姥姥说：

> "他还没个名字，你就给他起个名字。一则借借你的寿；二则你们是庄家人，不怕你恼，到底贫苦些，你贫苦人起个名字，只怕压的住他。"刘姥姥听说，便想了一想，笑道："不知他几时生的？"凤姐儿道："正是生日的日子不好呢，可巧是七月初七日。"

这段话清楚说明了巧姐之所以一直没取名字，是因为她出生在七月七日，古人认为这一天是个很不好的日子，就像五月五日得喝雄黄酒、配挂菖蒲和艾草来避邪一样。这么一来，巧姐似乎与生俱来便带着厄运。而大家太爱这个女孩子了，唯恐她的命不好，那该怎样才能改运呢？取名字当然是一种方法，难怪现在有不少人跑去改名字，一点也不怕麻烦，原因就是想要改运啊！如果日子过得很顺利，谁会想要找这个麻烦？

但巧姐的生日所夹带的这个恶运实在太巨大了，不知怎样才能抵御或抵消，从凤姐的话来看，显然贾家感到很为难，所以一直不敢给巧姐取名字，只能用大姐儿来称呼她。这虽然是一种逃避的做法，但至少可以达到消极的作用，也就是拖延、蒙混过去，以免万一那个名字取得不够好，这宝贝女儿可就翻不了身了，她的一生岂不彻底完了吗？那会多么舍不得啊！

可见对于家长来说，该是多么心疼又为难，所以对巧姐的厄运只好采取逃避的态度，就这样一直逃避到现在，凤姐终于委托刘姥姥来取名字了，显然这代表了多大的信赖！一定是凤姐在那几天看到刘姥姥的表现，发现这个老人家充满了机智、体贴、温暖和智慧，所以相信她可以改变巧姐的命运，才愿意大胆地把巧姐的人生交给了刘姥姥。

果然，刘姥姥并没有让凤姐失望，她连忙笑说：

"这个正好，就叫他是巧哥儿。这叫作'以毒攻毒，以火攻火'的法子。姑奶奶定要依我这名字，他必长命百岁。日后大了，各人成家立业，或一时有不遂心的事，必然是遇难成祥，逢凶化吉，却从这'巧'字上来。"凤姐儿听了，自是欢喜，忙道谢，又笑道："只保佑他应了你的话就好了。"

这便是"巧"这个名字的由来。从刘姥姥的思考里，可以知道这个取名的用心有两层，一层是正面迎战，不要害怕退缩，所以你生在哪一天，我就挑明了那一天，堂堂正正、大无畏地面对它，这么一来，才有可能克服它、打败它！另一层的意思，则是要用"巧"创造一个机会，在这个注定厄运的人生里，会有一个锦囊法宝，在你遇到灾难凶险的时候解救了你！

先讲第一层的用心。既然巧姐的生日是七月七日，于是刘姥姥就故意直接找一个七月七日的典故来取名，这一天是传统的七夕，牛郎织女相会的日子，唐朝时宫廷和民间都很流行"乞巧"的节日活动，《开元天宝遗事》便记载道："帝与贵妃，每至七月七日夜在华清宫游宴。时宫女辈陈瓜花酒馔列于庭中，求恩于牵牛、织女星也。又各捉蜘蛛闭于小合中，至晓开视蛛网稀密，以为得巧之候；密者言巧多，稀者言巧少。民间亦效之。"也就是把蜘蛛抓来关进一个空盒子里，放在祭拜织女的供桌上一整夜，等第二天打开盒子检查一下，如果里面结出了漂亮紧密的蜘蛛网，那就表示织女应许你有一双巧手，可以用好手艺织出精美的布料，那可是传统女性所渴望的价值啊，晴雯不正是因为这样才能补好孔雀裘，而对宝玉很有贡献的吗？但是，如果第二天发现盒子里空空如也，或者只有残缺破碎的蜘蛛丝，那就表示织女不想眷顾你啦，所以这个活动叫做"乞巧"。

最重要的是，唐玄宗和杨贵妃也在这一天发誓要生生世世为夫妇，根据中唐文人陈鸿《长恨歌传》的记载，贵妃回忆道：

> 昔天宝十载，侍辇避暑骊山宫。秋七月，牵牛织女相见之夕。秦人风俗，是夜张锦绣，陈饮食，树瓜果。焚香于庭，号为乞巧，宫掖间尤尚之。夜殆半，休侍卫于东西厢，独侍上。上凭肩而立，因仰天感牛女事，密相誓心，愿世世为夫妇。

所以戏曲里还有一部《长生殿》，专门描写这一对帝王夫妻的恩爱故事，其中一出便叫做《乞巧》，那也正是元妃回家省亲时所点的一出戏。所以说，刘姥姥给大姐儿取名为"巧"，确实是一种"以毒攻毒，以火攻火"的法子。

这是多么大无畏的态度啊！刘姥姥对于可怕的威胁毫不畏惧，反倒面对面地加以对抗，一副"我不怕你"的姿态，那真是多么勇敢、多么威风凛凛！想想看，刘姥姥如果不是拥有这样坚强的意志，当初在女婿一家快要饿死时，又哪里能替他们想出办法而找到出路？那就是第六回刘姥姥来到贾家打秋风的故事，大家应该都耳熟能详。这种勇敢的心态便是刘姥姥替巧姐取名为"巧"的第一个原因。

巧合：命运的转机

但不只如此，刘姥姥说，她之所以替大姐儿取名为"巧"，还有另外一个用意，即让她将来"一时有不遂心的事，必然是遇难成祥，逢凶化吉，却从这'巧'字上来"，这就和命运有关了。很显然，巧姐以后会发生一段逢凶化吉之类的故事。那么她究竟会遇到怎样的灾难凶险？到底巧姐后来的命运如何？又为什么和"巧"这个字有关？

关于这一点，如今高鹗所补写的后四十回其实违背了曹雪芹的原意，对于小说家真正的安排，还是必须从前八十回的线索以及脂砚斋的批语来推敲。情况应该是第一回甄士隐顿悟出家时，为道士《好了歌》所作的注解里提到的暗示，其中有几句说："择膏粱，谁承望流落在烟花巷！"意思是，本来千金小姐的婚姻讲究门当户对，所以一定会"择膏粱"，选择富贵人家的膏粱子弟来匹配，谁能想到这个金枝玉叶结果却是流落到了烟花巷，成为一个饱受蹂躏的娼妓！这指的恐怕就是巧姐了。

想想看，当贾家不幸被抄家以后，众子孙纷纷流散，谁还顾得了谁？何况贾母、王夫人、凤姐这些疼爱她的家长们都接连过世了，巧姐简直完全失去了保护，灾难便降临到她身上，即使是至亲也会落井下石啊，巧姐应该就是被"狠舅奸兄"给出卖了，沦落到妓院。再回头看第五回太虚幻境的人物判词，里面也是这样暗示的，当时宝玉看到一幅图谶说：

一座荒村野店，有一美人在那里纺绩。其判云：

事败休云贵，家亡莫论亲。偶因济刘氏，巧得遇恩人。

图画上那位在荒村野店里亲自纺织维生的美人，便是巧姐，整个判词大略归纳了她的命运发展，所谓的"事败休云贵，家亡莫论亲"是说：家势败落以后就不用再说以前是多么尊贵了，而家破人亡以后也不要再谈什么血浓于水的亲情了，可见巧姐是被至亲的母舅和堂兄给出卖，被迫沦落到了烟花巷。

想想看，那是多么悲惨的生活啊，参考小说第二十八回里出现过一个锦香院的妓女，叫做云儿，她所唱的歌词即清楚反映出现实的悲惨，所谓："女儿悲，将来终身指靠谁？"又道："女儿愁，妈妈打骂何时休！"这样的日子等于是暗无天日吧，何况巧姐这时的年纪还那么小！

大家有没有注意到，在前八十回里，巧姐的年纪比惜春还小，在她出现的那少数几回里，都是给奶娘抱着的，从来没有开口讲过一句话。例如第七回，周瑞家的送宫花到了王熙凤这里时，"往东边房里来，只见奶子正拍着大姐儿睡觉呢"，再看第二十九回，全家到清虚观打醮，其中也是"奶子抱着大姐儿……另在一车"，甚至到了第六十二回宝玉过生日，一大群来怡红院拜寿的人里面就包括了"奶子抱巧姐儿"，可见自始至终，这巧姐都是被奶娘给抱在怀里，一直都算是个婴幼儿。那么到了八十回以后，应该也大不了多少，恐怕连十岁都不到吧？那她岂不是一个最悲惨的雏妓吗？那样的遭遇真是生不如死的折磨，一想到便令人万分不忍，倘若她的娘亲地下有知，对这个苦命的孤儿又该是何等地悲恸不舍！

但，无依无靠的巧姐又能怎么办呢？为了活下去，也只好忍辱偷生，拼命忍耐吧！幸好救星出现了，第五回的判词里说"偶因济刘氏，巧得遇恩人"，意思是偶然因为贾家以前救济过刘姥姥，于是巧姐后来很巧合地遇到了恩人，这恩人就是指刘姥姥。而刘姥姥当初取名字时不也说："一时有不遂心的事，必然是遇难成祥，逢凶化吉，却从这'巧'字上来。"等于都给出了同一种预告，即"巧"字发挥了关键性的大作用，刘姥姥是在很巧合的情况下救出了巧姐！从这两条线索，大概可以推测当时的情况应该是这样的：

  刘姥姥偶然路过妓院，认出了刚好到外面提水打杂的巧姐，于是她的心里大大震撼了，也涌起了慈悲不忍的念头，然后努力化为救援的行动，包括筹钱啦，交涉啦，费了很大的力气，终于把巧姐给赎身救出来了，算是回报贾家过去给她的恩惠。想想看，当初如果没有王夫人、凤姐的慷慨付出，她们家又哪里能有今天？早就都饿死了呀！所以刘姥姥也知恩报恩，努力把巧姐救出了火坑，让她死去的娘亲终于可以含笑瞑目。这便是"巧姐"的"巧"字的第二个涵义，即遇难成祥，逢凶化吉。

佛手：慈悲的牵引

  但故事发展到这里，后面又会发生怎样的情节呢？再认真想一想：巧姐虽然脱离了火坑，但她的未来又该怎么办？虽然我们可以合理推测，刘姥姥救了巧姐以后，当然是接到王家一起生活了，巧姐总算可以脱离苦海，过正常的日子。

  但问题又不只是这么简单，毕竟姥姥上了年纪，不可能照顾她一辈子，所以这并不是长久之计，并且女大当嫁，总得要有一个归宿，然而这样的巧姐，又哪里会有好人家肯接纳她作媳妇？一个被抄家的罪犯女儿，谁敢去碰呢？大家都怕会受到牵连啊，何况巧姐又是沦落过的女孩子，失去了清白，又有谁愿意接受？这么一来，当刘姥姥死了以后，巧姐又该何去何从？难道又要再一次随风飘零吗？这哪里能让人放心！

这么一来，天下之大，也只有姥姥一家可以收容她了，于是大智慧的刘姥姥采取了一个彻底解决的办法，那就是让板儿娶巧姐！板儿是刘姥姥的外孙，和巧姐年龄相当，外婆两次上贾府时他都跟在身边一起开眼界，如果巧姐嫁给了板儿，便可以名正言顺地永远留在王家，有了终身的归宿，也获得一辈子的依靠。

这么说，你一定会很惊讶吧？其实，这个线索是曹雪芹早就安排好的，也正因为要安排这个结局，所以曹雪芹提前设计了一段很有趣的情节，预先做了暗示，那是在刘姥姥二进荣国府的时候。在第四十回中，板儿跟着刘姥姥逛大观园，这时来到了探春所住的秋爽斋，那板儿略熟了些，看到大观窑的大盘内盛着数十个娇黄玲珑大佛手，便想要佛手吃，于是探春拣了一个与他说："玩罢，吃不得的。"

这佛手是一种带有香气、没什么水分的水果，所以基本上是作为摆饰用，或者用来熏香，现在也有一种提炼出来的佛手柑香精油，所以探春叮咛板儿说只能玩、不能吃。不过后面便写到别的故事去了，而读者也早就忘了这一段琐事，直到第四十一回才又出现这件事的后续发展，原来这时奶娘抱了大姐儿来，大家哄她玩了一会儿：

> 那大姐儿因抱着一个大柚子玩的，忽见板儿抱着一个佛手，便也要佛手。丫鬟哄他取去，大姐儿等不得，便哭了。众人忙把柚子与了板儿，将板儿的佛手哄过来与他才罢。那板儿因顽了半日佛手，此刻又两手抓着些果子吃，又忽见这柚子又香又圆，更觉好顽，且当球踢着玩去，也就不要佛手了。

这一段简直把小孩子的心性、作风描写得入木三分，非常有趣，试想：岂只是小孩子，人性不都是觉得别人的东西比较好吗？所以巧姐便想要板儿的佛手。而板儿现在之所以愿意放手，那是因为这个东西他已经玩了一阵子了，从第四十回玩到第四十一回，确实是玩了很久啦，小孩子的注意力本来就不持久，何况人家还给他柚子这个新玩具，所以也就不在乎原来的佛手，自己把柚子当球踢着玩去了，那个佛手也就来到了巧姐手里。

但这只是曹雪芹随手写写小孩子之间有趣的琐碎情节吗？当然不是的，由小观大，草蛇灰线，这才是伟大小说家的用心，原来他要用这两样东西在这两个小孩之间建立起一种联系，也就是暗示了两人未来的婚姻关系！关于这一点，脂砚斋已经告诉我们了，他的批语说：

> 小儿常情，遂成千里伏线。……抽〔柚〕子即今香团〔圆〕之属也，应与缘通。佛手者，正指迷津者也。以小儿之戏，暗透前后通部脉络，隐隐约约，毫无一丝漏泄，岂独为刘姥姥之俚言博笑而有此一大回文字哉。

其中，所谓的"小儿常情，遂成千里伏线"，意指曹雪芹用小孩子常见的情景来埋下线索，暗示千里之外的结局，于是构成了整部小说前后的脉络，那构思是十分严密的，哪里是单单为了呈现刘姥姥的俚俗搞笑，才有这一大回的文字！所以说，如果我们只看到刘姥姥逛大观园时出尽洋相的滑稽，笑一笑就算了，那实在太粗浅了。而为什么要用佛手和柚子来牵线呢？对于写到柚子的用意，脂砚斋说："抽〔柚〕子即今香团〔圆〕之属也，应与缘通。"很显然的，曹雪芹是要利用谐音告诉我们，"这柚子又香又圆"的

"圆"是要暗示缘分的"缘",板儿和巧姐是有缘分的!

而佛手呢?想想看,要用来彰显富贵的摆设品很多,可以熏香的水果也不少,像秦可卿房里的木瓜,还有香橼这一类的"南果子",都是慈禧太后很喜欢用来熏香的种类,那么何以探春房里放的是佛手,而不是其他也有类似功能的香果子呢?其中必有深刻的用意。脂砚斋说这是要用来指点迷津,但我认为不只是如此,而且这才是最感人的安排,那就是要用这个名字的象征意义:"佛"代表伟大的慈悲,而"手"则是援手、牵手的手,所以"佛手"便代表了慈悲的牵引,伸出那一双手把苦海中的人拯救出来。因此曹雪芹要暗示:将来刘姥姥正是伸出佛手救赎了巧姐的大母神!

善善相报

看到这里,表面上似乎是刘姥姥给了巧姐大恩大德,但追踪蹑迹、探本溯源,最初不也是贾家对刘姥姥伸出了援手,才缔造了这一场善缘的吗?想当初,第六回时刘姥姥和女婿一家快要饿死了,所以刘姥姥想出一条到贾府找王夫人救济的计策,依靠的就是王夫人的念旧和慈悲!果然王夫人嘱咐王熙凤说:

> 这几年来也不大走动。当时他们来一遭,却也没空了他们。今儿既来了瞧瞧我们,是他的好意思,也不可简慢了他。

所以凤姐才给了刘姥姥二十两银子,解决了姥姥的燃眉之急,让王家一家五口起死回生,然后才又有了刘姥姥二进荣国府来送瓜果,因此可以逛大观园的机缘,也才有了最后拯救巧姐的故事,这都是为了报答贾家给她的天大恩情!让我们重看第五回判词里所说的"偶因济刘氏,巧得遇恩人",以及《红楼梦组曲》里,关于巧姐的《留余庆》一支云：

> 留余庆，留余庆，忽遇恩人；幸娘亲，幸娘亲，积得阴功。劝人生，济困扶穷，休似俺那爱银钱、忘骨肉的狠舅奸兄！正是乘除加减，上有苍穹。

正因为王夫人、凤姐两次大大帮助了刘姥姥，于是种下了善因，娘亲所积的德最后便回报到巧姐身上，而结出了善果。所以说，贾家和刘姥姥的故事正印证了天道好还的道理，告诉我们人与人之间可以良性循环，善善相报而不是冤冤相报的美好！

最后，总结一下这一章的重点，包括：

第一，巧姐的生日是七月七日，这个日子很毒，十分凶险，暗示了巧姐必将面临人生的大灾难。

第二，也因此贾家不敢给她取名字，唯恐无法翻转巧姐的厄运，于是只是叫她大姐儿。

第三，这样的逃避心理，一直到刘姥姥二进荣国府时才解决了，姥姥以直面对决的勇敢挑战了命运之神，从七夕的典故里找了乞巧的"巧"字给了大姐作为名字，展现出以毒攻毒的魄力！

第四，这个"巧"字又暗示了将来刘姥姥会凑巧救出了陷入火坑的巧姐，并且把她嫁给板儿，从根本上保障巧姐的一生，也回报了贾家所给过他们的恩情。

尾　声

最后，我们可以回想一下，本书一开始讲《红楼梦》的故事时，不正是从温厚的人性展开的吗？贾宝玉的前身神瑛侍者慈悲慷慨，以甘露水灌溉了奄奄一息的绛珠仙草，仙草也感恩戴德，化身为林黛玉以还泪来报恩，所以跟着一起入世，而形成了大家津津乐道的传奇；同样的，王夫人、凤姐以贵族的优良风范，慈悲慷慨地帮助了刘姥姥一家，姥姥也感恩图报，努力拯救了巧姐，这个善行义举等于做了类似的收尾。

这么说来，整部《红楼梦》确实如第一回所言，是为了有益于世道人心才创作的，也因此才值得流传下来。归根究底，如果不是正派、良善、认真的人们，哪里能演绎出如此让人感动的故事？倘若他们不是努力地在困境中艰苦奋斗，散发出人格的光辉，又哪里能这般触动人心？

但愿大家一起努力，继续挖掘《红楼梦》里的美善价值，让我们自己和整个世界都变得越来越好！

图书在版编目（CIP）数据

红楼十五钗 / 欧丽娟著. — 北京：北京大学出版社，2021.5
ISBN 978-7-301-32058-7

Ⅰ.①红… Ⅱ.①欧… Ⅲ.①《红楼梦》人物 – 人物研究 Ⅳ.①I207.411

中国版本图书馆CIP数据核字(2021)第049687号

书　　　名	红楼十五钗 HONGLOU SHIWUCHAI
著作责任者	欧丽娟　著
责 任 编 辑	吴　敏
标 准 书 号	ISBN 978-7-301-32058-7
出 版 发 行	北京大学出版社
地　　　址	北京市海淀区成府路205号　100871
网　　　址	http://www.pup.cn　　新浪微博：@北京大学出版社
电 子 信 箱	wm@pup.cn
电　　　话	邮购部010-62752015　发行部010-62750672 编辑部010-62757065
印 刷 者	北京中科印刷有限公司
经 销 者	新华书店
	730毫米×1020毫米　16开本　37.5印张　452千字 2021年5月第1版　2024年4月第2次印刷
定　　　价	99.00元

未经许可，不得以任何方式复制或抄袭本书之部分或全部内容。
版权所有，侵权必究
举报电话：010-62752024　电子信箱：fd@pup.pku.edu.cn
图书如有印装质量问题，请与出版部联系，电话：010-62756370